特战先锋

刘猛 著

军事作品

北京联合出版公司
Beijing United Publishing Co.,Ltd.

第一章

1

烈士陵园里，庄严的纪念碑前站着一位老人。

"首长，这里风大，您还是穿上风衣吧！"公务员说着要给老人披上风衣。

老人推开了他。

老人的左眼已经失明了，他戴着墨镜，穿着一身六五式旧军装。在老人的背后，是一排排洁白的墓碑。在最前排的几个墓碑上，依次镌刻着冷锋、藤原刚、小K、燕子六、蝴蝶、书生等烈士的名字……老人望着墓碑上的照片，眼睛不觉湿润了。

老人低声说道："兄弟姐妹们，我陈一鸣又来看你们了！你们在那边怎么样，孤单不？唉……每年的这个时候我都来看你们，可我如今老了，风烛残年了，明年的这个时候不知道还能不能来看你们了。部队的陈列馆里有你们的照片，也有对你们的介绍，那是我指导他们加上去的！你们虽然后来各奔东西，可你们是这个部队的老兵，部队是不会忘记你们的，共和国也不会忘记你们的！"

老人说完，目光坚毅地望着远方。渐渐地，他的视线模糊了，随着耳边响起的隆隆的炮声，他的记忆渐渐清晰。

2

1942年，南京。

刚刚从血海中挣脱出来的南京，依旧在日伪的统治下。大街上，市井喧哗，人来车往——汽车、马车、黄包车，还有熙熙攘攘的人流来来往往，好不热闹。只是在一幢高大的建筑物上飘扬的刺眼的日本国旗，令人在这透着和平气息的城市里明显地感受到一股肃杀之气！

此刻，在一个狭窄的弄堂里，一个漂亮的女孩正蹲在地上用白嫩的小手抚摩着一只可爱无比的小花猫；在离小女孩十几米远的地方，一个被头上的礼帽遮住半张脸的男人，正表情复杂地笑着看着小女孩。

男人的嘴上叼着一支烟，燃烧的烟头在略显阴暗的角落里忽明忽暗，令人感到鬼魅而缥缈。这个男人不是别人，正是驻扎在本市的日本中村特务机关机关长——中村一郎。

"死亡，是灵魂的舞蹈，开放的是别一种样式的鲜花……"

中村说完一挥手，躲在他身旁暗处的一名特务猛地按下了起爆器——随着剧烈的爆炸声，那个小女孩，连同她身边的小猫以及他们身后的房子都瞬间变成了烈焰！

中村的眼里，此时放射出难以揣测的光芒……

在一间布置华丽的房间里，也就是几乎和刚刚发生的爆炸同时，一位面容姣好的女子正拖着一身裸体滑入了一个泛着香沫的池塘……池塘里，一个同样裸体的中年男子见了，惊艳得瞪起充满色欲的眼睛，而后便淫笑着扑了过来！

然而，他的动作很快就静止了，脸上生动的表情也骤然变得呆滞："哦……你……"

他轻吟了一声，便扭曲着身体倒下了。

原来，就在他扑过来的一瞬间，一把锋利的匕首已经狠狠地刺进了他的心脏。在匕首的另一端，是一只正握着刀把的对面女人的手。

3

接二连三的电话声在国民党军统局戴笠的桌案上响了起来。戴笠看了看桌上的电话，不耐烦地接了起来："喂？……什么？被杀死了？……又是中村一郎派人干的？……好，我知道了！"

戴笠气哼哼地放下电话，而后，便在办公室里不停地踱起步来："饭桶——简直是一群饭桶！党国的钱，让他们白花了！"

站在身旁的助手毛人凤见老板如此生气，不免小声地问了一句："老板，又发生了什么案子？"

戴笠低沉着嗓音说道："十几分钟前，我们的团体又有两个家庭和个人遭到迫害！"

"哦？"毛人凤听罢，不禁显出了几分恐惧。

戴笠又说："这个中村一郎，居然把暗杀做到重庆来了！连本部的军事情报科长都被他们给暗杀了！我说，你是干什么吃的？团体搞特务工作这么多年，怎么能被中村这个三十岁不到的毛头小子杀得这么狼狈呢？！团体的脸，都被我们给丢尽了！"

毛人凤听罢，脸上不禁显出了苦涩："老板，这不怪您，这都是属下办事不力……"

听毛人凤这样说，戴笠不禁叹了口气："好了，别说了，齐五老弟，你说我们下一步该怎样出对策，怎样向老头子交差吧！"

毛人凤听罢想了想，靠近了一步："局长，卑职有句话，不知道当说不当说。"

戴笠有些不耐烦："你说。"

毛人凤顿了顿："中村是初生牛犊，年轻气盛，一心想要开拓对军统工作的新局面。

为此，他才不惜打破中日谍报战的游戏平衡和规则，使用暗杀这种极端的手段来对付我们的骨干。从表面上看，他这样做非常有效；可是从长远上看，这并不能损害我们的秘密情报网络……"

毛人凤说到这儿停住了，试探地看着戴笠的表情。

"嗯？……你接着说。"戴笠说完，注意地看着毛人凤。

毛人凤解释道："因为暗杀一个间谍头目，并不能彻底铲除他所控制的间谍网，我们再派一个指导者也就是了。他就算杀掉我们100个间谍网的指导者，我们也有的是人来填补这个空缺；最有效的办法是捕获或者策反间谍头目，连根挖出间谍网，或者转化过来为他们所用——这才是我所真正担心的。所以，中村一郎作为谍报世家出身，这样做，实在是有些小儿科了。"

听了毛人凤的话，戴笠的心里不免宽松了许多："齐五呀，依你说，我们下一步应该怎么办呢？"

毛人凤望着戴笠，得意地笑了笑："当然是，以其人之道，还治其人之身。"

戴笠兴趣顿起："哦？……你说说看。"

毛人凤的眉毛挑了一下，脸色立刻变得很阴暗："以暗杀对暗杀，擒贼先擒王——直接干掉中村！"

戴笠听罢，眼睛亮了一下，随后又黯淡了："办法倒是可以，只是中村一郎虽然年轻，却手段毒辣。我们的人，一听到中村一郎的名字腿就先软了，哪还有半点牺牲精神！更何况这些年来，我们叛变到76号的中高层干部如此之多，他们熟悉我们的团体，对现有能干的行动特工人员更是了如指掌，派人渗透到南京去都很难，更不要说是搞暗杀了。"

戴笠说完，越发皱起了眉头；而毛人凤听罢，却突然笑了——

毛人凤接着补充："局长，您想过没有，如果我们使用团体以外的刺客呢？"

"团体以外的刺客？"戴笠听了，禁不住吃惊地看着毛人凤，"雇用职业杀手？……不行不行。中村不是一般的目标，他的防范心极强，身边又有很多高手，刺杀起来会很难。万一失手，把我们军统雇用团体以外的杀手搞暗杀的事情传出去，那不成了天大的笑话？这个办法绝对不行！"

"局长，您刚才说的只是其一。其实，我们的团体有着用之不竭的人力资源，只是还没开发……"

"哦？……你又在打什么主意？"戴笠听罢，饶有兴趣地看着毛人凤。

毛人凤咳了咳："局长，在我们集中营里面，就有能够胜任暗杀任务的囚犯，随时都可以拉出来用，您还怕没有合适的人选吗？"

戴笠听了眼睛豁然一亮，兴奋地在屋子里踱起步来……过了一会儿，他兴奋的神情又黯淡下来："齐五，集中营里的确不乏奇能之士，可是一旦把他们放出来，要是跑了可怎么办？或者叛变了中村，反过来搞我们呢？"

毛人凤望了戴笠一会儿，没有吱声，而后胸有成竹地回答道："局长，我有一个合适的人选，不知您是否同意？"

戴笠对这种唯唯诺诺很不耐烦:"说!"

毛人凤继续说道:"其实这个人您也熟悉,就是陈一鸣。"

戴笠有些犹豫:"那个有着通共嫌疑的国军少校?"

毛人凤接道:"对,此人是淞沪抗战的功臣,而且……是东北人!"

"东北人……"戴笠踱着步,一边思索,一边下意识地叨念着,"陈一鸣?……他的父母在九一八事变的时候死于日本关东军之手——跟日本人,他有着彻骨的仇恨!"

毛人凤:"对,局长,这正是刺杀中村的行动中,陈一鸣最可利用之处!"

"可是……可是他通共啊!"戴笠说到这儿,不禁皱起了眉头,"如果我们放他出来,他跑到共党那边怎么办?"

毛人凤听了,又不禁笑了笑:"局长,陈一鸣的案子是我亲自办的,对他,我有深刻的了解。我敢担保,他不仅不会跑,而且还会卖力地给我们干。"

戴笠思索了片刻:"为什么?"

毛人凤上前一步:"老板你想想,如果他决定投共党,那他当初私自放走共党时是完全可以跟他们一起走的,可他为什么没有走呢?——这就说明,他对共党的主义并不赞同,而信奉的却是我们的三民主义!所以我说像陈一鸣这种有主见的人,是不会轻易跟随共产党的。"

毛人凤的话又一次令戴笠沉默了……过了一会儿,他抬起头来看着毛人凤:"那好,就依你的意见,我们放他出来为我所用——记住,这件事情要严格保密!"

毛人凤立正应答:"是!"

戴笠招手:"回来!"

毛人凤有些不解:"局长,还有什么吩咐?"

戴笠一字一句补充道:"听着,只有陈一鸣有任何一点儿不可信任的地方,就立刻枪毙他!"

4

在重庆市的市郊,有一座奇伟的山峰。在山间的峡谷里,生满了茂密的树丛和奇花异草,而在峡谷的深处,便是国民党关押政治犯和其他重要囚犯的地方,名曰:息烽集中营。

这一天,霞光烂漫,而集中营的牢房里却依然光线幽暗,随着铁锁打开,强烈的光线瞬间照射进来,蜷缩在角落里的陈一鸣在强烈的阳光刺激下有些睁不开眼睛。

看守招呼道:"8728号,放风!"

陈一鸣身材高大,头发和胡子都很长,他努力适应着突然照射进来的光线,拖着沉重的脚镣慢慢地向门外走去。

他艰难地来到了门外,外面的阳光顿时显得分外刺眼,他禁不住眯缝起了眼睛,吃力地向四周观看着。

青天白日旗挂在围墙四角的岗楼上。此时在围墙内的操场上,已经有了几十个正在转圈散步的政治犯。陈一鸣没有说话，默默地走进正在散步的囚犯队伍中。

此刻，特意来到集中营的毛人凤正站在塔楼上，他手里拿着望远镜正在细心地观看着，在他身边陪伴的是他的亲信田伯涛。

田伯涛说："长官，陈一鸣在我们的集中营关了四年多，不残废也是废人了，您认为他还有当年的身手吗？"

毛人凤此时放下望远镜，满意地笑了笑："你注意到他的眼睛没有？"

"眼睛？"田伯涛不解地看着毛人凤。

"对，他的眼睛。"毛人凤转过身来，自信地回答，"在我们特务行当里有一个术语，叫作'挂相'。"

田伯涛不能理解："挂相？"

毛人凤依旧笑着："对，'挂相'。观察一个人，首先要观察他的面相，而面相当中最重要的就是眼睛——嘴可以撒谎，而眼睛是不会撒谎的。你看现在陈一鸣的眼睛，依然隐藏着猎猎杀气——这就是陈一鸣的面相，凛冽而不可欺！这种人，除非他进了棺材，否则这股杀气是不会消失的！好了，这就是我们要找的人。今晚，我会会他！"

5

夜晚，集中营里寂静无声，除了岗楼上轮番扫射的探照灯在报告着这里的活力，仿佛这里的一切都死去了。

在关押陈一鸣的楼道里，突然传来嘈杂的脚步声和警犬的狂吠。随后，一群全副武装的军警便牵着狼狗闯进了楼道。

他们气势汹汹地走着，终于在一间牢房门前停下了脚步。

田伯涛说："8728 号！"

陈一鸣说："到。"

随着一声应答，陈一鸣站到了牢门前。

田伯涛此时站在门外，一脸肃穆地拿出了判决书："8728 号你听着，特别军事法庭的判决书已经下来了，根据特别军事法庭的判决，你因涉嫌通共罪被判处死刑，立即执行！"

陈一鸣的眉毛挑了一下，而后便苦笑无语。

田伯涛有些得意地看着他："8728 号，你还有什么想说的吗？"

陈一鸣愤怒地看着田伯涛，蔑视地摇摇头："走吧，我无话可说！"

田伯涛吩咐道："带走！"

田伯涛一挥手，陈一鸣被几个武装军警拖上了囚车。囚车没有鸣笛，随着载满军警的几辆军车一溜烟地开走了。

夜晚，漆黑而寒冷。

囚车内，田伯涛一脸平静地观察着陈一鸣，而陈一鸣此时仍然是面色沉静。

田伯涛叹了口气："我知道，你是淞沪抗战的功臣。"

陈一鸣看了他一眼，没有说话。

田伯涛笑了笑，继续说："按说，你罪不至死。可是我很遗憾，你不能不死。"

陈一鸣叹了一口气，转过脸去。

田伯涛继续盯着陈一鸣："临行之际，你还有什么要说的吗？"

陈一鸣停了一会儿，终于转回脸来："事事难断，大丈夫没有死在报国的抗日疆场，却死在自己人的枪下——这注定是我个人的悲剧，现在，再没什么好说的了。"

田伯涛看着陈一鸣，突然问了一句："你……真的就不怕死吗？"

陈一鸣愣了一下，突然看着田伯涛苦笑："死，谁不怕？可是，身为兵者，便明知是对着死神而去——所以，从我立志从军的那一天起，就已经当作自己死过了。"

田伯涛听罢，不禁笑了："陈少校果然是一条好汉！那今天，就成全你吧！"

汽车开得很快，呼啸而过。虽然一路颠簸，却丝毫没有减慢速度。

6

车队终于在一个神秘的地点停了下来。随着几声口令，行刑队已经迅速地站成一排，持枪而立。

陈一鸣被推下了车，险些摔了一跤。

田伯涛一脸平静地站在陈一鸣的面前："陈一鸣，这是最后的时刻，你真的没有什么可说的了吗？"

陈一鸣望着对方摇摇头，拖着脚镣自觉地向着他应该站的地方走去，随后转过身来。

田伯涛抬起手："准备。"

田伯涛一声令下，行刑队员们立刻端起了枪。几乎在同时，一个看守走过去要为陈一鸣蒙眼睛。

陈一鸣气恼地推开他："不用。"

看守为难地回头看看田伯涛，田伯涛挥挥手，看守走了回去。

陈一鸣的面前，是十几个乌黑的枪口，陈一鸣面对枪口，面色从容。

田伯涛再一次挥起了手："举枪——"

随着一片子弹上膛的声音，行刑队员们开始举枪瞄准。

"预备——"

随着田伯涛的口令声，陈一鸣猛地举起了戴着手铐的双手："三民主义万岁——中华民国万岁——"

行刑队员们望着陈一鸣都愣住了，不免转过头来，疑惑地看着田伯涛。

田伯涛恼怒地踹了离他最近的行刑队员一脚："妈的，看什么看？没见过被枪毙的人喊口号吗？"

那个被踹的队员不觉苦笑了："报告！只见过喊共党万岁的，没见过……"

"啰唆什么？给老子瞄准！"田伯涛说完，又踹了那个行刑队员一脚。

行刑队员们不敢回头了，都转过脸来开始瞄准……在他们身后不远处，毛人凤静静地站在轿车旁，注意地观看着。

田伯涛大声喝道："预备——开枪！"

随着田伯涛的口令声，一排枪声响起……枪声过后，陈一鸣纹丝不动，只是呼吸显得有些急促。

田伯涛此时笑着摘下军帽："好了，戏演完了……算你小子有种！"

陈一鸣这才知道，自己从死亡边上又转了回来，额头上的汗水禁不住流了下来。

"好！好！陈先生不愧是党国的人才，哈……"毛人凤一边说着，一边笑吟吟地走了过去。

陈一鸣看着他，没有说话。

毛人凤拉起陈一鸣的手拍了拍："陈高参，我们又见面了？"

陈一鸣脸上立刻显出了明显的不快："为什么跟我来这出？"

毛人凤的脸上立刻变得很严肃："为了党国，为了抗日！"

"抗日？"陈一鸣听罢，不禁愣住了。

"对，抗日。"毛人凤说着，向身后的看守挥了挥手，"打开手铐脚镣，请陈高参回去说话！"

毛人凤说完走过去，亲自为陈一鸣打开了身后轿车的车门："陈高参，请！"

陈一鸣犹豫了一下，还是上了车，毛人凤也随即上了车，车队又一溜烟地返了回去。

<h1 style="text-align:center">7</h1>

在乡间一座豪华的别墅里，毛人凤为陈一鸣压惊的晚餐正在举行。

毛人凤一改往日的严肃，笑眯眯地向陈一鸣伸了伸手："陈先生，请，薄酒淡菜不成敬意。"

理过发的陈一鸣此时显得十分精干。他穿了一身干净的军便装，站在宴席前却感到有些发蒙。

陈一鸣立刻表态："毛先生，自古无功不受禄。先生此举，让学生实在是愧不敢当！"

"哎！"毛人凤听罢，客气地摆摆手，"陈先生此话客气了……我虽然年长，但却敬佩陈先生的凛然大气和对党国与领袖的忠诚，你我可抛去那些名分不论，只以兄弟相称，陈先生请先入席，我们暂且来个把酒论英雄……坐，坐，别客气！"

陈一鸣想了想，最终还是挡不住毛人凤的盛情，坐下了。

"来，倒酒！"

毛人凤一声令下，站在一旁的勤务兵赶紧过来倒了酒。

"陈先生，来，我们先干了此杯再说话……干！"

两个人喝了酒，勤务兵又赶紧过来满了杯。

毛人凤一边往陈一鸣的盘子里布着菜，一边和颜悦色地开始了话题："陈先生，你的有关资料我先前又看了一遍。你是陆军军官学校第九期步兵科毕业的高才生，曾经受到校长的亲切接见，并且当年就送往德国军校留学。你的所学专业是空降兵作战指挥，两年后，你又以第一名的成绩光荣毕业，可谓党国的精英和干才……"

毛人凤的话使陈一鸣感到了一些不安，他忍不住动了动屁股，表情复杂地看了毛人凤一眼。

对陈一鸣的不安，毛人凤似乎并没有看到，他自饮了一杯酒以后接着说："其后，你在德国空降兵部队实习，其间获得雪绒花勋章一枚——雪绒花勋章只奖给表现出色的德国本国勇士，而你则是第一个获得雪绒花勋章的外国人！"

陈一鸣深感不安地看了毛人凤一眼，没想到毛人凤对他的历史竟然了解得这么细！

毛人凤没有看他，又自顾自地说下去："半年以后你回了国，又再次受到校长的召见，被直接授衔国军上尉，可见校长是把你作为国家空降兵的基础力量来培养的，只是当时还没有条件组建空降兵部队，所以就暂时安排你在国军第八十八师担任特务连连长。"

毛人凤说到这儿，才把眼睛停留在陈一鸣的身上，微笑着问："陈先生，我说得对吗？"

陈一鸣的眼皮抖了一下，长叹了一口气："毛先生，难为您了，为我做了这么深的功课，陈某感激不尽。"

"哪里，哪里……"毛人凤笑着摆了摆手，"你是国军昔日的抗日英雄，我当然要做细致的了解。资料里记载，淞沪会战爆发，你曾经随八十八师投入战斗。会战当中，你率领十六人的敢死队深入日军后方，奇袭日军前线指挥部，击毙联队长一名，彻底打乱了日军前线的指挥体系，为此立下了奇功！再后来——"

"毛先生！"陈一鸣终于忍不住拦住了他，"您今天跟我说了这么多，到底是要我做什么？"

毛人凤没有直接回答陈一鸣的问话，却话锋一转，顺着自己的思路说下去："可惜呀，南京保卫战如火如荼，你刚刚在火线被提前晋升为少校参谋，就在撤退的路上因为涉嫌通共而被我们逮捕，而后一直关押至今。"

"我不是共党分子！你们已经调查过很多次了……"陈一鸣不服气地看了毛人凤一眼。

"可是你阻挠军统和宪兵执行公务，放走了共党地下组织的重要人物——难道这不是涉嫌通共的重罪吗？"毛人凤也很不客气地回了一句。

陈一鸣瞅了瞅他，不再吭声了。

毛人凤见状，又缓了口气："当然，我们可以理解你是一时糊涂，可这样的事情，是你这个堂堂的国军少校应该做的吗？"

听毛人凤这样说，陈一鸣只好回了一句："我承认我当时做的事情与我的身份不符，可我做事从来不后悔，毛先生想怎么处理我，就请直说吧！"

毛人凤听罢，不由得畅快地笑了："哈……陈少校，你误会了。如果揪住你过去的事情不放，我今天就没必要跟你坐在一起了。"

陈一鸣感到有些纳闷儿，疑惑地看着毛人凤。

"来，咱们先喝酒，再说话。"毛人凤随即举杯示意了一下。两个人喝了酒，毛人凤接着说，"目前，抗战正在艰难地进行，政府也正是用人之际，所以我们想给陈少校一个立功赎罪的机会——"

听毛人凤这样说，陈一鸣不再说话，屏住呼吸看着毛人凤。

"咳，咳……"毛人凤咳了两声，接着说，"实言相告——戴老板和我们团体都很器重陈少校的能力和为人，希望陈少校能够洗心革面，和我们一起投身秘密战场的抗日大业之中，不知陈少校意下如何？"

陈一鸣听了毛人凤的话，感到一阵疑惑："阁下的意思是……让我当特务？"

毛人凤不以为然地笑了笑："陈少校说错了……特务，不过是圈外人的称呼，而以我们专业人的习惯叫作……特种工作人员，也就是——特工。"

陈一鸣听了，不禁鄙视地笑了笑："哼，一个意思，都是见不得光的人。"

对陈一鸣的话，毛人凤却不以为然："见不见阳光，那只是工作方式的区别而已，并不能说明什么……我们虽然生活在黑暗之中，却是为了守护民族、守护政府、守护领袖，我们是真正的无名英雄——这种职业，难道还不崇高吗？"

陈一鸣没有回答，却仍然鄙视地笑了笑。

毛人凤接着说："间谍，其实只是一种斗争方式，并没有崇高和卑劣之分，而且这种职业不只在我朝我代，历朝历代都早已有之，而且是必不可少……陈少校熟读兵书，精通战略战术，我想，这不用我再来开导吧？而且，你敢说你在淞沪前线的时候，就没有得到过我们团体的情报支援？呵呵，更何况你自己就是特务连连长、侦察参谋，对情报的重要性你应该是很清楚的。"

陈一鸣一时无语，只好默默地听着。

"陈少校，对于你来说，目前只有两条路——"

陈一鸣听罢，不禁注意地抬起头来："请讲。"

"第一，参加我们团体的工作，成为我们团体的一员……"

陈一鸣愣住了，又不禁问了一句："那么第二呢？"

"第二，就是烂死在集中营！"

毛人凤说完，脸上充满了冷酷。陈一鸣的嘴角，不禁抽搐了一下。

"呵呵……"毛人凤脸色阴冷地笑了笑，"陈少校，你想一想，准备走哪一条路？"

陈一鸣犹豫了一下，冷冷地回答："我不做特务。"

"哦？……"毛人凤的笑容立刻就中止了。

陈一鸣随即站起身来："毛先生。我谢谢戴老板和贵团体对我的错爱。但是，一鸣志不在谍报工作。因为家父自小就教导一鸣，为人处世要坦荡光明，不要苟苟且且。所以，还是请毛先生送我回牢房吧。"

陈一鸣说完便向外走，毛人凤叫住了他："吃了饭再走，不迟。"

望着满桌子的饭菜，陈一鸣摇了摇头："不，我现在时时想起八十八师死难的弟兄……我吃不下。"

陈一鸣说完又向外走，毛人凤只好抬手送客了。

毛人凤故作惋惜地说："好吧，君子不强人所难——恕不远送。"

毛人凤半步未动，看着陈一鸣出去了。

陈一鸣刚走，毛人凤下属田伯涛就走了进来。

田伯涛问道："毛先生，他这么不给面子，我去教训教训他！"

毛人凤赶忙阻拦："不可！三军可夺帅，匹夫不可夺志也，你去也没用……再说，陈一鸣不是贪生怕死之人，更不会怕什么皮肉之苦——这么多年了，你难道还不清楚？"

田伯涛被毛人凤申斥了一句，不敢再提先前的话茬儿，又赶紧变了个主意："要不……我们再换个人？"

毛人凤仍旧摇了摇头，不免叨念起来："顺，不妄喜！逆，不遑馁！安，不奢逸！危，不惊惧！胸有惊雷而面如平湖者，可拜上将军也！"

田伯涛看着上司，眼神一愣一愣的。

毛人凤转过脸来，终于望着田伯涛笑了："他，就是我们要找的人！放心吧，我自有办法。"

8

早晨，明媚的阳光洒在牢房的墙上。牢房内，刚刚醒来的陈一鸣此时正靠在墙上沉思着。突然，一捆报纸从牢门的送饭口里丢了进来，陈一鸣不觉转过了头。

看守招呼着："给，从今天开始，你可以看报了。"

看守说完，转身走了，陈一鸣兴奋地奔到门口，拿起了被扔在地上的报纸。一组揭露日寇暴行的照片很快便吸引了他——照片上，日寇摧残中国士兵和居民的残暴程度令人发指！陈一鸣看着看着，头上的青筋不禁暴了出来！

陈一鸣低声骂道："他妈的，这帮不是人养的畜生！"

陈一鸣一边骂着，一边浑身颤抖着……看着看着，他终于忍不住了，举起拳头在大门上猛烈地敲起来！

陈一鸣近乎癫狂："来人！来人……我要见你们的长官！"

两个看守闻声跑了过来，不免恶声地骂起来："敲什么敲？作死哪？！"

陈一鸣大声喊道："快放我出去，我要见你们的长官！我要见你们的长官！"

陈一鸣说着，威严地瞪着门外的两个看守。或许是慑于陈一鸣的威力，两个看守见了竟不敢再说什么——

"等着，我们去给你报告。"

看守说完走了，陈一鸣这才开始慢慢地安静下来。

9

这一天是个晴天，天上万里无云。在一座乡间别墅楼顶的平台上，穿着一身睡服的毛人凤正在全神贯注地打着太极拳。

稍等了一会儿，田伯涛轻轻地走了过来："毛先生，陈一鸣要见您。"

毛人凤听罢收拢了姿势，笑了笑："陈一鸣要见我？——我是他想见就能见到的吗？"

田伯涛听罢，不由得愣住了："毛先生，您不是说……"

"呵呵……"毛人凤听罢，得意地笑了笑，"这鱼，还没炖到时候，只有炖到时候了，鱼骨才能和肉分离，那样吃起来就不扎嘴了。"

田伯涛很快领会了上峰的意思，不由得点头笑了笑："在下明白！等'鱼炖到时候'了，我再来请示您。"

田伯涛说完，转身走了。

毛人凤伸手在身旁的茶几上拿起一杯茶，喝了一口。

放了唱片，留声机里西皮二黄节奏响起："我坐在城头观山景……"

时近中午，陈一鸣因为不停地呐喊已经有些疲惫了，他无力地坐在牢房的墙角处不停地喘着粗气。就在这时，田伯涛出现在牢房的门口。

陈一鸣："我……我要见毛人凤！"

田伯涛望着陈一鸣，狡猾地笑了笑："你想见毛先生？呵呵，那毛先生是你想见就能见到的吗？别着急，你慢慢等……再说了，你要见毛先生总得有一些说法呀，否则，我们可怎么给你汇报呢？"

陈一鸣听罢想了想，突然伸出了一只手："请给我一张纸——要宣纸，大一点儿的。"

田伯涛不明就里："干什么？"

陈一鸣答道："我要给毛先生写几个字……"

田伯涛转了转眼珠，终于向跟在身后的下属摆了摆头："去，给他拿纸笔。"

下属跑步去了，一会儿又快步地跑回来，将几张宣纸和毛笔、墨汁递了进去。

陈一鸣没有说话，接过纸笔和墨汁，将宣纸铺在了地上。他没有拿毛笔，也没有蘸墨汁，却咬破食指，蘸着手指渗出的鲜血在宣纸上写了几个字，田伯涛和站在他身后的下属看见了都不禁瞪大了眼睛！

那张写着血字的宣纸很快便送到了毛人凤的手上——

毛人凤念着："一寸山河一寸血……"

毛人凤看罢，打了个冷战，立刻惊愕了："唉……如果党国的军人个个都如陈一鸣，局势也不会惨到这个地步。"

田伯涛的脸上此刻充满了崇敬："先生，您要见他吗？"

"见，当然见——立刻就见！"毛人凤想都没想，立刻挥起了手。

田伯涛答道："那……我带他过来？"

毛人凤拦住他说："不，带他去靶场，我在那儿等他。"

田伯涛觉得此举有点儿太抬举陈一鸣了："靶场？"

毛人凤绝不会放过这个收买人心的机会："对，就是靶场。"

10

山间靶场，随着清脆的枪声，靠近山脚的一张靶纸上零星地落着几处弹痕。毛人凤放下正在冒着青烟的手枪，很不满意地摇摇头。

田伯涛："报靶员，报靶！"

随着田伯涛的喊声，躲在远处的报靶员迅速地从地沟里蹿了出来，过了一会儿，便报来了数字——

报靶员在远处高喊："58环！"

田伯涛听罢，不禁鼓起了掌："好枪法！毛先生确实是好枪法！"

毛人凤听罢，不由得苦笑了："什么好枪法？——10发子弹打了58环，连及格还不到呢，还说是好枪法——连拍马屁都不会拍！"

田伯涛听了，脸上立刻现出了尴尬："毛先生，就差一点点，咱们再来……再来。"

毛人凤此时早已没有了兴致："算了吧，还是等着主角来吧……"

毛人凤话音未落，远处传来吉普车的鸣笛声……过了一会儿，一辆吉普车急速地开了过来，停在了靶场附近。车门打开，陈一鸣拖着脚镣和手铐，在两个看守的押解下下了车。

毛人凤饶有兴趣地看着缓缓走来的陈一鸣，向站在身后不远处的护卫们吩咐了一句："给他下镣。"

护卫应了一声："是！"

两个护卫闻声走过去，为陈一鸣解下了手铐和脚镣。

毛人凤这才说了一句："陈少校，你要见我？"

陈一鸣："是，毛先生，我有话跟你说。"

毛先生没有回答陈一鸣，却转身看了看身后长桌上摆放的武器："陈少校，有几年没摸这东西了吧？想不想玩一玩？"

陈一鸣听了，眼睛立刻一亮："想！如果毛先生允许的话……"

毛人凤笑着点了点头："虽然我们打过了几年交道，可我还真的没见过你打枪。好吧，今天就算破破例，让我见识见识你从德国留学回来的高手的枪法，来吧！"

毛人凤说完，用手示意了一下，陈一鸣见状，走到了长条桌前，围在靶场四周的护卫见了，都下意识地把手伸向了自己的枪。

正在伸手拿枪的陈一鸣立刻便感觉到了，不免望着毛人凤冷笑了一下："毛先生，你让我这个囚犯摆弄枪，就不怕我一时性起威胁到你的安全？"

毛人凤听罢立刻笑了："陈少校志在'一寸山河一寸血'，怎么会做出这等蝇营狗苟之举？陈少校尽管拿枪就是。"

毛人凤尽管这样说，围在靶场四周的警卫们还是没有放松自己的戒备。

毛人凤望着陈一鸣又一次笑了："陈少校，请吧。"

陈一鸣很快便选了一支枪，握在手里，仍然很利索地出枪，将子弹上膛……随着一串清脆的枪声，报靶员很快报出了成绩——

报靶员远处报告："15发——147环！"

报靶员话音刚落，靶场里立刻响起了掌声。毛人凤的脸上此时也充满了兴奋！

毛人凤笑着鼓掌道："好好好，陈少校威猛不减当年，果然是弹无虚发，毛某佩服，佩服！"

陈一鸣转过身去又一次看着靶子，脸上充满了欣慰。

毛人凤兴致勃勃地向陈一鸣招招手："陈少校，我们回别墅谈吧！"

一群人很快便上了车，车队向着不远处毛人凤的别墅驶去……

11

毛人凤的别墅内，一本镶着照片的资料册被丢在了桌子上。已经换了军便装的陈一鸣，此刻正目光冷冷地盯着资料上的中村一郎。

毛人凤望着陈一鸣叹了口气："这就是你要袭击的目标，日本驻华中村特务机关头目——中村一郎。"

陈一鸣沉吟了一下，拿起资料又翻了翻，随后，放下了手里的资料："毛先生，谁是我的助手？"

毛人凤稍稍一愣，随口回答："你自己挑。"

"我？"陈一鸣愣住了，不知道毛先生的话里是什么意思。

毛人凤见状挥挥手。站在不远处的田伯涛随手拉开了身边书柜的幕布，书柜里露出密密匝匝摆放的集中营关押囚犯的资料。

"毛先生，你是让我从在押囚犯里挑人？"陈一鸣望着毛人凤更加惊愕了。

毛人凤很确定："对，就是从这些囚犯里挑人。除了我们已经核实的共党分子，其余的人，一律由你挑！"

"这……这可都是一些囚犯哪！你让我带一组囚犯去搞暗杀？这……这怎么可以呢？"陈一鸣看着毛人凤，显出越发的不解。

毛人凤看着对方，不觉笑了："这怎么不可以……你不也是个囚犯吗？"

"这……囚犯和囚犯可不一样！"陈一鸣话虽这样说，底气却明显露出不足。

毛人凤望着他又笑了："陈少校，你的心情我理解。可是眼下敌我情报战场上犬牙交错，无论我派手下的任何人去搞暗杀，都难保不被出卖给日本人——所以，我才选择了你们。只有你们的情况，无论敌我特工，除了我们内部的极少数人，其他人都一无所知，因此只有派你们出去才是最安全的，而且谁也不会想到，我会派出一支囚犯敢死队——这就叫'出其不意，攻其不备'……你懂了吗？"

陈一鸣听罢，不由得点点头："你的话有道理……只不过，你们想得太绝了。"

毛人凤的脸上立刻现出了某种得意之色："陈少校，我跟日本人打交道，已经快十年了，对他们我还是有些了解的。所以陈少校此次出击，胜算很大！你可以挑选你认为合适的任何一位囚犯参加行动；同时，我们将我们现在所掌握的相关资料毫不保留地提供给你，包括在敌占区仍在秘密行动中的我方派遣人员。只要你能按时完成任务，我们将为你提供一切可能的帮助！"

陈一鸣听到这儿，终于吐了一口气，却还是有些不放心地看着对方："毛先生，你为什么这么信任我？你就不怕我带这个囚犯去投向日本人吗？"

毛人凤听罢，不由得畅快地笑了："哈……陈少校，我不会忘记这句话，'一寸山河一寸血，十万青年十万军'——说别人背叛我信，说你背叛，我不信！"

毛人凤说完，审视地看着陈一鸣："陈少校，我说得对吗？"

陈一鸣猛地站了起来，来了一个军人标准的立正："毛先生，只要信得过我，你放手让我杀鬼子，我陈一鸣就是死也绝不会做对不起民众和祖宗的事！"

见陈一鸣如此严肃，毛人凤立刻又笑了："哈……陈少校，对我刚才的话，你过于认真了！值此全民抗战之际，我不相信像你这样能写出血书的热血军官会叛变做汉奸——所以，我信得过你！"

毛人凤的话，令陈一鸣十分感动，他的嘴角不由得有些颤抖："毛先生，感谢您的信任……多少年了，其实我缺的就是这样的信任。"

陈一鸣的感慨是有感而发，毛人凤感觉出了陈一鸣对自己这些年被关押的委屈，于是他伸出手来拍了拍陈一鸣的肩："一鸣啊，我知道你这几年也受了一些委屈，但是你当年做的事情也确有唐突，党国的情报机关是不允许自己的队伍里有任何污点的。有时候因为情况复杂可能会伤害了一些人，可那都是为了队伍的更加纯洁化不得已而为之——这一点，还请你多多谅解……好了，关于以前的事情我们就说到这儿，我们还是集中说一下眼前的事情。关于组织这支特别敢死队的事情，有一点我要特别嘱咐你——那就是这件事情一定要绝对保密，不能有任何的外露，否则对我们的行动，包括敢死队人员的安全，都将会受到极大威胁……你记住了吗？"

陈一鸣问道："记住了……哦，敢死队的代号叫什么？"

毛人凤望着陈一鸣笑了笑："黑猫——"

"黑猫？……"陈一鸣不由得愣住了。

毛人凤笑得更得意了："一只能吞掉大老鼠的黑猫！"

陈一鸣还是有些疑问："敢死队的队员什么时候挑选？"

毛人凤："明天。"

陈一鸣："明天？"

毛人凤："对，就是明天。早点儿组织起队伍，早点儿训练，也好早一天完成刺杀任务，否则，盘踞在南京的日本特务机关的派遣行动也实在是太猖獗了。"

陈一鸣立正斩钉截铁地说："是，我听从先生的吩咐！"

"哈……好好干！年轻人，前途无量！"毛人凤说完，越发表示亲近地在陈一鸣的肩上拍了拍。

陈一鸣走后不久，田伯涛悄悄地溜了进来："毛先生，在陈一鸣单独住处的周围已经布置好了警戒，只要陈一鸣敢有不轨行为，我们将立刻对他进行有力的惩戒！"

"好，办得很好。伯涛，知道这句话吧，叫'用人不疑，疑人不用'。可是对于我们军统来说却是不同，应该'疑人也用，用人也疑'，才能确保胜券！"毛人凤说罢，脸上露出得意的笑。

12

此刻，在南京市一座华丽的酒店大楼前，酒店的林经理和几名穿戴整齐的服务员正站在门口，恭候着一位重要人物的到来。过了一会儿，一辆高级轿车停在了酒店门前。待轿车停稳，林经理赶紧上前一步打开了车门。

从车里走出来一位年轻女人，她容貌美丽，衣着端庄，表情却有些黯然。她一边下车，一边不住地用手帕擦着眼泪。

林经理恭敬地后撤了一步："小姐，我们都在等您。北平一别，又是两年，老先生去世的时候一念叨着您的名字，我们也盼着您早日过来打理这边的生意……希望小姐节哀，金陵酒店没有您是不行的。"

小姐礼貌地朝着林经理微笑了一下，而后快步向酒店大门走去。

"小姐好！"服务员们见状，赶紧垂立问候。

小姐点点头表示致意，而后继续向里走去。林经理在身后，赶紧跟上。

小姐一边走，一边对林经理说："家父刚刚去世，我暂时不想会客。酒店的生意，还麻烦林经理先费心照应着。"

林经理唯唯诺诺："是是是，林某一定尽心竭力！小姐请。"

随着一声铃声，电梯门关上了，林经理随着小姐上了楼去。

电梯在楼的顶层停下了，林经理随着小姐走了出来。他紧走了几步，赶在小姐到达前，打开了办公室的门，将小姐让进了门。

总经理办公室，装饰华丽，小姐看着眼前宽大的办公室不免感到有些新鲜，林经理进门后顺势带上了门。

墙上，挂着一个五旬左右男子的遗像，小姐看着照片不禁一阵伤心。林经理没有说什么，他迅速地走到窗前，无声地拉上了窗帘。

随后，他转回身来，兴奋地向小姐伸出了手："欢迎你，金鱼同志！"

小姐此时也一改方才的矜持，兴奋地握住林经理的手："鲤鱼同志，你辛苦了！你长期战斗在敌人的心脏，泰山委托我转达对你的敬意！"

林经理的脸上立时浮上无限的感慨："泰山同志太客气了，这是我的责任，没什么可说的！只是老站长牺牲以后，一直没来新领导，心里实在是没底呀！这回好了，你一来，我们南京站的同志就都放心了。"

"老林，我刚来，有很多情况还不熟悉，今后的工作还希望你多支持！"小姐说着，忍不住望了墙上的遗像一眼，表情骤然变得很沉重，"老站长牺牲了，给我们当前的工作带来很大的损失，我们一定要加倍努力，把工作局面重新打开！"

小姐说着走到遗像前，恭恭敬敬地给老站长上了一炷香："老站长，您是为革命、为抗战而死的，人民不会忘记您！"

小姐名叫黄云晴，是我地下党新任南京情报站站长。她虽然人很年轻，看上去只有二十六七岁的样子，却已经是有着近十年党龄的老党员："鲤鱼同志，你请坐吧，下面我来传达一下泰山同志对最近工作的指示。"

"是。"林经理听罢，赶紧面容严肃地坐在黄云晴面前。

黄云晴："鲤鱼同志，泰山现在最关心的是中村特务机关最近的动向，以及军统是否在谋划下一步的报复行动。"

林经理听罢，直了直身子："中村机关目前对军统潜伏情报网的破坏和暗杀还在进行。负责暗杀和破坏的人多数是中村一郎上任时带来的少壮派，这些人中大多数是他在日本谍报学校受训时的同学，只有少数人是中村一郎从日本传统忍者家族临时招募的高手，杀人手段十分厉害。中村一家背景深厚，家族有皇族血统，老中村在二十几年前就在日本天皇特务机关任职，因此包括在南京的日伪宪特对中村一郎都深怀敬畏。军统要搞掉中村一郎，一定是一场恶战。"

黄云晴听罢，不禁皱了皱眉头："中村一郎现在……还经常到我们酒店来吗？"

林经理："经常来。我们酒店是南京数一数二的娱乐场所，南京的日伪要人经常在这里出没，所以中村一郎也是这里的常客。"

林经理说到这儿突然停了一下，眉毛一挑，禁不住问黄云晴："金鱼同志，你的意思……是我们要对中村下手？"

黄云晴凝神思索着，没有表态。

林经理只好又跟上来一句："刺杀中村，我们应该是有条件的，无论在食物上下毒还是搞狙击暗杀，干掉他都是分分钟钟的事儿，只是……"

"不，我们暂时不要做这样的行动。"黄云晴听罢摇摇头，"金陵大酒店在我党情报工作中的地位十分重要。我们的任务是长期潜伏，搜集情报，伺机而动，而不是轻易去搞破坏行动。泰山同志曾经专门强调，不到万不得已，我们这个站一定不能暴露！"

林经理回答道："是，我明白了。"

黄云晴说罢站起身来，望着林经理笑了笑："不过，我倒还真想会一会这个中村一郎。"

13

金陵大酒店豪华的西餐厅的一角，摆着一架崭新的三角钢琴——这是一架从国外进口的钢琴，不仅琴箱宽大，而且琴声也十分悦耳。

此时，一个三十几岁的中年男人正沉浸在悠扬的琴声里，陶醉地弹着琴。这个弹琴的男人不是别人，正是日本中村特务机关的机关长中村一郎。在餐厅的四周，此时远远近近地站着几个身穿黑色西服、头戴黑色礼帽的日本特务，中村一郎的助手岩本少校此时也混杂其中。

餐厅里，此刻已经食客寥寥，除了几位有身份的日伪要人一边喝着咖啡一边悠闲地谈天之外，还有几个便是法国和德国等国家的客人。

就在这时，黄云晴在林经理的陪同下走进了西餐厅。他们刚走到餐厅门口，就被岩本少校伸手给拦住了。

第二章

1

林经理看着岩本，勉强地笑了笑："岩本先生，您这是……"

"林经理，请问，这位女士是什么人？"岩本一边说着，一边用警惕的眼睛紧盯着黄云晴。

林经理听罢，畅声地笑了笑："哦，哈……岩本先生，你还不认识她吧？这位，就是我们酒店的新任老板——楚云萍女士。"

"新任老板……"岩本听罢，不禁诧异地看着黄云晴。

黄云晴望着岩本笑了笑："怎么，在我自己的酒店，我还不能进去吗？"

岩本听罢，终于笑了："不好意思，楚女士请！"

岩本说完站到了一边，让开了大门。

黄云晴朝他微笑了一下，走了进去。他们找了一个并不显眼的座位坐了下来。

林经理欠了欠身，向黄云晴耳语着："现在弹琴的那位，就是中村一郎。"

"哦？"黄云晴眉头皱了皱，转向了摆放钢琴的方向，林经理悄声离开了。

流畅的钢琴声在餐厅里弥漫……中村终于弹完最后一个音符，一滴眼泪从脸上滑落下来，而后他睁开眼睛，直起了身。

餐厅里出现了短时间的寂静，而后一个孤单的掌声在餐厅的一角响起……中村禁不住转过了头——鼓掌的正是黄云晴。

中村惊愕了一下，合上琴盖走了过去，快到黄云晴跟前的时候，他顺手摘下了桌子上插着的一朵花："小姐，谢谢你。"

中村一郎说着，礼貌地将手中的玫瑰花献给了黄云晴。

"谢谢……"黄云晴接过玫瑰花闻了闻，"应该由我来感谢你——是你让我听到了这么美妙的音乐。"

中村听罢，脸上立刻浮上了笑颜："这位女士，我可以坐下吗？"

"当然，先生请坐。"黄云晴说罢，用手示意了一下。

侍者见状，为中村递上来一杯水，而后退去了。

黄云晴笑着问："请问先生，您是钢琴家吗？"

中村摇了摇头："不，我只是个爱好者。"

黄云晴："先生的琴声如泣如诉，好像一个恋人在倾诉自己对爱情的怀念……我听过很多音乐会，还从来没有像今天这样感动过。"

"哦？"中村的脸上立刻出现了惊喜，"小姐是从事什么工作的？是音乐家吗？"

黄云晴摇头苦笑了："不，很遗憾。在奥地利留学的时候我倒是想过，可惜家父不允许，只好遵从父命做了商人……喏，这是我的名片。"

黄云晴说着，将名片递了过去。

中村一郎恭敬地伸手接了过去，他看了一眼，脸上立刻现出了惊愕："哦，原来您就是金陵的新老板楚云萍女士！楚女士，我跟你父亲是很熟悉的，对他的不幸去世我深表哀悼。"

黄云晴听罢，笑容骤然消失了，眼泪在眼睛里酝酿着。

中村见了赶紧说："楚女士，实在不好意思，中村不是有意冒犯的，还请楚女士节哀顺便。"

黄云晴故意愣了一下："中村？……你叫中村？"

中村："是的，鄙人是中村一郎。"

黄云晴："你是……日本人？"

中村笑着说："是的，怎么……难道我不像日本人吗？"

黄云晴笑道："不是不是，你汉语说得这样好，我只是没想到……对不起！"

中村听了，不以为然地笑了笑："楚小姐，没关系。我知道，你们中国人对日本人的看法不是很好，这是战争造成的民族隔阂，是一个没有办法的事情。本来嘛，一衣带水的邻邦，现在却陷入了互相残杀，这确实是个悲剧，只是我们都不能阻止这个悲剧的发生……那么，我们就祈祷这个悲剧尽快结束吧，尽快回到和平的生活。"

黄云晴听罢矜持了一下，立刻泛出了笑脸："中村先生，你讲得真好。对于我们这些普通生意人来说，只有不打仗才能多赚钱……哦，冒昧地问一句：中村先生，您是做什么职业的呢？"

"我？……"中村愣了一下，突然想了想，"我在政府从事文案工作。"

"哦，这是一个不错的职业。"黄云晴顺口回了一句。

就在这个时候，岩本走过来，对着中村的耳朵耳语了几句。

中村点点头，彬彬有礼地站起身来："对不起，楚女士。鄙人有事先走了，希望下次还能见到您……告辞。"

黄云晴也见状站起身来，矜持地笑了笑："中村先生，再见。"

中村一郎转身急匆匆地走了，散布在四处的特务们也立刻跟了出去。黄云晴看着他们，脸上的笑容立刻凝固了。

金陵大酒店门外，一个叫二宝的中国人此时正躬身站在酒店的门口，看见中村出来，他走上前两步，腰弯得更低了——

二宝："中村太君，您好！"

中村的脸上现出明显的怀疑："你有结果了？"

二宝："有了有了……中村太君，这次我一定不会让您失望！"

中村听罢，挥了挥手："走吧，你现在就带我去见她。"

"是！"二宝一个立正，赶紧跟着中村等人上了车。

2

城西，在一家外边看起来很不起眼儿的咖啡屋里，中村见到了他要找的女人——

中村招呼道："倩倩！"

女人转过身来，中村却愣住了……呆愣了片刻，中村失望了："二宝，这不是我要找的女人，你的良心大大地坏了！"

二宝在一旁哆嗦了一下，赶紧赔上了笑脸："太君，我……我问过了，她……她说，她确实叫倩倩！"

"八格！"中村大怒着拔出刀来，一脸凶光地向着女人走去，"说，你到底叫什么名字？！"

女人两腿一软，立时便瘫在了地上。

中村猛地把刀架在女人的脖子上！

女人被这突如其来的恐吓吓得不知所措："啊——"

中村表情狰狞地吼道："说，你到底叫什么名字？你敢说一句谎，你就死了死了的！"

女人此时脸色惨白，浑身颤抖："太、太太太君……我、我不叫倩倩——"

"八格！"中村大吼了一声，立刻举起了刀，"说，你为什么撒谎？说！……不说，死了死了的！"

"太君饶命！太君饶命啊……"那女人吓得立刻尿了裤子，"太君，不是我撒谎，是二宝教……教我这样说的！他……他说太君要找一个叫倩倩的中……中国女人，急得不行！他……他说，如果再找不出来，你就得杀了他！所以他给了我钱，我就……我就……"

中村听到这儿，脸色反而平和下来，他放下了手里的战刀，转身看着二宝："二宝，这个女人……她说得对吗？"

二宝："对对对，太君，是这么回事……我、我是怕太君着急，所以才……才……反、反正都是中国女人——"

"八格！"没等二宝说完，中村就一巴掌打在二宝脸上。

"哎哟——"二宝一声惨叫，跌倒在地上。

中村："你的，死了死了的！这个贱女人能跟我的女人——倩倩相比吗？我要是只为了找一个中国女人，遍地都是，还用得着这么费力气吗？来人，给我打！"

两特务："是！"

两个特务听罢不由分说，抓起二宝就是一顿暴打。

二宝："哎哟，哎哟……太君太君，我再也不敢了，我再也不敢了……太君，您再给我一段时间，我一定为你找到倩倩，我一定……啊！啊！哎哟哎哟，别打了，别打了——"

中村举手拦住："停！"

中村一挥手，两个特务停了下来。

中村脸色阴沉地走向二宝："说，想死……还是想活？"

二宝："想活，想活，当然是想活……太君，我不想死，我真的想活呀！"

中村望着二宝，忍不住蔑视地笑了："想活……好，既然想活，你就给我乖乖地找到倩倩，不准再用这种卑鄙的手段来糊弄我！"

二宝连连点头："是是是，太君，我不敢了，再也不敢了……"

中村："我的，再给你一个月的时间，你知道该怎么办！"

二宝唯唯诺诺："知道，知道，我知道……"

中村："如果再找不到倩倩，或者再拿这种下三烂的办法来糊弄我，你知道等待你的是什么！"

二宝连连鞠躬："是是，太君，我懂，我懂……我尽力，我一定尽力！"

"好了，你滚吧！"中村厌烦地一挥手。

"是是是，我滚，我滚……"二宝灰溜溜地跑了。

见二宝离去，岩本走上来一步："中村君，这个女人……怎么办？"

中村鄙视地回头看了女人一眼："老办法——处理掉！"

中村说完，转身走了。岩本向身旁的两个特务挥挥手，也走了。

过了一会儿，从屋里传出了女人轻微的呻吟，而后便再也没有了声音。

3

当晚，在坐落于重庆的一座别墅内，陈一鸣坐在书房里正在紧张地看着毛人凤送给他的资料。

这是目前仍然在押的和已经释放的部分囚犯的档案。陈一鸣的眼睛很快便停留在冷锋、藤原刚、小 K、蝴蝶和书生等人的档案上，他的眼睛因为兴奋而闪出异样的光芒，一直紧绷着的脸也渐渐开朗了……

第二天早晨，在毛人凤别墅的楼顶平台上，陈一鸣见到了刚刚打完太极拳的毛人凤。

陈一鸣："毛先生。"

毛人凤转过身来，朝着陈一鸣笑了笑："陈少校，有眉目了？"

陈一鸣点点头。

毛人凤："那好，你说要谁，我马上让你去见。"

陈一鸣迟疑了一下："我想……去趟上海。"

毛人凤："去上海……为什么？"

陈一鸣："我想去找我的老部下——冷锋。"

毛人凤："冷锋？……我知道了，他是原国军八十八师特务连一排少尉排长，曾经在德国狙击手学校学习一年，参加过淞沪会战，是一个难得的狙击手！他曾经因为淞沪会战后说过一些很不利于党国的言论被我们抓过，后来没有查出什么问题被我们释放，之后不久他就溜掉了……怎么，他在上海吗？那可是日伪占领区呀，你能肯定他在上海而且还活着吗？"

陈一鸣迟疑了一下，点点头："我肯定。"

毛人凤："为什么？"

陈一鸣脸上突然露出了自信的微笑："因为——他是我的兵。"

毛人凤踱了几步，想了想："那好，我让我们上海站的同志先核实一下，如果他真的还活着……你就去吧。"

"谢谢毛先生。"陈一鸣说完转身走了。

毛人凤的脸上现出了阴冷，他望着陈一鸣的背影沉思着。

就在这时，田伯涛悄悄地凑了过来："毛先生，您真的同意他去上海吗？万一他——"

毛人凤矜持了一下，笑了笑："当然，我让他去……他不会投奔日本人的。"

"我知道，毛先生，我担心的是……他投奔新四军！"田伯涛说完，满腹担心地看着毛人凤。

毛人凤突然笑了，用力地摇摇头："伯涛兄，你不了解他。记得我跟你说过，要想洞察一个人，就要洞察他的心理。陈一鸣是个传统军人，对党国的忠诚是不用怀疑的。他曾经放跑过共产党不假，可是这跟他的信仰没关系，倒是跟他的义气有关系，是他的义气在作怪。如果他真的要叛变党国，当初不是早就跟共产党分子跑了吗？为什么还要束手就擒呢？你要知道，就凭他的身手，区区几个宪兵是抓不住他的。"

田伯涛仔细地想了想，终于信服地点点头："毛先生，在下明白了。"

毛人凤："好，通知我们上海的同志，以最快的速度找到冷锋的下落。"

田伯涛："是！"

4

几天以后，在上海一家早点店里，经常来这里吃早点的冷锋刚刚在餐桌前坐下，就见一位穿长衫的男人从从容容地坐了下来，并且拿出一张报纸悠悠闲闲地看了起来……冷锋有些警觉，不禁用眼睛的余光向对方看去。可是对方的脸被报纸挡着，他什么也没有看见。

带着十分的小心，冷锋匆匆地用完早点，他正要向外走，那位被报纸挡着的人却突然说话了——

陈一鸣笑着过来搭讪："怎么样，早点用完了？"

冷锋愣了一下，赶紧回过了头，却见坐在对面桌边的那个人仍然在看着报纸。冷锋怀疑那个人是否在跟自己说话，于是便等了一会儿；可是那个人就好像刚才的声音根本就不是他发出的那样，仍然在看着手上的报纸。冷锋犹豫了一下，不再理睬他，转头又向外走去，谁知他刚走了两步，那个人又说话了——

"冷锋兄，就这样走了吗，也不打个招呼？"

冷锋被那个神秘男人的声音惊呆了，烛光下，他犹豫了一下，不禁大声问了一句："你是谁？为什么知道我的名字？"

谁知对方放下报纸，哈哈地大笑起来："冷锋兄，连我的声音都听不出来了？"

冷锋呆呆地看着陈一鸣，眼泪突然流了出来："陈参谋，是你……我以为，我再也见不到你了！"

冷锋说着，猛地冲过去抱住了陈一鸣！

陈一鸣也慢慢地抱住了冷锋："这里不是说话的地方，跟我走，我们找个地方去谈！"

陈一鸣说着，拉起冷锋向门外走去……

5

两个人来到陈一鸣临时居住的旅馆里。陈一鸣没想到他刚把自己的来意说完，冷锋就立刻表示了反对——

冷锋："什么……为军统卖命？你怎么能想得出哇？"

"不是为军统，而是为国家。"陈一鸣立刻纠正他。

"国家？党国？"冷锋不屑一顾地笑了笑，"哼，还不都是一回事！"

"不，不是一回事……"陈一鸣再一次纠正他，"军统是国家的，而国家却不是军统的。"

冷锋："哼，谁信他们的鬼话，还不是一些弯弯绕——绕来绕去，还是一回事！陈参谋，你到现在怎么还相信这一套？！这都是他妈的鬼话、屁话！我们在前线卖命的时候，那些高官贵人在干什么？我们兄弟的血浸透了整个大上海！——你忘了吗？回答我，你忘了吗？！"

陈一鸣低声说道："我没忘。"

冷锋望着陈一鸣，更加义愤："就在下面这条街上，八十八师打得几乎绝了种，你没忘记吧？可是谁来救我们？谁来救我们了？——那么多的弟兄，就这么白白地牺牲了！"

想起牺牲的弟兄，陈一鸣的脸上也显出了悲痛："他们是为抗日而死的，他们的血……不会白流！"

冷锋表情凝重地说道："我的兵，全都打光了，打光了……他们就死在我的面前，死在我的怀里……我眼睁睁地看着他们死去！可是那时候谁来救我们？有谁想到我们在抗日吗？！"

陈一鸣打断他："可是冷锋，为抗战牺牲的不只是我们八十八师，全国的老百姓……现在都在牺牲！"

"我看不了那么远！"冷锋此时仍然沉浸在悲愤中，余怒未消，"我就看到在我们最需要援助的时候，委员长却下令不打了！一天一个师地牺牲，可淞沪会战到底换来了什么？换来的是重庆的歌舞升平，换来的是高官的奢侈无度？！可我们的兄弟得到了什么？——甚至连说几句牢骚话都要被抓、被关，这样的政府，你还相信它吗？哼，还不如我在这儿一个人当个杀手，瞧见我看不顺眼的鬼子、汉奸，我就杀死他，反倒落了个痛快！"

陈一鸣："是，是痛快，可你这是散兵游勇，是办不成大事的！"

"大事——什么大事？抗日就是大事！杀鬼子就是大事！"冷锋说完，不屑地转过身去。

陈一鸣见谈话陷入了僵局，只好换了个口吻："冷锋，我问你，你想杀中村一郎不？"

冷锋："那个日本特务头子？——当然想杀！"

陈一鸣："那你为什么不杀？"

冷锋的目光一下子暗淡下来："我寻了好几次机会,想干掉他,可是他的防备太严密了,我几次都没有得手……"

陈一鸣立刻追问了一句："如果我说这次来找你，就是为了杀掉中村一郎……你干不干？"

冷锋一下子愣住了，吃惊地看着陈一鸣："你真的要干掉他？"

"不是我要干掉他，是军统要干掉他！"陈一鸣立刻纠正了一句。

冷锋又犹豫了。

陈一鸣看着他，叹了口气："冷锋，我知道你心里有气，其实对党国的某些做法我也不满，否则我也就不会被他们关到集中营去，只是我没你那么幸运，只关了几个月就被放了……可是我想了想，我们只不过是个人，而军统却是一个团体、一个组织，无论从财力到物力，我们都无法和他们相比！眼下，他们要抗日，要杀日本人，这不也正是我们的愿望吗？所以，我们不妨就利用这一点，趁机多杀几个鬼子，有什么不好呢？"

冷锋被陈一鸣给说动了，他沉默了好一会儿没有吭声……过了一会儿，他突然问："那……以后呢？"

陈一鸣："什么以后？"

冷锋："等刺杀完中村呢？"

陈一鸣看着冷锋想了想："以后……再说以后的事。到时候，你一定要离开我，我不拦着！"

冷锋听罢，又不吭声了。过了一会儿，他终于站起身来，坚决地看着陈一鸣："陈参谋，你是好汉，我听你的，我跟你干！"

"兄弟，谢谢你！"陈一鸣激动地搂住了他！

几天以后，在上海市郊的一片树丛里站着两位身穿黑色风衣的人——他们是陈一鸣和他的战友冷锋。

望着上面已经长满了杂草的土包，陈一鸣和冷锋脸色惨白——

陈一鸣："八十八师的弟兄们，我们来看你们来了……你们是我们的好兄弟，是堂堂正正的中国人！可是，你们死后却连一个薄薄的棺材都没得到，就这样被一起埋了，我们对不起你们！现在，上海被占领了，南京被占领了，咱们的家园大部分都被占领了，这是我们中国汉子的耻辱哇！今天我们来看你们，就是要告诉你们，我们还活着的人是不会被小日本给吓倒的，这笔血债一定要用血来偿还！"

陈一鸣说着，抓过冷锋背上的钢刀，一刀将身边的小树给劈断了！

天上响起一阵雷，要下雨了……伴着滚滚的雷声和哗哗的雨声，他们离开了上海。

几天以后，在一面雪亮的大镜子面前，站着两位英武的军官：一位领角上佩着少校军衔，一位佩着少尉军衔——他们就是刚刚换上军装的陈一鸣和冷锋。

"兄弟，从今天开始，我们又要并肩战斗了。"陈一鸣说着，激动地抱住冷锋的肩膀。

冷锋此时也激动地看着陈一鸣："不杀尽鬼子，我们绝不脱下这身军装！"

两个人说完，再一次紧紧地拥抱在一起……

6

第二天，在重庆集中营的某个角落里，一群穿着囚服的人和几个狱警正围在一起兴奋地玩着色子——

典狱长招呼着："押了，押了，赶紧押……说，这次买大买小？"

负责摇色子的是一个叫小K的囚犯。此时，他头上冒着汗，很熟练地摇着手里的色子，脸上充满了兴奋——

小K："揭喽，揭喽，就要揭喽……再晚可就来不及喽！快说，买大还是买小？"

挤在小K对面的狱警此时满脸是汗，他紧盯着小K正在摇动的手，紧张得嘴都有些颤抖了："买……买大，不……买小，买小！"

其他几个围着的狱警听了，也要咬牙，跟着喊了出来——

一个狱警："买小，我买小！"

另一个狱警："我也买小！"

第三个狱警："我跟着——也买小！"

等狱警们喊声过后，典狱长才摸了一把胡子笑了笑："那好，我卖个胆子——我买大！"

小K听罢，嘴角边露出一丝隐隐的笑。只见他的右小指上的戒指轻轻一动，随即便开了色子。狱警们见了，立刻俯下身去观看结果——

众狱警："哎呀，怎么又是大呀？！"

小K此时神秘地向站在一边的典狱长挤挤眼睛，典狱长得意地笑了。

"好了好了，我赢了，这些钱都是我的了！"典狱长说着，将压在桌子边上的一堆钱都搂到了自己的跟前，"来，再来，再来……"

"典狱长，我没钱了……"一个狱警告饶了。

另一个狱警："典狱长，我也没钱了，我这个月偷偷留下的一点儿薪水，都被我老婆给搜去了……"

"哈……"另一个狱警说罢，围着的人都不禁大笑起来。

典狱长很快止住了笑，转身问其他几个狱警："怎么，你们呢，还玩不玩了？"

其他几个狱警不是挠脑袋，就是皱眉头，一个劲地向后退着……

典狱长不屑地瞪了他们一眼："好，不玩拉倒，老子也不愿意陪了——散！"

典狱长说完走了，几个狱警也唉声叹气地散了，只有小 K 此时望着他们离去的背影，得意地笑了。

两小时以后，小 K 被叫到了典狱长的办公室。

典狱长指着放在桌子上的半只烧鸡，望着小 K 笑了笑："你做得不错！喏，那半只鸡是赏给你的，赶紧去吃吧……"

"哎，谢谢典狱长！"小 K 说完，赶紧向着桌子上的烧鸡扑了过去！

就在小 K 对着桌子上的烧鸡狼吞虎咽的时候，一个狱警敲门走了进来——

狱警说："报告典狱长，有一位国军少校要见您！"

"要见我？"典狱长听罢，不禁皱起了眉头，"他说没说他是哪儿的？"

狱警答："说了，他说是军统的……"

"啊？"典狱长听了，像是踩着了地雷似的立刻跳了起来，"你怎么不早说？什么时候到的？他们在哪儿呢？"

狱警："有一会儿了，正在会议室里。属下看您刚才忙，他们也没有催着见你，所以……"

"所以个屁！我这就去见他们……"典狱长说着，指着小 K 吩咐狱警，"你马上把他带到另一个屋子去，等他吃完了，马上把他带回到牢房里！"

狱警："是！"

典狱长说完，急匆匆地走了。

7

会议室里，一身戎装的陈一鸣和冷锋正在耐心地等候着。

过了一会儿，典狱长气喘吁吁地走了进来："二位兄弟，实在抱歉，让你们久等了。我刚才到关押区去巡视，所以来迟了，请二位多谅解。"

陈一鸣听罢立刻笑了："哦，知道，刚才我们在这里已经看到了。"

陈一鸣说着，指了指放在桌子上的望远镜。

典狱长听罢，头上立刻渗出汗来："不好意思，不好意思，刚才趁着放风的机会，只是为了活跃一下这里的气氛……"

典狱长说完，厉声地吩咐身后的狱警："还愣着干什么？还不快给二位长官换一杯新茶！"

"是。"

狱警应声要去，陈一鸣叫住了他："慢！……典狱长，不要麻烦了，我们时间很紧。我们这次来，是有一些事情要麻烦典狱长。"

陈一鸣说着，将一张写满字的纸递给了典狱长。

典狱长看了几眼，慌忙点头："好，我这就派人去办！"

十几分钟以后，小K被看守押到了会议室。

"报告，囚犯6535号被奉命带到！"

陈一鸣听罢，随口喊了一声："进来！"

看守闻声，把小K押了进来。陈一鸣看了一眼小K，向看守挥了挥手，看守下去了。小K站在门口，紧张地看着陈一鸣和冷锋。

陈一鸣审视了一会儿小K，轻声问："你是小K？"

小K立刻一个立正："是，我……我是！"

陈一鸣朝着小K笑了笑："不用紧张，我只是要和你说几句话……小K，你的老千出得不错嘛。"

小K："老千？我……长官，你怎么知道的？"

陈一鸣没有回答小K的问话，却倒了一杯水放到小K面前："小K，你关多久了？"

小K："两年。"

陈一鸣："那，你是为什么进来的？"

小K低下了头，显得有些不好意思："因为……睡错了女人……"

"睡错了女人？"陈一鸣和冷锋对了一下目光，笑了笑，"你睡错谁了？"

小K："一位长官的女儿……"

"什么？"冷锋一下子愣住了，"你说谁？！"

小K："一位长官的女儿……咋的了？"

陈一鸣又不禁和冷锋对了一下眼光："你可真敢睡！"

小K却没有惊讶，只是苦笑了一下："我是专业吃软饭的，我本来就想找棵大树好乘凉，可谁知——"

陈一鸣："你到底为什么被孔二小姐关了起来？"

小K："因为……因为我之后又睡了别的女人——"

"哈……"陈一鸣和冷锋都忍不住大笑起来。

小K不知道他们在笑什么，赶紧解释："真的！我如果不是又睡了别的女人，她也舍不得把我关起来……"

陈一鸣听罢，更大声地笑起来："哈……小K，你很讨女人喜欢嘛！"

小K此时却显得忸怩起来："长官，您就别取笑我了，我现在都不知道去哪儿买后悔药呢……不审我，也不判我，就这么关着我，像狗一样地活着！这日子，真不知道什么时候是个头呢！"

陈一鸣此时收起了笑容："小K，如果给你一个出去的机会，你要不要？"

小K："要哇，当然要了！长官，你说，是什么机会？"

陈一鸣停顿了一下，严肃地说："小K，现在我们国家正在全面抗日，我们很需要一些特殊人才，如果你愿意跟着我们打日本人，我们可以给你特赦释放。"

"打日本人？！……"小K的眼睛立刻瞪大了！

陈一鸣："对，打日本人——你愿意吗？"

小K："长官，您没跟我开玩笑吧？"

陈一鸣的脸色变得更加严肃起来："我跑到这里来跟你谈话，可没时间瞎耽误工夫。你跟我说句痛快话，到底愿意不愿意？"

小K："长……长官，我……我不会打仗啊？！"

冷锋看着小K插了一句："我们会训练你的。"

小K转了转眼睛，还是很不理解："这……这外面难道就没有热血青年了吗？您还要到监狱拉壮丁？"

"可是你会的，外面的热血青年不会。"陈一鸣说罢，用眼睛紧盯着小K。

小K的身子不觉颤抖了一下："可……可是我除了耍老千、玩女人，什么都不会呀？！"

陈一鸣立刻接过了一句："我们要的就是你耍老千、玩女人的本事……一句话，你到底干还是不干？"

小K咬着嘴唇，不敢回答。

陈一鸣与冷锋对视了一眼，冷锋将一份文件亮给了小K。

冷锋指着文件说："这是一份国民政府军事委员会的特赦令。你只要答应参加我们的行动，我们就答应把你的名字填上去，再签上日期就可以生效了。"

小K听罢，仔细看了看冷锋手里的特赦令，惊讶地睁大了眼睛："真的？"

"我们骗你干什么？"陈一鸣听罢，赶紧又补了几句，"你出去以后，可以过你想过的生活，过去的事情将一笔勾销。"

小K急速地转着眼珠，还是感到不相信："那如果……如果我不去呢？"

冷锋听罢，又翻了一页："这张是国民政府军事委员会特别军事法庭的判决令……"

"是判处死刑的判决令，而且是……立即执行。"陈一鸣立刻追了一句。

小K吓得脸都白了："长官，我……我……我参加。"

陈一鸣望着冷锋，立刻笑了。

8

夜晚，死囚牢房里，一个绰号叫作燕子六的在押犯正戴着手铐脚镣靠墙坐着。牢房外，探照灯不断地在关押区的上方划过，倍增了几多阴冷和寒气。

过了一会儿，燕子六突然睁开了眼睛，机警地扫了一下四周，便开始默默地运气。过了一会儿，只听到一个轻微的声响，他戴着的手铐断了。燕子六松开双手，活动了一下，又开始摸向脚镣。

此刻，在岗楼里，在黑暗中持枪瞄准的冷锋正将眼睛紧紧地贴在瞄准镜上。死囚牢房里，燕子六在黑暗中所做的一切都被他看得一清二楚！

冷锋轻轻拉了一下枪栓，将子弹推上了枪膛。

死囚牢房里，打开脚镣的燕子六此时正赤裸着上身，抓住已经被他掰弯了的铁窗栏奋力地向窗外爬着……正用瞄准镜瞄准的冷锋，不禁惊讶地张大了嘴。

陈一鸣见状拿起望远镜："燕子门在江湖的地位，真不是吹出来的。"

冷锋直起身来，不觉嘘了口气："如果不是亲眼看见，打死我也不会相信的！"

陈一鸣没有再说话，端起望远镜继续观察着……此时，正在爬行的燕子六，已经从铁窗扭曲的洞口处爬了出来。随后，他轻松几步，便蹿上了楼顶，迅速地向前方跑去——速度之惊人，令人眼花缭乱……此时，冷锋依靠狙击步枪上的瞄准镜紧紧地跟踪着。

"阻止他！"陈一鸣轻轻下了命令。

冷锋随即扣动了扳机———一声清脆的枪声响起，正在奔跑的燕子六脚下立刻迸起了火花。

"啊？"燕子六怪叫一声，立刻跳了起来。

又一声枪声响起，燕子六的脚边又迸起了火花！

"啊——"燕子六吓得又是一跳！

紧接着，接连的枪声在他的身边响起……燕子六一边惊叫着，一边跳跃着躲避子弹。

就在这时，警报声响了起来，探照灯的光束也随着枪声跟踪了过去，照得燕子六的周围如同白昼。

而后，随着快速的脚步声，狱警们持枪包围了燕子六——

"唉……"燕子六重重地叹口气，只好自认失败地直起腰来……狱警们随即蜂拥而上，按住了燕子六。

陈一鸣对冷锋说："我们下去。"

岗楼内，陈一鸣放下望远镜，带领冷锋向外走去。

监狱操场内，被俘的燕子六恶狠狠地望着正在注视着他的监狱典狱长、陈一鸣和站在陈一鸣身旁的冷锋。

"你打算怎么处理他？"典狱长说着，转向陈一鸣。

陈一鸣迟疑了一下："照你的规矩办。"

典狱长谦卑地看着陈一鸣："上峰给我下了命令，让我听您的。"

陈一鸣没有转头看典狱长，仍然盯着眼前桀骜不驯的燕子六："我刚才已经说了，照你的规矩办。"

典狱长迟疑了一下，挥挥手："好，那就按老规矩办……带走！"

典狱长一声令下，押解燕子六的狱警们推推搡搡地押着燕子六向行刑房走去

燕子六被狱警们拖着，仍然不住嘴地大声咒骂："小兔崽子们，爷爷不怕死——二十年后，又是一条好汉！你们杀了我，杀了我吧！爷爷要是眨一眨眼睛，就不是爹娘生、

父母养的……"

"住口！死到临头了，你还敢大声喊叫！"一名狱警说罢，用绳子勒住了燕子六的喉咙，令燕子六再也喊不出来了。

看着被拖走的燕子六，冷锋的脸上不禁露出佩服的神情："好一个飞贼！他不怕死，会跟我们干的！"

陈一鸣叹口气，说了一句："走，我们看看去！"

行刑房内，燕子六被吊在铁锁上，已经被打得皮开肉绽……过了一会儿，陈一鸣带着冷锋走了进来。

"你们都出去吧。"陈一鸣回头对狱警们说了一句。

狱警们闻声，赶紧退了出去。

陈一鸣问："燕子六，我想和你谈一谈。"

燕子六勉强地睁开沾满血污的眼睛，鄙视地看着陈一鸣："你？……你是干什么的？"

陈一鸣说："国民政府军事委员会统计调查局，我姓陈。"

"军统？"燕子六的脸上立刻露出嘲弄的神情，"哼哼，原来是地老鼠！你来干什么？"

陈一鸣并不介意地笑了笑："我是慕名而来看望飞贼燕子六的……如果不是我的人出手，恐怕还真让你跑掉了。说实话，你的功夫不错，可惜走的不是正道。"

"正道？什么正道？少废话！说，你到底想干什么？"燕子六说完，鄙夷地看着陈一鸣。

陈一鸣沉默了一会儿，正色道："我今天来是和你谈一件正事，也是关系到你命运的大事儿……"

"我的命运？"燕子六不耐烦地打断了陈一鸣的话，"少在这儿给我说那些没用的，有什么屁话，你直说！"

陈一鸣没有理睬燕子六的无理，继续平静地说道："我看你一身好功夫，想保你出来，为抗战效力。"

燕子六问："保我出来……干什么？要我给你们军统干特务？"

陈一鸣没有正面回答他，接着说："我知道你娘死在日本人手里……所以我来找你，为的就是杀鬼子。"

"哼！"燕子六不屑地瞪了陈一鸣一眼，"杀鬼子老子自己会杀，犯不着给你们这些狗特务卖命……快滚吧！"

陈一鸣没有理睬他，继续说："我给你两个选择。"

燕子六："哦？……给老子说来听听，看你们到底有什么牛黄狗宝？"

陈一鸣又照着以前的方法拿出一张特赦令："这一张是你的特赦令……日期上是空白，签上就可以生效。"

"呸，老子才不相信你们有这份儿孝心！"燕子六说罢一口唾沫吐在陈一鸣的脸上。

冷锋气恼："你……"

冷锋见状欲伸手，陈一鸣拦住了他："燕子六，我这里还有一张立即执行死刑的判决令，只要我签了字，即刻就能生效……"

谁知燕子六并不屈服，竟狂妄地笑了起来："哈……狗日的，吓唬孙子哪？枪毙我吧，二十年后，老子又是一条好汉！放心吧，老子是不会给你们军统卖命的！"

陈一鸣脸上的表情渐渐地严肃起来，他猛地拔出一把锋利的匕首，贴着燕子六的脸皮在慢慢地滑动："燕子六，这把匕首属于尖刀中的极品，是德国最好的刀剑工程师设计的，用最好的材质、手工打造，它削铁如泥，锋利无比——是我的部下在德国狙击手学校学习的时候，他的老师送给他的纪念品。"

陈一鸣说着，将匕首顺着燕子六的脸、脖子、前胸……向下滑去，直至停在燕子六的裤腰上。

陈一鸣缓缓地说："我知道你不怕死，可是有一种痛楚叫作生不如死……"

陈一鸣说着一挑匕首，燕子六的腰带瞬间断裂了，燕子六的裤子一下子落了下来……燕子六立刻惊呆了！

燕子六惊道："你……你要干什么？！"

陈一鸣笑了笑："不干什么……辛亥革命以前还是封建王朝，那时候宫里都有宦官，也就是太监——"

陈一鸣话没说完，燕子六头上的汗珠就渗了出来："你……你别胡来！"

陈一鸣不理睬他，继续说："历史上有很多人因为受了宫刑而做出了伟大成就，比如司马迁……"

燕子六头上的汗珠顿时像雨一样流了下来："你……你可别胡来呀！我……我犯的是国法，你不能滥用私刑，胡作非为！"

"哼！"陈一鸣冷笑了一下，"你别忘了，军统一向都是滥用私刑，胡作非为的。"

陈一鸣说罢，手中的匕首往下动了动——

"不，不——你还不如杀了我！杀了我！"燕子六杀猪般地大喊起来。

陈一鸣没有说话，却猛地挑开了燕子六的裤衩！

"啊——别割，别割！狗日的，我干！我干！快把这该死的刀子拿开，给我拿开——"燕子六用尽全身力气大叫起来。

陈一鸣忍不住笑了："你要是早就痛快点儿答应，就不用受这份儿罪了。"

"哼！"燕子六气愤地瞪了陈一鸣一眼。

9

集中营里，早晨的阳光洒满了集中营。操场上，一名叫作"书生"的囚犯正跟着囚犯们一起在操场上放风。

岗楼上，冷锋放下望远镜望着陈一鸣："你要找的就是那个戴眼镜的人？"

陈一鸣说："就是这个书生。"

冷锋："看上去是个文弱书生，不像是个练家子。"

陈一鸣很有兴趣地望着正在操场上散步的书生："他是清华大学土木工程系毕业的，后来在日本帝国大学建筑系读的硕士，被关进来以前在国民政府建设部担任工程师。"

冷锋望着书生，不禁冷笑了一下："还真跟他的名字一样，是个书生！哎，你挑他来做什么？"

陈一鸣嘘了口气："他懂爆破，又懂日语，我们上哪儿去找这两样都具备的人才呢？走吧，我们去见见这个书生。"

几分钟以后，在集中营的审讯室里，书生被战战兢兢地带了进来。

陈一鸣和冷锋此时坐在预审桌前，凝神地看着他。

书生："长官好，8621号奉命来到。"

"坐吧。"陈一鸣挥手示意了一下，书生小心地坐了下来。

"郑月枫。"陈一鸣突然说了一句。

书生愣了一下，没有回答。

陈一鸣严肃地看着他："你不叫郑月枫吗？"

书生似有些恍然大悟地站了起来："长官，8621号罪该万死！8621号囚禁已有三年，只有一个名字，就是8621……请长官恕罪。"

冷锋有些蔑视地看着他："行了行了，坐下吧……没出息的德行！"

陈一鸣看着书生没有说话。

过了一会儿，书生小心翼翼地坐了下来。

陈一鸣说："书生，你不要害怕，我们找你来就是跟你聊聊。"

"是。"书生答应了一声，擦了擦头上的汗。

陈一鸣接着说："书生，我看了你的资料。你本来是政府的公务员，优秀的建筑工程师，为什么被抓进来的？"

"报告。因为共党嫌疑，被军统局长官秘密关押至今。"书生说着，又站起身来。

冷锋向书生挥了挥手："你坐，坐……你有共党嫌疑？"

书生应道："是。我的大学同窗误入歧途，加入共党，为共党做地下工作。我因为愚昧，不知道他的叛逆身份，便与他小聚。本以为是寻常同窗聚会，不料却被军统长官早已查明，他们冲入饭店实施逮捕，共党分子意图逃逸，被乱枪击毙；我被军统长官抓住带到了这里，至今已经有三年了……"

书生说完，竟委屈地哭了起来。

陈一鸣没有说话，冷静地观察着他。

冷锋却有些不耐烦了："行了行了，别哭了，就你这样的软蛋，我看着就不像共党……瞧你这熊样子，就不带能打仗的架儿？"

"啊？打仗？"书生听罢，吃惊地站了起来。

陈一鸣向他挥了挥手："你坐下……我问你，你精通日语？"

书生回答："哦，本人曾经留学东瀛，对日文略知一二。"

陈一鸣："你精通爆破技术？"

书生有些谦虚："谈不上精通，只是由于专业，有所接触。"

"说你精通你就精通，瞎啰唆什么？！"冷锋又不耐烦地回了一句。

书生急忙站了起来："是是，8621号冒失，冒失……"

陈一鸣慢慢地站起来，走了过去，拍拍书生的肩膀："我知道你受了冤枉，我们没有恶意，你只须如实回答我们的问题。"

陈一鸣说着踱了几步，又停了下来："8621号，我仔细查阅了你的资料，也跟负责你专案的官员做了接触，他们也一致认为你是个倒霉蛋——在错误的时间、错误的地点，会见了错误的对象。"

书生没有回答，在思索着。

陈一鸣突然话锋一转："但是，你在这里也待了三年，应该知道这儿的规矩。"

"是是。"书生又赶紧站了起来。

陈一鸣又拍拍他的肩，让他坐下："我在你对面也关了四年……"

书生听罢，惊讶地抬起头来。

陈一鸣望着他笑了："别装作不认识，每天放风……我们都能见到。"

书生的脸上现出尴尬的笑容："长官气宇轩昂，8621……不敢想。"

"呵呵……"陈一鸣又笑了，"8621，你不用客气了，我们都是难友。既然都在这儿待过，规矩我们都不陌生。息烽集中营——只许进，不许出。这里被冤枉的人不在少数，可出去的人却寥寥无几，如果没有老天怜悯，怕都要烂死在集中营了。"

书生听着，不禁眼里流出泪来。

陈一鸣走过去，又拍拍他的肩膀："我可以给你一个机会，让你出去。"

书生愣了一下，立刻站起身来："长官？！"

陈一鸣转过头来，直视着书生的眼睛："参加我的队伍，去打日本人！"

书生呆呆地看着陈一鸣，看样子像是没有反应过来。

"怎么，你不敢？"陈一鸣追问了一句。

书生摇摇头："不，8621只是不明白，我手无缚鸡之力，能参加军队吗？"

"不是军队，是军统。"陈一鸣更正了他一句。

书生更愣了。

陈一鸣拉过一把椅子，索性坐到书生的跟前："这么跟你说吧。我是一个职业军人，反感军统的胡作非为，但是除了参加军统的特务工作，我没有抗日的机会。国家有难，匹夫有责，何况我是党国培养多年的军人。"

书生注意地听着，琢磨着。

陈一鸣继续说："我想抗日，可是没有选择；你想出去，也没有选择——你说说吧，你干，还是不干？"

书生突然哆嗦一下："长官，我……"

陈一鸣打断了书生的话："我知道你是个胆小的工程师，这辈子就没想过会参加特务工作，所以，我不勉强你……但是，为了能拉起这支队伍，我必须逼着你跟我干！"

书生："长官，我……我……"

陈一鸣："8621号，你应该明白，在这个集中营里无论死了谁，都不可能有人过问。你我都去埋过被枪决的人，他们都没有等到法庭审判，就被作为共党嫌疑人给枪杀了。如果你不抓住这次机会，谁也不能保证哪一天——"

陈一鸣话没说完，书生突然拦住了他的话："长官，你建立这支队伍只为了打鬼子吗？"

陈一鸣："是的，起码目前，我认为是的！"

"那……我跟你们干！"书生终于下了决心。

10

黄昏，一辆吉普车开到了地处重庆郊外的日军战俘营。

战俘营内，几十名穿着没有标志的日本军装的日军战俘被圈在铁丝网里面，其中有几个是残疾人。在战俘营的另一侧，关押着近百名的日本侨民，他们穿着花花绿绿的衣服，其中很多人是妇女和儿童。

此时，穿着破旧飞行服的被俘日本军官藤原刚正坐在草地上懒悠悠地吹着口琴……口琴吹得不连贯，却带着明显的伤感情调。

陈一鸣和冷锋健步从吉普车上走了下来……站在战俘营门口的国民党宪兵见状，赶紧迎上来敬礼并示意检查证件，陈一鸣把证件交给了宪兵。

冷锋打量里面，悄声问陈一鸣："这儿关了多少日本鬼子？"

陈一鸣："官方资料记载，这里关了47名日军战俘、96名日本侨民。"

"报告长官，请！"宪兵把证件还给了他们，并礼貌地请他们进去了。

冷锋一边往里走，一边恨恨地望着日本战俘："他妈的，都应该给老子当活靶子用！"

陈一鸣苦笑了一下："痛快痛快嘴可以，真要做可不行……根据《日内瓦公约》，放下武器的战俘生命和安全应该得到对方的保护。"

"哼，南京陷落的时候，日本鬼子杀了我们多少无辜百姓，他们怎么不跟我们讲《日内瓦公约》？！"冷锋仍然仇恨地望着眼前的日军战俘，冷冷地回了一句。

陈一鸣低声说："因为他们是畜生，我们不是。"

两个人说着走进了战俘营的办公室……过了一会儿，又在战俘营管理人员的陪同下走了出来，他们去的方向是正在吹口琴的藤原刚。

"你就是藤原刚？"陈一鸣说着，站在了藤原刚面前。

藤原刚立刻站了起来，他不敢抬头，汉语说得却很流利："报告长官，战俘藤原刚，日本陆军航空队第十五战斗机联队中尉飞行员，战俘营编号187。"

"跟我来吧，我有话对你说。"陈一鸣说完，在前头先走。

藤原刚哆哆嗦嗦地跟在后面。

此时，四周的日军战俘不知面临藤原刚的是什么命运，同时也担心悲剧的命运不知何时会降临在自己头上，所以都心情复杂地看着陈一鸣和藤原刚。

冷锋见了不禁骂了一句："他妈的，都看什么？被抓起来了还不老实呀！再不老实，老子拿机枪把你们一个个都突突了！"

冷锋一骂，那些转过头来的日本战俘都吓得立刻转过了脸去，冷锋这才觉得自己被怒火挤压的心稍稍松快了一点儿。

此刻，在铁丝网的另一边，站着一位身材消瘦的日本老人，正浑身哆嗦着担心地望着陈一鸣和藤原刚。

陈一鸣不禁问了藤原刚一句："那个女人是谁？"

"我母亲。"藤原刚轻声回答。

"哦……"陈一鸣应了一声，带着藤原刚进了战俘营办公室。

第三章

——★——

1

藤原刚按照陈一鸣的命令坐了下来，心里面却很不安稳。

"你是怎么被俘的？"陈一鸣望着藤原刚，沉声问了一句。

藤原刚以一个日本军人的姿态，赶紧站了起来："回答长官，武汉会战时，我的战斗机被贵军击中，我跳伞逃生，所以被贵军俘获。"

"哦……那你的母亲怎么会在这儿？"陈一鸣又问了一句。

藤原刚听罢，眼圈开始变红了。

陈一鸣有些不耐烦："说。"

藤原刚立刻回答："回答长官，我的战斗机坠毁以后，航空队上报我牺牲了。消息传回日本，我的母亲说什么也不相信我死了，就千里迢迢地来到贵国，又走到贵军的阵地前投降，为的是可以得到我的下落。贵军仁慈，将她送到这里，我母亲见到我之后，说什么也不肯回到日本了，于是就陪我在战俘营，等待战争的结束。"

藤原刚的话，令陈一鸣不禁深受感动。他沉默了好一会儿，才接着问："你跟你的母亲感情很好？"

"我和我母亲的感情大大地好！"藤原刚说着，眼里流露出温暖和自豪。

陈一鸣听了，很感兴趣地问："怎么个大大的好法儿？"

听了陈一鸣的话，藤原刚的脸色立刻变得柔和了："我的父亲在我很小的时候就去世了，我是母亲一手养大的。她辛辛苦苦供我上了小学，上了中学，又上了大学，我就是她的全部！我从军以后，我的飞机不幸被贵军击落了，可我的母亲在国内听到消息，她却坚信我还活着。她是位伟大的母亲，她以六十岁的高龄远涉重洋，辗转来到贵国，在语言不通的情况下步行一百多公里，穿越双方的封锁线，终于找到贵军投了降，她为的就是要确切知道我是否还活着！现在，为了陪伴他的儿子，她又宁可失去自由，自愿留在战俘营里陪伴我……她就是我的生命，她的恩情我是一辈子也报答不完的！"

藤原刚说到这儿，脸上浮现出了无限的崇敬。陈一鸣也被藤原刚的神情感染了。

陈一鸣问道："这就是说，你的母亲是你的全部……对吗？"

藤原刚的脸色立刻暗了下来："曾经不是……"

陈一鸣问："为什么？……那你曾经的全部是什么？"

藤原刚犹豫了一下，不敢说。

陈一鸣的态度变得很和蔼："你说吧，我们不会治你罪。"

藤原刚很严肃地说："我曾经的全部……是大日本皇军，是大东亚圣战。"

陈一鸣的脸色突然变得冷下来，他冷笑了一声："……那现在呢？"

藤原刚说："我现在的全部——是我的母亲。她为我付出了一切，我对不起她！"

陈一鸣叹了一口气："你对目前的这场战争怎么看？"

藤原刚想了想，回答："我曾经以为，这是一场大东亚共荣的圣战。我本来曾经到贵国留学，学习中医，却因为头脑发热回国报考了航空学校。我参加了战争，做了对不起贵国和贵军的错事。我在战俘营当中反思日本在战争中的罪过，现在，我反对这场战争，我祈祷这场战争尽早结束。"

陈一鸣听罢，点了点头："南京大屠杀你知道吗？"

藤原刚的脸色变得更加暗淡："我听说过，也在内参文件上看到过。我是飞行员，没有直接参加南京地面的战斗。日本军队屠杀手无寸铁的民众，这一点很残酷、很可耻，我向中国请罪。"

听了藤原刚的话，陈一鸣松了口气，他给藤原刚倒了杯水："喝口水吧……我今天找你来，并不想讨论战争，那是政治家的事。我是军人，军人的职责就是打仗，打败日本侵略军，保卫国家！换句话说，我的职责是杀人——杀祸害中国老百姓的日本鬼子！"

藤原刚回答道："是，我的明白！"

陈一鸣问道："藤原刚先生，你知道军统吗？"

藤原刚愣了一下，立刻回答："知道——贵国的情报机关。"

陈一鸣又问："我现在如果要求你为军统工作，你怎么想？"

"为军统工作？"藤原刚愣住了，"您是……军统？"

陈一鸣也不是很确定地回答说："以前不是，现在是。废话不说了，你就告诉我，你干还是不干？"

藤原刚一下子变得犹豫了："长官，对不起……我是战俘，按照《日内瓦公约》，我有权利在这里等到战争的结束。我不想参加贵国的情报工作，希望您谅解。"

陈一鸣的脸色立刻变冷了："不错，我猜到你会这样回答我。"

藤原刚低下头去，不敢正视陈一鸣。

陈一鸣想了想，突然问："你刚才跟我说……你的全部是什么？"

"我的母亲……"藤原刚毫不犹豫地回答。回答过后，他突然意识到什么，抬起头来惊愕地看着陈一鸣，"陈长官，您……"

陈一鸣没有说什么，扭头走了……藤原刚急忙追了出去。

藤原刚追过去："长官！长官——"

藤原刚刚刚冲出门去，守在门口的冷锋便一把把藤原刚掀翻在地上，随手掏出手枪抵住他的脑袋——

冷锋喝道："藤原刚，你给我老实点儿！"

藤原刚跪在地上，一个劲儿地磕头："长官长官，我求求您，她是位六十多岁的老人……我母亲是六十多岁的老人了，我求求你们，我求求你们……"

此时，在不远处的铁丝网对面，藤原刚的母亲看见这边发生的事情，不由得急着喊了起来："你们不要打他！求求你们，你们要打就打我吧！求求你们了！"

老太太一喊，其他几个围观的日本战俘和日本侨民都跟着喊了起来——

众人一起喊："你们不要打人！请你们不要打人……"

岗楼上守卫的宪兵听见了，立刻高喊起来："你们不要呼喊，马上滚回屋里去——"

老太太此时抓着铁丝网，更大声地喊起来："孩子，你不要惹他们，你不要惹他们哪！"

陈一鸣见了立刻一挥手，两个女宪兵冲过去，把老太太压倒在地上……陈一鸣立刻冲进了隔在中间的门栏，举枪对准了藤原刚的母亲——

陈一鸣头也不回地说："藤原刚，给你五秒钟的考虑时间，如果你不答应我的要求，我就杀了你的母亲！"

藤原刚说："长官，长官，你不能！按照《日内瓦公约》——"

陈一鸣的眼睛立刻涨得血红："你少跟我提《日内瓦公约》！你们日本的军队杀死了我南京城三十多万手无寸铁的百姓，那时候你们怎么不跟我们谈《日内瓦公约》？！"

陈一鸣的话把藤原刚的嘴给堵住了，他只好满怀悲痛地看着母亲："妈！妈妈……妈！"

陈一鸣不再理睬藤原刚，用枪对准老太太的后脑数起数来："五，四，三，二……"

藤原刚连声说："等等，等等！我答应你们，我答应你们——"

陈一鸣听罢松了口气，收起枪，直起腰来……

在回去的路上，冷锋一边开着车，一边问陈一鸣："如果藤原刚不答应跟我们干，你会杀了他母亲吗？"

陈一鸣笑道："我们不是日本人，当然不会。"

冷锋有些不解："那你为什么还用了这么个手段？"

陈一鸣叹了一声："我也是没办法。因为我知道，只要是个有良心的人，都能为了自己的母亲而舍得一切——我利用了藤原刚的弱点。"

冷锋不由得笑了："呵呵，这个办法，只有你才想得出来……"

"哈……"陈一鸣也畅快地笑了。

2

重庆夜明珠歌舞厅外，此时霓虹闪烁，歌舞升平。

在穿梭的人流中，一辆黑色的轿车缓缓开来，悄然地停在了歌舞厅附近……车门打开，从里面走出了陈一鸣、冷锋和小 K。

换了西装的小 K，此时看见灯红酒绿的歌舞厅，两只眼睛不禁放出光来。

陈一鸣笑着问道："小 K，你想活命吗？"

小 K 连连点头："想，想。"

陈一鸣："那好。那你就给我记住，这是你第一次执行任务，一定要把任务完成好，否则你的脑袋就得搬家……听到没有？"

小 K 马上答应："听到了，听到了……我一定完成任务！"

陈一鸣挥挥手："去吧。"

陈一鸣拍拍小 K 的肩头，小 K 略显紧张地跟着冷锋进了歌舞厅。

此刻，陈一鸣转头望去，无意中看到了正在哭泣的小姑娘……小姑娘叫桂花，有十四五岁的样子，她一边哭着一边唱着东北民谣——《摇篮曲》："月儿明风儿静，树叶儿遮窗棂啊……"

可来往的行人却根本没有人理睬她。在小姑娘的身边跪着一位老人，正一边磕着头，一边不住地祈求施舍：

"行行好，行行好吧……我们是东北逃过来的难民，老爷太太、少爷小姐，都行行好吧，赏点儿吃的吧……"

陈一鸣远远地看着老人和小姑娘，眼泪不禁渗了出来……他叹口气，走到了老人和孩子跟前。

陈一鸣上前问道："老人家……你们是东北人？"

站在老人身边卖唱的桂花立刻说了话："先生，俺们是抚顺的……"

陈一鸣又问："奉天东边的抚顺？"

桂花点点头："嗯。"

陈一鸣有些不解："那怎么逃到重庆来了呢？"

桂花说："俺是来找俺爹的，俺爹是东北军，九一八事变的时候跟着大军入关了，俺们在东北实在熬不下去，就来找俺爹了……俺没找到。俺的同乡说，俺爹战死了……"

陈一鸣的脸色立刻冷了下来。在小姑娘身边的老妇人，此时也不禁擦起了眼泪。

桂花又看了看身边的老人："这是俺奶奶，俺娘死了，俺就这一个亲人了……"

小姑娘说着，不禁伤心地哭起来……陈一鸣觉得自己的心在疼，禁不住双手抓住了小姑娘的双肩——

陈一鸣有些哽咽地说："小妹妹，你别哭，我们大家都会帮助你们的！"

陈一鸣说着，掏出自己的皮夹子，把皮夹子里所有的钱都拿出来，塞到了小姑娘的手里。

桂花忙说："不，先生，我不能要这些！太多了，太多了……"

小姑娘身边的老妇人见了，一个劲儿地向陈一鸣磕头："大慈大悲的先生，大慈大悲的先生，菩萨保佑，菩萨保佑您哪……"

陈一鸣没有再说什么，叹口气，转身走了。

桂花跪在地上大声哭起来："先生，还没告诉您的名字呢！让我和我奶奶都记住你吧！"

陈一鸣头也不回地说了一句："我也是东北人。"

而后，他便快速地走进了歌舞厅。

3

歌舞厅内，灯火辉煌，歌舞喧闹。舞台之上，艺名为"蝴蝶"的歌女高倩倩此时正扭动着腰肢，在乐队的伴奏下，边歌边舞，妖艳动人。

小 K 此时正在人群中注视着台上的女人，眼里泛出火辣辣的光。

冷锋站在小 K 的身后，望着台上的女人轻声说了一句："小 K，就看你的了。"

小 K 点点头，很自信地向不远处的舞台走去……此时，台上的蝴蝶边舞边唱，见小 K 突然跳上台来不禁吓了一跳，小 K 的脸上泛着光芒，他的手在空中一挥，一朵玫瑰花立时就在手里变了出来。

台下的观众见了，立刻报以热烈的掌声……蝴蝶笑了，伸出手来，婀娜多姿地接过了小 K 手里的花。小 K 随即伸出了右手，做出了邀请高倩倩跳舞的姿势。

蝴蝶明白了，微笑着问："先生，你想跳什么？"

"探戈——当然是探戈。"小 K 说着，摆出王子般的姿态。

台上的乐队此时也急中生智，立刻改变了舞曲，探戈那极富节奏感的曲调立刻就响了起来。舞池里的人立刻变少了，很多人自觉地退到一边，观看着从舞台上漫步走下来的这对"公主"和"王子"。

聚光灯聚拢过来，笼罩着他们。只见小 K 脸上的表情潇洒而高傲，颇具王子的风度，他搭住蝴蝶的纤手和细腰，带着把玫瑰咬在嘴里的蝴蝶，在舞池中高贵而自然地舞蹈起来。围观的人群屏住了呼吸，欣赏地观看着这对舞池中的红男绿女，脸上不禁泛出了羡慕之情。

陈一鸣此时已经来到了冷锋身边。

冷锋看着舞池里正搂着蝴蝶翩翩起舞的小 K，脸上不禁露出意味深长的笑："这个家伙，在这方面还真有两下子！"

陈一鸣的脸上也露出了笑意："寸有所长，尺有所短，我们也算是量体裁衣……"

两个人说完，都不觉笑了笑。

此刻，两个人的舞蹈已经跳到了最高潮，随着小 K 和蝴蝶一个漂亮的造型，婉转的舞曲戛然而止，随后便赢来极为热烈的掌声……

"行了，该轮到我们上场了……"陈一鸣说完，与冷锋一先一后地退出了舞厅。

楼顶平台上，风有些凉。随着一阵开心的笑声，小 K 和蝴蝶从通往楼顶平台的小门里钻了出来……随着一声关门声，跑在前面的蝴蝶突然愣住了——原来在楼顶平台上站着一个表情严肃的穿着一身风衣的人；而在他们的身后，也站着同样穿着风衣的人——

"谁？……你们要干什么？"蝴蝶的脸上立刻现出了无限的惊恐。

小 K 看了眼前的陈一鸣一眼，悻悻地退到了一边……在他们的身后，站着表情同样严肃的冷锋。

蝴蝶回头看了看，显得更加惶恐："你们……你们是什么人？你们干什么？"

陈一鸣没有说话，却一脸严肃地走近了几步，目光炯炯地注视着蝴蝶。

蝴蝶的双腿开始抖起来："你……你们要干什么？我……我要喊人了！救——"

蝴蝶嘴里的"命"字没有喊出来，小 K 已经一把捂住了她的嘴："别喊！别喊……他们是军统，你惹不起的！"

"军统……为什么要抓我？"蝴蝶一下子瘫软在地上。

陈一鸣走上来一步，轻声问："你叫高倩倩？"

蝴蝶微笑着："是，我叫高倩倩。你们……你们找我一个卖唱的……干、干什么呀？"

陈一鸣拿出一张照片，丢在了地上："你认识他吗？"

蝴蝶拿起照片，一下子愣住了："你们……你们……"

陈一鸣此时脸上露出了阴沉："回答我，认识——还是不认识？"

蝴蝶的脸上立刻现出惊恐与哀伤："长……长官，我……我跟他早就断了联系了！"

陈一鸣没有理睬蝴蝶的回答，仍然黑着脸问："你需要我再问第三遍吗？"

"不，不需要……"蝴蝶立刻面如死灰，"我……我认识他，认识他……"

陈一鸣又问："知道他是谁吗？"

蝴蝶磕磕绊绊地说："日……日本特务。长官，可我事前真的不知道啊！那时候，我还是个学生，他是留学生山田一郎，我跟他是同学，我……我当时真的不知道他是日本特务哇……"

陈一鸣面无表情："你跟他什么关系？"

"我……我跟他现在……没关系了。"蝴蝶说着，脸上现出了沮丧之情。

陈一鸣又厉声追问了一句："直接回答我的问题！"

蝴蝶有些犹豫地说："我……在南京中央大学上学的时候，我……我是他的……女朋友，可我不知道，我真的不知道他是特务哇！"

陈一鸣没有理睬对方的申辩，猛地跨上一步，态度威严："我怀疑你是日本间谍，还需要别的理由吗？！"

蝴蝶立刻就哭出声来，磕头如捣蒜："长官，长官，你们行行好，你们行行好吧……我真的不是日本间谍，我……我当初不知道他是特务，我真的不知道哇！"

陈一鸣厌恶地后退了一步："你不要在这里哭，哭也没用！……你站起来，我问你，知道政府是怎么对待日本间谍的吗？"

蝴蝶失神地抬起头来，点点头，又摇摇头。

陈一鸣脸上露出一点儿得意："我告诉你，按照国民政府战时军事管制法，中国国民充当日本间谍，应该判处死刑。"

"啊？——死刑？啊……"蝴蝶吓得浑身一哆嗦，彻底地瘫了下去。

平台上，冷风呼啸，更增添了几分肃杀之气……陈一鸣弯下腰来，看着蝴蝶。

陈一鸣问道："你觉得你死得冤枉吗？"

眼泪慢慢地从蝴蝶的脸上流下来，她跪在地上一个劲儿地摇头："长官，求求你，别杀我……我真的不是日本间谍，我跟他……我……是被骗的……求求你们千万别杀我！我还有个儿子，他刚刚五岁呀……"

陈一鸣冷笑了一下，又掏出十几张照片丢在了地上："是他吗？"

蝴蝶拿起地上的照片，贪婪地看着……照片上是从不同角度和不同距离拍的小男孩。孩子的脸上充满了天真，有的是在玩耍，有的是在吃饭……看着手上的照片，蝴蝶立刻哭出声来。

蝴蝶连连哀求："长官，长官，求求你们，你们可千万别杀了他……他是我的儿子，他是中国人，不是日本人哪……长官！"

蝴蝶一边哀求着，一边将手里的照片贴在了脸上，那样子很可怜。

陈一鸣的脸上现出了怜悯和愤怒："南京陷落，三十多万同胞死在日寇的屠刀下，而你却就在那个时候跟日本特务中村一郎混在一起，并且有了你们的儿子，你还配做一个中国人吗？——就凭这一点，我就完全可以立刻枪毙了你，而后再把你的儿子送进日本侨民的集中营！"

蝴蝶听罢惊愕地瞪大了眼睛，浑身都在颤抖着。

陈一鸣没有看她，接着说："你应该知道，中国人有多么恨日本特务；你也应该想象得到，在送进日本侨民集中营之前，宪兵们会怎样好好地问候你们的这个小杂种！"

蝴蝶精神已经崩溃："长官，长官，您行行好，你们可千万不要祸害他！他还是孩子，他是无辜的……长官，我什么都答应您，什么都答应您！您说您要什么，我都给您，都给您……我给您当牛做马，我什么都肯做——什么都肯做……"

蝴蝶说着，忍着恐惧和悲伤，抬起眼来努力做出妖媚和讨好的表情，同时一下子撕开了自己的肩带，露出了白皙而浑圆的肩膀。

面对着这一切，陈一鸣的脸上并无贪恋的表情，却多了几分憎恶："收起你这一套吧，对我——这是没有用的。"

蝴蝶的脸色立刻变得十分惨然，她无力而沮丧地瘫倒在地上哭泣："长官，长官，求求您……他还小，他什么都不知道……他连我是他的妈妈都不知道，还一直以为我是他小姨呢……长官，求求您，求求您了……"

蝴蝶悲痛万分地匍匐在地上，无力地抽搐着……

陈一鸣看着她叹了口气："我可以给你一条路，可你必须保证你不能反悔，否则……"

"您说，您说！……"蝴蝶好容易抓住了一棵救命稻草，她拼命地抬起头来，看着陈一鸣。

"为政府工作。"陈一鸣的语言像冰一样冷。

蝴蝶愣住了："我？！"

陈一鸣又说："对，就是你，确切地说，是为军统工作——"

"军统？！"蝴蝶一下呆住了，"我……我能做什么呢？"

陈一鸣说："做什么……到时候我自然告诉你。我现在只问你，你答应还是不答应？"

蝴蝶有些踟蹰地说："长官，我……我……我不敢……"

"哼！"蝴蝶话没说完，陈一鸣掉头就走。

蝴蝶一下子抱住了陈一鸣的腿："长官，长官，我答应！我答应……只要不杀我儿子，我干什么都行！"

陈一鸣听罢，看了守在门口的冷锋一眼，两个人露出会心的笑。

4

早晨，一艘小型登陆艇在江面上急速地行驶着。登陆艇的甲板上，抱头蹲着二十几个男女囚犯，他们都是陈一鸣挑出来参加战前训练的人。

陈一鸣此刻和冷锋站在驾驶舱外的平台上，一边吸着烟，一边看着远方。

远处，一个小型军用码头已经隐约可见，码头附近的岗楼上飘扬着国民政府的青天白日旗。

被圈在船舱里的小K此时抬头向窗外看了看，不禁伸出了舌头："我的妈呀，这是把咱们弄到哪儿来了？"

小K的话立刻在船舱里引起一阵骚动……守在船舱门口的宪兵立刻吼了一句："安静，不准讲话！"

小K听了，不满地叨念了一句："都把我们圈到舱里大半宿了，还不让讲话？再不让讲话，就憋成哑巴了……"

陈一鸣低声说："谁还在说话？——肃静！"

陈一鸣一声呵斥，令小K立刻闭了嘴。

登陆艇又行驶了一会儿，便在离码头还有三四百米多的江面上停了下来，站在甲板上的陈一鸣转身命令关在船舱里的人："舱里的人都出来，跟我游到岸上去！"

"游过去？"

船舱里的人听了，都不免一愣。大家互相瞅了瞅，只好极不情愿地走出舱来。

小K此时走在最后面。他来到甲板上之后，望着几百米之外的码头和脚下滚滚而过的江水，不禁倒退了几步："这离岸上也太远了，水也太急了，谁能游过去呀？还不得淹死在江里喂王八！"

"就你话多！"站在船头的陈一鸣听罢，不满地回头瞪了小 K 一眼。

小 K 吓得一缩脖子，赶紧闭上了嘴。

陈一鸣提着手枪走到小 K 等人面前："你们都听着！现在，摆在你们面前的只有两条路：一条是跳下江去，游到对岸；一条是吃我一颗子弹，和江里的鱼虾去做伴——两条路由你们选！……听清楚了没有？"

"听清楚了……"回答的人寥寥无几。

"听清楚没有？"陈一鸣又大声地喊了一句，同时举起手枪对着天空连放了几枪！

船上的小 K 等人立刻被这枪声给吓精神了："听清楚了！"

陈一鸣高声说："好，你们跳下水以后，我也会跳下水去，和你们一起游到江岸……好，现在开始下水！"

陈一鸣一声令下，小 K 等人纷纷跳下了水，只有少数几个人却仍然在犹豫，陈一鸣立刻朝他们身边开了一枪！

"啊——"那几个人见了，立刻惊叫着跳进了水里。

陈一鸣随即插好了枪，也跳进了江里……

蝴蝶连声呼救："救命啊，救命啊……"

江水里，蝴蝶因为水性较差，被汹涌的江水呛得不停地喊叫……书生从水里探出头来，奋力地游过去拉住了她。

"不要着急，我来扶你！用嘴呼吸，千万不要慌！"书生说着扶住蝴蝶的身子，冲着周围水里的人大声喊起来，"弟兄们，会水的一定要拉住不会水的！这里离岸上没多远，坚持一下就过去了！"

也许是出于人性的本能，那些会游泳的人听了书生的话都自觉地把手伸向了不会游泳的人；而不会游泳的人见状也不再慌张，大家互相帮衬着向对岸游去……陈一鸣最后跳下了水，也有意游在最后面，注意着可能掉队或者有危险的人。听了书生的呼喊，又见到大家很快便互相帮衬起来向对岸游去，禁不住向游在前方不远处书生投去了好感的目光。

囚犯们很快就爬上了对岸，当大家筋疲力尽地瘫倒在岸上时，陈一鸣也跟着上了岸。

陈一鸣命令道："站起来，不要趴在地上，赶紧跟我向山上的营区走！"

几百米的水路把这些从没走过远路的囚犯实在累坏了，大家看着陈一鸣，眼里流露出乞求的目光，却没有一个人爬起来，陈一鸣立刻就急了。

陈一鸣喝道："我的命令你们听到没有？赶紧爬起来，跑步去营区……谁敢违抗命令，我就要立刻执行战场纪律！"

书生招呼大家："弟兄们，大家赶紧起来吧，咬咬牙，跑到山上咱们再歇着！"

书生听罢，带头爬了起来，并且伸手拉起了趴在他身边的蝴蝶，燕子六见状也随手拉起了小 K，藤原刚也不示弱，也紧跟着爬了起来，大家互相搀扶着向山上奔去，只有几个刚刚被抓来的人动作慢了些，被冷锋连推带打地轰了起来……然而，在这些人当中，却有一个年龄稍大点儿的人勉强走了几步又趴在了地上……陈一鸣见状，赶紧奔了过去。

陈一鸣厉声道："你给我起来，赶紧走！不然，我毙了你！"

这一个囚犯瘫倒在地上："长官，我实在走不动了，你就是毙了我，我也走不动了……"

话没说完，陈一鸣已经掏出了枪："我告诉你，我的话不说二遍，我数三个数——三，二，一……"

陈一鸣嘴里的"一"字没落，便扣动了扳机！

"啊——"一声哀号，便仰倒在地上，鲜血从他的裤腿里流了出来。

停下来观看的囚犯们见了都不禁睁大了眼睛；蝴蝶抓住书生的衣袖，竟吓得哭了起来……

"不准哭！"陈一鸣一声呐喊，蝴蝶立刻止住了哭声。

陈一鸣望着惊魂未定的囚犯们大声说："告诉你们，我的话从来不说第二遍！有谁敢违抗命令，他——就是违令者的下场！把他拖走！"

陈一鸣一声令下，站在陈一鸣身边的宪兵们立刻冲上去拖走了那个受伤的人。

龟缩在人群中的小 K 吓得禁不住叨念了一句："还玩儿真的呀？"

说完，他便头也没回，赶紧向山上奔去……站在他身边的人没敢再说什么，也都灰溜溜地向山上走去。

5

夕阳的余晖笼罩着军统局开设的"黑猫秘密军事行动训练基地"。

这是一个四周被铁丝网围起来的秘密据点。在军事区的一角，是简陋的居住营地；而在军事区的四角，则是高耸的岗楼，岗楼上架设着机关枪和探照灯；在营区内和营区的大门口等处，随处可见正在巡视和巡逻的狼狗。

就警卫的严密程度而言，这里比起集中营来可算是有过之而无不及。

囚犯们到达营区以后，便立刻被冷锋召集着列队站好了……站在队伍对面的是正在整队的冷锋少尉，在冷锋身后的是这支队伍的总领队陈一鸣少校，而站在陈一鸣身后的则是一排人高马大全副武装的宪兵教官。

冷锋整理好了队伍，立刻转身面向陈一鸣："报告，黑猫特训班集合完毕。应到人数二十一，实到人数二十。值日星官，少尉冷锋。请指示。"

陈一鸣还了一个军礼，冷冷地回了一句："入列。"

"是！"冷锋回答了一声，跑步回到教官队伍里站好。

陈一鸣扫视了一下队伍，表情严肃地走到队列前："你们都看见了，我——是个军人，而你们——是囚犯，是渣滓，是垃圾！但是，一旦你们穿上军装，你们就和我一样，是同胞，是弟兄，是生死与共、血肉相连、为国家为抗日而战的战士！"

囚犯们听罢，一个个变得表情严肃，再也看不见往日的懒散。

陈一鸣望着他的队员们，接着说："我和我身后的这帮兄弟，负责训练你们报效国家、献身抗战的本领。这里的训练，会比你们将来要执行的任务更残酷、更艰苦，但是，你们要战胜它——不，应该说，你们要战胜自己！在训练和未来执行任务的时候，我不会保证你们生命的安全，但是，当你们完成任务的时候，你们将以中华民国最精锐的战士的身份荣归重庆，过去的旧账将一笔勾销！"

陈一鸣说着，向他面前的战士们发出了怒吼："你们想活着出去吗？"

"想！"

陈一鸣说："好！要想活命，就得成为强者！弱者，在这里都得死光了，只有最强的，才能从这里活着出去，才能去杀日本鬼子！然后，你们就会得到特赦令，获得自由，才能像人一样堂堂正正地活着！"

队员们听了，一个个脸上露出了兴奋的光芒……就在这时，不远处突然传来了轿车的鸣笛声。过了一会儿，一辆轿车开了过来。

陈一鸣看见了，立刻并拢了身体："立正！"

随着陈一鸣的口令声，轿车停下了，从车里钻出了毛人凤和田伯涛。毛人凤下车以后，笑眯眯地望着陈一鸣和他身后的队员们。

陈一鸣立刻跑步上前，敬了一个标准的军礼："报告毛先生，黑猫特训班正在进行训练前的训话，请毛先生训示！"

毛人凤听罢，微笑地挥挥手："不不不，我今天是特意来看看大家，并不是来训话的。特训班的兄弟姐妹们，你们好哇！"

毛人凤看着面前的特训队员们，更加兴奋了："陈少校，不错嘛！看来，你还是很有眼光的。"

陈一鸣不置可否地笑了笑："毛先生，您既然来了，还是请您给弟兄们训训话。"

毛人凤笑面虎的制式表情摆了出来："好好好，那我就说一句。要说的话嘛，来的时候我就想好了，就送给你们四个字——国之利刃！"

毛人凤的话，令陈一鸣等许多人都感到兴奋。

毛人凤看着大家又笑了笑："但是，大家离这个标准还有很大的距离呀，所以才把大家请到这儿来做军事训练！但是，如今是抗战时期，时间不等人哪，所以要特事特办……陈少校！"

陈一鸣应道："到！"

毛人凤的脸色突然变得严肃起来："我给你两个月时间，一定要把你手下队员的战术技艺练到实战的标准，而后听从党国调遣，随时准备抗日杀敌……你能做到吗？"

陈一鸣愣了一下，立刻立正回答："毛先生，我一定尽力！"

毛人凤很满意："好，那就谢谢陈少校，谢谢兄弟姐妹们了！"

说完，带着田伯涛转身走了。

坐在轿车上，田伯涛禁不住问毛人凤："先生，这是一群乌合之众，仅仅用两个月的时间，您就叫陈一鸣把他们训练成能够进行实战的特战队员，这……有可能吗？"

毛人凤听罢，不由得内涵深刻地笑了笑："伯涛兄，有些事情是只可说而不可做，有些事情明知不可做却也得做。他们不过是一群卒子——一群只能过河而没有回头路的卒子，所以对这些人，是不可以用常规的眼光去看待和对待的……你明白吗？"

田伯涛奉承道："我明白，毛先生确实想得比我们这些属下人高远。"

毛人凤没有再说什么，汽车拐了一个弯儿，向别墅驶去。

6

一个半月以后，在上海金陵大酒店的门口驶来了一辆轿车。车门打开，从车里走出了一男一女两个外国人——他们是美国间谍史密斯夫妇。此次，他们伪装成了德国人，用德语向给他们拿行李的侍者道了谢，便相互搀扶着向酒店大厅走去。

此刻在酒店的内外已经潜伏了十几个日本特务。门外的几个特务见史密斯夫妇进了门，便互相使了个眼色，悄悄地跟了进去。

此时，在二楼总经理办公室里，身为酒店总经理的我地下党基层负责人黄云晴也贴在窗户边上，偷偷地向下看着……待史密斯夫妇进门后，她转身询问也是地下工作者的林经理："老林，那对外国夫妻究竟是什么人？"

林经理迟疑了一下，回答："昨天在我们酒店已经登过记的客人——德国商人茨威格夫妇。他们是第一次来上海，也是第一次来亚洲，出发地是柏林。"

黄云晴听罢不禁皱起了眉头："德国人？……那日本人怎么还要抓他们呢？"

林经理说："我想，他们可能不是真的德国人，而是——"

"盟军的谍报人员！"黄云晴立刻接过了话头。

林经理望着黄云晴苦笑道："你说得应该没错……怎么办，我们帮不帮他们？"

黄云晴在屋里走了两步，回答："联络站绝对不能暴露，这是上级的死命令！现在，我们还无法阻止日本特务的行动，只能严密监视日本特务机关的动向，先看看事态的发展再定。"

"好，我明白了。"林经理说完，转身走了。

7

此刻，在金陵大酒店的西餐厅里，中村特务机关的机关长中村一郎正悠闲地弹奏着一支曲子。一位叫作伯格的年纪稍大的德国人正在看着报纸，并且悠闲地喝着咖啡。

就在这时，那位化名茨威格的美国人史密斯先生迈步走了进来……看见伯格，史密斯高兴地笑了："嘿！我的老伯格，看见您还健在，真是一件令人高兴的事情！"

伯格闻声转过头来，看见了身材高大的史密斯，也兴奋地笑了："哦，亲爱的茨威格，没想到你也来到了南京！"

两个人说着相互拥抱，愉快地坐了下来，开始了低声的谈话。

就在这时，守在一边的岩本放下了杯子，埋伏在四周的特务们看见了，都将手伸进了怀里。

中村还在弹着琴，突然换了一个快节奏的曲子……岩本闻声起身，特务们立刻从四周冲进门来，两个美国特务反应不及，立时就被掀倒在地。

伯格见状，伸手抓住自己的领带咬进嘴里。

"氰化钾！撬开他的嘴！"岩本大声喊了一句，特务们立刻去撬伯格的嘴……然而已经来不及了，中了毒的伯格痛苦地在地上抽搐着，很快就不动了。

史密斯此时也在拼命用嘴去够领带，却被岩本死死地控制着……几个特务见状冲了过来，牢牢地扳住了史密斯的头。

中村终于弹完了最后一个音符，潇洒地站了起来："把他带走。"

岩本等人闻声，立刻把史密斯押走了……中村用手正了正自己的领带，而后微笑地环视了一下大厅，也转身走了。

此刻，在史密斯太太的客房里，史密斯太太正在检查着自己的左轮手枪，客房的门被一下子撞开，几个特务随即冲了进来。

"不许动！"

史密斯太太急了，正要开枪，一个特务冲上来猛地把她给按倒了……枪声响了，子弹打在附近的花瓶上，发出清脆的声响。

岩本一脸严肃地走了进来："史密斯太太，你被捕了。"

一个特高科特工呵斥道："走！"

史密斯太太随即被特务们带了出去。

酒店大厅的门口处，总经理黄云晴凛然地站在大门前，一脸严肃地注视着押解史密斯夫妇走来的特务们——

黄云晴故作不知情："你们这是干什么？"

中村一郎闻声，一脸微笑地从后面走上来："哦，楚总经理，您好！"

黄云晴问道："是你？……中村先生，这是怎么回事呀？他们是什么人？你们又是干什么的？怎么能在我的酒店里随便抓人呢？"

中村笑着："啊，总经理，我们是在执行公务。"

黄云晴："执行公务？——不管干什么，也不能在我的酒店里随随便便地就把人带走哇？这要是传出去，我今后在南京还怎么做生意？你们有没有合法手续，如果没有……那我可就要报告警察局了！"

中村见黄云晴生了气，赶紧耐心解释："总经理，您不要生气，他们……都是我的人。"

"你的人？——你是什么人？"黄云晴依然咬住不放。

中村十分克制地嘘了口气："楚总经理，我曾经告诉过您我的职业，我是为政府做事的。"

"为政府做事……"黄云晴深感怀疑地看着中村一郎，"你的工作就是事先一点儿招呼都不打，而且还见不到任何手续就随便抓人吗？"

中村听罢，理解地笑了笑："楚总经理，在您的酒店里抓人，确实是冒犯了您，也影响了您的生意，作为老客户，我深表歉意……下一次，中村一定注意！"

中村说着，将一份证明文件递给黄云晴。黄云晴看了看，不再阻拦，只好侧回了身。

黄云晴："中村中佐，下次还请您一定不要影响我的生意……"

"那是一定，那是一定……下次，中村一定尽量选择合理的抓捕地点，绝不给楚总经理带来麻烦，再见！"

中村说着，彬彬有礼地脱帽致歉，而后带着史密斯等人走了。

黄云晴望着他们的背影，若有所思。

8

两天以后，在重庆市郊的"黑猫特训基地"，一辆轿车风驰电掣地开了过来，在大门前停下了，站岗的哨兵检查了证件，而后礼貌地放行了……轿车直接开到特训基地的办公室门前停住了，一位国民党少将从车里走了出来。

陈一鸣看见了，立刻紧张地上前几步，恭恭敬敬地敬了个军礼："报告，特训队队长陈一鸣少校欢迎毛先生到来！"

一身戎装的毛人凤朝着陈一鸣笑了笑，挥了挥手："不要紧张，我只是过来看一看，看看你们黑猫敢死队训练得怎么样。"

"报告，一切都在按照计划进行，假以时日，定会有所成就！"陈一鸣立刻庄重地回答。

毛人凤满意地拍了拍陈一鸣的肩膀："好，你辛苦了，不过，我已经给不了你时日了。"

"哦……"陈一鸣不禁愣住了。

毛人凤冲着他笑了笑："来，我们进去谈吧。"

毛人凤说着，率先走向了办公室。陈一鸣在身后，也赶紧跟了进去。

门关上了，毛人凤一脸肃然。在平时，陈一鸣是很少看到毛人凤穿军装的，而此次却一身戎装地来到特训基地，陈一鸣感觉到一定有重要的事情要发生！

于是，陈一鸣也一脸肃然："毛先生，您有什么吩咐？"

毛人凤沉默了一下，轻声说："陈少校，你们黑猫敢死队的行动要提前了……"

"什么？"陈一鸣感到有些突然，"我们才集中训练两个月，队员们还没有完全掌握敌后作战的要领，这样就参加行动……很容易送死的。"

"我知道……"毛人凤的表情也十分严肃，"可任务不等人！所以，你们必须提前行动！"

陈一鸣一听就急了："毛先生，他们这些人都没有经过基础的作战训练，现在也不过是掌握了一般性的敌后作战要领，远远不能适应实战要求！现在就带他们去参加战斗，这不分明是带着他去送死吗？"

"所以才是敢死队嘛！"毛人凤看着陈一鸣，依然是寸步不让，"这次行动是军统局开会定下来的，得到过上峰的指令！你们去也得去，不去——也得去！"

陈一鸣听罢，不敢再吭声了。

毛人凤见状，于是又笑了笑："陈少校，你不要着急，我们坐下谈。"

两个人于是坐了下来，毛人凤说话的口气也显得平和了："陈少校，我不是让你带着他们去送死，而是任务所逼，不得不去呀……"

毛人凤看了一眼陈一鸣的神情，接着说："这次，我们的上峰接到了共产党秘密机关转来的情报，证实我们盟国的重要情报人员史密斯夫妇已经被中村一郎带着手下人给逮捕了。在史密斯的手里，掌握着我们目前急需的重要情报，所以上峰命令我们不惜一切代价把史密斯夫妇给营救出来！因此，我们准备刺杀中村的行动不得不提前了。你们这次秘密前往南京，除了完成营救任务之外，如果有可能就要把刺杀中村的任务一起完成，以解我们心头之患，你明白吗？"

听了毛人凤的话，陈一鸣不再反驳了。他思忖了一会儿，小声问："什么时候行动？"

毛人凤很确定："就今天，今天晚上。"

"今天晚上？"陈一鸣立刻惊愕得张大了嘴，"这么急？"

毛人凤："对，兵贵神速。史密斯夫妇都受伤了，正在医院里治疗，他们在医院里能待多久，我们不清楚，所以必须越快越好，以免情况有变，夜长梦多。"

陈一鸣点头："好，我明白了。"

毛人凤笑了笑："那，我们再来商量一下行动细节。"

两个人于是相互凑了凑，声音也越来越小了。

9

南京，某医院的走廊里，两个持枪的日本宪兵正表情威严地守在门口。

中村下了车，带着岩本等人走了进来。

中村向站在门口等候的医生问道："他的伤……现在怎么样？"

军医回答："哦，没有生命危险，只是目前还不宜多说话。"

中村说："可是我需要他开口说话。"

军医看着中村，他的表情显出有些为难："中村机关长，他舌头上的伤口刚刚缝合，如果现在就逼他说话的话，一定会造成伤口开线，这样会很危险的。"

中村听了，脸色阴森地望着医生："会死吗？"

军医不敢确定："不，不会……但是会留下以后谈吐不清的后遗症。"

"后遗症？"中村不禁得意地笑了，"这跟我有什么关系？我现在就让他开口说话！"

中村说完，闯进门去。

岩本看了发呆的军医一眼："这里没你的事儿了，去吧。"

岩本说完，也跟了进去。

病房内，史密斯躺在床上，正在闭目养神，看见中村和岩本走进屋来，不免骂了一句："魔鬼……"

中村听罢，面色冰冷地看着史密斯："史密斯先生，你知道，我的耐心是有限度的。"

史密斯瞪了中村一眼，不屑一顾地转过头去："你死了心吧，我是什么也不会对你说的……"

中村看着史密斯，脸上露出冷笑："你愿意看到悲剧继续在你面前发生吗？"

史密斯不屑地回了一句："那你收获的，只能是两具尸体。"

中村大步地走近史密斯，恶狠狠地看着对方："史密斯，你想死吗？哼哼，没那么容易！我——中村一郎是不会让你们死的，可是我会让你们生不如死！我会让你眼睁睁地看着你的妻子被轮奸，我还会毫不介意地把你的妻子发配到慰安所去，让那里成百上千充满性饥渴的皇军士兵去轮流享用！而你的太太，作为慰安所唯一的白人美女，一定会得到更多的青睐！我相信，所有的皇军士兵都愿意得到享用白人美女的快感……你明白吗？"

中村的话把史密斯气得嘴唇都颤抖了："你……真是个畜生！你会下地狱的……"

"下地狱？哈……"中村更加无耻地大笑起来，"我们中村家族从来就没有一个人可以上天堂，我——当然也不例外！"

史密斯被中村气得再也说不出什么，只好转过脸去："你不要再跟我废话了，我是不会投降的。"

中村望着史密斯阴险地笑了："那好吧，我尊重你的选择。从同行的角度上说，我钦佩你；但是从敌人的角度上说，我将用更严厉的办法来对待你！我给你两天时间考虑，到时候，可不要怪我太冷酷！"

中村说完，转身走了。岩本看了史密斯一眼，也跟着出去了。

10

当晚，在重庆黑猫特训基地的简易宿舍门前，书生、小K、燕子六、藤原刚和蝴蝶等人，一个个都全副武装，整齐地列队在陈一鸣面前。在陈一鸣身后，站着一脸严肃也同样全副武装的冷锋。

陈一鸣气宇轩昂地说道："弟兄们，养兵千日，用兵一时，当前国家有难，匹夫有责！当然，对你们的训练还远远不够千日，但是国家用人在即，我们只有仓促迎战了。刚才，大家都看见了政府给你们的特赦令，应该知道政府的诚意。"

陈一鸣说着，举起手中空白的特赦令："政府说话算话，我陈一鸣也说话算话。只要你们这次能活着回来，这张特赦令就立即生效！"

听了陈一鸣的话，队员们表情各异——有的兴奋，有的紧张，也有的疑惑。

陈一鸣顿了一下，大声问："有志愿参加此次行动的，请出列。"

"我！"燕子六大喊了一声，第一个迈出了队列。

"很好！"陈一鸣点点头，感到很满意，"还有谁？"

书生迟疑了一下，走出队列："报告……还有我。"

"书生？"陈一鸣有些迟疑地看了书生一眼，"你……敢杀人吗？"

书生一个立正回答："古人有云，百无一用是书生。但是并不是所有书生都百无一用！陈长官既然看得起我，让我丢掉书本拿起刀枪，在这个倾巢之下岂有完卵的大时代，我——愿以一腔热血，捍卫中华。"

陈一鸣满意地笑了笑，点点头，又转向其余队员："还有谁？"

蝴蝶的脚抬了起来，迟疑了一下，又收了回去。陈一鸣转向了她。

陈一鸣有些犹豫地问："蝴蝶，你准备参加吗？"

蝴蝶的嘴唇哆嗦着，眼泪流了下来："我害怕，但是，我想特赦……"

陈一鸣一把将蝴蝶拽了出来："想特赦，就得拼命！否则，你就得一辈子老死在集中营里！"

蝴蝶没有再说话，擦擦眼泪，点点头。

小 K 见状也迈出了一步："早晚都得死……算了，我也参加吧！"

陈一鸣的目光自然地转向了仍旧原地不动的藤原刚："你呢？"

藤原刚的腿颤抖着："我……我想自由！可是……我是日本人，我……我不忍心杀自己的同胞……我再也不想杀人，不想杀任何人。"

陈一鸣听罢，愤愤地看着他："不想杀人？——当初你开着飞机飞到我们国土上空的时候，你为什么不这么想？"

藤原刚的腿剧烈地抖动起来："我知道，我有罪……我也知道，如……如果我不参加，你们会……杀了我的母亲！我……我答应。"

藤原刚说着，颤抖着腿迈上了一步。

陈一鸣的脸色开始缓和了："这么说……你决定参加了？"

藤原刚点了点头，却又补充了一句："可是……可是我不想亲手杀人。"

陈一鸣迟疑了一下，点点头："我答应你，如果战场情况允许的话，我同意你不亲手杀人。"

"谢谢长官！"藤原刚听罢，恭敬地鞠躬致意。

陈一鸣又把目光转向了其他队员："还有谁希望参加吗？"

队列里的其他人都不吭声。

陈一鸣轻轻地叹口气："好吧，这个时候我不强人所难，毕竟这是一支敢死队。你们既然自愿回集中营等死，我也就不勉强你们了。冷锋少尉，马上带着这些人回营房收拾东西，即刻送回集中营！"

"是！"

冷锋带着这些人走了，陈一鸣将小 K 和书生等人留下来，开始布置任务。过了一会儿，冷锋走了回来。

陈一鸣问道："都送走了？"

冷锋说："送走了，是毛先生派车来接的。"

两个人话音未落，从基地的不远处突然传来了一串枪声。陈一鸣愣了一下，立刻就急了："怎么回事？"

陈一鸣说着，便不顾一切地向基地大门口跑去，冷锋等人见状，也都跟了过去！

第四章

1

陈一鸣气喘吁吁地奔到基地的大门口，却被大门口处正在执勤的宪兵给拦住了。

"哪里打枪？到底发生了什么事儿？"陈一鸣向执勤的宪兵大声询问。

站岗的宪兵摇了摇头："这是上峰的安排，我不清楚！"

陈一鸣对宪兵的回答显然是很不满意，他没有离开，而是站在大门口向远处不住地张望。过了一会儿，一辆军用卡车开了过来，卡车的后面跟着一辆轿车。两辆车先后开进了基地，停了下来。

冷锋认出了坐在卡车驾驶室内负责押送其他队员回集中营的宪兵队长，立刻奔了过去！

"王队长，你们怎么这么快就回来了？"冷锋说完，禁不住看了看卡车车厢，只见卡车车厢里除了纷纷跳下来的宪兵，就再没有了别的人！冷锋不由得瞪大了眼睛，"王队长，其他的人呢？他们都到哪儿去了？"

王队长望着冷锋阴险地笑了笑，随即伸出手掌在自己的脖子上比画了一下！

冷锋立刻张大了嘴："什么？你们……你们……"

陈一鸣在一边也看出了问题，立刻满脸怒容地走过去一把揪住了宪兵队长的脖领子："你说，你把他们怎么了？你告诉我——你把他们怎么了？！"

就在这时，从轿车里钻出来的田伯涛笑着走了过来，客客气气地面向陈一鸣："陈少校，请借一步说话。"

陈一鸣迟疑了一下，松开了手，只好跟着田伯涛进了附近的办公室……田伯涛等陈一鸣进来后关严了门，一脸严肃地看着陈一鸣。

田伯涛说："陈先生，你是党国少校军官，又是我们军统的人，所以有些事情我不瞒你。不同意参加黑猫行动的其他受训人员，根据戴局长和毛先生的命令，我们已经对他们执行了死刑。"

"什么……死刑？你们为什么要这么做？"陈一鸣听罢，嘴唇颤抖地瞪着田伯涛。

田伯涛没有回避陈一鸣阴冷的目光，也目光阴冷地看着陈一鸣。

田伯涛说："为了黑猫行动——为了你和你的行动队员们生命的绝对安全！陈少校，毛先生，应该跟你透露过，由于几年来一直跟日本中村特务机关打交道，所以我们和他们内部的情况，双方之间都早已记录在案。所以，我们并不能保证我们的内部不会有他们的卧底，我们也不知道你们的行踪一旦传出去，会给你们未来的行动造成多大的障碍。这些参加过受训的人已经了解了我们的有关情况，他们被押回去以后一旦说漏了嘴，并且这些消息被传了出去，那对我们的这次行动、对你们这些参加行动的人将意味着什么呢？——意味着这次行动将要受阻，甚至你们刚刚从飞机上跳入他们的领地就面临着被消灭或者是逮捕！所以，他们必须得死，而且只能死！"

陈一鸣不能再说什么了，然而他还是无法面对这充满恐怖的事实："十几个人哪——十几个刚才还在说着话，还在喘着气，活生生的人哪！你们就这么……"

田伯涛走过去拍拍陈一鸣的肩："陈少校，我知道这很残酷，我也和你一样感到很痛心，可是这是战争，这是一次具有重大意义的秘密行动，我们任何人都不敢有半点儿的马虎！你如果要恨，就恨中村，就恨那些日本人吧！我希望你带领的这次行动不要辜负党国的希望，也不要辜负戴老板和毛先生的希望！"

听田伯涛说起这次行动，陈一鸣不再说什么了，可是此时此刻，他还是感到透不过气来，感到自己的心在流血："中村一郎，这次我如果不宰了你，我就绝不回来！"

2

当晚，在重庆军用机场草坪上停着一架小型军用运输机，换了日军宪兵军装的敢死队队员们都已经穿好了伞具，正在仔细地检查自己所戴的装备。令队员们感到疑惑的是：发给他们的日式冲锋枪弹夹里居然都没有子弹！

看着手里的空弹夹，燕子六纳闷儿地问冷锋："为什么不给我们子弹？"

冷锋看了他一眼，冷冷地回了一句："该给你的时候，自然会给你的。"

小K在一旁一边摆弄着手里的枪，一边不服气地回了一句："哼，这样就要我们去卖命？！这枪里要是没了子弹，连根烧火棍子都不如！"

冷锋听了，不觉瞪了小K一眼，小K立刻就不吱声了。

机场的草坪上，前来送行的毛人凤正在向陈一鸣做最后的交代："陈少校，你一定记住，完成解救史密斯夫妇和刺杀中村的任务之后，你们即刻返回，不可恋战，也不可让一个队员掉队。如果出现意外，你要保证你和你的任何一名队员都不要被敌人俘虏。必要的时候，你有权立刻杀死你的队员，并且采取自戕措施，切实保证不给敌人以任何把柄，记住了吗？"

陈一鸣说："记住了！不过，毛先生，我还有一件事需要得到您的再次承诺，如果事成之后……"

毛人凤拍拍肩膀笑了："我知道，如果任务完成，并且你们能顺利返回，我将亲自去迎接你，并且给你以及你的队员们以奖励和善待——我一言九鼎，绝不反悔！"

陈一鸣听罢终于放了心，立刻对着毛人凤来了一个立正，并举手敬了一个标准的军礼："毛先生放心，我们一定努力完成任务，我也代表我的队员们感谢您！"

　　远处，小型运输机开始发动了。毛人凤笑着拍拍陈一鸣的肩膀："好了，你该走了……希望我能迎接你们的凯旋！"

　　"是！"陈一鸣答应一声，转身跑步走了。

　　站在毛人凤身边的田伯涛望着陈一鸣远处的背影，似乎在问毛人凤，又似乎是在问自己："他们……还能回来吗？如果真的还能回来，党国是否还能容他们呢？"

　　毛人凤没有回头瞅他，却笑了笑："何必说得那么伤感？前来送行，总是要说一些暖人心的话。至于以后，那就是以后的事了。"

　　远处，运输机的马达发出了震耳欲聋的轰响，立刻向前冲去，片刻便腾空而起，消失在黑黝黝的天海里……

　　此刻，在重庆某地一间普通的阁楼里，亮着微弱的烛光，一只手在电台的按键上，正在不断地跳跃——

　　"泰山，军统黑猫敢死队已经出发，前往执行营救史密斯夫妇和刺杀中村的任务。黑桃 A。"

3

　　飞机在黑色的夜空中盘旋，经过两个小时左右的飞行之后，飞机到达了降落地点。

　　绿灯亮了，陈一鸣起身发出了命令："准备跳伞！"

　　冷锋站起身来，向队员们重复着跳伞时的注意事项："记住跳伞时的要领！抓紧伞绳，夹紧裆部，跳伞时要果断，不要犹豫，下面开始跳伞前的检查！"

　　冷锋一声令下，舱里的队员们开始检查自己身上的装备，报告声依次响了起来——

　　书生："一号准备！"

　　燕子六："二号准备！"

　　藤原刚："三号准备！"

　　蝴蝶："四号准备！"

　　冷锋问："五号，你怎么了？"

　　小 K 声音打哆嗦："五……五号……五号……"

　　冷锋厉声问："你说话！你到底行不行？！"

　　小 K 依然哆嗦："好……还好……"

　　冷锋："还好是怎么回事？你到底行不行？"

　　小 K："行……五……五号准备。"

　　冷锋："我是六号……六号准备！"

　　"七号准备！"陈一鸣说了一声之后，命令队员们，"临出发前该交代的事情已经交代了，记住，跳伞以后不要慌，着陆后收好伞具，马上到指定地点集合，一切行动必须服从我的指挥，听到没有？"

"听到了！"

陈一鸣命令："跳伞！"

陈一鸣命令一下，冷锋立刻打了开舱门，一股强风瞬间吹进了机舱。冷锋往舱外看了看，向陈一鸣竖起大拇指，而后自己带头先跳了下去。

队员们表情各异，也都犹豫着跳了下去，陈一鸣是最后一个跳下去的。他跳下飞机以后，机舱门立刻关上了，飞机盘旋了一下，立刻向着来时的航线飞走了。

天空中混沌一片，可隐约看见半空中有几个小白点在慢慢地滑落。突然间，地面上响起了高射炮声，密集的火力开始向渐渐远去的运输机射击。不大一会儿，运输机就起了火，向地面坠去。

此时，在一片小小的空地上，陈一鸣等人已经陆续降落下来。大家迅速地收好降落伞，便跟着陈一鸣和冷锋赶紧向附近的密林奔去，很快便消失在密林里。

4

早晨，在黑猫敢死队队员降落的地点，几顶埋在地下的降落伞被挖了出来，并排地放在站在装甲运兵车前面的中村眼前。中村看着地上的降落伞，双眉紧皱。

岩本上尉简单数了数，向中村报告："一共有七个人。"

中村听罢冷笑了："一个完整的突击队。"

岩本望着眼前的降落伞，也皱起了眉头："中国军队还从来没有空降过做敌后活动的突击队，难道，他们是美国人？"

中村没有说话，却认真地在地上搜寻着。忽然，附近草丛中一个闪光的碎片引起了他的注意。他走过去，顺手捡起来，仔细地打量着。

"这是一个眼镜的碎片，很可能是他们中的某些人在降落时不慎摔倒跌破的。"中村一边说着，一边继续搜寻着，终于在附近找到了一只眼镜腿，看见在眼镜架子上明显地镌刻着"重庆光明"的字样。

中村得意地笑了笑："他们是中国人——军统的别动队。"

岩本接道："这么说，他们中间有一个人是近视眼！"

中村的眉头立刻一皱："通知南京城所有的眼镜店，只要发现前来配眼镜的壮年男性，马上报告！否则，格杀勿论！"

岩本答："是！"

南京城内，此时警报长鸣，警车不断穿梭。在南京城郊外的铁丝网前，日本宪兵正全副武装地查验着过往人员的证件。

就在此时，一辆车头挂着意大利国旗的红十字会卡车开到了铁丝网跟前。前来接应陈一鸣等人的一个名叫小黑的青年男子冷静地掏出意大利护照，递给了日军小队长。

卡车内，七个穿着日军军装的敢死队队员紧握着武器，每个人的额头上都渗出了汗水。

日军小队长仔细地翻看着护照，又核对着坐在驾驶楼里的小黑，禁不住问道："你是意大利人？"

小黑立刻用日语回答："我是萨尔神父的养子。"

小队长听罢，立刻肃然起敬："萨尔神父？！盟国教堂的车辆，很好，请进吧！"

拦在路上的阻马立刻被日本的哨兵挪开，卡车顺利地进入正在进行全面搜捕的南京城，坐在车里的敢死队队员们随即松了口气。

小K羡慕地看着坐在驾驶楼里的小黑，禁不住说了一句："意大利这块臭牌子，还真好使。"

书生直了直自己坐得有些疲劳的腿，回了一句："德、意、日三国是轴心国，号称'钢铁般同盟'。日本人现在在国际上四面楚歌，盟国本来就少得可怜，他们当然要给意大利人面子。"

陈一鸣听罢愣了一下，目光如炬地落在书生的脸上："你懂得还真多……"

书生听罢愣了愣，苦笑了一下："我又多嘴了。"

陈一鸣看着书生："你这个人，好像有些特别。不过你多嘴没关系，不要多事就行！"

书生望着陈一鸣笑了笑，没有再说什么。

卡车很快开到了意大利教堂，从教堂的后门开了进去……随后，教堂的后门被白发苍苍的萨尔神父给关上了。

小黑走下车来，来到神父面前："神父，人我接来了。"

萨尔神父听罢，笑着和小黑拥抱了一下："我的孩子，我一直在为你祈祷。你回来，我就放心了。"

神父说着，看着小黑打开了卡车的后门——陈一鸣等人穿着日本军服跳下车来。

看着突然出现在眼前的日本兵，萨尔神父一下子愣住了："你们……你们是——"

陈一鸣看着神父笑了："神父，让您受惊了，我们这也是没有办法……"

听陈一鸣这样说，神父的脸上渐渐恢复了平静，连忙伸出一只手来画着十字："我的上帝呀，我的灵魂差一点儿就离开这个躯壳了。你们是怎么想的，居然化装成了日本人？"

陈一鸣听罢，只好摇头苦笑了："神父，要通过敌人的封锁线，这是最好的装束了。"

神父听罢，会心地笑了。

陈一鸣如释重负地向身后挥挥手："弟兄们，我们可以跟着神父进去了。"

队员们听罢，便跟着陈一鸣向教堂大厅走去，神父却用力拦住了他们。

神父拦住大家说："等等，等等，我的孩子们，你们是不能这么进去的！屋子里还有我的很多小孩子，你们这样进去会把他们吓坏的……小黑，你赶紧去找去几件衣服给他们换上！"

"好的！"小黑听罢，应声进去了。

5

不一会儿，一个罩着黑色长袍的"神父队伍"由萨尔神父带头走进了教堂。在这个队伍中，还有一个穿着修女服装的女人，那就是蝴蝶。

小K看了看左右，又看看自己，连忙问身边的燕子六："我穿的这身长袍，你觉得合适吗？"

燕子六瞅了小K一眼，又看了看身边的书生回答："你的合身不合身我不知道，我看书生穿的这一件可是太长了。"

小K见燕子六没有听懂自己的意思，只好纠正了一次："我刚才的意思不是说衣服的长短，我是说……我们是来杀人的，却穿起神父的衣服，这合适吗？"

走在前面的萨尔神父听罢，禁不住回头笑了："没有什么不合适的，我的孩子，你们是上帝派来杀掉恶魔的战士，完全可以成为上帝的传道士。如果你有兴趣，等到日本恶魔战败以后，可以到我这里来，随我一起传播上帝的福音。"

"哈……"队员们听罢，都乐了。

可小K却好像认了真，他不无尴尬地回答："还是算了吧，神父，我这个人是当不了和尚的，我要是来了，你们这里还不被我搞乱了套。"

"哈……"众人听了，又禁不住畅快地笑起来。

萨尔神父此时也笑了，他笑眯眯地纠正小K："我的孩子，你说错了，我们是神父，不是和尚——这二者之间是有区别的。"

小K有些无奈地说："还不都是不让近女色，有什么不同的？"

萨尔神父听罢更笑了："我的孩子，你还是不了解我们神父的事业。我们的神父和你们国家的和尚是不一样的。你们中国的和尚不准近女色，而我们神父不同，我跟我的妻子已经结婚四十年了。"

听神父这么一说，小K立刻来了精神："等等，神父，我想，我可以跟你探讨一下留在教堂的问题，只要你让我离开这个该死的敢死队……"

谁知陈一鸣听了立刻踹了小K一脚："你胡说些什么！"

小K听罢，立刻就不吱声了。

教堂大厅里，穿着统一的十几个孤儿整齐地站成一排，正和着风琴的音乐在唱着好听的圣歌。弹风琴的是一位意大利老太太，她看见陈一鸣等人进来，便慈祥地朝他们笑了笑。

萨尔神父手指着老太太告诉陈一鸣等人："那位，就是我的夫人。我们来到中国，已经快二十年了。"

神父又指着正在唱歌的儿童告诉队员们："这些儿童都是我的孩子，他们是战争的孤儿，很可怜的，我只好收养了他们。"

陈一鸣望着神父，又望着正在唱歌的孩子们，不禁对萨尔神父肃然起敬。

萨尔神父接着说："南京被日本人攻占以后，发生了连地狱都不会发生的人间惨剧。日本军人不配称为人类，他们比恶魔还要凶残。我收养了这些战争孤儿，这些年来陆陆续续又收养了一些。靠着国际红十字会的援助，他们可以在这里健康成长，我教他们识字，也教他们信奉上帝，他们在这里会生活得很幸福。"

陈一鸣听罢却不由得苦笑了："你教他们信奉上帝，可在这个时代里会有什么用呢？"

萨尔神父望着陈一鸣，脸上现出了庄严的神色："我的孩子，你这样说是不正确的。我也信奉上帝，可我在战争中也起了微不足道的作用，比如，我这次掩护你们。"

陈一鸣听了，立刻脸上浮现了愧色："哦，对不起神父，我刚才说得不对，我收回！"

萨尔神父听罢，宽厚地笑了："没关系，我们走吧，孩子们。通常来说，神父是不应该参与战争行为的。不过耶稣基督也说过，铲除恶魔也是信徒的职责。我目睹了南京大屠杀，我想我要找到一条寻找上帝更近的道路，除了为亡灵祈祷，还可以做一点儿什么。"

"所以，你参加了军统？"走在一旁的冷锋突然问了一句。

萨尔神父愣住了："军统？上帝，在我眼里，那仅次于恶魔。我忘了中国有一句话是怎么说的……"

"小鬼儿！"小K不由得接了一句。

"对，小鬼儿。"萨尔神父笑了，"我憎恶一切特务组织和特务行动，但是我却参加了特务行动。我想为了铲除恶魔，暂时与小鬼儿合作，上帝也会谅解我的。"

听了神父的话，陈一鸣和冷锋不禁会意地看了一眼，两个人都笑了。

萨尔神父领着他们上了楼："这里很安全，日本人一般是不会来的。如果你们要跟重庆联系，我这里也有电台。"

"电台？——就放在教堂里吗？"陈一鸣不禁愣住了

神父回答说："是的……不过没关系，南京城里目前还找不到比这里更安全的地方。"

而陈一鸣听了，却不免感到有些担心了："神父，把电台放在教堂里，其实是很危险的。"

神父说："是的，可我眼下还找不到比这里更合适的地方，等过一段时间我再想办法吧。"

神父说完，把陈一鸣等人领进他们暂时居住的地方，便转身为他们准备吃的去了。

望着神父的背影，陈一鸣的心里不免犯了嘀咕："这里人多眼杂，长久地在这里待下去，实在是太不安全了。"

6

此刻，在金陵大酒店总经理室，林经理匆匆地进来关上了门："军统的黑猫敢死队已经进城了。"

黄云晴听罢，不禁愣住了："他们来得可真够快的，真不像以往的军统特务拖拖拉拉的作风。"

林经理说："我已经通知了咱们的人，暂时中止一切行动，避免殃及池鱼。"

黄云晴表示赞同："好，你做得对。哦，还有，你让大家先做一下应急准备，一旦暗战打响，我们恐怕也很难置身事外。"

林经理一听兴奋起来："嗨，真想跳出去跟鬼子真刀真枪地干一场！在酒店这十年，我都快憋出病来了！"

黄云晴一听笑了："你是地下战线的老同志，想走可没那么容易。泰山已经说了，只要金陵大酒店这个联络站在一天，你林经理就得在这儿经营一天。"

林经理无奈地说："哦，哈……黄站长，那我可真快要成生意人了！"

黄云晴说："呵呵，为人所不为，为人所不能嘛——你就是这句话最好的体现。"

林经理说："呵呵……好，我去了。"

7

中村特务机关长的办公室里，此刻十分压抑。中村一边看着墙上巨大的南京市城区地图，一边皱眉沉思。

中村自问自答："南京城就这么大，足足七个人的别动队，难道……他们在人间蒸发了？"

岩本说："机关长，他们不会贸然来南京，一定是得到了内线接应，并且已经把他们藏匿起来了。"

中村叹口气，禁不住踱起步来："这肯定是个我们难以想到的地方，会是哪里呢？……岩本君，眼镜店那边有没有线索？"

岩本说："已经抓了三十九个去眼镜店配眼镜的壮年男子，不过，没有一个是我们想要找的人。"

中村思忖着，半天才说："没找到……不过，这条线我们一定不能丢！再多派一些力量，加强对眼镜店的监控和巡逻！"

岩本答："是！"

岩本说完转身要走，中村叫住了他：

"岩本君，二宝那边……有什么消息没有？"

"没有。"岩本说罢苦笑了，"中村君，都这个时候了，你还……"

中村柔和地看着岩本，又问了一句："有消息吗？"

岩本："二宝说有几个相似的，但是他自己都核实过不是高倩倩，所以不敢来找你。"

中村不由得叹了口气："让他抓紧点儿……你去吧。"

"是！"岩本应了一声，下去了。

此时，中村无意中转过头来，一眼便看到了放在桌子上的高倩倩的照片，心里不由得猛地一抖，心想："倩倩，你到底在哪里？你到底在哪里呀？"

时间，一瞬间便回到了七年前——

"哈……我抓住你了！你跑不掉了……"

留学生山田一下子就抓住了同学高倩倩，两个人嬉笑着倒在草地上。

高倩倩："山田，你怎么了？你怎么这么愣愣地看着我？"

中村："倩倩，你真美……"

高倩倩："山田，你说什么呢？"

中村："倩倩，我爱你。"

高倩倩："哎呀，大白天的，你说什么呢？……哦，山田，你要……你要干什么……"

高倩倩话还没有说完，山田火热的嘴唇，已经堵住了高倩倩的嘴……

那是中村一生中最美好的回忆，可是他又想到美好的爱情也有分离。

一只碗砸碎在地上，高倩倩惊得一下子站了起来。

高倩倩的父亲高教授脸色铁青地看着自己的女儿："跪下！"

高倩倩的母亲见了，赶紧过来劝丈夫："倩倩她爹，你干吗跟孩子发那么大的火呀？她实在要跟山田好，你就别拦着了！"

高教授："不行，山田是个什么人？他是个日本人！日本人现在已经侵略了我们的国家，他们就是强盗！我的女儿，绝不能嫁给日本人！"

高母："倩倩，你就别跟你爹拧了……你就答应你爹，别再跟山田好了，啊？"

高倩倩："不，妈，我跟山田君已经……已经……我不能没有山田君，我不能……不能！"

高教授："你……你……你居然跟山田，你居然跟他……你不是我的女儿，你给我滚！滚！"

高倩倩顶着暴雨跑出家门。

高母心如刀绞，喊道："倩倩……倩倩……你别走，你给我回来——"

好歹还有爱情，他一度想脱离世俗，脱离该死的政治。

高倩倩："山田君，你带我走吧，你带我走！我现在是你的人了，我不能再回家了，我要跟你在一起，你走到哪儿，我就跟你到哪儿！"

中村："倩倩，倩倩，你别着急，我一定带你走，我一定带你走，可是现在不行，中日两国已经开战，中国人现在是不能够随便去日本的，而我必须先回去……倩倩，你别着急，你在中国安心等我，等我为你办好了手续，我一定来接你，我说话算话，你等着我！"

这一切都是回忆。

中村自言自语："倩倩，我现在回来了，可是你在哪里？我现在四处派人在找你，可你到底在哪儿呢？倩倩，你告诉我，你到底在哪里？"

8

此刻，躲在教堂里的蝴蝶触景生情，也在思念着中村。

蝴蝶心里念着："山田，我回来了，我现在已经回到南京了，我们就是在这里分手的，可是你……你现在却成了我的敌人！事情为什么会变成这样呢？为什么？！"

百转千回，一幕幕场景回到眼前。

高倩倩："谁？"

刘老师："是高倩倩同学吗？我是刘老师。"

高倩倩打开门："刘老师，是您？这几位是……"

其中一个清瘦的人问道："您好，你是高倩倩吗？"

高倩倩有些纳闷儿："是，我是。"

那个男人回答："我们是军统局的，我们以涉嫌通敌罪逮捕你，你马上跟我们走！"

高倩倩有些惊讶："通敌？……我没有，我没有！"

另一个男人举起照片："你没有？这个照片上的人你认识吗？"

高倩倩："山田？"

那个男人说："不，他的真实姓名是中村一郎，是日本间谍！"

高倩倩瞬间觉得天都塌了下来："日本间谍？——我不知道，我真的不知道哇！"

另一个特工有些不耐烦："别啰唆了，赶紧跟我们走！"

高倩倩："你们等一等！你们让我跟我的父母通一个电话好吗？"

特工连忙阻止："不可以！现在是战乱时期，小日本马上就要打到南京了，你现在就必须跟我们走！"

高倩倩还想挣扎："你们放开我！放开我！我没有通敌，我没有通敌呀……"

特工赶忙架住："走……赶紧走！"

回忆渐渐散去，书生叫醒了沉浸在回忆中的蝴蝶。

书生："蝴蝶，你在想什么？"

蝴蝶："哦，没想什么……"

书生："那，赶紧去吃饭吧。队长说，等吃完饭还要商量事情！"

蝴蝶："好，我收拾一下就去。"

9

谁知蝴蝶话音刚落，楼下就响起了敲门声。屋子里的人听了，都立刻紧张起来。

靠在窗边的冷锋放下枪说了一句："开门吧，是神父送吃的来了。"

手里握枪的队员们听了，立刻便松弛下来。

小K走过去开了门，萨尔神父端着面包、蔬菜和菜汤走了进来："孩子们，都饿了吧，赶紧吃吧！"

"谢谢神父！"小K说罢，兴奋地接过来，放在了桌上。

神父望着冷锋等人笑了笑："不打扰你们了，安心吃饭吧。"

神父说完，便走了出去。

"来，我给大家盛！"小K说着冲到饭桌前，拿起放在汤盆里的勺子就给大家盛汤。吃饭的人不多。因为书生的眼镜在跳伞时不慎跌碎了，陈一鸣便陪他找了南京城里的熟人去配眼镜，所以剩下来吃饭的只有冷锋、燕子六、藤原刚、蝴蝶和小K五个人。

屋内的人此时谁也没有想到，就在大家围上去伸手去拿面包的一瞬间，小K手掌一抖，一个小纸包瞬间便出现在他的手里，他随后轻轻一点，包在纸包里的药粉便落入了汤盆，他用力搅了几下，这才把汤一勺一勺地舀在大家的汤碗里。

"好了，各位，赶紧吃吧！"小K说着，拿起一个汤碗，浅浅地喝了一口，"嗯，好喝，好喝，这个汤的味道真不错！"

小K这么一说，大家伙都忍不住端起碗来喝了一口，发现汤的味道虽然不如小K说的那么好，但味道也确实还不错，便都忍不住痛快地喝了几口。

等吃过了饭，冷锋吩咐了一句："小K，你在门口值班，两小时之后，我派人来换你！"

小K应答："哎，知道了，你们放心去睡吧。"

小K答应了一声，便自觉地抱着枪守在了门口，冷锋于是带着大家便到楼上休息去了。

谁知大家刚刚走到楼上，就觉得眼皮发沉，一个个倒下来便沉沉地睡去了。小K此时守在楼下，见楼上的人很快就没了动静，便知道是药力发挥了作用，他不放心地折回楼上来看了看，见楼上的人已经横七竖八地倒在地上，脸上不禁露出几分得意——

小K："嘿嘿，蠢家伙，居然不知道老子在汤里下了蒙汗药！就凭这本事，你们还想去杀中村哪？拉倒吧，老子不陪你们了，老子该走喽！"

小 K 于是换了便装，顺着教堂的后门悄悄地溜了出去。小 K 有个姐姐是南京城内一家妓院的老鸨，小 K 此去就是去寻他姐姐的。

10

怡春苑内，昨夜折腾了一晚的姑娘们此时刚刚醒来，正在各自的房里忙着梳洗。小 K 的姐姐、绰号"一枝梅"的老鸨此时正在楼下吆喝着："楼上楼下的姑娘们抓紧梳洗，一会儿可要开饭了——"

"哎，知道了妈妈，就来！"

屋子里的女人们一边答应着，一边还在各自忙活着。一枝梅把手里的一只手帕揣进怀里，便自顾自地向大门口走去。

此时，在怡春苑门外，一脸紧张的小 K 正在门口探头探脑。

守在门口的保镖见了，不禁大骂起来："走开走开！要饭去后门厨房！"

小 K 看着保镖，小声回答了一句："大兄弟，我……我是来找人……"

保镖见小 K 的穿戴不像是富贵人，便不免来了脾气："去去去，谁是你的大兄弟，来这儿的谁不是来找女人的，有钱没钱？没钱你就别来，滚！"

保镖说完，朝着小 K 猛地一推，小 K 被一把推倒了。

正在这时，不远处一辆轿车开来，轿车停下，一个肥头大耳的大汉走下车来——从大汉的装扮上看，不是地痞就是个汉奸。

保镖见了，赶紧赔笑着迎了过去："哎哟，是刘队长啊，里面请，里面请……来客人了，贵宾一位——"

保镖喊声未落，一枝梅的笑声便从门里面传了出来："哟，嘻嘻嘻，来了来了！"

小 K 听到声音便要往里冲，保镖又一次把他拦住了："干什么干什么？这年头见过冲粮店、冲布店的，还没见过冲妓院的！你没钱进去能干什么？滚蛋！"

小 K 此时着急见姐姐，又被保镖推得一时性起，立刻使出了前些日子学到的擒敌术，只三下两下便把保镖按到了身子底下。

保镖："哎哟，哎哟，这位大爷，你身量不大力气可不小，敢问是哪位师爷教的？"

站在门口的一枝梅见了，赶紧将王队长迎进院子里，交给了身边的姑娘，立刻一挥手便折了回去："来人哪，在门口撒泼，这不是反了吗？！伙计们，抄家伙！"

随着一枝梅的一声喊，几个保镖抄着棍子便奔了出来，立刻把小 K 围了起来。小 K 此刻被包围在当中，却毫无惧色。

"呀——嘿！"四个保镖大叫着便冲了上来。

只见小 K 临危不惧，以一对四，翻腾滚跃，挥手出击，打得十分漂亮。一枝梅在一旁看着，不禁感到惊愕，也感到眼熟

一枝梅："小弟？……停停停，赶紧停！"

一枝梅一声叫喊，几个人都停了手。

小 K 闻声转过头来，也不禁惊愕了："姐……"

四个保镖听小 K 这一叫立刻傻了眼。一枝梅一脸惊喜地跑了过来，对着小 K 左瞧右瞧——

一枝梅："你们这群浑蛋，狗眼看人低呀？！你们也不看看这是谁？！要是伤了我弟弟半根汗毛，老娘我把你们的物件儿都割下来喂狗吃！我的小弟呀，哎哟，你还活着呀？你可把姐姐给想死了……"

一枝梅说着，便高一声低一声地哭起来。

小 K 此时急忙左右看了看："姐，我不好好的吗？别在门口站着了，走，赶紧进屋去！"

一枝梅："哎，好好好……"

姐弟俩上楼以后，姐姐一枝梅立刻安排丫头给小 K 准备洗澡水："柳叶、蜡梅，你们两个给我好好伺候着，这可是老娘的亲弟弟。"

几个姑娘应道："哎，好嘞！妈妈放心吧！小 K 少爷，别愣着了，我们姐俩扶您进去。"

"哎哎哎，好好好……"小 K 见状，立刻喜笑颜开，"嘿嘿，还是我亲姐了解我！"

小 K 于是左拥右抱，喜笑颜开随着姑娘们进了房间。

11

黄昏，陈一鸣领着配完眼镜的书生走进教堂。他们来到阁楼内，只见楼上横七竖八地睡着冷锋等四个人，正睡意颇浓，唯独不见了小 K，不免有些惊愕。

陈一鸣推着："冷锋，冷锋，你醒醒，小 K 呢？"

冷锋此时还没有完全醒过来，半睁着眼睛回了一句："小 K 在……在楼下呢……"

陈一鸣一听就急了："什么在楼下呢？——小 K 不见了！"

"什么？"冷锋听罢立刻就精神了，"怎么会呢？刚才他还在呢！"

"什么刚才，你看看都什么时候了……"陈一鸣说着，推开了窗子。

冷锋听了，不由得抽了抽鼻子："怎么会睡了这么长时间呢？"

陈一鸣赶紧问冷锋："中午你们都吃了什么？"

冷锋有些疑惑："没吃什么呀，就是吃了些面包，喝了碗汤……对了，盆里还有汤，给你和书生留着呢。"

陈一鸣听罢赶紧去了楼下，舀了一勺汤闻了闻，又尝了尝，一口将嘴里的汤吐了出来："汤里放了蒙汗药——这准是小 K 的拿手好戏，叫弟兄们赶紧起来！"

冷锋闻声，立刻到楼上去叫人。当燕子六等人都来到楼下，陈一鸣立刻面容严肃地望着大家——

陈一鸣说："弟兄们，小 K 不见了，我们这里很可能就很快就暴露了，必须立刻转移！"

燕子六等人听了，你看看我，我看看你，都傻眼了……

冷锋一拳砸在自己头上："唉，都怪我，我太大意了！"

燕子六听了，不禁恼恨地骂了一句："老子就是飞贼，还被小花贼给下了蒙汗药！

这要是传到江湖上去，老子真是没法儿混了！"

陈一鸣赶紧吩咐大家："你们大伙赶紧准备，我这就去通知神父，我们现在就转移！"

几分钟以后，神父带着队员们来到了阁楼后面的一间小房子里。

神父问："陈队长，你们一定要转移吗？"

"是的。小K背着我们溜走了，他一旦被鬼子抓住，万一挺不过鬼子的用刑，就很可能带着鬼子来抓我们，所以我们必须转移！神父，你和孩子们也马上转移吧！"

神父听罢，不以为然地笑了笑："放心吧，德国和日本是盟国，日本人是不会把我怎么样的，只是你们做一些准备是必要的。陈队长，这间屋子里有一条地道，是我用了好多年时间挖通的，你们从这里就可以转移出去了。"

陈一鸣听罢立刻兴奋了，可还是有些不放心神父和孩子们："神父，你和孩子们也早些做准备吧，万——————"

神父拍着陈一鸣的肩膀，从容地笑了笑："你放心，我说过，日本人是不敢动我的。"

陈一鸣无奈，只好顺从了神父："神父，那我们就走了！"

"好，我送你们出去。"

神父说着，打开了小屋的门。

12

夜晚，一条僻静街道上的排污井盖被轻轻地掀了起来，冷锋手握着冲锋枪渐渐地从里面露出了脑袋，他左顾右盼了一会儿，而后从井口里钻了出来。他仔细地观察了一会儿，而后向井口里发出了信号。

紧接着，潜伏在井口处的队员们都陆续地出来了，他们立刻便排成了警戒队形。

陈一鸣是最后一个从井里出来的，他上来后和冷锋打了一个手语。

冷锋立刻拍了一下身边的燕子六，并指了指附近的一个院子。燕子六会意，立刻施展轻功上了房顶，贴在房顶的边缘四下听了听，这才轻松一跳，跳进了院子。过了一会儿，小院的门开了，陈一鸣带领小组的人立刻进了院子。

小院儿的门随后毫无声息地被关上了，而后，一切都恢复了平静。

陈一鸣安排了岗哨，而后堵严了一间屋子的窗户，这才点燃了一支蜡烛。

陈一鸣说："弟兄们，我们先在这里歇一个晚上，等明天天亮再做打算。"

各自找了个位置坐下来以后，冷锋一脸愧疚地望着陈一鸣——

冷锋很懊恼："陈参谋，我……我太大意了，我愿意接受处罚。"

陈一鸣叹口气，摇摇头："现在说这些还有什么用，还是想一下我们下一步该怎么办吧。"

冷锋听罢，不禁低下了头。

陈一鸣拿出了烟，自己点了一支，又递给了冷锋一支："我们的当务之急，是要赶在日本人前面找到小K。大家都是一根绳上的蚂蚱，集思广益吧。藤原刚，说说你的想法。"

坐在他们对面的藤原刚不由得苦笑："我是战斗机飞行员，对地面的行动我不熟悉。而且，我又是第一次踏上南京的地面。"

燕子六听罢不觉笑了："原来你是飞禽，不知道地面的事儿……"

"哈……"陈一鸣等人也不由得轻声笑了起来。

坐在一个角落里的蝴蝶，皱着眉头叨咕起来："南京城到处都是日本兵，小K能到哪儿藏起来呢？"

书生听罢插了一句："小K在日本人的心脏都敢跑掉，在南京肯定有他的安身之处。"

陈一鸣听了，立刻接了过来："书生说得对，我还是小看了小K，他在南京一定有他可以投奔的对象。不过，我们怎么才能找到他的投奔对象呢？"

冷锋听罢，不由得皱起了眉头："小K在监狱里是个特殊关押对象，没有对他进行例行的登记。他的档案很多都是空白，很难弄清在南京有没有他的社会关系。"

陈一鸣叹口气，不由得转向了燕子六："燕子六，你说说。"

燕子六低头想了想，忽然抬起头来："陈教官，我倒是有个主意。"

陈一鸣："哦……你说。"

"那，我说了，你可别以为我想跑哇。"燕子六望着陈一鸣赶紧补了一句。

陈一鸣朝他挥挥手："你说吧，我不会那么想的。"

燕子六迟疑了一下说："我想通过黑道，寻找小K的下落。"

"黑道？"陈一鸣看着燕子六，不由得愣住了。

燕子六也很担心："冷教官，小K去了哪儿，能瞒得过日本人和七十六号，但是瞒不过黑道。只要南京的帮派一出马，小K他这个人根本就藏不住。"

陈一鸣听了，觉得这个办法可行，可细一想又觉得不现实："我听说……日本人对南京控制得极严，他们通过七十六号对帮派进行了扼制，使社会上的许多帮派都杳无音信了。"

燕子六听罢，冷笑了一声："冷教官，别的我不敢说，但是对帮派我是太了解了。你们所处的是地上社会，我所处的是地下社会，就好像白天和黑夜，哪个都少不了。我敢说，南京城现在除了你们二位就没国军了，但是无论南京城在谁的手里，帮派都必定存在！"

陈一鸣和冷锋等人听着，感到很新鲜。

燕子六接着说："冷教官，我有把握一定能找到帮派！只是……他们肯不肯帮我们，我就不知道了。"

陈一鸣想了想，点点头："你只要找到就好，到时候，咱们走一步，看一步。"

燕子六很干脆："行，到时候我们见机行事！"

陈一鸣听罢，转向了冷锋："冷锋，天亮以后，我和燕子六去找帮派，你负责带队！万一遇到事情一定要冷静，无论发生什么事，一定要等着我们回来！"

冷锋应声："是！"

陈一鸣看看手表，吩咐书生："书生，你去周围布置地雷，以防万一。"

"是！"书生答应了一声，背起背囊出去了。

陈一鸣安排好一切之后，也跟着燕子六出了门。

第五章

★

1

南京城内，喧闹的马路，沿街的两边不时有卖香烟人的叫卖声："香烟了，香烟了，谁买香烟了——"

一辆公共汽车在一个站牌跟前停了下来，车门打开，化装后的燕子六和陈一鸣下了车。

陈一鸣跟在燕子六身后紧走了两步，悄声问："哎，你真的能找到帮派吗？"

燕子六左右看了看，轻声回答："这里是新街口，南京最繁华的地段，帮派里经常有人在这里出没，我有办法让他们来找我的。"

陈一鸣听了，不觉感到新鲜，禁不住指着自己戴着戒指的手问燕子六："哎，兄弟，这就是暗号吗？"

燕子六点了点头："对，你把戒指戴到小手指上，到时候他们就能认出来了。"

两个人说着就来到一条热闹的街巷里，燕子六让陈一鸣站住了。

此时，在街口的附近有一个正在卖香烟的女人。那位中年女人朝着陈一鸣看了看，又端详了一会儿，这才悄悄地来到陈一鸣的身后，像鬼影子一样贴在陈一鸣和燕子六身边，低声问："贵帮头？"

燕子六愣了一下，压低声音回答："江淮泗。"

中年女人四下瞅了瞅，又问："贵字派？"

燕子六也扫了一下四周，低声回答："单字一个燕。"

中年女人端详了一下燕子六，问道："香头多高？"

燕子六答："二丈二。"

"香头多重？"

"二两二钱。"

"身背几炉香？"

"二十二炉。"

"头顶几炉？"

"二十一。"

"手携几炉？"

"二十三。"

中年女人听罢点点头，笑了："原来是燕子门的六兄弟，不知道有什么难事，要当街求救？"

燕子六十分信任地看着中年女人："大灾大难，还望贵堂主江湖救急。"

中年女人望着燕子六又笑了："既然是在帮的兄弟，何必见外，你等一下。"

中年女人说完，转身走了，陈一鸣有些不放心地看着燕子六。

燕子六却十分自信地点点头："放心吧，一切有我呢。等一会儿，他们就会派人来接了。"

燕子六话音未落，就见不远处有两个正在等活儿的人力车夫拉着车跑了过来。

燕子六见状拉了陈一鸣一把："上车。"

陈一鸣左右看了看，与燕子六分别上了车。两个人力车夫问也不问，拉起两个人来就走。

人力车拐了两趟街，进入了一个小巷子，而后停在了巷子口。陈一鸣正要问燕子六，燕子六伸出一只手拉住陈一鸣，上了停在附近的一辆篷布卡车，陈一鸣还要问什么，早已等在卡车里的两个壮汉中的一个说话了——

壮汉笑道："不好意思，兄弟委屈了。老规矩，两位兄弟的眼睛得罩住。"

两个壮汉不由分说，便各自掏出一块黑布，把他们的眼睛分别给罩住了。卡车鸣了鸣笛，开走了。

2

过了十几分钟，陈一鸣和燕子六被卡车拉到了坐落在城市郊区的一座临江的古庙前。陈一鸣和燕子六被取下了眼罩，带进了大殿里。

大殿内供奉着关公的塑像。塑像前，此刻正香烟缭绕，江水帮的老大"水上漂"和他的八大金刚此时正在大殿里等候着。

司机把搜出来的两把手枪和燕子六的飞刀腰带双手放在桌子上。

水上漂拿起手枪掂量掂量，脸上露出难以察觉的笑颜："勃朗宁大口径——好玩意儿。这两个……不是一般人。"

水上漂说着将手枪的子弹上膛，审视地看着陈一鸣和燕子六。

燕子六见状，立刻双手抱拳："鄙人燕子六，特来此处拜香堂！"

水上漂望着燕子六，笑了笑问："此地抱香而上，你可有三帮九代？"

燕子六："有！"

水上漂："那……你带钱来了吗？"

燕子六："一百二十九文，内有一文小钱。"

水上漂听罢，仔细地打量着燕子六："切口倒是对的……"随后指了指陈一鸣，"他是谁？"

燕子六："禀报水堂主，是我兄弟。"

水上漂饶有兴趣地看着陈一鸣："是在帮的弟兄吗？"

燕子六迟疑一下："……不是。"

水上漂立刻有些惊愕："嗯？"

陈一鸣赶紧回答："我在为政府做事。"

八大金刚听了一起站了起来，赶紧抄刀拿枪。

水上漂沉稳地摆摆手，八大金刚又松开了拿刀拿枪的手。

水上漂盯着陈一鸣："为政府做事……你是警察？"

陈一鸣："不是。"

水上漂："那你是政府职员？"

陈一鸣："也不是。"

水上漂立刻站了起来："那你到底是什么人？"

陈一鸣微笑着回答："国军。"

"国军？"水上漂也冷笑了，"哪个国军？——南京的，还是重庆的？"

陈一鸣说："重庆。"

水上漂的声音立刻大了起来："重庆的国军，不在重庆待着，你到南京来干什么？——说，你到底是什么人？"

陈一鸣的面容立刻严肃起来："国民政府军事委员会统计调查局，陈一鸣少校。"

水上漂的脸色立刻变得很复杂："哦……原来你是军统啊？"

水上漂说着，把目光转向了燕子六。

燕子六犹豫了一下，也回答："我现在……也在为政府做事。"

"哈……"水上漂听罢，立刻大笑起来，"这真的是奇怪了！堂堂的燕子门——江湖中的三大贼帮之首、排行老六的嫡系传人，居然在为政府做事，这不是滑天下之大稽吗！哈……"

"哈……"八大金刚听罢，也一起笑了起来。

笑了一会儿，水上漂脸上的笑容立刻消失了："大清早的，燕子门的老六在新街口的闹市区发出江湖告急的信号。我好心好意把你们请到江水帮的香堂，准备做江湖救急，没想到燕子门的老六却给我引来了一个军统，还告诉我，他自己也在为军统工作——燕子六，你说，还有比这更可笑的事情吗？说给谁谁信哪？！"

燕子六听罢，立刻插了一句："水堂主，眼下，我们确实有难！"

水上漂冷哼："有难？——对，你们现在是有难了！军统的毛人凤把我兄弟抓进了集中营，折磨致死。今天，你们这两个军统居然还敢闯进我的香堂——这不是有难了吗？而且在劫难逃！"

八大金刚听罢，立刻举起刀枪围拢过来。

燕子六厉声退了一步："水堂主！"

水上漂没有理会燕子六的叫喊，向着八大金刚猛地一挥手："还不动手！"

八大金刚闻声一拥而上，立刻便按住二人跪下了。

陈一鸣挣扎着抬起头来："水堂主，有一句话不知当讲不当讲？！"

水上漂蔑视地笑了笑："都快进棺材了，还问什么当讲不当讲……有什么话，你快说！"

陈一鸣直了直身子："水堂主，我早就听说过，说江水帮的堂主是一位真正的绿林好汉！杀富济贫，疾恶如仇，远远近近的江湖上都传说着水堂主的威名！"

"哼哼……"水上漂听罢冷笑了，"后生，现在才想起来拍马屁——迟了！"

陈一鸣上前一步："不，不迟——我没想到这远近闻名的水堂主居然是一个大汉奸！"

水上漂听罢，脸色立刻变了："你说什么？——我是汉奸？！"

陈一鸣："对！你不仅是汉奸，还是大汉奸！"

"你……你……"水上漂猛地掏出手枪，顶住了陈一鸣的眉心，"你再说一遍！"

陈一鸣朗声："你——大汉奸！你水上漂是个地地道道的大汉奸！"

水上漂："你……你再说，我现在就毙了你！"

陈一鸣无所畏惧，望着水堂主突然冷笑了："现在，日本特务和七十六号到处在追杀我，为什么——因为我是日本人的对头！日本人在抓我，而你却毙了我，你不是汉奸是什么？！"

水上漂听罢，面孔有些扭曲了："后生，别拿这个来吓唬我！"

陈一鸣紧逼："我不是吓唬你，我说的是事实！我是中华民国国民革命军的少校，为了保卫南京，我的兄弟们的血都洒在了孝陵卫！今天，我能死在南京，也算是与我的兄弟们重逢了。水上漂，你要是甘于做汉奸，就开枪吧！"

水上漂握枪的手突然颤抖了。

被绑在陈一鸣身旁的燕子六立刻补上了一句："水堂主，陈教官说的都是事实，你可不能做在江湖上留下恶名的事情！"

陈一鸣接着说："水上漂，你没有见过南京大屠杀吗？！南京城三十多万亡魂都是日本人造成的，不在乎再多我一个，你就替日本人开枪吧！"

水上漂握枪的手软了下来，嘴唇也跟着颤抖了："你……你真打过日本人？"

陈一鸣大义凛然地注视着水上漂："人不分老幼，地不分南北，皆有抗战守土之责！陈某人身为军人，自然是责无旁贷——当然是打过日本人！"

水上漂叹了口气，向手下的人挥挥手："放开他们，念在他打过日本人的分儿上，给他们一条活路。"

八大金刚听罢，立刻松开了陈一鸣和燕子六。

陈一鸣和燕子六再看水上漂，却见水上漂在一瞬间老了许多，脚步也变得缓慢了。

陈一鸣身边的一个金刚见陈一鸣不明所以地看着他，不免流下泪来："我们堂主的夫人和女儿……都被日本人给祸害死了……"

陈一鸣听了，不免有些愧色地看着水上漂："水堂主，我……我不是故意的，我真的不知道——"

水上漂打断了他："我不怪罪你，想我水上漂骁勇一生，威震华东，江湖上都让我三分。没想到临老临老，我连自己的老婆和女儿都保护不了，我真是有愧于我的半世英名啊！"

陈一鸣望着水堂主不再说话，静静地注视着他。

水上漂抬起头来看着陈一鸣："你说得不错——人不分老幼，地不分南北，皆有抗战守土之责！说吧，你们需要什么帮助？要我怎么帮你们？"

陈一鸣听罢，立刻抱拳致谢："水堂主英明！陈某确实有事情要劳烦水堂主……"

陈一鸣于是向水堂主说了自己的打算……

3

此刻，在怡春苑的一个房间内。小K躺在一张软榻上，左拥右抱，正鼾声连连。突然门外传来了一枝梅惊愕的叫喊声："不好了，皇军来了！"

小K被叫喊声惊醒了，一个骨碌爬起来伸手去枕头底下掏枪。

两个妓女见了，立刻惊愕地问他："少爷，怎么了？"

"嘘……"小K将食指拦在嘴上，起身走下了床，轻轻地来到了门边上。

此时，在妓院的大门口，一个日军军官带着两个日本兵正大摇大摆地走过来。

楼底下，一枝梅手握着一条手帕正一脸笑容地、摇摇摆摆地迎过来："哎哟，太君啊！盼星星盼月亮，可把太君您给盼来了！快快快，如烟——上茶，上好茶！来来来，太君看把你给热的，把铁帽子摘了吧……"

日军军官伸手拦住一枝梅伸出的手，自己摘下了头上的钢盔："你们的，这里，花姑娘一定大大的有？"

一枝梅赔笑道："有，有……大大的花姑娘！"

军官："哟西！……我们的，通通地要！"

日本军官接着用日语高喊了一声，几十个日本兵闻声从门外冲了进来。

一枝梅一看，脸色立刻就绿了："长官，怎么有这么多人哪？我们家的姑娘可都嫩得很，这，这可是扛不住哇……"

谁知道日军军官却并不听一枝梅的哀求，他猛地一挥手，几十个日本兵哄哄叫地就冲了进来，像抓小鸡似的冲进各个房间里抓妓女，一时间闹得鸡飞狗跳，叫喊不堪。

妓院上房的一个房间里，握着手枪的小K此时已经是满头大汗，两只手和两只脚都在不停地抖动着。

他身边的妓女见了，赶紧拉了他一把："哎哟，你就别再摆弄枪了！快快……快躲起来吧！"

小K听了，赶紧爬进了床底下。两个妓女刚直起身来，几个日本兵就冲进门来。

"花姑娘，大大地好！"

几个日本兵不由分说，抓起两个妓女就出去了。

怡春苑大厅里，此时已经乱作一团。日本兵拉着妓女就要出去，逼得妓女们冲着一枝梅一个劲儿地大喊："妈妈！妈妈……您快说句话呀！"

一枝梅听了，焦急得直跺脚："哎哟太君哪，你们这是干什么呀？我们家丫头是不出园子的呀！"

谁知日本军官听了，却并不理睬："劳军，通通的，劳军的干活！"

一枝梅喊："太君，太君，我们怡春苑的姑娘……我们怡春苑的姑娘——"

谁知，一枝梅话没说完，日本军官就笑眯眯地看着她："你的，很好！姑娘的，人数不够……你的，一起去，米西米西的！"

日本军官说着，一把便抓起来一枝梅。

一枝梅一见腿都软了："太君，太君，你干什么？你要干什么？！"

日本军官说："你的，不要喊！我们的，一起去快乐快乐的！"

一枝梅央求："太君，放开我，放开我——"

日本军官不论一枝梅怎样叫喊，抓起一枝梅便大笑着出去了。

4

姑娘们被日本兵用军用卡车拉走了，怡春苑里很快便静了下来。躲在屋子里的小 K 见院子里没有动静，便轻轻地从床底下爬出来，悄悄地来到了院子里。

此时的怡春苑已经是一片狼藉，除了几个刚刚从房间里闪出来的保镖之外，便再没有了其他人。

小 K 看着扬长而去的卡车，急得禁不住流下泪来："姐——姐——"

回答他的却是越来越远的卡车鸣笛声……

傍晚，被拉去的妓女们被日本兵用卡车送了回来，一同回来的有怡春苑的老鸨——小 K 的姐姐一枝梅。

一枝梅此时已经被日本鬼子蹂躏得不成样子，她衣衫破烂，两眼痴呆，神态木然地径直向上房走去。

小 K 在门口见了，疯了一样跑过去紧紧抓住了一枝梅："姐！姐……"

一枝梅却甩开了他的手，不再理他，依然径直地向前走去。就在这时，门外又走进来两个喝醉了的日本兵："花姑娘，花姑娘的有……"

两个日本兵说着，便冲过来抓住了一枝梅："花姑娘的，花姑娘的有……"

日本兵一边叫着，一边就伸手撕一枝梅的衣服……小 K 在一边见了，两眼露出了凶光。

这一边，一枝梅神色木然，被鬼子兵凶狠地按在桌子上，木然地承受着这粗鲁的一切……

小 K 再也忍不住了，立刻冲过去，对着两个日本兵分别就是一拳！

日本兵痛喊："啊……"

日本兵惊叫了一声，立刻变得清醒起来，"呀——"大叫着向小 K 扑来，小 K 快捷地向后一撤，精彩地来了个一对二。几个回合下来，两个鬼子都支持不住了，便顾不得怎么挨打，伸手就去摸枪，小K见了不敢迟延，立刻伸出拳头当头给了挨他最近的鬼子迎面一拳，在那个鬼子还没来得及明白是怎么回事的时候，他的双手已经捧住了鬼子的脑袋，用力一拧，只听得咔嚓一声闷响，小鬼子的脖筋便被拧断了，小鬼子连哼都没来得及哼一声，就跌在了地上！

"呀——"另一个鬼子见状，也大叫着扑了过来，并且朝着小K放了一枪！

小K不敢怠慢，赶紧冲上前一步，如法炮制，仅仅两个动作，那个鬼子便也一声没吭地倒在了地上……

小K的姐姐一枝梅被枪声惊醒了，见弟弟杀了人立刻就慌了："小弟，小弟，你杀了日本人了……哎呀我的好弟弟，这日本人你哪儿惹得起啊？……你赶快走，你赶快走！日本兵马上就得来了！你快走啊，走后门——"

"姐，你跟我一起走吧，你快跟我一起走吧！要不然鬼子——"小K一边拉着姐姐，一边大声地哀求着。

一枝梅此时却平静下来："小K，我不能走！我走了，我那些姑娘可怎么办？！你快走吧，你别管我了……他们不会把我们怎么样的。你快跑吧，快跑吧，再不跑就来不及了——"

一枝梅话音未落，妓院的外面已经警笛大作，车声响起，叫骂声和脚步声响成了一片沸腾。

一枝梅听到这些，眼睛都急红了："小弟，你赶紧走！……再不走，姐姐就死到你跟前！"

小K无奈，只好匆忙地奔出了后门。

然而，他还没跑出多远，就听见怡春苑的方向响起阵阵枪声，接着便蹿起一片大火……

小K喊："姐……姐姐！"

小K惦记着姐姐的安危，赶紧又奔了回去。还没有赶到怡春苑那边，就听到怡春苑那儿哭号声震天；再紧跑了几步，就看见怡春苑门前站满了荷枪实弹的鬼子。往日里灯红酒绿的怡春苑，此时已经被熊熊的大火包围着，一个军官模样的鬼子此时正举着军刀大声地叫喊着——

日本军官气急败坏："死了死了的……通通死了死了的！"

小K躲在暗处不敢出来，眼睛却被泪水给模糊了："姐……姐呀……姐……"

5

此刻，在德国洋行仓库的楼顶上，陈一鸣等黑猫敢死队的队员正借着月色向怡春苑方向观察着。远处，还断断续续传来零星的枪声和警报声。

陈一鸣放下望远镜，不禁叹了口气："怡春苑完了……"

冷锋接着问："小鬼子为什么要烧了怡春苑呢？"

"啊，我跟陈教官赶回来的时候，听说有一个男人在怡春苑杀了两个小鬼子，小鬼子急了，所以才过来报复。"在一旁的燕子六赶紧回了一句。

书生迟疑了一下，说："会不会是小 K 干的？如果小 K 也在怡春苑里，他这次可完了。"

蝴蝶听了，脸上不禁现出了忧郁："小 K 真能在怡春苑吗？他如果真的在怡春苑，真的也被烧死了，那真是太惨了！上午还好好的，可到下午就……人的生命，真是太脆弱了！"

蝴蝶说着，脸上充满了感伤，房顶上的人互相看了看，都不说话了。

过了一会儿，陈一鸣憋出来一句："还是那句话——活要见人，死要见尸。在找到小 K 以前，我们不能贸然行动。"

冷锋听罢，很担心地问了一句："难道我们就在这儿藏着吗？"

陈一鸣说："不，这里也不是久留之地。我现在就去教堂，用萨尔神父的电台和重庆联系。至于是不是继续行动，我们按照上峰的命令办。"

陈一鸣说完要走，藤原刚插了一句："他们肯定会要我们继续行动的。"

陈一鸣没有说话，看了一眼藤原刚。

藤原刚接着说："因为他们不在乎我们活着还是死了……"

陈一鸣矜持了一下，对藤原刚说了一句德语。这句话除了冷锋，谁都听不懂……正在大家互相看着的时候，书生翻译了一句，并说了出来："我的荣誉，就是忠诚。"

陈一鸣听罢，奇怪地看着书生："你懂德语？"

书生谦虚地笑了笑："略知一二。"

陈一鸣看了书生好半天，终于回了一句："你确实让我很惊讶——能准确翻译这句话的中国人不多。"

书生故作轻松地笑了笑："蒙的。"

陈一鸣看看他，不再说话……书生此时也不再说话，他看着远方，思索着。

6

黑夜，教堂里寂静无声。此时，空无一人的大厅的门轻轻地开了，小 K 借着月光蹑手蹑脚地溜了进来。

教堂内，受难耶稣的十字架在月光下清晰可辨。小 K 走到十字架前跪下来，失声痛哭。就在这时，萨尔神父擎着烛台从里面走出来，纳闷儿地看着小 K。

神父说："我的孩子，你有什么需要祷告的吗？"

小 K 抬起泪眼，无声地看着神父。

神父和蔼地对他说："我的孩子，你回来了。"

小 K 看着神父，眼里充满了愧疚："神父，我没有带来日本人……"

神父看着小K笑了笑："我相信你，我的孩子。"

"你……相信我？"小K看着神父愣住了。

神父微笑地拍拍小K的头："在上帝面前，没有人可以撒谎，你的眼泪在告诉我，你需要向上帝祷告。"

小K望着神父，终于哭出声来："神父，我的姐姐……"

神父的脸色黯淡下来，他注意地看着小K。

小K的肩膀抖动着："我姐姐死了……她是被日本人烧死的！还有她的姐妹们，都死了……怡春苑没了，人烧没了，屋子烧没了，都烧没了，呜呜呜，神父……"

神父的脸色更加黯淡了，他同情地抚摩着小K的头："你不要难过，难过是没有用的……她们是天使，回到上帝的身边了。"

小K听罢抬起头来，诧异地看着神父："神父，妓女……也能做天使吗？"

神父虔诚地点点头："基督是最宽厚的，没有人不可以做天使，只要他是善良的。你是上帝的武士，她们用自己的生命挽救了你的生命，她们当然是天使。"

神父的话，令小K的心里顿时轻松了许多，他感激地向神父行了个礼："谢谢您，神父……"

神父点点头，将手里的烛台递给小K："给你，我的孩子，为那些死去的姐妹、那些回到天堂的天使点燃烛光吧。"

小K用颤抖的手从神父手里接过烛台，虔诚地将大厅内的蜡烛一支一支地点燃了。墙上十字架上的耶稣被厅里的蜡烛映得闪亮，也照亮了小K和神父的脸。

此刻，在教堂外，一个身影瞬间闪了一下，而后便听到大厅的门轻声响了一下。小K的肩抖了一下，却没有回头。人影慢慢地向小K走近，终于停下了。此刻，小K随着神父诵咏的经文仍然双目紧闭，虔诚地做着祈祷。过了一会儿，萨尔神父停止念诵经文，小K这才睁开眼来——

他没有回头，轻声地说了一句："陈教官，我知道是你。"

陈一鸣没有理睬他，转向萨尔神父："神父，我想和他单独谈一谈。"

萨尔神父有些不放心地看了小K一眼，迟疑了一下，点点头："好，你们慢慢谈，我就在门口等你们。"

萨尔神父说完，转身走了，大厅里一下子静下来。

过了一会儿，陈一鸣轻声问："为什么还回来？"

"我要杀日本人！"小K说着，眼里闪出仇恨的光。

陈一鸣听罢思忖了一下，声音严厉地说："这不光是你一个人的仇恨，是一个国家的仇恨，整个民族的仇恨，四万万中国人都深陷其中，你以为你能跑得了吗？"

小K听罢，痛楚地低下了头："陈教官，我知道了……过去我不懂，现在我明白了！"

陈一鸣看着小K，高兴地伸出了右手："小K，欢迎你归队。"

小K犹豫了，他惊愕地看着陈一鸣："陈教官……你相信我了？"

陈一鸣点点头："嗯，神父说得对，眼泪是骗不了人的。"

"陈教官……谢谢你。"小K含泪握住了陈一鸣的手。

7

南京日军医院的太平间里，被小K徒手扼杀的两个日本兵尸体，此刻正分别躺在两副担架上。中村、岩本，还有一名日军法医正站在担架旁，仔细地观察着担架上士兵的尸体。

中村分析着："徒手格杀，手法利落，这一定是高手干的。"

"是的，行动者是位高手。可是他用的不是江湖武功，而是军队传授的一招制敌的擒拿手段。医生，你有什么发现？"岩本说完，转头看着法医。

日军法医点了点头："我想说的，你们二位都已经说了。"

中村和岩本没有再说什么，转身走了出去。

回去的路上，中村问岩本："从迹象上看，军统的别动队就潜伏在怡春苑。怡春苑——军统的这个潜伏点设置得真是不错，太聪明了！我都不敢想象有多少军政情报，是通过怡春苑的妓女传给重庆军统总部的，戴笠不愧是亚洲间谍王，手段实在是高明！"

岩本跟在中村身后，禁不住回了一句："可是，我们在怡春苑却没有发现电台，也没有发现任何间谍用具呀。"

中村思忖着回答："他们可能把电台设置在别的地方了，宪兵队真是做了件蠢事，他们居然没给留下一个活口！现在这条线索彻底断了，这支别动队去哪里了，以及怡春苑到底给我们造成多大的破坏，都成了一个谜。"

岩本问："那，我们现在怎么办？"

中村说："他们就像水银泻地，我们已经很难再找到他们了。要想抓住他们的蛛丝马迹，唯一的办法就是知道他们想要干什么。"

岩本："南京是驻支那皇军的大本营，有价值的目标有成百上千个，我们怎么能知道他想干什么？"

中村沉吟了一会儿，突然说："我现在有点儿明白了。"

岩本："什么？"

中村不觉站住了脚："宁死不屈的美国飞行员，诡秘冒险的空降渗透，训练有素的准军事别动队——岩本君，你有没有联想起什么？"

岩本看着中村，眼里放射出光来："难道……他们是为了美国间谍而来？"

中村说："不错。美国海军情报署的王牌间谍被我们抓获，而中美合作所的美方代表梅乐斯上校跟这个间谍的关系又非常好，军统的头目戴笠不论是现在和将来都需要美国海军的帮助——这是一个完整的逻辑链条，我可以肯定，他们就是为了史密斯来的！"

岩本听罢，脸上显出了一丝紧张："那……我们应该立即转移史密斯！他不能再在医院了，这里到处都是安全漏洞！"

"不……"中村向岩本摆摆手，却笑了，"我们不转移他……我们既然想获得主动权，那么史密斯就是我们最好的诱饵。他们既然是来救史密斯的，我们就正好给他们设一个局！你马上调集我们最好的人手到医院来，等待军统别动队，我要让他们自投罗网！"

岩本："是！但是中村机关长，这里到处都是我们的伤兵，一旦打起来，这些伤兵……"

中村思忖了一下，阴冷地笑了笑："战争总是要死人的，我只要这支军统别动队！"

岩本应道："是！"

单说此时，在日军医院的大门外。医院对面的楼顶上，化装成水电工的冷锋背着工具箱正悄悄地潜伏在楼顶的边缘，他利用狙击步枪的瞄准镜，正注意地观察着周围的目标。

医院街道的不远处，一辆挂着日本劳军演出队旗帜的大篷车正缓缓开来。开车的是教堂里的小黑，而在小黑身旁坐着的则是燕子六。

在大篷车内，分别坐着陈一鸣、蝴蝶、书生、小K和藤原刚几个人，他们身上穿着演出服装，神色有些紧张。

此时，穿着魔术师服装的小K的鼻尖上已经渗出汗来，他的手上正紧张地摆弄着一副扑克牌。

穿着小丑服装的陈一鸣此时转过头来，看着他的队员们："大家不要慌，我们虽然是第一次行动，可我们计划得很周密，只要大家按照计划行动，就不会发生意外，我会把你们都带出来的，大家放心吧。"

众人点了点头，可是从各自的表情上看，每个人的紧张程度却并没有缓解下来……

大篷车在哨卡前停了下来。

站在医院大楼台阶上的中村禁不住问了一句："他们是干什么的？"

正走过来的日本特务赶紧回答："报告机关长，他们是来慰问皇军的市民演出队。"

中村望着门前的大篷车和穿着各色演出服装的队员们，点头笑了笑，走下了台阶。

此刻，守在大门口的宪兵已经检查完了大篷车，客气地挥挥手："请进去。"

坐在大棚车里的蝴蝶顺着车窗向外看去，却不由得一下子呆住了。

陈一鸣看到了蝴蝶的表情，又看着正走向大门口的中村，禁不住偷偷地拔出匕首，盯着蝴蝶。

车厢内，蝴蝶没有动，眼泪却流了出来。

中村走进停在大门口的轿车，轿车响了一声车笛开走了。大篷车里，陈一鸣握在手上的匕首悄悄收了起来；而此时在医院对面大楼的楼顶上，一直手握狙击步枪的冷锋禁不住松开扣在扳机上的食指骂了一句：

"狗日的，让你多活几天！"

8

医院里，这个冒名的演出队已经被日本伤兵兴奋地包围起来。在他们不远处，日本中村特务机关的岩本看着他们迟疑了一会儿，而后毫无表情地转身走了。

在医院的一间大屋子里，日本伤兵、负责守卫的宪兵和医院的医生、护士们已经并排围坐在一起，观看着临时搭起的舞台上演出队员们的演出。台上，第一个表演节目的小K正一边表演着扑克牌，一边用日语讲解着，舞台下观看演出的人们都被他千变万化的表演牢牢地吸引住了。

后台里，陈一鸣望着他的队员们正在轻声下着命令："记住我跟你们说过的要领！胆大、心细、手黑，绝不能犹豫！要相信自己，你们绝没有问题！"

陈一鸣说着举起了右拳，轻声说："必胜！"

队员们也都举起右拳相互撞击，齐声应和："必胜！"

陈一鸣随即带着书生和燕子六转身出去了。

舞台上，小K的表演仍在继续进行……他的精彩表演，引来了观看者接连不断的掌声。

医院的洗手间里，陈一鸣等人闪身走了进来。洗手间内，两个日本伤兵正在上厕所，陈一鸣向燕子六使了个眼色，燕子六会意地点点头，两个人分别凑向了一个伤兵，霎时间手起刀落，两个伤兵还没有明白过来是怎么回事呢，就应声倒在了地上。

陈一鸣和燕子六立刻换上了日本兵的衣服，正在此时，洗手间的门开了，一个来上洗手间的日本医生走了进来，他看见里面的情形不禁大惊失色。

就在这时，守在门口的书生猛地伸手来了一个锁喉，进来的日本医生扭动了几下，连吭都没吭一声就倒下了。书生把咽了气的日本医生拖进了厕所隔栏，而后顺手拽了一下马桶，当马桶里的水还没有冲完的时候，他已经换好了日本医生的服装轻松地走了出来。

燕子六看着书生不免有些惊愕："行啊书生，你这两下子绝对不简单——哎，你是个练家子吧？！"

书生望着燕子六微微一笑："啊，家父自幼习武，我从小也学习了几招防身，没想到今天给用上了。"

陈一鸣看着书生，别有深意地回了一句："看来，你有一个很厉害的父亲，直接教你的是军队用的一招制敌！"

书生愣了一下，掩饰地笑了："我家祖上还真的是清朝军队的武术教头。"

"哦，是嘛……"陈一鸣应了一句，没有再深问，"书生，咱俩换一下衣服，按照原定计划行动！"

书生答："是！"

他们于是换了衣服，陈一鸣化装成医生，燕子六和书生化装成日本兵，三个人互相看了看，走了出去。

三个人来到楼梯拐角处，互相示意了一下，便各自分头走了。

此刻，靠在走廊拐角处的一个房间，一个日本宪兵正在调戏着一个日本女护士："来，亲一下，不要躲嘛……"

"不，我不喜欢，你不要这样，不要这样……"女护士很不情愿地婉拒着。

正在这时，房间的门被突然推开——

日本宪兵惊问："什么人？！"

日本宪兵的话音未落，两把无声手枪就响了！

"哦……"两个宪兵应声倒下。

衣冠不整的女护士见了大惊，正要喊叫，化装成日本兵的燕子六已经用手枪对准了她："不许叫，再叫毙了你！"

护士见了泪如雨下，连忙磕头。燕子六抬起枪口，猛地一拳下去，女护士一下就昏倒了。

燕子六瞅着躺在地上的日本宪兵骂了一句："你们是禽兽，我燕子六不是！"

说完，他关上门，转头走了。

9

此时，在史密斯住的病房外，岩本抽着烟，正在走廊里踱着步。在走廊的尽头，陈一鸣穿着医生的服装正远远走来。

岩本抬眼看着他，脸上露出警惕的表情。陈一鸣目不斜视，又向前走了几步，只见岩本突然扔掉烟头，大踏步地向陈一鸣走来。陈一鸣意识到不好，赶紧拐了个弯儿，顺势下了楼。岩本一见，赶紧跟上了。

刚下了楼梯，岩本却不见了陈一鸣的人影，他正在纳闷儿，忽然觉得被一件重物击在头上，眼前一黑，就晕了过去，从屋顶上跳下来的陈一鸣顺势将岩本拖进附近一间没有人的屋子里，像什么事儿也没发生一样关上门，掉头走了

史密斯的病房门口，一高一矮两个特务正在持枪守在门旁，陈一鸣穿着白大褂神态自若地走了过来。

高个子特务看见他，不禁询问了一句："什么事？"

陈一鸣："查房。"

矮个子特务："查房？不是刚刚查过了吗？"

陈一鸣："我是值班医生，要对他进行特殊检查。"

两个特务互相瞅了瞅，不知道应该放行还是应该阻拦。陈一鸣没有理睬他们，径直推门进去了。两个特务探头瞅了瞅，关上了门

病房内，史密斯躺在病床上。病床旁边，一个坐着的特务正在看报纸……陈一鸣走进来，拿着听诊器视而不见地向病床走去。

特务抬眼看了一下，没有理会，又低下头来看报纸。就在这时，陈一鸣突然把听诊器绕在特务的脖子上，而后猛地一勒，特务使劲地挣扎了几下便蹬了腿。

陈一鸣转过脸来，用德语说："我是来救你的，中国人。"

"哦，中国人？！"史密斯惊喜地瞪大了眼睛。

陈一鸣用手指堵在嘴上示意了一下，而后提着椅子走到门口，稍一侧身，猛地将椅子推倒了。守在门口的特务听到声音，立刻冲了进来！可是还没等他们站稳，陈一鸣手中的匕首已经左右开弓，仅仅两下，两个特务的脖子便都冒出血来，他们一声没吭地相继倒下了。

就在此时，燕子六持枪冲了进来，他赶过去背起史密斯，转身跟着陈一鸣就冲了出去。在他们走到楼梯拐角处的时候，迎面碰上了几个蹦上来的特务。他们见燕子六身后背着一个人，正要说什么，陈一鸣当机立断便向几个特务开了枪！

"哦……啊……"

几个特务接连叫了几声，便倒下了。医院里响起了枪声，正在医院的大屋子观看节目的鬼子、特务和医护人员立刻就乱了套，几个特务和宪兵赶紧拔出枪来，起身就向门外跑去。正在演节目的小K一见立刻就急了，赶紧变出两颗手雷来，顺势就扔了出去。

两声剧烈的爆炸，立刻把屋子里的鬼子们炸乱了营，他们一边叫喊着，一边寻找着攻击的对象。就在这时，在一旁配合小K表演的蝴蝶见状，也从和服里面掏出了枪，向着炸了营的鬼子激烈地扫射着……

日本兵措手不及，立刻响起一片惨叫声。

小K感到还有些不过瘾，又接连掏出了几颗手雷："小日本，我炸飞了你！"

随后，他将手里的手雷狠命地甩了出去。蝴蝶借机更换了弹匣，再次向奔跑的鬼子进行扫射！

此时，躲在一旁的藤原刚手里握着冲锋枪已经紧张得出了汗……在他身旁不远处，几个反扑回来的日本兵正大叫着冲了进来。

藤原刚见状，立刻端起了冲锋枪："不准动，放下武器！我不想杀你们！我是日本人……"

日本兵冲他吼："叛徒！"

一个日本兵见状，举枪就要打。藤原刚一见不妙，抢先开了枪……弹雨中，三个日本兵接连倒地。

藤原刚扫射完最后一颗子弹，这才睁开眼睛。见地上倒下的三具尸体和一地子弹壳，他惊愕地睁大了眼睛："我……我杀了日本人……我杀了日本人了……"

小K没有理睬他，猛地拉了他一把："你还在这儿发什么神经？再不走，等着日本宪兵过来也把你撂在这儿呀！"

小K说着，又扔出了一颗手雷。趁着手雷的爆炸声，小K、蝴蝶和藤原刚三个人一起，顺着紧靠临时舞台的一个门冲了出去！

此刻在楼上，陈一鸣和燕子六边打边撤，冷锋背着史密斯来到窗边，掏出事先准备好的绳子将史密斯和自己绑好，而后，顺着预先准备好的吊索，一边向院子里的鬼子射击，一边向对面的楼宇滑去。而藏在对面窗口的冷锋和躲在医院窗子后面的陈一鸣则向着院子里的鬼子猛烈射击，顺利地掩护着燕子六和史密斯滑到了对面楼顶！

陈一鸣见状，向对面楼顶的冷锋做了个胜利的手势，而后向楼下甩了两颗手雷，借着手雷爆炸的烟雾，顺利地顺着吊索滑了过来！

"撤！"陈一鸣刚一落地就下达了撤退的命令。

冷锋和燕子六没有吭声，立刻相互掩护着向楼下奔去。四个人来到大门口，小黑的车早已等在门口接应。

陈一鸣冲他们说："上车，去医院后门！"

小黑听罢，赶紧加了一脚油，卡车拐了一个弯儿，怒吼着向医院后门奔去。

卡车快来到医院后门的时候，陈一鸣一眼便看见了医院后门里面正在边打边撤的小K、蝴蝶和藤原刚三个人——

陈一鸣："小K！蝴蝶！你们快上车！"

陈一鸣说着，便和冷锋、燕子六一起向着医院后门里面追出来的鬼子一阵狂扫，小K、蝴蝶和藤原刚三个人趁势上了车。

陈一鸣吩咐："开车！"

陈一鸣一声令下，大卡车开足马力，一溜烟儿地开走了。从医院后门里冲出来的鬼子见状，赶紧发动了摩托车和汽车，跟在卡车的身后紧紧地追了出来！

眼见得后面的追车越来越近了，冷锋不免有些着急："陈参谋，这样不行，我们必须派下去两个人负责阻击，否则我们是甩不掉他们的！"

谁知，陈一鸣听罢却毫不着急："不用怕，到时候会有人来收拾他们。小黑，向左转，走黄河路，然后向北走出城！"

"是！"小黑答应了一声，一脚油门儿，卡车转进了黄河路。

鬼子的车队在身后急匆匆地追上来，可谁知，他们刚刚拐进黄河路，就受到了来自左右两侧楼房里扔出的手榴弹和密集子弹的猛烈阻击，几辆中弹的摩托车有的撞到了墙上，有的互相撞在了一起，而后面被手榴弹炸着的军用卡车也很快起火了！陈一鸣等人乘坐的卡车趁机甩开了鬼子的追赶，开出了城去。

燕子六此时坐在车上，看着陈一鸣不禁现出一脸的骄傲："陈参谋，我说过江水帮的弟兄一定会说话算话，不会坐视不管的。怎么样，他们果然说话算话吧？"

"行，水堂主这个人很讲究，也算是为抗日立了一功！瞅机会，你找人传个话儿，就说我代表抗日的军队谢谢他！"陈一鸣说完，拍了燕子六肩膀一下。

燕子六爽快地答应了一声："行，放心吧！"

车上的人听了燕子六和陈一鸣的对话，都禁不住露出了开心的笑颜。

10

十几分钟以后，中村带着鬼子来到了医院。医院内外，此时早已岗哨林立。

中村走进了医院，只见医院内外到处都是横七竖八的尸体。中村派人在医院里搜寻，却怎么也没找见岩本上尉！

　　岩本是中村儿时的朋友，又是他最信赖的部下，中村不免着急了："八格！再给我找……就是翻，就是挖，也要把岩本上尉给我找出来！"

　　根据中村的指令和亲自参与下，特务们在被炸塌的房间里一通乱挖，终于在一堆瓦砾中挖出了岩本。

　　中村一见就急了，他猛地抱起了正在昏迷的岩本："岩本君！岩本君……你醒醒！你醒醒！"

　　气息微弱的岩本微微睁开了眼睛："中村君，对不起……史密斯……史密斯——"

　　中村赶紧打断了岩本的话："岩本君，什么也不要说，你活着就好！史密斯还能再抓回来的……可是你不能死！"

　　看着中村脸上的汗水，岩本心怀感激："中村君……我……"

　　中村说："岩本君，你不要说话，什么都不要说……你的父亲——老岩本先生曾经替我父亲挡了三枪，我们中村家族一直是欠你们的！这次，如果你……那我将无法面对你的家人！医生！"

　　"在！"

　　中村命令地说："你照顾好岩本君，你必须治好他！其余的人……跟我去追！"

　　中村说完，带着特务们走了。岩本看着中村离去的背影，脸上露出了复杂的表情。

　　医院大门前，此时的中村早已是怒容满面——

　　中村："封锁所有进出南京的通道！命令宪兵队全体出动，命令陆军航空队空中侦察，命令海军舰队沿着长江布防，一定要拦截住军统的别动队！"

　　站在中村身边的特务禁不住问了一句："中村君，我们……以什么名义下命令？"

　　中村想都没想就回答："以我的名义！"

　　特务迟疑道："可是，没有大本营司令部的授权，他们不会听的——"

　　"那就说，我已经得到了大本营司令部的授权！"

　　"可是……"

　　"可是什么？还不快去？"

　　"是！"

　　特务答应了一声，赶紧走了。

　　中村立刻回头吩咐其他人："其余的人，分成四个小组，到各个要点去拦截！从我们的眼皮子底下救人，是我们的耻辱！绝对不能让他们跑了！"

　　"是！"

　　中村说完便上了车，车队立刻出发了。

第六章

1

长江边上，一条渔船等在那里。过了一会儿，一辆日式卡车高速行驶过来，停在长江边上。车门打开，小黑等人下了车，匆匆忙忙地把史密斯抬上了船。

燕子六把史密斯放在渔船的甲板上，终于吐了一口气："到了，老子总算是自由了！这个美国人，分量还真是不轻。"

陈一鸣和冷锋来到江边以后，突然转过身来，持枪而立。

小K见了，禁不住问道："陈教官，你们怎么不上船？"

陈一鸣望着小K回答："我们只完成了一项任务，还有一项没有完成。"

众人都知道了还差的那一项任务是什么，都不禁低下头不再说话。蝴蝶看了陈一鸣一眼，把头垂得更低了。

小K试着问了一句："陈教官，我们可是九死一生才逃出来的，要是再折回去，那可就真的保不住这小命儿……"

小K没有再说下去，可众人都听明白了。

燕子六忍不住还是问了一句："陈教官，那你说，我们现在该怎么办？"

陈一鸣："回去。"

"回去？"小K听了禁不住瞪大了眼睛，"中村现在正在四处抓我们。现在回去，不是找死吗？"

陈一鸣很坚决："对，是找死，但是我们还是得回去！"

燕子六听罢，忍不住问了一句："头儿，如果我们不跟你回去，你会怎么样？"冷锋一枪打在燕子六脚下的地上。

陈一鸣掏出手枪一枪打在沙滩上："那就是这样，我有权执行战场纪律？！"

陈一鸣说完，大家都不吱声了……

书生沉吟了一下回答："陈教官，我跟你们回去。"

燕子六听了，也往前迈了一步："我也回去！早晚都是个死，那就还是跟陈教官死在一块儿吧。"

小 K 和藤原刚见了，也都迈上一步："我也参加！"

大家都表了态，唯独剩下蝴蝶不说话。

陈一鸣面容严肃地转向了她："蝴蝶，你为什么不说话？"

蝴蝶的脸上现出了难色："陈教官，这次行动我能不能不参加？只要不参加这次的行动，下次让我干什么我都参加！"

陈一鸣冷酷地看着她："不行，别的行动如果你不便于参加，可以；可这次行动，你必须参加！"

蝴蝶听了，忍不住流下泪来："陈队长，还是让别的队员执行吧，可这次……我不行！让我亲手杀了他——我下不得手！"

陈一鸣听罢，立刻就急了："可是他杀了我们很多人，他为什么就能下得去手？！嗯？你说！你说？！"

蝴蝶停止了流泪，不再说话了。

陈一鸣不再理睬她，转身望着大家："我说过，这是战场，容不得婆婆妈妈。有谁敢不服从命令，我就有权毙了他！不要犹豫，马上出发！"

众人无奈，只好跟着陈一鸣上了返回南京城的车。

2

天色已晚，车上的人经过半个多小时的颠簸，终于回到了意大利教堂。卡车直接开进了大门，身材高大的萨尔神父此时已经等在了那里。

神父很高兴："我的孩子们，你们回来了，欢迎你们，我现在就带你们去阁楼。"

神父说着就要带着大家走，陈一鸣补充了一句："神父，还是带我们去酒窖住好一点儿，那里离地道近。"

"哦？那好，我这就带你们去酒窖。"神父说着，带头在前面走了。

酒窖里，神父把一支点燃的蜡烛放在了墙垛上，慈祥地看着大家："孩子们，你们一定饿了吧？我这就去准备好吃的——正宗的意大利香肠！"

神父说完走了，酒窖里立刻沉默下来……

陈一鸣说："大家都累了，先抓紧时间休息一下吧，一会儿就开饭！"

大家听了，都各自找了地方开始休息。陈一鸣走到书生跟前，拉了他一把：

"书生，你出来一下，我有事和你说。"

陈一鸣说完，前头走了。书生犹豫了一下，也跟了出去。

天色已晚，酒窖的外面很安静。书生来到陈一鸣身边后，陈一鸣没有说话，两个人沉默了一会儿之后，陈一鸣开始说话了：

"书生，你好像有什么事情瞒着我。"

"什么事？没有哇！"

"没有？我已经注意你几次了，你这个人很特别，和别人不一样。"

"不一样？有什么不一样？都有哪些不一样了？"书生说完，平静地看着陈一鸣。

陈一鸣也看着他："具体有哪些不一样我说不好，但是你确实有与其他人不一样的地方。如果我没看错的话，你不光是个书生，而且还会有其他更重要的身份！哼哼，军统的那些笨蛋审判员，他们也许能把鬼的嘴撬开，却一定撬不开你的嘴。所以，我要告诉你，不管你为了什么目的到我的这支队伍里来，你都必须严格遵守我的规矩，绝不可胡来！否则，我会对你不客气的！"

书生听罢，意味深长地笑了笑："陈教官，你多虑了，我之所以到这个队伍里来，完全是为了借机走出集中营，而并没有什么其他的企图。但是，论打仗，我不是你的对手；而论看事情，我的眼光也许不比你差！有时候我之所以要多说两句，只是为了我们能顺利地完成这次任务，而后我们能顺利地得到特赦。至于特赦以后，陈教官你放心，我是不会赖着你的，除非到时候你挽留我。"

话说到这个份儿上，陈一鸣不好再说什么了。他笑了笑，把口气缓和了下来："好，书生，那我们就一言为定，只要你能协助我一起完成这次任务，我绝不为难你；但是，还是那句话，假如你敢做出不利于这次行动的事，我的脾气和手段你也是知道的。"

书生望着陈一鸣笑了："你以死相威胁吗？其实你知道，我不怕死！我之所以参加敢死队，就是为了打鬼子！燕子六参加敢死队，表现得这么勇敢，也不只是怕你阉了他，而是因为他的母亲死在日本人的手里，他要向日本人讨还血债！还有小K，他为什么去了又回来，不是因为他无处可去，是因为他要为姐姐报仇！所以说，我们大家之所以在这么危险的境况下还跟你回来，不是因为我们怕你，更不是因为怕死，而是因为要打鬼子——是这个崇高的目的把我们集中到你的麾下，而不是其他什么，你难道真的不明白吗？"

陈一鸣被书生的一番话给说愣了。从心里说，书生的话确实说到了问题的实质：如果不是为了打鬼子，他陈一鸣就是再能，也难以保证队伍中的人不会离他而去；而正是为了打鬼子，才把这些各具身手而秉性各异的人聚拢在一起，听从他的指挥。

想到这儿，陈一鸣望着书生不免深深地点了点头。看见陈一鸣这样，书生笑了。

书生说："陈教官，你放心，只要是打鬼子，我书生跟定你了，绝无二话！"

听书生这样说，陈一鸣笑了，他兴奋地拍拍书生的肩膀："兄弟，我信得过你！"

书生看着陈一鸣兴奋的样子，也笑了。

3

教堂大厅里，被神父收养的孩子们此时正在做弥撒。燕子六等队员此时正坐在一旁看热闹。陈一鸣推开大门。和书生一起走了进来，陈一鸣扫了一眼正看热闹的队员们，走过去坐在了冷锋的旁边。

冷锋点燃了一支烟，递给了陈一鸣，自己也点燃了一支："和书生谈过了？怎么样？"

陈一鸣狠狠地吸了一口烟，吐出浓浓的烟雾："谈过了……很好？"

"怎么个好法儿？"冷锋奇怪地望着他。

陈一鸣说："书生跟我谈了很多，也让我想明白了很多事情……"

冷锋迟疑了一下，问道："他到底是什么人？"

陈一鸣摇摇头："别问了。"

冷锋疑惑："他难道是日本人的特务？！"

陈一鸣："不是。"

冷锋："那他是……共党？！"

陈一鸣又抽了一口烟："还是别操心这些跟我们没关系的事儿吧。书生很会讲道理，只希望书生能够帮助我们说服蝴蝶，让我们能够顺利完成任务，我活着把你们都带回去。"

冷锋听了，不相信地看着陈一鸣："你真的认为书生有那么好的口才？"

陈一鸣转头回了一句："你以为……我是那么容易说服的人吗？"

冷锋赶紧回答："不……当然不是。"

陈一鸣笑了笑："那你就得佩服他的口才了。只不过，我是讲道理的；而女人，在感情跟前却讲不了什么道理。"

"可是……万一书生也说服不了蝴蝶呢？"

"那就硬上。"

"硬上？——如果不利用蝴蝶这条内线，我们即便能干掉中村，也都会死的。"

陈一鸣听罢想了想，轻声说："冷锋，你是八十八师特务连仅存的种子了，如果你觉得这次任务太危险，我想，你还有选择的机会，你可以不参加行动，而且凭你的身手，我相信你能够顺利逃出南京去！"

冷锋听罢，脸色立刻严肃起来："陈参谋！你认为我会这么做吗？"

陈一鸣不再说话了。

冷锋严肃地看着陈一鸣："陈参谋，如果你认为我们这次不得不死，那么，哪怕就剩我自己，我也会陪着你！"

陈一鸣听罢，感动地看着冷锋："兄弟，能有你陪着，我就是去了阴间也不孤单了……"

冷锋听罢，也不免动了感情："陈参谋，不光有我，还有我们八十八师特务连死去的兄弟们，我们不会孤单的！"

陈一鸣听罢，目光坚毅地看着冷锋，举起了右拳："同生共死！"

冷锋也举起了右拳："同生共死！"

两个拳头有力地撞击在一起。

4

几乎是与此同时，酒窖内，书生和蝴蝶正在进行着艰难的谈话。

"书生，不要再劝我了！我知道，中村是日本特务，是侵略者，他的手上也沾染了中国人的鲜血！你们……或者你们中间的任何人都可以去杀死中村，可是我不能——我不能亲手杀死我孩子的父亲！"

"蝴蝶，我知道，这对你来说是一个噩耗，是一件很难做到的事情，可是——"

"你仅仅认为这是个噩耗吗？"

书生听罢愣住了："这么说，你还在爱着他？"

蝴蝶抬起头看着书生，没有回答。

书生缓缓地嘘了一口气："感情，确实是这个世界上最微妙的东西——人非草木，孰能无情？蝴蝶，我理解你！"

蝴蝶望着书生愣住了："你刚才说什么——理解我？你……"

书生点头："是的，我不仅理解你，也同情你。用一个孩子去威胁他的母亲，再利用孩子的母亲去杀掉孩子的父亲——这无论如何，这都是我见过的世界上最残忍的阴谋之一！从这一点上来说，这实在是太残酷了……"

蝴蝶听罢，眼泪不禁又流了下来……

书生看着蝴蝶叹口气，将一只手帕递给了她："你是孩子的母亲，我同情你！"

蝴蝶痛苦至极："可那又能怎么样呢？中村他毕竟是日本特务，他该死，可是杀死他的人为什么偏偏是我呢？为什么？！"

见蝴蝶这样问，书生赶紧插了一句："蝴蝶，你认为中村……真的应该死吗？"

蝴蝶的脸色立刻变得黯淡了："不错，我确实爱过他，我相信，他也爱过我……可是，经历过金陵屠城的人，还有哪个会喜欢日本人？三十多万人哪——三十多万活生生的中国人哪！就那么被他们……真是血流成河呀！"

书生听到这儿，也不免低下头来。

蝴蝶接着讲："我亲眼见过中国人被屠杀，成千上万。整个南京城，就是一个屠宰场！鲜血把地面浸透了，我每跑一步，脚下的血都好像要把我粘住。我是南京人哪，我不敢回忆这一切！我做歌女，我声色犬马，我就是为了忘记这一切！可是现在，你们让我亲手杀死中村，杀死孩子的父亲——我做不到！我无论如何也做不到。我恨日本人，我也恨中村，可我还是做不到——我真的做不到！"

蝴蝶说着，更痛苦地哭起来。

书生停了一会儿，轻声问她："如果……如果我们折中一下，你看行不行？"

"折中一下？"蝴蝶惊愕地抬起头。

"这样——可以不用你亲手制裁中村，由别人来执行；但是，必须由你引中村出来——"

"你是说……要我做诱饵？"

"是的，如果你愿意——"

"你要我做诱饵，把他引出来？！"

"对，这是我们唯一可以找到中村的办法。"

"可是，你想过没有，我现在不面对他是一回事，一旦当我面对他，那时候……连我都不敢说我自己会怎么做——"

"你只需要引诱中村出现在冷锋的枪口下五秒钟——就成功了。"

"你要我亲眼看着他死?!"

"不会,我们会隐蔽在附近,马上掩护你撤离。如果需要补枪的话,我会去补,而不用你。"

书生说完,期待地看着蝴蝶,而蝴蝶看着书生的目光却显得有些陌生——

"你……你怎么好像突然换了一个人,而不像是昨天的书生?"

书生叹口气,语气沉重:"因为中国不止有一个孩子,不止有一位母亲,也不止有一位父亲!为了千千万万的孩子、母亲和父亲,我们必须这么做!否则,失去父亲的就不只是你的一个孩子,失去丈夫的也不只是你一个人。这个道理,你难道不懂吗?"

蝴蝶望着书生不再说话了。尽管在感情上她还转不过弯儿来,但是在理智上,她知道书生的话是对的。

蝴蝶略一思索:"书生,你让我再想想,好吗?"

书生点点头:"好吧,只是……时间不要太长。"

5

教堂大厅内,孩子们的弥撒还没有做完。书生轻轻走过来,站在了陈一鸣的身后。

陈一鸣问:"同意了?"

"还没有最后答应……不过,她动摇了。"

陈一鸣看了书生一眼,点点头:"坐下吧,听一会儿。"

书生叹口气。慢慢坐下来:"你信教?"

陈一鸣摇摇头:"不,虽然我在德国留过学,但是家父尊崇儒学,尊崇曾国藩,却不尊崇洋教,所以,我是看着《曾国藩家书》长大的,可现在我突然觉得,弥撒很好听,好久没有听过这么动听的音乐了。"

远处,萨尔神父在弹着风琴,在他身边,一群穿戴整洁的孩子正在无忧无虑地唱着。

陈一鸣一边听着,一边深深地叹了口气:"战争,在这一瞬间好像突然离我很远。"

书生听着,没有说话。过了一会儿,蝴蝶慢慢地走过来,跪在了耶稣像前,脸上挂满了泪水——

蝴蝶默祷:"对不起,我爱你……可是,我必须杀了你!"

在她的身边,孩子们仍然虔诚地唱着歌。

在她的身后,所有队员都给她送去了同情和赞许的目光……

6

金陵大酒店总经理办公室里，此时还亮着灯。我地下党南京情报站站长黄云晴此时正端着一杯红酒，站在窗前若有所思。

林经理敲敲门走了进来："交通员刚才传来情报，军统的人已经把史密斯劫走了，现在应该已经过了封锁线。还有，金鱼同志，我觉得这些人的行事作风不太像职业特工所为，倒是更像……"

"军事行动。"黄云晴不免插了一句。

林经理说："对。特工的敌后行动很少采取这种手段，定向爆破、立体渗透、远程狙杀——这是典型的军方突击队作风。但是他们又会日语，而且懂魔术表演、日本歌舞，中间还有女人和近视眼——这又让我疑惑，军队好像不会有这样的人物。"

黄云晴听罢，不觉皱起了眉头："黑桃 A 有关敢死队的详细情报送来了没有？"

林经理说："还没有。日军加强了城市封锁，我们的地下交通员现在很难进城，因为携带的情报资料非常重要，所以他不敢冒险。一旦被日军发现，这支敢死队也就彻底暴露在日军的视野里了，我们帮忙不成，反而添乱，因此我让他先等等。"

黄云晴分析道："从他们化装成日本演出队的情况来看，主要成员应该还是特工，不过这么能干的行动特工，军统确实少有。如果我的判断没错，这支军统的别动队肯定是职业军人训练出来的。"

林经理："你是说……是由职业军人训练的？"

黄云晴："对，是那种有海外留学背景的职业军人。这支别动队采取的是空降渗透的突击战术，与德国空降兵部队的突击战术是吻合的，这些世界空降兵战术教材里都有过记述，所以我才做出这样的判断。"

林经理听罢，立刻惊讶得瞪大了眼睛："金鱼同志，你知道这么多，我实在是佩服！虽然我也是根据地的军事干部出身，但是对空降兵还真的是一无所知。"

黄云晴说："那是因为我曾经有机会接触过这些人。他们这些是留学德国空降兵部队的青年军官，这些人中大多数都牺牲在淞沪战场了，只有少数幸存者在战后流落到各地至今不知下落，很可惜呀，如果这批青年军官能够为我们所用，那一定会在抗日战争的战场上大显身手的。"

"哎，既然这样，当年我们在国民党军队搞兵运的时候，为什么不重点策反这样的优秀人才呢？"林经理说完，不解地看着黄云晴。

黄云晴听罢苦笑了："策反他们？可能吗？能去德国留学的，个个都是蒋介石眼里的党国精锐，对蒋介石也是无限忠诚的。再说，德国训练士兵向来是古板教条又讲究愚忠，这样的军队培养出来的职业军人，军事素质过硬但是政治头脑呆滞，起码在他们对蒋介石政权绝望以前，策反是没有可能的。"

林经理听了，醒悟地点点头："哦，是这样啊，对了，你刚才说的他……指的是谁？"

黄云晴听了，不觉愣了一下："啊……没什么，是我以前认识的一个人。"

林经理不好再问了，只好转换了话题："对了，我们的内线还告诉我们，军统交通只带回了史密斯，黑猫敢死队完成解救任务后没有回重庆。"

黄云晴问："是吗？这就是说他们还要继续完成暗杀中村的任务。这一手真是很高明！日本人肯定以为他们完成解救之后已经撤离，却没想到他们不仅没走还要再次深入虎穴，而且矛头直指中村一郎。这一次，以暗杀起家的中村一郎算是遇到对手了。"

林经理听罢，佩服地点点头："如果是这样，这支敢死队还真是不简单。哦，我现在就去给泰山发报，报告我们现在得到的情报。"

7

清晨，在位于新街口的大街上，穿着便装的陈一鸣正跟小 K 一前一后地穿行在匆匆忙忙的人流中。他们目光如炬，正细心地观察着周围的一切。

他们渐渐来到了房顶上挂着日本国旗、门口有宪兵站岗的一幢大厦附近。

小 K 紧走了两步，跟上陈一鸣轻声问："前面，这是什么地方？"

陈一鸣没有回头，轻声回答："日本在南京的政府机关大楼，中村特务机关就在这栋楼的七层，占了一层楼。"

小 K 有些羡慕地仰头看看楼顶："这栋楼可真够高的，里面都是小日本吧？一定得有好几百人！"

陈一鸣抬头看了看："岂止好几百——里面的人有两千多，大部分是军警和特务等日伪人员。"

小 K 抬头仔细打量着大楼，脸色渐渐有些发白了："陈教官，你不会真要领我们打进去吧？如果真的打进去，就是杀了中村，我们也出不来呀！"

陈一鸣没有回答，他一边思索着，一边仰头看着正吊在楼壁上擦玻璃的人。因为，正在擦玻璃的两个人不是别人——正是化装成工人的冷锋和燕子六。

望着玻璃窗里面正在走来走去的日本军警和特务，燕子六不禁咬了咬牙："我要是带颗手雷，直接就扔进去了！"

"冷静……"正在假装擦玻璃的冷锋小声叮嘱了一句，"我们现在是来侦察的，必须保持清醒，严禁盲动，把你看见的一切都记住！"

燕子六点点头，一边擦着玻璃，一边在看里面："中村可能就藏在这层楼里……"

冷锋接道："对，整整一层楼都是中村特务机关的。里面有几十个武士家族和忍者家族的高手，都擅长格斗，又受到过现代化军事训练。"

燕子六说："是吗？这么厉害！如果进去，我们是不会活着出来了。"

冷锋没有再说话，默默地观察着，思索着。

此刻，在这条街的一头，书生一边假装看报纸，一边偷偷地用眼睛打量着路口。过了一会儿，中村的车队开了过来。他们在红灯跟前停下了。

书生心中默数："一，二，三，四，五……"

书生一边在心里默念着，一边计算着时间。

过了一会儿，绿灯亮了，车队继续前进。书生望着车尾，若有所思。

陈一鸣此时也在街对面观看，小K在他身边计算着保镖的人数："一共是三辆车，十六个保镖。"

陈一鸣望着中村车队的车尾，不禁念叨了一句："这派头，比日本的总司令官都不差哪儿去！中村在日军内部树的敌人也不会少的。"

"为什么这么说？他不是很能干吗？"小K禁不住问了一句。

陈一鸣冷笑了一下："他再能干，也不是个合格的部下。为什么我们从中村手里抢人的时候，日军的其余单位行动得都很慢？我估计，一定是他平时得罪了周围的人，所以他一旦有事，大家都想看笑话。中村这个人年轻气盛，又依仗自己出身皇族，他父亲曾经是很有名的皇家特工，所以自从成立中村特务机关之后，他总是特立独行，不把其他的长官放在眼里，所以一直遭到其他同僚的反对。而且他的能力又很强，上任之后连破了几桩大案，这就更引起同行的嫉妒，所以他越能干，其处境就越危险。"

小K听了不免有些不解："我就是不明白，这能干还有错吗？"

陈一鸣听罢笑了笑："能干是没错。但能干而不低调——那就大错特错了。好了，不说这些了，没什么可看的了，我们走吧。"

陈一鸣说完，带着小K走了。

8

此时，在中村的办公室里，中村站在窗前正凝神沉思，他的助手岩本上尉也正在一脸严肃地望着他——

岩本说："中村君，大本营总司令官阁下要求召开谍报系统会议，指令您做关于史密斯事件的详细汇报。在这次会议上，恐怕其余单位的老大会就此事对我们发难哪……"

中村转过身来，冷笑着回了一句："哼，这正是我现在在考虑的事情……"

岩本听罢，不禁走上前一步："中村君，我怀疑……是不是森田那条老狗在这件事情上搞了什么花样？"

中村面容严肃地点点头："森田这个人一直很防着我，很怕我干到他上面去，所以这次这个机会，他一定会抓住不放的！"

岩本问："那……中村君，要不要我去干掉他？"

中村看着岩本，没有回答。

岩本接着说：“中村君，你不要出面，由我来安排。只要你点头，森田这条老狗绝对活不过明天！”

中村没有说话，仍然静静地看着岩本。

岩本又上前一步：“如果出了事情，一概由我承担——我将剖腹自杀，绝不连累中村君！”

中村听罢，走了几步，终于叹息了一声：“唉，岩本君，你的情义我心领了，但是暗杀森田，不是个好主意。”

岩本依然目光炯炯地看着中村：“但是杀掉森田，就是杀一儆百，看那些老家伙哪个还敢跟我们作对——这就如同皇军少壮派的二二六兵变！我们的二二六兵变，也是除掉这些顽固不化的老朽，让帝国在支那的情报工作被我们少壮派接管，完成义士未竟的事业！”

中村望着岩本点点头，而后感慨地拍拍岩本的肩膀：“岩本君，你有一颗拳拳之心，有对中村家族绝对忠诚的信念，我很感动。但是，我不能同意你这么做——”

岩本问：“为什么？”

中村回答：“不为什么——因为你年轻的生命要比森田那条老狗的贱命宝贵得多！”

岩本说：“中村君——”

岩本又要说什么，中村打断了他：“现在的帝国，已经不是过去的帝国，经受不起第二个二二六兵变了。世界大战爆发以前，大日本帝国并未四面受敌，皇军少壮派军官的二二六兵变造成的内乱并没有被列强所利用。兵变很快便得以平息，原因是没有列强的插手，靠的是天皇神圣的威望和皇军无限的忠诚。”

岩本不再说话，静静地听着。

中村一郎接着说：“现在的大日本帝国，四面受敌，西方列强无不欲置我于死地而后快。世界大战爆发，虽然皇军无往不胜，但是我们的战线太广、战区太大，帝国的政治经济根基已经相当脆弱，经受不起新的折腾了。如果我们再发动少壮派特工的二二六兵变，那么，西方列强的情报机关、苏联的情报机关、国民党的军统和中统，还有中共的地下组织……他们中间的哪一个不是我们的死敌？他们中间的哪一个不会趁我们情报系统的内乱之机大举开展秘密战的攻势？帝国好不容易在东亚、东南亚战场获得的胜利，将会被严重破坏。”

岩本说：“可是中村君……”

岩本又要说什么，中村再次打断了他——

中村说：“我知道，你是说森田这些人……森田这帮老家伙虽然腐朽，但他们经营支那谍报工作多年，他们的谍报网络我们一无所知。一旦他们被暗杀，这些谍报网络将不能再为大日本帝国所用，而失去了谍报网络的支持，皇军在前线又能够支撑多久呢？”

“中村君，那你就甘心受辱吗？”岩本仍然表现出了不服气。

而中村却不以为然地笑了笑：“放心吧，有中村家族的威望，有我父亲在天皇心中的位置，森田他不敢把我怎么样，他动不了我的根基，无非是在会议上痛痛快快嘴罢了。我们是帝国军人，担负着皇帝陛下赋予我们的重要使命。所以眼下与其担心这些无关痛痒的口头羞辱，倒不如静下心来关心一下这支别动队的去向。我们不能这么就算了，一定要设法消灭这支别动队！"

岩本说："是，我明白了！"

中村随即叹了口气："过去，我小看军统的行动能力了，现在看来，我要认真对待他们的行动小组。岩本上尉！"

岩本应声道："岩本在！"

中村命令道："马上安排人，从国内再招募一批忍者高手来，我们要组建更精锐的敌后别动队，我一定要让戴笠尝尝被人羞辱的滋味！"

"是！"岩本答应了一声，转身出了门。

中村默默地坐下了，他的目光转移到办公桌上的一排相框上，照片上的人分别是：戴笠、陈立夫和陈果夫。

中村目光冰冷地看了好一会儿，而后把相框扣下了。

9

此时，在酒窖里，一张手绘的新街口地图平放在酒桶上。

陈一鸣的手沿着地图上的街道在走着："车队以大概每小时四十公里的速度行驶，三辆车上都拉有窗帘，无法看到车内情况……"

"就是看见了也没办法。他们的衣服都差不多，又都是礼帽、黑西服和黑风衣的装束。从狙击阵地上根本无法核实目标。"小 K 忍不住插了一句。

书生的手，此时放在地图上的十字路口上："这个路口上的红灯，每亮一次是二十秒钟。"

燕子六听罢，开始兴奋起来："这倒是我们下手的机会！我们可以拿着手雷、冲锋枪冲上去，从四面出击！对着三辆车投掷手雷，猛烈射击，打他们个措手不及！"

燕子六说完，大家都不说话。

冷锋看着他笑了："一般的情况下可能都对，但现在是，我们面对的是十六名全副武装的保镖，他们都是日本武士和忍者出身的功夫高手，而且车上的防弹和防炸措施严密，我们很难一下子把他们消灭干净！而一旦他们还起手来，那种力量是可以想象的……"

燕子六问："怎么着，难道他们是钢筋铁打的？"

"他们不是钢筋铁打的，可是他们却已经武装到了牙齿……"在一旁的藤原刚也不禁插了一句。

"你说什么呢小日本？"燕子六不服气地瞪了藤原刚一眼。

"你不要侮辱藤原刚，他现在是我们的战友，你让他接着说！"陈一鸣不禁拦了一句。

藤原刚感激地看了陈一鸣一眼："我的意思是说，敌人的防范很严密；而且这附近就是日本驻支那机关大厦，在这里工作的有上千军警宪特。大厦的隔壁是宪兵队，再往前是南京政府的中央警备团……还有这里，不到两公里就是南京政府 76 号特工总部。只要枪声一响，我们马上就会被几千名军警宪特重重包围起来，不管能不能完成刺杀任务，都会在这里死无葬身之地！"

燕子六听了，不禁吃惊地瞪大了眼睛。

书生听罢，叹了口气："藤原刚刚才说的是对的。这里的敌人确实集中，而防范也实在严密，我们如果在这里采取行动，即便是完成了任务，也是无法逃出去的。所以，采用这个办法不行。"

燕子六见书生等人都不同意他的想法，只好解嘲地说了一句："我这不就是说说吗？那句成语怎么说来着——扔什么砖头扔什么玉了？"

书生解了一句："抛砖引玉。"

燕子六说："对对对，就是抛砖引玉！还是书生有文化，成语都知道！"

书生笑了一下，继续看着地图。

陈一鸣想了想，冒出来一句："如果用炸弹呢？"

书生听了，摇摇头："我们很难判断中村到底坐的是哪辆车。"

陈一鸣说："我是说，如果在这个路口的地下埋设炸弹——有足够威力的炸弹！"

"炸掉这条街？"冷锋惊愕地回了一句。

小 K 听罢，立刻一拍大腿："好主意！这样，我们连面都不要露，炸完就跑！等日本人反应过来，我们早已经出城了！"

书生连忙阻拦："这不行。"

小 K 问："怎么不行？——你不是工程师吗？你计算一下到底该用多少炸药不就行了！"

书生摇摇头："我不是说我计算不出该放多少炸药，而是我们不知道这条街上有多少中国人，新街口是南京的闹市区，中村车队到达的时候老百姓会成千上万！我们放了足够重量的炸药，炸药一旦爆炸，中村的车队是被炸飞了，可成百上千的老百姓却给中村做了殉葬品，这和再搞一次南京大屠杀有什么区别？！我坚决不同意这么做！"

陈一鸣看了一下众人，大伙低着头都不表态，陈一鸣想了一下，下了狠心："放弃。"

燕子六听了，照着小 K 的脑袋打了一下："我让你叫！什么好主意？！"

小 K 挠了挠脑袋，没有再说话。

冷锋想了想，手指着地图说："我们现在只有最后一个办法了——狙击他！队长你看，我们现在唯一可以选择的狙击阵地是这个位置。这里，是中村下车的位置，两点直线，大约三百米的距离。我看了南京的天气预报，今后的三天是晴天，如果在风速每秒四米以内，我大概需要三十秒钟的时间命中目标——我要判断是不是中村本人，还要根据风速调整瞄准，三十秒钟不算宽裕。"

陈一鸣想了想，吐了口气："可是中村从下车到进入大厦，只有最多不到二十秒钟的时间。"

陈一鸣说完，看了一眼冷锋。

冷锋思考了一下说："从狙击手的角度，我会建议采用原来拟订的一号方案。我还是在这个狙击阵地，这里是十字路口，直线距离一百米，完全不考虑任何风速的影响。中村发现了蝴蝶，下车，虽然他身边的保镖很多，但是和蝴蝶对话并且处于保护中心的不可能是别人——只能是中村！只要确定了中村，只要给我五秒钟——五秒钟，我就会准确无误地命中目标的头部！然后在混乱当中，你们掩护蝴蝶撤离，我们也尽快脱离现场，按照预定路线到燕子矶登船，然后离开，这样我们就可以危险性极小地顺利完成任务！"

冷锋的话，令在座每个人的脸上都放出了光彩。这个方案毫无异议地就被通过了，然而这个宝，却完全押在蝴蝶身上了。

"可是，她能行吗？"燕子六望着此时正在酒窖门外呆坐的蝴蝶，不禁担心地说了一句。

陈一鸣迟疑了一下，果断地说："不行也得行！我们今天下午动手，趁中村下班的时候搞掉中村，而后连夜撤离南京！"

陈一鸣说完，瞅向了书生。

书生会意地站起身来："我再去做做蝴蝶的思想工作。"

"什么工作？"冷锋疑惑地问了一句。

书生指指脑袋，笑了："思想工作。"

冷锋问道："思想工作？——思想……怎么工作？"

书生笑了笑，没有回答他，走了。

冷锋奇怪地看着陈一鸣："陈参谋，什么是思想工作？"

陈一鸣看看冷锋，想了想，指指自己的脑袋："就是洗脑——"

冷锋疑惑："洗脑？"

"对，洗脑！"陈一鸣肯定地跟了一句。

此时，在院子里，蝴蝶仍然在呆坐着，书生轻轻地走过来："蝴蝶，今天下午要行动。"蝴蝶的身子抖了一下，表情复杂地望着书生。

书生回答："是的，今天下午行动——按照我们最初议定的计划执行。然后，我们大家离开现场、离开南京，回到重庆；而后，我们都会被特赦，你也可以和你的儿子在一起了。"

蝴蝶听罢沉思良久，长出了一口气。

书生问："你怎么看？"

蝴蝶迟疑了一下："你认为……这对我是个好消息吗？"

书生说："不是，可是这是目前最可行的方案，而且，对大家是好消息！"

蝴蝶愣了一下，百感交集地看着书生："好了，我知道了……"

书生看着蝴蝶，又补充了一句："蝴蝶，你知道，我们六个人的性命，还有你的性命，都押在你手上了……"

蝴蝶点点头，又低下头去。

书生长长地叹了口气："蝴蝶，多余的话我不说了，你亲眼看见过南京大屠杀，知道我们的同胞是怎么死的，你也该知道我们这么做的意义。我知道，没有人愿意面对这样的局面，可是你必须顶住！中村不仅参与了屠杀，而且他还是日本特务机关的头子……"

蝴蝶突然制止了书生："你别说了！这些，我都知道……"

书生说："是的，你都知道，可是要冷静地面对即将发生的一切却很难，所以我们几个人都希望你能顶住！其实，要你做的也很简单，那就是在中村下班的时候在路口等待中村，然后你要拖住他，给冷锋争取出五秒钟的时间——只要五秒钟！其余的事情，都不需要你来做。我们会掩护你一起撤离的——记住，只要五秒钟！"

蝴蝶终于吐了一口气，点点头："我知道了——五秒钟……"

书生又嘱咐了一句："记住，五秒钟，你什么都不用做，你就站在那儿——就足够了。"

蝴蝶点点头，流泪了："放心吧，我记住了……"

书生还是有些不放心地看着她……

蝴蝶苦笑地转头看着她："你走吧，我知道了……五秒钟。"

书生又迟疑了一下，转身走了。

10

新街口，此时正是下班的时间。蝴蝶面容憔悴，装出站在街边等公车的样子……在她的不远处，书生装作看报纸，眼睛不断地瞟向蝴蝶。

小 K 此时坐在街对面咖啡厅的露天座位。在他的旁边，同样装作看报纸的燕子六此时正鬼鬼祟祟观看着周围的一切。

此时，离中村以往的下班时间还有一段时间，小 K 闲着无事，忍不住瞟了燕子六一眼："哎哟，燕子门果然是武功盖世，看报纸都要反着看。"

燕子六听罢低头一看，果然是把报纸拿反了，便赶紧纠正了过来："你少说怪话。干好自己的活儿。"

陈一鸣和藤原刚此时正坐在路边的一辆轿车里，负责开车的是藤原刚。

对面楼顶上，打扮成水电工的冷锋此时早已组装好狙击步枪，正趴在掩体后面紧张地瞄准着……

坐在轿车里的陈一鸣禁不住看了看表，脸上浮现出一丝焦急。

藤原刚看见了，便回了一句："陈参谋，放心，日本人都很准时的。"

陈一鸣叹口气回了一句："但愿他跟你一样准时。"

大厦的门口，一行三辆轿车准时地停在了大厦门前。大厦门开，中村在保镖的护卫下，很快地便上了其中的一辆轿车。

燕子六看见后，低声地叨念了一句："来了。"

小K闻声又看了一眼，右手摘了一下头上的礼帽，向书生发出了信号……书生看见后，收起报纸假装去等车，路过蝴蝶跟前时低声说了一句："来了……记住，五秒钟！"

蝴蝶的嘴唇颤抖了一下，险些晕倒。

书生赶紧嘱咐了一句："挺住，一定要坚持住。"

书生说完，走到了一边去。蝴蝶咬咬牙，极力地稳定住自己。

轿车内，陈一鸣拿出冲锋枪，推上了子弹，藤原刚猛地发动了轿车，在原地待命。

不远处，车队稳稳地开了过来。蝴蝶看，呼吸渐渐地急促了。

轿车内，中村和岩本二人对车外发生的一切却全然不知。岩本迟疑了一下，问中村："你真的要去参加会议？"

中村往椅背上靠了靠回答："我不可能不去，我父亲告诫过我，要做大事，必须先学会忍耐。"

轿车鸣了一声喇叭，开始拐弯了……就在这个时候，一个熟悉的女人的身影瞬间映入了中村的眼帘——此时，在路口处，摘下了遮光的帽子的蝴蝶，正在若无其事地等待着红灯。

中村的眼睛一下子瞪大了："倩倩……"

岩本闻声看去，也明显地看到了路边的女人——她戴着一顶暗红色的礼帽，阳光下显得很扎眼。

前方是红灯，车队停了下来。

"倩倩……"中村终于看清楚了，便什么也不顾地打开车门下了车。

"中村君！"岩本喊了一声没有叫住，也只好跟着下了车。

"倩倩……倩倩——"下了车之后的中村，不顾一切地高喊着。

蝴蝶的眼睛涌出了泪……她也看见了中村！

楼顶上，冷锋拉开了枪栓，把眼睛凑近了瞄准镜，心想："来吧，来吧，小兔崽子……"

"倩倩……倩倩——"大街上，中村发疯似的跑过来，他的身后慌慌张张地跟着岩本和一群保镖。

蝴蝶的脸色瞬间变得苍白了，含在眼里的泪水忍不住坠落下来……冷锋渐渐瞄准了跑动着的中村。

此时，中村抓住了蝴蝶，正激动地呐喊着："倩倩，是你吗？你是回来找我的吗？！"

蝴蝶眼睛睁开，一汪泪眼看着他……楼上，冷锋已经瞄准了中村的脑袋，食指扣在扳机上正在稳稳地加力。

书生隐藏在不远处，紧张得嘴唇都有些白了，心声数着："五，四，三，二……"

就在这时，蝴蝶突然一把推开了中村："快走！"

冷锋的枪响了——子弹打在了路面上。

中村中弹倒在了地上，他用手捂住负伤的胳膊，呆呆地看着蝴蝶："倩倩……"

"有刺客！"岩本大叫了一声，一个箭步冲过来，其余的保镖闻声，立刻扑在了中村的身上。

楼顶上的冷锋骂了一句，撒气般地连扣扳机，子弹一发一发地打在挡在中村身上的保镖身上！

然而，随着一个保镖的中弹，更多的保镖涌过来盖住了中村。

"寻找刺客——"岩本大叫了一声，拔出了手枪。

其中几个保镖闻声，迅速分散到角落里向楼顶上射击。书生见状，赶紧拔出藏在风衣里的冲锋枪，向着开枪的保镖进行了猛烈还击。正在开枪射击的岩本躲闪不及，胳膊上中弹倒下了。

小 K 顺势丢出了一颗手雷，四周的人们闻声四下里惊叫着散去了。

书生大声喊道："蝴蝶，快撤！"

书生冲过去拽起了蝴蝶，在陈一鸣等人的掩护下赶紧撤出了现场。

枪声很快就停止了，闻声赶到的警察和日本宪兵很快就封锁了附近的街道，岩本捂着伤口走过来询问中村——

岩本说："中村君，你没事吧？"

中村如梦方醒地四下里看了看："那个女人呢……怎么不见了？"

岩本听罢，不由得叹了口气，命令站在身边的几个保镖："赶紧扶中村机关长离开这儿！"

"是！"保镖们闻声，赶紧扶中村一郎上了车，轿车飞快地开走了。

11

酒窖内，撤出战斗的队员们已经安全回到了教堂。

"我要宰了她！"小 K 拿着一把刀怒吼着就要扑过去

书生死死地抱住了他："小 K，别这样，你冷静点儿！"

"放开我，你让我宰了她……你让我宰了她！"小 K 拼命地挣扎着，呐喊着。

书生还是死死地抱住了他："小 K，你要冷静，她不是日本人！"

小 K 说："可是她救了那个日本人！我们这么多人的心血，我们冒着掉脑袋的危险组织的行动，让她一句话，就全完了……全完了！"

小 K 怒不可遏地瞪着蜷缩在角落里的蝴蝶，眼睛里几乎要喷出火来。

此刻，陈一鸣站在屋子的一角，也脸色铁青地注视着蝴蝶；冷锋站在他的身边，握着枪的手颤抖着。

藤原刚站在一边叹了一口气，而燕子六此时却咬牙切齿，站在一旁默默地擦着手里的飞刀。

沉默了好一会儿，冷锋终于说话了："队长，我们该怎么处理她？"

陈一鸣沉默了一下，憋出来一句："执行战场纪律。"

书生听罢一震，立刻叫了一声："陈教官！"

冷锋没有理睬书生，拔出匕首，一脸怒容地走向了蝴蝶……书生见了，只好一下子站在冷锋面前——

书生说："冷教官！杀人不是砍韭菜——韭菜砍了还能再生，人头落了不能再长！"

冷锋听了，迟疑地看向陈一鸣。

陈一鸣此时脸色铁青："书生，你现在有什么要说的？"

书生吐了一口气，平和了一下自己的情绪："陈教官，我只问你一句话——你杀了她，就能杀了中村吗？"

陈一鸣问："战场纪律——你难道不知道这个词的含义吗？"

书生愣了一下回答："可是她现在……还不是军人！"

陈一鸣说："可是她战时通敌——就是老百姓，也是死罪！"

书生说："我知道！"

陈一鸣问："那你为什么还护着她？"

书生又嘘了一口气，回答："陈教官，我还是问你那句话——你杀了蝴蝶，就能完成刺杀中村的任务吗？"

陈一鸣："可是不杀她，她还能对刺杀中村起作用吗？！"

书生见陈一鸣口气有所缓和，便也缓和了口气："陈教官，蝴蝶今天的事情做得是不对，你对她怎样执行战场纪律我都没意见！可是你想过没有，我们大家都想过没有，蝴蝶今天所面对的是这个世界上任何一个女人都很难处置的难题！一边是上级的命令、民族的仇恨，而另一边却是她的丈夫、孩子的父亲！蝴蝶作为一个女人，一个已经和中村有了自己孩子的母亲，在中村即将受到惩罚的最后一刻突然乱了分寸，做出了她不应该做的事情……难道，我们就不能设身处地地为她想一想，给她一点儿理解、一点儿宽容吗？今天，如果我们杀了她，那个可怜的孩子就不会有母亲了！一个已经没有了父爱的孩子，我们能眼睁睁地看着他连母亲也没有了吗？这场战争，已经让千千万万的孩子失去了父母，难道我们今天还要再制造一个孤儿吗？！"

书生的话令许多人都不吱声了，大家默默地回味着他刚才说过的话。

书生接着说："陈教官，我问你，如果蝴蝶和中村不是有这种特殊关系，你会带她来参加行动吗？"

陈一鸣摇了摇头："不会。"

书生问："为什么？因为你是职业军人，你信奉一句话——战争，让女人走开！"

陈一鸣望着书生，没有回答。

书生接着说："蝴蝶本来就不适合做行动特工，是你强迫她参加的！作为一个女人，蝴蝶能坚持下来已经很不容易了。她这次，或许真的该死，可是杀了蝴蝶，你还有什么办法能够接触到中村？！换句话说，即便我们要逃命，如果杀了蝴蝶，那中村还会有所顾忌吗？！"

陈一鸣突然被书生刚才的话所打动，他瞅了瞅书生，又瞅了瞅蜷缩在一旁的蝴蝶，思索着。

燕子六听了书生的话，忍不住冒了一句："哎，书生说得对啊！如果中村真的那么喜欢蝴蝶，我们倒是有挡箭牌了！"

冷锋看着书生，想了想，也说了一句："陈参谋，书生的话说得有道理。"

陈一鸣沉默了一会儿，终于下了决心："那好，今天就先饶了她一命！冷锋，你给我看好了她，她一旦有什么异动，马上执行战场纪律！"

"是！"陈一鸣说完，便走到一边抽烟去了。刺杀中村的行动失败了，他要好好想想下一步应该怎么办。

第七章

———★———

1

燕子六此时正在玩着飞刀，一边玩，一边冷冰冰地盯着蝴蝶。

冷锋轻轻地走到陈一鸣身边："陈参谋，下一步我们该怎么办？"

陈一鸣说："我也在想，我们这次刺杀没成功，反倒提醒了中村，他一定加强了戒备，并且在全力搜捕我们！一时半会儿，我们是不能行动了，只有寻找新的机会，至于什么时候能下手，怕是要做长期潜伏的准备了……唉！"

冷锋听罢，看了看正坐在一旁愁眉苦脸的弟兄们："可是，这么多的人，我们在南京能藏得住吗？"

陈一鸣说："藏不住也要藏——冷锋，还记得我们在德国空降兵突击队实习时的格言吗？"

冷锋说："当然记得——完不成任务，就别回基地。"

陈一鸣说："对，完不成任务，我们也别想再回重庆。"

小K听罢，立刻苦了脸："真倒霉，我们这次是真的要死在这儿了。"

燕子六听了，不禁回了一句："陈教官，你看，我们是不是再找江水帮想想办法？他们或许可以藏住我们。"

陈一鸣听了，不免摇摇头："中村第一个会收拾的就是南京的地下帮派，他们是扛不住压力的。"

"是呀，我们都不会说南京话。在南京，他们很容易找到我们。"书生在一旁也禁不住插了一句。

陈一鸣转向了他："书生，你想出什么好想法没？"

书生摇摇头，叹口气："唉，眼下只能走一步看一步，既然来了就别想回头，不杀了中村，就是回到重庆，毛人凤也不会让我们活着的。"

陈一鸣等人听了，都不禁沉默了。

陈一鸣想了想说："现在，我们唯一的出路就是寻找机会了。在这里可能会很危险，中村很可能随时会找到这里来。也许，我们能完成任务活着回去，也许……当然，哪怕只剩我一个人，我也要去杀中村了！你们谁愿意留下的可以留下，不愿意留下的，现在可以走了，不算是逃兵。"

陈一鸣说完，一时间竟没有一个人说话。

燕子六想了想说："我已经跟了军统，燕子门是不会再容我的。反正我也没处去了，还不如留下来跟着陈教官拼死一搏。就算是被日本人打死了，也算对我娘有个交代了。"

小K听罢，也赶紧说："我也不走，我要杀日本人！"

小K说完，转向藤原刚："小日本，你呢？你不会想出卖我们？"

"我为什么要出卖你们？"藤原刚没好气地瞪了小K一眼，"再说，我已经参加了敢死队的行动，我还能去哪里？——哪里都不会放过我的，还不如留下来跟陈教官拼了，免得我再被军统或者我们国家的人抓了，两头都不落好。"

陈一鸣听了，转向书生："你呢？"

书生平静地回答："你不需要问我的答案，我当然不能就这么走。"

陈一鸣听罢，宽慰地叹口气："好，兄弟们都留下了，我很感动。冷锋。"

冷锋说："到。"

陈一鸣问："八十八师特务连的连训是什么？"

冷锋回答："英勇善战，生死与共。"

陈一鸣兴奋地点点头："我在带八十八师敢死队去突袭日本师团司令部的时候，最后说的一句话是什么？"

冷锋说："只要我们有一个人能活着，就要赡养所有阵亡兄弟的父母遗孀孤子。"

大家听罢，都不由得转过头来惊愕地望着陈一鸣。

陈一鸣深有感慨地望着眼前的弟兄们："八十八师特务连是我带出来的，我给了他们这个连训；八十八师敢死队是我带上战场的，我也给了他们这个承诺。今天，这个连训和承诺，我同样给你们——英勇善战，生死与共！我们现在是患难与共的弟兄，将来，只要我们有一个人能活着，就要赡养所有阵亡兄弟的父母遗孀孤子——大家听到了吗？"

众人齐喊："听到了！"

陈一鸣随即拿出匕首，割开了自己的食指，血慢慢地流了出来……

冷锋见状拿出匕首，也割开自己的食指……

燕子六、藤原刚、小K和书生也都依次效法拔出匕首，割开了自己的食指。

陈一鸣伸出手指，和冷锋流血的食指碰在一起，燕子六、藤原刚、小K和书生也伸出贴上去，大家的血流在了一起。

不远处，蜷缩在角落里的蝴蝶愧疚地看着他们，忍不住流下了眼泪……

六个滴血的手指，六双坦诚而坚毅的眼睛……陈一鸣看着眼前的弟兄们忍不住热泪盈眶。

陈一鸣说："弟兄们，我们的血流在一起了，你的血就是我的血，你的痛就是我的痛——从今天起，我们就是生死相依的亲兄弟！"

陈一鸣的话，令每个汉子的眼里都涌上了泪……

众人齐喊："生死与共，痛歼日寇！"

陈一鸣说："他日的黄泉路上，我们不再形影孤单——永不分离！"

众人再次齐喊："生死与共，永不分离！"

他们带着压抑却充满坚定和忠诚的誓言，在酒窖的上空里回荡……坐在角落里的蝴蝶看着他们，禁不住背过身去捂着脸失声痛哭！

2

南京城内，日伪军开始新一轮的搜捕……

办公室内，中村特务机关机关长中村一郎此时正脸色铁青地看着办公桌上他和高倩倩过去的照片。

就在这时，胳膊负伤的岩本上尉挂着绷带走进门来："中村君！"

中村转过脸来，关切地走过去："岩本君，你怎么样？"

岩本满不在乎地笑了笑："没关系！只是擦破点儿皮，没有什么大碍。"

中村："岩本君，你负伤了，应该回家休息。"

岩本望着中村笑了笑："您不也负伤了吗？你需要我，我不能在这个时候休息。"

中村嘘了一口气，感慨地拍拍岩本的肩膀："岩本君，你又救了我一次！"

岩本宽厚地望着中村："中村君，不要说这个，我们是同学，又是儿时的朋友。我这是应该的。"

中村感动地看着岩本："岩本君，可我还是要谢谢你！"

"中村君——"岩本还要说什么，中村拦住了他："岩本君，不说这些了，我们来谈一下正事儿……"

中村说着，示意岩本坐了下来："岩本君，军统这次来，是想报复了……"

岩本看着中村点点头："看来，我们的机关也会不安全了。"

中村不介意地摇摇头："军统……目前还没有胆量来袭击我们的机关，他们的目标——是暗杀我。"

岩本正要说什么，一名特务进来报告："中村机关长，森田长官来了！"

岩本听罢，不禁皱起了眉头："这个老家伙，他现在来干什么？——准没好事儿！"

中村迟疑了一下，挥挥手："请他进来吧，现在，无论他说什么，我都只能听着。"

特务应了一声，转身出去了。

岩本看着特务出去的背影，回头问中村："中村君，你还没有给伯父打电话吗？我想，这里发生的事情你要尽快告诉伯父，免得让森田抢先报告给军部！军部的那些参谋本来就对中村家族有不满，如果不慎，这些会成为他们对付你父亲和中村家族的武器！"

中村看着岩本，脸上仍然充满自信："我不会害怕，天皇陛下是不会怀疑中村家族对帝国的忠诚的！"

岩本说："可是你不要忽视，明治维新以后，平民出身的将军本身就对贵族出身的豪门怀有天然的嫉恨！天皇一直在试图掌握二者之间的平衡，可是平民如大海，贵族如礁石，礁石终究要被大海所包围。中村君，这个森田，你千万不可大意！"

岩本的话令中村很感动，他轻轻地拍拍岩本的肩："谢谢你岩本，我会注意的。"

两个人话没说完，一身戎装的森田已经带着参谋走进门来。

森田望着岩本笑了笑："我听到岩本君好像在叫我的名字。"

岩本没有回答，退后了一步，森田身后的参谋愤怒地看了岩本一眼。

中村平静地看着森田，伸手示意了一下："森田长官，请坐。"

森田嘲讽地笑了笑："坐？你这里难道还有我的座位？"

中村压抑着心中的厌烦，脸上依然是被控制的平静："森田长官，您见笑了，我到底还是您的部下呀！"

森田问："哦，是吗？对了对了，你确实是我的部下。中村君，你如果不提醒我，我倒是忘了！你不仅是皇族中村家族的嫡系长子、支那皇军驻南京中村特务机关的机关长，你还是我的部下——大日本皇军中佐中村一郎！哎呀，我果然是老了，中村君的记性倒是比我好得多呀！"

中村微笑地看着森田，仍旧是不卑不亢："森田长官，您笑话部下了，请坐。"

森田听罢，毫不顾忌地坐在主人的位置："中村中佐，请问，你单独组建特务机关的权力是谁给你的？！"

中村立正回答："是森田长官。"

森田接着问道："你捅了娄子，又是谁给你擦屁股的？"

中村说："也是森田长官。"

"哼！"森田听罢，愤怒地瞟了中村一眼，"你还知道有个森田长官！可是现在你翅膀硬了，森田长官已经罩不住你了。你胡作非为，擅自行动，甚至连不属于你管辖范围的海军和宪兵也要指挥，还差点儿被军统的别动队砍了自己的脑袋！哼，整个南京城的治安，已经被你搞得乱七八糟！冈村宁次总司令官阁下为此大为震怒，甚至连远在东京的军部都专门打电话来质问'难道南京造反了吗'？对这些，你怎么解释？！"

中村听罢，立刻一个立正："这些，是卑职失职！"

森田说："哼，失职？现在，板子已经打到我的头上了，冈村宁次总司令官质问我'难道森田已经老朽到了不能控制南京局势的地步吗'？我只好回答，'森田老朽，青出于蓝而胜于蓝，未来的天下，是中村中佐的'！我恳求冈村宁次总司令官撤销我大本营谍报主管的职务，改由你中村中佐担任！"

中村听罢，又是一个立正："卑职……不敢造次！"

"呵呵……"森田望着冷笑了，"中村君，你还有什么不敢的？搞乱大日本皇军对华战略部署，大肆暗杀军统要员，未经许可擅自逮捕美国海军特务，破坏日、中、美地下战场的微妙平衡——导致了军统的疯狂报复，在皇军固若金汤的南京城大肆展开报复行动！现在，他们瞄准的目标是你的项上人头，难道说下一次瞄准的就不会是我森田的甚至是冈村宁次总司令官的项上人头吗？！"

中村听罢无法反驳，只好顺从："卑职知罪！"

森田终于感到心里舒坦了，他像欣赏一件战利品一样看着中村："中村君，我本可以取消你的小小特务机关，撤你的职，把你交给军事法庭法办！但是，念及你父亲中村阁下对我的培养，念及你还有微薄的才华可以为皇军效力，我已经恳请冈村宁次总司令官阁下，对你网开一面了！"

中村说："是，卑职感谢森田长官！"

"哼！"森田，威严地站了起来，"现在，你搞乱了局势，要由你自己来收拾！"

中村说："是！"

森田说："大本营已经下了命令，一周之内，务必剿灭这支军统别动队！"

中村说："是！"

森田喝道："一周之后，如果见不到这支军统别动队的人头，我就要你的人头——听见没有？！"

中村说："是！请冈村宁次总司令官与森田长官放心，一周之内，中村必将军统别动队的人头挂在中山门之上！"

听了中村的回答，森田的脸上终于露出了阴冷的微笑："哟西！一周之后，或者我为中村君的升职表示祝贺，或者我就亲自带人来制裁中村君！"

中村说："是！"

"我们走！"森田说完，带着随身参谋扬长而去了。

此时，中村望着森田离去的背影，眼里喷出了难以抑制的怒火……

岩本走过去关上门，压抑着心中的愤怒望着中村："中村君，这支军统别动队一击不成，很可能全身而退，离开了南京。一周的破案时间——这是森田给你设的陷阱！如果他们已经离开了南京，我们无论如何是找不到的。森田这只老狐狸，是想借冈村宁次总司令官之手杀掉你，而且还要让令尊大人无话可说！"

中村嘘了口气，平静了一下道："我知道，他这次……是要对我下黑手了。"

岩本听罢，不由得靠近一步，轻声说："中村君，不如我们先下手为强？"

"不……"中村用力地摇摇头，"森田敢来这一手，一定是已经做好了防范。他的主要精力虽然放在经营谍报网上，但我们不能小看他的行动力量。如果这个时候动手，我们的人会落进他的陷阱，反而成为他对付中村家族的口实，我们不能这么傻。"

岩本问："那……我们怎么办？"

中村不由得叹了口气："我确实把事情给搞砸了，现在，我必须想办法找到这支别动队，而且要不惜任何代价消灭他们！哪怕他们已经逃回了重庆，我也要派人把他们都抓回来！一周的时间，我们的忍者小组能做得到的！"

岩本听罢，不由得愣了："中村君，你为什么这样说？"

中村说："因为我看到她了……"

岩本问："谁？"

中村把目光转向了他和高倩倩的照片："她在帮助军统暗杀我。"

岩本吃惊地问："真的是她？我还以为……是军统找了一个跟高倩倩长得很像的女人。"

中村听罢摇摇头："不……我是不会认错的。"

岩本听了，忍不住向门口扫了一眼："中村君，这件事……千万不能让森田知道！"

中村说："是。所以，要由我们抓住这支军统别动队！我不知道军统用了什么办法，会给倩倩洗了脑——但是，我一定要把她活着找回来，因为她是我的女人！其余的别动队员，一律格杀勿论！"

岩本说："是！……但是，我们怎么找到他们呢？"

中村叹口气，踱了两步："根据我的判断，军统费这么大的劲，甚至找到倩倩做诱饵，他们是不会轻易放弃行动的——他们现在一定还在南京，而我们在偷降现场找到的那只破碎的眼镜，是我们唯一的线索！你立刻安排人，再次核查每个眼镜店，我相信他们一定配好了眼镜！突破口——就在南京城大街小巷的眼镜店里！"

"是！"岩本应了一声，赶紧去安排了。

中村的目光又不由得转回到照片上（心声）："倩倩，你真的会杀我吗？——我不相信。"

中村的脸上，很快又露出了自信。

3

南京城内，各个眼镜店里，由汉奸、伪警察和日本宪兵联合组织的搜查队正在缜密地搜查着……在一家挂着"光明眼镜"牌子的眼镜店里，一位头发已经花白的老板正打着算盘，对着账。

外面突然传来一阵喧闹声，他不禁抬起头来。只见那个叫二宝的汉奸正挎着盒子炮，带着中村机关的两个特务和几个日本宪兵与伪军这时正吵吵嚷嚷地冲进来。

老板见状，赶紧放下手中的账本迎了出来："哎哟！哎哟……是二宝爷来了，今儿怎么这么大阵仗？您说您想要点儿什么？这是德国最新进口的墨镜……您看看？"

二宝接过墨镜戴上，对着镜子照了照，回头说："老板，今天我可罩不了你了！皇军有令，要搜查南京城所有的眼镜店！据说重庆的人，就藏在眼镜店里面！这一次可是中村太君亲自下的命令，我也没办法呀！"

老板听罢，赶紧拿出一卷钞票塞进二宝的口袋里："二宝爷，整个南京城谁不知道，你二宝爷最有办法了，要是连您都没办法，这南京城不是塌了吗？"

两个人说话的时候，几个特务和伪军正在眼镜店里四处翻看。

二宝转头瞅了瞅，无奈地摇摇头："不瞒掌柜的，我真是没办法。"

老板听了一咬牙，把怀表摘下来放进了二宝的口袋里。

二宝于是笑了笑："算你小子识相，你二宝爷有办法了！"二宝说着，走到正在四处翻看的特务和伪军跟前，"我们走吧，这是大大的良民！"

谁知他话音刚落，正在翻看账本的一个日本特务便回了一句："等一等。"

正要往外走的二宝只好停下了："嘿嘿，太君，您有什么吩咐？"

日本特务指着账本道："这里的，有一副眼镜，高度近视——卖给谁了？怎么没有登记？"

老板见了，赶紧迎过去："报告太君，这是……"

没等老板说完，日本特务便猛地抓住老板的脖领："你的，为什么不报告？！"

老板连忙说："太君太君，您听我解释……"

"八格！"没等老板说完，日本特务便给了老板一个嘴巴，"你的说，为什么没有登记？"

二宝一听，一脚踹翻了老板，猛地拔出了挎在身后的盒子炮，对准了老板的脑袋："我早就看你小子有猫儿腻！说，你小子什么时候跟重庆的人勾搭上的？！不说，老子毙了你！"

老板听罢，腿都吓下哆嗦了："二宝爷，二宝爷！太君……太君！草民是生意人，草民是良民，草民不敢哪——"

日本特务拿起账本在老板眼前晃了晃："这是什么？带走，回去审问！"

二宝闻声，一把抓起了老板："给我走！"

"二宝爷、二宝爷！太君……太君哪，草民不敢！二宝爷啊，我平时没少给您好处，您就帮我说句话吧——"老板说着，使劲地拉住二宝不放手。

二宝用力挣脱了他："你走吧你！谁拿你的好处了……快走，快走！"

二宝说着，将老板推给了两个宪兵。

日本宪兵二话没说，架着老板就出去了。二宝趁机回过头来，把柜台上摆的所有墨镜都收进了口袋里，这才转身跟了出去。

4

日军监狱的行刑房里，被吊在铁锁上的眼镜店老板，此时已经被折磨得奄奄一息。

二宝举着鞭子，仍然不死心："你说，你到底招还是不招？！"

老板带着满脸血污，无力地抬起头来："爷……我真的什么都不知道哇……"

就在这时，门开了，中村和岩本走了进来，二宝见了赶紧退到了一边。

中村走到老板的跟前："你的说，你想死，还是想活？"

老板勉强地睁开了眼睛："太……太君……我想活，只是……草民真的什么都不知道，草民真的不认识重庆的人哪……"

中村示意几个日本打手把正在吊着的老板放下来，他走上来一步轻声说："我再问你一次——你想死还是想活？"

老板哆嗦说："太君，我想活……我想活呀！"

中村说："那好，我再问你，你老实回答，你再敢撒一句谎我就毙了你！"

老板听罢，不敢再吭声了。

中村掏出了手枪，顶在老板的太阳穴上："我问你，你想好了答——这副眼镜……是给谁配的？"

老板犹豫着，不敢回答。

中村打开顶着老板太阳穴的手枪的保险："再给你一次机会……谁配的？"

老板嘴唇颤抖着，终于说了出来："是……意大利教堂的……两个神父。"

"意大利神父……"中村的眼睛突然亮了一下。

老板又补充道："中……中国神父……"

中村的脸上露出了微笑："你以前见过他们吗？"

老板说："没有。"

中村问道："那你怎么知道他们是意大利教堂的？"

老板听罢苦笑了："南京……还有别的教堂吗……"

中村听罢，满意地点点头，向岩本摆了一下手，转身走了。

来到行刑房外边，岩本忍不住向中村说了一句："意大利可是我们的盟国。"

中村点点头："我知道。"

岩本望着中村问："意大利神父……会跟重庆的军统相勾结吗？"

中村叹了口气："对萨尔神父我早有耳闻，他同情中国，收养了许多战争孤儿，对我们在中国的行动很不满。在这种情况下，他是有可能与军统勾结的。"

岩本听罢，担心地望着中村："意大利跟我们是轴心国关系，此事涉及意大利教堂，恐怕连冈村司令官都不敢擅自决定，我们最好先不要动他……"

中村听了没有回答，他思索着。过了一会儿，他突然说："岩本君，你马上去召集人手。"

岩本问："干什么？"

中村说："搜查意大利教堂！"

岩本问："中村君……"

中村说："岩本君，我们不报告森田，那个老滑头是不会决定的。如果报告了，他必定会报告给冈村宁次总司令官。万一冈村宁次总司令官不敢做主，就要报告给东京军部，而军部又必定要通知意大利大使馆……这一圈下来，就算里面有军统，也早就得到风声跑了！"

岩本说："可是中村君，我们擅自搜查意大利教堂，万一没有搜出来什么……"

中村自信地冷笑了："不会搜不出来的，我刚才想过了。整个南京城，我们已经掘地三尺，居然还找不到线索。他们必定就藏在我们没有搜查过的地方，除了外交使团和日本机构，只有这个意大利教堂没有搜查过了——他们必定藏在这儿！"

岩本问："可是……如果判断错了呢？"

中村说："我们中村家族效忠天皇，向来是不问结果的！"

中村说完，大踏步地走了。

"好，我这就安排！"岩本说完，跟了上去。

5

几分钟以后，中村特务机关的几十名特务已经整齐地站在中村特务机关的大厅里。

中村带着岩本走进来——

中村说："诸位！把你们召集来，是因为有紧急行动，而且这个行动要高度保密，绝对不能让任何人知道！"

中村说着，威严地扫视着他的部下，接着说道："我们这次行动的任务，是搜查意大利教堂！如果运气好的话，我们将搜到中国军统的别动队，各位将受到奖励，甚至可以谋到一官半职；如果我判断错误，我将受到军法审判，你们将会群龙无首，中村特务机关也将不复存在，你们将成为流落在支那的日本浪人，你们怕不怕？！"

众人齐声喊："不怕！"

中村听罢，满意地笑了笑："很好，岩本君，你来安排，五分钟以后出发！"

中村说完，转身走了。

几分钟以后，在中村特务机关办公楼的一角，一只戴着皮手套的手抓起了一部电话，迅速地拨打了一个号码，而后用手指迅速地敲打着密码……

在电话另一头的金陵大酒店经理室里，林经理手持电话，正在仔细辨别着电话里敲出的密码。随后，他一脸严肃地挂了电话，急匆匆地走了。

"意大利教堂？！"总经理室里，黄云晴听了林经理的报告，禁不住惊愕地站了起来。

林经理此时也紧张地望着她："对，意大利教堂是军统的一个外围工作站，萨尔神父是一个同情中国的基督徒。"

黄云晴的眉头立刻拧紧了："情报可靠吗？"

林经理回答："布谷鸟刚刚从敌人心脏发出来的，绝对可靠！我估计，中村一定是得到了线索，所以对意大利教堂进行突击搜查，企图捕获军统的敢死队！"

黄云晴问："林经理，我们能不能想办法立即通知萨尔神父？"

林经理说："我有秘密渠道，可以联系到军统南京站，但是……我们需不需要报告泰山？"

黄云晴急走了几步："来不及了！泰山曾经有过指令，要我们协助军统完成刺杀中村的计划，你赶紧去通知，我来报告！"

"是！"林经理说完，急匆匆地走了。

黄云晴起身走进了洗手间，她拉开镜子，里面是一个暗层。她迅速取出了箱子，打开来，里面露出了电台。她戴上耳机，开始发报……

几乎是与此同时，在南京城内，中村特务机关的特务车队鱼贯地闯过闹市，向着意大利教堂的方向疾驰而去。其中一辆轿车内，中村面容严肃，闭口不语；岩本坐在轿车的前面，也同样面容严肃。

6

几分钟以后，车队开到了意大利教堂门前。令他们奇怪的是，教堂的大门却是关着的。

正在这时外面传来特务的敲门声："开门开门……快开门！"

此时，萨尔神父已经来到了酒窖跟前："你们快走！日本人来了！"

陈一鸣道："哦……"

陈一鸣一听赶紧跳了起来，众人闻声，也都抓起了枪！

神父说："我刚刚接到通知，中村带的人已经到教堂门口了，你们马上走！"

陈一鸣说："神父，你跟我们一起走！这里太危险，你不能留在这儿！"

神父连忙说："不，我不能丢下我的孩子们！"

陈一鸣说："可是你的电台，武器都在这儿，中村一搜查就会出事的！"

神父说："你们放心，我是意大利人！他们不敢把我怎么样，你们快走！"

陈一鸣说："那，你一定要小心，我们顺地道走了！"

陈一鸣无奈，只好带着队员们下了暗道。

当萨尔神父回到意大利教堂大厅的时候，中村带着特务们已经冲进了大厅。萨尔神父没有理睬他们，继续冷静地领着孩子们做弥撒。

中村走上前几步，假装礼貌地望着神父："萨尔神父，我对您已经久仰大名了！"

神父转过身来，仿佛不认识地看着中村："你……是谁呀？"

中村听罢，十分客气地来了一个立正："鄙人是大日本皇军驻支那大本营中村特务机关机关长——中村一郎。"

"哦……日本人？！"萨尔神父望着中村冷笑了，"你为什么这样闯进来？难道你不知道意大利和日本是盟国吗？"

中村说："知道。情报是政治和外交的秘密外延，我当然熟悉国际关系。"

神父问："那你为什么闯进教堂？难道不怕后果吗？"

"后果……"中村看着萨尔神父笑了，"你勾结重庆军统机关从事反日活动，你难道不怕后果吗？"

神父看着中村冷笑了："你有什么证据？！"

中村没有回答，猛地一挥手："搜！"

特务们闻声，立刻开始了四处搜查……孩子们被吓得停止了歌唱，愣愣地看着。

神父嘴角颤抖地怒视着中村："我要向意大利驻华总领事控告你们！"

中村看着神父阴险地笑了："你还是向上帝祷告不要被我找出蛛丝马迹吧，萨尔神父！"

特务们的搜查抓紧了，到处响起乒乒乓乓的声音。孩子们被吓得哭了起来，萨尔神父愤怒地望着正在翻箱倒柜的特务们。

神父："你们这群畜生！"

中村没有恼怒，他点燃了一支烟，悠闲地看着他。

耶稣基督的十字架被特务掀翻了，倒在了地上。萨尔神父禁不住大声地喊起来——

"住手——你们住手！"

神父大叫着想冲过去，站在他身边的特务却按住了他，并把他按在了地上。

萨尔神父的脸贴在了地面，不禁骂道："你们会遭到上帝的报应的！"

中村冷笑了一下："上帝？……我不信上帝，我信佛。把这里掘地三尺！"

众特务："是！"

特务们动手挖起来，中村却悠闲地走向风琴，开始弹奏弥撒的音乐。

琴声在响着，特务们的搜查也在疯狂地进行着……

在教堂的储藏间里，一个特务摘下了圣女像，在圣女像下面露出一个箱子。特务取出箱子打开了——里面是一部电台。

此刻，在教堂厨房里。特务们推开了萨尔夫人，用力地掀开了——从里面露出一个机关。特务们用力将机关砸开，从里面取出了一支冲锋枪！

特务："快，去报告中村机关长，这里面藏有武器！"

在一旁的萨尔夫人见状刚要逃走，特务们冲过来一把将她按倒在地上。

大厅里，从风琴里传出的弥撒曲调仍然在响着……

在教堂里四周搜查的特务们相继返回到大厅，将搜查到的冲锋枪、手雷和电台等物品依次摆放到地上。中村一郎走到神父身边笑了笑。

中村："神父，你还有什么要说的吗？"神父不吭声了。

神父转过头来，不再说话。

中村不再等神父回答，便下了命令："通通带走！"

萨尔神父和夫人被带走了。

"啊——"就在这时，躲藏在教堂大厅天花板的小黑高叫着跳了下来，端起冲锋枪对特务们进行了疯狂的扫射。

几个措手不及的特务应声倒下了。中村见状，立刻掏出了手枪。

"小黑——"萨尔神父大声叫喊起来提醒小黑。

几乎在同时，中村举手一枪，打在了小黑的胳膊上！

中村："抓活的！"

中村大喊了一声，特务们闻声冲了过去。小黑无奈，只好拉响了手雷！

小黑和冲上去的几个特务都倒在了血泊里。

"小黑……"萨尔神父惨叫了一声，昏了过去。

中村气恼地大喊了一声："继续搜查，一定要搜到军统别动队！"

"是！"特务们答应了一声，又开始继续搜查。搜了半个多小时，他们找到了隐藏在酒窖的暗道口。

中村的脸上立刻显出了喜色："他们一定是从这里逃走的，马上下去追！"

"是！"特务们应声下了地道。

7

意大利洋行的仓库内，地下的井盖突然被掀开了，冷锋等人从下水道里钻了出来。大家迅速地散开，开始搜索仓库。当他们确信仓库是安全的之后，才慢慢地聚拢过来。

燕子六长嘘了一口气，望着教堂的方向面色惨然："刚才教堂有爆炸声，神父一定是完了。"

小K听罢，不免有些紧张："如果神父把我们招出来怎么办？"

冷锋看了陈一鸣一眼，也皱起了眉头："陈参谋，这里确实不能久留，一旦神父熬不住刑把我们供出来，我们就会陷入成百上千的日军的包围。"

"当务之急，我们要立刻换一个藏身的地方！"书生听罢，也插了一句。

陈一鸣犹豫了一下，正要说什么，书生拉了他一把。

陈一鸣会意了，跟着书生走了出去。陈一鸣走到一边站住了，看着书生的眼睛。

陈一鸣，低声问："书生，你要跟我说什么？"

书生沉吟了一下，说："陈教官，事到如今，我们都命悬一线。如果你信得过我，我来想办法把大家转移到安全的位置……行吗？"

"你来想办法……"陈一鸣愣愣地看着他，"可是，我怎么能知道你不会骗我们呢？"

书生望着陈一鸣叹了口气："陈教官，我知道你现在还不能完全相信我，可是现在我们没有别的选择，如果我们大家还想活下来的话，你就让我去试试吧。"

陈一鸣听罢皱起了眉头，一时间拿不定主意。

书生看着陈一鸣又补充了一句："陈教官，我们是在一起发过誓的人，请相信我所做的一切都是为了这个集体好。"

陈一鸣想了一下终于下了决心："好，我相信你，你去吧。哦，对了，把燕子六带上。他的身手好，万一遇到事情好有个照应！"

"好，谢谢陈教官。"书生说着转过身来，"燕子六，麻烦你跟我走一趟！"

燕子六问："去哪儿？"

书生说："我在南京有个搞走私的亲戚，势力很大，你跟我一起去找他，他会有办法的。"

燕子六问："你还有这样的亲戚，我怎么不知道？"

书生看着燕子六笑了："我的事情，你怎么会都知道。"

书生说完，带着燕子六走了。

8

此时，已是黄昏，大街上行人不多，燕子六跟在书生的身后匆匆地走着。

燕子六问："书生，我们到底是去哪儿呀？"

书生回头瞥了他一眼，回了一句："别问那么多，你跟我走就是了……"

燕子六听罢进走了几步："哎，书生，我怎么看你神神叨叨的，不会也是在帮的吧？"

书生听罢苦笑了一声，不再理他，步伐却加快了。

"哎，我说，你急什么呀？我刚才问的话，你还没回答呢？"燕子六说着，也赶紧加快了步伐。

此时，位于市郊的祥云药铺还没有关门，一个挂着"药"字的幌子在药店门前正随风摆动。书生向四下里瞅了瞅，便和燕子六一起迈进了药店。

正在整理药材的高老板抬头看见书生和燕子六进来，便笑着迎了过去："二位老板是来抓药的？请问，都需要什么药？"

书生瞅了高老板一眼，向燕子六示意了一下，燕子六赶紧撤后一步，守在了门边上。

书生向高老板抱了抱拳："老板，我太太病了，特意来抓药。"

高老板向门口望了一眼，低声问："客官要抓什么药？"

书生眼睛一亮，向前凑了凑："三钱九尾草，两钱砒霜，五钱檀木，两钱地肤子，一钱当归。"

高老板的眼皮挑了一下："这可是猛药哇！哪位大夫给你开的？"

书生说："夫子庙的老中医，林汉全。"

高老板问："先生字号？"

书生回答道："岳家老三，单字一个山。"

高老板的脸上显出了喜色："客官，请到库房里跟我抓药。"

书生没有说话，回头瞅了一眼守在门口的燕子六，跟着高老板进了后屋。

谁知道两个人刚刚迈进后屋，高老板就突然转回身来用手枪顶住了书生："说，谁派你来的？"

书生愣了一下，随口回答："没有人派我来，我是来跟组织上接关系的。"

高老板不相信地看着书生："郑月枫！根据息烽集中营特别党支部的报告，你在一个月前被提审，然后就再也没有回到过牢房，是吗？"

书生回答道："有这回事。"

高老板接着说："组织上认为你已经被军统特务秘密杀害，华东局还秘密为你举行了追悼会！"

书生吃惊地问："举行追悼会？可我并没有死呀？"

高老板冷冷地说："哼，这就是我拿枪顶着你的原因！为什么军统特务不仅没有杀你，反而让你活着到了日占区，到了南京，到了我们的秘密联络点？！"

书生听罢，不禁摇头苦笑了："老高，我并没有背叛组织，我们认识快十年了，你应该了解我！"

"了解……"高老板不觉冷笑了，"你没有回答我上面的问题，还敢跟我说'了解'这两个字？！郑月枫，你的死期到了！"

书生听罢，反而冷静了："老高，在你开枪以前，我想请你转告鲤鱼同志，我想见他！"

高老板问："鲤鱼？我不认识什么鲤鱼、黑鱼的，你找错人了……郑月枫，我不管你今天带了多少特务，也不管你带的是戴笠的特务还是汪精卫的特务——今天，你如果说不清楚，就别想活着离开这里！"

书生说："老高，你如果执意要做掉我，就来吧！可是我要告诉你，你会误了大事！你会把一群抗日战士推到日本特务的狼嘴里！"

高老板听着书生的话，突然愣住了……

此时，在药铺外间，燕子六见书生迟迟没有出来，不免有些着急，于是便不顾店小二的阻拦，大步地向后屋走来——

燕子六喊道："书生——书生——"

店小二被逼无奈，只好快跑了几步，绕到燕子六身前拦住了他："站住，不准再往屋里走，你要干什么？"

燕子六说："我找我兄弟！"

燕子六说完猛地推开了店小二！他正要往里走，忽然觉得自己的腰间被一个硬邦邦的东西给顶住了。燕子六低头一看，只见店小二的手里握着一把黑亮黑亮的手枪！

燕子六无奈，只好举起双手后退了几步："我说，你把枪收回去行不行？我是来找我兄弟的，又不是来胡闹。"

店小二不解地问："你兄弟？哪个是你兄弟？"

燕子六说："嘿，就是刚才进去那个戴眼镜的！"

店小二说："哦，你说的是我们老板的外甥啊，在后面跟老板喝酒呢！"

"什么，喝酒呢？我都快急疯了，他怎么能撇下我一个人喝酒呢？也太不仗义了！"燕子六说着，推开店小二就闯了进去。

"站住！……站住！"店小二跟在后面，赶紧跟了过去。

此时，书生和高老板正面对面坐在桌前，在他们中间是简单的酒席，两个人一边吃着，一边说着话。

高老板说："老郑，鲤鱼已经向金鱼汇报了，正在等候泰山的指示。"

书生看了一眼高老板，不免忧心忡忡："老高，我就怕萨尔神父撑不了多久哇。一旦神父吐了口，而上级的指示还没有下来，那敢死队的弟兄们恐怕就——"

高老板听了，理解地点点头："老郑，我知道你着急，可是地下工作的原则你是清楚的，事前要请示，事后要汇报，就是金鱼也没有做主的权力。"

书生听罢，不免苦笑了："这个权力泰山就有吗？这可是在帮助军统啊！"

燕子六喊道:"书生!书生——"

两个人正说着,燕子六便大叫着闯了进来,高老板和书生见状赶紧举起了酒杯——

书生说:"舅舅,咱俩真是好多年没见了。"

高老板笑着说:"是啊,自从上次一别,有几年了……"

燕子六推门进来看见书生正跟高老板把酒言欢,不觉怒上心头:"书生,你可真是没心没肺呀!都什么时候了,你还在这儿喝酒叙旧?!"

书生听罢,赶紧站起身来:"舅舅,我跟你介绍一下,这位是我的兄弟——燕子六!"

"啊,燕公子,你好!既然来了,一起喝上一杯……"高老板说着,给燕子六让出了座位。

燕子六没有理睬高老板的邀请,冲着书生大吼起来:"我说兄弟,到底解决没有哇?那边好几口子人,还等着活命呢!"

高老板听罢,微微地笑了:"嘿,多大点事儿啊?"

一听高老板的口气,燕子六禁不住大笑了:"哦?这么说,这件事情解决了?舅舅你愿意帮忙?哎呀舅舅,你瞅瞅,你看我这个人……太冒失!谢谢舅舅了!"

燕子六快人快语,把高老给逗笑了:"燕子六,你就是江湖燕子门的好汉?来来来,坐坐坐,先坐下小酌两杯!"

燕子六见状赶紧推迟:"不了不了……舅舅,我们还要赶紧回去,好几口子人等着我们的好消息呢。书生,走哇!"

燕子六说着,拉起书生就要走。

书生只好站起身来:"舅舅,时间紧迫,外甥就告辞了……刚才求舅舅的事,还望舅舅费心!"

高老板听罢,爽快地站起来:"既然着急,就不留了。刚才说的事我会尽力的,放心吧!"

几个人说完,立刻分手了。

9

金陵大酒店总经理室里,黄云晴听了林经理的汇报感到十分震惊。

黄云晴大呼:"什么?郑月枫加入了黑猫敢死队?!"

林经理说:"是,他刚才就在老高的联络点!"

黄云晴站起身来,不觉揉揉眉头:"等等,我有点儿晕!郑月枫和我是同年入党的,是社会部的功勋谍报员,李部长得到他牺牲的消息亲自参加过他的追悼会,称他为革命烈士——他居然没有死,还加入了军统的黑猫敢死队?!这……这到底是怎么回事呢?"

林经理在一旁也不由得苦笑了:"金鱼同志,我们是不是应该马上向泰山汇报?"

黄云晴说:"等一等!先把情况搞清楚!黑猫敢死队的其余成员都有谁?都是些什么情况?"

林经理说："哦，根据郑月枫的汇报，敢死队由以下成员组成。队长是陈一鸣——"

"陈一鸣?!"黄云晴听罢，不由得愣了一下，"竟然是他……"

林经理见黄云晴这样说，也愣住了："金鱼同志，你认识他?"

黄云晴的眼神一下子变得深沉了："是的，他救过我和我哥哥的命!"

"什么……他救过你和泰山同志的命?!"林经理也不由得愣住了。

"是的，他救过我和我哥哥的命……"黄云晴的眼里，突然闪出了柔情，"他原来是国民党八十八师的侦察参谋，和我哥哥是国民党中央军校的同班同学，我们以前很熟悉，蒋介石叛变国民革命的时候，他曾舍命救过我们，我们原来以为他已经被国民党迫害死了，没想到他还活着! 太好了，真的是太好了!"

黄云晴说着，眼里不禁闪出了泪光……

"金鱼同志，我……"林经理看着黄云晴的样子，林经理不知是不是该继续说下去。

黄云晴赶紧擦了擦眼泪："哦，对不起，我失态了，你继续说。"

林经理说："是。黑猫敢死队的成员还包括冷锋、燕子六、小K、藤原刚、蝴蝶……"

在林经理汇报的时候，黄云晴的眼里一直闪着泪光，陈一鸣的身影也一直在他的眼前闪烁——

陈一鸣说："天明、云晴，你们赶快走! 你们已经上了黑名单，校长很快就要派人来抓你们了。你们赶快逃吧，否则，就没命了!"

黄天明说："一鸣，谢谢你! 你也跟我们一起走吧，万一被他们发现了，那你——"

黄云晴赶忙说："是呀，一鸣哥，跟我们一起走吧! 万一你出了事儿……"

陈一鸣说："云晴、天明，放心吧，我又不是共产党员，又是校长亲自筛选送出国培训的人，他们不会把我怎么样的，你们赶紧走吧!"

黄云晴说："陈一鸣是经过国内和国外正统军事教育的人，他为人正直、仗义，对国民革命和中山先生的主张充满热情，对蒋介石还抱有幻想，再加上他当时的一些同学还都在国民党军队任职，所以很可惜，他当时没跟我们走。我和哥哥都知道他后来被国民党关进集中营的消息，我们也都以为他被害了，没想到他居然还活着! 鲤鱼同志，不能再犹豫了，我们现在就向泰山同志汇报!"

林经理说："是!"

几分钟以后，在上海市一个普通居民住宅的阁楼里，一位看似二十几岁的女报务员把译好的电文交给了代号"泰山"的黄天明。

女报务员说："泰山同志，金鱼把黑猫敢死队的名单都开出来了。"

黄天明接过电文，立刻拿起蜡烛看起来。当他看到电文中"陈一鸣"三个字的时候，他手中握着的蜡烛突然掉地上了。

报务员问："泰山，你怎么了?"

黄天明急忙踩灭蜡烛，再次拿起了电文。报务员为他打开了手电筒，黄天明凑近电文仔细地看起来。

黄天明，念道："陈一鸣，原八十八师侦察参谋……谢天谢地！谢天谢地！你没死！你小子，果然是命大！"

报务员问："泰山……怎么回事？"

黄天明说："啊，你立即把电文转发给长江！"

报务员说："是！可是金鱼……还在等着复电，她希望你马上做出决定！"

黄天明踱了两步，额头可是冒出汗来，他擦了擦汗。

黄天明说："准备发报。"

报务员说："是！"

黄天明说："两份电文。第一份，泰山回复金鱼。"

报务员开始发送着电文。

黄天明继续说道："你电已经收到，情况紧急，同意你协助黑猫敢死队摆脱困境，完成暗杀中村一郎任务。泰山。"

报务员说："发完了。"

黄天明说："第二份，泰山报长江——因事件紧急，来不及请示便做支持'黑猫'行动决定，违反地下工作原则，申请对泰山给予纪律处分。泰山。"

报务员发报到这里，转头看着黄天明，不禁愣住了——

黄天明说："瞅什么……发报哇！"

报务员这才低下头来，继续发了。发报完以后，报务员禁不住问他——

报务员说："泰山同志，你为什么要冒受处分的危险，也要帮助黑猫敢死队呢？"

黄天明看着报务员郑重地回答："因为他们在打日本人！当然，也有个人因素。"

报务员问："个人因素？"

黄天明回答道："对，很多事情，一句话两句话是说不清楚的。长江同志知道陈一鸣，我曾经单独向他汇报过。唉，不管长江同志给我什么处分，我都认了，这个人——我必须救！"

报务员看着黄天明不好再问什么，却更加糊涂了。

第八章

1

单说，在金陵大酒店总经理办公室，刚刚接到电报的黄云晴拿着电文兴冲冲地从洗手间走了出来："鲤鱼，泰山复电了。指示我们帮助黑猫敢死队摆脱困境，协助刺杀中村！"

林经理惊喜道："是吗？太好了，我马上安排！"

林经理说罢要走，黄云晴叫住了他——

黄云晴说："鲤鱼，这次……可全看你的了！"

林经理说："放心吧，我们的同志个顶个都是好样的！"

林经理说完，大踏步地走了出去。

此时，天色已晚，在意大利洋行的仓库里，陈一鸣一脸沉静地听着书生的汇报，而后叹了口气——

陈一鸣问："只是，这时间来得及吗？"

书生郑重地点点头："我相信，不会让您和弟兄们失望的。"

陈一鸣听罢叹了口气，终于有些放心了："书生，那就指望你了。"

书生没有正面回答陈一鸣的话，而是郑重地竖起了食指："我们发过誓——生死与共！"

陈一鸣看着书生微微地笑了，也慢慢地竖起了食指。

两个食指有力地贴在了一起。

陈一鸣说："生死与共！"

书生说："生死与共！"

2

第二天清晨，日军监狱的行刑房的门被打开了，中村一身戎装地走了进来。行刑房里，神父正被高高地吊在行刑架上。看见中村进来，岩本赶紧迎了上去——

中村问："有结果没有？"

岩本无奈地摇摇头："打了一夜了，他一直是低声念经，就是不交代……"

中村冷冷地说："哼，他是有了精神支柱。"

岩本说："是呀，摧毁他的精神支柱是能让他开口最有效的方法。可是，眼下却是我们很难摧毁他的精神支柱。"

中村不觉转过头来望着神父，只见神父目光坚毅，仍在不停地念诵着《圣经》。

中村说："在祷告你心中的上帝？哼哼，没想到你的骨头竟会这么硬。"

神父停止了念诵，终于抬起头来："我是上帝的奴仆，我是不会对撒旦低头的。"

中村冷笑了一下，点点头："我知道。"

神父说："我不会祈求你结束我的痛楚。对于我来说，这是通往天堂之路。所以，你可以尽管拷打我。我的肉体越痛楚，我的精神越得到超脱，距离上帝更近一点儿；而你，什么也别想从我这里得到。"

中村说："哼哼，我知道。我们做个游戏好不好？"

神父问："什么游戏？"

中村说："比如说……你的太太。你的太太跟随你四十年了，难道说，你就一点儿不心疼她？"

神父的脸上突然现出了仇恨和蔑视的深情："我的太太也是上帝的奴仆，你们动摇不了我，也动摇不了她。"

中村问："那……你的孩子们呢？"

神父脸上蔑视的笑容突然凝结了。

中村见状得意地笑了："战争留下了孤儿，而他们也是上帝的奴仆……带他们进来！"

中村说着转回头命令站在门口的特务。过了一会儿，萨尔夫人和几个孩子被带了进来。

神父的脸上立刻现出了惊恐："孩子，我的孩子！你们要把他们怎样？你们要把他们怎样？"

中村望着神父阴冷地笑了，脸上现出了得意："上帝的意志是坚不可摧的，而孩子却是无辜的——这是上帝和人性的较量，我们的游戏就要开始了，来人！"

"在！"两个打手立刻迈上了一步。

中村说："勇士们，请你们帮助我一起与尊敬的神父做个游戏，先把烙铁烧红了。"

打手们齐声说："是！"

打手们闻声去做了，中村又笑着转过头来："尊敬的神父，我们的游戏可以开始了。我问你话，你要诚实回答，否则，我不让这烧红的烙铁去和你亲吻，因为它是摧毁不了你的意志的，我也不让这烙铁和你的夫人亲吻，因为那也很难摧毁你的意志，但是，我会让我的烙铁和你的这些孩子、你心中的天使们亲吻——那样，你也许会有所触动……勇士们！"

打手们高声喊道："在！"

中村问："都准备好了吗？"

打手们答："准备好了！"

神父说："中村，你不能这样！他们是无辜的，你不能这样对待孩子们！"

中村没有理睬神父，却得意地笑了，他朝着身边的打手大声命令道："把那个大一点儿的孩子——给我拉过来！"

打手回答："是！"

打手应了一声，便奔过去将站在最前面的一个七八岁的男孩拉过来绑在了行刑架上。男孩禁不住大声地叫起来："放开我，你们放开我！神父爷爷，救救我！您快救救我！"

神父见了，此时眼睛都红了："放开他，你们放开他！他还是个孩子，你们有什么本事往我身上使。请不要伤害我的孩子们，请不要伤害我的孩子们！"

中村望着神父狞笑了："不伤害孩子，可以，那你就告诉我，你把重庆派来的人藏在哪里了？否则，我就活活地烙死他！你说不说？……你说不说……来人，把这个孩子给我烙死！"

中村说完，其中一个身材高大的打手拎起一把烧红的烙铁就向孩子奔去！

孩子见状，大声地哭起来："不要烫我——你们不要烫我！神父爷爷，救救我，您救救我呀——"

神父见状，大声地喊起来："你们放开他！你们不要烫他！撒旦，你们不得好死！"

然而，中村没有理睬他，打手也没有理睬他。身材高大的打手握着手中的烙铁狞笑着向孩子的身体烫去！

"等一下！我说！我说……"就在烙铁即将烙在孩子身上的一刹那，神父屈服了。

3

几分钟以后，在金陵大酒店经理室里，林经理又收到了用手指发出的信号。放下电话以后，林经理急匆匆地跑进了总经理的办公室。

林经理说："金鱼同志，刚才收到了紧急信号，萨尔神父已经顶不住了。"

"哦……"黄云晴听罢，惊愕地站起身来，"鲤鱼，营救行动都准备好了吗？"

林经理说："准备好了！我已经抽调了我们最得力的人手，选好了他们的藏身地点，随时可以通知他们转移。"

黄云晴说："那好，立即组织转移！"

"是！"林经理听罢，赶紧跑了出去。

此时，在南京城内，由几辆三轮摩托开道，后面紧跟着中村的特务黑色轿车车队、宪兵军用卡车车队，正急速地向市区南部开去……坐在车里的中村，此时脸上充满了兴奋。

中村心想："黑猫别动队，我看你们还往哪里跑。"

几分钟以后，中村率领的车队风驰电掣般地到达了洋行仓库。

中村大声命令："马上把这个仓库包围起来，不准放走一个人！"

岩本回答："是！"

特务和宪兵冲开了门，疯了一般地冲向了洋行仓库的各个角落，霎时间，仓库内便四处响起了翻动东西的声音。中村手执战刀站在仓库的中央，面庞因为凶残而变得丑陋。

过了一会儿，负责搜查的特务和宪兵回到他的跟前。

一个人说："库房已经搜查过了，没有发现任何人！"

另一个人说："报告，住房搜查完毕，没有发现任何行踪！"

第三个人说："报告，所有办公场所已经搜查过，没有发现任何人！"

第四个人说："报告——"

中村说："别说了！有没有收获？！"

一个人回答："没有收获。"

中村望着站在他眼前的宪兵和特务，气得眼睛都有些红了："他们怎么这么快就得到了消息？一定是我们内部有谁泄露了情报！"

"中村君，狡兔三窟，也可能是我们的敌人做的战术性驻地转移。"站在中村身后的岩本，禁不住补充了一句。

中村想了想，点点头："岩本君，依你看，他们……能转移到哪里？"

岩本回答："这个……我一时还想不出来。但是，我可以断定，他们在我们南京城里，一定有内线接应。否则，他们初来南京，是不可能那么快就能逃走的！"

中村听罢点了点头："是呀，可是……他们能逃到哪里去呢？又是些什么人在接应他们呢？"

岩本无奈地摇摇头。

中村也忍不住重重地叹了口气："唉……"

此时，南京市郊的一处房子里，高老板带着敢死队的人匆匆地走进了院子。

高老板说："啊，就是这儿了，好不容易给你们找了个避难所，真不好意思，我来晚了，让你们受惊了。"

燕子六听罢，立刻高兴地回了一句："舅舅，你这么说可就见外了。舅舅，看你这个人办事这么讲究，一定也是江湖上的人！敢问舅舅的山门字号？"

高老板听罢，不由得笑了："什么山门字号？我只不过是搞走私的小贩子，常年游走在日伪国共之间，弄俩小钱花花罢了！"

小K听罢，佩服地竖起了大拇指："舅舅，你是谦虚了，我看你这办事能力就是不简单！真的不简单！我小K很少佩服什么人，但是能在南京城里跟日本人对着干的人——我佩服！"

书生听了，不禁苦笑一下，没有说话。

陈一鸣冲着高老板拱了拱："高老板，滴水之恩，当涌泉相报——一鸣在这里先行谢过！"

高老板听罢，摆手笑了笑："唉，谢什么，都是为了打日本鬼子，应当的，应当的！"

燕子六在一边忍不住转过头来，轻声问书生："哎，咱舅舅到底是混哪个山头的？"

书生听罢，一下子笑了："哪个山头？——没山头，单干户！"

燕子六问："单干户……难道说，是世外高人？哎呀呀，这江湖之上，真是深不……深……深……"

"深不可测！……真是，说不好就别说！"小K趁机侮辱了燕子六一句。

燕子六照着小K的脑袋打了一下："我知道，我……我不得想想嘛，闲着你了？"

"哈……"陈一鸣等人看着他们俩，都忍不住笑了。

4

单说此时，在大本营森田的办公室里，大本营负责情报工作的最高长官森田正面色阴沉地看着中村。

森田说："中村，我在等你给我解释！"

中村回答："卑职……没有解释。"

森田气愤地说："什么？别动队跑了，一夜之间便杳无踪影！发生了这么大的事情，你却告诉我没有解释，嗯？！"

中村仍旧不卑不亢地回答："卑职确实没有解释。"

森田看着他，气得连肩膀都颤抖了："中村一郎，我看在你父亲的面子上一直在容忍你！但是这一次，你做得太过分了！你放走军统的别动队，却不向我汇报，你到底要对我隐瞒什么？啊？！"

中村没有回答，默默地看着森田。

森田目露凶光，恶狠狠地看着中村："中村中佐，你知道中村家族对放跑敌人的人……是怎么处罚吗？"

中村回答："知道。"

森田继续问："是什么处罚？"

中村回答："剖腹。"

森田看着中村冷笑了，他走到武士刀前拔出武士刀丢在了地上："那好，那就你自己来解决吧！"

就在这时，站在中村身旁的岩本突然奔过去，拔出手枪顶住了森田的太阳穴。

森田的脸色立刻变白了："岩本，你……你要干什么？"

岩本瞪着森田冷笑了："我现在就宰了你！"

森田吓得腿都变软了："你、你……你要以下犯上吗？"

"岩本君，把枪收起来。"中村赶紧冲过去制止岩本。

岩本一把把森田拽到了一边，对中村大声回答："中村君，我是不能看着这条老狗把你逼死的！"

森田听了，立刻颤抖着嘴唇申辩："岩本君，你误会了，我刚才只不过是吓唬吓唬他，我怎么会让中村君剖腹呢？他是我最得力的部下，是天皇的武士……你快放下枪，你快放下枪！"

岩本冷冷地说："哼，枪顶在你的脑袋上，你自然会这么说！你这条老狗，我岩本今天豁出去了，我一定要为中村君讨个公道！"

岩本说话间，森田办公室的参谋们也闻讯冲进来，用手枪顶住了岩本的脑袋。

中村见状，赶紧说服岩本："岩本君，你听我说，森田长官是不会把我怎么样的。你听我的话，请把枪放下来，把枪放下来！"

岩本说："不，中国有句古话，叫'士为知己者死'！今天，我就为了中村君死在这儿了，绝不能让这条老狗再欺负您！"

森田说："岩本君，你把枪放下，我们有话都好好说，有话好好说……"

岩本愤愤地说："有什么好说的！这一切是你自己造成的，你就应当承担这个罪责！"

岩本说着就要开枪，中村无奈，一把抓起了刀架上的武士刀，说："岩本君！你如果执意要开枪，我就只能剖腹自杀！"

岩本看着中村不由得愣住了："中村君，你这是为什么？"

中村说："岩本君，我跟你说过，现在的日本……已经禁不起内乱！"

岩本不解地说："可是森田这条老狗骑在我们的脖子上，现在又要杀了你！"

中村说："岩本君，森田长官说过，他只是在吓唬我，他是不会杀了我的。森田长官，你说是不是？"

森田听了，赶紧附和："是是是，我只是在吓唬你，怎么会真杀你呢？"

岩本转身对森田说："森田长官，那你当着诸位军官的面发誓，你不杀中村君，也不会再实施报复！"

森田无奈地说："好，我发誓。"

岩本狠狠地问："如果你违背誓言，你会像真正的武士一样剖腹自尽？"

森田听到这儿，犹豫了……

岩本只好将手枪使劲向森田的太阳穴上顶了顶："森田长官，你到底答应不答应？！"

森田终于顶不住了："我……我答应。"

岩本松了口气，这才放下枪来。参谋们见状，赶紧冲过去，一把按住中村和岩本。

森田叹口气，挥手制止了参谋们："放开他们吧，中村说得对，日本已经禁不住折腾了，还是放了他们吧！"

参谋们无奈，只好松开了手。中村站起来，长出一口气。

岩本迈上一步，垂首立在森田面前："森田长官，感谢您不杀之恩！"

森田看着岩本，十分欣喜地笑了："士为知己者死……岩本上尉，中村应该因为有你这样的部下而感到幸运！"

中村说："森田长官，岩本君是我的兄弟。"

森田笑着点点头："忠肝义胆——这样的男人，我欣赏！你们回去吧。"

中村说："是，感谢森田长官。"

中村说完，带着岩本走了。门关上了，留下来的两个参谋不解地望着森田。

一个参谋说："森田长官，他们一直与您为敌，您为什么不趁机灭了他们？"

森田听罢，不由得叹了口气："在这里杀了他们两个容易，可是你能杀光中村一郎手下的那帮死士吗？——岩本，不过是其中的一个。中村一郎带来的那帮武士和忍者都是他的家将，只对他个人效忠。所以，就算想灭掉中村，也不能由我们来动手而只能借助别的手段。"

另一个参谋说："那……那只有大本营了？是冈村宁次总司令官？他不是跟中村家族的关系一向很好吗？"

森田说："哼，正因为如此，我们才只能通过冈村宁次总司令官之手灭掉中村一郎，也才能给老中村一个交代。而现在，机会已经来了。"

一个参谋说："长官，你说的机会……"

森田不由得冷笑了："军统别动队这一次的目标是什么——正是中村一郎！我们，该帮帮忙了……"

另一个参谋说："哦？卑职明白！"

森田说："那好，你们去办吧。"

"是！"两个参谋应声而去。

5

夜晚，在一家日式酒馆的包间里，正在大口喝酒的中村一郎此时已经有些醉了。他微睁醉眼，抓起酒瓶又要倒酒，岩本抓住了他的手说道："中村君，你已经喝多了，不要再喝了！"

中村说："不，我没有多，我要喝！"

中村说着，掰开岩本的手，抢过酒瓶又喝了几大口。

岩本说："中村君，你这样喝酒，会伤身体的！"

中村听罢，苦笑了："岩本君，你的儿子多大了？"

岩本回答："三岁。"

中村说："我的儿子——五岁了！"

中村说着，又倒了一杯酒："我中村一郎的儿子，五岁了！我没见过我的儿子，可是他已经五岁了！我的儿子就在这张照片里——军统拍的照片里！"

中村说着，把照片摔在了桌子上，抓起瓶子里的酒，一饮而尽……岩本低头看去，只见照片的小男孩正在可爱地冲着他笑着。

中村又忍不住抓起照片，一边看着一边痛苦地笑了："我做梦也没有想到，倩倩她——竟然怀了我的孩子，而且还把他生了下来——我中村有儿子了，有儿子了……"

中村说完，再一次抓起了酒瓶，岩本一把夺了过来，说道："中村君，你说什么不能再喝了！中村君，你清醒一点儿，这到底是不是真的，还不能确定！"

中村说："这是真的，一定是真的，倩倩……是不会骗我的！"

岩本说："可她现在是军统的别动队队员，她是来杀你的！"

"不，她没有要杀我！"中村固执地瞪着岩本，"如果倩倩要杀我，就不会要我快走！就不会推开我——不会！我中村一郎的脑袋上，就会跟那些被我们狙杀掉的军统高官一样多一个枪眼！你今天就不会在这儿——跟我喝酒！你就只能到太平间来看我，或者是在墓地！"

中村说完，又端起了酒瓶，岩本一把给夺了回来，说："中村君，你不要再喝了！我们现在，面临着多么险峻的局面。中村君，你不能醉生梦死！森田那条老狗一直在等着抓我们的把柄，现在他已经抓住了第一个！你千万不能再让森田知道高倩倩参加了军统别动队的事情！否则，森田会彻底摧毁我们的！"

中村目露凶光地说："森田这条老狗，我终究要杀掉他的！终究要杀掉他的！"

中村说着，猛地把桌子上东西全部扒拉到了地上……

特务推门而入："报告！"

守在外面的特务们听到声音，立刻紧张地冲进屋来。看着满地的杯盘狼藉，不禁愣住了！

岩本说："去吧去吧，这里没有事。中村君喝得有点儿多，你们都出去吧！"

特务们应了一声，赶紧出去了。岩本看了一眼半醉半醒的中村，不禁叹了口气。

岩本说："唉……"

6

当晚，在一间破庙里，蝴蝶躲在角落里正嘤嘤地哭着，陈一鸣默不作声地出现在她面前。

蝴蝶看了看他，抽泣着："你……想跟我说什么？"

陈一鸣郑重地看着她："我在给你时间考虑。"

蝴蝶擦了擦眼泪，停止了哭泣："我……我想通了——我做。"

陈一鸣望着她，没有说话。

蝴蝶叹道："唉……国破家亡，我还有什么不可以失去的呢？"

陈一鸣："别的你可以失去，但是有一种东西你不能失去——"

蝴蝶说道："中国人的责任，责任……"

陈一鸣说："对。我要你去做，不光是因为你跟中村的特殊关系，还因为……你必须承担起作为一个中国人的责任！现在正是举国抗战时期，人不分老幼，地不分南北，皆有守土抗战之责！你一直想逃避这个责任，但你是中国人，你想，你逃避得了吗？"

蝴蝶说："我知道，我无处逃避……"

陈一鸣说："所以，你要担起这个责任！不要让我们大家，更不要让你的父母失望……"

"我知道……"蝴蝶说着，慢慢抬起头，"如果我死了，麻烦你把我埋在江宁禄口高家庄，那里是我们家的祖坟。我已经把我的父母埋在那儿了，也请你们把我也埋在那儿。"

陈一鸣说："不，你不会死的，我们大家都不希望你死！万一，我是说万一——万一你死了，我会负责把你和你的父母埋在一起的。你是抗日战士，你的父母会为你感到骄傲。"

听了陈一鸣的话，蝴蝶的脸上现出了光芒："那你说，等打跑了日本人，人们会记起还有我这么个人吗？"

陈一鸣点点头："会的，只要那时候我还活着，凡是牺牲的弟兄我都会为他们立碑。"

蝴蝶看着陈一鸣，终于笑了："我的名字会刻在墓碑上，我的孩子会知道我是抗日英雄，他会为我骄傲的……"

可是说到孩子，蝴蝶的目光又忍不住暗淡下来："可是，我孩子的爸爸是日本人……"

陈一鸣摇摇头："不，他是你的儿子——是中国人的孩子，他永远是中国人！"

蝴蝶的脸上，顿时又显出了希望之光："那，你将来……会照顾我的孩子吗？"

陈一鸣回答："会的，我们发过誓言。"

陈一鸣说着，向蝴蝶举起了自己的手。蝴蝶笑了，她毫不犹豫地掏出匕首，用力地划破自己的食指，鲜血立刻流了出来。

陈一鸣没有说话，也立刻拔出匕首，划破自己的手指——血，流了出来。

蝴蝶把自己流血的手指伸了出去，陈一鸣伸出食指贴了上去。两根手指贴在一起，血——也慢慢地流在了一起。

陈一鸣笑了："生死与共！"

蝴蝶也笑了："生死……与共！"

泪水顺着她的脸颊流了下来……

7

清晨，又一次来到了南京市。在南京紫金山附近的山路上，此时两个人正慢慢地行走着。他们，一个是化装成富商的代号"泰山"的黄天明，一个是化装成姨太太的代号"金鱼"的黄云晴。在他们附近，不远不近地跟着四个穿着中山装的地下保卫人员。

黄天明说："我连夜从上海赶过来，是想跟你谈一件很重要的事……而且，不得不面谈。"

黄天明说着站住脚，看着黄云晴；黄云晴也跟着站住脚，严肃地看着对方。

黄云晴点点头，问道："我知道，你是要谈陈一鸣吧？"

黄天明回答："对，这是一个我们谁都没预料到的问题。组织给了我处分，也给了我相机行事的权力。组织上越是这样信任我，我越是要更加谨慎地行事。对过去的陈一鸣，我们都很了解；可是对现在的陈一鸣，我们却一无所知。"

黄云晴说："我想，陈一鸣是不会变的。他今天能够到南京来，出生入死执行暗杀任务，就说明他仍然是一个有着爱国之心的热血军人！他骨子里面的高傲和孤僻，是与生俱来的，军统的集中营是改变不了他的。"

黄天明听罢点点头，又叹了口气："话虽然这样说，但斗争形势复杂，我们也不能不把事情想得更复杂一些。陈一鸣虽然是有爱国心的热血军官，但他毕竟不是我们的同志。作为国民党的军官，他的政治立场在本质上与军统还是相同的。特别是他对蒋介石带有愚忠和幻想，所以目前，还难以确定他是不是真心加入军统，并且成为军统的行动特务骨干。"

听了黄天明的话，黄云晴叹了口气，点点头。

黄天明说："我这次来，就是要提醒你——对陈一鸣，你绝对不能感情用事！"

听了黄天明的话，黄云晴的脸不觉有些红了："哥，你在说什么呀，我怎么会感情用事呢？"

黄天明看了妹妹一眼，索性把话说得更透彻一些："云晴，你对陈一鸣的感情我知道，这也很正常。作为一个男人，陈一鸣值得尊重，也值得信赖，可是我们毕竟生存在不同的阵营。在'共同抗日'这一点上，我们和他是同志，是战友，我们可以全力支持他、帮助他；但他是国民党军官、军统敢死队的队长，我们还没有最终的把握认定他不会在哪一天因为屈从上面的压力而对我们下手。所以，一边要积极支持他，一边一定要小心提防着。"

黄云晴说："好，我明白了……哦，哥，我想……正面接触一下陈一鸣。"

黄天明问："正面接触？"

黄云晴答："是。我们与其这样猜来猜去，不如正面接触他一下，也好了解一下他的真实想法。"

"这……"黄天明听罢，不禁犹豫了，"这很危险。陈一鸣知道你的真实姓名和真实身份，如果你们见面，他就会知道你正在南京，这对我们做情报工作是很不利的。"

黄云晴说："哥，我们在南京的情报工作主要是针对日伪，即便陈一鸣知道我在南京，他也绝对不会报告日伪的……我想，你是多虑了。"

听了妹妹的话，黄天明有些犹豫了，他想了想回答："南京的情报工作对我们的党十分重要，我们的情报战说什么不能暴露。至于见陈一鸣的事情，等我向上级汇报之后再说。"

黄云晴应了一声："是。"

8

此时，在破庙内，陈一鸣等人正在商议着下一步的行动计划。陈一鸣看着队员们，面色凝重："各位兄弟，刚才，蝴蝶已经接受了我们的意见，决定再一次参加刺杀中村的行动。现在，我们要重新拟订一个方案，以便蝴蝶能尽快走近中村身边，伺机实施暗杀计划。"

陈一鸣话音刚落，书生便说了话："这两天我也在琢磨新的行动方案。蝴蝶接近中村的难度，是因为上一次行动的失败而导致中村对蝴蝶的怀疑。因此，如何解除中村的怀疑，就是这一次行动的关键。"

书生说完，冷锋立刻接上了话茬儿："中村知道蝴蝶在我们手里。想要中村相信，那就只有让中村相信蝴蝶是从我们手里逃出来的……"

"这好办，就说我们看管不严，让蝴蝶跑了——不就完了吗？"冷锋立刻插了一句。

燕子六听了，立刻就摇了头："不行不行不行！中村那么狡猾，说蝴蝶自己从我们手里跑了，谁相信哪，中村一定会认为蝴蝶和我们做好了套儿，等着他去钻呢。那不让蝴蝶白白送死吗？不行不行！"

藤原刚问："啊，如果说……蝴蝶偷偷把我们给杀了，而后逃走了呢？"

坐在角落里的藤原刚突然冒了一句……屋子里的人听了都不禁愣住了。

陈一鸣若有所思："这倒是个好主意，问题是，中村怎么能相信我们都死了呢？"

"唯一的办法——是爆破。"书生望着陈一鸣说。

"你是说……造成蝴蝶炸死我们的假象？"陈一鸣听罢，立刻兴奋起来。

书生说："对，爆破可以破坏尸体，无法查证，只要找来六个替死鬼就行了。"

"可我们去哪儿找六个替死鬼呢？"小K一听他就急了。

燕子六听罢，猛地站起身来："这还不容易，我去街上抓六个日本兵回来！"

"不行！"陈一鸣立刻拦住了他，"这是在南京——日伪军的心脏！失踪了六个日本兵，中村马上就会知道，蝴蝶带去的谎言不等于不攻自破吗？"

小K听了，赶紧吐了一下舌头："那……那我们去哪儿找六个替死鬼呢？"

陈一鸣没有回答，转头看着书生："书生，你舅舅是本地人，恐怕……只有请你舅舅帮忙了。"

书生听罢点点头："好，我试一试。"

9

"六个替死鬼……"金陵大酒店总经理室里，黄云晴听完林经理的报告，不觉沉思起来，"这倒是个好主意……可是，我们上哪儿去找这六个替死鬼呢？我请示一下泰山，看他能不能帮我们想出个办法来。"

上海市的一间阁楼里。黄天明看完黄云晴发来的电文，不禁苦笑了："这个陈一鸣，要么不张嘴，一张嘴就是六颗人头啊！"

女报务员问："这……泰山同志，我们能有什么办法呢？"

黄天明不由得在阁楼里踱了几步："办法肯定是有的，就是难度比较大，发报给长江。"

女报务员不解地问："这……长江又能有什么办法？"

黄天明听了，不觉笑了笑："你就发报吧，长江同志肯定有办法。"

报务员应了声："是。"

第二天晚上，高老板高高兴兴地来到了破庙，说道："陈参谋，六颗人头，已经在路上了。"

陈一鸣听罢，脸上立刻露出了喜色："这么快，您是怎么弄到的？"

高老板说："啊，我们买卖人，认识的人多，这是我们大老板花了高价，请黑道上的朋友帮忙弄到的。"

陈一鸣感激地说："哦，舅舅，多谢了！只是，这六个替死鬼什么时候到？"

高老板说："明天上午。"

陈一鸣点点头："好，替我谢谢你们大老板，帮我们解决了一个大难题。"

高老板听罢笑了笑："陈参谋，我们大老板还想见你呢。"

陈一鸣问："哦……见我？"

高老板说："是，我们大老板说，他认识你，和你……还是故交呢。"

陈一鸣一听，不由得愣住了："他认识我——你们大老板是谁？"

高老板听了，神秘地笑了笑："见面之后你就知道了……陈参谋，门口有车，我现在就带你去怎么样？"

陈一鸣听罢犹豫了，过了一会儿站起了身："好，我们这就走！"

冷锋听了，猛地站起身来："陈参谋，我跟你一起去！"

陈一鸣望着冷锋笑了："不用了，都是自己人，不会有事的……舅舅，请！"

高老板说："陈参谋，请。书生，你陪着！"

书生说："哎！"

几个人说着，便出了门。

刚出门，书生便忍不住悄声地问高老板："这六具尸体，到底是从哪儿弄来的？"

高老板听罢，忍不住笑了："边区政府正要严惩一批罪大恶极的汉奸恶霸，这是他们的尸首。"

10

轿车在中山陵附近停了下来，高老板打开了车门，向陈一鸣客气地说了一句："陈先生，请吧，我们大老板正在上面呢，我和书生在这里等你。"

陈一鸣环顾了一下四周，不觉微微一愣。他没有多说什么，便沿着台阶向上走去。很快，他便来到了中山陵的平台上，左右望去，却不见四周有人，不觉有些纳闷儿。就在这时，在他的身后响起了轻轻的脚步声，他禁不住回头望去，只见不远处一个苗条的身影正向他快步走来。他盯着身影仔细看了一下，不禁愣住了——

陈一鸣吃惊地说："云晴？……怎么是你？！"

"怎么，没想到吗？"黄云晴望着他，开心地笑了。

陈一鸣的脸上也浮上了笑容："云晴，真没想到，他们说的大老板竟然会是你！在我心里，你黄云晴还是个——"

"是个什么？"黄云晴禁不住抢过来一句。

陈一鸣接着说："是个……梳着两条小辫、穿着学生裙子的小丫头！"

黄云晴听罢，禁不住开心地大笑了："陈大少校，我们已经四年没有见面了，我难道还能不变吗？"

陈一鸣听了，不觉很是感慨："是啊，四年了……这四年，会让很多事情都变了。"

黄云晴感慨道："是呀，四年的时间，已经让我这个小丫头长大了……陈大哥，你也有了很大变化，变得更深沉，好像也更瘦了。"

黄云晴的一声"大哥"，叫得陈一鸣心里好一阵热，他禁不住问道："你哥哥……他还好吗？"

黄云晴说："嗯，他很好，他托我问候你。"

陈一鸣看着黄云晴，禁不住感慨地摇摇头。

陈一鸣说："没想到，四年之后。我们能在这里见面……"

黄云晴说："是呀，我和哥哥也没有想到。自从四年前分手以后，我和哥哥一直在担心你，也挂念你！今天，能在这里亲眼看到你，我和哥哥也都放心了。哦，对了陈大哥，你还记得吗？我们第一次……就是在这儿见面的。"

陈一鸣听罢点点头，没有回答。

黄云晴的脸上现出了回忆的神情："南京沦陷以前，中央陆军军官学校的新生入伍宣誓都是在中山陵举行的。那些热血青年意气风发，望着中山先生的遗像，展望未来报效中华的宏伟蓝图！那时候，你和我哥哥一身戎装地站在队伍里是多么精神哪！如今，已经好些年过去了……"

黄云晴的话不仅勾起了陈一鸣对幸福的回忆，也勾起了他痛苦的记忆，他不禁叹口气，摇摇头："过去了，都过去了，过去的陈一鸣已经死在集中营里了。我关在集中营里这四年，日本人的铁蹄已经践踏了我们的半壁江山，我作为职业军人却空有一身武艺而不能上沙场，这是莫大的耻辱！"

黄云晴望着眼前的陈一鸣，不免有了一种崇敬，也有了一种怜悯："陈大哥，你想过没有，你就算没被关进集中营，又能改变什么？"

陈一鸣说："我可以上前线去杀敌！"

黄云晴不由得苦笑了："只靠你一个人，能打赢这场战争吗？"

"可是我国不乏热血青年！"陈一鸣不服气地回了一句。

黄云晴问："那为什么还会落到半壁江山被践踏的地步？"

陈一鸣一顿："这……"

黄云晴的话，令陈一鸣禁不住语塞了。

黄云晴不免轻轻地叹了口气："陈大哥，你刚才还说你变了，其实，我觉得你一点儿都没变。陈大哥，你虽有一身武艺和凌云壮志，但是面对正面战场的溃败，你还是无回天之力的，你想过为什么吗？"

陈一鸣望着黄云晴不觉有些诧异……

黄云晴没有理会他，接着说："这是一场空前的世界大战，仅靠你个人的能力，不过是杯水车薪，无济于事的。"

陈一鸣说："我承认，我个人的力量是有限的。这是一场世界性的战争，需要很多人的力量、很多人的牺牲才能战胜敌人！以前，我确实没有想过这个问题，可是现在……我想明白了！"

黄云晴说："对，这也就是我们帮助你们军统敢死队的原因。你或许对我们的组织还不了解，可是在赶走日本帝国主义、对付中村这一点上，我们的目标是一致的！我们愿意帮助你们，也希望你们能获得成功！"

陈一鸣听罢，感到心里很热乎："云晴，我知道，目前我们还站在两个不同的阵营里，但是我相信你哥哥，也相信你！有你们的帮助，我相信，我一定会成功的！好了，咱们一言为定，我该走了，我的兄弟姐妹们还都在等我呢。"

黄云晴说："好吧，那……我们就暂时分手吧。"

陈一鸣说："再见……"

陈一鸣走了几步又突然站住了，转回头来——说道："此一别，不知何时相见，看到你和你哥都好好地活着，我很欣慰！不管我们在什么阵营，我和你、你哥哥都是朋友和兄弟！一鸣无以回报。唯有军礼相赠！"

陈一鸣说着，挺起胸膛，恭恭敬敬地向黄云晴敬了一个军礼。

黄云晴激动地望着陈一鸣，不觉心潮翻滚："陈大哥。戎马征战，险象环生，希望你……多保重！"

陈一鸣听罢，也不禁心潮翻滚："记住了……你也多保重。"

夜，更加黑了。向着各自方向走去的两个人，很快便消失在夜幕中。

11

两天以后，在南京市郊的一座山巅上，握着无声手枪的蝴蝶刺客正对着不远处靶子上的中村照片进行着射击练习。

随着轻微的脚步声，陈一鸣走了过来："怎么样，准备好了吗？"

蝴蝶立刻站起身来一个立正："报告陈教官，我准备好了。"

陈一鸣望着她摇摇头："不是问技艺上，而是问心理上——"

蝴蝶不禁低下了头："我……准备好了！"

陈一鸣见了，高兴地点点头："这次行动，就看你的了。"

蝴蝶说："我明白，保证完成任务！"

陈一鸣说："好，我这就去安排。"

陈一鸣说完，转身走去，走了几步，又站住了——说道："蝴蝶，如果你还有顾虑，可以不去。"

蝴蝶望着他，表情坚毅："国破家亡——我没有什么可以失去的了。"

陈一鸣点点头："行动一旦开始，你就再也没有退路了——你将孤身一人置于中村的掌控之下！行动能否成功，全靠你一个人的决定。如果出现危险，我们不可能马上赶到，中村的手段你也很清楚，你很可能会殉国的。"

蝴蝶的脸上现出了惨淡的微笑："如果真能以身殉国——那将是对我父母在天之灵的告慰。"

陈一鸣轻轻地嘘口气，拍拍她的肩："活着回来，你还有个儿子在重庆。"

"是，陈教官！"蝴蝶应了一声，庄严地向陈一鸣敬了个军礼。

陈一鸣也举起右手，郑重地还了个礼。

蝴蝶问："陈教官，什么时候行动？"

陈一鸣回答："今天晚上。"

晚上，在破庙里，一块简要画着中国地图的白布铺在桌子上，白布上纷乱地签着陈一鸣、冷锋、书生等七个人的名字。

陈一鸣率领冷锋、书生等人肃立在桌子前，庄严地举起了右拳。

陈一鸣领头庄严地说："我宣誓！"

众人跟随："我宣誓！"

陈一鸣继续说："国家在上，吾等庄严宣誓。"

众人跟随："国家在上，吾等庄严宣誓……"

陈一鸣说："人不分男女老少，地不分南北西东，皆有抗战守土之责！战端自开，吾等苟且偷生，不曾为国牺牲。此次行动，为吾等首战！杀敌报国，此其时矣！吾等决心死战，为国战死，事极光荣！宁为战死鬼，不做亡国奴！"

众人说："宁为战死鬼，不做亡国奴！"

众人宣誓完毕，陈一鸣面容肃穆地走到桌子前，拿起油灯将画着地图的白布点燃了。白布很快便燃烧起来，火光映红了他们的脸。

12

夜晚，南京城里，此时已经是宵禁时分，街上静寂无人，只有巡逻的日本兵在三三两两或者成群结队地跑动着。

就在这时，只见不远处的房顶上，一个黑色的人影一闪而过……却还是被巡逻的日本兵给发现了——

日本兵大喝一声："什么人？站住！不站住开枪了！"

人影没有回答，却还在房顶上跑动着。日本兵不再叫喊，立刻朝着跑动的黑影开起枪来。子弹划破了天际，带来一连串清脆的响声！

房顶上的身影纵身一跃，很快便跳到了另外一条街上，可谁知她还没有站稳，几支乌黑的枪便抵住她！

身影举起手缓缓地站起身来……可谁知围着她的几个日本兵刚一走神儿，黑影便突然拔出匕首，立刻亮出几个漂亮的打斗！

"啊——啊——"两个鬼子惨叫着倒下了。在其他鬼子愣神儿之际，那个黑影已经趁机拐进附近的胡同，并随手扔出了一颗手雷！

"啊——哦——"随着几个被炸日本兵的惨叫声，黑影顺利逃走了。这个黑影不是别人，正是肩负着重大任务返回城里的军统敢死队特战队员——蝴蝶。

单说此刻在名叫二宝的汉奸家里，二宝搂着妓女睡得正香。他忽然听到屋外声响，便小心翼翼地推开窗户向外张望，只见不远处早已是火光冲天，不觉倒吸了一口冷气。蒙着被子躲在床上的妓女，此时早已经吓得筛了糠。

妓女说："二、二宝爷，别……别看了！小心这枪子儿飞……飞进来！"

二宝听罢，赶紧关上了窗户，摸着黑儿就往被窝里钻，可谁知他刚钻进被窝里，就觉着有一种湿乎乎的东西往他脸上滴，他忍不住伸手摸了摸。

二宝骂道："他妈的，这是怎么了？这房顶上刚刚修过，怎么又漏水了……"

二宝一边喊着，一边往脸上抹了一把，又放到鼻子跟前闻了闻，不觉大惊失色："我的妈呀，这哪是水呀？这分明是血呀！"

这一惊不打紧，他顿时面容失色，赶紧去掏手枪。就在这个时候，蝴蝶撞破窗玻璃飞身就冲了进来！

妓女大呼一声："啊，妈呀，不好了……"

蝴蝶喝道："别叫！"

蝴蝶说着，便顺势将匕首搁在了二宝的脖子上。

二宝哆嗦着说："大大大……大侠大侠，我我我……我也恨日本人，我也恨日本人！我是身在曹营心在……心在汉！大大大侠，你想知道什么我都告诉你，我带你去打日本人……去打日本人"

蝴蝶看着二宝那倒霉相，不禁冷笑了："别再啰唆了……否则，我一刀子攮死你！"

"大大大……不说，不说！"二宝再也不敢吭声了。

蝴蝶转头看了看床上的妓女："滚！"

"哎，滚，滚……"妓女抓着衣服，便赶紧跑掉了。

二宝见了，一个劲儿地向蝴蝶磕头："女女女……女侠！别杀我，别杀我，我真的是恨日本人哪……"

蝴蝶说："别再磕头了！抬起头来，看看我是谁。"

二宝哆嗦着说："女女……女侠，我不敢，不敢！我我我……我什么都没看见！"

蝴蝶听罢，却突然冷笑了："哼哼，你不是一直在找我吗？"

"找找找……找你？"二宝终于战战兢兢地抬气头来。

蝴蝶伸手摸起桌子上的火柴，点燃了……

二宝一看就傻了："女女女……女侠！我我……我没看，我真的不敢看！"

蝴蝶喝道："姑奶奶我命令你看！不抬头，我割了你的脑袋！"

"抬抬抬……我抬，我抬！"二宝这才壮起胆来仔细地看了两眼。这一看不要紧，他更傻了，"女女……女侠，女侠！我我……我错了，我错了！我不知道您是中村太君的女人，我该死，我该死！我刚才说的都不是真心话！我爱大日本帝国，我爱大日本皇军，女侠你让我干什么我都干，只要别杀了我！"

蝴蝶鄙夷地看着他："住嘴！"

二宝吓破了胆："好，我住嘴，我住嘴，女侠，只要你不杀我，你让我干什么都行……"

蝴蝶说："你告诉中村，就说我逃出来了！"

二宝问："女侠，你真的不杀我？"

蝴蝶说："少废话！"

二宝连忙说："哎，我这就办，我这就办……"

此时，天已微亮，二宝二话没说，赶紧跑了。

第九章

────────★────────

1

清晨，在南京郊外的一片燃烧过的废墟里，隐约可以看见有六具烧焦的尸体。

岩本此时面容冷峻，正低着头审视着。在他的周围，有二十几个日本宪兵和伪警察也都在紧张地忙碌着。

过了一会儿，随着几声汽车的鸣叫，中村率领着车队赶了过来。汽车停下，中村从车里伸出头来。岩本见状，赶紧走了过来。

岩本说："中村君，我已经勘查过现场——一共有六具死尸，全部死于爆炸，由于皮肤烧焦严重，已经无法辨认其身份。属下正全力搜索线索，请中村君指示。"

中村说："除了尸体，还有没有其他发现？"

岩本说："还有一堆武器的残骸，都在那边。"

岩本说完，便领着中村向里边走去，来到武器残骸跟前，一名正在负责勘查的军械员向中村报告——

"中村阁下，现场的武器残骸能辨别出来的有：美制冲锋枪和手枪、德制 98K 狙击步枪，此外还有美制 C4 炸药的残骸。从现场的损坏程度看，应该是 C4 炸药发生的爆炸引起的房屋、人员和器械的破坏。这种炸药在以 TNT 为主要炸药的支那军队中是不多见的！"

中村听罢立刻反应了过来："这么说，这些被炸的人是军统别动队？！"

岩本听完，立刻附和了一句："中村君的判断跟属下的不谋而合。我也怀疑死者是军统的别动队，不过只有六具尸体，显然是少了一具——"

中村听罢，立刻问了一句："现场有没有女尸？！"

日军的法医在一旁立刻回答："没有女尸。"

"没有女尸？"中村的眼神立刻亮了起来，"这么说……她还活着！"

岩本不说话。

中村看岩本："她还活着！她没有死！"

岩本听罢看了中村一眼，没有说话。

中村看着岩本，脸上充满了兴奋："岩本君，她还活着——还活着！"

岩本听罢，赶紧向左右看了一眼，低声道："中村君，这里不是说这种话的地方，还是回去再说吧。"

中村听罢点点头，没有再说下去。

2

回到中村特务机关以后，中村掩饰不住心中的兴奋——

中村说："岩本君，倩倩没有死，她还活着—— 一定还活着！"

中村话音未落，门外突然响起了敲门声……

中村听罢不快地叫了一声："什么事？进来！"

门开了，一位下属走了进来："报告中村长官，有一个叫二宝的中国人来了。他说，他有一个重要的情况要向您报告。"

"哦……"中村皱了一下眉头，挥挥手，"让他进来吧。"

下属说："是。"

岩本听了，禁不住转过头来问中村："二宝这个时候来，能来干什么？"

中村不觉摇摇头："谁知道他来干什么，他进来就知道了。"

两个人正说着话，门开了，二宝猫着腰走了进来——

二宝说："太君，我有重要事情要向你报告。"

中村问："什么事情？"

二宝说："太君，您让我找的人……我找到了。"

"什么……"中村一听，立刻惊愕了，眼睛也随之亮了起来，"你说说，在什么地方？"

二宝说："就在我家里……"

中村大喝："八格！"

二宝一哆嗦，连忙说："太君，真的是在我家里……"

二宝前前后后地把经过一说，中村和岩本都不免惊愕了。

"你刚才说的……可都是真的？"中村还是有些不相信地瞪着二宝。

二宝的腿立刻就哆嗦了："太君……太君，这回我要是敢撒半句谎，您就把我的脑袋割下来！"

中村看了一眼岩本，终于相信了。

二宝说："太君，她受伤了，不肯去医院，我在家里正好生地伺候着。她说要我来找中村太君报信儿，我这才赶紧过来了。"

中村说："岩本君，你马上过去，把人给我接过来。注意，一定要保密！"

岩本说："知道了！"

岩本说着，便带着十几个特务来到了二宝家。可谁知他们刚刚推开门，就从屋里传出了枪声。

岩本一惊，赶紧退到了屋后："高倩倩女士，请不要开枪。我是中村一郎的属下岩本川，我们是奉中村君之命来这里接你的。"

蝴蝶问："中村派你们来的……那中村为什么不来？"

岩本说："高倩倩女士，中村君现在在医院里，暂时还不能来。"

"在医院里？……他怎么了？！"蝴蝶听罢，不觉愣住了。

岩本说："啊，高倩倩女士，你不要担心，中村君并无大碍，他只是不方便过来，他派我来接你，你一会儿就能见到他。"

蝴蝶听罢，不禁犹豫了："他是派你来抓我的吧？那好哇，你们谁不想活命，就进来吧！"

岩本听了，不觉叹了口气："高女士，你误会了，我们不是来抓你的，是来接你的。"

蝴蝶蔑笑一声："来接我……来接我还用带这么多人？可笑！"

岩本说："高女士，你不要误会。我是中村先生的助手，我带的这些人都是中村君一手提拔起来的，都是中村君的心腹！你知道，你和中村君现在所处的不同状况，我们这样做只是为了不引起宪兵队的注意。我们这些人只负责来接你、保护你，其他的我们什么都没看见，我们更不会伤害你，请你一定要相信我们！"

"呵呵……"蝴蝶听罢，却冷笑了，"你以为你在骗一个三岁的小孩子吗？姑奶奶不吃这一套！大不了……咱们同归于尽！"

"唉……"岩本不死心，只好接着劝，"高女士，我们没有骗你，我可以对天发誓——我刚才说的都是真话，请你配合我！现在，你的目标很大，一旦被宪兵队发现，我们将无法保证你的安全，这样对你、对中村君，都没有好处！"

可蝴蝶不知道中村和岩本的葫芦里卖的什么药，听岩本喊过，她还是不出来："岩本，你不要跟我耍花招儿！不见到中村，我是不会出来的！"

站在岩本身边的特工听见了，忍不住悄声问了一句："长官，不要跟他啰唆了，我们还是进去抓她吧？"

岩本说："不行！她能把六个军统别动队员都炸死，就不是个简单角色，一旦双方打起来，宪兵队马上就会赶到，到时候我们收不了场，中村君也会跟着倒霉！"

特工问："那怎么办？我们这样耗下去，宪兵队很快就会知道的！"

岩本听罢，不禁把目光转向了身边的特工："你马上回去请中村君，否则她是不会出来的，我先在这里应付着！"

"是！"站在岩本身边的特工听罢，赶紧走了。

3

大约过了十分钟，中村一郎气喘吁吁地赶到了。

中村说："岩本君！"

岩本说："中村君，她在里面，可是一直不肯出来。"

中村点点头，把脸冲向了屋子："倩倩，请不要开枪，是我——我是山田一郎啊！"

蝴蝶听到后，大声回答："不，你不是山田一郎，你是中村一郎！"

中村说："倩倩，我是山田还是中村，这都不重要。重要的是，我现在依然爱着你。"

蝴蝶在屋里听罢，眼泪不禁流了下来。

中村此时也显得很激动："倩倩，你出来吧，这些年我一直在找你。你不要开枪，你慢慢走出来好吗？我就在门外等着你！倩倩，我对天发誓，我不会伤害你，我的部下也没有人敢伤害你！"

蝴蝶渐渐停止了哭泣，她擦干眼泪盯着门外："可我凭什么相信你？"

中村说："凭我的一颗心——倩倩，凭一颗爱你的心！"

蝴蝶又一次流泪了："我不过是你玩过的一个女人，你是不会在乎我的死活的。"

中村说："不，倩倩，我在乎你——这些年我一直在找你！"

蝴蝶说："不，你不在乎我！你也不会在乎我儿子的死活。"

中村摇头："不，倩倩，儿子不仅仅是你的，也是我的——我们的儿子！"

"不！儿子是我的，不是你的……"蝴蝶更大声地喊起来，不觉泪如雨下。

中村被蝴蝶的话语和哭声打动了："不，倩倩，你错了，儿子是我们中村家族的——他是我中村家族的后代、大和民族的传人！而你，是我中村家族的儿媳妇！"

蝴蝶说："中村，你别再骗我了……我只不过是一个普通的中国人——一个普通的中国女人，你是不会在乎我的……"

中村说："倩倩，我们不要在这里说话了，这里很危险，一旦被宪兵队知道了，我们都会有麻烦的……"

蝴蝶重复道："麻烦？我现在已经杀了军统的人，我的麻烦更大！他们会不顾一切报复我的，我都不怕，你还怕什么？"

中村说："倩倩，我知道你很勇敢，不愧是我中村一郎的女人，可是我们在这里耗下去是不会有结果的。我们离开这儿，马上离开这儿，到一个安全的地方去谈。我们可以单独坐下来说说我们的过去和现在，说说我们的孩子，也说说我们的将来！我还可以给你做你最喜欢吃的寿司，怎么样？"

蝴蝶的眼泪再一次流下来。

中村说："倩倩，这些年我一直在想你，我还记得你给我做过的盐水鸭。在南京，我从来也没有吃到过那么好吃的盐水鸭！倩倩，我希望你还能做给我吃……"

枪，从蝴蝶的手里掉下来，她浑身无力地靠在墙上，不住地流泪。

中村说："倩倩，我知道你不会开枪打我的，我进去了，你看，我手里什么都没拿，没有带任何一件武器，我不会伤害你的，我这就接你回家。"

中村说着就要往屋里闯，岩本用力拦住了他："中村君，你不能去，她会杀了你的！"

中村说："她不会杀我！她要是想杀我，早就开枪了！"

中村说着推开岩本，快步地向屋里跑去，岩本等人看着他，紧张的心都提到了嗓子眼儿……门，没有关，中村慢慢地推开了门。

只见此时蝴蝶在屋里正靠在墙上不停地流着泪。

"倩倩……"中村叫了一声，慢慢地向她走来。

"你别动！你再走，我就杀了我自己！"蝴蝶说着，把匕首放在了自己的脖子上。

中村不敢再动了。

蝴蝶满眼流泪地看着中村："我拼命地逃出来，就为了见你一面……"

中村："倩倩，你不要做傻事，你千万不要自杀！你快把匕首放下来，现在一切都安全了。我爱你，我不会伤害你的！"

蝴蝶："你刚才说的都是真的？"

中村："是的，都是真的！"

蝴蝶："你说的都是心里话？"

中村："都是心里话，千真万确，都是心里话！"

蝴蝶慢慢地放下匕首，忍不住泪如雨下："这句话，我等了五年了……"

蝴蝶说完，捂着脸失声痛哭……

中村被蝴蝶的哭声感动了，他慢慢走过来，把手放在蝴蝶的肩上——

"倩倩，你受苦了……我爱你，我不能没有你！"

蝴蝶慢慢地抬起头来，绝望地看着中村："可我……是军统敢死队的队员。"

中村："那又怎么样？你已经用行动证明，你是我的女人。"

蝴蝶："我跟别的男人上过床……"

中村："我能想到……为了生存，你别无选择。"

蝴蝶："你不嫌弃我？"

中村："不，我爱你，在我的心中，你永远是我的女人！"

"山田……谢谢你！"蝴蝶忍不住扑到中村的怀里，激动得晕了过去。

中村："倩倩，倩倩……快，快来人，赶紧把她扶走！"

"快，来几个人！赶紧扶高小姐上车。"岩本一边说着，一边跑向了中村，"中村君，我们得赶紧走，宪兵队好像已经得到了消息，正在往这里来！"

中村："哦，我知道了，我们赶紧走！"

中村说着，和岩本一起急匆匆地向轿车走去。

"太君，太君，太君慢走……"等在门口的二宝见状，讨好地迎了过来。

中村见了二话没说，掏出手枪对着二宝就是一枪！

"太，太，太……"二宝话没说完，就一翻白眼倒在了地上。

中村转过头来吩咐身边的一个特务："二宝是间谍，已经被我枪决，给他找一些从事间谍活动的证据，然后移交给宪兵队！"

"是！"特务领会地应了一声，赶紧去办了。

岩本看着中村，不由得摇头苦笑。

中村转过头来吩咐岩本："我们走，去安全地。"

"是！"岩本答应了一声，陪同中村上了车。

4

此刻，在中村车队的后面，快步地跟着一辆人力车。车上坐着的是端着鸟笼的小K，而拉车的人正是燕子六。

小K说："快点，再快点儿！再慢就没影子了！"

燕子六此时已经跑得满头大汗，听小K这样说，不由得骂了一句："小K，老子是人腿，要追四个车轮子，还要拉着你这个小杂碎，爷的腿都要跑断了，你还废话！"

小K听罢，不由得俏皮地送过来一句："你们燕子门不是轻功盖世吗？现在正是露脸的机会，还不快点儿亮出些本事来，让本公子见识见识！"

燕子六听罢，气得双臂一使劲，人力车立刻便颠了一下。

"哎哟，这是谋害亲夫哇！"小K话音未落，早已一头扎在了地上，摔得鼻子、脸上都是血，"哎哟，你干什么你？"

燕子六没有理睬他，拉着空车继续向前跑去："尝着了吧？我们燕子门不光轻功盖世，硬气功也是江湖一绝！"

"燕子六，你不得好死！"小K骂了一句，赶紧跟了上来。

前方不远处是一片僻静的公馆区，住宅豪华，行人寥寥。中村率领着车队开进去，停在其中的一栋公馆门口。

特务们立刻下车布置好警戒，中村转身打开了别墅的门："倩倩，我们到了。"

车内的蝴蝶突然抖了一下，她犹豫地伸出手，握住了中村伸过来的手……两个人穿过特工们组成的人墙，走进了公馆。

远处，燕子六拉着人力车也满头大汗地跑到了近前，看着中村和蝴蝶走进门去。

燕子六："我们回吧！"

燕子六说着，也没管刚刚跑过来的小K掉头走了。气喘吁吁地小K跟在后面禁不住一个劲儿地骂——

"好你个小兔崽子，你想遛死我呀？"

燕子六在前头没有理睬他，自顾自地走了。小K只好一边骂，一边在后面跟着。

5

单说此时在公馆里，进门后的蝴蝶来到窗前，木然地看着外面。

中村走过去拉上窗帘，挡住了蝴蝶的视线："别在窗户前面待着，原因已经不需要我告诉你了。"

蝴蝶没有说话，转身坐到了一边的椅子上，看着中村："为什么不杀了我？"

中村看着蝴蝶，温柔地笑了笑："我不会杀你的。我说过，我爱你，但是你不要出门，因为大本营正全力搜查漏网的军统别动队员。你先在这儿安顿下来，有人会保护你的，你只要记住我的话，不要出门就行。亲爱的，你想吃点儿什么东西吗？"

蝴蝶望着中村，不觉叹了口气："唉，经历了这么多的风风雨雨，我已经不知道什么叫作爱了……"

中村有些惋惜地看着蝴蝶："亲爱的，你累了，你休息一会儿吧。等你休息过来，我们再谈。"

蝴蝶的眼里顿时涌上了眼泪："我……到底该叫你山田，还是叫你中村？"

中村不由得苦笑了："其实，叫我什么都无所谓。重要的是我的心——爱你的心，是真的。"

蝴蝶："我的儿子……会活下去吗？"

中村的身体抖了一下，很快就镇定了下来："我会想办法找到他的，你休息吧。"

中村说完，转身走了出去。

十几分钟以后，在中村的办公室里，中村表情沉默，心绪复杂地看着窗外。

岩本慢慢地走到他身后："中村君，你打算怎么办？"

中村叹了口气："先把她安顿下来，然后再做打算吧。"

岩本迟疑了一下，终于说："中村君，我们这样做会冒很大的风险的，森田那边，迟早会听到风声。"

中村："我知道，可是我不能赶走她——"

岩本："难道，你真的还爱着她？"

中村的脸上突然现出了苦笑："我怎么可能会爱一个被无数支那男人上过的女人呢？"

岩本："那你……"

中村重重地叹了口气："其实，我自己也不明白，这么多年了，我为什么始终忘不掉她？她，不过是一个背井离乡、父母双亡、想在乱世中生存的普通女人！唯一的资本，不过就是她的脸蛋和她的身体。"

"那你为什么还要一直寻找她呢？"

中村又不由得重重地叹口气："也许，在寻找一个梦——一个曾经发生过的久远的爱情幻想。如果我找不到她，这个幻想就永远不会破灭！可惜，我找到她了……"

"于是，你的梦就彻底破灭了，是吗？"

中村痛楚地摇摇头，叹口气："是的。这个梦陪伴我全身心地投入到大东亚圣战中，投入献身天皇的伟大事业当中。如今，这个梦破灭了，而我们——身为帝国军人，责任重大，我是不可能为了这样的女人再去分心的。"

岩本听了，不禁一下子惊愕了："中村君，你要杀了她？"

"对，我要亲手杀了她。"

"那……你要什么时候动手？"

"现在还不行……"

"为什么？"

"因为我的儿子。"

岩本又一次惊愕了："如果……那个儿子不是你的呢？"

中村自信地摇摇头："不，在这件事情上，她不会骗我的。"

"可如果这是军统设置的骗局呢？"

中村望着岩本奇怪地笑了："岩本君，她曾经是我爱的女人，这个世界上没有任何人会像我一样了解她！在这件事情上——她骗不了我的。"

岩本轻轻地叹了口气，不再说话了。

中村沉默了一会儿，突然转过头来看着岩本："岩本君，有件事情……其实我连你也没有告诉过。"

"哦？"

"倩倩离开南京以后，我在一次抓捕中共地下党的时候遭遇反抗，不幸受了重伤……"

"这个我知道。"

"除了肩膀上的枪伤，还有一颗流弹打中了我的……我的要害！"

岩本听了，不禁震惊得瞪大了眼睛。

"我已经没有生育能力了，岩本君……那个孩子，将是我们中村家族唯一的传人。"

"哦，是这样……"岩本深表同情地看着中村，"你……有没有把这件事情告诉令尊？"

中村痛苦地低下头："他知道……"

"那……关于这个孩子的事情呢？"

"我还没来得及告诉他……我想，他也会要我不惜一切代价把这个孩子找到的！"

岩本想了想，不由得叹口气："中村君，你仔细想过没有，从军统的手里去抢一个孩子，我们是没有绝对把握的。我想，即便我们知道孩子的下落，恐怕也得由令尊出马找找他在重庆的朋友，给戴笠施加压力，而后通过私下交易才能把孩子安全地带回来。而且，他只是个五岁的孩子，不是个成年人，他很难配合我们特攻队的行动，到时候，哪怕是一声哭闹，就会使我们的一切努力前功尽弃！"

中村听罢，摆了摆手："这些，都是下一步的事情。眼下我们要知道的，是这个孩子到底在哪里。"

"你问过高倩倩吗？"

"还没有，但是，她是我们唯一的线索。"

岩本想了想，赶紧嘱咐道："中村君，你要小心森田这条老狗，他在重庆有着无数的谍报网！关于你的儿子在戴笠手上的这条情报，一旦让森田听到风声，他马上就能指派人查个水落石出。到时候，他再反过来在军部给你打个小报告，那时就很难收场了。"

"所以我们要抓紧进行，一定要赶在他们的前面！"

岩本思忖了一下，马上说："中村君，你现在应该尽快把这件事情报告给令尊。"

"是的，我一会儿就给他打电话。"

岩本听罢，长出一口气："中村君，无论如何，我都会支持你的！"

中村看着岩本，脸上现出感激的神情："岩本君，只有你会完全为我考虑，也只有你会把我的生命置于自己的生命之上……"

"中村君，不要再说了，我们从小是一起长大的。只要你一句话，我就无论如何也要找到你的儿子，给你和你的中村家族一个交代。"

"谢谢你，岩本君！"中村用力地拍拍岩本的肩头，"去重庆的事情不要你去办，我现在比任何时候都需要你在身边！"

"是，中村君！"

6

夜幕笼罩着南京城。

此刻，安全地的卧室里，换了睡衣的蝴蝶起身走到窗前，悄悄地掀开窗帘的一角，借着缝隙向外面仔细地观察着……

楼下，是潜伏的特务暗哨，在对面的楼顶上蹲着手握狙击步枪的射手。蝴蝶拉上窗帘，不由得倒吸一口凉气，走到门口，轻轻地打开了门。

门外，一个女特务应声来到了门口："小姐，请问有何吩咐？"

"啊，屋……屋子里太闷了，我想出去透透气。"

女特务毫不客气地伸出了手："对不起小姐，中村君有过交代，您是绝对不能出门的。"

"我……我就想在花园里面透透气。"

"对不起，那也是不允许的。"

蝴蝶无奈地叹了口气，重重地关上了门。

蝴蝶心想："中村这个浑蛋，他是把我给软禁了。下一步，我该怎么办呢？"

此时，在黑猫敢死队隐藏的破庙里，书生正用木棍和火柴盒搭建着街区的模型，模型已经初见端倪，小K见了，不禁惊愕地瞪大了眼睛——

"书生，真没看出来，你还有这本事？！"

书生听了，不禁得意地笑了笑："做了七年的大科，学的就是怎么盖房子。"

燕子六凑过来看了看，也不禁竖起了大拇指："佩服，实在是佩服，这也搭得太像了！我们燕子门要是有你这样的高手，什么高官的公馆进不去，我也不会在蒋光头的官邸落水呀！"

冷锋在一边听见，禁不住皱起了眉头："那是蒋委员长！注意你的措辞，不许乱说！"

燕子六听了，赶紧吐了吐舌头："哎呀忘了，我已经改投蒋委员长的山门了，老大的名讳是不能乱叫的。"

"哼！"冷锋不满地瞪了燕子六一眼，没有再吱声。

藤原刚在一旁睡不着。也凑过来看书生搭的模型，不免苦笑了一下。

书生不解地看了他一眼："怎么了藤原刚，有什么不对的地方吗？"

藤原刚看着模型郑重地点点头："比例完全正确，好像我从空中看见的南京。"

"那你刚才为什么是那种表情？"

"我是感到佩服，我们敢死队里尽是能人，什么事情都难不住的……"

在他们说话的时候，陈一鸣一直在旁边注视着街区的模型。

书生望了陈一鸣一眼，用手指了指："教官你看，蝴蝶在这个公馆。这四周的街道上，都有中村布置的暗哨。我计算了一下，大概有五个化装成乞丐或者水果商贩和卖报郎的暗哨。"

燕子六在一旁听了，也赶紧插了一句："我也观察过了，他们都是练家子——真正的高手！"

冷锋在一旁听了，也走了过来，指着模型说："我白天琢磨过了，在这条街的制高点上没有合适的狙击阵地。公馆的窗帘一直都拉着，就算找到狙击阵地也找不到目标。"

"他们在制高点上也布置了狙击手？"书生不禁追问了一句。

冷锋郑重地点点头："是的，这是真正的高手布置的狙击阵地，不仅控制了整条街道，而且还断了对方狙击手的念想。"

"那，离开这条街，在半路下手呢？"藤原刚忍不住问了一句。

书生摇摇头："这也很难。中村每次出来都带着十几个保镖，而且人人都是高手，而紧挨着的这条街，是伪政府警卫团的驻地，他们是周佛海的嫡系，装备精良，训练有素，是伪军中间最有战斗力的部队。所以，不管我们在这条街还是在附近下手，即便侥幸得手，都绝无逃脱的可能。"

陈一鸣听罢叹了口气："我们现在……也许只能指望蝴蝶了。"

"可按蝴蝶现在的身手，绝对不是中村的对手。"书生听了，忍不住插上一句。

陈一鸣点点头："靠徒手格杀，蝴蝶肯定不行；可如果采用偷袭的办法，就有可能奏效。"

冷锋听罢，立刻来了精神："对，可以使用无声手枪，在子弹头上再喂好毒药，一定能见血封喉！"

"对。行动时间可以定在夜里。蝴蝶得手以后，我们可以用偷袭做掉暗哨，然后强行进入，掩护蝴蝶撤出。中村机关那时已经是群龙无首，必定战斗力大减，书生再在这条街上布设地雷，即便是伪警卫团闻讯出动也会碰上地雷。周佛海虽然表面上追随日本人，但跟日本人并不是一条心，为了保存实力，他们只要是碰到地雷，就必定会缩回营区。我们可以趁机逃脱，在最短时间内出城到江边上船。"

队员们听陈一鸣说出了计划，立刻都兴奋起来，燕子六激动得立刻站了起来！

"好，这个主意不错，肯定能成功！可是，怎么把手枪和子弹送给蝴蝶呢？那条街被鬼子看守的，简直是连只苍蝇都飞不进去！"

小 K 在一旁听了。立刻接过来一句："你不是飞贼吗？你可以飞进去呀！"

"我？！那住宅离院墙那么远，我最多能飞到一半儿，就得被子弹打成马蜂窝了！"

"可我们必须想办法把手枪和子弹送到蝴蝶手里去，这是目前唯一能干掉中村的办法。"

陈一鸣说着，不禁皱起眉头思考起来，大家也都跟着皱起了眉头。

7

单说此时，在卧室里，已经起来的蝴蝶正坐在桌子前梳头，中村推门走了进来。

"怎么样，昨晚休息得还好吗？"

因为昨夜没有休息好，蝴蝶的眼圈上已经浮现了暗影，她望着中村苦笑了一下："陌生的环境，外面都是枪手，门也不许出——你觉得，我能休息好吗？"

中村尴尬地笑了笑，回答："啊，我这也是不得已而为之。现在，外面有很多人在盯着我，我只好把你先藏在这儿。"

蝴蝶此时已经化妆完了，却没有回头，冷冷地说："你准备把我怎么样？总不能把我在这儿藏一辈子吧？"

中村笑着摇摇头："当然不会。我要尽快找到孩子，然后把你和孩子一起秘密送回日本，我父亲会照顾你们的。在那里，没有人知道你曾经做过军统的特工，我的家族在日本也很有地位，即便是遇到些麻烦，我父亲也会摆平的。我现在想知道，我们的孩子——他关在什么地方？"

蝴蝶愣了一下："我不知道……我只知道他被军统关了起来，具体在什么地方，我也不清楚。"

"哦？"中村有些不相信地看着蝴蝶，"你被军统胁迫以后，见过他吗？"

蝴蝶说："见过一次，那是在出发前。"

中村问："在什么地方？"

蝴蝶说："具体位置不清楚。路上我是被蒙着眼睛的，我不知道那是什么地方，只知道是在重庆附近，一个集中营里。"

中村问："那，你想想，路上走了多长时间？"

蝴蝶说："大概……大概有一个半小时吧。"

中村又问："那，走了多久的公路，又走了多久的山路？"

蝴蝶的眉头突然皱了起来："我……我记不清了。"

中村有些失望地叹口气，走过去，把手轻轻地放在蝴蝶的肩上。

蝴蝶的身子微微地抖了一下。

中村俯下身去，把自己的脸贴在蝴蝶的脸上，看着镜子里的蝴蝶："倩倩，我知道，这对你或许很难。但是我要找到我们的儿子，然后把你们都送回日本去！你无论如何要想起来，因为这是找到儿子的唯一希望。我只有知道他被关在哪个集中营里，我才能设法把他救出来。"

蝴蝶看着镜子里的中村，眼里渐渐地涌上了泪水。

中村接着说："倩倩，孩子是我们的亲骨肉，我们必须找到他！军统很快就会知道你没死，一定会对孩子下手的，你难道会眼睁睁地看着孩子被杀死吗？"

蝴蝶没有说话，眼泪禁不住流了下来。

中村又叹了口气，拍了拍蝴蝶的肩："你现在想不起来没关系，你一定是太累了，你受到了惊吓，还没有完全恢复过来，你好好休息吧，我也该去上班了。等你休息好了，再仔细想一想，我相信，你一定会想起来的，等下班以后，我再来看你。"

中村说完，转身走了。望着他的背影，蝴蝶禁不住失声痛哭。

8

中村没有想到，他刚刚来到办公室就接到了森田的助手打来的电话："是中村机关长吗？"

中村回答："是的，你是……"

电话助手说："我是森田长官办公室。中村机关长，森田将军请你到他办公室来一下。"

中村说："哦……好的，我就去。"

中村迟疑地放下电话，站在他身边的岩本立刻显得不安起来——

岩本说："中村君，森田这条老狗他会不会——"

中村摇摇头："不，眼下，他还不敢对我下手。"

岩本说："中村君，我跟你一起去吧，万一他——"

中村摆摆手苦笑了："岩本君，不必了。他真要想对我下手，你一个去了，又有什么用呢？放心吧，现在还不到时间，森田是不会把我怎么样的，我去了……哦，对了，你和弟兄们准备一下，不怕一万就怕万一呀！"

中村说完，便出了门。岩本看着他的背影，不禁忧心忡忡。

中村很快便来到了森田的办公室："报告！"

森田说："进来。"

中村进来的时候，看见森田正站在桌前拨弄桌子上的地球仪。

看见中村进来，森田笑了："中村君，请坐。"

中村迟疑了一下，坐了下来："森田长官，您找我，有什么指示？"

森田望着他笑了笑，不紧不慢地说："江宁的爆炸案，调查的结果如何呀？"

中村站了起来："正在调查当中。"

森田向他笑着伸伸手："中村君，不要客气，请坐下说……那么，现在的进展如何？"

中村挺直了身子望着森田："报告长官，根据现场残留尸体和武器装备碎片判断，这伙被炸的人就是军统的别动队。他们装备的是美式冲锋枪和德国狙击步枪，携带 C4 炸药——是中美特工相互勾结的产物。现场的爆炸来自 C4 炸药，破坏性极大，尸体面目已经无法辨认。属下正在调查当中，这次爆炸到底是内讧还是其他原因，目前还不能确定。"

"现场一共有几具尸体？"

"六具！"

"你曾经亲眼见过？"

"是的，卑职曾经亲自到现场去查验！"

"那么，这只军统别动队一共是几个人？"

"应该是七个人。"

"为什么只有六具尸体？"

"这……属下还不清楚。"

"现场是六具男尸……对吗？"

中村听了，不由得一惊："是的……"

"那么那个幸存者呢——那个女人，她跑哪儿去了呢？"

"这……属下正在调查中。"

"哈……"森田突然大笑了，"中村君，你一定是还有什么事情瞒着我吧？"

中村听罢心里一惊，嘴上却还是硬撑着："这……卑职不敢！"

"哼！"森田冷笑了，"我这里倒是得到了一点儿线索，可以提供给中村阁下。"

森田说着，将一张照片递给了中村。

中村一看照片，不禁呆住了——原来照片上是站在窗口处正被窗帘遮住半个身子的蝴蝶！

森田此刻看着他，正得意地笑着："我的手下无能，远远比不上中村君的手下，他们只能侥幸拍到这个女人的半个身子，我想，这对中村君调查军统别动队，肯定是有帮助的。"

森田看着中村，把中村看得鼻尖上开始冒汗了。

中村说："森田长官，这……"

森田看着他，脸上露出难以捉摸的笑："中村君，你应该想起这名幸存的军统分子了，她到底藏在什么地方？"

中村稳定了一下自己，索性豁了出去："森田长官，事已至此，我想，我们也不必兜圈子了。"

森田却突然笑了起来："哈……中村君，你说我在兜什么圈子？不，我并没有兜圈子，中村君，你这话可让我有些不明白了。"

中村压着心里的火气，平静地回答："我没想到森田长官在暗中派人监视我的工作，不错，这个女人是在我这里——被我暗中保护了起来。"

"哦？有这种事情？"森田故作不知地看着中村，"你告诉我，这是为什么？"

中村没有回答。

森田没有动怒，仍然笑眯眯地看着中村："中村君，你该知道这件事的后果……"

中村说："我知道。"

森田问："那，你想让我报告冈村宁次总司令官吗？"

中村不觉愣了一下，而后冷冷地回答："如果您报告了冈村宁次总司令官阁下，那我将……不得不做我最不愿意做的事。"

森田的脸立刻冷了下来："什么……你在威胁我？"

中村说："不，我在述说可能发生的事实。我的父亲会以最快速度到达南京，亲自面见冈村宁次总司令官阁下。"

森田审视着中村，不禁狞笑着眯起了眼睛："中村君，你以为冈村宁次总司令官阁下会为你私藏军统女特工而网开一面吗？小伙子，你太年轻了。我跟随冈村宁次总司令官阁下的时间比你活的年头都长，我了解他超过了解我自己。"

中村正视着森田，却不卑不亢："没关系，我可以死。但是，森田长官恐怕也见不到明天的太阳。"

"什么……"森田的眼睛立刻瞪了起来，他强压着心中的火气，"中村君，你知道你在说什么吗？"

中村说："我知道，我心里非常清楚。"

"哼！"森田气恼地站了起来，"中村君，凭你刚才这句话，我就完全可以处死你！"

中村没有畏惧，却笑了："森田长官，你如果不信不妨试试看——在我人头落地的同时，您的人头也一定不会留着。"

森田大怒："放肆！你知道你在跟谁说话吗？"

中村缓缓地站起来，正视着森田："我知道，我在和我的长官说话，可我的长官却随时想要了我的命。森田长官，不瞒您说，在我来的时候，我已经命令岩本带领我的部下进入了大本营司令部。现在，他们就潜伏在您办公室的附近，只要这里一有动静，他们就会不顾一切杀过来。您曾经打小报告给冈村宁次总司令官阁下，说我私自招募了一批只效忠于我而不是天皇的死士。这件事情我不跟你计较了，但是有一点你没说错——"

"什么……"森田恨恨地等着中村。

中村说："他们只效忠于我。"

森田的额头开始冒汗了，他忍不住慢慢地坐下来。

中村说："他们可以随时为我而死，而且在所不惜。"

森田重重地叹口气："中村，你知道你在干什么吗？"

中村微微一笑："知道，我在跟你谈判。"

森田重复道："谈判？"

中村说："是的，森田阁下，我们既然已经撕破了脸，就不需要再伪装。你希望我死，我也不会希望你活。无论是你还是我，都有轻易置对方于死地的力量，可为什么我们都不动手？那是在忌惮谋杀对方的后果，所以僵持到现在。你可以用军法来处置我，而我的这帮死士会让你死得很难看！"

森田额头上的冷汗开始越冒越多，他嘴唇颤抖着，却说不出话来。

中村终于叹了口气："森田长官，我想，我们没有必要把这场戏再演下去了吧？那样的结果，只能是同归于尽！"

森田长久地看着中村，还是心有不甘："你要知道，这件事情如果让东京方面知道了，你的父亲也不会不受到影响的。"

中村看着森田，面色冰冷："我早已经想到了……这件事情，我已经报告了我父亲；而我父亲，他会专门写一个私人奏章递交天皇，诉说这件事的来龙去脉，我父亲会借助皇族的威望把这件事的影响压制到最小，他还会动用所有的关系来控制事态发展。这样一来，军部就是再怎么闹腾，也翻不了天的！而你的后果会怎样，想必你也会清楚的……"

中村的一番话，把森田说得好半天没反过味儿来……过了一会儿，他喃喃地问："这件事到底是怎么回事？一个被你藏匿的军统女特工，怎么还牵连到了天皇陛下？！"

中村高傲地抬起头，蔑视地看着坐在面前的森田："森田长官，这是我们皇族内部的事务，你这样的平民是无权过问的。"

森田怒火中烧："你……"

中村连忙说："好了，现在我要回去办我的公事了。"

中村说完，不管森田是否允许便向门外走去。走了几步，他又停住脚步，转回头来："森田，你可以阻止我，也可以开枪射击，但是你的脑袋绝对会被武士刀割下来，挂在大本营的楼顶上！森田长官，告辞了！"

中村说完，便头也不回地扬长而去。

森田说："你……你？"

森田气恼地看着中村出了门，忍不住一拳砸在桌子上！

第十章

1

单说中村回到自己的办公室以后，岩本便立刻过来询问。

中村关严了门告诉他："我跟森田已经摊牌了，现在我和他之间再也没有什么好遮掩的了。"

岩本听了点点头："我明白了，我知道该怎么做。"

中村迟疑了一下吩咐岩本："用我们的电台，立即和我父亲联系，仅仅靠我们自己的力量是抗衡不了他的。"

"是！"岩本赶紧去办了。

此时在森田的办公室里，森田对付中村的行动也在抓紧进行。

参谋说："森田长官，属下已经调查明白了，中村一郎在南京的中央大学留学的时候，曾经和一个叫高倩倩的中国女人相好，这次躲在中村秘密别墅里的女人很大可能就是他的那个老情人。"

"哦……"森田听罢，眼睛不禁一亮。

参谋接着说："南京战役之后，由于支那人口死亡众多，户籍管理也完全混乱，所以属下没有找出高倩倩的户籍档案，也没得到她的照片。不过我想，如果高倩倩没有死，很可能就是那个被中村保护起来的女人。"

森田听罢，不觉陷入了沉思："如果高倩倩没有死，军统一定是不会放过她的。说说你的看法。"

"是！"参谋一个立正，而后郑重回答，"属下认为，军统是为了刺杀中村，才不惜招募了高倩倩，并且训练她成为别动队员，而后来到南京。由于高倩倩对中村感情未了，所以她一手制造了爆炸案，杀掉了其余的六名别动队员，而后投奔了中村。"

森田问："别动队队员都是训练有素的人。只靠高倩倩一个人，你认为，她能够一下子干掉六名别动队队员吗？"

参谋听罢愣了愣。回答："还有一种可能性——那就是高倩倩已经事先勾结上了中村，然后由中村与高倩倩联手设局，最后制造了这起爆炸案。"

森田想了想，摇了摇头，却不置可否："唉，无论是哪种可能性，这个高倩倩可是已经在中村的手里了……"

参谋看着他的长官，没有回答。

森田接着说："我现在，在思考一个问题——这个高倩倩到底有什么魔力，能够让中村围着她转？中村一郎虽然是个浑蛋，但是他忠于大日本帝国，忠于天皇陛下，是不容置疑的。难道为了一个女人，中村就会放弃对大日本帝国的忠诚吗？如果不是，那么他又是为了什么呢？"

参谋望着森田，说不出答案，只好闷头不语。

森田踱着步，思索着……突然，他兴奋地站住了脚："孩子——这个女人，她怀了中村的孩子，而且她把这个孩子生下来了！就在重庆，在军统的手里！"

参谋听罢，不禁惊愕地瞪大了眼睛。

森田说："否则，中村是不会再接受这个女人的，并且这件事情也不会惊动他的父亲中村雄！中村雄一定是知道了这个隐情，才不顾一切地给天皇写私人奏章，甚至不惜以中村家族的清誉为代价拼死一搏！……对对对，一定是这个原因！否则，以我对老中村的了解，不是为了中村家族继承人这件事，他是不会这么做的！中村一郎收留高倩倩，完全是为了这个孩子！"

参谋听罢，立刻豁然开朗，眼里不禁露出钦佩的神情："森田长官真是英明神武，属下实在是钦佩！"

森田没有理睬参谋的话，却一味地按着自己的思路说下去："我们不要再插手这件事了……"

参谋问："为什么？"

森田说："中村雄、戴笠、天皇陛下……这已经超出了我们的能力范围。而且这个中村一郎，很可能已经中了军统的计！"

"什么……"参谋的脸上露出了无比的惊愕。

森田的脸色格外阴冷："如果……那些军统别动队员不是真的死了呢？你想，接下来的事情会怎么样？"

参谋一脸疑惑："森田长官，您的意思是……"

森田阴冷的脸上，突然泛出了笑容："呵呵，这可真是个妙计呀！军统别动队一定是自己制造了自己的假死亡，目的是让高倩倩靠近中村一郎，然后暗杀中村一郎！"

"哦，会是这样？"参谋听罢，早已是目瞪口呆。

森田此时，脸上现出了更加得意的笑容："现在，他们的计划已经进行了一半，剩下的一半——就是如何暗杀中村一郎了！真是妙计呀……"

参谋说："森田长官，那我们眼下……"

森田不由得大笑了："当然是更不要插手！我们静观其变，让军统跟中村去斗吧。无论是什么结果，我们都是坐收渔人之利！"

参谋说："是，属下明白！"参谋说完，转身出去了。森田看着桌子上的地球仪，感到无比的惬意。

2

此刻，正是中午。中午的太阳显得格外毒。在一间破庙里，陈一鸣躲在背阴处，正戴着口罩和橡胶手套，聚精会神地给子弹头上着毒药。

当他把最后一颗子弹涂好毒药之后，便把子弹压进了无声手枪的枪膛里。最后，他把手枪的表面用酒精棉球仔细地擦拭干净，这才轻轻地嘘了一口气。

陈一鸣想："蝴蝶，这回，可就看你的了……"

此刻，在公馆的外面，突然响起轻微的爆炸声。随着爆炸声，公馆内挂着窗帘的卧室和走廊里的电灯一下子熄灭了。

坐在卧室里的蝴蝶不禁一下子站起来，走到了窗前，轻轻地拉开了窗帘。

卧室门外，守在门口的女特务此刻正在焦急地叫着："怎么会停电了？"

一位男特务应声检查了一下室内的电路："没有发现什么问题呀！"

女特务立刻着急了："赶紧打电话给供电所！"

此刻，在一条僻静的小巷子，化装成电业工人的藤原刚站在梯子上，手里正拿着一台被临时接上了电话线的电话机。而在梯子的下面，是和藤原刚一样化装成电业工人的负责放风的燕子六。

此时，他正紧张地左右张望着，就在这个时候，藤原刚手里的电话机铃声突然响了。

藤原刚拿起了电话，用日语询问："喂？……我是供电所，你是哪里？"

电话里立刻传出了公馆里女特务的声音："我是长江路 122 号，我们这里停电了。"

藤原刚说："好的，记住了。我们很快就到。"

女特务说："好的，谢谢。再见。"

藤原刚说："再见。"

藤原刚挂了电话，立刻迅速地把电话线接好，而后兴奋地跳下了梯子。

藤原刚说："成了……走！"

燕子六听了，赶紧收起梯子，跟着藤原刚飞奔而去，迅速地跳上了停在巷子口的带篷卡车。卡车很快就启动了，快速地向着附近的公馆开去。

3

再说此时，在中村特务机关机关长中村的办公室里，中村正眉头紧蹙地坐在办公桌前，凝神地看着桌子上摆放的两张照片。

这两张照片，一张是他和高倩倩的合影，另一张是拼凑起来的他们儿子的照片。桌子上，正放着一封电文。

办公室的门被轻轻地推开了，岩本悄声走了进来："中村君，你找我？"

中村看着岩本，举起了桌子上的电文："父亲大人回电了，你看看吧。"

岩本望着中村犹豫了："我……这合适吗？"

中村说："你不是外人，看看吧。"

"是。"岩本应声打开了电文。

中村雄电文里说道：

来电收到。为防止军统阴谋，并防止森田图谋，此女断不可留。孩子下落，我已委托重庆关系调查。为免后患，见电立即处置此女。

岩本看完电文，不禁惊愕地转头看着中村。

中村的表情，显得很沉重："父命不可违，我只能杀了她。"

岩本看了看中村的表情，禁不住轻声说："中村君……还是我去执行吧。"

中村说："不，还是我来……"

中村说罢，站起身来。

见中村一脸沉重的样子，岩本又不禁追问了一句："中村君，还是由我……"

中村果断地摆摆手，叹口气："我说过，我在寻找一个梦，现在这个梦已经碎了，我只有亲手杀了她。"

岩本望着中村，没有再追问。

中村说："好了，你去准备毒酒吧。"

"是！"岩本答应了一声，转身出去了。中村注视着桌子上的照片，不免痛苦地闭上了眼睛。

4

公馆的大门口，假装来修理电路而实则来送枪的藤原刚和燕子六完成任务以后，从公馆里走了出来，他们上了停在公馆门口的卡车，而后迅速地走了。

公馆卧室内的洗手间里，蝴蝶打开马桶水箱的盖子，从里面取出包裹严密的胶皮袋子，很快地打开，迅速地取出里面的手枪，把手枪连同枪套绑在了大腿上。而后，她盖上旗袍，稳定了一下自己，随手拉一下水箱，这才随着马桶的冲水声从洗手间里走了出来。

就在这个时候，拉着中村的轿车缓缓地停在了公馆大门口。在保镖的护卫下，中村走进了公馆。

客厅内，一直守候在卧室门口的女特务此时已经在门口等候。

中村问："小姐怎么样了？"

女特务躬身回答："一直在休息。"

中村嘘了一口气，把手提包里的一瓶毒酒交给了女特务："去，准备一桌西餐。"

"是！"女特务应了一声，下去了。

夜幕渐渐地降临到南京城。

在中村和蝴蝶所在的公馆餐厅里，一支支蜡烛照亮了坐在餐桌前的中村和蝴蝶的脸。

餐桌上，摆放着色彩丰富而又看上去很诱人的丰盛的西餐。

蝴蝶望着眼前的一切，眼泪禁不住默默地流了下来。

"倩倩，怎么了？"中村看着流泪的蝴蝶，表情显得有些怪异。

蝴蝶瞟了他一眼，叹了口气："我想起来以前的好多事情……"

中村凝视着蝴蝶，点点头："我也是。"

蝴蝶说："只是，再也回不去了……"

中村说："战争，改变了这个世界。"

蝴蝶抬起眼来，幽怨地看着中村："我曾经以为，战争跟我没关系，跟我们的爱情也没有关系……"

中村说："是的，我也曾经这样认为过，可是战争改变了世界，也改变了我们。"

蝴蝶问："你……真的爱过我吗？"

中村回答："爱过。"

"你有多爱我？"蝴蝶有些不相信地看着中村。

中村叹口气，郑重地回答："除了日本和我的父亲，我爱过的就是你。"

蝴蝶问："那你为什么要这样回中国？而且……"

"而且还是一个杀人不眨眼的日本特务，对吗？"中村说完，苦笑地看着蝴蝶。

蝴蝶痛楚地点点头。

中村叹口气，眼神里却浮现了庄严："因为我效忠于大日本帝国，效忠于天皇陛下，也效忠于我的父亲——这就是我的原因，也是我的命运。"

蝴蝶问："那你为什么还要爱我？"

中村回答："因为……我已经爱上你了。"

蝴蝶感到自己的身子有些燥热，心也在不住地狂跳，她禁不住站起身来："我，我要去一下洗手间……"

蝴蝶说完，捂住脸跑了。

中村望着她的背影站起身来，拿起放在餐桌上的红酒，慢慢地倒进蝴蝶的杯子里，随后又拿起另一瓶酒，倒进了自己的杯子里。

就在这时，蝴蝶从洗手间里走了出来。中村表情复杂的脸禁不住抽动了一下，而后他慢慢地走到放在餐厅一角的钢琴前，坐了下来。

带着感伤的琴声在餐厅里响起来，弹琴的中村，眼角上挂着一滴泪。

蝴蝶并没有注意到中村脸上的表情，她缓缓地走到餐桌前，听着中村弹出的琴声，看着中村的身影，不觉慢慢地流下泪来。她抑制着自己激动的情绪，哭泣着抓起自己身边的酒杯，禁不住一饮而尽。

琴声还在响着，只不过比刚才有些慌乱，中村流着泪水在弹着琴，涌出的眼泪一滴一滴地落在琴键上。就在这时，他猛然听到了身后酒杯落地的声音，他的身子不由得一动，琴声也骤然停止了！

他慢慢地睁开眼睛，转过身来，却不由得呆住了。

在他的眼前，一支乌黑的枪正对着他。站在他面前的蝴蝶，此时已经是满脸泪水。

中村问："倩倩，你要干什么？你知道，我是爱你的！"

蝴蝶的脸色，此时已经变得苍白："对不起，我也爱你……酒我喝了，可我没有死。"

中村望着蝴蝶，忽然间好像察觉出了什么："难道岩本他……"

中村话没说完，蝴蝶开枪。随着两声轻微的声响，中村倒了下来。

中村的胸前流出血来，他两眼大睁，露出疑惑和绝望。

蝴蝶咬咬牙，又补了两枪，直到她确信中村已经死了，这才绝望地瘫软下来，坐在了地上。

蝴蝶大喊："中村……"

蝴蝶流着泪叫了一声，把手里的枪慢慢地对准了自己的太阳穴。就在这时，只听到一声脆响，一只突然飞进来的花瓶打飞了她手里的枪！

蝴蝶猛地一惊，还没有明白过来是怎么回事，纵身从窗外跃进来的燕子六，已经用力地拉起了蝴蝶。

燕子六说："快走！"

燕子六话音未落，已经带着蝴蝶从被撞坏的窗口飞了出去。

几乎在此同时，守在客厅里的男、女特务听到了餐厅里的动静，他们迅速地掏出枪向餐厅冲来。然而，还没等他们冲进餐厅，便被已经潜入公馆的陈一鸣和小K用匕首给解决了！

陈一鸣说："外面还有敌人，我们赶紧走！"

陈一鸣一声令下，带着小K赶紧撤了出去。

公馆附近的一条小巷里，藤原刚和书生早已等在一辆车里。见不远处几个人影奔来，藤原刚赶紧发动了车。

陈一鸣带着小K等人跳上了车，立刻问道："人都到齐了没有？"

书生迅速地扫了一眼回答："还差冷教官！"

陈一鸣问："为什么还没到？"

书生说："他还在狙击点上，已经发了信号。"

书生话音未落，冷锋已经一个箭步跳上车来："冷锋到！"

陈一鸣说："开车！"

陈一鸣一声令下，大卡车像箭一样立刻开走了。

5

此刻，在南京日军监狱里，一间牢房的门被打开了，一只手电筒带着强光扫向了牢房的一个角落。

角落里，史密斯太太正在堆满杂草和棉絮的铺位上蜷缩着。

看守转过头来看着身后的人："人就在这里！"

站在看守身后的是一个穿着风衣的男子，他走到史密斯太太跟前，表情平静地用英文说："我奉中村阁下的命令，带你到机关审问。"

史密斯太太转过头来，看着面前的男子没有动。

看守赶紧冲过来抓起史密斯太太："看什么，赶紧走！"

史密斯太太吐了看守一口："别碰我，我自己走！"

史密斯太太说着，仇恨地扫了穿风衣的男子一眼："你们死了心吧，什么也别想从我嘴里得到。"

穿风衣的男子没有生气，只是表情平静地回了一句："带走。"

看守押着史密斯太太向外走去。

深夜，在南京市郊区的一条山路上，黄云晴带着林经理持枪埋伏在路边，正静静地等待着。

过了一会儿，远处有一辆车开来。车开到近前停住了，车门打开，岩本嘴里叼着一支烟，从车里走了下来。

香烟在岩本的嘴上明显亮了三下，林经理和黄云晴见状迎了上去。

黄云晴说："布谷鸟同志，你辛苦了！"

黄云晴笑着说了一句并伸出了手，岩本也笑着握住黄云晴的手。

岩本说："人我带来了，你们赶紧带走吧。"

林经理此时已经走到车门口，小心地从车里搀出了史密斯太太，并且很快地上了隐藏在附近的另外一辆轿车。

黄云晴说："布谷鸟，你跟我们一起走吧！中村死了，你在这儿也待不下去……"

岩本听罢摇摇头："金鱼同志，事情不会结束的，我比你们了解中村雄。中村一郎死了，作为中村的父亲——中村雄是不会坐视不管的。大本营的谍报机关这次要大清洗了，我和中村家族有很深的关系，留下来可以知道更多的消息。"

可你带走了史密斯太太，留下来，会很危险的！"黄云晴不放心地补了一句。

岩本笑着摇摇头："你放心吧，我有我的办法，不会有事的。"

黄云晴想了想回答："那好吧，泰山说过，你可以根据情况自己决定。"

岩本说："那好，我走了。"

岩本说完叹口气，转身走去。

"布谷鸟？"黄云晴忍不住叫了一声。

岩本停住了脚步："什么事？"

黄云晴犹豫了一下说："你好像……很不高兴？"

岩本不由得重重地叹了口气："金鱼，我和中村，是从小一起长大的……"

黄云晴听了，理解地点点头，没有说话。

岩本又叹了口气："我知道，他该死，可是我心里……还是很难过。"

黄云晴看着岩本嘱咐了一句："希望你能尽快从阴影里走出来……我们要做的事情还很多。"

"我知道。"岩本点点头，上车走了。

6

江边上，一艘渔船静静地停在岸边。

一辆卡车开来，停在了岸边。队员们飞快地下了车，向渔船走去。

就在这时，远处亮起了灯光。灯光越来越近，远处是一辆卡车正急速地开来。

队员们都警觉了，立刻散开来，瞄准了卡车……陈一鸣持枪，猫在了一棵树后。陈一鸣说："别着急，放近了再打！"

卡车上的车灯急速地闪了几下，书生立刻就笑了："别开枪，是我舅舅他们！"

"哦……"陈一鸣听罢，也放下了枪，"走，过去看看！"

几个人迎着卡车走去。不远处，高老板也下了车。

书生见到高老板就笑了："你怎么来了？"

高老板没有说话，笑着打开了后车门，坐在车里的史密斯太太走了下来。

高老板这才说了话："知道你们的任务完成得不完满，我的大老板特意叫我把史密斯太太给你们送来，这样史密斯就可以和他的太太团聚了。"

陈一鸣听了，赶紧走过去握住高老板的手："高老板，谢谢你送给我们的这份大礼！"

高老板听罢，轻松地笑了笑："别客气了，这不都是为了抗日大业嘛……对了，我们大老板还一再叮嘱我，让我一定代她祝贺你们顺利完成任务！我们以后有机会再见！"

"谢谢，谢谢，请代我一定谢谢你们大老板！"陈一鸣说完，又紧紧地握了握高老板的手。

"再见！"高老板说完笑了笑，上车走了。

队员们很快上了船，渔船静静地走了……陈一鸣站在船头，表情依然很严峻。

船，在长江上急速地行驶着，夜幕下的南京城变得越来越远……队员们都迎风站在甲板上，表情都很复杂。

小K说："燕子六……"

"干吗？"燕子六转过头来看着小K。

小K看着他，指指自己的头："你打我脑袋一下。"

燕子六吃惊地问："干什么？你不是有病吧？好好儿的，你干吗叫我打你呀？"

小K没有说话，却打了燕子六脑袋一下。

燕子六一下子就急了："你干吗？你找打啊？"

小K收回手，终于笑了："看来我还活着……不是做梦！"

小K说完，眼泪就禁不住流下来了："可是我姐死了，他妈的被小日本给打死了……"

小K说完，各怀心事的所有队员都再不说话了。书生看了一眼南京的方向，禁不住转过脸来看着陈一鸣。

陈一鸣没有说话，却心事重重。

书生禁不住问他："怎么了，陈教官？"

陈一鸣没有回答书生的问话，却突然问了一句："你为什么还要回来——回重庆？"

书生没有直接回答陈一鸣的问话，却笑了："怎么，黑猫敢死队开除我了吗？"

陈一鸣也笑了笑："你已经完成任务了，该去你应该去的地方。"

"我该去什么地方？"书生突然问他。

陈一鸣苦笑了笑："你自己心里知道……"

书生叹口气，意味深长地说："陈教官，我是中国人，重庆也在中国的国土上。"

陈一鸣突然反问他："你不怕我举报你吗？"

书生自信地看着陈一鸣："你不是那种人！如果我不相信你的为人，你说，我还会回来吗？"

陈一鸣听了，不免很感动，却还是嘱咐了一句："书生，你要抗日，我欢迎你；但是你要搞其他事，我可不答应！"

书生没有直接回答他，却平静地说："陈教官，也许我们选择的路不同，但是你记住——爱我们这个国家的，却不止你一个人！"

陈一鸣听罢，长久地注视着他，没有再说话。

甲板上再无声息，渔船趁着夜色正急速地驶去。

7

此时，在日军医院的太平间里，中村的尸体正躺在一张担架床上。

门开了，岩本走了进来，含着眼泪看着中村的尸体。

岩本说："你们都出去吧，暂时不要让任何人进来，我想和中村君单独待一会儿。"

"是。"两个特工答应了一声，转身出去了。门被轻轻地关上。

岩本慢慢地走向中村的遗体，表情复杂："我不知道该怎么跟你说，中村君。我是日本共产党员，早在东京大学读书的时候就已经是了。我爱日本，我也曾经为日本骄傲，但是，日本不能再这样下去了！中村君，日本没有能力征服世界，甚至没有能力征服亚洲、征服中国，日本这样做是在毁灭日本！蛇，是吞不了大象的，最后，只能被激怒的大象一脚踩死！为了日本，为了日本不至于被毁灭，我现在不得不这样去做！中村君，对不起，我没有别的选择。我们虽然情同手足，但是我还是不得不将你置于死地。官僚和资本家在这场战争当中发国难财，而日本的老百姓却被迫穿上军装去当炮灰，他们的妻子、姐妹被当作牛马一样地被贩卖——不能再这样下去了，不能！所以，我必须抵制这场战争！我知道，在这场战争中我也许会死，可我相信日本会在灭亡后重生，所以我必须沿着反抗战争这条路继续走下去！你也许会因此而痛恨我，可是我还是希望得到你的原谅。"

担架床上，中村的脸苍白而平静。岩本默默地说完这一切，轻轻地擦去自己脸上的泪，转身离开了。

8

几小时以后，在重庆军统本部的办公室里，军统头目戴笠听了他的部下毛人凤的汇报以后，不禁惊讶地站起身来。

戴笠问："他们真的杀了中村一郎？"

毛人凤躬身回答："千真万确。"

戴笠看着毛人凤表情坚毅的面孔，终于有些相信了："那么，史密斯太太也被带回来了吗？"

毛人凤说："带回来了，我们的军舰已经通过了日本海军的封锁线，顺利地将敢死队队员们接上了船。史密斯太太上船以后，搭乘美国运输机已经回到了重庆，现在正在医院治疗，而我们的军舰在几个小时以后，也很快就要返回港口了。"

戴笠听罢，又不禁兴奋地踱起步来："没想到，真的没想到！齐五，你为党国立了一大功劳——不，两大功劳！史密斯夫妇得到营救，中村小子命丧黄泉——这都是你的功劳！"

听老板这样夸奖他，毛人凤立刻来了一个立正："老板，这都是您指挥有方——是老板的功劳、团体的功劳！"

戴笠看着毛人凤，畅快地笑了："居功而不自傲！好，好一个齐五！"

毛人凤也笑了："谢谢老板夸奖……哦，还有一件事，也想请老板指示。"

"哦，你说。"戴笠转过头来，注意地看着毛人凤。

毛人凤说："嗯，按照最初的计划，这支黑猫敢死队如果真的完成任务回来，将要受到全部消灭的处置。"

戴笠说："嗯，我知道。"

毛人凤说："可是这次，黑猫敢死队的表现超过我们的预期——他们不仅顺利完成了几乎不可能完成的任务，而且还一个不损地全员脱身。这说明，黑猫敢死队确实是一支具有非凡战斗力并且超过了我们现在所有的行动小组能力的战斗团体。"

戴笠说："嗯，他们确实很出色。不过，你到底想说什么呢？"

毛人凤迟疑了一下，又靠前了一步回答："老板，我想……是不是暂时把他们先留下呢？"

"留下？"戴笠听罢，有些吃惊地看着毛人凤。

毛人凤轻咳了一下，说："当下正是用人之际，暂时留下他们，可以补充我们特别行动能力之不足！对于我们团体来说，多他们几个蟊贼也不足为奇，我们原本就有很多从江洋大盗中招募而来的特工，而眼下如果能暂时留下他们为我所用，那我们的特工行动力将会大大加强的！所以……"

毛人凤说完，看着自己的老板。戴笠听到这儿，却沉思了。

毛人凤说："黑猫敢死队无论行动当中，是死是活，跟团体没有任何关系！我们连烈属的抚恤金都不用出，这笔买卖是合算的！"

戴笠说："你说得倒不错。开几个空头编制，给他们几套军装，再挂个军衔，倒是易如反掌的事……只是，这群亡命徒生性顽劣，不是我团体的铁杆儿骨干，又有非凡绝技，将来，我们可怎么驾驭他们呢？"

毛人凤听了，不觉又笑了笑："老板，我们是团体，他们只是团体的一部分，按照我们的实力，一旦他们不听团体的招呼，灭掉他们也不过是分分钟钟的事！更何况，他们的主心骨是陈一鸣。对这个人，我了解，他是会很好地跟我们合作的。"

"这……"戴笠又踱了几步，想了想，终于下了决心，"好，这件事情由你亲自操办，要尽量保密。收编以后，如果他们有一点不忠于团体的迹象，你都要当机立断，绝不能留下任何后患，知道吗？"

毛人凤说："是，老板放心，我一定谨慎从事！"

9

重庆的军用码头上，此时军旗飘扬，鼓乐齐鸣。田伯涛站在了望塔上，手举着望远镜，正在细心地向远处观望。

远处海面上，那艘接运黑猫敢死队归来的军舰正向着码头缓缓驶来……敢死队队员小 K 站在军舰的甲板上，脸上浮现了欣喜的笑容——

小 K 说："啊，重庆，我回来了……我自由了！我被特赦了！"

站在小 K 身后的同样一脸笑容的燕子六禁不住朝着小 K 的脑袋敲了一下："你瞎叫唤啥？你以为就你一个人高兴啊！"

小 K 不免转头望去，只见站在不远处的藤原刚此时正望着江岸，脸上也充满了感慨——

藤原刚说："妈妈，我回来了，您的儿子平安地回来了……"

站在藤原刚身边的蝴蝶的表情却有些木然，好像对眼前的一切已经没有感觉了。

而站在蝴蝶身边的陈一鸣和冷锋此时却望着江岸，若有所思。

书生看看陈一鸣，轻轻说了一句："陈教官，你现在想的……不知道跟我是不是一样？"

"你在想什么？"陈一鸣禁不住回头问他。

书生有些担心地问："军统……会言而有信吗？"

陈一鸣迟疑了一下，平静地回答："我说过——如果你们死，我就死。"

此时，在江岸上，负责指挥岸上行动的田伯涛已经从瞭望塔里走了出来。他望着不远处驶来的越来越近的军舰，轻声吩咐跟在他身边的一位军官："马上吩咐下去，做好行动准备！"

"是！"军官答应了一声，赶紧去了。

几秒钟之后，几十个荷枪实弹的宪兵从隐蔽场所里跑了出来，依次肃立在码头四周，虎视眈眈地望着渐渐驶近的军舰。

站在军舰甲板上的队员们看见后，立刻就惊呆了。

小K脸色有些发白地看着燕子六："我说，这怎么不像是迎接我们的……"

燕子六看着岸上，也不禁犯了嘀咕："不会吧？这特赦令还真的就是一张废纸？"

蝴蝶此时也显得十分惊慌，她一边看着对岸，一边望着陈一鸣。

陈一鸣脸上的表情，此时也显得很严峻。

冷锋站在陈一鸣的身边咬着嘴唇，一只手情不自禁地放在了枪上："中国人又要打中国人了……"

冷锋说着就要拔枪，陈一鸣看见了一把抓住了他的手："不能轻举妄动！"

冷锋不服地瞪着陈一鸣："难道我们要等死吗？"

陈一鸣说："现在情况不明！再说了，我们面对的是政府军队，你难道要叛国吗？"

冷锋听罢愣了，他瞪着陈一鸣，很不情愿地将手放下了。

说话间，军舰靠岸了，田伯涛走上来几步，面容冷峻地站在舷梯跟前："我来传达上峰的命令，请船上的队员们全部下船！"

船上的队员们没有动，都询问地看着陈一鸣。

陈一鸣脸上的肌肉抽动了一下，他狠狠心第一个走下了舷梯。

冷锋望着陈一鸣的背影迟疑了一下，咬咬牙，也跟着走下了舷梯。

燕子六看见了，骂了一句："他妈的大不了同归于尽！"

他说着，也下去了。小K见了，一把拉住了他："等等我，死得别离我太远！"

小K说完，也紧跟着燕子六下去了。船上就剩下了蝴蝶、书生和藤原刚。

蝴蝶小声地问身边的书生："他们……真的要杀了我们吗？"

书生叹口气，摇摇头："杀我们的机会多的是。现在，我们没有别的办法，还是走吧。"

蝴蝶犹豫了一下，下去了。书生下去之前，转身拉了一把站在他身后的藤原刚。

书生说："下去吧，别冲动，你妈还在等你呢！万一不冷静，大家伙都得跟着遭殃。"

书生说完下去了。藤原刚咬咬牙，也跟了下去。

队员们自觉地在码头上站成了一列横队，警惕地看着站在他们面前的田伯涛和宪兵们。

田伯涛说："陈少校，田某奉上峰之命前来迎接各位。"

田伯涛说着话，一只手却一直没有离开腰间的手枪，陈一鸣不免警觉地看着田伯涛。

陈一鸣说："田先生，陈某代表全队成员谢谢毛先生的关心。"

田伯涛微笑着点点头，而后大声命令道："奉上峰之命，请各位放下手中的武器。"

陈一鸣犹豫了一下，随即放下了自己手里的冲锋枪，而后又开始摘手枪，冷锋在一旁见了，忍不住叫出了声："陈参谋？"

陈一鸣回头看了他一眼，脸上的表情异常平静："军人的荣誉，就是忠诚。"

陈一鸣说罢，毫不犹豫地把手枪放在了地上。冷锋见了，只好丢掉手里的狙击步枪，又拔出手枪丢在了地上。

蝴蝶在旁边看，也只好把手里的武器丢在地上。

燕子六往左右看了看，却犹豫着。

小K在一旁，不禁失声问了一句："哎，我说，我们怎么办？"

燕子六前后左右看了看，却拿不定主意："哎，你不总说比我聪明吗？你说咋办哪？"

小K生气地白了他一眼："我能有什么主意？"

书生在一旁听见了，赶紧说："放下枪吧，无论如何我们也敌不过他们，只好走一步看一步。"

书生说着，主动放下了枪。

燕子六见了，不满地骂了一句："这不又是一出风波亭吗？十二道金牌把岳飞召回来，就是为了送死！忠义忠义，老子豁出去了！"

燕子六说着，丢掉了手里的武器，甚至连腰间飞刀和软剑都摘下来丢在了地上。

小K和藤原刚见了，也只好各自丢下了手里的枪。

田伯涛看着他们，终于松了一口气。

就在这个时候，突然有一个声音从不远处传来："哎呀呀，这是干什么？有这么欢迎抗日功臣的吗？"

随着话音，毛人凤从不远处的桥上走了过来，见到田伯涛以后，又故意大声地训斥了几句："你们这是干什么？怎么能够这样做呢？这很不礼貌嘛。"

田伯涛听了，赶紧赔笑："毛先生，我只是……只是暂时把他们的武器下了。这里是后方，没必要携带这么多家伙。"

"胡闹！壮士岂能剑不在身？"毛人凤听完，又不满意地训斥了一句。

田伯涛听了，赶紧点头："是是，毛先生，我考虑不周，我错了……"

毛人凤这才转过脸来，笑呵呵地看着陈一鸣："陈少校，各位黑猫敢死队的兄弟，别见怪，是我事前嘱咐不到，大家多原谅……来来来，把武器都拿起来，你们自己的武器都可以随身携带。"

陈一鸣听罢想了想，赶紧说："不必了，毛先生，刚才这位兄弟说得不错，重庆是大后方，我们是不需要携带这么多武器的。"

"唉……长枪可以不带，但是短枪——作为军人，战时还是要带着的！都拿起来，拿起来！"毛人凤说着，亲自拿起陈一鸣的手枪，塞进了陈一鸣腰间的枪套里。

冷锋等人见了，也都捡起了自己的枪。

毛人凤望着大家笑了笑："走走走！临走前我说过的，你们胜利归来，我一定亲自把酒为各位接风洗尘！现在，我要兑现我的诺言！各位是抗战英雄，立下了不朽的功勋，我代表团体，一定要感谢你们！请，各位请——"

陈一鸣说："毛先生，您先请。"

毛人凤客气了一下，便率先向停在一边的汽车走去。在荷枪实弹的宪兵们虎视眈眈的注目下，敢死队队员们上了汽车。

路上，毛人凤笑眯眯地看着陈一鸣："陈少校，你们辛苦了，你们的任务完成得很出色！史密斯太太已经被我们送进了医院，并且跟史密斯先生已经团聚了。美国政府和美国海军专门发来了感谢电，要求表彰你们这支勇敢卓绝的敌后突击队，美国海军陆战队还想派突击队员来跟你们学习。我说，你们不用来了，他们的侠义之风和绝门武功，是你们学得了的吗？啊，哈哈哈……"

毛人凤谈笑风生，使陈一鸣一直紧绷着的心渐渐地松弛下来。

10

中美合作所豪华的舞厅里，此时歌舞升平。毛人凤等几位军统的高级干部，美国海军梅乐斯上校等几位海军军官，以及十几位如花似玉的女军官都笑吟吟地站在大厅门口。

毛人凤一身戎装，肩扛着少将军衔，显得格外干练："诸位，让我们以热烈的掌声欢迎从敌后凯旋的英雄们！"

随着毛人凤的话音，陈一鸣、冷锋等特战队队员身穿军便装，步伐整齐地走了进来。大厅里立刻响起雷鸣般的掌声，台上的乐队此时高声奏乐——大厅里一时热闹无比。

待掌声稍稍落下之后，毛人凤一脸微笑地走到话筒前——

毛人凤说："各位嘉宾，各位盟友，最亲爱的梅乐斯上校以及美利坚合众国海军的先生们、女士们——大家好！在这个最激动人心的时刻，请允许我向各位隆重介绍，中华民国国民政府军事委员会统计调查局的一支特别的行动小组——黑猫敢死队！"

又是一阵掌声和奏乐，台上的追光迅速地打在敢死队队员们的身上，使他们一时间都感到很不适应。

毛人凤在台上用手示意了一下，掌声和音乐声渐渐地停下来，毛人凤接着说："各位女士、先生，盟军的对日作战，目前正在最艰苦的时候，以美国海军为代表的盟军勇士们，为此付出了巨大的牺牲！借此机会，让我们再次以热烈的掌声欢迎中美合作所副所长、美国海军情报署的梅乐斯上校！"

随着毛人凤的话音，掌声和奏乐声再次响起来，追光也随之跟着梅乐斯上了台。

梅乐斯十分绅士地向台上和台下的先生们和女士们挥挥手："先生们、女士们！今天我很高兴来到这里，欢迎营救我的老朋友史密斯中校夫妇逃出日军魔掌的英雄们！美国海军为此授权我对敢死队的英雄颁发美国海军十字勋章，特此表彰这些抗日英雄所立下的不凡功绩！"

掌声和奏乐声又一次响起来，大厅里再次掀起了热烈的高潮。然而，与大厅里的兴奋相对照的是，站在大厅正中央的敢死队队员们此时却面面相觑。

小K不满地白了站在台上的人和乐队一眼，轻声地叨咕了一句："瞎叨叨，这都是些什么野路子？"

燕子六的脸上现出不屑的神情："看来，洋鬼子要给咱们授勋了。"

藤原刚在一边听了，脸上不免现出了苦笑："真荒唐，美国人要给日本人授勋了。"

蝴蝶听了，不免叹了口气："唉，要那勋章干什么，我现在……只想好好睡一觉。"

书生在一旁也不禁皱起了眉头："美国海军十字勋章——真有点儿离谱儿了。"

冷锋在一旁看了陈一鸣一眼，想说什么又止住了。

毛人凤此时在台上宣布："现在，我们请英雄们上台，由美国海军梅乐斯上校为英雄授勋！"

乐队闻声，立刻奏起了美国乐曲，大厅里随之掌声雷动。

队员们的眼睛此时都转向了陈一鸣。陈一鸣苦笑一下，上了台。队员们见了，也随之上了台。大厅里的掌声和乐曲声随之又热烈起来。

一个国军女军官此时捧着一个装着勋章的盒子走上台来，梅乐斯上校拿起勋章，笑眯眯地站在陈一鸣面前："英勇无畏的少校，在你的指挥下，这支敢死队迸发出无穷的战斗力，创造了奇迹！"

梅乐斯上校说着，把一枚勋章挂在陈一鸣的胸前："亲爱的少校，希望你再接再厉！"

陈一鸣听罢，立刻立正、敬礼。

梅乐斯随后走到冷锋跟前："英俊果敢的少尉，我为你所取得的成绩高兴，也希望你能够继续与美国海军联合作战！"

冷锋望着梅乐斯，脸色却有些难看。

梅乐斯不解地问了一句："怎么，对美国海军的勋章感到不满意？"

冷锋转头看看陈一鸣，陈一鸣的脸上此刻没有任何表情。冷锋向梅乐斯立正，敬了一个军礼，梅乐斯满意地拍拍冷锋的肩。

随后，梅乐斯接着给其余的队员授勋，队员们的表情都显得很奇怪……好容易熬到了授勋结束，毛人凤在话筒前说了话——

"尊敬的美国军界朋友，鄙人谨代表戴老板与团体，感谢梅乐斯上校的厚爱！也祝贺我们的英雄，获得如此高的荣誉！来，让我们举起杯来，为中美友谊干杯！为蒋委员长干杯！为戴老板和团体干杯！"

毛人凤话音刚落，梅乐斯等人都举起杯来。队员看了陈一鸣一眼，陈一鸣拿起了女军官托盘中的酒杯，队员们也跟着拿起杯来。

毛人凤站在台上笑容可掬："女士们、先生们，让我们为了今晚干杯！"

"干杯！"随着语调不同的声音，大家都随之干了杯，乐队随之奏起了轻松的音乐。

毛人凤高兴地抬了抬手："来来来，各位女士、先生，舞会现在开始！"

毛人凤话音刚落，美军的军官们揽着军统女军官们的腰肢，率先下了舞池。梅乐斯此时笑了笑，缓缓地走到蝴蝶的跟前。

梅乐斯说："美丽的小姐，请。"

蝴蝶看着梅乐斯，皱起了眉头："对不起先生，我不会跳舞。"

梅乐斯听了，感到很尴尬。正在这时，田伯涛闻声走了过来——

"尊敬的梅乐斯上校阁下，很不好意思打扰您，在那边有几位我们团体东南训练班的骨干女学员，正在焦急地等待着跟您跳舞呢！"

梅乐斯听罢，立刻高兴了："哦，那很好，我很乐意奉陪！"

梅乐斯说完，高兴地走了。

此刻，刚刚在一旁应酬完的毛人凤微笑着走过来："怎么了陈少校，你们已经紧张了很长时间，不趁机放松放松？"

陈一鸣听罢，望着毛人凤笑了笑："毛先生，我们刚从战场下来，一路颠簸，已经有三十多个小时没有合眼了。"

毛人凤一听，马上拍了拍自己的脑袋："哎呀呀，我忘了，我忘了，你们真该好好休息休息了。快快快，门口有车，送你们去新营区！"

"新营区？"陈一鸣听罢，不禁愣了一下。

毛人凤见状，不由得笑了："怎么，作为我军统最能干的敢死队，不该有个新营区吗？"

陈一鸣愣了一下，随之点点头："感谢毛先生的关心，我们先告辞了。"

毛人凤客气地点点头："好好休息。"

随后，微笑地看着陈一鸣和敢死队队员们离开。

田伯涛此时走了过来，悄声说："毛先生，新营房周围的警戒我已经安排好了，你放心吧。"

毛人凤听完笑了笑："我以两手，对他两手——谅他们也不会跳出我的手心。走吧，我们跳舞去！"毛人凤说完，悠然地向着正一脸微笑地等待着和他跳舞的女军官们走去。

第十一章

★

1

夜晚，风有些凉。陈一鸣凭栏站在楼顶平台上，不觉心事绵绵。在新营区的四周，是林立的宪兵，冷锋凑过来，不禁叹了口气："你真的能咽下这口气？"

陈一鸣转过脸来看着冷锋，欲言又止。

冷锋摘下梅乐斯上校佩戴在他胸前的那枚海军十字勋章，不禁骂了一句："搞的什么西洋景？这就是一块废铁！"

陈一鸣望着他叹口气，还是不说话。

冷锋接着说："美国海军十字勋章是美国海军仅次于荣誉勋章的最高等级勋章，至今美国海军军人能获得此勋章的寥寥无几，而且非死即残！他们这一次，一下子就颁发给七个中国人——这明显是骗局！"

陈一鸣望着冷锋不觉苦笑了："我也知道这是个骗局，可又能怎么样呢？"

冷锋说："我们出生入死，为的是国家，为的是抗日，压根儿就不是为了什么狗屁勋章，更不是为了这个假勋章！"说着，气恼地把手里的勋章丢在了地上。

冷锋说："他们在侮辱谁？他们想蒙谁？以为我们是没见过世面的土老帽？！美国佬跟军统联合起来蒙我们，真的以为我们就会为了这个假勋章感恩戴德？！这是在侮辱我们！陈参谋，难道你要忍下去吗？"

"那你说怎么办？"陈一鸣愣愣地回问了冷锋一句。

冷锋愣了一下说："干脆，离开这个鬼地方，我们兄弟有我们兄弟的天地！这次我也想明白了，我跟你去打日本鬼子！"

"去哪儿打日本鬼子？"陈一鸣又问了冷锋一句。

冷锋想了想："投奔我们的老上司、老战友,他们还都在前线呢！虽然八十八师打残了，但是还有那么多的国军部队！我冷锋宁可不要这个少尉军衔，只要当个大头兵就行！"

"可是我们一步也离不开！"陈一鸣望着夜空，冷冷地说。

冷锋问："为什么？！"

陈一鸣说："你看看外面，这是在给我们警戒吗？"

冷锋仔细瞅了瞅，脸都快气绿了："这哪是在保护我们，分明是在监视我们、看守我们！他们为什么要这么做？啊，为什么？！我们已经完成了他们交给我们的任务——该救的救了，该杀的杀了……现在，他们还想怎么样？要我们死？那来一梭子就完事了嘛，犯不着跟我们来这一套！"

陈一鸣没有反驳冷锋，却叹了口气："他们不是想杀了我们，或者说，他们不想现在就杀了我们。"

"那他们想干什么？！"冷锋不由得愣住了。

陈一鸣叹了口气："他们……是想要我们继续卖命。"

冷锋重复道："继续卖命？！"

陈一鸣回答："对。我们这一次能死里逃生，连我自己都没想到。我们这支杂牌敢死队，有着无穷的潜力，如果我是毛人凤，也会想着把这支敢死队握在手里。"

"难道……他们真的要我们参加军统？！"冷锋望着陈一鸣，不禁瞪大了眼睛。

陈一鸣想了想，叹了口气："我想，他们不会信任我们，而只是利用我们。军统不会在乎我们这些人的死活的，而我们却要给他们卖命。"

冷锋听罢立刻就急了："我不干！找个机会我就逃走，我不信他们能拦住我。"

陈一鸣拍拍冷锋的肩膀，叹口气："兄弟，没有用的，你就是本事再大，还能逃到哪儿去？我也不想干，但是我们目前还别无选择，只有等待。"

冷锋问："等待什么？等待军统把我们一个个都杀了？"

陈一鸣听罢没有吱声，长久地沉默着，过了一会儿他轻声说："他们或许还杀不了我，也杀不了你，可我担心书生、燕子六、小K、蝴蝶和藤原刚……他们的生命随时都可能有危险。"

"哦。"冷锋听罢，也不再吭声了。

陈一鸣望着远方，重重地叹了口气："如果在过去，我也不会在乎他们死活的。可是现在，我们曾经一起出生入死，我是不能丢掉他们的——绝不能！"

冷锋听罢，看了陈一鸣好一会儿，突然问："难道……你真的要带领我们加入军统？"

陈一鸣望着冷锋苦笑了："难道，还有比这更好的办法吗？"

冷锋看着陈一鸣，不知道该怎样回答。

陈一鸣叹了口气，接着说："所谓特赦令，其实你我都知道真相——那不过是一张废纸，军统压根儿就没有看在眼里。一旦这些杂牌特工真的拿到特赦令，走出大门不到300米就会毙命——"

冷锋问："你难道……想劝弟兄们都留在军统？他们可不会答应的！"

陈一鸣猛地转过身来，依然看着冷锋："不答应也得答应——想活命，没有别的出路！"

冷锋的神色暗淡下来，过了一会儿，才幽幽地说："军统的坏名声你不是不知道，就算我们没办法，只好答应了，难道，我们还真的要跟着军统干下去吗？"

陈一鸣叹口气，苦笑了："我们在德国受训的时候，教官是怎么说的？——只有生存，才能战斗。如果连命都没了，还能谈什么？唉，起码现在在军统，还是在抗日，以后的事就得以后再说了……"

冷锋想了想，还是有些不放心："陈参谋，你别看小日本现在还猖狂，可失败是早晚的事儿——这些，只要有点儿见识的中国人，心里都清楚！你就真的不想想，等小日本被打败以后，我们怎么办？"

陈一鸣看看冷锋，又看看前方迷蒙的夜空，又不由得深深地叹了口气。

不远处，一面青天白日旗正在夜空中没精打采地飘着，冷锋看着它，脸上布满了阴云。

冷锋望着望着，不由得叹了口气："天无二日，国无二主——陈参谋，你比我更清楚日本鬼子被打跑以后，中国的国土上会发生什么。"

陈一鸣说："我知道，可是我们即便是在其他的国军部队，也不能避免参加内战。"

"可是我冷锋说什么也不会参加中国人杀中国人的战争的。"冷锋转头看着陈一鸣，坚定地回了一句。

陈一鸣好一会儿没有说话，而后不得不叹了口气："唉，我说过，那都是以后的事，我们到时候再商量也不迟，眼下只能走一步看一步啊！"

冷锋终于被陈一鸣说服了："好吧，我听你的，可是，你如何能说服他们？"

陈一鸣想了想回答："尽人事，听天命。记着，把那块废铁捡起来戴上，我们现在还不能跟军统和美国佬翻脸。"

陈一鸣说完，毅然地转身走了。冷锋看着陈一鸣离去的背影，突然觉得那个背影很孤独，也被月光拉得很长很长。

2

此刻，在一间密室里，监听员戴着耳机正在监听着陈一鸣等特战敢死队队员的谈话，监听机上的录音磁带正一圈儿一圈儿地转着。

毛人凤在一旁放下耳机，不由得笑了。

田伯涛放下耳机，也看着毛人凤笑了："毛先生，陈一鸣他们猜出来了！"

毛人凤悠然地喝口茶，放下茶杯，这才慢条斯理地回答："不错，陈一鸣他们果然是够聪明的。我早就想过，以陈一鸣和冷锋对国际军事的熟识，如果看不出来这次授勋的奥妙，那倒是奇怪了！其实，我就是要他看出来这是一个骗局！"

田伯涛听了，不免有些担心："毛先生，陈一鸣如果看出来这是个骗局，那以后还会为我们卖命吗？"

毛人凤听了，不得不失望地对田伯涛摆摆手："你呀！你刚才不是都听见了吗？陈一鸣是个何等聪明的人！他眼下不跟着我们干，还有其他路可走吗？你的智商真是连他的一半都不如！"

田伯涛连忙说："是是，毛先生训斥得对！学生只是以为，像陈一鸣这样另揣心志的人和我们共事，只怕是……"

毛人凤说："哎，你又忘了，我是怎么跟你说的？对别人来说，要'用人不疑，疑人不用'；可对我们军统来说，却是要'用人也疑，疑人也用'，关键是学会控制。控制，你懂吗？"

　　田伯涛想了想，似有所悟："毛先生，学生记下了。"

　　毛人凤站起身来走过去，微笑着拍拍田伯涛的肩膀："伯涛啊，你在杭州特警训练班其实不是最优秀的学生，也不是最聪明的学生，可是你知道，我为什么要唯一把你留在我身边吗？"

　　田伯涛猛的一个立正，眼里充满了崇敬："学生不知！学生愚笨，不敢去猜测毛先生的用意。"

　　毛人凤望着田伯涛。欣赏地笑了笑："你虽然愚笨，却对我绝对忠诚，所以，我要你留在我的身边。"

　　田伯涛听罢，不由得轻松地笑了："先生说得是，学生对先生的崇拜是无人可比的！"

　　毛人凤听罢，拍拍田伯涛的肩膀，更加满意地笑了。

3

　　第三天上午，毛人凤在自己的办公室里召见了陈一鸣。

　　毛人凤问："陈一鸣，听说你一直想见我？"

　　陈一鸣回答："是的，毛先生。"

　　毛人凤问："为什么？"

　　陈一鸣说："我们自南京归来已经有数日，下一步，先生将如何安排我们，我们一直……心有余悸，还请先生明示。"

　　毛人凤听罢，望着陈一鸣轻松地笑了："哦，陈少校请坐，请喝茶。前些日子一直没打扰你们，是知道你们辛苦了，让你们好好放松一下，养养士气！至于下一步，不知陈少校和你的弟兄们是怎么打算的？"

　　陈一鸣听罢迟疑了一下，回答："我们……我们是被先生营救出集中营的，一切都听先生的。"

　　陈一鸣的回答令毛人凤很满意，于是他笑了笑："听我的，倒是好，可是……我的工作是在军统啊，陈少校和你的那些弟兄不是很有顾虑吗？"

　　陈一鸣知道毛人凤此时是逼着他首先提出，于是便索性回答："毛先生，卑职以往之所以对军统工作怀有偏见，那是因为对军统的职责还不够了解。这次，和弟兄们一起去前线杀敌，才对军统的工作和作用真正有所认识，所以，如果现在先生能允许我们加入军统，我们是不会拒绝的！"

　　陈一鸣的回答，简直是大大超出毛人凤的预想，于是他兴奋地站起来走了几步："陈少校，听了你刚才一番话，毛某真是兴奋之至！有陈先生这样的人才加入军统，真是军统有望，国家有望！不过，军统的纪律陈先生也应该是知道的，凡是加入者一旦背叛团体，那后果也将是极其严重的。这一点，你们都想过没有？"

陈一鸣说："我们想过了，如有背叛，我们愿意接受团体的惩罚。"

毛人凤说："那好，那我就收下你和冷锋！至于其他人……"

毛人凤说着，从抽屉里拿出已经签好的特赦令："这些是你们敢死队的特赦令。拿去吧，发给他们。我说话算数，他们自由了。"

陈一鸣望着桌子上的特赦令，突出来的喉结猛地动了一下，他在迅速地判断毛人凤这些话的真伪。从心里说，他不相信毛人凤会高抬贵手，放了他手下的其他人，那么，他的其他弟兄一旦拿到特赦令，未来等待他们的是什么，将是不言而喻的。

陈一鸣说："毛先生，一鸣……有个请求。"

"哦……"毛人凤和蔼地望着他笑了笑，"有什么请求，但说无妨。"

陈一鸣说："一鸣与敢死队的弟兄们出生入死，依靠了他们才有了今日的荣贵。一鸣希望，毛先生也能像收下我一样收下他们！"

"哦？"毛人凤听罢，往陈一鸣的脸上扫了扫，"说说你的理由。"

陈一鸣说："先生，他们……虽然都是杂牌，但是各有一技之长，如果能留在军统，依靠团体的力量继续为抗战效命，也算是修成正果！如果就这样流向社会，难免成为党国的心腹之患。这里面的一反一正，还望毛先生三思，并允诺一鸣的不情之请！"

毛人凤没有立刻回答陈一鸣，而是望着对方笑了笑，一边悠然地喝着茶，一边笑着问陈一鸣："陈先生，你喜欢喝什么茶？是龙井，还是毛尖？"

陈一鸣愣了愣，尴尬地一笑："毛先生，一鸣平时不喝茶，所以对喝茶一直没有研究。"

"啊……"毛人凤点点头，笑了笑，还是闷着头喝茶不回答。

陈一鸣显得有些发急，挺身站了起来，双目炯炯地看着毛先生："毛先生，卑职恳请先生同意！"

毛人凤看着他，叹了口气："他们都非自愿效忠党国之人，怎么会愿意加入团体呢？"

陈一鸣说："毛先生，我只请先生答应卑职的请求，剩下的由卑职来想办法。"

毛人凤听罢，不觉愣了："你有什么办法呢？"

陈一鸣回答："先生，我和他们出生入死，熟识他们的秉性。只要先生答应，卑职会有办法说服他们为党国效忠的！"

"不光为党国效忠，还要为团体效忠，为戴老板效忠！"毛人凤立刻纠正了陈一鸣一句。

陈一鸣的脸上显出了一丝尴尬，赶紧纠正自己的话："是！为团体效忠，为……为戴老板效忠！"

"呵呵……"毛人凤这才满意地笑了，"好了，那么从现在开始，我们就是家人了！"

毛人凤说着，拿出一张表格放在了桌子上："这是参加军统的誓词，你签个字。"

陈一鸣拿起那张表格，仔细地注视着表格上的誓词。

毛人凤接着说："你签字以后，我们就真的是自己人了。"

陈一鸣拿起笔，犹豫了一下，随后咬咬牙，在誓词上签了字。

毛人凤接过表格，这才十分满意地笑了笑："好，陈一鸣，从现在开始，我们就真的是一家人了……一家人嘛，就不再说两家话，戴老板很器重你，也希望你自重，努力工作，不要辜负团体和戴老板对你的厚望！"

陈一鸣说："是，一鸣牢记在心。"

毛人凤随后收起了笑颜，严肃地说："你可以用你的方法招募这群乌合之众，但是，你要记住——如果他们没有按照我们刚才的想法留下来为团体工作，那么一切后果由他们自己承担！"

陈一鸣知道，毛人凤所说的"承担后果"意味着什么，于是立刻立正回答："是，卑职明白！"

毛人凤这才满意地点点头："好了，你去吧。"

"是！"陈一鸣敬了个礼，转身走了。

4

敢死队新营区的台球室内，无所事事的冷锋、书生和小 K 等人正轮班打着台球。

小 K 说："好了，进了！下一个球还是我打。"

大家正在玩着，陈一鸣推门走了进来。

冷锋眼尖，立刻发出了口令："立正——"

大家听到口令声，赶紧放下了手里的东西，立刻立正站好。陈一鸣还了个礼，表情严肃地望着大家。

队员们都知道，陈一鸣这次回来一定有重要的事情要宣布，于是都目不斜视地看着他。

陈一鸣轻咳了一声，而后说："弟兄们，不管怎么样，今天都是一个值得庆贺的日子。我们死里逃生，顺利完成了任务，无一伤亡，可以说从阎王殿转了一圈，又回到了人间。我为你们而骄傲，你们是我带过的最出色的士兵。"

队员们互相望了望，不知道陈一鸣接下来要说什么，于是又都转过脸来，表情严肃地望着他们的头儿。

陈一鸣的脸上，渐渐地浮现了轻松之色，他举起了手里的特赦令："在这次行动以前，我曾经跟你们说过，如果你们能活着回来，就会受到特赦——现在，我已经拿回了发给诸位的特赦令。"

队员们听罢，眼睛立刻都直了。

陈一鸣轻松地笑了笑："还愣着干什么？这是你们应该得到的，都拿去吧。"

陈一鸣说完，小 K 第一个冲过去拽回了自己的，脸上立刻显出了兴奋的笑容："啊——我自由了，自由了！我被特赦了，自由了！"

小 K 说完，抱着燕子六就亲了一口。

燕子六赶紧推开小 K，用手抹了一下被小 K 亲过的脸："死一边去，这个臭！谁用你亲，我妈还没这么亲过我呢！"

燕子六说完，不解恨地一脚向小 K 踢去。

　　"哎哟！你小子，还来真的呀！"小 K 被燕子六一下子踢了个趔趄，不觉骂了一句。可骂过以后，他就像什么事也没发生过似的，依旧大叫：

　　"啊——我被特赦了，我自由了！"

　　喊完以后，他还觉着不过瘾，忍不住一把推开窗户："啊——我被特赦了，我自由了，我小 K 这回真的要飞了——"

　　陈一鸣和冷锋等人看着他，脸上也不禁露出了会心的笑。

　　藤原刚此时拿着特赦令，却不由得苦笑了："我能去哪儿呢？还是得回战俘营去，这特赦不特赦，对我没有意义。"

　　藤原刚说着，便把手里的特赦令丢掉了……此时，燕子六和书生站在一边，也没有去拿特赦令，陈一鸣看着他们，不禁愣住了。

　　陈一鸣问："哎，你们两个，怎么不去拿特赦令？"

　　燕子六犹豫了一下，突然大声问："报告！陈教官，你要去哪儿？"

　　陈一鸣望着燕子六笑了："当然是继续打小日本儿呀！"

　　燕子六说："那，我就哪儿也不去，跟你一起打小日本儿！"

　　陈一鸣听了，感到很兴奋："燕子六，好汉子！那你就留下吧，我们还是一个小队。"

　　燕子六听罢，立刻高兴了："好咧，那我就哪儿也不去了，谢谢陈教官！"

　　陈一鸣此时又转向书生。

　　书生望着他笑了："陈教官，我跟着你，你不需要再问我为什么了。"

　　陈一鸣兴奋地看着书生笑了："好兄弟，我收下！不过，还是那句话，你自己也得小心点儿。"

　　书生听罢也笑了："我明白你的意思，我会注意的。"

　　陈一鸣随后转过头来看着小 K，小 K 看着燕子六和书生却很纳闷儿。

　　小 K 说："哎，我说你们两位，好不容易自由了，你们两个怎么不走啊？"

　　燕子六不屑地瞪了小 K 一眼："老子不像你，就知道吃喝玩乐，老子要杀日本人！"

　　听燕子六一说，小 K 急了："谁说我就会吃喝玩乐呀？你当我还是以前的小 K 呢！告诉你，老子的姐姐被日本人给杀死了，老子的仇还没报完呢，老子只想玩几天还去打鬼子！你们既然都不走，老子也不走了，跟陈教官一起打鬼子！"

　　小 K 说着，掏出了放在怀里的特赦令："谁稀罕这破玩意儿！"

　　随后，一下给撕了……陈一鸣的目光随后转向了蝴蝶和藤原刚。

　　蝴蝶犹豫地低下头来："我……我想去看我的儿子。"

　　陈一鸣点点头，没有说什么。

　　藤原刚望着陈一鸣，眼里充满了无奈："我……我是日本人。"

　　陈一鸣点点头："我知道，一会儿有车会把你送回到你母亲身边。"

　　藤原刚听罢，眼里充满了激动："谢谢……谢谢陈教官。"

　　陈一鸣随后拿出两个信封，分别塞给蝴蝶和藤原刚，眼睛里充满了留恋："这里面是一些安家费，还有一张纸写着黑猫敢死队的新地址。规矩你们都知道，这张纸不能留下，你们背熟以后赶紧吃掉。我们是兄弟，如果你们以后遇到什么困难，就回来找我，我会帮助你们的。"

蝴蝶听到这儿，望着陈一鸣忍不住流泪了。

陈一鸣望着蝴蝶，勉强地笑了笑："好了，别哭了，快去看看你的儿子吧，他一定早就想你了……"

陈一鸣说着，转向藤原刚："藤原刚，虽然你是日本人，但是我们曾经发过誓——我们是兄弟！现在，你们两个选择离开，我很舍不得，可是人各有志……你们有亲人在身边，他们正在等着你们，我希望你们能够顺利。以后，如果想明白了，随时欢迎你们回来。黑猫敢死队的大门，永远给你们敞开着！剩下的兄弟，都是国军的军官了。今天开始，就是国军少尉。"

小 K 听罢，立刻瞪大了眼睛："那我们不跟冷教官一个级别了吗？"

冷锋冷冷地看着他，没有说话。

小 K 见了，不好意思地吐吐舌头："冷教官，我的意思是……您该升了。"

陈一鸣听罢，不由得笑了："小 K，你这个马屁拍得不错！从今天开始，冷锋晋升为国军中尉，命令已经下来了。"

小 K 听罢，立刻兴奋起来："哎哟，祝贺冷教官！"

燕子六此时却还没有回过味儿来。

陈一鸣走过去拍拍他，笑着问："怎么了燕子六？愣什么神儿呢？"

燕子六转过头来，不相信地看着陈一鸣："我……我燕子六也是军官了？"

陈一鸣说："对，从今天起，你就是国军少尉，命令已经下来了，这有什么可怀疑的？"

燕子六激动地说："可是……可是我是个飞贼呀！"

陈一鸣看着燕子六，不由得笑了："听见过这么一句话吗？叫——'英雄莫问出处'。"

"英雄莫问出处……莫问出处……"燕子六仔细地重复着陈一鸣的话，不由得挠着脑袋笑了。

半小时以后，两辆吉普车停在了军营的楼下，蝴蝶和藤原刚此时已经换了便装，正在跟穿着一身崭新军装的陈一鸣等人告别。

"记住，如果想回来，我随时欢迎你们。"陈一鸣望着蝴蝶和藤原刚再一次郑重地嘱咐他们。

蝴蝶含着热泪点点头："谢谢陈教官，只是我已经心如死灰，我现在就是想见见我的儿子……"

陈一鸣没有说话，点点头，理解地拍拍蝴蝶的肩膀。

藤原刚此时面向陈一鸣，脸上充满了愧疚："陈教官，请你原谅我，我再也不想参与这场战争了……我只想去陪伴我的母亲，和她老人家一起静静地等待着这场战争的结束。"

陈一鸣拍拍藤原刚的肩："我理解，多保重。"

吉普车在鸣笛，发出催人的叫声。

陈一鸣向蝴蝶和藤原刚挥挥手："你们快走吧，车在叫了。"

蝴蝶和藤原刚恋恋不舍地望着陈一鸣等人，却不忍离去。

"立正——敬礼！"冷锋发出了敬礼的命令，陈一鸣等所有留下的特战队队员都举手敬礼，庄严地目送着蝴蝶和藤原刚离去。

蝴蝶和藤原刚都悄悄地抹了把挂在眼角的泪，转身走去了。两辆吉普车在队员们的目视中渐渐远去，冷锋禁不住转过头来看着陈一鸣。

冷锋问："如果他们真的就此不回来了，那怎么办？"

陈一鸣的脸上骤然浮现了忧伤："如果不回来，他们会死的。我希望他们能回来！毛先生答应过我，按照我的办法来，我希望他不要食言。"

蝴蝶和藤原刚的车已经走出很远了，却没有听到枪声，陈一鸣的心情渐渐松弛下来。

冷锋此刻不甘心地望着陈一鸣："我们就只能这样被动吗？"

陈一鸣望着远方，眼里充满了惆怅："直到现在，我们就没有获得过主动权，寄希望于以后吧！"

冷锋没有再说话，眼睛里也同样充满了惆怅。

<h2 style="text-align:center">5</h2>

此时，在南京日军医院的太平间，一个孤独而苍老的身影，正站在中村一郎的遗体前。在老人的四周站满了面无表情的保镖。

中村雄望着儿子中村一郎苍白的脸，久久不语。

就在这个时候，门外突然传来了喧闹声。中村雄转过脸来，眼睛里射出凌厉的光。

太平间门外，前来看望中村雄的森田和他的参谋们被门口的保镖给拦住了。

森田说："你们让开路，我要探望中村雄先生！"

保镖回答："长官，中村老先生有命令，现在任何人都不许打搅他！"

森田说："可我是支那大本营的森田……"

保镖说："我说过，中村老先生有命令，任何人都不许打搅！"

跟在森田身后的参谋见状，立刻冲了上来："你最好让开，否则我要你很……"

保镖大喝一声："大胆！"

谁知参谋话还没说完，就被守在门口的保镖一脚给踢出了好远。

"你们……你们？"站在一旁的森田话还没有说完，就听到从太平间里传出了一个声音。中村雄问："是什么人在打扰我跟我的儿子单独在一起？"

站在门口的保镖会意，立刻拔出了佩刀："中村老先生有令，谁敢擅入，格杀勿论！"

谁知跟在森田身后的参谋不知深浅，听到保镖说话以后，反倒怄起气来，他猛地拔出军刀。参谋说："森田长官要见中村雄先生，我看谁敢拦着——"

可谁知那参谋话音还没落，就见守在门口的保镖手起刀落，那个倒霉的参谋就立刻身首异处了。

保镖抓起参谋的人头大叫："谁再敢打扰中村先生和世子，这就是榜样！"

森田见了，不觉目瞪口呆，再也不敢吭声了。

就在此时，走廊里传来了脚步声。森田转头看去，却见岩本带着十几个中村机关的特工走过来，他们一个个都表情沉重，双眼红肿。

保镖见到岩本立刻一个立正："岩本君……"

岩本望着门口的保镖叹口气："请问，中村老先生呢？"

保镖说："啊，老先生在里面，他一直在等你。"

岩本点点头，扫了森田一眼，径直走了进去。森田脸色发白地望着岩本的背影，却无论如何也不敢跟进去。

太平间里，岩本轻轻地走到了中村雄的背后。

岩本说："中村先生，对不起，我没有保护好一郎！"说着，眼圈里便涌上了泪。

中村雄转过身来，眼里充满了柔情："岩本，你来了，我一直在等你……一郎死了，我中村雄唯一的亲骨肉死了。当年，你父亲为了救我失去了宝贵的生命，你从小跟一郎就是一起长大的，我们中村家和岩本家有着割不断的联系！现在，一郎去了，我中村雄再没有儿子了，就请你允许我把你当成我的第二个儿子吧！"

"中村叔叔，我……"岩本望着骤然间苍老了许多的中村雄，不禁感慨万分。

中村雄望着他，眼里充满了执着："岩本，一郎的灵魂就要远去了，就请你当着他的面儿叫我一声父亲，也好让一郎的灵魂安心地远去吧……中村雄求你了！"

中村雄说着，就要给岩本行礼，岩本赶紧拦住了："中村叔叔……不，中村父亲，我答应您，我愿意做您的儿子，我会像一郎一样孝敬您的！"

岩本说完，禁不住流下泪来。中村雄望着岩本，终于舒心地笑了。

中村雄说："好了，岩本君已经答应了，一郎可以火化了，可以安心地走了。"

中村雄说完，慢慢地向外走去，岩本赶紧跟上去扶住他。

岩本说："中村父亲，一郎生前受尽了某些人的气，他曾经发誓要复仇的，可是他……没能等到那一天。"

中村雄咬着牙，慢慢地冒出了一句话："冤有头，债有主，某些人是要为此付出代价的！"

中村雄说完，保镖为他开了门。门外，森田正在等候着。

森田说："中村先生，我……来看看您。"

中村雄瞟了他一下，意味深长地笑了笑，却没有吱声，被岩本扶着，缓缓地走了。

森田望着他远处的背影，不禁感到深深的凉意。

6

在日军总司令冈村宁次的办公室里，总司令官冈村宁次看着面色苍白的中村雄，脸上不免露出了同情的神情："中村君，没想到会发生这样的事情，我很遗憾！希望你能尽快走出悲痛，还是保重身体要紧。"

中村雄望着冈村宁次凄惨地笑了笑："冈村君，谢谢你的关心！战争中的死亡，总是避免不了的事情。这是一场圣战，为了天皇陛下的大东亚共荣事业去死，是光荣的。我的儿子是天皇陛下的勇士，我为他感到自豪。"

冈村宁次听罢，欠欠身笑了笑："中村君，你有这样的心胸，我真是深表敬意！不知道中村君这次来支那，除了吊唁儿子之外，是不是还有别的什么愿望？如果有的话，请尽快说出来，我一定满足。"

中村雄想了想，说："临行之前，我曾向天皇陛下道别，天皇陛下十分关心支那前线的形势。"

听中村雄说到天皇，冈村宁次立刻站了起来："天皇陛下如此关心支那的形势，说明冈村宁次无能！"

中村雄见状也站了起来："冈村君不能这么说。皇军在支那牺牲巨大，天皇陛下想到那些死在前线的将士，几乎夜不能寐。前线的战役如此之艰苦，跟负责支那的情报工作的人无能有直接关系。"

冈村宁次听罢，不禁皱起了眉头："中村君，你的意思是……"

中村雄说："冈村君，我临行前，天皇陛下特意召见我进行面谈，并且征求了我对支那情报工作的意见。我这次来，还带来了天皇陛下给你的亲笔手谕！"

冈村宁次听了，立刻站起身来，接过了手谕。他看着看着，脸上忽然出现了诧异，而后又很快平静。

冈村宁次说："呵呵……中村君，天皇陛下谕旨由你能来接管支那大本营的情报工作真是太好了！你是一位老特工了，你能来负责这项工作，那是天皇陛下对我的关怀，也是我的荣幸！今后，还希望中村君鼎力相助！"

中村雄听完，赶紧谦虚地笑了："冈村君，你我是四十年前的老相识了，我能来支那辅佐你的工作，那是天皇陛下的信任，更希望能得到你的帮助。"

冈村宁次听了，立刻表态："中村君，你客气了，只要能有利于你的工作，有利于大东亚圣战，有什么要求你尽管提！"

中村雄望着冈村宁次，舒心地笑了："冈村君，我没有什么特别的要求，只要冈村君能够充分信任我就可以了。"

冈村宁次听了，立刻回答："中村君，四十年了！我们之间的友谊经过了岁月的考验，早已经超过富士山的高度了！想怎么做，你就放手去干吧！"

中村雄听了，兴奋地伸出了右手："冈村君，那么从今天开始，我就是你的部下了！"

冈村宁次也赶紧伸出了手："中村君，希望你能够扭转支那情报工作的不利局面，帮助我在正面战场取得新的胜利！"

中村雄说："冈村君，你放心吧，我会努力的！"

"哈哈……"中村雄说完，两个人都开心地笑了。

7

第二天上午，在日军驻中国大本营谍报机关的会议室，坐满了来自各方面的特工头目。坐在首席的森田的额头不断地在冒汗，逼得他拿着手绢不停地在擦着。

前来开会的特工头目们虽然彼此间都不说话，但在他们的眉宇和眼神中却有很多语言在交流。会议室的门被岩本一下子推开了，随着门声，中村雄一身戎装地走了进来。

"起立！"森田一声口令，坐在会议室里的特工们立刻齐刷刷地站了起来。

中村雄毫无表情地走到森田跟前，转身看着站立起来的各位。岩本站在中村雄的身后，对森田则虎视眈眈。

森田的额头又开始冒汗了："中村先生……"

中村雄未等森田说完，便说话了："各位，你们中间的有些人，曾经是我的部下；有些人，我们是第一次见面。但不管是老相识还是刚认识，从今天开始，我们就要在一起共事了。"

"共事……"森田望着中村雄，不觉瞪大了眼睛。

岩本没等中村雄说话，一把推开了森田，中村雄趁势坐在了首席位置上。

森田的表情显得很尴尬："中村先生，在没有宣布正式命令之前，我还是这里的主管……"

中村雄没有回头，却冷冰冰地回答："森田先生，你已经被免职了。"

"什么……"森田看着中村雄，脸上写满了急躁和可怜，"中村先生，您不能这样！我是冈村宁次总司令官阁下任命的，我——"

"我刚才的话你没听见吗？"中村雄又一次打断了他。

"中村先生，您……您无权将我免职！"森田忍无可忍地质问了一句。

中村雄立刻冷笑了："我代表的不仅是冈村宁次阁下，还有天皇陛下！"

听中村雄这样说，森田的身体立刻软下来："中村先生，这……"

"八格！"中村雄怒不可遏地瞪着森田，"你连天皇陛下也敢不放在眼里吗？"

森田嘴唇颤抖了一下，还是忍不住大叫起来："中村先生，您这是蓄意中伤，卑职没有做错的地方！"

中村雄听罢立刻站了起来："你说什么？你没做错的地方？我问你，你为什么阻挠南京驻军搜索和拦截军统别动队？你又为什么在事发之后对军统别动队网开一面，不闻不问？还有，为什么军统别动队可以轻而易举地在南京杀人劫狱？你还敢说，你没有做错吗？！"

森田低下头："我……"

中村雄说："森田，你不仅有错，你还大大地有罪！"

"中村先生！"森田再一次忍无可忍地叫了起来，"您恐怕还不知道你儿子在南京究竟都干了些什么吧！好，那就让我来告诉您——"

"岩本！"没等森田说完，中村雄立刻叫了一声。

岩本连忙应了一声："到！"

中村雄说："给我杀了他！"

"是！"岩本一声应答，随即伸出短刀，一刀便插进了森田的后背。

森田哆嗦着说："中……中村雄，你这是……公报私仇……"

森田话没说完，就大瞪着眼睛倒下了。

在场的特工头目们见了，一个个目瞪口呆。

中村雄像什么也没有发生似的重新坐了下来："根据天皇陛下手谕和冈村宁次总司令的命令，我现在正式就任大日本皇军驻支那大本营谍报主管。各位，有反对的吗？"

会议室里立刻鸦雀无声。过了一会儿，仿佛有谁在暗地里指挥似的，在座的特工头目都齐刷刷地站了起来："欢迎中村先生！"

中村雄的脸上第一次露出了笑容起身："好好好，各位请坐。从今天开始，就由我来领导诸位的工作，希望我们紧密合作，共同将皇军的支那战场地下工作，迈上一个新的高度！"

众头目齐声回答："听从中村先生教诲！"

8

此刻，在重庆郊区的一间农舍里，蝴蝶的儿子小木墩在夕阳的照耀下正兴致勃勃地跟一只叫"小花"的小狗在玩着。

蝴蝶快步走上了山坡，看见了正在玩耍的小木墩，眼里不禁涌出了泪。

小木墩转头看见了她，忍不住叫着跑了过来："小姨——小姨！"

"孩子！"蝴蝶快步奔过去，一把抱住了他。

小木墩长得很可爱，一张红红的、憨憨的小胖脸，蝴蝶搂着他，禁不住亲了又亲，眼里的泪水像断了线的珠子扑簌簌地落下来。

小木墩哪里知道大人的苦衷，便忍不住惊愕地问道："小姨，你怎么哭了？"

蝴蝶抱着他，使劲儿地摇摇头："没，小姨没哭，小姨没哭，小姨就是想你了，想你了……"

小木墩乖巧地擦去蝴蝶脸上的泪水，轻声说："小姨，妈妈不在家。"

蝴蝶听罢，不禁愣住了。

小木墩没有理会蝴蝶的神情，继续说："小姨，我娘去四姐姐家说话去了，你等着，我这就去叫我娘。"

蝴蝶听了，一下子就哭出声来，禁不住紧紧地抱住了自己的儿子。

晚上，在一间简陋却很干净的农舍里，蝴蝶和一个年纪三十岁左右的女人在说着话。

蝴蝶说："梅子姐，孩子放在你这儿，你受累了！"

梅子说："木墩他妈，你这说的是什么话！你如今有难处，照看不了孩子，俺一个寡妇，身子又好，反正每天干完活儿也没什么事儿，有了木墩正好给俺做个伴儿。"

蝴蝶问："我下午听木墩叫你什么……叫你妈？"

梅子听罢，脸立刻红了："木墩他妈，我那是让孩子叫着玩儿的。村落里的孩子野，这孩子要是没爹又没娘的，就要受欺负，我就叫木墩当着外人的面管我叫娘，谁知叫着叫着，这孩子就叫习惯了。木墩他妈，你别往心里去，这不当真的，你要是听着不舒坦，俺就叫木墩再改回来，还叫俺姨！俺只要木墩在俺身边，叫啥都行！"

梅子的话让蝴蝶听了，心里很温暖。她看看已经熟睡的孩子，再想想自己的处境，又忍不住流下泪来。

蝴蝶说："梅子姐，孩子和你亲，你就让木墩管你叫娘吧！将来孩子长大了，也让他跟着你、孝敬你！"

梅子听了，不由得愣住了："木墩他妈，听你这话，你不住下，还要走？"

蝴蝶的脸上立刻显出了愁容："梅子姐，我的命……现在是不属于我的。我这次就是来看看孩子，将来怎么样，我也不知道。"

梅子听了似懂非懂，却一个哈欠撺上来，立刻就困了："木墩他妈，天不早了，咱们明天再聊吧，我得去睡了。"

梅子说完，哈欠连天地走了。蝴蝶看着熟睡的儿子，却毫无困意。

第二天，梅子像往常一样早早就醒了，下地之前，她又转过屋来看望蝴蝶，谁知蝴蝶此时早已经走了，只是在小木桌上留了张字条：

梅子姐，我走了，我这一走，也许就永远不会再回来了。孩子你照看得那样好，我就放心了。木墩是个可怜的孩子，他生下来就没有爸，而他的妈妈恐怕这次也永远地回不来了！可孩子命好，他有了你，你像妈妈一样照顾他……不，应该说，你对他，比他的妈妈还要好！梅子姐，你是个好人，孩子能遇见，是他这辈子的福分！他应该管你叫娘，他也应该报答你、孝敬你！梅子姐，我走了，永远地走了，无论走到哪里，哪怕是天上地下，我都会替孩子感谢你！哦，对了，还要嘱咐你一件事，你一定不要让孩子知道有我这样一个母亲——永远不要！因为我不配。

你的妹妹蝴蝶

捧着蝴蝶留下的信，梅子傻了，看着床上仍然在熟睡的孩子，她无力地跌坐了下来。

9

单说此时在战俘营里，在一间新盖的木屋前，藤原刚光着膀子正在奋力地劈着木柴，他肩上、臂上的腱子肉在阳光的照耀下泛着棕红色的光芒。在他的身边，劈好的木柴已经堆成了一座小山。

藤原刚的母亲一脸喜气，此时正端着一碗水走过来："孩子，快停下来喝口水吧，你都劈了一上午了！怎么光是劈柴，也不跟妈说句话？"

藤原刚看了看母亲，想要说点儿什么，可犹豫了一下，又闭住了嘴。

母亲见了，不免露出一脸的诧异："孩子，你一定是有事情要跟妈妈说吧？那，你就说呀？"

藤原刚看着母亲没有吱声，眼里却涌出泪来。

母亲知道藤原刚心里有事，又惦记着自己，便赶紧说："孩子，自从你走后，中国宪兵就给我盖了这新屋，还给我很多生活上的照顾，妈这是托了你的福啊，可是妈就是惦记你。孩子，这一段时间，你都去哪儿了呀？"

藤原刚愧疚地望着母亲，握在手里的斧子垂了下来。

母亲走过去，伸手给他擦了擦汗："孩子，你说话呀？你这是怎么了？"

见母亲有些着急，藤原刚一下子跪下了："妈，我杀了人——杀了日本人……"

母亲的脸一下冷了下来："你……你杀人了？你杀了……日本军人？"

藤原刚连忙说："妈，我本来不想再杀人的，我……"

母亲没有说话，慢慢地跌坐下来。

藤原刚抱住母亲哭泣了："妈……我真的是没办法……我不杀他们，他们就要杀我！"

母亲听到这儿，一下子晕了过去。

藤原刚惊慌地说："妈！妈——医生，医生——"

藤原刚冲着塔楼上的宪兵大声地喊起来。

夜晚，还是在那间新盖的小木屋内，躺在床上的母亲渐渐地醒过来。在母亲的床边，藤原刚守着一只小炉子正在煎着药。母亲看着儿子，眼泪慢慢地流下来。

藤原刚回过头来，看见母亲醒了，急忙奔了过来："妈？妈妈……您醒了？"

母亲望着儿子，吃力地笑了笑："你杀了日本军人？"

"是的……妈妈。"藤原刚愧疚地低下了头。

母亲的脸上显出了哀怨和迷茫："孩子，你在前线打仗、我在国内的时候，认识了好多跟我一样的母亲。她们的儿子，也都跟你一样，是日本军人；而她们也跟我一样，挂念着前线的儿子。"

母亲说着，眼泪开始流下来："我们都含辛茹苦，等待着你们归来，可是等来的，却是一个又一个骨灰盒。那一次，军部说你死了以后，我却连一个骨灰盒都等不到，我不相信你死了，我就到支那来找你。我变卖了咱们家的祖宅，才换了一张到上海的船票……"

"妈，都是我不好！"藤原刚含泪看着母亲，伸手为母亲擦着脸上的泪水。

母亲说："现在我仔细想过了，你当兵，那不是你的错。国内的年轻人，都要当兵，离开母亲，走向战场——这是逃脱不了的命运！我从上海登岸，第一次踏上支那的土地，走了差不多半个支那，才找到了你！一路上，我也见过了那么多支那的母亲！我见到了战争，见到了死亡的孩子们，无论是日本军人还是支那军人……"

藤原刚看着母亲，有些惊醒了，他不错眼珠地看着她。

母亲说："孩子，我还能活着见到你，可是那些母亲呢，她们还能见到自己的儿子吗？我常常在想，这场战争到底毁掉了多少个离开母亲的孩子，又撇下了多少没有了孩子的母亲？日本，真的能赢吗？"

藤原刚看着母亲，眼含愧疚："妈，日本是不会赢的！这场战争，日本从一开始就不会赢的！"

母亲说："是的，不会赢的。可就算是赢了，又能怎么样呢？你不知道，国内的老百姓都苦成什么样子。他们的儿子，没了！战争，毁了他们的家！这场仗，不能再打下去了，不能再打下去了！不能！"

藤原刚说："妈，我该怎么办呢？我已经参加了这场战争，我已经参与了敢死队的行动！我现在回来了，可是我知道，他们——不，是军统，是不会让我这样长久地生活下去的！妈，你说，我到底该怎么办呢？"

母亲说："既然如此，那就别躲了，要结束这场战争！一定要结束！唉，既然日本不能赢，就赶快输掉吧！这么多天来，我知道你想去做什么。既然已经没有别的选择，为了更多的母亲，为了更多的孩子，你想怎么做就怎么做吧！"

"妈，谢谢你……"藤原刚含在眼里的泪水扑簌簌地落了下来。

10

夜晚，在黑猫敢死队的驻地里，陈一鸣等人也没有睡着，他一边擦着枪，一边和冷锋说着话。

陈一鸣问："蝴蝶和他走了几天了？"

冷锋说："嗯，五天了。你说，他们俩能回来吗？"

陈一鸣说："不知道。"

冷锋问："那你怎么还放他们走？"

陈一鸣听罢，不由得叹了口气："不放他们走，这个队伍就没法儿带了。言而无信的指挥官，会被放黑枪的。"

冷锋说："可是又不是你言而无信，是军统！"

陈一鸣说："都一样。他们不会去细分到底是我，还是军统。"

冷锋听了，也不禁叹了口气："唉，这不是给军统在背黑锅吗？"

"哼！"陈一鸣不由得苦笑了，"我们就是被选出来背黑锅的，所以才叫黑猫敢死队。"

冷锋听罢，不禁皱起了眉头："这叫什么事儿啊！"

陈一鸣苦笑："什么事儿———正在发生的事儿。"

冷锋说："朗朗乾坤，泱泱中华，就没有天理了？"

陈一鸣说："别发牢骚！天理是打出来的，什么时候打消停了，就有天理了。"

冷锋愤愤地说："哼，都打了一百多年了，什么时候才是个头？什么时候才有真正的和平？"

陈一鸣用力推上已经擦好的弹匣："不管什么时候是头，我们都得打下去！和平不是谈出来的，是打出来的。作为职业军人，我们没有别的选择。唉，我们这一代人的命运，就是跟战争联系在一起的。打吧，总有一天会打完的。"

"打完？还不知道，我们能不能活到打完仗的那一天。"冷锋说完，重重地叹口气，"唉！"

此刻，在靠近重庆市的一条江的江边上，蝴蝶正孤独地徘徊！远处，隐隐传来令人熟悉的川江号子声。

蝴蝶望着汹涌的江水，驻足沉思，而后，她终于下了决心，慢慢地向江水走去，就在这个时候，一个男人的手突然从后面抓住了她。

书生说："蝴蝶，你不能这么做！"

蝴蝶回过头来，惊愕道："书生，是你……你在跟着我？"

书生点了点头。

蝴蝶的脸上现出了感动，继而又变得忧伤了："我已经见过了我的儿子，我已经再没有什么遗憾了。"

"可你一旦走进去，你的儿子就再也没有母亲了。"书生说完，用冷峻和渴望的眼神看着蝴蝶。

蝴蝶忧伤地摇摇头："可是，是我亲手杀了孩子的父亲。难道，还要等孩子长大了，由我亲口告诉他这个事实吗？"

书生叹了口气，眼睛里透出了坚毅："蝴蝶，这场战争造成了无数的悲剧，很多人比你的命运还要悲惨！你做过的事情是正确的。你不要自责，也不必难过，你为什么要自寻死路呢？你以为，你父母在九泉之下会为你今天的自杀感到欣慰吗？"

书生的话，令蝴蝶惊醒了，也犹豫了："可是我……我该怎么面对我的儿子呢？"

书生说："该面对的，早晚都要面对！你死了，这些就都不存在了吗？难道你愿意让别人告诉你的儿子，是他的母亲亲手杀了他的父亲，然后又自杀了，而且他的父亲还是一个日本特务，是一个杀过中国人的日本特务？！"

"不！"蝴蝶大声地叫了出来。

书生说："那你就要活下去，将来由你自己亲口告诉他事情的真相！"

蝴蝶身体颤抖着望着书生："可我不敢……我不敢！"

书生面容严肃，口气冰冷："可你别无选择！"

蝴蝶听罢，一下子面对江水跪了下来："为什么会是我？为什么会是我啊！"

书生伸出手来，慢慢地落在蝴蝶的肩上："不要死，要活着。战争已经降临到我们身上，我们别无选择，只能承受！可战争总会结束的，你的儿子也会长大，将来，他们过的就不会是我们这样的日子了，他们会过得很平静，也会很幸福。"

蝴蝶说："可我是个女人，我看不了那么远。"

书生说："不，你不只是女人，你是战士！"

"我不是！"蝴蝶转过头来，倔强地望着书生。

书生看着她，毫不犹豫地一把把蝴蝶拉了起来："不，你是战士！从参加南京的这次行动开始，你已经是个战士！你是这个民族、这个国家的战士！你已经被训练成为一名出色的特工，你不仅要活下来，你还要继续去战斗！否则，你真的只有死路一条！"

蝴蝶听了，吃惊地看着书生："可我只是一个女人……"

书生说："战争中是没有男人和女人的，只有战士和死去的战士！只要你的身体里面流的是中国人的血，你就逃脱不了战斗的责任！想想你死去的父母，再想想那些被屠杀的中国老百姓——你以为，你真的能逃避吗？"

蝴蝶低下了头，不再顶撞："那……我现在该怎么办？"

书生回答："没有选择，回去——只要活着，就要战斗！陈教官让我一直跟着你，就是怕你出事。跟我回去吧，我们是一个集体，少了谁都不完整。"

听了书生的话，蝴蝶忍不住流下泪来："书生，我跟你走。"

蝴蝶擦干了眼泪，坚定地跟着书生向驻地走去。

第十二章

────────★────────

1

清晨，在黑猫敢死队驻地门前，陈一鸣和冷锋正一身戎装地站在大门口。不远处，书生带着蝴蝶大步地走了过来，陈一鸣见状，赶紧迎上去一步。

"陈教官，我……申请归队。"蝴蝶一脸羞怯地站在陈一鸣面前，举手敬礼。

陈一鸣微笑着点点头，还了个军礼。

冷锋仍旧一脸严肃地望着蝴蝶："你的宿舍在那边，是单独的，你的军装已经放在里面了，你自己去换上吧。"

"是！"蝴蝶敬了个礼，转身走去了。

冷锋望着蝴蝶离去的背影，不禁夸赞了一句："书生，真有你的！你这洗脑的功夫真是蛮厉害的，还真是把蝴蝶的脑子就给洗了！"

书生听罢，轻松地笑了笑："不是洗脑，是做思想工作。"

冷锋听罢也笑了："我不懂你们这工作、那工作的……总之，你给人洗脑是一绝！"

陈一鸣看着冷锋和书生，开心地笑了。

书生也不觉苦笑了一下："好了，我也回宿舍了。"

书生说完，笑着走了。

陈一鸣看着书生离去的背影，不觉看了看腕子上的手表。

冷锋忍不住问他："藤原刚会不会不回来了？"

陈一鸣皱了皱眉头，未置可否。

就在这时，冷锋突然叫了一句："队长，你看！"

陈一鸣顺着冷锋手指的方向看去，突然一下子呆住了———原来，在大路上，藤原刚穿着一身军便装正在信步走来。陈一鸣立刻迎了上去。

藤原刚走到跟前，庄重地向陈一鸣敬了一个军礼："报告队长，藤原刚请求归队。"

陈一鸣还了一个军礼，脸上充满了兴奋："归队！"

藤原刚应了一声："是！"

冷锋一脸兴奋地向身后指了指："宿舍在那边，燕子六他们还没起床，这么多天来这是他们第一次睡的囫囵觉，别吵醒他们！"

"是！"藤原刚说完，大步地走了。

陈一鸣望着他的背影，终于长出了一口气。

军号在驻地里响起。早操过后，敢死队的男队员们都兴奋地齐聚在宿舍里。

冷锋望着正在嬉笑打闹的小K等人，不由得松了一口气："不管怎么说，他们都活下来了！"

陈一鸣的脸上浮现出了从未有过的舒心的表情："不，是我们都活下来了。"

驻地四角的岗楼上，青天白日旗在空中正无声地飘着。

陈一鸣感慨地叹了口气："能在这场战争当中最后活下来的，就是胜利者。我希望，我们能成为胜利者。"

冷锋望着陈一鸣，充满了信心："有你在，我们不会输的！"

陈一鸣转头看了冷锋一眼，又回头展望着远方，没有说话。

2

南京城内，连绵的小雨在淅淅沥沥地下着，雨幕中，十几个特工打着伞，守护在一座墓碑的附近。

中村雄头顶着岩本为他打的伞，一脸肃穆地立在儿子的墓碑前，他心情沉重地站了好一会儿，这才长叹一声，转身走了。

岩本和周围的特工们亦步亦趋地跟着他。

岩本说："中村阁下，意大利总领事今天又来到大本营，催促我们尽快释放萨尔神父。"

中村雄看着脚下的路，没有回答。

岩本接着汇报："冈村宁次总司令官阁下希望中村先生调查完毕之后，释放萨尔神父。"

"我知道了。"中村雄冷冷地回了一句，又继续向前走。

岩本紧跟了几步，试探着问："阁下，您看……"

"我说过，我知道了。"中村雄又冷冷地回了一句。

岩本不敢再说话了。

中村雄快步来到轿车前，回头嘱咐岩本："关于那支军统别动队的情况，你要尽快调查清楚！"

"是！"岩本回答了一声，赶紧照顾中村雄上了车，自己也跟着上了车，车队很快便离开了。

日军的囚房里，萨尔神父衣衫褴褛地蜷缩在角落里，已经被折磨得不成样子。牢门被打开了，中村雄慢慢地走了进来。

萨尔神父望着他，脸上充满了仇恨："禽兽，还等什么？你们杀了我吧！"

中村雄面色阴冷地回答："我们想到了一起，我真的想亲手杀了你。"

萨尔神父怒问："那为什么还不动手？"

中村雄说："因为……不需要我动手。"

萨尔神父的脸上露出了冷笑："那来吧，就让你的手下杀了我吧！"

中村雄摇摇头："不，你自己会杀了你自己。"

萨尔神父听了一愣，随后回答："我是教徒，我的信仰阻止我自杀。"

"不，你会的，我这就是来给你送行的。"中村雄说完，神秘地笑了笑，转身走了。

两个特工随后进来，把萨尔神父拉了出去。

3

意大利教堂里，此时显得无比寂静。萨尔神父跟跄着走到教堂前，吃力地推开门，教堂内的景象让他立即愣住了！

原来，教堂的大厅内，到处悬挂着孩子们的尸体。

萨尔神父惊讶得立刻大叫起来："啊——啊——"

教堂内所有的孩子都死了，无一幸免。萨尔神父在无数的尸体之间跌跌撞撞，奔走呼号："撒旦！撒旦！撒旦也不会这样做呀！撒旦也不会这样做！"

凄惨的叫声，在空旷的大厅内徘徊、响彻。

此刻，在教堂附近的一辆轿车内，正坐着面无表情的中村雄。听到从教堂里传出的呼喊声，中村雄的脸上终于露出浅浅的笑。

教堂内，此时除了神父的呐喊声和一个悬挂着的尸体，便再无声息。神父渐渐地跑累了，也喊累了，他跟跄着停下了脚步，眼里充满了绝望。

神父说："上帝啊，难道你就没有睁开眼睛吗？你就没有看见这一切吗？你为什么不惩罚他们呢？为什么……"

萨尔神父说着，放下来一个个尸体，流着眼泪不停地亲吻着。过了很久，他仿佛想起了什么，他无力地站起身来，抱起身边一个死去的小女孩，跟跟跄跄地向门外走去。

外面，冷风呼啸，寒冷刺骨，身穿单衣的神父此时却浑然不觉，他抱着怀里女孩的尸体向江边走去，慢慢地来到了江水前。

神父虔诚地说："上帝啊，你的仆人带着他的孩子来见你了。"

神父说完，依然抱着怀里的女尸，慢慢地向着江水的深处走去，很快，便淹没在滔滔的江水里。

在不远处的堤岸上，中村雄坐在轿车里正出神地观望着。

中村雄说："尊敬的神父，我是来为你送行的，我说过，你会自己杀死自己的，不是吗？"

中村雄说完，脸上露出阴险的笑。

4

几天以后，在日军驻支那大本营总司令官冈村宁次的办公室里，冈村宁次正一脸严肃地望着坐在他面前的中村雄。

冈村宁次说："中村兄，战事吃紧，皇军准备对支那正面战场使用特殊武器了。"

"哦！"中村雄听罢，不禁有些兴奋，"你的意思是，皇军已经秘密研究了很长时间的新型武器可以投入实战了？"

"是的。"冈村宁次得意地笑了，"经过了上万个活体的反复实验，现在，已经绝对有把握投入实战了。"

中村雄听了，兴奋地站了起来："真是再好不过了！总司令阁下，你需要我做什么？"

"我需要你全力保护这个秘密！"冈村宁次说完，脸色变得严肃起来。

中村雄立刻站起来，严肃地望着冈村宁次："卑职义不容辞！"

冈村宁次向中村雄挥挥手，请他坐下来，而后说："中村君，军统别动队的厉害我是知道的，你一定要小心谨慎。"

中村雄说："冈村君，我明白你的意思，我是不会让他们得手的！"

冈村宁次说："那很好。大日本皇军征服支那的难度很大，而最大的难度就是支那拥有四万万人口，皇军却只有近百万，这个比例实在是太悬殊了。虽然皇军攻无不克，战无不胜，但是要解决支那的人口问题，光靠机枪、大炮和战斗机是远远不够的！731部队——就是我们彻底征服支那的利剑！"

5

哈尔滨，日本关东军731部队驻地。

此刻，在太阳旗下，整齐地站立着数百名身背行囊的日军官兵。731部队队长北野少将和其他几位高级军官正表情严肃地站立在队列前。

北野大声宣布："现在，我来宣布大本营对我731防疫给水部队发布的作战命令。根据大日本帝国天皇陛下彻底解决支那战争的旨意，大日本帝国陆军省、大日本帝国皇军参谋本部、大日本帝国皇军驻支那大本营以及大日本帝国关东军司令部发布命令——731部队携带本部装备，抽调精英组成华东派遣联队，前往华东前线参战！"

北野话音刚落，站立在他面前的官兵们立刻振臂欢呼起来："万岁！万岁！万岁！"

北野兴奋地挥挥手，他面前的队伍渐渐地安静下来："养兵千日，用兵一时！我大日本帝国的好男儿们，正当为天皇陛下建立功勋之时！我731部队的好男儿们，正在为大日本皇军增光之时！"

官兵们齐呼："万岁！万岁！万岁！"

北野说："一周以前，松井大佐率领的华东派遣联队先遣队，已经抵达华东前线！他们将熟悉战场情况，搜集天气情报，实地检验武器性能，为我们的到来做好充分准备！现在，我将亲自带队，率领你们前去杀敌，让我们的太阳旗插遍支那大地！大日本帝国万岁！"

官兵们再次齐呼："万岁！万岁！万岁！"

哈尔滨火车站前，戒备森严。火车站站内，731部队的官兵在部队长北野的带领下，正井然有序地步入封闭的列车。

就在这个时候，车站内的一间房顶上，一个矫健的身影飞速地穿越到一个正在执勤的日军哨兵的身后，一只手迅速扼住哨兵的喉咙，另一只手飞快地将匕首插入了哨兵的心脏，哨兵的身体便立刻软软地倒了下来。

黑影放下哨兵，迅速地拿出照相机，对着车站在不停地拍照。过了一会儿，他收起了照相机，很快便消失在阴影里。

两天以后，这组照片已经被完整地摆放在军统头目戴笠的办公桌上。

"看来，小鬼子这次是要灭我们的种啊！"戴笠看着眼前的照片，不禁面色冷峻。

毛人凤随手抓起摆放在面前的一张照片，端详着说："日军的731部队一直以防疫给水部队的名义进行活动，这照片上拍的就是他们生产的生化细菌武器。"

戴笠听罢点点头："昨天晚上，731部队的华东特遣队已经起程，预计后天会到达华东前线。这件事情我已经报告了委座，委座对这件事情十分重视，指示我们立即组织力量，全力搜集731部队华东特遣队的情报，抓住时机，予以歼灭！"

毛人凤说："是！"

戴笠说："还有，为获取这些情报牺牲的弟兄家属的善后工作都做了没有？"

毛人凤说："已经做过了，并且按照您的吩咐，在家属的抚恤金上进行了照顾。"

戴笠说："很好！这次牺牲的弟兄功不可没，你安排个时间，我要亲自为他的家人授勋！"

毛人凤连忙回答："是，我回头就安排！"

戴笠说："哦，这位牺牲的弟兄是哪个训练班毕业的？"

毛人凤说："杭州特警训练班国术专业，此人今年才29岁，孩子刚刚出生一个月。"

戴笠听罢，脸上浮现出无限的感慨："齐五，你一定要安置好这些兄弟的家属，我们不能忘记这些为国家牺牲的兄弟！"

"是，我一定照办！"毛人凤说完，赶紧出去了。

6

黑猫特战集训基地里，今天的警卫比哪一天都森严。

在基地的军训大厅里，冷锋等敢死队的队员们正焦急地观望着不远处的队部大门，似乎在等待着一件重大事情的发生。

此刻，在队部办公室里，毛人凤与敢死队队长陈一鸣少校的谈话已经进入了尾声。

毛人凤说："陈少校，我并不是想牺牲你去完成这项任务。但是你该知道日军的细菌武器一旦投入战斗，会给我们的国家和民族造成什么样的后果。国军的其他部门还没有能力去完成这件事，所以委员长经过再三考虑才把这个艰巨而光荣的任务交给了我们团体。我于是就想到了你。但是这件事情，我最终还是要尊重你的意见。因为这一次，即便是行动成功，参与者生还的希望也很小，所以……"

看见毛人凤一脸为难的神情，陈一鸣立刻表了态："毛先生，您不必顾虑。战士，就是要去牺牲的。这个任务，我接！"

毛人凤听了，不免感动地望着陈一鸣："陈少校，你太让我感动了！你如此深明大义，国家和民族不会忘记你们，委员长、戴老板和团体也不会忘记你们的！你们的名字将会与青天白日旗一样，与日月同辉！"

对毛人凤的激动和夸奖，陈一鸣并没有在意，他着急地问："毛先生，我们什么时候行动？"

毛人凤说："嗯，目前，还有一些更详尽的情报正在搜集中。比如，731部队集结的地点、具体的人员和火力配备，以及他们大规模投放细菌武器的实施目标等，都需要具体落实。只有获得了准确的情报，我们才能出发。好了，你们抓紧训练吧，命令下来了，我会及时通知你。"

毛人凤说完站起身来，握住陈一鸣的手："陈少校，你还有什么要求吗？"

陈一鸣说："如果有了更详尽的情报请尽早转给我，我们好做战术准备，其他的就没有什么了。"

毛人凤望着陈一鸣点点头："好，我会全力搜集相关情报，尽早转给你！保重！"

陈一鸣说："保重！"说完，向毛人凤敬了一个庄严的军礼，目送着毛人凤走了。

毛人凤走后，冷锋等队员们都好奇地围了上来。

冷锋带头问："队长，是不是要有新任务了？"

陈一鸣望着围在他身边的队员们，不由得笑了："怎么，沉不住气了？"

小K听了，笑着挠挠脑袋："嘿嘿，憋急了！天天圈在这里训练，早就想出去打仗了！"

燕子六说："是呀队长，先透露点儿消息，是不是又有新任务了？"

陈一鸣望着队员们笑了："是要有新任务了——"

"什么新任务？"小K嘴快，赶紧迫问了一句。

陈一鸣故作神秘地笑了笑："任务嘛，现在还不能透露。总之，很快就要有大动作了。好了，我们还是去抓紧训练吧！"

陈一鸣说完，率先走了出去。队员们见了，也都跟着走了出去。

7

几天以后，戴笠愠怒地把毛人凤叫到了自己的办公室。毛人凤刚坐下，戴笠就把一份文件扔到了毛人凤面前。

毛人凤问："这是什么？"

戴笠说："你自己看看吧！"

毛人凤拿起卷宗一看，不禁愣住了："《天字号细菌战计划》？"

"对。而且是日军即将实施的细菌战的全部计划！"戴笠说完，脸上不禁露出了苦笑。

毛人凤问："你这是从哪里搞到的？"

"哪里？是委员长亲手交给我的。"戴笠说完，脸上露出了不尽的苦涩。

毛人凤更加纳闷儿了："委员长？委员长怎么会……"

戴笠望着毛人凤，重重地叹了一口气："这是共党搞到的，作为情报支援交给了委员长。委员长昨天把我叫去了，一顿臭骂，骂我们国军数万特工竟然比不上几百个地下共产党，人家搞来了这样绝密的情报，而我们却没有搞到，实在是党国的耻辱！还指名道姓地骂我和你都是饭桶！"

戴笠一席话，把毛人凤给说傻了，许久之后，他才喃喃地问："下一步，我们怎么办？"

"什么怎么办？"戴笠说完，又重重地叹了口气，"现在，我们也管不了那么多了！就根据这些情报，拟订作战计划，把你的黑猫敢死队派出去！委员长只给了我五天时间，如果搞不掉731，你我的脑袋都要搬家！"

"是！"毛人凤答应了一声，却没有走。

戴笠不禁奇怪地望着他："你怎么还不去？"

毛人凤迟疑了一下回答："老板，我有一个主意，不知当说不当说。"

"嗯。"戴老板听了，十分注意地看着毛人凤。

毛人凤起身走到办公室门口，开门看了看，而后关严了门。

毛人凤："局长，我是这样想的……"

毛人凤说着说着，头离戴笠的头更近了，说话声音也更小了。戴笠注意地听着，渐渐地，脸上不禁露出了阴冷的笑。

8

夜晚，黑猫基地的操场上，黑猫敢死队的队员们全副武装地伫立在队部前。在队部办公室的屋顶上，一面国旗正在随风飘扬。

在队员们的面前，摆着一张长条桌子，桌子上并排放着几只碗，宪兵们此时捧着酒罐，正在挨着个儿地往碗里倒酒。

陈一鸣一脸严肃地望着站在他面前的队员们："兄弟们，今天，我又要带你们出征了！"

队员们一个个昂首挺立、表情庄严地听着他的话。

陈一鸣深吸了一口气，端起酒碗接着说："吾辈身处乱世，狼烟遍野！身为军人，自当制止杀戮，还苍天众生以和平！今日，吾等报必死之决心，集中全力，孤注一掷，非大流血不足以寒敌胆，不足以扬民意，不足以壮国威！兄弟们，举起碗来，我等干了这杯酒！"

队员们闻声，一个个都举起碗来。

陈一鸣举杯说："风萧萧兮易水寒，壮士一去兮不复还！"

陈一鸣说完，喝干了碗里的酒，随手将酒碗摔碎在地上。

"风萧萧兮易水寒，壮士一去兮不复还！"队员们说完，也举起酒碗一饮而尽，随后也都摔碎了自己的酒碗。

在他们周围，负责警戒的宪兵也都向他们举手敬礼或者持枪敬礼，队员们此时都感到自己的热血在沸腾。

陈一鸣望着他的队员们大声说："你们是谁？！"

队员们齐声说："黑猫敢死队！"

陈一鸣问："黑猫敢死队是什么？！"

队员们再次齐声说："不屈不挠，国之利刃！"

队员们的喊声震撼了军营，在营区的上空久久回荡。

重庆军用机场里，运输机的螺旋桨在急速地旋转，毛人凤和田伯涛等人正昂首挺立，目送着敢死队队员们远行。

运输机起飞了，渐渐地离开机场，飞进了星空，离重庆越来越远。此刻，重庆室内一个角楼的阁楼里，借着微弱的烛光，一只手正在发着电报。

一个男人说："泰山：黑猫敢死队现已出动，执行劫杀731部队华东派遣队的任务。黑桃A。"

与此同时，在上海的一间阁楼里，代号为"泰山"的我地下党负责人黄天明正在看着电报，他的眼神不禁呆住了。

报务员看着他有些激动的表情，不禁惊愕地问："泰山，你怎么了？"

黄天明说："为了国家和民族，他去尽忠了！转发长江，告诉他——我们没有看错陈一鸣。"

报务员点点头，立刻开始了发报。

此时，在南京金陵大酒店总经理室，刚刚接到电报的黄云晴的眼里，不禁流出泪来。

夜空中，运输机在急速地飞行，机舱内，陈一鸣等队员们正在做跳伞准备。

此时，蝴蝶透过机舱的窗子看着机舱外虚无缥缈的夜空，眼里不禁涌上了泪。

蝴蝶脑海里闪过临别时自己对儿子说的话："儿子，妈妈就要上战场了。此次行动，妈妈一定是不会再活着回来了，如果哪一天有谁向你问起妈妈，你别忘记告诉他——妈妈是无愧于中华民族的人！"

此时，藤原刚望着漆黑的舱外，也眼含热泪。

藤原刚脑海里闪过自己临别时对母亲说的话："妈妈，我们就要飞到东北的上空了，我们是为了捣毁灭绝人性的731，如果我回不来了，妈妈别忘记了在我墓碑上刻上'阻止战争罪恶的藤原刚'几个字。"

此时，在藤原刚的身边，陈一鸣、冷锋等人都紧握着手里的枪，脸上充满了神圣和庄严。

运输机座舱内绿色的指示灯发出急促的叫声，并且一闪一闪断续地亮着，坐在机舱门口的冷锋一下子站了起来。

冷锋说："记住我说的跳伞要领，夹紧自己的裆部！开始检查！"

冷锋说完，猛地戴上早已经准备好的风镜，自问自答："一号好！"

书生等队员依次回答。

书生说："二号好！"

燕子六说："三号好！"

藤原刚说："四号好！"

蝴蝶说："五号好！"

小K说："六号好！"

陈一鸣戴上风镜，最后回答："七号好！"

冷锋随之猛地打开机舱门，习惯地向身后的队员们竖起大拇指，而后纵身跳入了夜空。队员们也依次竖起了大拇指，陆续跳了下去。

夜空中，七朵伞花竞相绽放。

9

此刻，在南京火车站内，刚刚驶入的蒸汽机车正在吐着白雾，列车车厢处，提着大包小裹的旅客们正在着急忙慌地下车。

在下车的人流中，走出了一个提着白色的箱子、身穿呢子大衣的中年男人——此人，便是军统局派往南京的特使赵先生。

正在站台上等待的岩本此刻掐灭了手里的烟，向着中年男人走过去，距离他身边不远处的两个日本特工看见了，也虎视眈眈地跟在后面。

岩本走过去，轻声问赵先生："请问，现在几点了？"

赵先生扫了一眼岩本，又看了看手表回答："不好意思，我的表停了。"

岩本听了微微一笑："看来，你需要一块瑞士的劳力土。"

对过了接头暗号，赵先生朝着岩本笑了笑："岩本先生？"

岩本也笑着问了一句："你是赵先生？"

赵先生点点头。

岩本低声说了一句："走吧，车在外面等你。"

岩本随后便率先向站外走去，两个特工见状也紧跟在赵先生后面护卫着，一行人匆匆地走向了站外。

几分钟以后，在车站附近一家日式酒馆里，岩本和赵先生面对面坐了下来。

坐下来以后，赵先生便着急地说："我希望尽快见到中村雄先生。"

岩本笑了笑，点燃了一支烟，深吸了一口，吐出团团烟雾："中村雄先生委托我见你，我是他的代表。"

赵先生愣了，犹豫了一下，继续坚持道："我要求当面会见中村雄先生！"

岩本迟疑了一下回答："中村雄先生也要求面见戴笠先生，你可以转达吗？"

赵先生听罢立刻站了起来："我是戴老板的全权代表！"

岩本也随之站了起来："我是中村雄先生的全权代表！"

赵先生冷冷地看着岩本，不觉语塞了。

岩本微微一笑，重新坐了下来："现在，让我们两个全权代表来谈话吧。"

赵先生迟疑了一下，也只好坐了下来。

岩本怀疑地看了对方一眼，问道："戴老板派你来见中村先生，到底有什么事情？"

赵先生犹豫了一下回答："戴老板……想跟中村先生建立关系。"

"哦？"岩本望着赵先生，禁不住愣住了，"一个支那政府军统局的局长，想跟我大日本皇军驻支那大本营的谍报主管建立关系，这，这不是天方夜谭吗？"

可赵先生望着岩本却显得很平静："我们所说的关系，是建立某种情报的秘密交流关系。"

岩本听了，还是不肯相信地笑了笑："支那马上就要失去抵抗能力，重庆政府也马上会成为皇军的囊中之物。作为被征服者，有什么资格要求与征服者建立情报交流关系？赵先生，还是请你回去转告你们戴笠老板，中村先生是不会答应的！"

谁知赵先生听罢，不仅没有走，反倒稳稳地坐了下来，他望着岩本笑着说："你们不就是想使用细菌战吗？你们真的以为，我们什么都不知道？"

岩本听罢愣了一下，警惕地问道："那么请问，你们都知道些什么呢？"

赵先生望着岩本笑了笑，平静地回答："'云字号'作战计划，整个计划文本237页，地图163张，涉及战线2371公里，动用关东军731细菌战部队华东派遣队，兵员1723名，其中技术兵员963名，由北野少将亲自带队，预计后日晚间到达华东前线！"

"够了！"岩本愤怒地大吼一声，脸上的笑容立刻消失了，"我问你，你们是从哪儿搞到这些的？"

赵先生看了正在激动的岩本一眼，得意地笑了："军统的谍战水平，在亚洲可是第一流的，不过，你认为我会告诉你吗？"

岩本愤怒地看着赵先生，强忍着怒火道："赵先生，我知道你是戴老板的红人。但是你别忘了，这是在南京，不是重庆！你现在在我们手上，割下你的人头，只是我一个眼神的事情！"

赵先生听罢，微微一笑回答："岩本先生，我知道你恨不得现在就杀了我，可是你想想，我是那种怕死的人吗？"

岩本想了想，威胁道："赵先生，我会让你生不如死！"

赵先生喝了一口茶，又笑了："如果你认为，戴老板会派一个禁不住酷刑的代表，你真的是看低了戴老板了！"

赵先生说着，索性站了起来："来吧，随便你怎么处置，我是不会多说一个字的！"

岩本听罢，也端起茶来喝了一口，注意看着赵先生："那……戴笠到底想干什么？"

赵先生说："我说了，建立秘密的情报交流关系。"

岩本说："我们有什么可以交流的？"

"我刚才提供的情报还不够吗？"赵先生说罢，微笑地看着岩本。

岩本迟疑了一下回答："这只能说明，我们内部可能有鼹鼠，其他的，还能说明什么？"

赵先生端起茶杯喝了一口，又说道："我下面要说的话很重要，你仔细听好了，戴老板认为，我们团体和中村特务机关之间虽然是不可调和的死敌，但是还有一个特殊的关系。"

"什么关系？"岩本不禁脱口问道。

赵先生接着说："唇亡齿寒。"

岩本愣了一下，接着问："赵先生，请继续说。"

赵先生说："因为我们两大特务系统的存在，所以我们各自的大老板，便谁也离不开我们。一旦我们两大特务系统中有一个崩溃，另外一个其实也就没有了存在的必要。所谓'鸟尽弓藏，兔死狗烹'，依中村雄先生的中国古汉语功底，他应该很清楚。"

岩本听到这儿，不再反驳他，听下去。

赵先生说："因此，戴老板主动与中村雄先生示好，希望建立秘密的地下关系，在重大问题上可以进行有效的高层情报交流，达成共识。在不得不为的行动当中，彼此谅解；在需要对方帮忙的时候，彼此信任。这样，我们两大特务系统便可以共存共荣，在敌对的阵营占据各自应得的位置。"

岩本听到这儿，不禁问了一句："那么具体的步骤呢？"

赵先生把跟前的茶杯满了满，接着说："这具体步骤嘛，为了表示我方的诚意，戴老板将主动告诉中村雄先生一条重要的情报。"

岩本问："什么情报？"

赵先生望着岩本笑了笑，悠闲地喝了口茶，而后才说："关于日本军队的这次细菌战，我们有行之有效的破坏计划。"

岩本听罢，一下子愣住了："赵先生，请继续说！"

赵先生不无得意地说："军统有一支黑猫敢死队，你应该知道。"

岩本说："当然知道，他们杀了我的挚友、中村雄先生唯一的儿子——中村一郎。"

赵先生听罢又笑了："戴老板知道，中村雄先生对黑猫敢死队的杀子之仇，肯定是耿耿于怀的！因此，他决定，把这支黑猫敢死队——送给中村雄先生！"

岩本听了，不禁眉头一挑，认真地听下去。

赵先生接着说："黑猫敢死队，这次奉命来破坏日本 731 部队的细菌战计划！现在已经空降到预定区域，而且，他们是国民政府唯一可以阻止细菌战计划的战术打击力量……"

"等一等！"岩本听到这儿，立刻拦住了赵先生，"赵先生，此事事关重大，还需要请示中村雄长官是否需要与先生面谈。一会儿，我将带先生找一个安全的地方去休息，等汇报中村长官之后，我再来通知你下一次见面的时间。"

赵先生听了，兴奋地站了起来："这样最好，我正想和中村先生当面商谈。"

岩本于是带着赵先生去了一个既安全又不易被人发现的旅馆住下，又安排随行的两个日本特工留下来监视和保护赵先生，这才开着车急匆匆地走了。

10

离开旅馆以后，岩本开着车径直来到了金陵大酒店，去了总经理办公室。

此时，黄云晴正跟林经理在商量事情，见岩本气喘吁吁地走进来，不由得都吃了一惊："你怎么突然来这儿了？有人跟踪没有？！"

岩本关上门，立刻骂了一句："八格！"

林经理听见之后，一下子愣了："岩本，怎么了？你怎么能违反地下工作的规定，没经允许突然就来了？"

岩本没有回答林经理的话，对黄云晴突然说："金鱼同志，出大事了！"

黄云晴说："哦？怎么了？你暴露了？"

岩本走到桌子前抓起一杯水，大口地喝下去，懵懵懂懂地回答："还没有……可也差不多了！"

黄云晴听了，这才松了一口气，拉过一把椅子，请一并坐下，轻声说："你别着急，到底怎么回事，慢慢说。"

岩本压抑了一下激动的心情愤愤地说："军统……出卖了我！"

"什么？军统……怎么会出卖你呢？"黄云晴说完，奇怪地看了林经理一眼。

林经理皱了皱眉头，也惊愕地看着岩本问："你跟军统的人有接触？"

岩本急躁地摇摇头："不是我跟军统有联系，是军统派人到南京来了！"

"哦。"黄云晴的表情变得严肃起来，"军统和南京方面有什么秘密勾结？"

岩本这时才平静下来缓缓地说："军统把你们交给蒋介石的'云字号'作战计划交给了我！而且还向我透露了黑猫敢死队要在哪里跳伞，在哪里动手！他们——出卖了自己的黑猫敢死队，要中村雄去杀掉他们！目的……似乎要证明你们通过上级转给蒋介石的情报是假的。"

"原来是这样……"黄云晴听罢不由得站起身，踱起步来。

林经理在一旁说出了黄云晴此时心中的疑惑："军统他们为什么要这样做？"

黄云晴站住脚突然说了话："一定是我们提供的情报刺激了他们！他们为了向蒋介石证明他们并非无能，所以……"

"所以才置中国几百万老百姓，甚至包括黑猫敢死队和中国军队的生命于不顾，与日本人同流合污！"听到这儿，林经理气愤地站起身来插了一句。

岩本听罢，也站起身来："你们分析得对，军统为了不让蒋介石认为他们无能，所以才不惜以黑猫敢死队和上百万中国军民的生命为代价来诬陷共产党！只是，下一步我们该怎么办？"

黄云晴说："此项事情重大，我不能做决定，我马上电告泰山同志，至于下一步，要等待中央的指示！"

岩本听罢转过头来，望着黄云晴："那我该怎么办？难道，我真的要让中村雄知道这些吗？"

黄云晴想了想回答："为了你不暴露，你只能以不变应万变，如期向中村雄汇报。"

岩本问："汇报他什么？"

黄云晴说："汇报一切。"

岩本问："那……敢死队他们就要很危险了！"

黄云晴抬腕看了看手表，想了想说："按时间推断，他们已经降落了，以他们的能力是能够对付未来局面的。在情况没有确定之前，你无论如何不能暴露！你现在马上向中村雄汇报，并且想办法应付中村雄，尽力转来更有价值的情报，我也设法与敢死队联系，大家一起想办法粉碎军统和中村雄的阴谋！"

"是，我这就走！"岩本说完转头而去。

黄云晴叫住了他："布谷鸟，一定要注意安全！"

"我知道了。"岩本感激地笑了一下，快步地走了。

门关上以后，黄云晴立刻命令林经理："老林，中村雄的触觉很灵敏，这件事发生以后，他一定会对自己内部展开调查。你想办法，从中村机关的铁杆儿特务当中找一个替死鬼出来，我们要确保布谷鸟同志的安全，他千万不能出事，知道吗？"

"我明白！"林经理应了一声马上去办了。

黄云晴转身去了洗手间，开始向"泰山"发报。

11

深夜，在东北某地的山地里，跳伞后已经换了日本宪兵服装的敢死队队员们排成战斗队形，此时正在谨慎地搜索前进。

远处公路上，一辆汽车的车灯划过，敢死队队员们赶紧卧倒，车灯的光柱很快便闪了过去，慢慢地隐没在远方，队员们不觉松了一口气。

队伍中的小K转过头来，悄声问燕子六："哎，我怎么觉得……有点儿不对劲儿呀？"

燕子六反问："怎么不对劲儿？"

小 K 说："我总觉得有人出老千。"

燕子六问："什么意思？"

小 K 轻轻抽了抽鼻子："我闻到了出老千的味道。"

燕子六听罢，不觉轻松地笑了："你别逗了你！出老千你还能闻到味儿？"

小 K 听罢，不满意地回了一句："我自己就是老千，谁出老千还能瞒得了我？"

走在前面的冷锋听了，轻声地回了一句："不许说话！"

小 K 和燕子六吐了吐舌头，谁都不吭声了。

陈一鸣此时跟在冷锋后面，听了刚才小 K 和燕子六的对话，不免有些心事重重。

冷锋回头扫了他一眼："你想什么呢？"

陈一鸣四下里扫了扫，皱起了眉头："我也觉得有点儿不对劲儿！我们走了这么久，却连日本人的巡逻队甚至皇协军也没遇到，这不是有些反常吗？"

冷锋听罢，不禁更警觉了，他四下里仔细看了看，没有发现什么可疑的迹象，这才回过头来说："是不是因为现在日军的军纪涣散，不如以前，巡逻队点个卯就回去睡觉了？我想啊，他们的精锐部队现在也打得差不多了，后方不会留下什么像样的部队了。"

陈一鸣听罢点点头，又赶紧回了一句："冬眠的蛇还会反咬一口呢，不要掉以轻心！"

"是！"冷锋说完，向前快走了几步，又突然停下，转回头来问陈一鸣，"哎，你说，这里面是不是真的有局？"

陈一鸣叹口气，摇摇头："不知道，管他呢，开弓没有回头箭，小心能使万年船，咱们多留点儿神就是！"

两个人说完不再说什么，又带着队伍向前摸索着走去。

此时，在一条山路上，一辆救护车正隐蔽地停在路边，女护士阿莲手里握着手枪正在紧张地等待着。

救护车里，坐着一位姓李的院长，他的手里也握着一把冲锋枪，脸上的神情也很紧张。

忽然，不远处传来几声蟋蟀的叫声。

阿莲听了脸上一喜，也学着蟋蟀的叫声回了几声，不一会儿，附近的小树林里传来几个人小心走路的声音，不一会儿，便看见几个黑影穿出了树丛，走近了看，他们身上穿的都是日本军装。

阿莲见状吓了一跳，正要举枪还击，就被一个黑影一下子给扑倒了。

扑上去的黑影是小 K，他压在阿莲的身上，捂着她的嘴轻声说了一句："国军敢死队！"

李院长此时已经走下车，来到了陈一鸣跟前："我是云雀。"

陈一鸣兴奋地握住李院长的手："谢谢你云雀！国军黑猫敢死队队长陈一鸣。"

李院长听罢，立刻笑了："久闻大名！日寇的克星！上车吧。"

小 K 此时光顾着看李院长和陈一鸣说话，竟然压在阿莲的身上，忘记了起来。阿莲见状，不满意地叫了一声："你倒是起来呀！"

小 K 这才醒过神儿来，看着阿莲说了一句："你真漂亮！"

阿莲一听就急了，伸手给了小 K 一个嘴巴："臭流氓，快起来！"

小 K 爬起身来捂着脸，委屈地回了一句："打我干啥？我说的是真话，又没惹你！"

阿莲没有理小 K，瞪了他一眼，转身走了。站在一旁看西洋景的燕子六顺手给了小 K 脑袋一下。

燕子六问："怎么样？被抽了吧，臭流氓？"

小 K 看着阿莲的背影，十分阿 Q 地回了一句："有味道！小 K 爷就喜欢这样的女人！"

书生听罢不由得笑了，随手拉了小 K 一把："赶紧走吧，我们不能在这儿久留！"

队员们很快上了车，救护车瞬间便发动了，快速离去。

12

此时，在一家日本酒馆里，一个素雅的包间里正播放着日本音乐，日军驻中国大本营情报主管中村雄和重庆军统特派员赵先生的密谈此时也已经到了尾声。

赵先生此时端起酒杯来，一脸笑容地望着中村雄："中村阁下，能够见到你我很高兴，让我们举杯，为中日秘密战线友好合作的开始干杯！"

中村雄此时也笑了，只是笑得有些含而不露，他举起酒杯来与赵先生手里的酒杯轻轻一碰："请转告戴笠阁下我对他的敬意，为我们日中秘密战线的友好合作干杯！"

两人说罢干了杯子里的酒，便放下手里的杯子，各自回报给对方很有分寸的笑。

岩本此时坐在下手的位置，他一边应付地喝着酒，一边注意地听着他们的谈话，观看着他们的表演，心里不免产生了一种奇怪的想法。

岩本心想："看他们现在的样子，不像是敌对国，反倒像是盟友和兄弟。这天下的事，真是怪了！"

赵先生此时看了岩本一眼，又转向了中村雄，笑着说："中村阁下，你的部下岩本先生一表人才，谈吐不凡，对中村家族更是忠心耿耿，中村阁下果然是强将手下无弱兵啊！"

中村雄听罢很舒心地笑了笑，随即回答："哪里哪里！戴老板手下有黑猫敢死队，更有你这样的纵横说客，可谓文武双全啊！"

赵先生连忙说："哎，中村阁下过奖了，彼此彼此！"

"哈哈……"两个人说罢都畅声大笑起来。

笑过之后，中村雄表情严肃地转向岩本："岩本君！"

"在！"岩本立刻站了起来。

中村雄命令道："马上带人去围剿敢死队！记住——我要他们死！"

岩本应道："是！卑职想现在就出发！"

中村雄再次命令道："坐专机去，带上我们最好的行动特工！"

"是！"岩本答应了一声，转身走了。

十几分钟以后，在中山陵附近的山路上，一辆轿车远远地停在一棵大树下，黄云晴一脸严肃地坐在车里。

过了一会儿，岩本开车来到了跟前，他下车后迅速地向四周扫了扫，而后果断地钻进了黄云晴所在的车里。

黄云晴一脸严肃地看着岩本："有什么突发情况？"

岩本回答："黑猫敢死队在临远县，中村雄派我马上去那里剿灭他们。你说，我该怎么办？"

黄云晴听罢想了想，马上说："要想办法，保护他们！"

岩本问："问题是我怎么保护啊，临远县本来就是一座兵城，有上万个虎视眈眈的日本军人，上万个黑洞洞的枪口，黑猫敢死队去了那里就等于掉进了陷阱！靠我一个人的能力，能抵得过上万人的驻军吗？！"

黄云晴听罢想了想，严肃地望着岩本："布谷鸟，我知道你面对很大的压力，可我们一定要帮助敢死队，而且一定要摧毁细菌武器！否则，一旦日军使用细菌武器的阴谋得逞，我们将面对很严重的后果！布谷鸟，你知道后果的严重性，所以你必须尽量调动你的智慧来达到我们的目的，这一点，是没有第二条路可以选择的！"

岩本想了想，轻轻叹了一口气回答："金鱼，我知道事情的严重性，放心吧，我会尽全力去完成任务的。"

黄云晴听罢兴奋地点点头："布谷鸟，你辛苦了！不过，我也会马上去临远县，统一指挥那里的地下党和游击队，配合你和敢死队完成任务。岩本同志，你放心吧，你不是一个人在战斗！"

岩本听罢，感动地握住黄云晴的手："金鱼同志，谢谢组织的关心！有你亲自去临远县指挥，真是再好不过了！"

黄云晴听了也激动地握握岩本的手："放心吧，我们大家共同努力，一定能粉碎敌人的阴谋！"

岩本点点头，迟疑了一下，突然说："中村雄已经开始怀疑我了，这也是他为什么要发配我到前线的原因。他想让我暂时离开指挥中枢，好派人调查我的疑点。"

黄云晴听罢，也点点头："这一点，我已经想到了。鲤鱼同志会安排好局的，在中村机关内部为你找一个替死鬼！"

岩本道："哦，那太好了！组织上这样做，我就放心了。"

黄云晴想了想又问："你目前还有什么需要组织上帮助的吗？"

岩本思忖了一下，说："我需要一句话。"黄云晴问："一句话？"

岩本道："对，一句话。我知道黑猫敢死队的内部有自己人，我需要一句可以让他明白我是自己人的话——"

黄云晴想了想回答："那你就告诉他，'人生何处不相逢，何不把酒相逢'——这是当年我参加工作的时候，他跟我的第一个接头暗语。他是我的入党介绍人，这句话只有我跟他使用过。"

岩本听罢高兴地笑了："太好了，这下我就没问题了！"

岩本说完就要下车，黄云晴叫住了他。

黄云晴说："黑猫敢死队的队长叫陈一鸣，我认识他。你如果见到他，也告诉他一句话——你就说，'中央军校的梧桐树上，刻着两个人的名字，现在已经长得很高了。'"

岩本听罢愣了愣，仔细地琢磨着。

黄云晴看着他笑了："你就跟他这样一说，他就会明白的。"

岩本望着黄云晴笑了笑，点点头："好，我走了。"

岩本说完，赶紧下了车。黄云晴望着岩本的背影，眼圈突然红了。

黄云晴说："布谷鸟，多注意保护自己！我希望战斗结束的时候，我们还能见面！"

岩本转回头来，望着黄云晴笑了笑："放心吧，我不会死的！你也多保重，战斗胜利的时候我们再见！"

岩本说完，钻进了自己的车里，轿车很快就开走了。

第十三章

———— ★ ————

1

此刻，远在东北的临远县城门外，一辆救护车正缓缓地驶过来。

"站住！"日本哨兵大喝一声，拦住了车。

车窗开了，从救护车驾驶室里伸出了李院长的头："太君，辛苦了！车上拉的死人，我拉回去做解剖用的。"

李院长说着，便拿出一沓钞票来塞给了哨兵。

哨兵打开了车门，猛然间，便有一股熏人的臭味儿从车厢里散出来，哨兵被熏得赶紧后退了一步，他打开电筒往车里照了照，只见车厢里七扭八歪地躺着七具"尸体"，"尸体"面部的表情都很恐怖。

哨兵赶紧关上了车门，厌烦地挥了挥手："开路，开路，快快的！"

"谢谢太君！"李院长笑着感谢了一声，赶紧开着救护车走了。

救护车一离开城门的岗哨，车厢里的七具"尸体"便立刻就活了，一个个捂着鼻子不停地唉声叹气。

守在门边上的蝴蝶将车门推开一条缝，拼命地吸了一口气，忍不住叨咕起来："哎呀，这是什么破车呀，怎么这么臭啊？"

坐在她身边的书生听了，苦笑着拍了拍自己身边的箩筐："你说为什么臭？这下面真的扣了一个死人，已经烂得不成样子了。"

蝴蝶听书生这样说，立刻转过脸去使劲呕吐。

陈一鸣道："忍着，不许出声！"

陈一鸣轻吼了一句，蝴蝶赶紧捂住了嘴。

救护车很快便开进了临远县城医院。救护车进了车库以后，李院长和阿莲赶紧下了车，打开了后车门。车厢里，陈一鸣等人赶紧跳下车来，拼命地呼吸着车厢外面的新鲜空气，才稍稍地缓过来一些。

李院长望着大家轻声说了一句："我们走吧。"

大家听了，赶紧跟着李院长进了地下室。

李院长开了灯，众人抬头望去，只见屋里到处都是泡在福尔马林溶液里的人体器官，屋子中间有一张解剖台，上面还残留着血迹。队员们四下看了看，又不免开始呕吐。

李院长望着大家叹了口气："别吐了，你们就要在这儿藏身。"

小K一听就急了："啊？院长，你没搞错吧？"

蝴蝶也说："是呀，我们怎么能住在这儿呢？"

李院长看着大家苦笑了一声："因为这里是解剖室，上面是太平间，所以只有这里是最安全的。"

站在李院长身边的阿莲，此时已经打开了柜子的暗层，回头对敢死队队员们说："这里有给你们准备的干粮，还有水，都是消过毒的。"

阿莲说着，又打开另外一个柜子的暗层："这里是军用高爆炸药，足够把半个临远县城都炸上天的。"

陈一鸣走过去，拿出一包炸药丢给了书生。

书生接过来检查了一番报告："炸药质量没问题。"

李院长转过头来问陈一鸣："还需要什么装备？"

陈一鸣摆了摆手："不需要了，这就很好，谢谢！"

李院长望着陈一鸣等人笑了笑："一家人不说两家话，你们在这儿吃点儿东西先休息，明天开始行动。"

陈一鸣道："好！"

李院长说完，走了出去，阿莲也随着父亲李院长出去了，解剖室里立刻静了下来。

陈一鸣叹了口气："大家吃饭吧，吃完了休息，明天还有行动！"

陈一鸣说完，便抓起柜子里事先储藏的馒头大口狂吃起来，可谁知还没等吃几口，屋子里的味道就令他大口狂吐起来，甚至将胃里原有的东西也吐了出来。

小K看着陈一鸣呕吐的样子，不禁叹了口气，俏皮地说了一句："唉，无敌金刚的传说破灭了！"

陈一鸣听到这儿，生气地瞪了他一眼，小K赶紧闭上了嘴。

2

此刻，在临远县日军军用机场，临远县驻军加藤师团长加藤少将与松井大佐正等待在机场上，他们的旁边伫立着几名参谋人员。

一架日军运输机缓缓地降落了，舱门打开，岩本少佐带着十几名特工出现在舷梯上。

加藤等人见了，笑着迎了上来。

加藤笑着："岩本少佐，欢迎你！"

岩本举止端正地向加藤少将敬了一个礼："加藤少将阁下，你好，岩本奉命前来，还请加藤阁下多关照。"

"岩本少佐，你客气了！"加藤说着，将站在他身边的松井介绍给岩本，"岩本少佐，这位是 731 部队华东派遣队先遣分队队长松井大佐！"

岩本客气地伸过了手："松井大佐阁下，你好！"

"你好，岩本少佐，请多关照！"松井说着，也握住了岩本的手。

加藤笑着向岩本示意了一下："岩本少佐，请上车，我们一直等着你来，黑猫敢死队目前已经在我们的全面监控当中。"

"我知道。中村雄先生让我带来他对你的问候！"岩本说罢，客气地笑了笑。

加藤听罢，立刻笑了："老中村的身体还是那么硬朗吗？"

岩本说："是的，中村雄将军阁下的身体一直很硬朗。"

加藤听罢又笑了："好，也请转告我对他的问候。"

几个人说着，便上了车，汽车很快便开走了。

十几分钟以后，在加藤师团的司令部里，加藤、松井和岩本几个人面容严肃地坐在会议室里。

加藤说："岩本少佐，你看我们什么时候动手合适？"

岩本想了想，故意放缓了声音："敢死队这些人对我们掌握重庆方面的情况十分重要，所以……最好是活捉。"

"活捉？"松井听罢，禁不住疑惑地望了岩本和加藤一眼。

岩本分别看了一眼加藤和松井，接着说："不仅如此，他们还杀害了我的挚友——中村一郎少佐！"

加藤听罢愣了一下，点点头："我明白了，岩本君，你是想亲手杀了仇敌。"

岩本答："对！加藤君、松井君，还希望你们能够满足我的小小请求！"

加藤听了，立刻表示赞同："理所应当，岩本君，我答应你！"

松井听罢，也赶紧附和："岩本君，你对中村君的一腔忠诚，我早有耳闻，十分钦佩！"

"松井君，你过奖了！"岩本说完，暗自松了一口气。心想："只要先拖住他们，就给敢死队赢得了一些时间。"

加藤说："岩本君，我和松井都是职业军人，不是特工人员。对这次行动，我本来就不在行。既然你来了，这次行动的指挥权，我就完全交给你了。"

"感谢加藤君信任！"岩本听罢，立刻站起了身。

加藤见了，赶紧挥挥手："岩本君，你何必客气！我们都是为了天皇陛下，为了大东亚圣战，应该的！"

岩本立刻向着东南方向呼喊："天皇陛下万岁！"

加藤和松井见了也赶紧站起身，一同高呼："天皇陛下万岁！"

岩本看着他们，眼里闪出复杂的光。

3

此时，在地下室里，书生等人都在睡觉，睡在屋子边上的小K却抱着一只腌制的鸭子正兴致勃勃地啃着。

睡在小K边上的燕子六的脸被小K扔下的鸭骨头砸中，不觉睁开了眼睛："哎，你咋还不睡？吃什么呢，你吃得这么香？"

小K抹了一把沾满了油的嘴，显摆地回答了一句："什么东西？鸭子！"燕子六一个骨碌翻身坐起来："鸭子？你哪儿来的鸭子？"

小K不免哼了一声："狗日的院长跟那护士藏起来的，就在那碎尸万段的台子下面，被我找出来了！"

小K说着，掰下来一只翅膀递给了燕子六。

燕子六接过来闻了闻："怎么……怎么有股怪味儿呀？"

小K答："腌的……肯定味不好！可怎么也是肉啊，你吃一口！"

燕子六拿起鸭翅膀闻了闻，摇摇头："我不吃，你吃吧！在这儿你还能有胃口，我真是佩服你！"

小K听罢，更摆摆头："小K爷我饿急了，连死孩子都敢吃！"

小K说罢，又大口大口地吃起来。睡在他们一边的陈一鸣被吵醒了，忍不住问了一句："小K，你又偷吃人家东西了？"

小K听罢，不好意思地笑了笑，赶紧递过来一只鸭腿："陈教官，你也吃点儿？院长也太黑心了，他给咱们吃馒头、咸菜，却把鸭子藏在碎尸台下面，自己独享！"

陈一鸣看见小K递过来的鸭腿，不觉皱了皱眉头："算了，我不要，你吃吧，我这胃里现在还难受呢！"

在一旁睡觉的冷锋他打了个哈欠，揉着眼睛问了一句："几点了？"

书生此时也醒过来看了看手表："五点四十。"

冷锋抬起胳膊伸了个懒腰："哎呀，这一觉睡得真舒服！好了，不能再睡了，我得出去方便方便！"

冷锋说着就往屋外走，解剖室的门突然开了，阿莲走了进来，看见小K手里正攥着鸭子，不觉惊叫了一声：

"啊?!"

"怎……怎么了？"小K听罢，不禁惊愕地看着阿莲。

阿莲看着小K手里的鸭子叫了起来："你你……你怎么把这个给吃了？!"

小K望着阿莲，得意地晃了晃脑袋："哼，怎么了？许你藏起来，就不许我找出来？"

阿莲听了，一时间竟变得哭笑不得："你……你知道你吃的是什么吗？那是我们拿来毒老鼠的！"

"啊？！"小K听了，一下子就呕吐起来。

站在一旁的陈一鸣听了，赶紧问："阿莲护士，毒老鼠怎么用鸭子呀？他吃了没事儿吧？"

阿莲摇头："没什么大事儿，就是得遭点儿罪。解剖房的老鼠被死尸给娇惯的，都不吃粮食，就吃烂肉！我们怕老鼠把尸体标本给咬坏了，就只好拿鸭子来毒老鼠，可谁知道……"

阿莲话没说完，小K就又开始大口地呕吐起来，就在这时，解剖室的门开了，李院长正好走了进来。

听阿莲叙述了事情的原委，李院长赶紧说："阿莲，别在这儿傻站着了，赶紧给患者洗胃！"

陈一鸣听了，赶紧吩咐："藤原刚、燕子六，你们扶小K去洗胃！注意，机灵点儿！医院里到处都是日本伤兵！"

藤原刚、燕子六答："是！"

藤原刚和燕子六应了一声，赶紧扶起小K出去了。

燕子六道："哼，让你贪嘴，让你贪嘴！这回好了，吃出毛病了吧？！"

小K疼得紧紧抓住阿莲的胳膊，还没忘记说一句俏皮话："你……你这个人，谋杀亲夫！"

"滚！谁是你老婆！"阿莲立刻推开了他。

随后，阿莲和李院长在前面带路，藤原刚和燕子六扶着小K开始走进了坐满日本伤兵的走廊。

前方不远处，两个日本宪兵此时正在检查伤兵们的身份，一边询问，一边不停地在夹子上登记。

燕子六禁不住紧张地冲着藤原刚说了一句："有宪兵！"

藤原刚皱着眉头，低声回答："你不要说话，照直走！"

就在这时，一个宪兵转过头来，看着燕子六他们大声问："那边，什么的干活？！"

走在前面的李院长赶紧回答："吃错了东西，需要洗胃。"

另一个宪兵此时也转过头来大声问："什么人的干活？"

藤原刚听见了，赶紧用日语回答："你们让开，他要是出了事，你们都要掉脑袋！"

两个宪兵听罢愣住了，不觉走了过来。

一个宪兵问："你是谁？"

藤原刚没有回答，随手掀开外衣，里面露出了金色的菊花徽章。

两个宪兵一见都愣住了。

藤原刚合上外衣，压低声音对日本宪兵说："我大日本帝国天皇陛下御前警卫，井上源三郎大尉！"

两个宪兵听了立即敬礼："大尉好！"

"那这位是……"其中一个宪兵禁不住惊愕地向藤原刚询问此刻正在愁眉苦脸的

小 K。

藤原刚听罢，对宪兵轻声回答："这位是伏见宫三树！"

其中一个宪兵听罢，不禁大瞪起了眼睛："伏见宫博义亲王的世子？"

藤原刚轻声回答："正是。"

两个宪兵听罢马上敬礼。

小 K 见状赶紧用日语骂了一句："滚！"

藤原刚听了赶紧催促宪兵："你们马上离开，世子肩负特殊使命，他的身份绝对不许透露！"

宪兵听罢，赶紧立正："是！"而后，便灰溜溜地让开了。

离开宪兵以后，小 K 忍不住小声问藤原刚："那什么亲王……是干吗的？这么大的威力？"

藤原刚轻声回答："裕仁天皇的亲弟弟。"

小 K 听罢，立刻夸张地张大了嘴："啊？那我……不就是日本小王爷了吗？这身边围着的艺伎不知有多少啊！"

燕子六吼："你住口吧！"

燕子六照着小 K 的脑袋使劲儿拍了一下，小 K 立刻闭嘴了，此时，附近一个屋子的门轻轻地开了一条缝，从门缝里露出了岩本表情复杂的半张脸。

4

此刻，在那间屋子里，几个化装成伤兵的特工人员的手里都端着冲锋枪。

一个年龄稍大点儿的日本特工小声问岩本："岩本君，我们什么时候动手？"

岩本迟疑了一下回答："在这里动手会误伤我们的伤兵，我们必须找一个合适的机会——记住，一定要想办法活捉他们，我不要他们这么痛快地死！"

年龄稍大的特工又说："刚才说话的军统特工是日本人。"

岩本听了，不禁回过头来问他："你怎么知道？"

年龄稍大的特工答道："他的口音我熟悉，日本山形县人，不会错的。那是全日本最穷的县，非常封闭，没有外人出入。军统特工的语言能力再强，也学不到山形县的口音。"

"哦。"岩本听罢，不禁皱起了眉头。

另一个年轻一点儿的特工听了，禁不住转过头来问年龄稍大的特工："日本人会参加支那军统，来对付我们？！你是不是听错了？"

年龄稍大的特工自信地回答："我母亲就是山形县的人，我怎么可能听错我自己母亲的口音呢？"

岩本听了，赶紧摆摆手："现在不讨论这个问题，你们盯紧点儿！大家把武器都收好，千万不要暴露！如果在医院打起来，那我们这 200 多个伤兵很可能就是牺牲品，我不想死更多的日本人……听到了吗？"

特工齐答："是！"

特工们听了都收起冲锋枪，各自挂着拐杖之类的物件赶紧出去了。

"唉！"岩本望着他们的身影，不觉叹了口气。

5

清晨，临远火车站里熙熙攘攘，刚刚停在车站的列车的火车头正在不停地向外冒着蒸汽。

列车的车厢处，乘车的旅客们正在下着车。一身贵妇打扮的黄云晴此时也走下车来，在她的身边，跟着高老板；在他们身后，跟着神情警惕的两个保镖。

早已经等在这里的丽晶酒店的徐老板，此刻笑吟吟地迎了过来，在他的身后，也跟着两个保镖。

徐老板笑道："楚小姐，旅途辛苦了！"

黄云晴笑答："啊，徐老板，让您久等了，路上有军列，列车让车，不得不耽搁一会儿。"

徐老板说："哦，请吧，楚小姐，咱们先安顿下来。"

徐老板说完，便陪着黄云晴和高老板等人向停在不远处的轿车走去。

高老板一边走着，一边笑着对徐老板说："老徐，好久不见了啊！"

徐老板听罢笑了笑，轻声说："高老板，什么风把你给吹来了？你这条老狐狸！"

高老板听了，忍不住笑了笑："老狐狸也有老狐狸的长项啊！一会儿呀，咱们就先喝两杯，边喝边聊！"

徐老板听罢，不由得笑了："嘀，一大清早的就喝酒，我还怕了你不成？"压低声音又说，"老高，我知道，你可是全延安'第一喝'呀！"

高老板问："哦？怎么，你是说到现在也没有人能超过我？"

徐老板答："当然了，还没有！"

高老板笑了："哎哟哟，这也太不成器了！不会喝酒，那还搞什么地下工作呀？"压低声音又说："李部长不是说过吗？不能喝酒的人，没几杯就被人家给灌倒了，还套别人的话呢，把自己先套进去了！"

徐老板说："呵呵……李部长那是开玩笑！李部长还说呢，以后招新考试呀，就要先招能喝酒的！"

徐老板说完，两个人都忍不住大笑起来。

黄云晴在一旁听了，禁不住转过来问："你们两位说什么呢，这么热闹？"

徐老板听罢立刻笑了："没什么，没什么，我们这两个老家伙，一见面就爱逗乐子……哦，楚小姐，请上车！"

徐老板说着打开了车门，黄云晴随即上了车，高老板等人也跟着上了车，两辆轿车立刻开走了。

丽晶酒店里，徐老板站在经理室的窗口，轻声地介绍着这里的情况。

"眼前这条路是临远的主干道，叫'协和大道'，是日本人给改的名字。临远自古以来，就是一个兵城。日军侵占临远以后，对这里非常重视。这里也是国民党军队和日军在华东正面战场接壤的中枢地带，县城以西七十二公里处就是国民党军队的阵地，所以临远的战略位置非常重要。日军在这里集结了重兵，有日本陆军主力精锐加藤师团、陆军航空队第17战斗机飞行战队、第39轰炸机飞行战队，还有相关的配属后勤补给单位，总共有三万七千多人；此外，还有两个步兵团的伪军，大约有四千人，所以总兵力是四万多人。"

黄云晴听了，不觉叹息地点点头："真是一个军事要塞呀！"

徐老板看了黄云晴一眼，继续说："还有一点要注意的是，加藤师团是配有坦克的，编制是一个坦克联队。如果军统的黑猫敢死队想在这儿动手，那是拿鸡蛋往石头上撞啊！"

黄云晴听罢迟疑了一下，叹了口气："他们也确实没打算活着回去呀！"

徐老板听了很受感动："这倒真是一支敢死队！军统里也有这样的热血军人，这倒让我对军统的看法有所改变了。"

黄云晴说："他们也不算军统的人，只是被利用的力量。"

徐老板问："哦？我们真的要救他们吗？"

黄云晴摇头："不，我们救的不仅是他们，还有国家。"

"国家？"徐老板禁不住惊愕地看着黄云晴。

黄云晴点头："对，是国家。如果日本731部队华东派遣队真的成功实施了'云字号'作战计划，那么，马上就会有更多的细菌战部队投入实战。这样一来，我们整个国家、我们的四万万同胞，都会面临死亡的威胁。"

徐老板听了，不禁眉头紧皱："金鱼同志，我明白了。"

黄云晴问："当地的游击队都召集好了吗？"

徐老板答："召集好了，临远游击大队选拔的三十名神枪手已经化装进城了，现在正在安全地点待命。"

黄云晴点头："好，老徐，你的准备工作做得不错！"

徐老板答："哦，金鱼同志，还需要我做什么吗？"

黄云晴望着徐老板笑了笑："等待。"

"等待……"徐老板听罢，领会地点点头。

6

此时，在临远医院病房里，已经为小K做完灌肠的李院长摘下手套，习惯性地嘱咐了一句："病人需要静养。"

"静养？"藤原刚为难地看看小K，又看看李院长，"可他没时间静养啊！"

小K躺在床上艰难地回答："不等静养就算了，你们让我先在这儿喘口气就行。"

燕子六听了，立刻插上一句："这要听陈教官的才行。"

藤原刚说："院长，我们去请示陈教官，小K就先留在这儿，麻烦您多照顾。"

李院长点了点头："放心吧，这里是传染病区，日本人不会来，最近临远一直在闹霍乱。"

谁知小K听了，立刻吓得瞪大了眼睛。

阿莲在一旁，也向藤原刚和燕子六说了一句："是的，这病房里刚刚死过两个患者，日本人是轻易不会来的。"

"啊，刚死过两个……"小K听罢，立刻就瘫了过去。

李院长赶紧对藤原刚和燕子六说："我领你们先下去，让阿莲在这儿照顾他。"

"让我照顾他？"阿莲听了，不满地看着父亲。

李院长见了，严肃地看着女儿："不管怎么说，他是国军将士！做大事者不问小节，何况他是在提着脑袋卖命呢！你留在这儿，好好照顾他。"

阿莲只好低下了头："好！我一定照顾好他！"

此时，闭眼躺在病床上的小K的嘴角边，不禁浮起一丝开心的笑意。

李院长带着藤原刚等人出去了，门刚刚关上，阿莲就禁不住冷笑着骂了小K一句："臭流氓！别以为我不知道你是装的，睁开眼睛！"

小K只好笑着睁开了眼睛："嘿嘿，没想到我这上海滩著名的老千，居然瞒不过阿莲姑娘！"

阿莲听了，立刻假装盛怒地看着小K："你给我听好了！老实待着，少动花花肠子！否则……"

阿莲说着拿起手术剪刀，向着小K比画了一下："我一刀剪了你！"

小K下意识地伸手护住下面，嘴角不免哆嗦了一下："难道……姑娘就是江湖上传闻多年，却从来没有露过面的剪刀教？！"

"你说什么？"

阿莲大声喝问了一句，小K没敢再回答。

阿莲看着小K，不免得意地笑了。

7

第二天清早，在地下室里，陈一鸣和冷锋、蝴蝶、书生等人吃过早饭以后，正围着一张地图一边看着，一边讨论着，门口燕子六端着冲锋枪正警惕地守卫着。

陈一鸣指着地图对冷锋等人说："临远，自古以来就是兵城，有东、西两大营。临远的驻军情况刚才说过了，现在我们来看地图。这儿，是临远火车站，就在西大营里面，要进去必须事先经过日军的哨卡。731的华东派遣队在今天晚上要到达西大营。我想，趁他们立足未稳的时候，我们突然发起攻击，在短时间内炸毁军列上的细菌武器，应该是个比较好的方案，你们看呢？"

书生在一旁听罢，点了点头："如果这个方案可行，那么最好的方法就是在火车的铁轨处预埋炸药，通过地雷引爆。只是，我们大白天的怎么能混进去埋炸药呢？"

"如果我们用化装的办法携带炸药进去呢？"蝴蝶在一旁禁不住插了一句。

书生摇了摇头："炸毁一列军列，需要大量的炸药，可不是我们几个人能携带得了的。"

此时，藤原刚蹲在地上，盯着地图上的一个地方一直没有说话。

陈一鸣看见了，忍不住问了他一句："藤原刚，你一直在看什么？"

藤原刚用手点了点地图："我在看这个机场。"

陈一鸣说："哦，对，民国二十二年，国府空军在东大营修建了一个简易机场，主要用于剿共。后来日军侵占了临远，就进行了扩建，成了现在这样一个有规模的野战机场。"

藤原刚问："这里有陆军航空队？"

陈一鸣点头："对，有两个日军飞行战队，是日本陆军航空队第3战斗机飞行战队和第39轰炸机飞行战队。"

"哦，"藤原刚听罢，又禁不住往地图跟前凑了凑，"陆军航空队第3战斗机飞行战队、第39轰炸机飞行战队……"

陈一鸣看着他，不禁愣住了："藤原刚，你叨咕什么呢？"

藤原刚转过头来，郑重地看着陈一鸣："日军第3战斗机飞行战队，装备有三十六架零式战斗机；第39轰炸机飞行战队，装备有二十七架九六式爆击机。"

"什么是爆击机？"冷锋在一旁，不禁插了一句。

藤原刚转头："就是轰炸机，在日本叫作爆击机。"

陈一鸣知道藤原刚要说什么，便赶紧催了一句："藤原刚，你接着说。"

藤原刚答："好。九六式轰炸机可以携带七百五十公斤炸弹，一次俯冲轰炸就足够报销整个火车站，731部队的华东派遣队专列也会随之化为灰烬。"

陈一鸣听罢，不禁来了兴趣："可你是战斗机飞行员，会开轰炸机吗？"

藤原刚听了，自豪地笑了笑："在日本，只有不合格的战斗机飞行学员才会去开轰炸机。"

在门口处守护的燕子六听了，禁不住在一旁喊了一句："这个主意好啊！我们去偷一架狗日的飞机，然后炸了狗日的就跑！"

蝴蝶听了也来了兴趣，可细一想又皱起了眉头："可是我们怎么进入机场呢？而且必须是白天，731的专列晚上可就到了！"

冷锋在一旁禁不住说了一句："日军驻扎机场的部队除了两个飞行战队，担任警卫的是一个高炮大队和一个步兵联队，加起来有差不多四千人。"

"可是我们只有七个人哪？！"燕子六一下子就睁大了眼睛。

屋子里的人盯着地图，一时间谁都不说话了。

陈一鸣看着地图长嘘了一口气："机场是战略要地，能进入机场的日军都持有特别通行证。我们一时半会儿搞不到通行证，肯定进不了机场。而且，即便是想办法混进去了，也很难准确掌握专列到达与我们劫持轰炸机的时间差。"

藤原刚叹了一口气，随即补充道："还有一个关键问题，我刚才没有考虑到，轰炸机不出勤，一般是不会携带炸弹的。我们就算是混进去抢了一架轰炸机，也只是个空壳子。"

陈一鸣等人听罢，一时间又不说话了。

冷锋愣愣神儿，突然指着放在地上的地图说："这里是敌人的军火库，我们能不能进去先偷一卡车炸药？"

书生听了，不觉皱起了眉头："偷炸药不难，也可以想办法把炸药运进火车站，只是，想埋设足够炸毁专列的炸药，需要一个整建制的工兵连在车站连续作业两小时才行！我们没有那个人力，也没有时间和作业条件哪。"

"那我们岂不是没有办法了？！"蝴蝶在一旁听罢，急了。

冷锋想了想，忍不住冒了一句："我开卡车去撞专列。"

众人听了，都不禁惊愕地看着他。

冷锋此时面色严峻，充满了坚毅："由书生实现在车头安装撞击引爆的炸弹，到时候由我开着满载炸药的卡车直接撞击专列。"

陈一鸣听了，禁不住犹豫地看着他。

冷锋苦笑了笑，反倒轻松地说："陈参谋，我们这次出来，不是就没打算回去吗？与其大家都回不去，还不如我一个人回不去。"

众人在一旁听了都不免心生感动，谁知过了一会儿，书生却说了一句："冷教官，这样做是没用的。"

"为什么？"冷锋忍不住吃惊地看着书生。

书生停顿了一下，平静地回答："要全部炸毁这列专列，仅仅靠引爆一节车厢是没有用的，我们不知道细菌武器安装在哪个车厢。如果引爆错误，细菌武器会泄漏到空气中，现在又是旱季，是西南风向，按照他们携带的细菌武器数量，这方圆百里一旦受到污染，就再也不会有生灵存在了。"

书生的一席话，令陈一鸣等人又不知道说什么了。

过了一会儿，守护在门口的燕子六沉不住气了："这也不行，那也不行，那你们说——我们到底该怎么办？难道就只能眼睁睁着小鬼子逞凶了？！"

书生沉默了一下说："还有最后一个办法，只是那样做，我们每个人就都回不去了。"

"你说吧，什么办法？"陈一鸣毫不犹豫地问了一句。

书生长嘘了一口气，说："我们每个人都随身携带炸药，分别引爆专列中间的七节车厢。我考虑过了，这列专列一共有十一节，除去车头车尾、餐车和警卫车，我敢肯定，细菌武器就藏在中间的七节车厢内！可能是一节，也可能是几节——只要我们前后时间差在一分钟内引爆这七节车厢，细菌武器就会在爆炸的高温当中融化，而不会泄漏。"

守在门口的燕子六听罢，一下子脸都白了。

蝴蝶瞪大了眼睛，禁不住叨念了一句："自杀式攻击？"

"是的，自杀式攻击。"书生禁不住应了一句。

冷锋看着陈一鸣没有吱声。

陈一鸣注视着地图，又看了看列车图纸，抬起头来疑惑地看着书生："你说的是唯一的办法？"

书生点头："唯一的办法。"

陈一鸣长嘘了一口气，立刻表态了："现在小 K 不在，就不征求他的意见了，少数服从多数，我们的决定他必须执行。你们大家还有其他意见没有？"

冷锋看了看陈一鸣，闷声回答："没有。"

燕子六在门口咬咬牙，也回了一句："干他狗日的！"

藤原刚看了燕子六一眼，深吸了一口气："我也没有意见。"

听藤原刚这样说，蝴蝶也嘴唇哆嗦地回了一句："我……我也没有意见。"

陈一鸣再一次扫视了大家一眼："好吧，那我们就决定采取自杀式攻击。火车一到达，我们从各自的隐蔽处，以最快速度冲向列车，引爆身上捆绑的炸药。"

陈一鸣说完，又一次以神圣的目光扫视着他的队员们。

"弟兄们，我们的信念是什么？"

队员们坚定地："国家！"

陈一鸣："我们的荣誉是什么？"

队员们刚硬地："忠诚！"

陈一鸣："好！现在，到了我们实践这句誓言的时候了！我们说过生死与共，既然我们不能同生，必将共死！"

队员们喊道："生死与共，同生共死！"

蝴蝶和其他队员一起呐喊着，眼里不禁涌出了泪。

8

单说几分钟以后，躺在病房里的小 K 听到队里的决定，不禁眼泪汪汪地看着负责照顾他的阿莲："我今天晚上就会死的，你……你就不肯对我好一点儿吗？"

阿莲此时并不知道内情，不禁表情冷冷地回了一句："你知道，我每天要见多少死人吗？"

小 K 听罢愣了，禁不住一把擦去眼角的泪："可是你连一点儿怜悯之心都没有吗？"

"怜悯谁呀？怜悯你呀？"阿莲说完，不屑地回头看着小 K。

小 K 的脸上，又不免现出了哀伤："对，就是怜悯我。像我这样为了国家、为了民族、为了抗战慷慨赴死的热血青年，不值得你怜悯吗？"

阿莲觉得小 K 的话说得有道理，一时间便不吭声了。

小 K 幽怨地看着阿莲接着说："为了国家，我放弃了学业，从一个风华正茂的大学生锻造成为一个国军敢死队队员。无论吃了多少苦，受了多少罪，我都心甘情愿……"

阿莲听了小 K 失望的叙述，心里很受震撼！可想了想，又有些怀疑地看着小 K："那你看人怎么总是色眯眯的？一点儿都不像抗日英雄啊？"

小 K 道：“那，那是因为你很像一个人！我是情不自禁地霎时冲动，才冒犯了你阿莲姑娘。”

阿莲一听，霎时愣住了：“你说我像一个人？像谁啊？”

小 K 的眼里立刻涌出泪来：“像……像我的爱人——”

小 K 说完便不说了，伤心地转过头去，小 K 的样子令阿莲很受感动。

“你说她……长得像我？可我爸还总发愁我找不到好婆家呢！”

小 K 听了，禁不住又回过头来：“她……真的好像你，连声音都像……”

“是吗？”阿莲不禁凑近了一步，“那她人呢？她现在为什么不跟你在一起？”

小 K 听罢表情沉重，眼里不禁流出两行清泪。

阿莲见状，不禁呆住了：“你的爱人她……她怎么了？”

“你难道不知道……南京屠城吗？”小 K 说完捂住了脸，伤心得全身都抖动了。

阿莲惊愕得不禁捂住了嘴：“天哪……不会吧？”

小 K 擦干脸上的泪水，慢慢地转过头来：“南京屠城，尸横遍地，我所在的国军八十八师的弟兄们都死光了，就剩下我和陈参谋。我杀出重围，到中央大学去找我的爱人——倩倩！可是谁知道，她已经被日本人——”

阿莲听罢，猛地蹿过去捂住了小 K 的嘴：“不！不……你别说了，别说了！”

阿莲说着，忍不住流下泪来：“过去了，都过去了，别想了！求求你别想了……别想了……”

谁知此时，小 K 此时再也抑制不住内心的激动，他大声地哭出来，一把搂住了阿莲：“倩倩——我的倩倩！”

小 K 叫着，便一头扎进阿莲的怀里。

阿莲此时紧紧地抱住他，满眼是泪：“别哭了，别哭了，我就是倩倩，我就是你的倩倩，我没有死，我还活着，我还活着……”

小 K 听罢，痴呆呆地抬起头来：“你是倩倩？你真的是倩倩？倩倩！我想你想得好苦啊——”

小 K 说完，又一头扎进阿莲的怀里，仿佛永生永世再也不会把阿莲放开。阿莲被小 K 的真情深深地打动了，她紧紧地抱住了小 K。

阿莲：“亲爱的，我们不分开，永远不分开……”

小 K 此时突然抬起头，深情地看着阿莲：“倩倩……”

小 K 说着，再一次用力搂住了阿莲，把自己火热的嘴唇用力地凑了过去。

阿莲此时如醉如痴，分不清自己到底是阿莲还是倩倩，竟愣愣地看着小 K，不敢躲闪，小 K 顺势将自己的嘴唇贴了上去。

阿莲：“小……小……”

小 K 在开始时还感觉到了阿莲的矜持，而随后，他的嘴唇再想从阿莲的嘴边离开都离不开了，被情火燃烧的小 K 此时再也顾不上许多了，他抱起阿莲就往床上拖。

“别这样，你别这样……”阿莲的身体扭动着，却很无力。

"我今天晚上就要死了……我就要死了……我才二十五岁呀!"小K说着,眼泪便再次流了下来。

阿莲被小K的话感动了,眼泪也不禁流了出来:"小K!"

阿莲说着,一把抱紧了小K,主动去亲吻他,小K顺势把阿莲压在了床上。

9

再说此时,在临远县城的一家小酒馆的包间里,黄云晴和已经穿了便装的岩本一边假装吃着饭,一边低声交谈着。

岩本:"现在,在小小的临远县,除了我们,还有日本特工和国民党军统,真可以算作是'三国演义'了!"

黄云晴听罢不禁笑了笑问:"那个医院的院长……是什么来路?"

岩本说:"哦,那个医院的院长叫李威汉,是从英国留学回来的医学博士,大学时代就加入军统。他是军统临远潜伏组的组长,中校军衔;他有个女儿叫阿莲,现在正配合他的工作。"

黄云晴点头:"哦,这么说,他也是军统的老同志了!"

岩本道:"是啊,没想到这次军统连他都不要了,出卖自己的骨干间谍,这在国际谍报界也是很少见的。"

黄云晴听罢,不禁叹了口气:"对军统,不能用一般的谍报机关道德标准来衡量。他们这些人为了自己的利益,什么事情都做得出来。"

岩本听罢想了想,忽然说:"我目前还没有办法接近敢死队,更没办法接近我们的那位同志。跟我来的特工队都是贴身监控,他们就像养在一个鱼缸里的金鱼,互相监视,我必须格外小心,否则很容易暴露。"

黄云晴听罢想了想:"你不能在医院接近他们,就不要接近,再等待别的机会。不到万不得已,千万不要暴露!"

谁知岩本听罢,不禁苦笑了:"别的机会?据我所知,他们今天晚上就要动手,而且要做自杀式攻击!他们不怕死,就是准备来送死的!真不愧是敢死队!"

黄云晴听罢,不禁愣住了:"他们这样做很危险,而且敌人在车站附近警戒森严,他们很难接近!而且他们行动分散,只要其中一个环节出了问题,就很可能前功尽弃!"

岩本问:"那怎么办?我不能在这里耽搁太久,你赶紧决定,我到底怎么帮他们?"

黄云晴想了想,突然说:"我有个主意,你看这样行不行?"

黄云晴说完,凑近了岩本,声音变得很低很低。

10

单说此时在地下室里，陈一鸣等敢死队队员已经换了装，都是随军记者的打扮，带着照相机之类的采访工具。

冷锋拿出记者证分给队员们，嘱咐着："都记好自己的名字，一会儿去西大营侦察的时候，可别说漏了。"

藤原刚一边收起记者证，一边禁不住问陈一鸣："我们这里有不会说日语的，到时候宪兵问起来可怎么办？"

陈一鸣迟疑了一下，立即回答："我们编一下组。现在，我们这里会说日本话的有四个人，会说日语的带着不会说日语的，跟着的人不要说话，只要带好眼睛就行了。"

燕子六在一旁听了，不禁插进来一句："四个会说日本话的？除了藤原刚、书生和蝴蝶会说日本话，还有谁？"

冷锋在一旁禁不住回了一句："还有小 K 呢，你怎么把他给忘了？"

燕子六听了，忍不住挠了挠脑袋："嘿，我怎么把他给忘了！他不是在休息吗？"

"休息，他的休息该结束了，我们走吧。"陈一鸣说完，带头走出了解剖室。

却说此时在传染病房里，阿莲正满足地偎依在小 K 的怀里。

小 K 点燃一支烟，随即吐出来一口烟雾。

阿莲搂着小 K 的脖子，温柔地问："你……真的把我当作她了？"

"谁啊？"小 K 忍不住疑惑地回问了一句。

"你说谁啊？"阿莲不满意地、撒娇般地捅了小 K 一下。

小 K 突然有所醒悟，赶紧拍拍自己的脑袋："哦，对，对……是的，是的。"

阿莲又问："哎，你再告诉我一声，她叫什么？"

小 K 挠头："什么……"

阿莲继续："对，她叫什么？"

小 K 突然愣住了："叫……叫晶晶吧？"

"不对，你刚才说她叫倩倩！"阿莲说着，猛地从小 K 的怀里挣出来，气愤地看着小 K。

小 K 望着阿莲，不觉瞪大了眼："我……我说过叫倩倩吗？"

阿莲听罢，一把抓起了身边的剪刀，猛地撇了过去，小 K 翻身滚下了床，剪刀稳稳地扎在小 K 刚才坐着的位置。

小 K 顿时吓得脸都白了："你……你要干什么？！"

阿莲此时气得连脖子都红了："你这个臭流氓，你居然在骗我！我守身如玉十九年，没想到今天居然毁在你这个花贼的手里！"

阿莲说着就过去拔剪刀，小 K 赶紧过去抓住阿莲的手。

小 K："阿莲姑娘，你听我说，你听我说……"

阿莲："说什么说？！死花贼，拿命根来！"

阿莲说完，一把推开了，一把拔出了扎在床上的剪刀！

小K笑得立刻东躲西闪："阿莲，阿莲……那是剪子！咱可不敢拿那东西开玩笑！"

"死骗子，谁跟你开玩笑了！你把人家都给睡了，还一句真话都没有，我今天非把你那个命根子剪下来不可！"

阿莲说着，举起剪子又冲了过来！小K无奈，只好跟阿莲徒手拆招，阿莲一时不备，被小K缠住胳膊一把抱在怀里，面对面看着小K。

小K："阿莲，阿莲，我刚才跟你说的话是假的，可我对你的心是真的……"

阿莲："真什么真？鬼才相信呢！我要你死——"

阿莲说完，猛地一抬腿，不想一下子就击中了小K的要害处——

"哎哟……"小K一声惨叫，就蹲了下来！

阿莲一见，立刻就傻了，慌慌张张地奔了过来："小K，你怎么了？你怎么了？踢坏了没有？你说话，你倒是说话呀？"

而此时的小K疼得却只有进气的份儿，没有出气的份儿了："哎哟，坏了吧，不知道……好……好像还没坏透吧！"

阿莲又问："小K，你快说呀，到底坏没坏呀？"

小K呻吟着："哎哟，疼啊，谁知道啊……"

两个人正闹得不可开交，陈一鸣带着队员们走了进来，见两个人正在地上纠缠，不由得愣住了。

第十四章

1

看着病房里一片狼藉的样子，陈一鸣忍不住问小 K："小 K……你们这是怎么了？"

小 K 一边遮着自己半裸的身体，一边支吾着回答："没，没什么……我……我们，我们刚才只是切磋一下武功……"

阿莲见状，赶紧拿起衣服遮住自己的身体，也随声附和了几句："对对，我们在……我们在切磋武艺。小 K，你的擒拿术有点儿……有点儿偏软！嗯，你们聊吧，我先走了……"

阿莲说完，慌慌张张地穿上外衣走了。队员们互相望了望，都不免目瞪口呆。

小 K 尴尬地直起了身："陈教官，你……你们怎么来了？"

陈一鸣冷冷地看着他，没有回答。

燕子六看着被小 K 和阿莲搞得乱糟糟的病床，不禁望着小 K 骂起来："好你个小子！老子还以为你只是跟人家要几句贫嘴呢，没想到，你真的把人家给拉到床上去了？"

冷锋听了，也不禁冷了脸："你就管不住自己那破东西呀？！那么纯的一个小丫头，你也下得去手？！"

冷锋说罢就卷起了胳膊，小 K 见了，赶紧转到了陈一鸣身后。

小 K 支吾："陈教官，陈教官，我们没有干别的……我们只是——"

小 K 话没说完，陈一鸣就拦住了他："算了，没有时间听你解释了，现在是用人要紧，你那些废话留着到阴曹地府去说吧！"

陈一鸣说完，命令小 K："赶紧换衣服，我们要去侦察敌情。"

"是！"小 K 爽快地答应了一声，赶紧去换衣服了。

陈一鸣发令："出发！"

小 K 换完衣服以后，陈一鸣立刻带着队员们走了。

医院的后门门前，此时悄然地开出了两辆挂着日本国旗的轿车，陈一鸣等七个人分成三个小组走出医院的后门，迅速地上了车，轿车立刻便开走了。

此刻，在医院楼上的一扇窗户处，岩本放下手里的望远镜，面容严肃地看着渐渐远去的轿车。

他身边的一个特工禁不住问了一句："岩本少佐，动手吗？"

岩本听罢，缓缓地摇摇头："时机还没有到，我倒要看看，他们到底要什么花招！"

特工回答："是！"

2

西大营门口，哨卡林立，警备森严，日本太阳旗在岗楼上随风飘扬。

此刻，满载着陈一鸣等人的两辆轿车徐徐开来，停在了岗哨跟前。

藤原刚跳下车来，递上了介绍函："我们是东京《每日新闻》战地采访组的，已经跟南京大本营报道处打过招呼。"

化装成宪兵队长的岩本仔细看看介绍函，又随之问道："证件？"

藤原刚收回介绍函，随即递上了记者证。

岩本打开了记者证，只见记者证上贴着藤原刚的照片，不觉笑了笑。

岩本问："你当过兵？"

岩本突然的问话，令藤原刚不觉一愣，他迟疑了一下回答："我曾经在满洲服过役，关东军陆军航空队的地勤。长官是怎么看出来的？"

岩本望着藤原刚不觉笑了笑："你的额头有一道军帽的印记。"

藤原刚听了，赶紧殷勤地竖起大拇指："长官，您不愧是帝国的精英！"

岩本望着他笑了笑，不置可否，将记者证还给了他，又慢步走到了轿车跟前。他朝着车窗的玻璃拍了拍，书生摇下玻璃，把车上人的证件递给了他。

岩本打开记者证，一边看一边注视着每个人的面孔，却迟迟不说话。

书生见了，禁不住回问了一句："长官，您检查完了吗？"

岩本望着书生笑了笑，突然说："你是知识分子？"

书生立刻用日语回答岩本："是的，我曾经就读于日本帝国大学新闻系！"

岩本问："哦？那你的文学功底很深了。"

书生笑答："不，马马虎虎！"

岩本笑了笑，扫了一眼车里的人，突然用日语对书生说："有一句支那的古词，我一直找不出来出处，阁下能告诉我吗？"

"哦……什么？"书生说完，突然愣了一下。

岩本又笑了笑，换成汉语说："那句古词是——'人生何处不相逢，何不把酒相逢'。这句词是什么意思，你能解释给我听吗？"

岩本说完，注意地看着书生，书生不觉一震，抬眼看着岩本，一时间竟忘了回答。

岩本若无其事地笑了笑，又换成日语说："这是我的一个女性朋友告诉我的，我一直想找到出处。"

书生似乎有些醒悟，想了想回答："我好像在哪里看见过，但是忘了出处。"

岩本听罢，笑了笑，挥挥手："有机会想起来了，就写信告诉我。"

书生回答："一定。"

岩本说完走了，奔向了第二辆车。书生看着岩本远去的背影，不禁陷入了沉思。

岩本匆匆地检查了第二辆车上陈一鸣等人的证件，没再说什么，便向执勤的宪兵挥挥手："放行！"

哨兵听见了，赶紧搬开了拦在路上的阻马，轿车慢慢地开走了。

陈一鸣等人很快便到了日军军营。

藤原刚、书生和小K牵头，分别带领三个采访组对驻守的日军进行采访，冷锋还拿出了相机，从不同角度为执勤的日本兵拍照留影。

照相机前，被拍照的日本兵一个个竭力地表现自己的英武，而冷锋却趁机拍摄了军营的要害部门——军火库。

3

而此时，在医院的院长办公室里，阿莲坐在父亲面前正在哀哀地哭泣。

李院长此时面色苍白，在屋子里不停地转着圈子："这个浑蛋，竟敢欺负我的女儿，一定要杀了他！亲手宰了他！"

阿莲哭泣着："那你还说他是国军，还要我好好照顾他……"

李院长道："我怎么知道他是这样的人？他利用了我对他的信任！这个浑蛋，你等他回来——他一回来，我就杀了他！你放心吧，有你爹在，爹一定为你报仇！"

谁知阿莲听罢哭得更大声了："可我现在怎么办哪？我的身子已经被他给占了……"

李院长听了，不禁痛心疾首："苍天啊，怎么会这样？怎么会这样啊？你落到这样的地步，让我还怎么有脸去见你死去的母亲！这个浑蛋，我一定要杀了他，杀了他！"

谁知李院长话音未落，日本驻军加藤师团长便操着并不流利的中国话笑眯眯地走了进来。加藤说："李桑，你的要杀谁啊？"

在加藤身后，跟着几名日军参谋和护卫。

李院长见了，赶紧迎了过去："哦，是加藤师团长，您怎么来了？"

加藤望着李院长，和蔼地笑了："我来慰问一下我们帝国的伤兵，顺便也来看看你——我的老朋友！"

李院长忙说："哦，加藤长官亲自来探望，李某不胜荣幸之至！加藤长官，您请坐！"

"李院长，我们是老朋友了，你不要客气！"加藤说着，很随便地坐了下来，"李桑，刚才你说要杀人，到底要杀谁呀？我能不能帮助你？"

李院长听了，赶紧摆手："唉，不值一提，不值一提！加藤师团长，最近您的身体怎么样啊？"

加藤不回答李院长的问话，继续顺着刚才的话题说下去："李桑，你但说无妨。以你我的交情，你的敌人就是我的敌人，你告诉我，他是谁，我马上派人去干掉他！"

李院长听罢迟疑了一下，眼里立刻涌上了泪："加藤长官，您真是太够朋友了！"

加藤回道："哎，李桑，我说过，我们是朋友，不要客气！你说，到底是谁伤害了李桑和令爱？"

李院长叹口气忽然说："是蒋介石！"

"嗯？"听李院长这样说，加藤不禁吃了一惊，"这是……这是什么意思？"

面对着加藤诧异的眼神，李院长接着回答："加藤长官，小女虽然还未出阁，但是自小是许下婚约的，与临远白家的少爷是青梅竹马。皇军大东亚圣战光临临远之际，白家鼠目寸光逃亡重庆，之后便追随了蒋介石……"

加藤又问："那……怎么会伤害到令爱呢？"

李院长叹气："白家少爷一时糊涂，加入了蒋家军队，位居中尉，自以为自己爱国，却不料反因与小女婚事被上司知晓，被……被……"

李院长说到这儿，向阿莲使了个眼色；阿莲会意，便赶紧哭着扑到了床上："娘啊，女儿的命真是好苦啊——"

加藤听到这儿，不觉叹口气站起身来："唉，节哀顺便吧！李桑放心，皇军定会取下重庆，到时候割下蒋介石的人头来，告慰令爱！"

李院长随即也赶紧恭送："加藤长官慢走，那就谢谢加藤长官了！"

加藤走到门口又回过身来："我本来是想和你下两盘中国象棋的，既然这样，我就不约你下棋了——来人！"

参谋："在！"

加藤："记着，一会儿给李桑送一些告慰金来——按照皇军阵亡中尉家属的标准！"

参谋："是！"

加藤："李桑，那我就告辞了。"

李院长："加藤长官太客气了，太客气了！这怎么使得！"

加藤毫不在意地笑了笑："李桑，你不仅是我的至交，也是皇军的好朋友，这当然使得！我改日再来拜望！"

加藤说完走了，李院长关上门，不免后怕地擦了擦额角渗出的汗。

李院长道："隔墙有耳，以后说话可得小心！"

单说加藤走出医院以后，跟随在加藤身后的参谋禁不住问他："将军，您不是已经知道那个李院长是军统的间谍，他们刚才的那番话明明是在骗我们嘛！您怎么还要……"

加藤望着参谋，微微地笑了："戏还是要演下去的，何况他们拿了这笔钱，还有机会再花出去吗？"

参谋听罢，笑了："是！将军高见，属下明白了！"

加藤说完上了车，匆匆地走了。

4

当日黄昏，在临远驻军加藤师团的司令部里，731 部队华东派遣队先遣分队队长松井大佐急匆匆地走了进来。

松井："加藤将军，北野司令官来电，他已经命令军列停靠在郑州，正在等待这边的捷报。"

加藤听罢，兴奋地笑了："哟西！你回电北野司令官，就说我已经做好准备，只要黑猫敢死队今夜出动，就必然是我加藤师团的囊中之物！"

松井答："是！"

松井大佐转身欲走，岩本叫住了他。

加藤将军不禁惊愕地看着岩本："岩本君，你要说什么？"

岩本回答："将军阁下，我在想，黑猫敢死队今晚会不会中计。"

松井听罢立刻说："不中计，那我们就冲进他们的据点，把他们全部消灭！"

加藤道："对！我加藤师团一万多精锐兵士，就是一人一口痰，也能把黑猫敢死队淹死！小小的临远医院，不在话下！"

岩本提醒道："将军阁下，黑猫敢死队可不是一般的特工部队，我们在南京就吃过他们的亏，所以将军——"

"岩本少佐，你多虑了！"不等岩本说完，加藤就截住了岩本的话，"黑猫敢死队就是再厉害，还能顶得住我的大炮吗？到时候我调集炮兵轰炸医院，我看他们还能逃到哪里去！"

岩本听罢，不禁脸上变了色："将军，千万不能使用大炮！医院里面，还有我们两百多名皇军伤员呢……"

谁知加藤听罢，脸色竟一下子变得阴沉起来："做大事者，不能妇人之仁！"

松井在一旁听罢，也接过了话头："对，区区两百名伤兵，不能当作我们杀敌的障碍！"

"这……"岩本听罢苦笑了一下，不好再说什么了。

加藤立刻发布了命令："通知参战部队，严阵以待！就等今天晚上，动手抓住这只黑猫。"

松井回答："是！"

5

此时在医院地下室里，陈一鸣等人并不知道加藤的密谋，还沉浸在从日军兵营顺利归来的喜悦中。在兵营里拍摄的照片已经从药水里拎出来，放在了桌子上。

陈一鸣看着一张一张的照片，表情不免有些兴奋："看来，敌人好像没有什么防备！如果是这样，我们今天晚上的行动，就会有很大的胜算！"

此时，藤原刚在一旁听了，也显得很激动："陈教官，您的分析是对的。我在军营的时候，故意和一些士兵聊了一会儿天，我也发现他们没有什么准备。我不仅和军官聊过，也跟许多士兵聊过天，军官得到过通知可能撒谎，但是普通士兵是无论如何撒不了谎的。他们事先一定没有接到异常的命令，都在准备上前线呢！"

陈一鸣点点头，随即拎起了岩本的照片。

蝴蝶看着岩本，不免有些怀疑地说："这个宪兵队长，我看着，总是觉得有些不一样。"

"有什么不一样？"陈一鸣禁不住追问了一句。

蝴蝶想了想，又摇了摇头："说不出来，但总觉得他眼睛里露出来的东西有些怪怪的。"

陈一鸣还想再问什么，门口处突然传来了敲门的暗号声，众人听罢，立刻拿起了武器。

燕子六走过去，轻轻地开了门，却发现站在门口的是阿莲。

燕子六惊问："原来是你呀？有事吗？"

此时，站在书生身后的小K见了，一个劲儿地往台子后面躲。

阿莲向屋里扫了扫，望着燕子六语气坚定地说："你让开，我找小K!"

燕子六无奈，只好让开了一条路。小K见了，往台子下面钻得更深了。阿莲走过去，大大方方地朝小K的屁股踢了一脚："别藏了，快出来吧！"

小K无奈，只好钻了出来，却吓得用手护住了自己的脑袋："阿莲姑娘，我……"

阿莲说："别我……我……我了，快跟我走，我爸找你！"

小K问："你爸？"

阿莲说："对，就是院长！"

小K听罢，立刻就要起了赖："阿莲姑娘，我……我……我……我今天晚上就要死了！"

阿莲听罢，立刻伸手拧住小K的耳朵："我知道……走！"

小K叫着："哎哟！哎哟！你轻点儿……你轻点儿呀！"

站在一边的冷锋见状，禁不住看了陈一鸣一眼。

陈一鸣冷着脸回了一句："让他去吧。睡了人家丫头，被教训一顿也是应该的。"

小K听罢立刻急了："兄弟们，你们见死不救啊！燕子六，你快说句话，好歹我跟你也是兄弟一场啊——"

燕子六听罢，竟然望着小K笑了："兄弟？兄弟就是拿来出卖的！谁让你睡了人家丫头，你自己的香还是你自己去烧吧！"

小K一听，脸都气白了："好你个燕子六！等今晚儿死的时候，你离我远点儿！"

阿莲吼道："快走吧你！"

小K话没说完，就被阿莲给拉了出去。地下室的门猛地关上了，藤原刚望着关上的大门，心里却不禁犯了嘀咕——

"那院长……会怎么收拾小K呢？"

蝴蝶听罢冷笑了一声："一会儿，这台子上就有物件了！"

藤原刚听了没有转过弯儿来，不禁问了一句："什么意思？"

蝴蝶又冷笑了一声："小K色胆包天，竟敢祸害了院长的闺女，院长还不得就此绝了小K后半生的念想啊！"

蝴蝶说着拔出匕首比画了一下，藤原刚吓得立刻缩了一下脖子，燕子六在一边看了，禁不住笑出声来。

蝴蝶见了，禁不住问他："你笑什么？"

燕子六道："呵呵，我看小K这回是做到头了！"

陈一鸣、冷锋和书生在一旁听罢，都禁不住会心地笑了。

6

此时，在医院的太平间，小K被阿莲拧着耳朵推了进来。小K低头望去，只见太平间里停放着十几具尸体，尸体身上都盖着白布。

小K进来以后，阿莲猛地关上了门。

小K回头看着阿莲不禁有些纳闷儿："你带我到这儿来干什么？"

阿莲愤怒地看着他，却不说话。

突然，在小K的身后响起了一个声音——

"是我让她带你来的。"

小K闻声转过身来，几乎吓晕了——原来，李院长正紧贴着他站着，几乎和转过来的小K脸碰着脸。

小K吓得立刻后跳了一步："李院长！咱不带这么吓唬人的！"

李院长没有说话，却拿起手枪来指着小K。

小K吓得腿都哆嗦了："李院长，李院长，你不能这样……咱们可都是自己人！"

李院长问："谁跟你是自己人？！"

见李院长认了真，小K更害怕了："李院长，咱不能这么开玩笑！这枪……这枪，那可会走火的！"

李院长听罢，脸色变得更加严肃了："你糟蹋了我的女儿，你还以为我在跟你开玩笑吗？！"

小 K 听罢立刻跪了下来，一时间不觉声泪俱下，一个劲儿地打自己的耳光："李院长，我错了！我错了……我是浑蛋！我是浑蛋！我是畜生，我不是人！我不是人！我不是人……我不是人……"

见小 K 打累了，李院长也愣愣地问了一句："打累了？那你说，这件事该怎么了断？"

小 K 说："院长大人，你说你说，你只要给我留下这条小命，您让我怎么做都行！"

小 K 一边说着，便一边磕头如捣蒜，阿莲见了，禁不住踹了小 K 一脚！

阿莲吼："瞧你这个熊样，连一点儿男人的筋骨都没有！"

可小 K 却并不觉得羞耻，爬过去紧紧地抓住李院长的脚："李院长，李院长啊！您大人有大量，看在我今天晚上就要去送死的分儿上，就把我当个屁放了吧！"

谁知李院长竟一脚踹开了他，恶心地回了一句："胆小鬼！懦夫！"

小 K 忙回："是是是，我是胆小鬼！我是懦夫！李院长啊，求求你，就饶了我吧，饶了我吧……"

阿莲见状，更是气得一把拔出刀来："你这没骨气的东西，让我来一刀结果了你！"

阿莲说着，便举刀冲了过去，谁知就在匕首靠近小 K 的一瞬间，小 K 的眼突然射出了寒光，施展双臂分别冲向了阿莲和李院长二人！刹那，阿莲手里的刀和李院长手里的枪都落在了小 K 的手上，而李院长和阿莲一瞬间都双双跌倒在地上。

小 K 用双手挽着手里的刀和枪，脸上露出得意的笑："你们玩得也太过了！都起来吧！"

躺在地上的阿莲望着小 K 却呆住了："小 K，这……这是你吗？"

"怎么不是我？我刚才是让着你们呢，别不觉味儿……"小 K 说完，冷酷地命令他们父女，"别都躺在地上了，舒服啊？赶紧起来，别等过了这会儿，我可要反悔呀！"

李院长慢慢地爬起身来，看着小 K，在他惊讶的眼神中渐渐闪现了些许的欣慰。小 K 此时则举着枪，不放心地盯着李院长。

倒在一旁的阿莲看着着急了，禁不住大声地朝着小 K 喊起来："小 K，不许你拿枪对我爸！"

小 K 没有理睬阿莲，却后退了一步，大声命令道："别啰唆，你也起来！"

阿莲看着小 K，眼里闪出了委屈，她噘嘴看着小 K，就是不起来；李院长无奈，只好走过去拉起了阿莲——

李院长说："哎呀，闺女，起来吧，枪在你男人手里！"

阿莲听罢，禁不住埋怨地叫了一句："爸——"

李院长笑了笑，拉着阿莲站起身，望着小 K 笑了笑："好了，枪在你的手里，刀也在你的手里，现在你是强者，我们的命运你说了算。"

小 K 听罢，反而显得委屈了："我本来不想这样的，我告诉过你们，我今天晚上就要死了——"

阿莲插嘴道："可你那是骗我的！"

"当时是骗你，可现在是真的……"小K说罢，不禁红了脸。

李院长愣愣地看着小K："阿莲，你让他把话说完。"

小K望着李院长父女，此时突然动了感情："我知道我是流氓，是浑蛋，是玩弄女性的畜生！你们说得没错，你们说得都没错！我是该死，但是我不想死在中国人的手里！今天晚上，我们整个小队，都会死！因为我们要进行自杀式攻击，抱着炸药包撞载满细菌武器的日本军列！"

阿莲听罢，不禁震惊地瞪大了眼睛，李院长也望着小K，一时间说不出话来。

小K激动地望着李院长父女俩，接着说："我小K纵然有千般不是、万种不对，罪该万死，必死无疑。但是我要跟日本人同归于尽，不能死在你们手里！这次，我小K就算欠你阿莲的，我欠着李院长你的，下辈子我给你们当牛做马！但是这辈子——我只好欠着你们的了！"

小K说着，把手里的枪和刀都丢在了地上："好了，我该说的都说过了。对不起，我该走了！"

小K说完，便大踏步地向门口走去，李院长大声叫住他："小K，你就这么一走了之吗？"

小K一愣，站住了："那还能怎么办？我不知道还能怎么办？"

李院长望着小K，嘴唇突然颤抖了："你刚才说的都是真的？你真的要跟日本人同归于尽？"

小K的脸上露出了淡淡的笑意："不相信？那你等着瞧就知道了。"

小K说完转身要走，李院长又大叫了一声——"壮士留步！"

阿莲此时，已经满眼是泪。

"壮士，请听老夫一言。"

小K摸摸自己的额头，又摸摸李院长的额头，不知道是自己听错了，还是李院长说错了："院长，您老人家……没发烧吧？"

李院长此时一脸严肃地看着小K："壮士，老夫半生行医，半生谍报生涯。当年投身军统，也是出于拳拳爱国之心，却服务于内战二十年……想今日我泱泱中华内忧外患，身为中国子孙，无论何党何派总是不光彩的。如今只有勉力抗日，才不枉为中华子孙！"

小K听李院长说得慷慨激昂，不禁十分震动，却不知李院长接下来还要说什么，便不免有些担心，于是便只有小心地听着。

李院长此时接着说："吾小女年方十九，天资聪慧，本性善良；然生母早逝，由老夫一手拉扯长大，不想娇生惯养，养成刁蛮之气。此时，壮士既然相中吾女，又将壮志报国，不如将吾女娶了吧。也算了却了老夫的一桩心事！壮士以为——"

小K听到此，不免头皮一阵阵发麻："等等，等等！我……我有点儿蒙！你要我——娶了你女儿？！"

李院长点头："正是。不知壮士……可否接受小女？"

小K直觉得眼前发蓝，一阵眩晕，不觉转头去看阿莲——而此时的阿莲，早已经泣不成声——

"爸……"

"哭什么？"李院长大声呵斥了女儿一声，脸上不觉浮现出浩然正气，"男大当婚，女大当嫁，能嫁给抗日壮士——那是你的幸运！"

小K听到这儿，也不免一阵感伤："李院长，你可得好好想一想，别打错主意……你看，你也知道我今晚儿就要壮烈捐躯，眼下这天儿都快黑了，也没剩几小时了，你却还——"

李院长打断他："壮士不要再说下去！这些，老夫都知道。"

小K反问："那你怎么还要我娶了你女儿？你是要把你女儿嫁给一个死人哪？"

李院长听罢脸不变色，仍然是一片壮丽之情："壮士，小女许身英烈，那是小女的荣幸！只是，小女承蒙壮士错爱，却不知道壮士可否答应在出征前和小女完婚？"

小K听到这儿，是彻底傻眼了："李院长，我……我说你到底是疯了还是没疯啊？是我没说明白，还是你想不明白——我说，我可是要死之人哪，你听清楚没有啊？"

李院长道："壮士，老夫耳朵不聋，听得一清二楚！古语有云：'生当作人杰，死亦为鬼雄'——老夫连这一点豪情都没有吗？！阿莲，不要听他啰唆了，见过你丈夫！"

阿莲叫："爸……"

李院长继续："阿莲！"

此时，阿莲傻了，小K更傻了——

"李院长，这个玩笑，我……我可开不了。我……我还是走了。"

小K听罢转身要走，李院长却在背后一声断喝——"跪下！"

小K腿一软，扑通就跪下了，阿莲也随之跪下了。

李院长此时面色苍白，一声叹息："唉，阿莲哪阿莲，想我李家世代清白，怎么就生了你这么一个孽种？！你男人看不上你，你还不赶紧掌嘴？！"

阿莲又叫："爸……"

李院长继续："掌嘴！"

阿莲无奈，只好举起手来，给了自己一个巴掌。

小K惊叫："阿莲？！"

阿莲没有理睬小K，举手又给了自己一个巴掌，眼泪也不由得流了下来。

小K见状，只好往阿莲身边挪了挪，一把抓住了阿莲的手："阿莲，你别打了，快别打了！"

李院长此刻一脸阴沉地等着阿莲："你知错了吗？"

小K回答："李院长，我……我知错了！"

李院长转头："我没问你！"

阿莲说道："爸，我……我知错了。"

李院长又继续："那接着掌嘴！"

阿莲听罢，举手又要打自己嘴巴，小K紧紧抓住了她。阿莲转过头来，含着泪望着小K——

"小K，你为什么要了我，又不要我？"

小K听罢，又不禁感到为难了："不，阿莲，这事情，不……不是这么简单！我……我原来就是个吃软饭的，经常靠着女人、祸害女人，我……我……"

阿莲接着："那你为什么要了我，又不要我了？"

小K支吾："我……阿莲，我拿什么要啊我？我今天晚上就得死了！"

李院长说道："阿莲，你活着是他的人，死了是他的鬼！我们李家历来讲究从一而终，这是祖训！到了你这一辈儿，不能就这么给改了，你知道吗？"

阿莲回答："爸，我知道了，也记下了。小K哥，我真心真意跟你过，你可不能说不要就不要我呀！"

阿莲说到这儿，不免委屈地哭了起来，小K见了，便只好劝她——

"阿莲阿莲，你别哭！我……我不是不要你，我当时只是想反正我也是要死之人，可临死之前守着你这女人，我不能就这么死了呀，所以我就……可现在我想明白了，人生在世图什么呀？不就是能遇到一个能疼你、想着你、知冷知热、能跟你过一辈子的女人吗？所以，我小K愿意娶你！可这话又说回来，我是个就要死的人了，我如果娶了你，那……那不就真是坑了你吗？所以小K我……我……我……"

李院长见小K还是不肯答应，便直率地问了一句："壮士，你刚才说的话，是真心话不？"

小K回答："是真心话，当然是真心话！"

李院长又问："那你刚才说的话……当真不？"

小K再答："当真——句句当真！"

李院长便说："那好，壮士，我既然答应把小女嫁给你，就不图你什么。我也知道你要死，但是我们李家，就从来没有做过说话不算话的事情。你是抗日壮士，既然今天要去慷慨赴难，那就在出征之前娶了我家小女！他日，如果你慷慨就义，我家小女就从一而终，为你披麻戴孝！阿莲，爸刚才说的，你同意吗？"

阿莲此时早已是双肩抖动，泪水涟涟："爸，我听您的，您让我怎么做，我就怎么做！"

小K此时，真的是为李院长父女的一片真情所打动，他嘴唇颤抖了好一会儿，也没说出话来。

李院长见了，赶紧说："小K，我知道你现在很激动，说不出话来，那好，不用你说话！我来问你，你如果答应，就点点头，我现在就为你和阿莲举行婚礼；如果你不答应，就摇摇头，我不为难你，你今晚为抗战死了，我明天就送阿莲去庙里做尼姑去！"

小 K 忙说："别别别，院长大人，你千万别送阿莲去当尼姑啊！我答应，我答应……"

李院长见状，这才满意地笑了："好，既然你答应了，咱们就拜天地！"

小 K 又忙说："等等，院长大人，咱们……咱们去哪儿拜呀？"

李院长望着小 K 和阿莲，不由得冷笑了："当然是在这里拜——现在，整个临远城，还有比这儿更安全的地方吗？"

"在这里——在太平间？！"小 K 左右望了望，又不由得犹豫了。

李院长见了，却果断地点点头："就在这里，死人不会告密，这里就最安全了。好了，你们跪下，你爸我亲自为你们举行仪式——一拜天地！"

小 K 和阿莲立刻双手抱拳举在头上，而后俯身叩头。

李院长接着喊："二拜高堂！"

随着李院长的喊声，小 K 和阿莲两个人赶紧给李院长磕头。

李院长再喊："夫妻对拜！"

小 K 和阿莲听罢，赶紧转身相向，躬身对拜！

仪式举行完了，李院长走过去俯身拉起小 K 和阿莲："小 K、阿莲，你们起来吧！从现在起，你们就是夫妻了。"

李院长说完，又一脸严肃地转向小 K："好女婿，你就放心上路吧！如果我们还活着，到时候，总会按时为你点上一炷香的。"

李院长说完，又转向阿莲："阿莲，大战在即，还有很多事情要做，你带你男人回去吧，他的兄弟们还等他呢！"

阿莲点点头，拉着小 K 走了。望着他们离去的背影，李院深深地嘘了一口气。

7

此时，在地下室里，陈一鸣等敢死队队员正在紧张地做着战前准备。大家忙活了一会儿，突然听到门口响起用暗号的敲门声，正在擦枪的燕子六叨念了一句："自己人！"

说罢，他便往枪膛里推上了子弹，起身走了过去，门开了，小 K 一脸茫然地走了进来。

燕子六看着他，不免有些纳闷儿："怎么了小 K？怎么脸色这么难看，像霜打了似的！"

小 K 白了燕子六一眼，一屁股坐下来，就是不说话。

书生一边整理着炸弹，一边笑着问："小 K，怎么哑巴了？为什么不说话？刚才出去被暴打了一顿？"

小 K 怒视："没有，谁说暴打了？"

书生问："那燕子六问你，怎么不回答？"

小 K 没有再回答书生的问话，他使劲儿甩了甩头，仿佛自己还是生活在梦里。他忍不住伸出手来，抓起燕子六的胳膊。

小 K 叫："燕子六！"

燕子六应："咋的？"

小 K 说："你给我一巴掌！"

燕子六说："这可是你自己说的啊？"

小 K 点头："赶紧的，别废话！"

"打就打，老子的手早就痒痒了！"燕子六说着举起了胳膊，比画比画又放下了，"小 K，那我真的打了啊？"

"要你打你就打，瞎磨叽什么！"小 K 说完，甩手就给了燕子六一个嘴巴。

燕子六一下子就急了，狠狠地一巴掌便打了下去："小兔崽子，你还敢打我？！"

"哎哟……"小 K 一声惨叫，赶紧捂住了自己正在出血的嘴，摇了摇头突然说，"看来这是真的！这是真的！"

"小 K，你到底怎么了？"正在擦枪的藤原刚也忍不住问了一句。

小 K 忍不住一笑，又犹豫地看了陈一鸣一眼。

陈一鸣看着小 K 冷笑了一下："有什么话就说，别这么婆婆妈妈的！"

小 K 听罢，这才放心地说："诸位诸位，我报告大家一个好消息！我……我小 K——有媳妇了！"

小 K 一句话，把屋子里的人说得都愣了！

冷锋迟疑了一下，不禁骂道："小 K，你疯了，都什么时候，还开这种玩笑！"

"我说的是真的，我没开玩笑！"小 K 说着，脸色变得异常严肃。

屋里的人你看看我，我看看你，还是不相信小 K 刚才说的话。

蝴蝶凑过来，上下左右地看了小 K 一番，轻声问："小 K，你是说，阿莲她……同意嫁给你了？"

小 K 点头："对！阿莲不仅同意嫁给我，阿莲的爸爸——也就是李院长，还亲自为我俩举行了结婚仪式。"

众人一听，立刻瞪大了眼睛！

蝴蝶忍不住叨咕了一句："天哪，一个如花似玉的姑娘，怎么嫁给你这个吃软饭的？"

书生在一旁也俏皮地回了一句："嘻，什么是封建主义，这就是封建主义！封建主义害死人哪！"

小 K 问："书生，你说什么……什么主义？"

小 K 还在懵懂，陈一鸣把手里的一支冲锋枪使劲儿地丢给了他："别总在那儿想媳妇了，马上准备！"

"是！"小 K 答应了一声，抱着冲锋枪却在那里发呆。

燕子六禁不住看了他一眼："哎，人家阿莲姑娘不知道你今天晚上就要死了？"

小 K 应道："知道。"

"那她怎么还嫁给你个活死人？"蝴蝶禁不住问了一句。

小K正要回答，门口处突然响起了敲门的暗号声。大家听了，赶紧端起枪来注视着屋门，藤原刚轻声走过去，慢慢地拉开了门，只见门口站着的人却是阿莲和李院长，他赶紧侧身让了进来。

李院长看了看大家，大步走到了陈一鸣跟前："少校，请允许小女与你的部下小K成婚。"

陈一鸣抬眼看了一下李院长，苦笑了一下："还需要我允许吗？"

李院长听罢也苦笑了："少校，你毕竟是他的长官。"

陈一鸣看看小K，又看看阿莲，随口道："乱世儿女自多情！他们的事情，我不想过问。"

李院长听罢，立刻放心地笑了："那……谢谢少校了！"

陈一鸣扫了一眼站在面前的李院长和阿莲，轻声说："不过，今天晚上我们都要为国捐躯！"

李院长回道："我知道。"

阿莲看着小K，眼睛不觉又红了，小K忍不住低下头来。

陈一鸣表情平静地看着李院长父女："不管你们父女是怎么想的，现在国难当头，我们都是党国军人，小K违反军令，糟蹋良家女子，本该枪决。只是眼下正是用人之际，与其将他正法，不如让他死在抗日的疆场，也好对祖上有个交代，所以我先留他一条命。"

谁知阿莲在一旁听罢着急了："陈少校，这事儿不怪小K，是我自己愿意的！"

陈一鸣打断："那也不行！无论你愿意不愿意，大战在即却去搞女人，已经是死罪！"

阿莲听罢，身体抖了一下，小K在一旁，嘴唇已经颤抖起来——

"陈教官，我……我知道我错了。"

陈一鸣冷冷地看着他，没有再说话。

冷锋在一旁敲了一下小K的脑袋："行了，干你的活去吧！"

小K听了，赶紧去一旁准备了。

陈一鸣此时转过脸来，看着李院长："院长，我们出去谈谈吧！"

李院长点点头，陈一鸣、李院长和阿莲走了出来。

8

陈一鸣关上门，严肃地注视着李院长："院长，你为什么要这么做？"

李院长望着陈一鸣笑了笑："少校，小K和小女已经做下了私情，无法反悔，而按照部队的条令他必死无疑！想我小女待嫁在即，小K也不愧堂堂男儿，况且今晚就要赴死，所以我想与其让小K这样去死，不如让他和小女都有个名分，这样，小K就是就义了，对他和小女也都有个交代了。"

听了李院长的话，陈一鸣不禁慨叹良久："院长，你真是费了心思了！谢谢你！"

李院长望着陈一鸣却凄然地笑了："陈少校，你等队员今夜就要为国捐躯，从容赴死，老朽真是感佩之至！请在这里，就受我和小女一拜吧！"

李院长说着，便和女儿阿莲恭恭敬敬地向陈一鸣鞠了一躬！

陈一鸣见状，赶紧伸手去扶李院长："院长，您和阿莲这样，陈某和属下的弟兄们就受之有愧了！"

陈一鸣说着，转头看向了阿莲："好吧，既然院长和你都有这番心意，你和小K结婚的事我批准了！但是，我要你答应我一件事。"

阿莲答道："陈少校，您说！"

陈一鸣说道："记着明年的今天，别忘了给你男人烧一炷香。"

阿莲听罢使劲儿地点点头，眼睛又不禁湿润了。

陈一鸣没有再说话，伸手捽下了阿莲戴在脖子上的项链。

"就让它代表你送送小K！"

陈一鸣说完，转身进去了。阿莲望着刚刚关上的门，禁不住哭出声来。

9

黄昏，在加藤师团的营房里，岩本忧郁地站在窗前，注意地向窗外观望着，营区的院子里，值班的军官正大声地吹着哨子。随着响亮的哨音，大批的手握三八大盖步枪和肩扛着机关枪的日本士兵纷纷地跑到院子里列队集合，一眼望去，顿时院子里站满了黑压压的一片！岩本的眼皮禁不住跳了一下——

"唉！"他重重地叹了口气，走了出去。

院子里，值班的军官此时已经站立在队列前："立正——请加藤师团长阁下训话！"

日军士兵们听罢立刻站好，目光炯炯地看着走到队伍前的加藤少将。

加藤举手还礼，面容严肃地面对着他的部下们："你们——是不是皇军最精锐的部队？！"

部下们："是！加藤师团，皇军精锐！"

面对着士气旺盛的官兵们，加藤的脸上露出满意的笑："对！我们大日本皇军加藤师团，是国之骄子、大日本天皇陛下的主力！今天，又到了你们刺刀见血的时候了！"

部下们："加藤师团，威震支那！"

加藤听罢，摆摆手，笑了笑："可是我们今天的对手，不是支那正规军，也不是新四军游击队，而是一支七个人的特工队！"

加藤说完，官兵们的脸上都不禁显出了惊讶。

加藤望着部下们继续说："他们只有七个人，而我们加藤师团有两万四千多官兵，还不够我们塞牙缝的儿！但是，我们还是要重视这七个人，因为他们不是简单的敌人特工，而是训练有素、胆识过人的黑猫敢死队！这支敢死队，人人身怀绝技，他们曾经杀死我们英勇智慧的中村一郎特工，我们与他们有不共戴天之仇！所以，我们必须杀死他们！"

加藤说完，一脸杀气地扫视着他的士兵们："有一句支那话说得好，'杀鸡焉用牛刀'！可是今天，我们就是要用牛刀杀鸡！参谋长！"

参谋长："在！"

加藤发话："按照预案，安排队伍出发！"

参谋长："是！"

参谋长应了一身，赶紧去安排了。加藤转过身来，一脸得意地望着站在身边的岩本。

"岩本君，你还有什么吩咐吗？"

岩本说道："加藤阁下，我还是希望，能够把他们生擒。"

加藤听罢，笑着点点头："少佐放心，我的参谋长会这样下令的。但是你知道，加藤师团已经在后方休整了三个月，将士们求战欲望正高，如果他们拒绝生擒，那……我的军官们就恐怕很难控制部下的情绪了。"

岩本听罢，面容不觉抖了一下："加藤阁下，可我知道贵部令行禁止，在皇军是有名的。"

加藤听罢，不置可否地笑了笑。

岩本见了，又不放心地补充了一句："我不管贵部的情绪如何，我只要活的——我不能要他们这么痛快地死去！拜托了！"

岩本说完，恭恭敬敬地向加藤鞠了一个躬，加藤脸上的笑容渐渐地消失了。

岩本眼里的泪水慢慢地流了下来："我要亲手为中村君报仇！"

加藤听罢，不禁一脸的感慨："君有此情，加藤岂能无义？这七个支那特工，我会尽其所能，给你活的！"

岩本听罢，立刻来了一个立正："感谢将军！"

加藤没有再说话，轻轻地叹了口气。

10

此刻，天色渐晚。丽晶酒店经理室里，黄云晴站在地图前不禁低头沉思，就在这个时候，酒店经理徐老板轻声走了进来。

徐老板开口道："金鱼同志，加藤师团已经出动了，正在设置埋伏。我们的突击队要不要准备？"

黄云晴望着徐老板，不由得苦笑了："准备什么？拿鸡蛋去碰石头吗？"

徐老板听罢，不由得愣了："那如果……加藤师团动手呢？"

黄云晴回道："如果加藤师团动手，再来三四十个游击队的神枪手也不够他们塞牙缝儿的！"

徐老板嗫嚅着："那……那黑猫敢死队……"

黄云晴叹了口气回答："我自有办法，你去吧，静观待变。"

徐老板回答："是！那，我走了。"

徐老板走了以后，黄云晴守着地图，又不免沉思起来："不要感情用事！千万不要感情用事！得想个办法，一定得想个好办法！"

黄云晴一边想着，一边又不由得仔细地琢磨起了地图。

一小时以后，天色完全黑了下来。此时，在医院的地下室里，敢死队队员们都已经换好了日本军装，并且都完全收拾停当，只等着队长陈一鸣一声令下了。

陈一鸣叫道："弟兄们，都准备好了吗？"

队员们齐声："准备好了！"

陈一鸣迟疑了一下又问："准备好了跟我去送死了吗？！"

队员们再次齐声："准备好了！"

陈一鸣深受感动地扫视了一眼他的队员们，猛地抄起了冲锋枪："走，我们送死去！"

队员们应道："走！"队员们答应了一声，抄起武器，跟着陈一鸣出去了。

第十五章

1

此时，临远的大街上，早已经行人稀少。在一辆卡车上，书生一边开着车，一边悄声问坐在身边的陈一鸣——

"队长，你有没有觉得我们这次出来得太顺了？"

书生的话令陈一鸣警觉了："你是说……小鬼子设套儿？"

书生说："对，我不敢确定，可我一直在怀疑。"

陈一鸣问："为什么？就因为太顺了？"

书生回答："不，是因为有人发出了警报。"

"警报？"陈一鸣听罢，忍不住歪过头来看着书生，"谁给你发了警报？"

书生迟疑了一下回答："现在……我还不能告诉你。可是我琢磨，这次，敌人一定是给我们下了套儿！"

陈一鸣听罢，不禁犹豫了，他想了想，叹了口气："可你知道，这次，可是我们唯一的机会，甚至是我们国家、我们这个民族——唯一的机会！"

书生回答："我知道，所以，我没有建议你取消行动。"

陈一鸣听罢，不由得更愣了："我没明白你的意思，既然知道这是圈套，那为什么我们还要往里钻呢？这不是于事无补吗？"

书生迟疑了一下，又说："有人确实发出了警报，但是他并没有建议取消行动。我相信，这里面自然是有道理。"

陈一鸣听罢更愣了："书生，你说的那个人到底是谁？"

书生回道："陈教官，我确实不能告诉你！不过，肯定已经有人为我们做了安排，你相信我好了。"

陈一鸣想了一下，眼前突然一亮："你说的是……共党？"

书生聚精会神地开着车，没有回答。

陈一鸣猛地拔出匕首，用力地架在书生的脖子上："你说，究竟是谁？在这生死存亡的关键时刻，我为什么要相信共党？！"

书生转头扫了陈一鸣一眼，毫无惧色，仍旧转过头来开着车："因为——我们都是中国人。"

陈一鸣看着他，不再说话了。

书生一边开着车，一边说："我们既然上了一条船，就只有同舟共济，否则，船沉了，我们会一起淹死！"

陈一鸣盯着书生，还是有些不放心："这个队伍里，我是指挥官！作为指挥官，如果不能洞察战场的一切，就不能贸然投入战斗！"

书生听罢，只好叹了一口气："陈教官，我说句实话吧！从军事理论上来说，你的这句话没错；但是只问军事，而不洞察政治的指挥官，绝对不是个好的指挥官。你可以不相信共产党，但是你起码可以相信我——我和你在一起，要死——我会跟着你一起死！"

书生的话，说得陈一鸣再也无法反驳了，他叹口气，放下了匕首。

书生此刻也松了一口气："队长，他们肯定做了安排，请相信我！"

陈一鸣没有再说什么，默默地看着前方。

2

卡车很快便开到了日军西大营的哨卡前，一名全副武装的日军少尉迎了上来："哪个部分的？"

书生自然地拿出事先准备好的证件递了过去："15 辎重联队，送给养的。"

少尉拿着手电仔细地查验了证件，又挥手命令身后的哨兵到卡车车厢去检查。车上，坐在盖着帆布的装备箱子附近的冷锋等人见哨兵都显得很自然，哨兵看了看装备箱子，没有看出什么破绽，便放心地走了回去。

少尉见状，放心地微笑了一下，而后向身旁的哨兵挥挥手："放行！"

哨兵们闻声拉开了阻马桩子，卡车缓缓地向基地里面驶去。

卡车在穿行的时候，陈一鸣注意地看着四周，路上，行走的士兵不多，只是偶尔能碰见几个流动哨，也都不大在意地扫了他们一眼，便再也没有人理会了。

陈一鸣看着书生，脸色显得更加严峻："我希望你不要让我失望，我可是拿着全体兄弟的生命来赌的！"

书生听罢皱了皱眉头，轻声地回了一句："这里面也包括我的命。"

书生说完，便继续开着车。陈一鸣迟疑了一下，回头往驾驶楼的后车窗敲了几声，坐在卡车车厢里的队员们听到，便立刻背起了炸药包，陈一鸣随即拿起冲锋枪，将子弹推上了膛。

卡车开到围墙的阴影处停了下来，书生一声不吭地端起冲锋枪跟着陈一鸣下了车，车厢内，队员们也都背着炸药包、端着冲锋枪下了车。

书生和陈一鸣接过队员们递过来的炸药包，背在了身上。

陈一鸣看看大家，坚毅地伸出了右拳；队员们互相看了看，也都不约而同地伸出右拳，七个拳头一瞬间有力地撞在一起。

陈一鸣："生死与共！"

队员们："同生共死！"

誓言过后，陈一鸣猛地一挥手，队员们立刻分成三个组，顺着墙根儿向前方奔去。

此时，在西大营附近车站的屋顶上，两个执勤的日本兵正在懒洋洋地抽着烟、聊着天，就在这个时候，只见两个人头从屋檐的一角处露了出来。

执勤的日本兵此时聊得正热乎，对身旁不远处所发生的一切，竟浑然不觉。

此时，潜伏到附近的蝴蝶和冷锋已经徒手攀登上了屋顶，很快地便接近了执勤的日本兵。说时迟那时快，蝴蝶和冷锋两个人霎时间如燕子一般飞了过来，两个人十分默契地一人对付一个，只用一个手段便将两个哨兵扼死在屋顶上！

两个人互相做了个手势，一声未吭，迅速地拖开尸体，卧倒在屋顶上。冷锋立刻端起了狙击步枪，蝴蝶也瞬间拿出了望远镜。

此时，在车站站台上，一大群武装的日本军人和二十几个各端着铜管乐器的军乐队的士兵们，正立在站台上等待着即将开来的承载着 731 部队的专列。

冷锋用狙击步枪瞄了一下，随口道："正常。"

蝴蝶没有说什么，她放下了望远镜，向身后打起了手语。

躲在附近角落里的陈一鸣看到后，立刻回身命令身后的队员们："现在开始行动，注意时间！走吧！"

陈一鸣一声令下，书生和藤原刚等人立刻戴上宪兵袖章，分组向站台的方向走去。

此刻，蝴蝶看着不远处渐渐走近的身影，禁不住问冷锋："我们什么时候下去？"

冷锋用狙击步枪瞄着车站方向回答："等车开始进站！现在，我们必须占据狙击点，以备万一！"

蝴蝶听罢，深嘘了一口气，将一只手伸进了怀里。冷锋纳闷儿地回头看了她一眼。

蝴蝶忍不住笑了笑："没什么，我想看看儿子的照片。"

蝴蝶说着，拿出了儿子的照片端详着。

冷锋扫了蝴蝶一眼，禁不住回了一句："你不该带照片来！万一你被俘了，你儿子会被日本人当作你的弱点，对你逼供的！"

蝴蝶听罢，不觉后悔地点点头："冷教官，我知道，我违规了！"

冷锋叹了口气，苦笑了："算了，就当我没看见。"

听冷锋这样说，蝴蝶感激地看了他一眼："谢谢你，冷教官。"

冷锋没有再说什么，继续地观察着前方。这一边，蝴蝶深深地吻了一下照片上的儿子，而后把照片送进了嘴里。

站台上，全副武装的宪兵们正沿着铁道线的两侧一字排开，持枪肃立着。陈一鸣穿着军官制服，和藤原刚以及书生一起，渐渐地接近了他们。

靠近陈一鸣他们这个方向的是一个日军宪兵的下级军官，他好奇地看着陈一鸣等人，不禁问了一句："请问，你们是哪个单位的？"

藤原刚走上前几步，立刻用日语回答："松野师团宪兵队的。"

"哦？松野师团宪兵队也来了？"对方听罢，不禁苦笑着摇摇头。

藤原刚见状，也苦笑了一下："上面很重视，所以，把我们也发来了。怎么？你的眼睛怎么这么红，没有休息好吗？"

日军军官听罢，不由得叹了口气："没办法，为了这倒霉的特殊专列，我们已经一周没怎么休息了。听说支那的敢死队要对专列下手，所以上面非常紧张。临远县如今早就被围个水泄不通，我不明白为什么这样紧张？"

藤原刚听到这儿，随手拿出一包烟吸着，又递给了对方一支："给，抽着。"

"谢谢！"对方说了一句，接过烟来点着了，也美美地抽了一口，这才说，"你们来了也好，这里的人手多了，我们也减轻压力。"

藤原刚望着对方笑了笑："但愿，我们可以帮上你们的忙。"

两个人正说着，远处传来了火车的汽笛声。

陈一鸣的目光随即警觉地转向了远方。

此刻，冷锋趴在屋顶上，正透过瞄准镜望着远方："来了！"

说着，他兴奋地收起了狙击步枪、蝴蝶也放下了望远镜——

"该我们上了！"

"走！"冷锋说了一句，带着蝴蝶溜下了屋顶。

3

此时，在不远处的站台上，突然军乐大奏，在响亮的乐曲声和两旁持枪而立的士兵的注视下，一列专列慢慢地进了站。

此时，在车站的值班室里，岩本正面色冷峻地看着窗外。在他的身边，加藤和松井正悠然自得地喝着酒、谈着话。

岩本的呼吸，此时显得有些紧张，在他的视线里，陈一鸣正在站台上，等待着行动的时机。

铁道线内，火车专列缓慢地停靠在站台上，车头的蒸汽机里顷刻间吐出一团白雾。

陈一鸣见了，猛地把烟头丢在地上，轻声而短促地发布了命令："动手！"

队员们在一瞬间便抄起了冲锋枪，对着正在站岗的宪兵开始了猛烈的扫射。

"啊……哦……"宪兵们猝不及防，纷纷中弹倒下，其余的宪兵见了，急忙寻找掩体，进行还击。

顷刻间，车站内枪声、手雷声大作，立刻便热闹起来。

队员们一边射击，一边分头冲向中间几列列车的车厢，就在这时，闷罐车的车门被同时打开了。黑洞洞的重机枪枪口和日本士兵的脸露了出来，队员们在一瞬间都惊呆了！

就在这个时候，火车站里的探照灯同时打开了，车站里一时间被照得如同白昼！

在车站四周埋伏的日军官兵也都同时冒了出来，站台的四周响起了一片拉枪栓的声音。

车站的高音喇叭里也同时响起了广播声："黑猫敢死队的弟兄们，你们已经被包围了！立即放下武器，大日本皇军会饶你们不死！"

陈一鸣等人此刻都愣住了，在无数个枪口和众目睽睽之下，抵抗显然是没有用的！

陈一鸣脸色铁青，懊恼地看着眼前的一切，猛地端起了冲锋枪；队员们见了，也都跟着端起了冲锋枪，准备射击。

"陈教官！"就在这个时候，书生突然叫了一句，"留得青山在，不怕没柴烧——这样抵抗，是没有用的！"

陈一鸣此时，眼睛都红了："我是党国军人，不成功，便成仁！"

蝴蝶望着陈一鸣，嘴唇开始有些哆嗦。

小K轻声叹了口气，猛地亲了一口攥在手里的项链，而后咬紧牙关看着陈一鸣，此时，冷锋、藤原刚和燕子六五个人也都转过脸来，看着陈一鸣。

车站上的高音喇叭，此时还在喊着："黑猫敢死队的弟兄们，你们已经被包围了！立即放下武器，大日本皇军会饶你们不死！"

就在陈一鸣等人正在犹豫的瞬间，岩本少佐从车站值班室里快步地走了过来，他走到陈一鸣和书生等人的跟前，微笑地看着书生和陈一鸣，轻声说："中央军校的梧桐树上，刻着两个人的名字，已经长得很高了。"

陈一鸣听罢，不由得一愣。

岩本见了，又重复了一句："中央军校的梧桐树上，刻着两个人的名字……"

陈一鸣听了，不觉心潮起伏，默默地注视着岩本。

岩本此时也看着他，平静的脸上看不出表情。

陈一鸣想了想，轻轻地嘘了一口气，慢慢地放下了手里的冲锋枪。

陈一鸣命令："放弃！"

小K听罢愣住了，立刻喊了起来："我不——"

"放弃！"陈一鸣厉声回了一句，又转脸望着眼里透出十分不解的燕子六等人，"弟兄们，我这是第二次命令你们放弃抵抗。还记得第一次吧，希望大家能够服从我的指挥！"

陈一鸣说着，表情平静却眼含深意。队员们瞅瞅他，又互相瞅了瞅，似乎有些明白了，便不再抵抗，慢慢地放下了手里的枪。

岩本在一旁挥挥手，围着的日本宪兵们立刻拥了上来，把他们按倒了。

岩本命令："带走！"

岩本轻松地命令了一句，陈一鸣等人立刻被宪兵们簇拥着押走了。

此刻，在丽晶酒店里，守在经理室窗边的黄云晴正满腹担心地眺望着火车站的方向。

4

几乎在陈一鸣等人被押走的同时，一群日本宪兵在几名日本特工的带领下，正气势汹汹地冲向医院院长的办公室。医院的走廊上，立刻响起了纷乱的脚步声。

此时在院长室里，李院长的手猛地伸到了抽屉下面，迅速地取出了放在下面的冲锋枪，他熟练地检查了武器并推上了子弹，接着，他快速地走向了花盆，一枪托将花盆打碎，从花盆土里取出了两颗手雷，顺手放进了兜里。就在这个时候，门开了，李院长猛地转身将冲锋枪对准了大门。

阿莲叫："爸！不好了，鬼子来了！"

冲进来的是阿莲。

李院长看着女儿，脸上的表情很平静："慌什么！我都看见了！你从地道走，快！"

阿莲问："爸……那你呢？"

李院长说："我掩护你，随后我也走！"

阿莲听罢，不放心地拉住了父亲："爸，我跟你一起走！"

李院长喝道："废话！那就谁也走不了！快走！"

阿莲见状，立刻就哭了："爸，我不能没有你呀爸？！"

李院长说："废话，谁说我一定就得死呀？你快走吧，不然来不及了！赶快走，想办法救救你男人！"

阿莲听罢愣住了，随后迟疑了一下，赶紧走了。

阿莲又补了一句："爸，你可快点儿呀！"

"知道了，啰唆！"李院长说完，掏出身上的小酒瓶喝了一口，"妈的，小鬼子，老子今天叫你们尝尝军统老特工的厉害！"

李院长说着，将一颗手雷拉上了事先备好的钢丝线挂在了办公室的门上，而后又仔细地瞅了瞅，这才满意地躲到了一个柜子的后面。就在他刚刚在柜子后面藏好的一瞬间，办公室的门被踢开了，几个鬼子闯了进来！然而，令他们万万没有想到的是，挂在门上的手雷就在这一瞬间爆炸了，几个刚刚进来的鬼子立刻便被报销了！就在手雷爆炸的同时，李院长端起冲锋枪对着冲进来的鬼子进行了猛烈的射击！

后面冲进来的鬼子立刻被密集的火力挡在了门后，也端起枪来对着办公室里面进行了激烈的还击。双方对射了一会儿之后，躲在门口的一个鬼子突然掏出一颗手雷扔了进去！

手雷冒着青烟，竟骨碌碌地滚到了李院长的身边，李院长见势不妙，立刻抓起滚到身边的手雷，连想都没想就随后扔了回去！

手雷在门外爆炸了，随着手雷的爆炸声，立刻传来了鬼子的哀号："啊……"

然而几乎就在同时，又一颗手雷在李院长身边的不远处爆炸了。巨大的冲击力，立刻将李院长冲击到了墙角上，李院长的头上、脸上和肩膀上开始冒出血来；而就在同时，几个鬼子和特工迅速地冲进来围住了他！

李院长的头上和脸上在不停地流着血，他整个面容立刻变得有些苍白，在他的周围，握着枪的鬼子正在虎视眈眈地望着他！

李院长望着对方，突然笑了："妈的，真是老了，只打了这么一会儿就结束了！"

李院长说完，突然掏出了最后一颗手雷："妈的，老子还备着呢！"

围着他的鬼子们一瞬间都傻了，然而，还没等他们回过神儿来，李院长便握着即将爆炸的手雷冲到了他们中间，手雷在一瞬间炸开了！

随着剧烈的爆炸声，李院长和他周围的鬼子一起毁灭了。

5

此刻，在临远县城郊的一片废旧建筑内，逃走的阿莲从地道爬了出来，她转身面对县城，只见一团巨大的烈焰正在县城上空飘荡。

阿莲禁不住大声地哭喊起来："爸——"

旷野里空空荡荡，只有阿莲的呼喊声在空中回响……

阿莲跪在地上禁不住泣不成声，就在这个时候，一双腿站在了阿莲的面前。阿莲惊慌失措地举起手枪，谁知手枪刚刚抬起，就被有力的一掌给打掉了！还没等阿莲继续动作，两个蒙面的男人就用力按住了她，并且立刻捂住了她的嘴。

阿莲还来不及出声，就被黑影拖走了。

此时，在日本宪兵的刑讯室里，陈一鸣尖锐的叫声从房间里传出来，在夜空中显得无比瘆人。

在刑讯室的门口，两个日本特工一边抽着烟，一边议论着——

一个说："落在岩本君的手里，真还不如死了好！"

另一个说："中村长官死在军统手里，岩本长官当然要为中村长官报仇！"

刚才那个说："这个叫陈一鸣的特工骨头真是够硬的。本长官打了他有半小时了吧？却硬是不开口！"

另一个说："哼，那他就等着遭罪吧！"

此刻，在刑讯室附近的关押室里，冷锋等队员听到陈一鸣的叫声，脸上的表情很难看。

燕子六咬牙切齿地骂了一句："狗日的！一天到晚地跟我们说精忠报国、精忠报国……结果呢，到了我们该报国的时候，反而要我们放下武器，却被关起来遭这份儿洋罪！"

小K在一旁听了，也忍不住骂起来："骗子，活该他倒霉，看他还让不让我们放下武器了？骗子！"

蹲在小K身边的藤原刚，此时却不说话，一个劲儿地闭着眼睛念着佛。

小K忍不住踢了他一脚："小日本！你打算怎么办？"

藤原刚睁开眼睛，冷笑地回了一声："听天由命，反正我是没有活路的。"

冷锋等人听了，都不禁转头看向了他。

藤原刚叹了口气说："我是日本的叛徒，宪兵是不会放过我的，我只有死路一条。"

冷锋也叹口气，似乎在安慰他："你不孤单，我们大家都是死路一条。"

藤原刚回道："可我的灵魂，是注定回不了日本的。"

"你回去干什么？日本有什么好回的，留下来跟我们兄弟做伴算了！"燕子六听罢，忍不住干干脆脆地回了一句。

藤原刚听罢苦笑了，不再说话，又继续念起经来。

此刻，在刑讯室里，昏迷的陈一鸣被一盆凉水给浇醒了。他慢慢地睁开眼睛，用复杂的目光看着站在他眼前的岩本。

屋子里没有其他人，岩本蹲下身来低声道："陈先生，很抱歉，我只能这么做，否则他们是不会相信的。"

陈一鸣看着他，点了点头，低声问："这到底是怎么回事？"

岩本左右瞅了瞅，悄声回答："你们被出卖了。"

陈一鸣问："被谁？谁出卖了我们？"

岩本说："军统。"

"军统？"陈一鸣惊愕地张大了嘴，怀疑地看着岩本。

岩本叹口气，苦笑了："我知道你不会相信，可这是事实。"

陈一鸣注意地看着岩本，没有吱声。

岩本又向门外瞅了瞅，轻声说："我的上级，命令我营救你和你的小队。"

岩本说到这儿，不禁苦笑了："这真是一个讽刺——军统出卖了你们，而中共地下党却要营救你们。"

陈一鸣听了，终于忍不住问岩本："军统……为什么要这么做？"

岩本叹口气："一句话说不清楚，我只能告诉你，你们军统得到的日军'云字号'作战计划是共产党给你们委员长的——你是聪明人，自己好好想想吧！"

陈一鸣又问："那……那共党为什么要救我们？"

岩本说："因为他们和你们有一个共同的任务。"

陈一鸣问："什么任务？"

岩本说："劫杀731。"

陈一鸣听罢，终于有些明白了，他想了想，继续问："那你为什么要这么做？"

岩本说："因为，我是日本共产党员！好了，我们没有时间细谈了。你还得继续配合，抱歉了！"

岩本说完，又拿起烧红的烙铁，再一次按在陈一鸣另外一侧的胸前。

"啊——"陈一鸣一声惨叫，昏了过去。

6

此时，在临远郊外的一间库房里，阿莲头上的黑布罩被揭了下来，她懵懵懂懂地睁开眼睛，惊慌地看着眼前的一切——

此时，高老板正站在她面前，一脸严肃地望着她，高老板的周围，站着几个精干的蒙面人，每个人手里拿的是清一色的驳壳枪。

阿莲问："你……你们是谁？"

高老板望着她，微微笑了："我们是谁并不重要，我们这样做，只是为了救你。"

"救我？"阿莲睁大眼睛看着高老板，眼里充满了不解。

高老板说："对，因为你参加了抗日。"

阿莲问："你们是……军统的人？"

高老板冷笑："军统？不是。"

阿莲又问："那你们是……中统？"

高老板冷笑："中统给我提鞋都不够格！"

"那你们是……是共党？！"阿莲说完，眼睛一下子睁得老大。

高老板看着他笑了："你关心那么多干什么，你又当不了国民党的委员长。总之，你的命保住了，你就先在这里待着吧！"

高老板说着要走，阿莲在身后叫住了他："那你们……你们想从我这里得到什么？"

高老板回过头来笑了："我们只想保护你，什么也不想得到。"

高老板说完，转身走了。

此时，在关押着陈一鸣等人的囚室里，遍体鳞伤的敢死队队员们都已经疲惫地睡着了，只有陈一鸣还靠在墙上，睁大了眼睛没有睡。他想起了临来时与毛人凤的对话——

毛人凤说："你是我们的好同志，我并不想牺牲你去做这个任务。但是你该知道日军的细菌武器投入战斗，会给我们的国家和民族造成什么样的后果。"

陈一鸣说："毛先生，我接。"

毛人凤又说："你们这一次出去，很可能是回不来了。"

陈一鸣说："我知道，从我立志从军那天起，就没想过会生还。"

毛人凤笑说："你太让我感动了。陈少校！国家和民族会记住你的！委员长、戴老板和团体会记住你的！你的名字，将会与青天白日旗一样，与日月同辉！"

……

冷锋问："陈参谋，你怎么还不抓紧休息一会儿，你在想什么呢？"

陈一鸣说："我在想，我们为什么会落到现在这个地步。"

冷锋一听，立刻来了精神，一下子坐了起来："陈参谋，我也在想，我们的行动是最高机密，日本人怎么会对我们了如指掌呢？"

陈一鸣的脸色立刻变得复杂起来，他咬了咬牙，轻声说："我们被人出卖了！"

冷锋惊问："谁？谁出卖了我们？"

陈一鸣说："汉奸！"

冷锋又问："汉奸？谁是汉奸？！我们一定要弄死他！"

陈一鸣说："弄死他？唉，别做梦了！出卖我们的不是一个人，而是一个组织！"

"组织？什么组织？"冷锋听罢，更糊涂了。

陈一鸣望着冷锋，重重地叹了口气："就是派我们来的那个组织——军统。"

"军统？他们怎么会能……"冷锋说到这儿，脸都有些白了，"这帮畜生！他们为什么这样做？"

陈一鸣叹气："唉，我也是想来想去，才终于想明白了……戴老板最后得到的日军关于细菌战的详细情报，是共党给委员长的，军统因此在委员长跟前丢了面子，为了证明共党提供情报是假的，他们便不惜拿我们当炮灰，然后把屎盆子扣在共党头上，以此证明他们并不无能！"

冷锋听到这儿，气得嘴唇都哆嗦了："这帮王八蛋，简直是黑了心了，真是禽兽不如！"

陈一鸣听到这儿，赶紧向冷锋挥了挥手："小点儿声，千万不能让弟兄们听到！"

冷锋问："为什么？为什么要瞒着大家！"

陈一鸣说："我怕大家一旦知道了，万一控制不住情绪，是会影响到这次任务的完成的，那样日本人的细菌作战计划就会得逞，我们中国人就会吃大亏的！所以不管军统对我们怎么样，这个任务——我们必须完成！如果万一我们出不去就这么死了，也要让大家临去时心里能舒服一点儿。"

冷锋望着陈一鸣，不再说什么了，心里禁不住对陈一鸣在关键时刻能够深明大义而深感钦佩——

"行，我听你的，你说怎么办就怎么办！"

"谢谢你，兄弟！"陈一鸣说罢，紧紧攥住了冷锋的手。

7

此时，天色渐亮，在丽晶酒店的经理室里，一宿没睡的黄云晴望着窗外，不禁忧心忡忡。

门开了，高老板悄悄地来到她跟前，轻声说："金鱼同志，你一宿没合眼了，还是吃点儿东西，去睡一会儿吧？"

黄云晴转过头来，叹了口气："他们已经熬了一夜了。"

高老板问："那……我们接下来怎么办？"

黄云晴说："我们无法硬碰硬，只能剑走偏锋了。"

"剑走偏锋？"高老板禁不住愣住了。

黄云晴说："对！我去见布谷鸟，你先在这里待命。"

高老板回答："好……可是，我们那三十个神枪手都一直在跃跃欲试啊！"

黄云晴听罢，不觉笑了："三十个神枪手？别说是三十个，就是三百个神枪手，能突破加藤师团的庞大防御吗？老高，告诉他们别着急，总有用到他们的时候！"

大约在一小时以后，岩本准时来到了他和黄云晴事先约定的一家小酒馆里。包间内，屋门紧闭，岩本和黄云晴一边假装吃饭，一边悄声地谈着事情。

岩本说："为了做样子，我把他们每个人都审讯过，也毒打过……嘻，我简直就成了刽子手！"

黄云晴问："他们表现得怎么样？"

岩本说："不错，牙口咬得都很紧，个个都是好样儿的！哎，不过，书生偷偷向我转来他们的要求，我觉得很奇怪的……"

黄云晴问："什么要求？"

岩本说："他要我帮忙为他们搞到一架轰炸机。"

黄云晴说："什么？轰炸机？好家伙，要么不张嘴，一张嘴就是大家伙！他们要轰炸机干什么？"

岩本说："我想，他们一定是——"

岩本话没说完，黄云晴拦住了他："我知道了！你怎么回答的？"

岩本说："我说，我请示一下。金鱼同志，我应该怎么答复他们？"

黄云晴沉吟了一下："告诉他们，我们正在想办法。"

岩本说："好，我知道了。那我先走了。"

黄云晴说："好。"

岩本走了以后，黄云晴不禁陷入了沉思："轰炸机……怎么才能搞到呢？"

8

高老板惊叫："什么？轰炸机？金鱼同志，他们没搞错吧？要我们帮忙搞到一架轰炸机？这……这……"丽晶酒店经理室里，高老板望着刚刚回来的黄云晴，不禁张口结舌。

黄云晴看着高老板郑重地回答："黑猫敢死队提出的方案是可行的。因为他们那里有一个人曾经是日本陆军航空队的飞行员，他可以驾驶轰炸机，对731专列进行空袭。"

可高老板听了，还是一个劲儿地摇头："可是我们怎么才能搞到轰炸机呢？那玩意儿，我们可是偷不出来的呀？"

黄云晴听高老板这样说，便把头转向了一直在沉思的徐老板："老徐，你怎么看？"

徐老板磕了磕手里攥着的烟斗，咳了一声说："要我说呢，这个方案没准儿可真行，我在东大营机场还真有个关系。"

"哦……"黄云晴一听，立刻兴奋起来，"老徐，你说说看！"

徐老板又咳了两声说："我认识一个日本军曹，是管后勤的，我们一直通过他来搞汽油和轮胎，送往根据地。或许，他是个突破口！"

黄云晴听罢，赶紧站起身来："时不我待！你们是地下工作和军事行动的专家，立刻研究行动方案！今天晚上十点，731部队的专列就要到达临远——我们必须趁机干掉这列专列！"

高老板说："好，我们这就去准备！"

高老板说完，便和徐老板出去了。黄云晴望着窗外，不禁长长地嘘了一口气。

此刻，在东大营日军军用机场里，几十架战斗机和轰炸机正十分整齐地分别停在不同的机位上。机场的出入口和机场的四周，警惕地站立着日军的哨兵和不停地行走巡逻的宪兵，远远望去，令人感到阴冷和森严。

就在这个时候，一辆运菜的民用卡车停在哨位前。开车的是一位胖胖的中年人，他从驾驶楼里伸出头来，一边给哨兵递烟，一边笑着打着招呼。哨兵打开篷布，草草地看了一眼对方在车厢里的新鲜蔬菜，便离开挥挥手放行了。

汽车停在日军机场的食堂门前，轻轻地按了两下喇叭，正在喝酒的军曹和几个日本兵立刻哼着小调从后厨里走了出来。

中年司机见了，立刻从驾驶楼里跳下来，用很不流利的日语对军曹说："太君，今天的蔬菜送来了。"

军曹此时已经喝得半醉，他打着酒嗝儿对中年司机说："于桑，我的……要的货呢？"

"有，有……"司机说着，向车厢上使了个眼色。

军曹会意了，赶紧向周围的士兵挥了挥手："你们都散了，都散了！"

日本兵："是！"

士兵们说罢。立刻一哄而散了。

司机领着军曹来到了后车厢，一纵身跳上了车，走了两步，随手掀开了其中的一个蔬菜筐——一张妓女的脸立刻露了出来！

妓女甜甜地："太君！"

军曹见了，立刻眉开眼笑："哟西！哟西！把车开到库里去！"

司机："是！"

司机听罢跳上了车，赶紧把车开进了食堂旁边的库房。

汽车停稳之后，军曹嬉笑着跳上了车，一把将藏在筐里的妓女拉了出来，嘻嘻哈哈地搂着妓女走了。

司机望着军曹的背影，鄙夷地把地上的盖子立刻掀开了，从菜筐里立刻冒出了几个人头，藏在菜筐里的高老板和几个游击队的神枪手迅速地钻出菜筐下了车。

司机向库房外瞅了瞅，轻声吩咐道："你们先藏在这儿，瞅准了机会再动手！"

高老板听罢一挥手，几个神枪手立刻分散地躲藏在库房的货物当中，他们刚刚躲藏好，几个来搬运蔬菜的日本兵就推门进来了。

蔬菜很快就卸完了，司机和搬运蔬菜的士兵打了个招呼，便开车走了。士兵顺手拉上了库门，库房里立刻变得一片黑暗。

9

单说在临远县城城门的不远处，临近傍晚的时候，从城里走出来一队吹吹打打的送葬队伍，走在队伍最前面的是打着招魂幡的黄云晴。

送葬的队伍很快便来到了城门口。

宪兵队长大喝："站住！站住！"

宪兵队长一声令下，守在城门口的宪兵们立刻冲过去拦住了这支队伍。

"站住！什么的干活？"宪兵队长大步地来到黄云晴面前。

"太君太君，这是……这是薛家出殡的队伍！"走在黄云晴身后的司仪听见了，赶紧赔笑着迎了上来。

"薛家？薛家的，什么的干活？"宪兵队长听了，只好把头转向了站在他身后的翻译官。

翻译官听了，赶紧上前一步："太君，薛家是临远的大户——皇军的朋友。"

宪兵队长听罢，立刻笑了："哦，朋友的干活！"

"对对，朋友，朋友……朋友的干活！"司仪听了，赶紧微笑着附和了几句。

宪兵队长没有再说什么，却在黄云晴身前，一边绕着步，一边端详着。

宪兵队长问道："哟西！花姑娘，什么的干活？"

司仪听了，赶紧说："太君，这是薛家的三少奶奶！不是花姑娘，薛家三少爷的未亡人。"

宪兵队长听了，脸上立刻现出了淫笑："花姑娘，大大的好！"

宪兵队长说着，就嘻嘻笑地凑了过来，司仪见状，正要抢上一步说点儿什么，黄云晴立刻偷偷地拽了司仪一下，司仪会意地停住了脚。

黄云晴迎上一步，一脸木然地说："太君，我男人是得麻风病死的，请您允许我们去送葬。"

宪兵队长一听，双腿立刻就木了："麻风病……"

黄云晴说："对，麻风病！他死得很痛苦，死前是我一直在照顾他。"

宪兵队长听罢，立刻向后急退了几步："麻风病的干活？快，快快的！开路！开路！"

宪兵们听了，也急忙向后退去。送葬的队伍，又吹吹打打地走了。

他们很快便来到了县城郊外的山脚下，走在队伍前面的黄云晴立刻丢掉手里的招魂幡，向跟在身后的队伍发布了命令："快！"

几个小伙子听了，赶紧撬开了棺木，纷纷从棺木里取出了枪支弹药拿在手里。

黄云晴叫道："走！"

黄云晴一声令下，跟在她身后的神枪手们立刻跟随她向山上奔去。

10

此刻，山野的四周，已经渐渐地黑下来，黄云晴率领神枪手们卧倒后命令大家——

"都记住了，戴白手套的是自己人！千万不要误伤了！"

一队员回应："是，明白了！"

黄云晴叫道："突击小组！"

"到！"

黄云晴吩咐："马上带着你的人，运动到前边那个位置，隐蔽起来，以我的枪响为令！"

突击组组长："明白，突击小组的成员，跟我走！"

突击小组的成员听罢，立刻跟着他走了。

黄云晴："火力支援组！"

火力组组长应道："到！"

黄云晴命令："把机枪架在左边那个位置，把迫击炮靠后！注意，一定要计算好弹道，决不能伤了敢死队的人！"

火力组组长应道："是！"

火力组组长应了一声，立刻带着他身边的几个队员去了。

黄云晴接着安排了其他战斗小组的作战位置，又不放心地嘱咐了几句，这才放心地隐蔽了起来。

此刻，关押陈一鸣等人囚室的铁门突然打开了，岩本带着一群宪兵气势汹汹地站在了牢房门前。

岩本命令："带走！"

岩本一声令下，宪兵们像狼一样冲进来，两个人夹起一个人将陈一鸣等人拖了出去。走廊里，密密麻麻地站满了日本兵，陈一鸣等人被夹着走过了日本人的人墙。关在囚室里的囚徒们闻声都冲到了囚室的门口，眼巴巴地看着他们。

燕子六此刻仰着头，一脸豪气地看着走廊两侧正在围观的囚徒们："被关押的各位兄弟、老少爷们儿，咱爷们儿先走一步了！大家多保重啊——"

"好汉们！先走一步，一路走好啊！"一个囚犯大声地喊起来。

"好汉们，一路走好啊！"关在囚室里的囚犯们也跟着大声地喊起来。

燕子六望着关在两侧囚室里的囚徒们大声地笑起来："哈哈……哈哈……"

陈一鸣等人也都跟着大声地笑起来："哈哈……哈哈……"

队员们在笑声中从容地走了出去，被押上囚车拉走了。

车队在大路上疾驰，很快便来到了县城外黄云晴率队埋伏的山脚下。

岩本命令："下车，统统地押下去！"

日本宪兵们闻声，立刻将陈一鸣等人推下车去，一字排开在山脚下。岩本此时站在一旁拿出了烟，抽出了一支。

站在他身旁的日本军曹转过头来问了一句："岩本少佐，可以开始了吗？"

岩本望着军曹笑了笑，点着烟抽了一口。此时，潜伏在不远处的黄云晴见状，立刻扣动了扳机，一声枪响，站在岩本身边的日本军曹应声倒下了！

与此同时，潜伏在山脚下的游击队的神枪手们也立刻都开了枪，站在岩本附近的日本宪兵们立刻纷纷倒下了。

黄云晴说道："注意，别伤了自己人！上！"

黄云晴说完，带头冲了上去，侥幸生存的日本宪兵见状，纷纷举枪还击。这时，躲在宪兵们身后的岩本也迅速地趴在地上，对着跑动的日军举枪射击。

岩本周围剩下的几个日本宪兵，很快就被黄云晴率领神枪手们给击毙了，黄云晴便带着突击队员们冲了过来。

黄云晴大叫："快，快给他们松绑！"

突击队员们闻声，立刻冲过来给陈一鸣等人松绑，黄云晴趁机走过去，一枪托砸昏了正在跟岩本扭打的日本宪兵，岩本趁势给了日本宪兵一枪——战斗便就此结束了。

11

几乎在黄云晴率队伏击日本宪兵的同时，高老板带着隐蔽在库房里的队员们也在日本人的机场里动了手——他们把事先准备好的定时炸弹分别安装在油库、弹药库、飞机底部等要害位置，而后便悄悄摸向了一架正在加油和加弹药的将出去执行任务的轰炸机。

此刻，在机场餐厅里，即将驾着飞机去执行轰炸任务的日军飞机驾驶员正在就餐，吃着吃着，驾驶飞机的机长突然眼睛一瞪，叫着倒在了地下，顿时口吐白沫。

"你……你……你投毒！"机长指着站在一旁的炊事兵，话没说完就晕了过去。

炊事兵见状，立刻大叫起来："不好了，不好了，出人命了！医生！医生——"

机场于是立刻大乱——

一日军说："快快的，有人投毒，快快的！"

另一日军也道："快快的，救护车的，救命的干活……快快的！"

高老板见状，脸上不觉露出得意的笑："快，马上分头行动！"

队员们回应："是！"

队员们闻声，立刻趁乱把更多的炸弹安置在不同的飞机肚子底下。

高老板问："都放好了没有？"

一个队员答："都放好了！"

另一个队员也答："我也放好了！"

第三个队员也回道："还有我……都放好了！"

高老板说："好，一切准备停当，现在动手！"

高老板一声令下，队员们纷纷把一条白毛巾扎在胳膊上，立刻端起冲锋枪动了手。

机场里立刻枪声大作，措手不及的日军被打得立刻转了向！

咱们再说此时，正在打扫战场的黄云晴英姿飒爽地来到了陈一鸣面前："陈少校，我们又见面了！"

陈一鸣看见她，不免一时语塞。

黄云晴没等陈一鸣回答，又立刻问了一句："你们中间谁是狙击手？！"

冷锋听了，赶紧跨上一步："我是！"

黄云晴立刻把手里的狙击步枪丢给了他："给，去杀日本鬼子！"

黄云晴话音未落，一辆卡车急速地开了过来，停在了附近的马路上。

黄云晴看了一眼停在路边的汽车，笑着对陈一鸣说："陈少校，你要的东西都给你了，还有一件东西在机场，希望你们能成功。"

陈一鸣望着黄云晴想说点儿什么，却什么也没有说出来，最后，他只好对着部下大喊了一声："上车！"

队员们纷纷上了车，陈一鸣带着他们匆匆地走了。

陈一鸣走了以后，黄云晴看着满地的尸体对岩本说："你不能再回去了，赶紧跟我们走！"

岩本却叫住了她："金鱼同志，我还没有暴露，我应该回去。"

黄云晴说："不行！老中村这次是不会再相信你的。"

"不，我有办法让他相信！"岩本说着，对黄云晴说，"你赶紧给我一枪。"

黄云晴听罢愣住了，睁大了眼睛看着对方："岩本，这样不行，这太危险了！不行，绝对不行！"

岩本见黄云晴执意不肯，便有些急了，他猛地冲过来，不由分说地夺过黄云晴手里的手枪，对准自己的胸前就是一枪！

"哦……"随着一声清脆的枪响，岩本猝然栽倒在地上。

"岩本？！岩本……"黄云晴惊叫着奔了过去，此时的岩本，已经倒在了血泊里。

岩本挣扎着推开了黄云晴："走……你们快走！"

黄云晴激动地看着岩本，眼里不禁涌上了泪："岩本，你……"

岩本此时面色苍白地望着黄云晴："没办法，不吃点儿苦……老中村是不会相信我的！来……再给我补几枪……"

"不，不……"黄云晴听罢，含泪地倒退了几步。突击组长见了，赶紧走了过来："对不住了，日本同志。"

突击组长拔出驳壳枪来，对准岩本连续开了几枪，岩本的胳膊上、腿上，霎时间都中了弹。

岩本紧咬牙关，微笑着向突击组长点了点头："谢谢……谢谢你！"

黄云晴不放心地转向了突击组长："他……他这样能行吗？"

突击组长朝着黄云晴自信地点点头："放心吧，都不是要害处，他不会有危险的。"

黄云晴听罢转过身来，紧紧地握了一下岩本的手，随后一咬牙命令道："我们撤！"

神枪手们闻声，迅速地跟着黄云晴撤走了，岩本一个人孤独地躺在了地上。

第十六章

———★———

1

此刻，日军的机场里已经是一片大乱——枪声、人声、爆炸声，此起彼落。

就在这时，一辆军用卡车风驰电掣般地从远处开了过来！卡车刚刚接近哨卡，车上的冲锋枪子弹就像雨点般地向守门的哨兵射去。

陈一鸣命令道："撞过去！"

陈一鸣一声令下，军用卡车便飞一般地向着横在大门口的阻马撞去，阻马被撞飞了，军用卡车一瞬间便冲进了机场！

几乎在同时，机场的西南角方向突然升起了一枚信号弹，陈一鸣的脸上立刻显出了兴奋——

"在那边，冲过去！"

冷锋闻声，猛地一打方向盘，卡车便像离弦的箭立刻向着西南角疾驰而去。车上的队员们同时向着冲过来的鬼子猛烈射击，并不时地甩出了手雷！随着一声声的爆炸，冲过来的鬼子立刻被炸得鬼哭狼嚎，卡车横冲直撞，很快便停在了高老板等人守护的一架轰炸机旁。

高老板见状，赶紧迎了上去："快！油已经加满了，你们赶紧上飞机！"

陈一鸣命令道："下车！"

陈一鸣一声令下，队员们赶紧下了车。

燕子六看见高老板，忍不住激动地喊了起来："我靠……舅舅，你们可真能啊！"

书生听见，忍不住苦笑了一下，说："别啰唆，赶紧上飞机吧！"

书生等人迅速上了飞机。

陈一鸣临登机前，忍不住向高老板喊了一句："舅舅，谢谢啦！你们也趁乱赶紧撤吧！"

高老板在下面笑着摆摆手："好了，就此一别，我们走了，你们小心！"

高老板说完，带着身边的神枪手们跳上了车，卡车立刻就开走了。

轰炸机的螺旋桨飞快地转起来，藤原刚熟练地驾驶着轰炸机，很快便进入了跑道。

随后，轰炸机一阵轰鸣，滑行的速度立刻加快，瞬间便离开了地面，飞上了天空，向着火车站的方向疾驶而去！

飞机很快便飞临了火车站的上空。

藤原刚命令道："准备投弹！"

藤原刚立刻发布了命令，可谁知，陈一鸣等人望着藤原刚却愣住了——

燕子六问："这……这投弹口在哪儿呀？我们都不会呀！"

藤原刚说："在舱底的后半部……快！"

书生循声望去，立刻明白了，他急速地在底舱板上摸索起来，只一会儿，脸上便露出了笑容。

书生大叫："找到了！"

藤原刚命令："赶紧准备炸弹！我俯冲的时候，你们把炸弹丢下去！"

队员们应了一声："知道了！"

藤原刚命令："投！"

藤原刚一声令下，陈一鸣等人赶紧把抱在手里的炸弹扔了下去，过了大约几秒钟的时间，车站的铁道线上立刻响起了接连不断的爆炸声！

"哈哈……专列被炸飞了！专列被炸飞了！"燕子六两眼盯着车站，忍不住大声地叫起来。

藤原刚再命令："投！"

驾驶着轰炸机盘旋了一圈儿又飞回来的藤原刚，再一次发出了命令！陈一鸣等人听了，赶紧把手里的炸弹，又一次丢了下去！

等陈一鸣等人再低头望去的时候，脚底下日军的专列，包括整个火车站早已经变成了一片火海！

藤原刚没敢停留，赶紧驾着飞机向重庆方向飞去。等日本守军加藤等人反应过来，命令高射炮兵向轰炸机射击的时候，轰炸机早已经飞出了高射炮的射程。

小 K 欢叫："啊，我们胜利了，我们胜利了！"

望着渐渐远去的临远县城，小 K 兴奋得几乎要跳起来！

队员们也欢叫起来："啊，我们胜利了，我们胜利了！"

队员们你看看我，我看看你，也禁不住兴奋地拥抱在一起。当大家静下来，再一次互相看了看的时候，都禁不住流下了激动的热泪！

2

他们的目的地——重庆，越来越近了。坐在藤原刚附近的陈一鸣，立刻向藤原刚发布了命令："用电台呼叫国军，通报他们——我们是黑猫敢死队，是自己人！"

"是！"藤原刚听了，立刻打开了电台，很快调好了频率，"国军弟兄们请注意，国军弟兄们请注意，我们是军统黑猫敢死队，我们是军统黑猫敢死队！我们乘坐着缴获的日本轰炸机，我们正在飞临重庆的上空，正在飞临重庆的上空！国军弟兄们请注意，国军弟兄们请注意……"

几分钟以后，敢死队呼叫的消息立刻传到了军统局局长戴笠所住的公馆。从睡梦里爬起来的戴笠听到这个消息，简直是惊呆了——

戴笠惊说道："不可思议，真是不可思议！他们居然能完成任务，还能顺利返航？这……这简直是太不可思议了！"

此时，站在戴笠身边的毛人凤，也是一脸的阴郁："局长，这件事……我们应该怎么办？"

戴笠听了，猛地转回头来，看着毛人凤："依你的意见呢？"

毛人凤没想到戴笠会这样问，不由得犹豫了，他的眉毛抖了一下，试探着回答："他们捣毁了731的专列，这是好事儿。可是有些时候这好事，反而是坏事——"

戴笠道："哎呀，我说齐五呀，你就别绕圈子了！都什么时候了，你就说——怎么办？"

毛人凤听了，不好意思地笑了笑，却还是没有直说：

"这……局长，他们归来以后，一定会成为全国闻名的英雄，我们对他们就更难以左右了。而且我怀疑，他们此去南京，也难保不知道我们和南京的往来，只怕到那时……"

"到那时，我们就都成了狗熊，而且很可能身败名裂！"戴笠听到这儿，不耐烦地打断了对方，"你认为，他们真的会知道我们和南京方面的交易，并且会说出去吗？"

毛人凤说："这……在下以为，要宁可信其有，不可信其无。"

戴笠问："那……你的意见呢？不要绕圈子，直接说出你的想法！"

毛人凤听罢，犹豫了一下，而后往戴笠身边凑了凑："局长，在下以为，最好的办法是把他们消灭在天上，以免将来成为我们的后患。"

戴笠说："你的意思是……让空军干掉他们？"

毛人凤答道："对！空军现在不允许他们降落，是因为不能证实他们的真实身份，所以才打电话向我们核实。如果我们说飞机上的人不是我们的人，而是日本人；并且日本人的飞机上携带了生化武器，他们此次行动的目的就是伪装成我们的人来袭击重庆的——那样，我们的空军就不会让他们活着回到地面了。"

戴笠听了，眼珠转了转，终于兴奋起来："好，就依你的意见办，你现在就去回复空军！"

毛人凤答道："是！"

毛人凤说完转身要走，戴笠又突然叫住了他。

毛人凤问道："局长，怎么了？"

"唉，"戴笠重重地叹了口气，望着毛人凤不觉苦笑了，"齐五，你认为，他们捣毁了731细菌武器的消息，能瞒得住吗？"

毛人凤望着戴笠，突然不说话了。

戴笠叹道："唉，要知道，在临远，不仅有我们军统，还有中统，甚至有共产党！

731武器被捣毁的消息，你以为能瞒得住世人吗？"毛人凤迟疑了一下，终于不得已地叹了口气："当然不会。"

戴笠冷笑："哼哼，既然不会，我们又让空军误打了他们，那我们成了什么了？委员长一旦得知了事情的真相，他会饶过我们吗？"

毛人凤的额头上，禁不住冒出汗来："局长，那您的意思是……"

戴笠说："告诉空军，飞机上的人是我们的，请他们允许飞机降落。另外，你马上带有关人员去机场迎接他们；我现在就给委员长打电话为他们请功，我要为他们举办一个隆重的庆功授勋的大会！欲擒之，必纵之；欲杀之，必宠之——齐五，这点小手腕儿，你要比我厉害得多！"

毛人凤听了，不觉眼睛一亮，连连点头："局长说得是，还是局长高见，我这就去安排！"

毛人凤说完，赶紧走了。

望着毛人凤离去的背影，戴笠不禁长长地叹了口气，他略微沉思了一下，随即拿起了电话——

"喂，我是军统局局长戴笠，请马上给我接委员长办公室的电话！"

一女接话员答道："是的，戴局长，请稍等……"

3

第二天，戴笠在军统局会议大厅里为陈一鸣等七人举行了隆重的庆功大会。参加大会的不仅有军统的各级官员，也有国防部、陆海空三军司令部、中央统计局负责人，以及社会各界的代表。

会议由戴笠亲自主持，陆军上将何应钦代表蒋介石在庆功会上讲了话——

"……因此，蒋委员长说，黑猫敢死队在此次行动中所表现的英勇作战、精忠报国之顽强精神，实为中华军人之楷模！为此，蒋委员长亲自决定，给予陈一鸣等敢死队七人分别授予中正勋章一枚，全体敢死队队员每人晋升一级军衔之奖励！"

何应钦说罢，会议大厅立刻响起雷鸣般的掌声，乐队也狂奏起激扬的乐曲，会场里的气氛立刻便达到了高潮。

授勋仪式过后，便是庆功酒会。何应钦曾经是中央军校的总教官，知道陈一鸣是中央军校毕业的学生，便高高兴兴地举着酒杯走过来——

"来，大英雄，我敬你一杯！"

陈一鸣见了，立刻受宠若惊，慌忙站起来敬礼："何总教官好！学生陈一鸣，很高兴看见总教官！"

何应钦听了，不免哈哈大笑起来："好好好，不愧是军校的学生！你是黄埔几期的？"

陈一鸣答道："报告何总教官，在下是黄埔九期步兵科学生。"

何应钦说道："不错，不错！不愧是委座的好弟子！我黄埔之学生，是国家之干城，军队之砥柱！陈一鸣，你表现得很好，委座很欣赏你。"

陈一鸣听了，立刻立正回答："谢谢校长和何总教官过奖，学生必将精忠报国，不负校长与何总教官的教导！"

此时，跟在何应钦身后的戴笠的脸色却显得很难看；毛人凤在一旁听了，也不免苦笑。

何应钦伸出手在陈一鸣的肩上拍了拍："陈中校，好好干，你一定会大有前途的！"

陈一鸣立刻立正回答："感谢党国栽培！"

何应钦满意地笑了笑，临走时不忘记叮嘱了一句："回去好好休息，过几天，我找你！"

陈一鸣听罢，立刻愣了一下，转而立正回答："是，在下谨遵长官召唤！"

跟在何应钦身后的戴笠听了何应钦的话，也不免一惊，他回头向身后的毛人凤瞅了一眼，只见毛人凤此时也眉头紧皱。

戴笠不便细想，赶紧转过头来将酒杯伸向了陈一鸣："陈中校，恭喜你获得中正勋章，并获得晋升的奖励！"

陈一鸣的眉头不禁挑了一下，耳边不由得响起了岩本和他说过的话："是军统出卖了你们！是军统出卖了你们！是军统出卖了你们！"

此时，陈一鸣握着酒杯的手不由得哆嗦起来，脸上的表情也因为愤怒而显得有些异常。对陈一鸣表情的变化，戴笠和毛人凤都看出来了，然而他们都不动声色，甚至显得更加笑容可掬。

站在陈一鸣身边的书生，偷偷捅了陈一鸣一下，陈一鸣立刻反应过来，赶紧强迫自己露出了略显僵硬的笑脸。

陈一鸣说道："感谢局长和毛先生的栽培……这些，都是局长和毛先生的功劳！"

戴笠听罢不由得笑了："陈中校谦虚了！要感谢，就感谢委员长和团体！这些成绩是你们用实际行动做出来了，我和齐五也是沾了你们的光，啊？哈哈……"

戴笠说完，畅声地笑起来，毛人凤听了，也随之笑起来。

酒会进行到一半的时候，戴笠悄声地把毛人凤叫到了一边："派人监视住他们，特别是要搞清楚何司令找陈一鸣到底都谈些什么！"

毛人凤说道："局长，陈一鸣见何司令的时候，会不会把我们和南京方面的事情报告给何司令？"

戴笠听了，脸色立刻变得阴沉起来："我想，暂时还不会……"

毛人凤问："你为什么这样说？"

戴笠说："敢死队去南京以后，我已经派人把他们的父母、孩子和亲属都集中了起来，名义上是照顾，而实际上……是控制！"

毛人凤听了，立刻松了口气："局长高明！这是他们的软肋，我们只要掌握了他们的软肋，就不怕他们翻到天上去！"

戴笠又说："不过，我们不要掉以轻心——狗急了，也会跳墙！"

毛人凤回答："我知道。"

两个人说完，又举起酒杯，谈笑风生地过去应酬了。

4

几天以后，在一个风景秀丽的别墅区里，何应钦正神清气爽地跟着陈一鸣在散步。在他们身后，几个保镖正不远不近地在后面跟着。

何应钦说："一鸣啊，你是黄埔的高才生，又出国学习过，在淞沪抗战中崭露头角，现在又建立奇勋，可谓党国不可多得之人才！你怎么会甘居军统门下，做一个偷鸡摸狗的特务呢？"

陈一鸣听了，脸色显得很难看："司令，这是学生的命运，阴差阳错地就只好跟军统联系在一起了。"

何应钦问："哦？听你的意思，你并不想在军统嘛！"

陈一鸣看了何应钦一眼，没有回答。

何应钦却还是从陈一鸣的表情上看出了答案："你想过……继续带兵吗？"

陈一鸣听了，为之一振，立刻回答："长官，那是学生最大的志向！"

何应钦听罢，立刻笑了："来来来，咱们坐下来谈！"

何应钦和陈一鸣坐在了一间凉亭下。凉亭下的石桌上，此时已经备好了茶。

何应钦："请。"

何应钦喝了一口茶，对陈一鸣说："在见你以前，委座曾跟我单独谈过话，并且详细了解你的所有情况。委座的意思是，你过去虽然犯过错误，但是早已时过境迁，你用行动证明了对委座和党国的忠诚！从这一点上看，你受了些磨炼也是好事。"

陈一鸣聚精会神地听着何应钦的话，想知道他接下来究竟要说什么。

何应钦望着他笑了笑："你很想知道我到底要跟你说什么，那好，我就简短地说。委座对学生的爱护你是清楚的，中国的人口有四万万，但委座最看重的就是黄埔的学生！现在，美国人正准备帮助我们建立一支国军的伞兵部队。"

陈一鸣听了，眼睛不由得一亮，身体也不由得往前倾了倾。

何应钦见状，禁不住又笑了："我知道你是喜欢带兵的人，委座今天晋升你的军衔，也有这方面的考虑。委座有意委任你做民国的第一个空降兵团长，区区少校军衔怎么能行？当然，中校军衔也显得低了点，但是，先做个代团长也说得过去！代团长代团长，一年以后，你不就是上校团长了吗？哈哈……"

何应钦说完，又爽朗地笑起来。而陈一鸣看着他，却不免脸上露出了为难之色。

何应钦看着他禁不住问道："怎么，你有什么顾虑吗？"

陈一鸣迟疑了一下回答："何司令，学生斗胆进言——学生现在的部下，个个都是忠贞不二的奇能之士！学生希望可以带着他们，一起组建伞兵团！"

何应钦听了，不禁畅快地笑了："这不是问题呀，你尽可以全部带去！委座有黄埔学生，才能镇得住国军、镇得住政府；你如果没有这帮手足，岂能镇得住部队？"

陈一鸣听罢，立刻放下心来："何司令有这样的话，学生就放心了！"

何应钦说："那好，我们今天就算谈定了，我回头就向委座汇报，你回头也要告诉你的那帮手足，一定要好好跟着你，效忠委座，效忠党国！我在此可以保证你们，只要忠诚委座、忠诚党国，就一定能打出一个大大的富贵前程来！"

陈一鸣应答道："是！学生必当珍惜校长与何总教官之信任，励精图治，为国尽忠！"

"好好好！"何应钦听罢，畅快地笑了，"今天就谈到这儿，一会儿在我这儿吃饭！"

陈一鸣听了，却不免有些犹豫："只是……只是戴老板那——"

何应钦听了，脸上的笑容立刻就消失了："戴笠？他呀，只不过是委座跟前的一条狗罢了！委座要他咬谁，他就得咬谁，他还敢造反吗？我跟你谈的安排，也是委座的意思，我就不相信，区区一个戴笠还敢阻拦吗？"

陈一鸣听了，注意地看着何应钦，没敢再说话。

何应钦看了他一眼，脸色渐渐缓和下来："你不用担心，戴笠他不敢刁难你。事情到了这个份儿上，他心里也会很清楚。只要你没有把柄在他手上，他是奈何不了你的。俗话说得好，背靠大树好乘凉，你有委座这棵大树，还怕什么呢？"

陈一鸣没有回答，却在思索着。

何应钦问："嗯？你还有什么顾虑吗？"

陈一鸣答道："哦，学生没了，总教官的话，学生听明白了！"

5

此时，月挂中天，敢死队队部的会议室里，陈一鸣组织全队的队员正在悄声地开着会。

燕子六沉默了一会儿，轻声说："队长，听你那意思……是我们又要换大哥了？"

陈一鸣听见，不由得苦笑了："不是换大哥，而是换了一个部门。"

蝴蝶坐在一边看着陈一鸣，爽快地说了句："队长，只要我们这些人还能在一起，换什么大哥，我都没意见。"

藤原刚听了，眼睛里瞬间放出光来："队长，你的意思是不是说，从此以后我们就可以不再做特务了？"

陈一鸣点头："对，不再是特务，是堂堂正正的党国军人——中华民国国民革命军陆军伞兵团的骨干军官。"

小K听了，立刻来了一句："队长，那就是说，我们以后就总得跳伞了，是吗？！"

燕子六坐在一边，立刻回了一句："废话！伞兵嘛——不跳伞算什么伞兵？"

藤原刚听到这儿，却有些犹豫了："可我是日本人，也能加入中国的正规军吗？"

陈一鸣看着藤原刚笑了："关于你的问题，我已经向何司令陈述过了。上峰说，你可以申请加入中国国籍，那就不再是日本人了。当然，你也有权利保留自己的国籍，可以在伞兵团做外籍教官。"

"是吗？那……那我答应！"藤原刚听罢，赶紧回了一句。

书生此刻，却一直没有说话，闷着头在想事情。

陈一鸣看着他，忍不住问了："书生，你怎么不说话？你不愿意跟我们走吗？"

书生回答："不是。"

陈一鸣问道："那为什么看着不高兴啊？"

书生望着陈一鸣苦笑了："陈教官，这条路对我们来说倒真是不错。可是，能实现吗？"

陈一鸣问："为什么不能实现？"

书生答道："我是说军统，他们会放过我们吗？"

陈一鸣又问："为什么不能？军统难道不是国民政府的军统吗？"

书生听了，不觉冷笑了："如果事情都不是一就是二，那咱们就不会遇到那么多麻烦了。"

书生的话，令陈一鸣不觉冷静下来："书生，说说你怎么看？"

书生不由得叹口气："军统，一定不会放过我们的，他们会全力地阻止我们！"

冷锋问："为什么？这对他们有什么好处呢？我们已经为他们执行了两次任务，为他们卖过命！无论从哪一条讲，我们都没有对不起军统的地方！"

书生望了冷锋一眼，脸上的表情仍然很沉重："不是只有对自己有好处的事情军统才去做的，重要的是——不要给军统带来一点点的坏处。"

"你指的是什么？"陈一鸣禁不住态度严肃地追问了一句。

书生沉思了一下突然说："如果你有把柄攥在别人手里，你愿意那个人离开你的眼皮、脱离你的监控吗？"

书生说完，屋子里的人顿时都不吱声了，就在这个时候，屋外响起了汽车喇叭声！

大家听见赶紧起身，向门外走去。

两辆轿车停在会议室门前。车门打开，从车里下来了毛人凤和田伯涛，几个随行的保镖下车后，立刻分散开肃立在房子的四周。

走下车来的毛人凤笑眯眯地望着陈一鸣和他身后的队员们。陈一鸣见状，赶紧迎了过去——

陈一鸣叫道："毛先生好！"

陈一鸣说罢，立刻敬了一个标准的军礼，毛人凤望着他笑了。

毛人凤问："怎么？你们在开会？"

陈一鸣回答："啊……开会总结行动成败，以便汲取教训。"

毛人凤听了，意味深长地笑了笑："不错，身居奇功，还谦虚谨慎，精神难得！哦，陈中校，我这次来，是特意要和你说说话的。"

"哦，在下明白。"陈一鸣说完，立刻转过头来吩咐冷锋，"天已经不早了，你马上带队伍回去休息，我和毛先生有话要谈。"

冷锋回答："是！"

冷锋应了一声，赶紧带队伍走了。

陈一鸣道："毛先生，请！"

陈一鸣陪着毛先生进了会议室。田伯涛和几个保镖立刻守在了门外。

6

陈一鸣道："毛先生，请讲。"

陈一鸣坐下来以后，毕恭毕敬地望着毛人凤。毛人凤拿起会议桌上一副没有及时收起来的扑克牌，默默地把玩着，却没有说话。陈一鸣看着他，不免感到一丝紧张。

毛人凤摆弄了一会儿扑克牌，顺手抓起了其中的两张牌，举起一张牌问陈一鸣："这一张是什么？"陈一鸣答："大王。"

毛人凤笑了笑，又举起另一张："那么这张呢？"

陈一鸣答："小王。"

毛人凤笑了，笑得令人毛骨悚然："还不错，你还分得清大小王嘛！"

陈一鸣抬头看了毛人凤一眼，没有回答。

毛人凤笑了笑说："那么委座和戴老板——谁是大王，谁是小王呢？"

陈一鸣不假思索地回答："委座当然是大王，戴老板是小王。"

毛人凤又笑了，继续问："那么对你来说……谁是大王，谁是小王呢？"

陈一鸣听了，不觉一愣："毛先生，您……"

毛人凤的脸色立刻变得严肃起来："对你来说，戴老板是大王，我就是小王。"

陈一鸣皱了皱眉头，很不赞同地低下头来。

毛人凤说："怎么？我说得不对吗？"

陈一鸣迟疑了一下，终于抬起头来："毛先生，您的话……在下有点不明白。对全体国民和国军将士来说，只有委员长才是最高领袖。"

毛人凤望着陈一鸣，神秘地笑了："对，没错！你说得没错！"

陈一鸣问："可是我听不明白毛先生刚才说的——关于大王和小王的说法。"

毛人凤听罢，表情一下子变得严肃了：

"哦，像你这样的聪明人，难道还会不明白？我问你，你现在是谁的部下？"

陈一鸣回答："是毛先生的部下。"

毛人凤突然冷笑了："哦，你还知道啊！可我看你已经忘了你自己是谁了！"

谁知陈一鸣听了，突然站起身来，脸上的表情不卑不亢："毛先生，在下一直牢记——自己是中华民国国民革命军人，更不敢忘记自己肩负的职责！"

对陈一鸣的回答，特别是对于陈一鸣的表情，毛人凤感到有些惊愕。他真正要说什么，陈一鸣又说话了："毛先生，您今夜前来，恐怕不只是为了这两张扑克牌吧？"

毛人凤愣了一下，突然笑了："不错，不错！毛某确实是为了一件重要的事情而来。"

陈一鸣随即松弛了一下，坐了下来："毛先生，您有话请直说。"

毛人凤笑了笑，故意显出很不在意的样子："陈中校，我听说……何总司令给你许下了承诺，准备你来组建美援的伞兵团——可有此事？"

陈一鸣听了不禁一愣，想了想，又镇定下来："毛先生的消息可真是灵通啊！毛先生，确有此事。我知道这件事肯定瞒不过军统，我本来准备明天去当面向您汇报的。只是，委派一鸣组建伞兵团，不仅仅是何总司令的意思，也是委座的意思。"

毛人凤的脸上顿时现出了不快："怎么，陈中校，你搬出委员长来，是要吓唬我？"

"不，岂敢，陈一鸣岂敢这样！"陈一鸣说着，站了起来。

毛人凤望着陈一鸣宽厚地笑了笑，摆摆手："陈中校，你请坐！你现在是大英雄了，深受党国和委员长的重视，你现在还有什么可不敢的。其实，你的胆子已经很大了，这不，已经能搬出委员长来吓唬我了。"

陈一鸣听了，不禁一惊，他镇定了一下自己，不软不硬地回答："毛先生，一鸣身为军人，当以服从命令为天职。委员长是在下的校长，一日为师，终生为父！一鸣自当为校长分忧，肝脑涂地，在所不辞，请先生不要误会！"

毛人凤听了，不禁带有讽刺地鼓起掌来："慷慨激昂，慷慨激昂，陈一鸣中校的言辞实在是精彩，不愧是黄埔的高才生、天子门生！不过，陈中校也别忘了——你曾经是我军统息烽集中营的囚徒！如果不是戴老板看重你，在集中营里面碾死你比碾死一只蚂蚁还容易！"

听毛人凤这样说，陈一鸣的眼里几乎要喷出火来："毛先生，我做过军统的囚犯不假，可我已经用行动证明，我是忠诚于党国，忠诚于委座的！"

毛人凤却问："可是你忠诚于团体吗？！"

陈一鸣道："团体？"

毛人凤解释："就是你所在的团体——军统！"

陈一鸣愣住了，不知道该怎样回答。

毛人凤盯着陈一鸣，继续问："怎么？你不敢回答？难道不该忠诚于军统吗？"

陈一鸣听到这儿，终于憋不住了："那么请问——毛先生，军统把我们当作人了吗？"

这次，轮到毛人凤愣住了："你……你什么意思？"

陈一鸣又问："毛先生，请问军统把我和我的部下当作人看了吗？！"

毛人凤不觉一震，他努力地镇定着自己，眯起眼睛来看着陈一鸣。

陈一鸣的胸脯起伏着："毛先生，我一直想问你，你为什么把我们出卖给日本人？"

毛人凤的身子抖了一下，没有说话。

陈一鸣继续："毛先生，我们深入敌后，出生入死，为了国家甘愿牺牲，甚至不惜与日军专列同归于尽！可你们——把我们派去送死的军统，为什么要把我们出卖给日本人？你说，你说呀？！"

毛人凤没有回答，却冷笑了。

陈一鸣浑身颤抖，像盯着仇敌一样盯着毛人凤："我们是党国的军人，我们可以为党国去死！可你们身为党国的高级将领——我们的上司，却把自己亲手派出去执行任务的手下兄弟出卖给敌人！你们……你们还配做我们的上司吗？你们还有什么脸面对我们？还有什么脸做党国的军人？"

听陈一鸣说到这儿，毛人凤不禁笑了，却笑得很勉强、很阴冷："好啊陈中校，你终于把想说的话都说出来了。你还可以接着说，继续说，直到把你想说的话都说出来，我在这儿听着！"

陈一鸣看着他，却说不出话来了，他很惊愕于毛人凤的冷静，甚至惊愕于这冷静中所透露出的威严。他缓缓地坐下来，轻声地问："毛先生，我请你告诉我——现在，我为什么还要忠诚于军统？忠诚于出卖我们、出卖国家利益的军统？"

"哦？哈哈……"毛人凤突然仰头大笑起来，那笑声有些瘆人。

"图穷匕首见！你就差对我和戴老板大动干戈了。"

陈一鸣怒目地看着毛人凤，没有回答。

毛人凤接着说："其实，我想过你总有一天会这样和我说话的，只是……没想到这一天会来得这样早。不过也好，既然早晚得来，那就早一天比晚一天好。陈中校，你就直言吧，你接下来还要对我说什么？"

陈一鸣不服气地回了一句："不是我要跟你说什么，而是你们——军统要跟我们说什么。"

"好，痛快！陈先生敢跟我——不，是敢跟军统叫板了？怎么，你以为我们现在奈何不了你们了，是吗？"

毛人凤说完，一脸阴冷地盯着陈一鸣，陈一鸣的脸色渐渐地变得涨红起来——

"毛先生，如果你敢跟我和我的弟兄们动手，那么我敢保证，三步之内，不知道是谁的血先流！"

"你……"毛人凤听了身子一抖，立刻眼露凶光，"你以为我不敢吗？"

"那……那我们就只好试了！"

"哈哈……"毛人凤突然大笑起来，那声音比先前的笑声更显得可怕，"陈先生，你还是嫩了些，你以为，我会跟一个赳赳武夫动武吗？哈哈……笑话，天大的笑话！我告诉过你，我们是干特务的，干特务工作玩的不是鲁莽，而是这个！"

毛人凤说着，指了指自己的脑子。

陈一鸣立刻变得冷静下来："毛先生，您既然来了，我就把话跟您说清楚。此次归来，我们已经下定决心不再为军统卖命了。如果毛先生肯网开一面，放我和我的部下一条生路，陈某将感激不尽，秘密也永远是秘密，不会跟任何人提起。"

"否则呢？"毛人凤笑着追问了一句。

"否则，校长会很快知道所有的真相。"

"什么真相？"

"军统勾结日本特务机关的真相。"

"证据呢？你能拿出证据吗？你能请出中村雄来给你们做证？你做不到，你什么都做不到！而你……不，还有你的部下，就谁都活不长！"

陈一鸣说道："那好，那我们就鱼死网破！我们就是死，也不会再跪在你毛先生面前的！"

毛人凤冷笑："哼，恐怕这跪不跪——也由不得你们！"

陈一鸣疑问："毛先生，你什么意思？"

"哼！"毛人凤颇为得意地冷笑了，"陈中校，你是当今的红人儿、民族英雄，又是天子门生，孤家寡人，了无牵挂，我奈何不了你……可是，你的其他弟兄和你就不一样了吧？"

陈一鸣听了不禁一惊，立刻瞪大了眼睛："毛先生，你要怎么样？你要把我的兄弟怎么样？"

毛人凤回答道："怎么样？没怎么样。我这次来是想告诉你。为了更好地照顾你手下弟兄们的家人，今天下午，我已经派人把他们的母亲、孩子，还有我们能够尽可能找到的他们的亲属都集中在了一起——"

陈一鸣惊惑地："什么？你们把他们抓起来了？"

毛人凤说道："哎哟陈中校，你怎么说得那么难听！不是抓起来，而是集中起来照顾！当然，如果你们自以为是，敢跟团体分庭抗礼，那么团体会做出什么事儿来，我可就难以担保了……"

陈一鸣听了，禁不住浑身都颤抖起来："卑鄙！你们……你们真卑鄙！"

谁知毛人凤听了，却并不生气："哦，陈中校，你现在真的是长进了，特务的武器之一就是智谋——换句话说，是卑鄙，你见过不卑鄙的特务吗？"

陈一鸣愤怒道："你……你……你们到底想怎么样？"

毛人凤说："很简单，老老实实地给团体卖命！"

陈一鸣答道："做不到！"

毛人凤说："那么没关系！明天，那些妇孺的人头，就会挂在你的大门口。"

陈一鸣问道："你……你们这些卑鄙小人！你们怎么能做出这样的事？毛先生，我们不过是一群卑微的小人物，我们对军统有什么价值：你这样做，对军统又有什么好处？"

毛人凤说："哼，黑猫敢死队，是军统的敢死队！不是何老狗的，也不是校长的，而是团体的——团体的！团体能够造就你们，万不得已的时候，团体也能毁了你们！"

陈一鸣问道："你……你们就不怕遭天谴吗？！"

毛人凤神情自得地笑了笑："踏上这一行，我就没想过会死在床上！好好约束你的部下，继续为团体卖命，不要再作任何非分之想！否则，戴老板的脾气你是知道的！"

毛人凤说完，向门外走去，走到门口时，又忍不住回过头来叮嘱了一句——

"年轻人，记住我的话！"

毛人凤说完，毅然地拉开了门，随后传来了重重的关门声！屋子里的一切都静了下来，只有陈一鸣孤独地坐在椅子上。

不知过了多久，会议室的门轻轻地推开了，冷锋和书生等人慢慢地走进来，他们默默地站在陈一鸣身边，没有人敢说一句话。

陈一鸣慢慢地抬起头来看着他的弟兄们，眼里噙满了泪水。

过了一会儿，冷锋突然说话了："你们的话，我们已经听出了大概，要不要——我去灭了他？！"

陈一鸣痛苦地摇摇头。

"那……那我们怎么办？"燕子六在一旁性急地问了一句。

陈一鸣叹口气，无力地望着他的弟兄们："兄弟们，我们……我们已经没有选择了！我们……我们只能继续跟他们干下去！"

燕子六问："那……那我们就不去伞兵团了？"

陈一鸣说："不去了，只有这样，我们才能保证我们亲属们的安全，也才能保证他们从此过上安心的日子——弟兄们，我们别无选择！"陈一鸣说完，所有的人都低下头来，没有人再说一句话。

7

单说此时，南京日军医院的病房里没有开灯，月光下，岩本的脸色显得很苍白。

门开了，一个黑影缓缓地移动到他跟前，站在了病床旁，岩本微微地睁开眼睛，仔细地辨认着。

站在病床跟前的是中村雄，他借着月光，此时正表情复杂地注视着岩本的脸。

岩本说："哦，中村先生？"

岩本挣扎着要坐起来，中村雄按住了他——

"别起来了，你的伤还很重，就这样说话吧！"

中村雄说着，在岩本身边坐了下来，无声地凝视着岩本。岩本感到有些不自在，又一次要坐起来，中村雄再一次按住了他。

岩本说："长官，对不起，我辜负了你……我失败了……"

岩本说着，眼泪禁不住流出来，中村雄拿出手帕为他擦干了。

中村雄怜悯地："孩子，别哭！胜败乃兵家常事，你安心养伤吧！只是我们没有保护好生化武器，影响了大东亚圣战，我已经向冈村宁次总司令官和天皇陛下请了罪……"

岩本听罢，又挣扎着要坐起来："中村长官，生化武器被炸是属下失职，有罪的是属下，怎么是您呢？要处罚，就处罚我吧，这不是您失职！"

中村雄再次按住了他，口气里充满了爱怜："孩子，别说傻话了！这次失败，足可以给你带来杀身之祸！我是你的上司，负有指挥责任，只有凭我的身份和面子才可以抵挡得住，你就别争了！"

听中村雄这样说，岩本不好再说什么，只觉得眼泪一直在眼睛里打转："中村父亲，是我牵累了您，让您为难了！"

中村雄说："好了，别说了，这事情已经过去了，你先在医院里安心养病吧！"

中村雄说罢戴上帽子，转身出去了。

走廊里，随身参谋迎了过来，低声问："将军，人已经安排好了，是否还按照原计划执行？"

中村雄犹豫了一下点点头："照常进行。注意，一定不要露了马脚。"

"是。"参谋答应了一声，转身走了。

中村雄随后上了车。

夜晚，早已经关了灯的医院病房里寂静无声，就在这个时候，在医院走廊的尽头，有两个蒙面人快速地穿过走廊，来到了病房门口正在打瞌睡的特工跟前。

特工睁开眼睛正要动手，靠在他跟前的蒙面人便猛地一出手，便将守护的特工给击晕了，另一个蒙面人顺手推开了病房的门。

病房里躺着的是岩本。他听到声音之后立刻一个翻身坐起来，用日语问道："你们要干什么？"

蒙面人撕开面罩，立刻用流利的汉语回答："岩本同志，我们是来接应你的。"岩本不禁惊愕了，他望着眼前的男子忍不住问道："你们到底是什么人？"

男子没有回答，却性急地拽住岩本的胳膊："岩本同志，现在不是说话的时候，有话咱们到安全的地方再说！"

岩本说："不，你们不说清楚，我是不会跟你们走的！"

男子听罢，立刻就急了："岩本同志，我们是地下党！"

岩本问："你们是支那共产党？！"

男子回答："是的，我们是支那共产党，我们是奉命来接应你的！"

听男子这样说，岩本有些明白了，他不禁冷笑地推开了男子："你们要干什么？！这里是南京、是皇军医院里，不是你们的根据地！"

男子听罢，立刻就沉不住气了："岩本，你就别演戏了！我们真的是来救你的！"

就在这时，守在门口的男人忍不住转过头来劝道："岩本同志，你的身份已经暴露了！中村雄这个老东西就要对你下毒手了，你赶紧跟我们走吧！"

男子也说："是的，岩本同志，我们确实是上级派来救你的！我们也是拼了性命，好不容易才进来的，你再拖下去，一旦日军发现了，我们就都走不了！"

岩本说："不，我不走，我是皇军的军官，我不能跟你们走！"

守在门口的男人见了，立刻便沉不住气了，他向站在岩本身边的男子使了个眼色，两个人立刻将岩本拖走了。

被拖走的岩本有些恍惚，他努力地分辨着拖自己走的人到底是不是自己人，就在这时，一个日本女护士揉着眼睛从医护室里走了出来，看见岩本被拖走，立刻失声叫了起来。

"啊——"

然而，还没等女护士喊完，其中一个男子就立刻给了女护士一枪。手枪是无声的，声音不大，被枪击中的女护士只低吟了一声，便倒下了。

岩本看见后，脸色立刻变得惨白："你们为什么要杀她？你们完全可以打晕她！"

男子说："因为她是日本人！我们走！"

开枪的男子说着，便不容分说地继续将岩本向门外拖去。

他们带着岩本进了安全通道，很快便来到了一楼。门外，站岗的哨兵正在打着瞌睡，其中的一个蒙面人二话不说，一个闪身冲出去，猛地一刀便将哨兵给放倒了。

两个男子随即拖起岩本，奔向了停在门前角落里的一辆轿车。三个人来到轿车旁，其中一个男子立刻上去发动汽车，另一个男子随即为岩本打开了车门。

男子说："岩本同志，快上车！"

谁知那个男人话音未落，岩本突然挥掌，一手掌便砍在了男人的脖子上，那男人连吭都没来得及吭一声，便瘫倒了。岩本在那男人倒下的一瞬间，迅即地夺过了男人手里的枪，随后转身一枪，便打在了刚从车门里钻出来的驾车男人的肩头上，男人一下子就栽倒了！

枪声打破了沉寂，医院里立时就响起了人声、狗叫声，并且很快就响起了警报声。

肩头负伤的男子立刻就惊愕了："你要干什么？！"

岩本问："说，谁派你来的！"

男子答："我……我听不懂日语！"

岩本再问："说，谁派你来的！"

岩本说着，手里的枪立刻对准了面前的男人。

男人有些慌了，手在不停地颤抖着："岩本君，别……别开枪！这是误会，是误会！我们是中村长官派……派——"

谁知男人话没说完，从远处便传来一声枪响，那男人便立刻倒下了！

就在岩本愣神儿之际，中村雄的贴身参谋率领一伙特工跑了过来："岩本少校，你受惊了！"

参谋说着，便和另一名特工搀扶着岩本向病房走去。

"这些人到底是干什么的？"岩本忍不住问那个参谋。

参谋回答："是几个潜伏下来的中共特工，我们正奉中村将军之命在追捕他们。哦，岩本少校，中共特工已经被我们逮捕或者击毙了，你不必担心了。"

参谋说完，将岩本扶回病房并且安置在病床上，而后便匆匆地走了。

几分钟以后，参谋来到停在医院门口的一辆轿车前，车窗落下，从车窗里露出中村雄略显阴沉的脸。

参谋说："中村将军，岩本少校没有跟我们派去的人走，他现在已经回了病房。"

中村雄望着参谋轻轻说了一声："上车吧！"

随后他便转回头来，一句话也不再说。轿车轻声地开走了。

8

咱们再回过头来说说陈一鸣。

此刻，陈一鸣正迎着寒冷的江风，孤独地站在江边上，在毛人凤办公室里的一幕幕不时地在脑海中闪现，那交谈的话语也不时地在耳边回响——

陈一鸣说："毛先生，卑职代表黑猫敢死队全体队员向团体请罪。由于卑职之私心，造成团体荣誉之受损，造成敢死队队员之离心，实乃罪无可恕！卑职现在已经认识到自己的过失，诚惶诚恐，望毛先生和戴老板不计前嫌，原谅卑职。卑职愿再率敢死队出征敌后，为团体出生入死，将功赎罪！如蒙戴老板和毛先生宽宥，卑职必将赴汤蹈火，在所不辞！"

毛人凤说："哈哈……陈中校，团体知道你们会幡然梦醒的！这一页就算翻过去了，只要你们今后与团体同心同德，你们敢死队还是戴老板和团体的好分子，哈哈……"

毛人凤得意的话语和开心的笑声，至今撞击着陈一鸣的耳鼓，令他痛苦不堪。

就在这个时候，一个秀丽的身影悄悄地来到了陈一鸣的身边。

黄云晴叫："陈中校。"

陈一鸣没有回头，却轻声地回答："你来了，你在三十米以外的时候，我就看到了。"

黄云晴听罢，不由得笑了："怎么，你的背后有眼睛？"

陈一鸣说："不，但我有这个警觉——因为我曾经是侦察兵。"

黄云晴问："怎么一个人到这儿来？"

陈一鸣说："川江号子——我在心烦的时候，就常常会到江边来，不过我倒想问你，你怎么到重庆来了？"

黄云晴听罢笑了："你是想问我为什么忽然到了重庆，是吗？"

陈一鸣露出了淡淡的一笑，没有回答。

黄云晴也笑了笑："我到重庆是有事情要办，当然，也想顺便来看看你！"

陈一鸣听罢，心头震了一下，没有回答。远处，响起了船夫们响亮的喊号声，陈一鸣听罢，心情不禁为之一振。

陈一鸣说："你听，多嘹亮的声音！我每当心情烦闷的时候，都喜欢来江边听一听这种声音，这是抗争的声音——是逆境中的抗争。"

黄云晴听陈一鸣说完，不禁问了一句："一鸣大哥，你想过抗争吗？"

黄云晴的称呼令陈一鸣感到亲切，也令陈一鸣感到突然："你已经很久没有这样叫我了。云晴你这次见我，到底想跟我说什么？"

黄云晴迟疑了一下回答："你……你跟军统已经彻底摊牌了，他们之所以不杀你，是因为他们眼下还不好向你们的委员长交代，可是谁能保证这样的时间能够有多久呢？一旦时机成熟，他们一定会杀了你，也包括你的小队——这些，你难道没有想过吗？"

陈一鸣看了黄云晴一眼，又忍不住转回头来，继续看着江面："想过，可眼下只能这样。"

"你就甘心任人宰割？"黄云晴又禁不住问了一句。

陈一鸣叹口气回答："现在还在抗战，我们还有用武之地。"

黄云晴问："那日本人投降以后呢？"

陈一鸣扫了黄云晴一眼，眼里充满了悲观："我没权利想那么远——因为我还没有把握我能活到那一天……"

黄云晴愣了一下，迟疑了一下，有些赌气地问了一句："可你的队员们呢？他们中间总有人会幸存下来吧？"

陈一鸣听罢，竟不由得苦笑了："如果真的能那样，那是他们的幸运，他们自己会做出选择的。"

黄云晴看着陈一鸣，不知道该怎样继续劝说他，只好心情沉重地叹口气。

陈一鸣望着眼前的江水，也长长地叹了口气："我知道你是为我们考虑，可是在目前——起码是在目前，我不会选择你们的路。对军统来说，我是随时可以牺牲的炮灰，是眼中钉；可是在校长的眼里，我是英雄，是国军的军官，我想……事情迟早会有变化的。"

黄云晴听了，不免有些失望："你至今……还在抱着幻想？"

陈一鸣说："不，那不是幻想，是希望！这希望虽然很渺茫，但是人不能没有希望。你看那川江上的纤夫，无论脚下多么艰难，无论气候多么恶劣，都不会放弃希望；放弃了希望，就一步也走不动了，更别提唱着川江号子往前走！我已经回复了何司令，他也应允了，为了我的弟兄们，我们必须继续留在军统，也继续为抗战效力！云晴，我们是朋友，可我们走的路不同，你——就不要勉强我了……哦，我该回去了，感谢你一直给我的支持，我是不会忘记的。再见！"

陈一鸣说完，郑重地向黄云晴敬了个军礼，而后转身走去。

"你真的要一条道儿走到黑吗？"黄云晴不甘心地对着远去的陈一鸣喊了一句。

陈一鸣站住了脚，却没有回头："物极必反，天总是会亮的！"

陈一鸣说完，脚步更加坚定地走去了。

夕阳染红了江面，嘹亮的川江号子还在不远处响着。黄云晴望着陈一鸣渐渐消失的背影，禁不住百感交集。

第十七章

────────★────────

1

此时，在南京日军驻华大本营情报主管中村雄的办公桌前，站着三位如花似玉的日本女军人——她们便是被中村雄视为撒手锏的樱花小组的成员：北泽晶、久保亚子和铃木亚奈美。

中村雄："记住，你们的任务，就是利用你们的美色吸引你们要攻击的目标，而后伺机干掉他！明白吗？"

三女答道："是，明白了。"

中村雄听罢，满意地站起身来，目光严峻地从站在面前的三个年轻女人的脸上扫过："你们——是帝国特工的骄傲，也是我中村雄手中的王牌，希望你们不要令我失望！"

三女答道："中村长官，我们一定努力，不辜负帝国的期望！"

中村雄听了，脸上终于露出了微笑："好，你们去准备吧！具体任务，我会随后派参谋通知你们。"

"是！"三个女人答应了一声，转身走了。

几天以后，国民党军统特务机关头目戴笠办公桌上的电话又频繁地响起来。

戴笠接电话："喂！什么？……好，我知道了。"

戴笠气恼地放下电话。就在这时，门口响起了敲门声——

戴笠应道："进来！"

走进来的人是毛人凤。

戴笠看着他，叹了口气："齐五，你坐吧。"

毛人凤说："局长，你找我！"

戴笠没说什么，将几份情报递到了毛人凤面前："这都是刚刚收到的，你看看吧。"

毛人凤接过情报认真地看起来，眉头禁不住渐渐地皱了起来："老板，这……"

戴笠说："还有，我刚才接到电话，我们不久前派去南京的新站长也在两小时前被谋杀了，行凶者也是这个'樱花三人组'！我们在上海和南京两大派出机构的骨干成员，不到一个月的时间，就被他们干掉快到一半了；而且屡试不爽，用的都是'美女计'！唉，真是英雄难过美人关哪！齐五，这件事你怎么看？"

毛人凤说："局长，中村雄这样肆无忌惮地谋害我地下谍报人员，我想，无非是对我们上次行动的报复！这说明，我们上次黑猫行动对他们的打击，确实是击中了日本人的要害。我能想到，即使到现在，冈村宁次和中村雄的日子也一定很不好过。"

戴笠问："那么……以你的意见，我们现在该怎么办？就这么等着，等他们消了气儿再说？再这样下去，你我不是活得太窝囊了吗？在手下的弟兄们面前，我们的头还怎么抬？"

毛人凤说："老板，我们可以礼尚往来，对中村雄的人进行制裁！"

"哦？"戴笠听了，好半天没说话，过了一会儿才轻轻地说，"你又在打黑猫敢死队的主意？"

毛人凤说："是的，我确实想到了他们——确切地说，我想到了陈一鸣。"

戴笠看了毛人凤一会儿，犹豫了："你能保证，他还会为我们卖命吗？"

毛人凤想了想回答："我想会的。对别人我不敢保证，但对陈一鸣我可以保证。"

戴笠问："为什么？"

毛人凤说："因为他是个正统军人，而且是一个热血军人，他恨日本人。"

戴笠想了想，终于下了决心："好，那就给中村雄派去个老对手，看看他和黑猫敢死队之间谁更厉害！"

毛人凤回答："是，我这就去安排。"

2

晚上，在黑猫敢死队的队部里，北泽晶等三个女人的照片被钉在里墙上。

小K看着墙上的照片不禁夸张地瞪大了眼睛："嚯，我的天哪，清一色都是美女呀？"

坐在小K身边的燕子六听了，禁不住照着小K的脑袋来了一巴掌："你这下贱坏子，又胡思乱想什么？！"

小K说："谁胡思乱想了？我不过是说了一个事实嘛！"

站在照片前的陈一鸣听罢，望着手下的队员们笑了笑："小K没说错，确实都是美女，只不过是三条美女蛇。这是中村雄手下的一个行动间谍小组，代号'樱花三人组'。"

"队长，你给我们说说她们的具体情况吧！"坐在书生身边的藤原刚，也忍不住说了一句。

陈一鸣点了点头："好，现在我就给大家说说他们的情况。这个女人，叫北泽晶，是'樱花三人组'的大姐；这个是久保亚子，在组里排行老二；这个，叫铃木亚奈美，是三人组中最小的一个。她们三个人还在十几岁的时候，就开始接受行动间谍的训练，是中村雄的心腹和王牌，目前也是戴老板的心腹大患！"

"戴老板是要我们去杀了她们？"冷锋听罢，禁不住问了一句。

陈一鸣望着队员们，肯定地回答："对，毛先生在几小时前跟我谈过了，我们的任务是再返南京，灭掉'樱花三人组'！"

"我们什么时候去南京？"书生禁不住插了一句。

陈一鸣说："今天晚上。"

"今天晚上？！"小 K 一下子惊得便站了起来，"怎么这么急呀？"

陈一鸣说："对，兵贵神速，而且也避免走漏消息。"

"谁走漏消息？——只要戴老板不给日本人通风报信就行了！"燕子六听了，立刻就气愤地回了一句。

蝴蝶在一旁听罢，拦了一句："燕子六，你别再心直口快了！小心隔墙有耳！队长不是说了嘛，这件事大家心里有数就行，别总挂在嘴上！"

燕子六听了，嘬了嘬嘴，见陈一鸣正不满意地看着他，到了嘴边的牢骚话赶紧又咽了回去。

冷锋见状站起身来："队长，那我们就赶紧准备吧，别在这儿坐着了！"

陈一鸣命令道："好，大家分头准备，半小时以后在队部门前集合！"

"是！"

队员们应了一声，赶紧去准备了。

3

咱们单说在这一天的下午，在中村雄特务机关走廊的尽头，一个矫健的身影正大踏步地走向岩本的办公室。

站在走廊的特工见到来人，赶紧立正敬礼："岩本君，你回来了？你的伤好利索了吗？"

岩本礼貌地还了一个礼，朝着面前的特工笑了笑："谢谢你的关心，我已经彻底好了，现在回来工作。"

岩本说着，便继续往里走。就在这个时候，迎面传来了三个女孩儿的笑声……岩本闻声望去，只见面前不远处迎面走来三个正在说笑的妙龄女孩儿。岩本愣了一下，情不自禁地闪身退到了一边。

北泽晶叫道："你们慢点儿，等等我！"

就在这时，一个熟悉的女孩儿的声音不禁吸引了他。

岩本转头望去，突然呆住了。

此时，说话的女孩也正不经意地看向岩本。突然，女孩儿的表情呆住了，脚步也突然停下了，一个难以忘怀的记忆瞬间便涌上心头！

少年的北泽晶笑着："岩本哥，你抓不住我，嘻嘻，你抓不住我，岩本哥！"

少年时的岩本答道："北泽晶，你逃不掉的！你看着，我一会儿就抓到你了，呵呵，你看，我抓到你了吧？"

272

北泽晶仍笑着："嘻嘻，岩本哥，你别胳肢我呀，你别胳肢我呀，嘻嘻！"

岩本："晶！"

北泽晶："岩本君！"

岩本："晶，真的是你？！"

北泽晶："岩本君，我有好多年没有看到你了！"

岩本："是的，好多年了，我真没有想到还能见到你！"

北泽晶："我也是，岩本君，你好吗？"

岩本："我很好，你呢？"

北泽晶："我……我也很好。"

岩本和北泽晶光顾着说话，却把站在他们身旁的久保亚子和铃木亚奈美晾到了一边，久保亚子忍不住拽了一下北泽晶的胳膊问了一句："姐姐，你还没给我们介绍一下，这少校先生是谁呀？"

铃木亚奈美见状，也故意笑着插了一句："姐姐，是你的老熟人吧？"

久保亚子听了，立刻来了句干脆的："姐姐，不会是你的恋人吧？"

"是呀姐姐，你光顾着自己高兴，也不给我们介绍一下！"铃木亚奈美在一旁听了，也来了劲儿。

北泽晶被她们两个人说得有些不好意思，赶紧骂了一句："去去去，你们两个人的嘴里说不出好话！"

"哈……嘻……"久保亚子和铃木亚奈美听了向北泽晶做了个鬼脸儿，两个人牵着手笑嘻嘻地跑了。

此时，中村雄办公室的门开了。他看见岩本和北泽晶亲亲热热地站在走廊里不觉一惊，禁不住阴沉着脸仔细地注视着。

4

十几分钟以后，岩本和北泽晶沿着秦淮河畔的大街在慢慢地走着。大街上行人不多，偶尔有巡逻的日本兵在身旁经过。

岩本一边走着，一边动情地看着北泽晶："自从你突然消失以后，我每年在学校放假的时候都回北海道，去你家里找你，可每次我都怀着希望去，却带着失望回来。"

北泽晶低着头没有回答。她一边慢慢地走着，一边默默地听着。

岩本说："那时候我真希望，时间永远停留在十五岁那年的暑假。你突然消失以后的好长一段时间里我都在想，我到底什么地方做错了，你为什么要跟我不辞而别呢？"

北泽晶此刻站住了脚，望着岩本突然说话了："对不起岩本君，我之所以不辞而别，是因为接到了帝国的特别召唤！所以我……"

岩本说："晶，现在我知道了，你之所以不辞而别，是为了履行你的特殊职责。因为，我们现在从事的……是一样的工作。"

北泽晶听了，脸上现出了感慨："岩本君，我做梦也没想到，会在支那见到你！"

岩本说："是呀，我也没想到。也许，这就是命运的安排！"

岩本说完，十分专注地看着北泽晶。

北泽晶被岩本看得有些不好意思，忍不住问了一句："岩本君，你为什么这样看着我？"

岩本看着北泽晶笑了："晶，你的变化好大！"

北泽晶问："是吗？这么多年过去了，我变丑了吧？"

岩本说："不，你还是那么漂亮，只不过……只不过是长大了。"

北泽晶说："是呀，再也不是十五岁的小丫头了，我老了。"

岩本说："不，你没有老，你还像过去那样漂亮！"

"你……岩本君？"北泽晶迎着岩本有些灼热的目光，脸上不觉有些红了。

岩本只好转回脸去，不再看她。

就在这时，在他们不远处突然传来了喧闹声，两个人不觉转脸望去——只见在不远处，两个喝得醉醺醺的日本浪人正在用脚踹一个小吃摊子，并且在用力地殴打着守着小吃摊子的老太太。

岩本见状，不由得跑了过去。

"岩本君，你不要多事！"北泽晶大声喊了一句，却没有叫住，也只好随后奔了去。

此刻，不远处的老太太已经跪在了地上："太君！太君饶命，太君饶命……"

在老太太的身边，已经围了好几个中国人，却一个个敢怒而不敢言。

岩本跑过来推开了日本浪人："你们在干什么？！"

日本浪人见站在他们面前的是日军少校，不由得愣了："这……这只支那老狗居然敢跟我们要钱，我们教训教训她！"

"太君，太君，我不敢要了，我再也不敢要了！太君饶命，太君饶命吧！"老太太一边说着，一边不住地磕头。

岩本无奈地看着老太太叹了口气："算了，她已经磕头认错了，你们就不要再打了。"

谁知，喝醉了酒的浪人却并不甘心，他猛地拔出了自己腰间的武士刀："我们不能这样完，我们要给她留下深刻的印象！"

岩本见状赶紧拦住了日本浪人："你要干什么？"

一浪人说："我要剁掉她一只手！哈……我要剁掉她一只手！"

日本浪人说着，便举起武士刀，一刀劈下去！就在这个时候，只见岩本瞬间甩出手里的风衣，一下子套住了抡在空中的刀，一把将武士刀拽了过来。

日本浪人见状大惊，禁不住冲着岩本怒斥道："你……你到底是不是日本人？"

岩本望着日本浪人，一脸的正气："二位喝多了！蹂躏妇女和儿童是一个真正的日本武士的耻辱！我不想看到二位的行为辱没了真正的日本武士声誉！二位，还是罢手吧！"

可谁知，两个已经喝醉的日本浪人听罢，纷纷举起刀来，气冲冲地扑向了岩本："你……你污蔑我们不是真正的日本武士，你是在侮辱我们，我们……要跟你决斗！"

岩本此时看着两个浪人，却并没有惊慌，而是笑呵呵地对两个日本浪人说："你们喝醉了，我劝你们还是不要再闹了！"

两个日本浪人互相望了望，却还是没有罢休。一个身材稍稍高一些的日本浪人伸手拿过了他身边身材稍矮的日本浪人手里的刀，随手扔到了岩本的跟前。

"来，我们的决斗——公平的决斗！"

日本浪人说着，便举刀劈了过来。岩本见状，立刻闪身躲开；日本浪人急了，又接连地举刀劈来，都被岩本敏捷地躲过了。

当日本浪人又一次举刀劈来的时候，岩本终于大怒了："你别逼我！"

日本浪人没有听岩本的劝告，再一次举刀劈来："呀——"

岩本无奈，只好伸手拿起了被浪人扔在地上的日本武士刀，奋力地迎挡过去。只听得两刀相撞的一声脆响，日本浪人手里的刀一下子便掉到了地上，岩本趁势一个箭步冲了过去，瞬间便将手里的刀架在了浪人的脖子上。

北泽晶见状，赶紧冲过去拉住了岩本："岩本君，别忘了我们的身份，千万不可以妄动！"

岩本听了愤愤地将日本浪人推倒在地上，同时顺手将手里的刀扔在了地上："你们还要比吗？还不快滚！"

两个日本浪人见了，只好灰溜溜地跑了。

岩本走过去将跪在地上的老太太扶了起来："老人家，你收拾了东西也赶紧走吧，免得他们再来闹事儿。"

"谢谢太君，谢谢太君！"老太太听罢收拾好东西，千恩万谢地走了。

"等一等！"岩本叫了一声走过去，将手里的钱塞给了老太太，"这个你拿着！这几天就别来这里了，免得他们来报复。"

岩本说完转身往回走。北泽晶见了，也拿出自己的钱塞给了老太太，这才转身跟着岩本走了。

望着岩本和北泽晶离去的背影，老太太禁不住一个劲儿地磕头。

而此时，在离老太太不远处胡同里，两个潜伏的便衣特务正清楚地目睹着眼前的一切……

5

长江边上，波涛翻卷，岩本望着滚滚东去的长江，不禁心潮翻滚。

"岩本君，你在想什么？"站在岩本身边的北泽晶禁不住问了一句。

岩本没有回头，叹了口气："唉！"

北泽晶望着岩本，突然笑了："岩本君，你还跟小时候一样。"

岩本问："什么？"

北泽晶说："正义感。"

岩本看了对方一眼，却苦笑了："难道，日本武士不该有正义感吗？"

北泽晶说："当然应该有，只是……你为了支那人，却伤了日本浪人。"

"支那人难道就不是人吗？"岩本忍不住回了一句。

北泽晶默然了，没有再回答。

岩本望着眼前的江水，禁不住叹了口气："我知道这是战争，这场战争会有成千上万的人死亡。日本人、支那人，都会死去很多很多。但是征服者，真的要把被征服者不当作人类看待吗？"

北泽晶转头看着岩本，既感到陌生，又感到了熟悉："岩本君，也许是因为我变了，可你却没有。"

岩本转头看着北泽晶，却苦笑了："其实，我们两个都变了，变得有些陌生，变得……不像过去那样彼此熟悉了。"

北泽晶的心灵深处突然受到了某些触动，她不由得哆嗦了一下，随之叹了口气："是的。"

岩本忍不住轻轻地哼唱起来《樱花》——那是一首几乎每个日本人都熟悉的曲子。北泽晶听着听着，竟忍不住流下泪来。

岩本轻轻地哼唱着，眼泪也忍不住流了下来。

天色慢慢地暗下来，浩浩长江边上立着两个日本人的身影，响着那支熟悉的曲调……

6

两小时以后，在南京市的一家日式酒馆的包间里，黄云晴和岩本又按照预定的时间见面了。

岩本看着黄云晴，脸色有些沉重："中村雄已经怀疑我了。我出来的时候，尾巴跟踪了我几条街，好不容易才甩掉。"

黄云晴听了，不禁皱起了眉头："布谷鸟，你还是撤出来吧，中村雄既然已经开始怀疑你，就必然会随时派人监视你，这样下去很可能完全暴露！"

岩本听罢想了想，还是不甘心地摇摇头："还不到最后，我还想再坚持一下，这对我们获得情报很重要。"

黄云晴说："可这样做实在是太危险了！一旦彻底暴露，你就是想撤出也晚了！你还是马上撤出来吧，这是泰山的命令。"

岩本说："不，请你转告泰山，我不是抗命的部下。我坚持隐藏到最后，是因为我知道我现在的位置太重要了，这或许是我们目前唯一能尽快掌握敌人最高机密的机会！目前，这场战争正在白热化的阶段，我留在日军大本营的谍报机关里，能做出更大的贡献。请你转告泰山放心，我会注意保护自己，一定不会出事的。万一到了迫不得已的时候，我会主动撤出！"

黄云晴听了，无法再阻止，只好轻轻地叹了口气："布谷鸟，我们尊重你的选择，可是你一定要小心，千万不能出事情！否则，不仅是你个人的损失，这是我们这个事业的损失，你知道吗？"

岩本望着黄云晴，微微地笑了："金鱼同志，我知道。我在谍海里浮沉了这么多年，对危机已经有了灵敏的触觉，请组织相信我。"

黄云晴说："好，这件事我们就说到这儿。我今天面见你，是想向你了解个情况。"

岩本说："哦？你说。"

黄云晴问："对中村雄手下的那个'樱花三人组'，你知道多少？"

岩本说："啊，我知道。'樱花三人组'中的三个人，一个叫北泽晶，一个叫久保亚子，另一个叫铃木亚奈美——她们三个人，是中村雄亲手培养的出色的色情女谍，是暗杀破坏行动中的高手。她们以前在南洋作战，731被重创打痛了日军，中村雄便把她们调到南京来，目的是对敢死队和军统实施报复。怎么，军统那边有行动了吗？"

黄云晴说："黑猫敢死队……已经出发了。"

"哦！"岩本听罢，不禁苦笑了，"我应该想到这一点。根据我对中村雄的了解，他是一个考虑问题很深刻的人。他这次之所以把'樱花三人组'调回来，不仅要对军统进行报复，更隐蔽的目的是想把敢死队吸引过来杀掉——"

黄云晴听到这儿，不禁倒吸一口冷气："看来，陈一鸣这回遇到的是比中村一郎更狡猾的敌手。对'樱花子人组'你还了解多少？"

岩本说："这个小组一直由老中村指挥，对她们我并不熟悉。可是，对她们中间的一个人，我很熟悉。"

黄云晴听了，眼前不禁亮了一下："谁？"

岩本说："北泽晶。"

黄云晴道："哦？说说她。"

岩本道："她是我小时候的朋友，我们住过邻居。在她十五岁之前，我们经常在一起。可是她十五岁的时候，却突然失踪了，现在我知道，从那时起她就被秘密地选派去参加特工训练了。她现在已经二十四岁，应该算是一个老牌特工了。"

黄云晴仔细地听着岩本的叙述，注意地观察着他的表情，突然问了一句："你喜欢她？"

岩本愣了一下，点点头："是的，可是，那是十五岁以前的她。"

黄云晴问："她是你的初恋？"

"唉！"岩本叹口气，痛楚地点点头，"我最早知道'樱花三人组'的时候，还以为那个叫北泽晶的名字只是个巧合，一直到三小时以前我突然在中村机关看见她，才知道那个人就是她。"

黄云晴眉毛不禁挑了一下，她有些提醒地对岩本说："时过境迁，现在的北泽晶已经不是以前的北泽晶了！"

岩本看着黄云晴，郑重地点点头："我知道。我不是新人，这点道理我还是懂的。哦，泰山是什么意思？需要我协助吗？"

黄云晴说："现在还没有得到进一步的指示。不过我想，黑猫敢死队恐怕还是需要我们帮助的。樱花组三个人现在杀的是国民党，可她们早晚会对八路军、新四军下手的，到那时候我们再动手就来不及了。"

岩本说："我知道，干掉'樱花三人组'只是早晚的事情！敢死队要干掉她们，离不开准确的情报，军统那帮酒囊饭袋是搞不到准确情报的。"

"你方便进行吗？"黄云晴禁不住问了一句。

岩本望着黄云晴笑了："我对组织上交给我的任务，说过'不'字吗？"

黄云晴听到这儿，也不禁笑了。

"干杯！"岩本说完，高兴地跟黄云晴碰了杯，而后仰起头来一饮而尽。

7

此时，在南京郊外的一片山林中，林间空地上点着三堆篝火。在林间树丛中，法名叫作"慈心"的师太正带着几名尼姑手持冲锋枪隐蔽在树林里。

天上，渐渐传来了响声。一位法名叫作"了尘"的尼姑抬起头兴奋地叫了一句——

"他们来了！"

尼姑们闻声都抬头看去，只见幽深的天海里此时正有七朵洁白的伞花在缓缓飘落。

慈心抬头看了一会儿，轻声命令道："注意警戒，日本人很快就会到！"

尼姑们答道："遵命！"

了尘、了意等尼姑们听了，都轻声回了一句，而后便迅速散开了。敢死队队员们的降落伞很快就落了地，一个接一个准确落在了三堆篝火的中间。

陈一鸣脱掉降落伞，赶紧命令道："快！抓紧离开这儿！"

就在这个时候，慈心师太带着几个尼姑气喘吁吁地跑了过来——

慈心问："你们是国军的黑猫敢死队吗？"

敢死队队员们听了，都不由得一愣——

"怎么是尼姑哇？"小 K 最先发出了疑问。

蝴蝶立刻回了一句："尼姑怎么了？尼姑也抗战！"

慈心来到陈一鸣等人跟前赶紧说："大家赶紧把火熄了，赶快离开这儿，日本人已经在路上了！"

众人听了，赶紧跟着几个尼姑迅速地扑灭了篝火。

慈心望着陈一鸣问："哪位是陈一鸣中校？"

陈一鸣听罢笑了笑，立刻回答："我就是。你是军统的情报员 3873 吗？"

慈心立刻竖起一只手在胸前："老尼法号慈心，我们走吧！"

队员们没有再吭声，立刻跟着尼姑们走了。

静心庵，坐落在南京的市区里。静心庵的院子里植满了树，使地处闹市的这个尼姑庵显得幽静而肃然。

此时，换了便装的陈一鸣等敢死队队员们跟着了尘等尼姑走进了尼姑庵的大殿，正在打坐的慈心此时睁开了眼睛——

慈心问道："了尘、了意，房间都安排好了吗？"

了尘答："回师太话，都安排好了。"

慈心双手合十，此时又闭上了眼睛："那好，那就带施主们去歇息吧！"

了尘答："是，师太。"

了尘答应了一声，便带着敢死队队员向房间走去。

慈心叫住："陈施主，请留步。"

陈一鸣站下来，等着慈心说话。

慈心睁开眼睛站起来，用手向大殿的侧门示意了一下："施主，这边请。"

陈一鸣于是跟着慈心向侧门走去。慈心带着陈一鸣走进侧殿，点亮了烛光——

慈心道："陈施主，老尼接到重庆电报，得知陈施主率领黑猫敢死队前来甚是欣喜。黑猫敢死队威震中华，想必定能将那'樱花三人组'送入罗刹地狱！"

陈一鸣听了，赶紧笑着回答："大师过奖了。黑猫敢死队能在敌后行动，处处离不开潜伏人员的帮助，还望师太此次多多费心。"

慈心听了，脸上浮起了微笑："陈施主客气了，老尼能帮助黑猫敢死队歼灭日寇，实乃三生有幸。"

陈一鸣随之环顾四周，脸上不禁浮现了疑惑。

慈心望见了，不觉笑了笑："陈施主，有什么不解吗？"

陈一鸣迟疑了一下回答："一鸣确实有些不解，还望大师见谅。佛门本是清净之地，不知大师为何弃安逸而取荆棘，弃修行而取杀戮？要知道，一旦被日军发现，静心庵就将再也不是静心之处了。"

慈心听了，脸上现出平静的微笑："陈施主此言差矣！且不云坊间顽童都知晓，地无分南北，人无分老幼，皆有守土抗战之责；就是眼前这南京陷落，尸横遍地，静心庵还能有静心之处吗？"

陈一鸣看着慈心，不免理解地点点头。

慈心此刻眼睛转向窗外，脸上又不禁浮上了忧愤之情："日寇践踏南京之时，老尼正身患重病，被众弟子藏匿于密室之间，侥幸躲过了这一劫。可惜静心庵上下三十余口，却都被兽兵给奸杀了……"

慈心说着，眼泪不禁潸然而下。陈一鸣望着慈心，呆住了。

陈一鸣道："大师，陈某多言，还望大师见谅！"

慈心擦擦脸上的泪痕，不由得轻轻地叹了口气："陈施主，倾巢之下岂有完卵？慈心从大劫当中幸存，不敢再苟且偷生。慈心虽然是女流之辈、出家之人，可大敌入侵，慈心也愿意忠肝义胆，为国家效力！"

陈一鸣听罢，不免十分感动："大师胸怀大义，令一鸣敬佩！一鸣身为中国军人，定当竭尽全力完成抗敌之重任，还望大师多多相助！"

慈心道："陈施主此言差矣，这些都是慈心分内之事！陈施主，我们来商议一下下一步该如何行事吧！"

陈一鸣答："好，大师请。"

两个人于是便坐了下来。

陈一鸣说："大师，可否帮助我打听到'樱花三人组'的行踪。"

慈心听罢，不觉笑了："这事容易。那三个女魔头居然都是吃斋念佛之人，每周都会来静心庵拜佛的。老尼听从上峰之命，在早些时候已经将她们收为俗家弟子。阿弥陀佛！"

陈一鸣听到这儿，不觉一震："她们每周都会来静心庵吗？"

慈心答："正是。"

陈一鸣问："那……她们三个人是一起来吗？"

慈心笑了笑回答："有时是一起来，有时单独来，不一定的。"

"哦！"陈一鸣看着慈心，脸上不禁现出了些许的失望。

慈心师太接着说："但是不出两周，她们三人必定会齐聚静心庵。"

陈一鸣问："哦，为什么？"

"那是静心庵的弟子们集体诵斋念佛的日子。"

陈一鸣听了，不禁恍然大悟："多谢大师！我知道军统为什么安排大师来接应我们了。大师还要静心佛事，陈某就不打扰了。"

8

单说陈一鸣回到柴房里向队员们说及此事，队员们不禁一个个为之雀跃。

"三个一起来静心庵？——这可真是个下手的好机会！"冷锋听了，第一个兴奋地说了话。

小K听了，眼睛也不禁为之一亮："嘿，天助我等，这个真是个天赐的大好机会呀！"

"对，我们就趁这个机会下手！"燕子六在一旁也兴奋地补充了一句。

藤原刚看着大家，脸上也露出了兴奋的笑容："我们七个，对她们三个——就算她们有三头六臂，金刚不坏之身，也死定了！"

蝴蝶听了，脸上也不由得露出了笑颜："这就是说，我们很快就能完成任务顺利返回了？"

大家正在兴奋之余，只听到书生坐在角落里闷声地叨念了一句："那样静心庵也完了。"

书生说完，柴房里立刻就安静了。屋子里所有的人都意识到了书生这句话的严重性。

油灯下，陈一鸣面色严峻地看着书生。

书生轻叹了一声接着说："我们在静心庵下手，灭掉'樱花三人组'不难。但是日寇会因此屠了静心庵，这里的尼姑们可就惨了。"

陈一鸣听了，也不觉叨念了一句："我担心的，也是这个。"

陈一鸣说完，便没有人再说话了。

小K想了想，不由得说了一句："可是除了这个机会，我们还能找到她们三个在一起的机会吗？"

陈一鸣沉吟了一下回答："难度很大，但也不是绝对没有机会。"

小K接话道："那……那我们得等到猴年马月去？不如我们也留在尼姑庵里做和尚算了！"

"小K，你瞎说什么呀，尼姑庵里怎么可以留有男和尚呢？你这话要是让慈心师太和了尘尼姑她们听了，准得认为你是大不敬！"蝴蝶听了，赶紧大声地回了一句。

小K一听不免有些傻了："我哪是大不敬了！我不过是心里着急就信口胡说呗。"

"大家不要争了，书生说得对，我们不能在静心庵动手。"一直在思索的陈一鸣，此刻打断了小K的话。

"那我们在哪儿动手？"燕子六忍不住问了一句。

陈一鸣想了想回答："再找机会吧！一定要找到她们三个在一起的机会，否则我们干掉其中的任何一个，其余的两个都会藏起来；而一旦打草惊蛇，日本特务开始搜寻我们，这静心庵也肯定藏不住了。"

"可我们怎么能够找到她们在一起的机会呢？我们又不能跟踪她们——她们三个都是行家，我们一旦跟踪，肯定会被她们发现的。"蝴蝶此时说着，脸上不免现出了深深的愁绪。

陈一鸣仔细地想了想，目光突然落到了小K身上："有了！"

"什么主意？"蝴蝶禁不住惊愕地抬起头来，看着陈一鸣。

陈一鸣轻出了一口气，转向小K："小K，你不是想玩女人吗？"

小K说："我……我什么时候说我想玩女人了？那……那都是以前的事，我现在是敢死队的队员、国军军官，我……我早改好了。"

陈一鸣没有理睬他，却随手拿出北泽晶等人的三张照片："她们三个，你任选一个。"

"什么？还当真哪？"小K听了，眼睛立刻瞪得好大。

陈一鸣于是转向了队员们，轻声说："大家凑过来一下，我说一下我的打算……"

队员们于是都凑了过来。

9

听了陈一鸣的主意之后，大家的心里都亮堂了许多。陈一鸣接着又叫过来冷锋。

陈一鸣说："铃木亚奈美是'樱花三人组'的老三，她的掩护身份是中央大学国文系的中国学生欧阳若兰。现在，需要你装扮成学生去接近她。"

"我？！"冷锋听罢，嘴惊得立刻张开老大。

陈一鸣道："对，我权衡了一下，这些人里面只有你去最合适。"

冷锋说："可我就学过怎么打仗啊？她学的那专业，我什么也说不出来呀，我总不能跟那个日本娘们儿去谈怎么空降到东京去活捉天皇吧？"

陈一鸣听罢，也不由得笑了："你说的话不无道理，没准儿我还真派你空投到东京去捉日本天皇呢，不过那是以后的事儿。眼下你的任务是接近铃木亚奈美，有关方面的知识，由书生给你补课。"

冷锋说："这……那你干脆安排书生去不就完了吗？"

陈一鸣看着冷锋不禁又笑了："你看书生都三十好几的人了，又戴副眼镜，铃木是个美女能看上他吗？"

冷锋听了，不由得苦笑一声："哟嗬，我这五大三粗的，你还把我当成美男了！"

陈一鸣拍着冷锋的肩膀笑了笑："国难时期，就将就着用你这块料吧！"

安排好冷锋以后，陈一鸣又叫来了蝴蝶。

陈一鸣道："蝴蝶，我临时给你一个任务。"

蝴蝶问："哦？什么任务？"

陈一鸣道："跟着慈心大师去当尼姑……"

蝴蝶道："什么？你让我把头发全剃了？"

陈一鸣听罢，也不觉一愣："不会吧，我听说也有带发修行的。"

蝴蝶说："你说，让我当尼姑做什么吧？"

陈一鸣说："当然不是让你跟着慈心大师去念经。而是'樱花三人组'的三个人经常会来静心庵，你的任务是以尼姑的身份去接近北泽晶。"

蝴蝶听了，这才恍然大悟："哦，我明白了。什么时候去当尼姑？"

陈一鸣道："现在就去。"

陈一鸣于是把蝴蝶带到了慈心跟前。

可谁知慈心听了陈一鸣的话之后，却不免摇了摇头："阿弥陀佛，陈施主，你派蝴蝶女施主暂入佛门以接近北泽晶，此法甚好。只是老尼所收的俗家弟子不在少数，又是鱼龙混杂，蝴蝶以俗家弟子的身份去接近北泽晶，未必会取得北泽晶的信任，还会使北泽晶对蝴蝶的真实身份有所怀疑。所以，我以为此法未必能行得通。"

陈一鸣和蝴蝶听慈心说完，不禁互相对望了一眼。

陈一鸣道："慈心师太，依你说，就没有办法接近北泽晶了吗？"

慈心道："办法倒是有的，只是要委屈蝴蝶了。"

蝴蝶道："师太你说，到底需要我怎么做？只要能接近北泽晶，您要我怎么做都行！"

慈心师太迟疑了一下回答："老尼的俗家弟子虽多，可皈依佛门的弟子却有数，而且不是什么人都可以收的。蝴蝶施主要取得北泽晶的信任，唯一的办法就是暂时皈依佛门，剃度修行——"

"什么？师太的意思是……我只有剃了头发，暂时入庵做了尼姑才行？"蝴蝶听罢，立刻就急了。

"正是。"慈心说完双手合十，不再说话。

蝴蝶无奈了，只好把头转向了陈一鸣。

陈一鸣看了看慈心，又看了看蝴蝶，只好泄气地摇摇头："啊，慈心大师，打扰了，我们回去，再想想办法。"

陈一鸣说完拽了蝴蝶一把就往外走，而蝴蝶此时却没有移步。

蝴蝶道："慈心大师，如果我不暂时皈依佛门，那北泽晶真的就不会相信我吗？"

慈心回答："阿弥陀佛，老尼说话从无虚诈，那北泽晶是职业间谍，训练有素，施主想，她能轻易信任您吗？你就是暂时皈依了佛门，老尼也得给你编一些理由，才能蒙混过她的眼睛。施主如果不情愿，那还是再想办法吧！"

听了慈心的话，蝴蝶真的是有些傻了，她看看慈心，又看看自己的一头黑发，却怎么也下不了决心。

还是陈一鸣在一边先说了话："蝴蝶，别为难了，咱们还是再想办法。"

"不！"蝴蝶突然大叫了一声，脸上的表情顿时变得坚毅起来，"既然如此，那就剃度吧！不就是头发嘛，又不是脑袋，剃掉了还能长出来。慈心大师，什么时候开始剃度？"

慈心道："阿弥陀佛，施主如果同意，现在就可以。不过施主，你真的想好了吗？"

蝴蝶听了，竟一时又没了主意，只好转头去看陈一鸣。

陈一鸣向前迈了一步："大师，任务完成以后，如果蝴蝶要还俗，那……静心庵能够允许蝴蝶还俗吗？"

慈心听了，忍不住宽厚地笑了："敬佛吃斋，都是世人的甘心情愿之事，岂可强求？施主如果尘缘未了，还要还俗，老尼会随时为施主举行还俗仪式的。"

陈一鸣听了，不禁放心地点点头："蝴蝶，你的意思呢？"

蝴蝶迟疑了一下，毅然地转过身来面向慈心："师太，蝴蝶请求师太收下弟子！现在，就剃度吧！"

慈心听了，满意地闭上眼睛，双手合十："阿弥陀佛，施主，请随我来。"

慈心说完，便带着蝴蝶去了大殿。大约过了一小时，剃度仪式便结束了。陈一鸣又等了一会儿，蝴蝶便穿着一身素袍，光着脑袋走了出来。

她缓缓地走到陈一鸣面前，像慈心一样双目紧闭，对着陈一鸣双手合十："阿弥陀佛，弟子业已剃度修行，法号'了空'，还请陈施主多多关照。"

蝴蝶说着，含在眼里的泪水便禁不住扑簌簌地流了下来。陈一鸣没有说什么，只是长长地嘘了一口气，向蝴蝶作了个揖，而后便默默地走了。

10

两天以后的一个傍晚，在一家白俄罗斯人开的咖啡厅里，一个商人打扮的中年男人正坐在一个角落的座位上，一边喝着咖啡，一边看着报纸。

此时，在咖啡厅的里间的布帘掀开了，从里间悠然走出一位漂亮的女侍者，她的手里拿着一盘茶点。女侍者不是别人，正是经过化装的"樱花三人组"中排行第二的人物——久保亚子。她面带微笑、步履端庄地走向中年男人，将手里的茶点轻轻地放在男人面前，用俄语轻声说道："先生，请慢用。"

中年男人抬起头来愣了一下，也用俄语回答："谢谢，你是新来的？"

久保亚子道："是的。"

中年男人问："怎么会说俄语？"

久保亚子道："我母亲是俄罗斯人，我父亲是哈尔滨人。"

中年男人听罢点点头，笑了笑，继续低头看报纸。久保亚子微笑着示意了一下，转身走了回去。

就在这个时候，一个年轻的也是商人打扮的人从门外走了进来，他左右顾盼了一下，便向坐在角落的中年男人走了过去。

年轻商人坐在中年男人面前轻声说："你好，73号。"

中年男人愣了一下回答："出什么事了？"

年轻商人左右瞅了瞅轻声说："日本人可能发现我的底细了。"

"哦？"中年男人立刻警醒了，"来的时候发现有人跟踪没有？"

年轻商人道："没有，我已经仔细注意过了！"

此刻，存咖啡厅里间的门口，一只白皙的女人的手缓缓打开了，女人的手里攥着一张照片，照片上的人正是刚刚进来的年轻商人！女人的手合上了，随后，化装成侍者的久保亚子端着咖啡走了出来。

久保亚子走到两个人附近，突然拔出了枪——

一声枪响，年轻的商人中弹倒在了地上；中年男人见了，赶紧翻滚到地上掩藏起来。就在这时，从门外冲进来几个军统特工，他们一进来就向桌子后面的久保亚子开了枪！

久保亚子寡不敌众，只好且战且退。她渐渐地退到了一扇窗子跟前，举起枪来向着追她的人连开几枪，而后猛地一跃，撞开窗户飞了出去。她刚一落地，从身后就打来一阵乱枪！忽然她身子一抖，一头栽倒在地上，她顺势一个翻滚，猛地站起身来，捂着自己的左肩膀疯狂地向着前方跑去了。

她慌慌张张地跑进了附近的弄堂，早已经气喘吁吁，而后面追她的人却一刻也没有放松。久保亚子没命地向前跑着，却终于因为左肩上流血过多，而放缓了步子，并且变得跌跌撞撞。

就在这个时候，藤原刚驾着汽车缓缓地迎面开来，正在边跑边回头的久保亚子不慎撞到了车头上——

久保亚子大叫："啊——"

藤原刚无奈，只好来了个急刹车！久保亚子一个翻滚，跌倒在旁边的地上！

"不好，撞人了！"藤原刚忍不住失声地喊了一句。

跌倒在地上的久保亚子闻声立刻叫了起来："你是日本人？"

藤原刚一愣，不禁问了一句："怎么回事？"

久保亚子急道："中国人在追杀我，赶快救我！"

此时，坐在车里的小K听了，立刻推开了车门："快，赶紧扶她上车！"

燕子六说着，和藤原刚一起把久保亚子扶上了车。

小K道："快，赶紧走，赶紧倒车！"

藤原刚听了，赶紧掉转车头。轿车刚刚向后开走，中年男人便带着手下人追了过来！他们向前追了几步，看见离轿车越来越远，只好带着手下人走了。

他们刚刚转了一个弯儿，就看见了早已事先等在那里的陈一鸣。

中年男人说："陈中校，按照你的吩咐，我们的事情已经做完了，下面的就看你们了。妈的，真倒霉，又丢了一个弟兄！"

陈一鸣听罢，感激地握握中年男人的手："高站长，谢谢你，后会有期！"

几个人随后便分了手。

单说此时在轿车上，脸色苍白的久保亚子将自己的头紧靠小K的肩头上，嘴角边不免露出感激的笑容——久保亚子轻声说："谢谢，谢谢你们救了我。"

坐在久保亚子身边的小K此时显得很绅士："不客气，我们也是日本人，这是应该的。你受伤了，我们要送你去哪里？"

久保亚子道："去……去宪兵司令部！"

小K道："可你的血要流光了，赶紧先做手术！"

久保亚子道："不，还是去……去……"

久保亚子话没说完，便晕了过去。

小K抱起了久保亚子，向藤原刚大声地喊了一声："赶紧，去江边！"

藤原刚随即加了一脚油，轿车开足马力向江边奔去。

江边上，此时早已经停着一艘正在等候的渔船，小K抱起久保亚子，飞一般地上了船。

小K叫："开船！"

小K喊了一声，渔船立刻发动了马达，很快地便离开了江岸。

渔船渐渐远去了，站在江边的陈一鸣放下手里的望远镜，不禁感叹地说了一句："一切都在按计划进行，下面的事，就看小K的了。"

第十八章

---- ★ ----

1

远远传来的汽笛声，将昏睡了一宿的久保亚子唤醒了。久保亚子慢慢地睁开眼睛，对周围的环境却感到很陌生。

久保亚子问："我这是在哪里？"

守在一旁的小K听了，立刻兴奋地说："你醒了？太好了！这是在我家里，你想吃点东西吗？"

久保亚子缓缓地摇摇头，挣扎着想坐起来，小K赶紧按住了久保亚子。

小K轻声说："别动！你负了伤，刚刚请医生做了手术，你现在无论如何是不能动的。"

久保亚子听了，脸上浮现了感激的神情，她朝着小K微微地笑了笑："谢谢你，谢谢你救了我的命。"

小K望着久保亚子笑了，那样子看上去显得很天真："不，不用谢，我们是同胞，谁见了都会救的。追你的人是谁？——是地痞，还是恶霸？你为什么得罪了他们？"

久保亚子听了小K的话愣住了，想了想回答："我没有得罪他们，而是……得罪了这个国家。"

"这个国家？你是做什么的？"小K故作不知地问了一句。

久保亚子苦涩地摇摇头："一项特殊的工作，你别问了。你是做什么的？"

小K道："我？我曾经是商人，现在是浪人，无拘无束。"

久保亚子奇怪道："浪人？"

小K说："我叫伊藤秀男，请问小姐芳名？"

久保亚子说："我？你叫我亚子好了。"

小K听罢，笑了笑："亚子？很好听的名字。"

久保亚子望着小K也无力地笑了："谢谢。"

过了一会儿，小K端着做好的早餐走了进来，他先把早餐放在床前的小桌上，而后便扶着久保亚子慢慢地坐起来，仰靠在枕头上，这才端过来做好的早餐。

早餐的食盒打开了，久保亚子这才看见了盛在食盒里的早餐。久保亚子激动地说："啊，是寿司！"

久保亚子惊喜得几乎要大叫起来。

小K拿起一块寿司放到久保亚子的嘴边，脸上带着亲切可人的笑："尝一尝，看看好吃不？"

久保亚子问："是你亲手做的吗？"

小K说："是的，是我专门给你做的。"

久保亚子听罢，惊奇地张开了嘴，一口将寿司吞了下去，她刚刚嚼了几口，脸上便露出了开心的笑："好吃，真的很好吃！"

"那……你就多吃点儿！"小K说着，脸上也露出开心的笑。

2

太阳渐渐地升高了，远远近近的一切都变得开朗起来。吃过早餐的久保亚子被小K搀扶着走到阳台上，舒舒服服地在一张躺椅上坐了下来。

望着周围的一切，久保亚子的脸上写满了感慨："好漂亮的别墅哇！这是你的家？"

"对。"小K回答了一句，脸上现出隐隐的自豪。

久保亚子的脸上充满了羡慕地道："你的家真阔绰呀！"

小K望着久保亚子微微地笑了："这是我父亲在支那的产业。"

久保亚子问："你父亲？"

小K道："是呀，我是大阪人。"

"伊藤秀男，大阪人，"久保亚子看着远处，禁不住叨念起来，突然她的眼里闪出了惊愕的神情，"你……你是伊藤家族的人？"

小K的脸上不免现出了几分尴尬："是的，我恨这个姓氏。不过，我不能不承认，这个家族给我带来了幸运——从法律上说，我是伊藤家族的继承人。"

久保亚子望着小K，禁不住睁大了眼睛："我的天！没想到救我的人，居然是全日本数一数二的大财团的继承人？"

小K看着久保亚子，却现出了十分不在意的样子："怎么，这有什么奇怪吗？"

久保亚子说："那，那你怎么……"

小K道："你要问我，为什么放着好好的大少爷不做，却要做浪人？"

久保亚子没有说话，可眼神告诉小K，她分明是在问这个。

小K有些做作地叹了口气："我恨我父亲，也恨我的家族，我想离他们远一点。所以，我才到支那来流浪，没想到在这里遇到了你。"

"遇到了我？"久保亚子的脸上不由得现出了不解之色。

"是的，"小K的脸上突然浮现了幸福的神情，"在支那的乱世当中，我遇到如此美貌的日本女子——这不是我的福分吗？"

听了小 K 的话，久保亚子的脸上现出了惊喜！可是仅仅过了一会儿，她的眼神就变得暗淡了："可是，你还不知道我是什么样的人呢！"

"知道，无非是日本间谍。在支那的各个场所里，我见到过的间谍难道还少吗？"小 K 说着，脸上现出无所谓的神情。

久保亚子望着小 K 笑了，却故意说了一句："难道你就不怕我杀了你？"

小 K 望着久保亚子笑了："支那有一句古诗——叫'牡丹花下死，做鬼也风流'。我虽然不是一个风流的人，但是，我如果能遇见一个我爱她、她也爱我的人——我宁可为她去死！"

久保亚子愣住了，禁不住问："你说的是真的吗？"

小 K 说："当然是真的……否则，我也不会有勇气一个人来到支那当浪人！"

久保亚子被小 K 最后的这句话打动了，她忍不住伸手拉住了小 K 的手。小 K 顺势弯下腰来，两个火热的嘴唇瞬间便凑在了一起。

3

咱们再说此时，在中央大学的一间教室里，一身学生打扮的铃木亚奈美显得清纯而漂亮，她顾不得教室里同学们的议论和争吵，此时正一个人坐在一旁闷着头看书。

就在这时，同样穿着一身学生装的冷锋从门外探进头来。

正在议论中的一个学生看见了立刻向坐在椅子上的学生拉了一把："哎，有人在探头探脑，是不是特务哇？"

坐在椅子上的学生看见了立刻问了一声："你找谁？"

冷锋听见了，只好大大方方地走了进来："请问，这是国文系甲三班吗？"

一位学生说："对，你找谁？"

冷锋道："我不找谁，我是这儿的学生。"

另一位学生问："新来的？"

冷锋道："对，我是刚从北平大学国文系转学来的，我叫原若宁。"

问话的学生听了，便不再怀疑他，顺口说了一句："啊，你自己找个地方坐吧！"

冷锋看看四周座位上已经坐满了学生，便只好走到铃木的侧后方空着的座位上坐下了。上课的铃声响了，一位身穿长衫的教师走了进来。

冷锋抬眼望去，不觉惊愕了！原来，走向讲台的教师不是别人，而是穿着一身长衫、一副教师打扮的书生。

只见书生笑容可掬，一脸文静地走上了讲台："同学们好！"

同学们齐声道："老师好——"

书生道："同学们，贾教授因为身体不适，这个月告假休息了，今后你们的国文课就由我来上。我们不妨先认识一下，我姓田，你们可以叫我田教授。"

冷锋听了，心里不禁一个劲儿地纳闷儿，心想："这，这……这都唱的哪一出哇？"

书生对他目前的角色似乎显得很满意，所以说出话来也显得抑扬顿挫："今天，我们来讲讲屈原，讲讲楚辞。"

冷锋瞪着眼睛看着书生，不免有些心惊肉跳。

书生开始讲课："屈原，我就不用介绍了，你们都是国文系的学生。楚国灭亡以后，屈原宁死不屈，成就了完美的一生！而他的《离骚》，也成为世界文学史上的经典之作！今天，我们这些学国文者再读《离骚》，再看看陷落的大好河山，我们这些后人真是颜面丢尽哪！"

此刻，正在闷头看书的铃木不禁抬起头来，惊愕地看着书生。

冷锋看着书生，又看看有些沸腾的同学们，禁不住感到十分担心，心想："你……你这也讲得太火暴了？你到底想干什么？"

谁知冷锋惊魂未定，书生竟讲得越来越激动，甚至丢下了教案："想想现在的大好河山，国土沦丧！我……我讲不下去了！"

此时，教室里的学生们看着他，眼里都禁不住涌上了泪。

而此时铃木却还像什么也没发生似的，面无表情地看着眼前的一切。

书生在讲台上接着说："日本是一个小小岛国，本是我堂堂中华之番邦！日本有文化吗？日本没文化！日本的文化，都是中华文化！而今日他们对我之侵占掠夺，实乃是欺师灭祖之行径！"

铃木听到这儿，脸上顿时露出了杀气。

冷锋此时急了，忍不住挺身站了起来："你……你这是胡说八道！"

同学们听见后都愣了。

书生望着冷锋也愣了："你……你说什么？"

冷锋一脸豪气地看着书生："我说你胡说八道！你不要再说了！"

书生望着冷锋也急了："这位同学，你不要不顾事实！你说，我刚才所说之言，哪一句不是事实？"

坐在班里上课的同学们听了，此时也都纷纷站了起来，怒视着冷锋——

一位男学生道："对啊！你这是什么意思，为什么替日本人说话？"

一位女学生道："是呀，你到底是什么人？你不会是汉奸吧？"

冷锋此时显得有点慌乱，而坐在冷锋身前的铃木此时正回过头来冷静地看着他。

冷锋稳定了一下自己，大声说："你就是胡说八道！日本是我们的盟友，是来帮助我们建设大东亚共荣圈的，怎么能说是侵占和掠夺呢？你这不是有意挑起事端，有意反抗汪主席领导的国家吗？"

一位男学生大喊："打他，打他，这个狗汉奸！"

不知是哪个同学喊了一声，一群怒不可遏的学生们立刻冲上来，对着冷锋就是一顿暴打！

另一男学生喊道："打他，打他，打死狗汉奸！"

另一女学生也喊道："打呀，打死狗汉奸！"

冷锋此时只能用手招架，却不敢还手，生怕自己一时性起，把同学们给打坏了。

冷锋求饶道："别打了，别打了，再打我就还手了，你们别逼我！"

同学们哪能听他的，让他这么一激，同学们打得更凶了。冷锋无奈，只好捂着脑袋狼狈逃窜了。

书生此时望着冷锋的背影，脸上不禁露出了笑意："狗汉奸，活该！"

而此时，铃木抬眼扫了一下教室，仍旧低着头在继续看书。

4

校园中的一个角落，狼狈逃窜的冷锋独自地坐在条椅上正在收拾伤口，他不时地抽着凉气，显得痛苦不堪。

就在这个时候，一条白色的、带着淡淡香气的手绢递到他的面前。

冷锋抬起带着青紫色伤痕的眼睛，看着站在面前的铃木。

铃木问："很疼吧？"

冷锋接过手绢擦了擦，不好意思地回答："还……还好。"

看着冷锋一副憨憨的样子，铃木禁不住笑了："其实，你没必要跟他们争。你叫什么？"

冷锋道："我叫原若宁，你呢？"

铃木说："我叫欧阳若兰。"

冷锋说："欧阳若兰？挺好听的名字，这是你的手绢，还给你。"

铃木笑着接过了手绢，随口说了句："一起走走吧。"

"哦，好，好。"冷锋说着，跟着铃木向前走去。

此刻，远远地跟在他们身后的书生看见了，脸上不禁露出了复杂的笑。

两个人默默地走了一会儿，铃木突然问："你……真的喜欢日本？"

冷锋看了铃木一眼，苦笑了。

铃木问："怎么？这个问题很让你为难吗？"

冷锋回答说："不，我喜欢日本。我父亲是外交官，以前在驻日大使馆工作，我就是在日本出生的，对日本，我有很深的感情。日本是个很美的国家，我很热爱它。你呢？你也喜欢日本吗？"

铃木听了，不觉笑了笑："我……我也喜欢日本，我的母亲曾经在日本留过学。我母亲告诉我，日本是个很美丽的国家。"

冷锋说："哦，是吗？那太好了，那我们就能谈到一起去了！其实，我是很支持日本的大东亚圣战的。"

　　铃木说："哦，是吗？别说这个了！每天都是战争、战争的，累不累呀？哎，你会骑马吗？"

　　冷锋回答道："会呀？"

　　"走！我带你骑马去！"铃木说着，便兴奋地拉起了冷锋的手。

　　远处，躲在树丛中的书生放下手里的望远镜，禁不住兴奋地叨咕了一句："骑马？看来，还真是有戏了！"

5

　　静心庵柴房里。此时，陈一鸣正一个人在屋子里自斟自饮着。就在这时，书生推门闯了进来。

　　书生笑："哟！这么有心情？难得见你喝酒哇！"

　　陈一鸣听罢笑了笑，赶紧给书生倒了一碗酒："来，尝尝。慈心大师送来的，说是居士自己酒坊酿造的。你喝一口，看看怎么样？"

　　书生听了，赶紧端起碗来喝了一大口："嗯，不错，好酒！"

　　书生说着，兴奋地坐到了陈一鸣的对面："队长，冷锋刚才跟那个铃木亚奈美骑马去了，我看这事儿差不多！"

　　陈一鸣听了点点头，笑着问："怎么样，你看冷锋这戏演得还行？"

　　书生听罢，不由得笑了起来："行，演得不错！不过，也真难为冷锋这个淞沪抗战的功臣了！堂堂的一个抗日英雄，被爱国的学生门打得满学校跑。"

　　陈一鸣听罢，也不由得笑了："冷锋当军人是好样儿的，又是一个直炮筒子，让他干这样的事儿，真是难为他了。不过，他是个党国军人，以服从命令为天职，就不能挑三拣四了。"

　　书生听了，觉得有些刺耳，便没有再搭茬儿，一个人端起酒杯喝起了酒。

　　陈一鸣看出了书生脸上的变化，禁不住问了一句："怎么，我刚才的话……说得不对？"

　　书生望着陈一鸣冷笑了一声，回答："你说你的，我心里有数。我为国家死，不为党国死。"

　　陈一鸣说："你……这有什么不一样吗？党就是国，国就是党——国家，不就是党国嘛！"

　　书生望着陈一鸣，脸色不免严肃起来："国家有党，但不是一个党，所以党不等于国，国不等于党——所以，国家就是国家，是全中国老百姓的，不是哪一个党的！"

　　"哈……"陈一鸣听，不禁大声地笑起来，"我说兄弟，老百姓是什么？如果不是由一个党来领导，还不是一盘散沙！所以我说，党国党国，没有错！"

书生叫道："队长！"

"好了好了！"陈一鸣见书生还要争辩，禁不住拉住了他，"兄弟，这些东西离咱们远着呢，咱不争这个！可有一句话大哥要跟你说明白——咱们是兄弟，是生死相依的兄弟！不论将来党怎么了，咱们都是兄弟！来，为咱们的兄弟之情——干杯！"

书生端起碗："干杯！"

两个人说罢，大口地将碗里的酒喝干了，而后便你看看我、我看看你，畅声地笑起来。刚才由于不同政见而产生的不快，都因为这一声"兄弟"而烟消云散了。

6

再说此时在跑马场上，两匹枣红色的骏马沐浴着和煦的夕阳，正在飞快地奔驰着。骑在马上的铃木和冷锋因为驰驱着坐下的快骑而显得神采奕奕。

随着几声嘶鸣，两匹马很快便放缓了下来，铃木和冷锋骑在马上，一边松弛地遛着，一边说着话——

铃木笑："没想到，你骑马骑得还真不错呀，在哪儿学的？"

冷锋道："啊，德国军队。"

"德国军队？"铃木听了，不禁惊愕地看着他。

冷锋知道自己刚才说话走了嘴，便赶紧挽回："哦，我父亲离开驻日使馆后，又被派到了驻德国大使馆。因为我很崇拜德军，他就把我送到德国国防军锻炼去了，就在骑兵团。"

铃木听罢，禁不住笑了："哟，没想到，我遇到了一个德国国防军培养出来的骑兵啊！真是巧了！"

冷锋羞涩地笑了："咳！我算什么骑兵啊？我那时还小，瞎玩的！"

铃木笑道："来，我们来比一比，驾！"

铃木说完双腿一夹，纵马出去。

"驾！"冷锋喊了一声，也纵马追去了。

两匹马又跑了一会儿，铃木见冷锋追近了，便猛地一夹马，骏马一声嘶叫，飞一般地越过护栏，向前疾驶而去。

冷锋见状，也一夹腿，纵马越过了护栏，两马一前一后，飞快地向山里跑去。

铃木骑着马跑着跑着，突然一个马失前蹄——

只听铃木一声大叫："啊——"

话音未落，她就立刻从马上摔了下来，而一只脚却还套在马镫里。冷锋见状，不禁大惊，立刻纵马上前，一把抓住前一匹马的马缰绳，用尽全力死死地拽住了。

前一匹马一声嘶鸣，立刻停住了。

冷锋赶紧翻身下马，用力抱起了铃木："你怎么样？没事吧？"

躺在冷锋怀里的铃木，此刻才渐渐地回过神儿来，对着冷锋轻轻说了一句："没事，我没事儿。"

冷锋嗔怪道："怎么没事儿，我送你去医院！"

冷锋说着，便把铃木往地上放了放，伸手去摸别在后腰上的匕首。谁知就在这时，铃木突然直起腰来去吻冷锋！

冷锋有些急了，赶紧用手推辞："不，不，别这样！"

谁知，已经深陷情欲中的铃木却不管不顾，用力地抱紧了冷锋，并将自己火热的嘴唇贴在冷锋冰冷的嘴唇上！

冷锋摸在刀把上的手，立刻便松了下来……

7

夜晚，静心庵里一片寂静。此刻，大殿里缓缓地走进来一个人。她慢慢地走进来，猛地跪在佛像前，开始不住地焚香膜拜。

北泽晶低声念念有词："佛主，请宽恕你的弟子吧！弟子知道，我佛慈悲，不凌弱，不杀生，行善积德。宽大为怀，才能修得正果，升入仙境。可是弟子今日却又杀人了！弟子每每想来，便觉罪孽深重，深感不安。佛主，弟子是不想下地狱的呀！可是弟子肩负着帝国的重任，也是迫不得已呀！佛主哇佛主，您就饶恕了弟子的罪孽吧！弟子这里给你叩头了，请佛主饶恕弟子罪孽，就饶恕了弟子吧！"

北泽晶正独自一人在大殿内敬香拜佛，就听见大殿的侧门里隐隐传来了脚步声。北泽晶转头望去，只见侧门内有一个尼姑正掌着灯漫步而来。

"阿弥陀佛！"来者双手合十地说了一声，便渐渐来到了北泽晶的跟前——这尼姑不是别人，正是蝴蝶，

"我佛慈悲，女施主此时还在敬奉我佛，其虔敬之心令贫尼感动！"

蝴蝶说着，便向北泽晶深深地施了一礼。

北泽晶见了，赶紧还礼："师父夸奖了。弟子前来，是来向佛主请罪的，何言感动呢？只是师父在这样的时辰还在辛劳，倒让弟子十分感动。只是弟子看师父有些眼生，想必是新来的吧？"

蝴蝶听罢不禁一惊，赶紧说道："施主说得正是。贫尼法号'了空'，原本在徐州养心庵，只是养心庵不久前不幸发生山火，生灵涂炭，房屋坍塌，幸存者寥寥无几，贫尼实在无处可去，只好到这里寻了我的表姑慈心师太。"

北泽晶点点头："哦，原来你是慈心师太的侄女，弟子这厢有礼了！"

北泽晶说着，重新向蝴蝶施了个礼；蝴蝶见了，也赶紧还礼。

蝴蝶道："女施主，你为什么要这样客气？莫非你——"

北泽晶回道："啊，了空师父，我也是慈心庵的弟子，是慈心师太收下的我，只不

过我没有剃度，是慈心师太收的俗家弟子，论起来，你还是我的师姐呢！”

北泽晶说完，浅浅地一笑。蝴蝶听了，赶紧双手合十。

蝴蝶启唇道："阿弥陀佛！师妹聪明伶俐，慈母善心，一看就是心志极高、将来修行颇深之人，贫尼有你这样的人做师妹，真是三生有幸了。"

蝴蝶的话说得北泽晶心里很舒服，特别是蝴蝶所说的"将来修行颇深"几个字更让北泽晶动了心："师姐，您说我将来会是'修行颇深'之人，这话可是当真？"

蝴蝶听了，立刻闭紧双目，两手合十："阿弥陀佛！出家之人是从来不说谎的。贫尼修行有日，像师妹这样天分极高之人是一看就看得出来的。"

北泽晶喜道："师姐，那你说，我将来真的会得到佛主的宽宥，会有极高的修行？"

蝴蝶听了，又将双手合在一起："佛经有云，'苦海无边，回头是岸'，佛主慈悲为怀，任何皈依我佛的弟子，只要虔心于我佛，处处依我佛的教诲行事，都会修成正果的。"

北泽晶黯然道："可是，可是……师姐，我有时候，有时候不得不做一些违心的事，可我并不是有意背叛佛主的教义，我……我只是职责所在，迫不得已！"

蝴蝶轻声道："啊，师妹，你一定是遇到了什么难解之事，而心中备受压抑！"

北泽晶看着蝴蝶："是的，师姐，我就是处在这样的情境！我每次做事回来，都感到受到佛主的谴责，心里备受折磨。师姐，你说我该怎么办呢？"

蝴蝶闭眼道："哦，师妹，世间多有难解之事，所以才皈依了佛门。只要师妹心中有佛，做事克制，就是因世事无奈而暂时做了违心之事，并经常到佛主跟前请求宽宥，我想，佛主也是会谅解于你的。只是师妹切记我佛'放下屠刀，立地成佛'之教诲，万不可在尘世间流连得太久，切记，切记。"

北泽晶说："啊，师姐，听了你刚才这一番话，我的心里敞亮多了。师姐，你会一直在这里吗？"

蝴蝶看着四周说："是的，慈心师太慈悲为怀，收留我在这里，我一定尽我之所能，在此地多做一些利于苍生之事。"

北泽晶听了，脸上立刻显出了兴奋："师姐，我会常来这里的！希望我每次来的时候，都能见到你！"

蝴蝶双手合十："阿弥陀佛！只要师妹高兴，师姐愿意时时在这里恭候。"

北泽晶高兴地说："师姐，那……小妹先走了！"

北泽晶说完，高高兴兴地走了。蝴蝶望着她的背影，眼里露出得意而又复杂的光。

8

然而，北泽晶没有想到，她刚刚回到宿舍，就接到了中村雄办公室的值班参谋打来的电话。

电话里参谋，问："你好，北泽晶上尉吗？"

北泽晶答："是的，我是北泽晶。"

参谋说："我是中村雄将军办公室。中村雄将军请您到他办公室来一下。"

北泽晶问："就现在吗？"

参谋在电话里说："对，就现在，立刻。"

北泽晶答："是！"

北泽晶放下电话，不禁感到纳闷儿，心想："这么晚了找我有什么急事儿呢？"

北泽晶满腹怀疑地来到中村雄的办公室，此时中村雄正坐在办公室里等她。

北泽晶道："报告，北泽晶前来报到。"

中村雄道："坐吧。"

中村雄微笑地向北泽晶伸了伸手，北泽晶坐了下来。

中村雄笑问："北泽晶上尉，我想问你一件事，你跟岩本少校从小就认识吗？"

北泽晶答："是的，将军。"

中村雄望着北泽晶笑了笑："你对他……还有感情？"

北泽晶抬头看着中村雄，不好意思地微微一笑："将军，我和岩本君之间只是曾经有过的儿女私情，已经像风吹一般地散去了。现在，我只有对天皇陛下的效忠之情！"

中村雄听罢，满意地站了起来，踱着步："好，很好！但是，我还是想看看你对天皇陛下到底有多么效忠？"

北泽晶听了，不禁愣了一下，轻轻地问："将军，请示下。"

中村雄突然转过身来，阴冷地看着北泽晶："你的下一个目标——是岩本少校。"

北泽晶猛地一愣，而后便狠狠地咬住了嘴唇："是！"

中村雄随即向北泽晶摆摆手："不，你误会了。我不是要你杀了他，而是要你接近他，跟踪他。"

北泽晶疑惑："这……中村先生？"

中村雄的眼里放着光，直直地看着北泽晶："你要获取他的信任，并且要注意发现他的漏洞。"

北泽晶迟疑了一下，而后立刻来了一个立正："是，一定完成任务！"

中村雄又说："慢！你还有一个最关键的任务——那就是，挖出他幕后的组织。"

北泽晶奇怪："组织？"

中村雄说："对，组织！我基本可以断定，他跟重庆军统没有什么关系，接下来就只有一种可能——他是共党的人！"

"什么……岩本君会参加共产党？"北泽晶听了，惊愕地张大了嘴。

中村雄转过脸来，阴冷地望着北泽晶："怎么，你质疑我的判断吗？"

北泽晶忙说："不……不敢！"

中村雄道："那你就去接近他，尽快地发现他跟他的组织。必要时，你可以伪装动摇，博取他的信任。我给你最大的权限，希望你可以完成这个光荣而艰巨的使命！"

北泽晶道："中村将军，我明白了。"

中村雄说到这儿，注意地盯着北泽晶："我很信任你，是吗？"

北泽晶回答："是的，将军！"

中村雄："那么，你能不辜负我的信任吗？"

北泽晶："中村将军，我会努力的！"

中村雄："那么好，你去吧。"

北泽晶转身走了。中村雄陷入了更深的沉思。过了一会儿，他伸手按动了电铃，随后，一位参谋闻声走了进来。

参谋进来："将军！"

中村雄说："给你个任务——跟踪北泽晶！"

参谋回答："是！"

参谋应了一声，转身走了，中村雄这才放心地长出了一口气。

9

夜晚，南京街头，岩本心事重重，独自一人在街上行走着。就在这时，他的身后人影儿一闪，很快地就不见了。

岩本转过头来，迟疑了一下，而后站在路灯下假装着在看手表。就在这时，他看见路边的楼顶上的有一个影子忽地一闪，又不见了。

岩本的脸上露出了一丝冷笑，他想了想，又继续往前走。他很快便拐进了一条小巷。

他刚进去不久，跟在他后面的北泽晶就从房顶上轻轻落地，而后小心翼翼地跟进了小巷。

谁知，她刚走了几步，就听到身后有一个男人的声音——

岩本问："你是在跟踪我吗？"

北泽晶一惊，猛地一回头，同时拔出了刀来。

从阴影当中走出的是岩本。北泽晶看着他，手里的刀在微微地颤抖着。

岩本慢慢地走了过来。

北泽晶道："你早就发现了？"

岩本望着北泽晶冷笑了："我学习间谍的时间，比你要长得多。怎么？你要刺杀我吗？"

见岩本这样问，北泽晶便索性把话挑明了："你为什么要背叛日本？"

岩本一听愣住了："谁说要背叛日本？"

北泽晶动了动嘴，没有回答。

岩本看着北泽晶义正词严地回答："我没有背叛日本。"

北泽晶道："但是你背叛了天皇陛下！"

岩本道："日本就等于天皇陛下吗？"

北泽晶不由得愣住了："你……你住口！中村雄先生说得没错，你果然是个赤色分子！我现在就杀了你！"

北泽晶说完，激动地看着岩本，而岩本却无动于衷。

岩本叹道："如果你真认为我会背叛日本，那你就动手吧！"

北泽晶的嘴角在颤抖着，手里的刀在颤抖着，终于落到了地上。

岩本轻轻地嘘了口气："你为什么不动手？"

北泽晶转过脸去，不再看他："你走吧。"

岩本问："去哪儿？"

北泽晶道："去你的同志那里。"

岩本问："我为什么要走？"

北泽晶说："你已经被中村先生发现了，为什么不走？"

岩本听罢，不觉冷笑了："他说我背叛日本，他有证据吗？"

北泽晶听罢，不由得急了："你以为中村先生处置谁，还需要证据吗？难道你还想上军事法庭吗？再给你找个辩护律师？幼稚！"

听了北泽晶的话，岩本愣住了："那……你为什么不杀了我？"

北泽晶看着岩本，眼泪慢慢滑落下来。

岩本没有说话，默默地看着她。

北泽晶轻问："你为什么不再爱日本了？"

岩本看着北泽晶，轻轻地回答："我爱日本，但是我不再爱天皇。"

北泽晶问："为什么？"

岩本道："日本不是天皇，日本是成千上万在战争和饥荒当中挣扎的国民，是失去儿子的母亲们，是用一头牛就可以交换的少女们，日本，就是他们的鲜血和泪水。"

听了这一番话，北泽晶的眼睛睁大了，泪水在默默地流淌。

岩本继续说：现在，不仅有日本国民的鲜血和泪水，还有很多国家国民的鲜血和泪水。这一切，都是因为天皇陛下和他的军阀们！"

听了岩本的话，北泽晶不再像刚才那样理直气壮："等到……等到大东亚圣战结束的时候，大东亚共荣的愿望就能实现了，到那时，这些悲剧也就会结束了。"

岩本冷哼："鬼话。"

北泽晶微怒："你说的才是鬼话！"

岩本大声说："可我刚才说的哪一句不是事实？而你说的大东亚共荣在哪里？——就是我们的兄弟在海外卖命，我们的姐妹在国内卖淫，而天皇陛下的那些军阀、那些靠生产武器掠夺资源强取豪夺的财阀一个个吃得每个毛孔都在冒油吗？啊？可你说，我们的日本国民得到了什么？得到了什么？除了一个又一个的骨灰盒！"

北泽晶被岩本的话给刺痛了，她大声地制止了他："岩本，不许你再说了！你说的这些，都是大逆不道的话！是的，你说的，我承认有些都是事实，可是，这就是你出卖日本、出卖天皇的理由吗？你还记得不记得，刚上中学的时候，你是那么喜欢唱《君之代》！我是因为你爱日本，所以才爱日本；我是因为你爱天皇，所以才爱天皇！因为你……因为你投身大东亚圣战，我也投身了大东亚圣战；因为我知道你是间谍，所以我也去做了间谍！"

岩本看着异常激动的北泽晶，此时几乎呆住了："晶，你……"

北泽晶的眼里突然涌上了泪："都是因为你……因为你是少年间谍学校的学生，所以我也投考了少年间谍学校。我想找到你，我一直想找到你！可是我没有找到你，没有……一直到现在、到了支那，我才遇到了你。"

岩本看着北泽晶流泪了，他无言以对。

北泽晶哽咽了："可是现在你却告诉我。这些都是假的，都是假的？！你为什么要这样？你为什么要到了现在才跟我说这样的话？为什么？！"

岩本轻声说："晶，是我对不起你，对不起！"

北泽晶百感交集地看着岩本，此刻却一把擦干了眼泪："没有什么对不起，这条路是我自己选择的。你走吧，你走！我不想再看见你！不要让我再见到你！你走，走得越远越好，离开这里，只要你还能活着，你去哪里都可以！"

岩本担心地问："我走了你怎么办？"

北泽晶冷笑道："这是我自己的事情，不需要你的关心！"

岩本看着北泽晶，突然冷静下来："不，我不能走！"

北泽晶望着岩本，突然愣住了："为什么？你为什么不走？你已经暴露了，中村先生已经不信任你了，他要我来跟踪你，要我来接近你！要我来破坏你们的组织，而且……还要我在必要时杀了你！"

岩本回答："我知道，那我暂时也不能走！因为我爱日本。"

北泽晶看着岩本，不由得呆住了："你……你为什么要这么固执？"

岩本叹了一口气，脸上现出了从未有过的坦然："日本是注定要失败的，但是，我不会放弃日本！"

"为什么？你这是为什么？"北泽晶难以置信地看着岩本，"你为什么要这么傻？你以为仅靠你一个人就能拯救日本吗？你太幼稚了！你现在不走，你就真的走不了了！"

岩本道："不，还不到最后的时刻。就好像你没有放弃过我一样——我也不能放弃日本！如果要开枪，那你就开吧！"

岩本说完，毅然决然地转身走了。

北泽晶望着岩本的背影呆住了。过了一会儿，她突然跪了下来，捂住自己的脸，失声痛哭。

天上，响起了雷声，下雨了。

10

窗外的雨，淅淅沥沥地打在窗玻璃上。黄云晴坐在咖啡厅里，紧张地看着窗外。过了一会儿，岩本浑身是水地走进了咖啡厅。

黄云晴看着他坐下，轻声问："怎么迟到了？你可从来都是准时的！"

岩本喝了一口热咖啡，喘了一口气说："中村雄在派人跟踪我。"

黄云晴问："甩掉了？"

岩本道："如果还跟着我还会来吗？"

黄云晴注意地看了岩本一眼："你……你哭过？"

岩本不由得轻轻地叹了口气："跟踪我的是北泽晶。"

"哦？"黄云晴听罢，不由得一愣，"中村雄知道你们的关系了？"

岩本道："这种事，根本就瞒不过中村雄——我们都是他的大阪少年间谍学校的学生。"

黄云晴思索了一下，脸色立刻变得很严肃："这次你是真的不能再回去了。泰山要我通知你，这次是李部长下了指示，要你立刻撤离南京，到延安去！"

岩本迟疑一下："这……"

黄云晴面色严肃："你不要再设法说服我！这是上级的命令，你必须执行！"

岩本道："金鱼，中村雄还没有抓住我的确凿证据，现在还不到最后的时刻！"

黄云晴说："那么什么时候才是最后的时刻？等着中村雄派人用枪指着你的鼻子才是最后的时刻吗？"

黄云晴望着岩本，真的是有些动了气。

岩本看着黄云晴，也急了："金鱼，你听我说，对中村雄——我比任何人都了解！他之所以不肯抓我，并不是因为他要抓住我的证据，只要他愿意，他会毫无原因地秘密派人把我干掉！他之所以现在还不敢抓我，是因为他十分了解我，如果抓了我，那就等于他抓了个死人，他从我嘴里是什么也得不到的！所以他要我活着，要我继续在特务机关工作，目的通过我挖出共产党在南京的谍报网络。不达到这个目的，他是不会轻易对我动手的。"

听了岩本的话，黄云晴犹豫了："你的理由可以说服我，可是现在这个时候，你留在中村雄这个老狐狸身边实在是太危险了。"

岩本想了想回答说："金鱼同志，现在，也许是我最容易接触到核心情报的时候。你想想，中村雄为了抓到我、并且通过我来挖出我们的谍报网，他就不得不让我接触到核心机密。如果我们换个方式，不再见面，而是通过信箱来传递情报——那样，他对我就一点办法也没有了。"

黄云晴想了想，点了点头："你的意见可以考虑。可是岩本同志，这样做对你来说真是太冒险了！"

岩本听了，不由得笑了笑："中国有句俗话，'不入虎穴，焉得虎子！'金鱼同志，这是一个极好的机会，就让我试试吧！我知道，我的价值不是在延安做个日语翻译，而是埋藏在日军特务机关最深处的双面间谍，我能接触到大量的绝密情报——这些都是国际反法西斯战场所急需的！请你转告泰山和李部长，我会战斗到最后的时刻！"

黄云晴道："好吧，你的意见我反映一下，但能否采纳，那要等待上级的指示。"

岩本道："好，我知道。"

岩本说完，转身走了。黄云晴呆呆地坐在那儿，愣了好半天。

南京的街头上，大雨还在不停地下着，岩本迎着大雨孤独地走在街头上。此时他的脑海里一直在回响着北泽晶说话的声音——

北泽晶流着泪："都是因为你……因为你是少年间谍学校的学生，所以我也投考了少年间谍学校。我想找到你，我一直想找到你！可是我没有找到你，没有……一直到现在、到了支那，我才遇到了你。"

北泽晶哽咽了："可是现在你却告诉我，这些都是假的，都是假的？！你为什么要这样？你为什么要到了现在才跟我说这样的话？为什么？！"

岩本站在街头上，仰望苍穹，任凭哗哗的雨水冲刷着自己燥热的心灵。过了好一会儿，他才长叹一声，慢慢地向自己住的地方走去。

11

此时，在静心庵的柴房里，陈一鸣等敢死队队员们正集中在一起开着会。

陈一鸣讲道："弟兄们，我们费尽心机，总算顺利接近了'樱花三人组'。目前，行动的条件已经成熟，我的意见，明天开始行动——干掉'樱花三人组'！"

小K叫："好，就等着这一天了！"

小K等敢死队队员们听了，都不禁跃跃欲试。而此时，却只有蝴蝶一个人坐在一边默默不语。

陈一鸣忍不住把头转向了蝴蝶："蝴蝶，你怎么不说话，有什么顾虑吗？"

蝴蝶犹豫了一下说："我跟北泽晶现在还没那么深的交情，我不知道她会不会去。"

燕子六在一旁听罢，有些沉不住气了："不管她去不去，那两个不是去了吗？不管怎么着，机不可失，时不再来，先干掉那两个再说！"

"不行！那样，北泽晶会躲起来的。"藤原刚听了，赶紧回了一句。

书生直了直身子，马上表示赞同："对，不能打草惊蛇！少一个，我们都不能动手。不能同时干掉这三个，我们这次行动还是失败的。"

陈一鸣想了想，禁不住问蝴蝶："你一点把握都没有吗？"

蝴蝶犹豫了一下，苦笑了："只有恋爱中的人，才会失去日常的警惕性。我跟北泽晶只是泛泛之交，虽然还聊得来，但是我估计她应该是不会上当的。"

陈一鸣听了点点头，不觉皱着眉头思索起来。突然，他把眼睛转向了书生——

陈一鸣说："书生，你跟我来一下！"

书生一愣："什么事儿？"

陈一鸣笑："哎呀，你就来吧，出来就知道了。"

书生懵懵懂懂地跟着陈一鸣来到柴房门外，陈一鸣站住了——

陈一鸣说："书生，我想见一下你的上级。"

书生奇怪："什么上级？"

陈一鸣说："黄云晴啊！"

书生道："黄云晴？她可不是我的上级。再说，我跟我舅舅已经好长时间没有联系了。"

陈一鸣："行了书生，你不要跟我打埋伏了。我现在，需要共党地下组织的协助。"

"哦？"书生听罢，不由得严肃起来。

陈一鸣看着他接着说："这次行动，我需要黄云晴的帮助。所以，我希望你一定设法让我见到她。"

书生听罢想了想，终于点了头："好吧，我试试看。"

第十九章

1

金陵大酒店总经理办公室里，当黄云晴听林经理传来陈一鸣要见她的消息以后，不禁愣住了。

黄云晴诧异道："他要见我——这倒是蹊跷了！我们虽然一直在帮他，可是他却从来没有主动提出要见我，这回是怎么了？"

林经理听罢，也不免犯了嘀咕："金鱼同志，他们敢死队不会受了军统的指使在打我们的鬼主意吧？"

黄云晴听了，摇了摇头："陈一鸣不是这种人。"

林经理也奇怪："那他这么急着要见你，到底要干什么呢？"

黄云晴想："也许，是他们在执行任务上遇到难题了。你通知书生，我同意见他！"

林经理道："是，我这就去安排。"

一小时以后，还是在中山陵那个双方第一次见面的位置，陈一鸣等到了黄云晴。

望着从身后轻轻走来的黄云晴，陈一鸣笑了："你这一次的潜行比较到位，我几乎没听到你的脚步声。"

黄云晴看着陈一鸣笑了，她举起拿在手里的两只高跟鞋，调皮地朝着陈一鸣晃了晃。

陈一鸣见状，不由得笑了："行了，赶紧穿上吧，山地上凉，小心感冒了。"

听陈一鸣这样说，黄云晴不免有点感动，她压抑着自己的冲动穿上了鞋。

看着黄云晴穿上鞋以后，陈一鸣说："你一定很奇怪我找你吧？"

黄云晴系好鞋带，站起身来回答："是有点儿奇怪。你一向对我都是敬而远之，这次怎么了？"

陈一鸣望着黄云晴笑了笑："我要感谢你救了我和我的部下。"

黄云晴听见后，开心地笑了笑："举手之劳，分内之事。国共两党本是兄弟，既然都在抗日，我想当我们共产党人遇到危险的时候，陈中校也会出手相救的。"

陈一鸣不好意思地摇摇头："也许会。不过，那可是我不能左右的事情。"

黄云晴瞟了陈一鸣一眼，不觉冷笑了："我理解。你是忠臣，是岳飞，你是不会背叛你的党国的。"

陈一鸣听了显得有些尴尬，赶紧换了话题："我这次找你，是需要你的帮助。"

黄云晴道："哦，什么事？只要是打鬼子的事，我都会尽其所能，义不容辞。说吧！"

陈一鸣说："两件事。一件是，如果这次行动成功，请你带走我的部下。"

黄云晴一听，不由得愣了："为什么？"

陈一鸣说："我是认真的。"

黄云晴说："可是我不明白，你一直不赞同我们的主义，这次却提出带走你的部下，为什么？"

陈一鸣叹了口气："因为军统已经对黑猫敢死队心存杀机，只要时机成熟，他们必然要害了我的兄弟们的性命！与其让他们束手等死，不如另寻出路——他们都身怀绝技，到了你们那里，一定会干许多大事情！只是他们的家眷都在重庆，要到你们的延安，可能会有些困难，但我相信你的上级一定会有办法的。"

黄云晴听了点点头："我可以向上级转达你的要求，只是你为什么不一起过来？军统知道你的弟兄们跟我们走了，他们会杀了你的！"

陈一鸣说："我知道。"

黄云晴说："那你为什么还要回去？"

陈一鸣听了，不由得叹了口气："我是校长的学生，一日为师，终生为父！尽管军统中的某些人总是背着校长做一些背信弃义的事，但是校长对于我还是器重的，在校长没有对我改变印象之前，我不能做对不起他的事，即便是让我做了岳飞，甚至是惨死在风波亭上，也不能背叛他在先！否则，那就违背了我做人的准则！而我的兄弟们和我不一样，他们都是我招募来的，校长并没有有恩于他们，所以他们应该走、也必须走！他们是我的兄弟姐妹，我希望他们一个个都好好地活着！"

听了陈一鸣的话，黄云晴不免有些感动，也有些怜悯，她神情复杂地望着陈一鸣。

陈一鸣说到这儿，叹了口气："请保护好我的弟兄们，这是我的恳求。"

黄云晴点头："好，我答应你。但是，我希望你也能保护好你自己。"

陈一鸣说："我知道。"

黄云晴："下一个问题。"

陈一鸣："我……我想请你想办法调动北泽晶。"

黄云晴："调动北泽晶——她怎么会听我的？"

陈一鸣："她当然不会听你的，但是她会听一个人的。"

黄云晴："谁？"

陈一鸣："岩本。"

黄云晴听罢，不由得愣了："你什么意思？"

陈一鸣望着黄云晴缓和了一下口气："你别误会，我没有恶意。岩本跟北泽晶的关系你一定知道。我们这次的任务，就是干掉'樱花三人组'，所以我希望你能够帮助我，命令岩本将北泽晶调到我们指定的地方——"

黄云晴问："而后，你们将'樱花三人组'一网打尽！"

陈一鸣点头："对。"

黄云晴道："可是，你想过没有，岩本对北泽晶是有感情的，你让岩本把北泽晶调出来，这对岩本来说伤害是不是太大了呀？"

陈一鸣笑："你这是妇人之见！"

黄云晴道："你胡说！难道像你说的那样，让岩本去设计北泽晶就是大仁大义了？先不说岩本是我的部下，你无权支配他做事，就是单论人的情感你太冷血了！"

陈一鸣道："我冷血？是的，我冷血！想想死在南京城的三十多万军民，我的血热不起来！"

听了陈一鸣的话，黄云晴一下子愣住了。

陈一鸣望着云晴："云晴，这是我干掉'樱花三人组'的唯一机会，我希望你能帮助我，但是——我决不强求！如果你不帮忙，我也会带我的部下冲入中村特务机关，与目标同归于尽！死在日本人手里，怎么也好过死在中国人的手上！我告辞了！"

陈一鸣说完，头也不回地转身走了。

黄云晴看着陈一鸣的背影，突然大声喊起来："陈一鸣，你让我想一想！"

陈一鸣闻声站住了："我就知道，我这是正事儿，你是不会不帮助我的。我等你的消息！"

陈一鸣说完，高高兴兴地走了。黄云晴看着他的背影，忍不住带着气儿笑了。

两小时以后，在一个僻静的小胡同里，黄云晴和岩本见了面。

2

第二天早晨，在静心庵的柴房里，陈一鸣早早地就把队员们集中在一起。

陈一鸣对大家说："弟兄们，那边已经回了消息，今天黄昏我们就动手，大家抓点紧，分头准备吧！"

队员们齐声道："是！"

队员们应了一声，分头去准备了，冷锋走了几步，又不放心地转回来问陈一鸣。

冷锋道："队长，他们真的能调动北泽晶吗？万一调不动怎么办？"

陈一鸣说："万一调不动，我们就直接冲进中村机关的办公室，宁可鱼死网破，也要干掉'樱花三人组'，包括中村雄那条老狐狸！"

冷锋点头："好，听你的，如果调不动北泽晶，我们就冲进中村机关去。要不然回去也是死，还不如跟日本人拼个痛快！"

陈一鸣没有再说什么，意味深长地拍了拍冷锋的肩膀。

单说这天上午，刚刚上班不久，岩本就走进了北泽晶的办公室。

岩本开口道："北泽小姐。"

北泽晶抬头："嗯？岩本君，是你？"

岩本问："北泽小姐，今天下班有时间吗？"

北泽晶惊喜地说："哦，什么事？"

岩本迟疑地说："我……我想请你吃饭。"

"哦，是吗？荣幸之至，我当然有时间！"北泽晶说完，脸上现出极度的兴奋！

岩本望着北泽晶尴尬地笑了笑："我今天还有工作要出去。下班以后，你到古镇，我包了一条画舫。"

北泽晶开心道："画舫？我好喜欢的。我们在船上用餐吗？"

岩本笑："啊，是的。别晚了，我在那儿等你的。"

北泽晶笑："好的，我知道了！"

岩本看了北泽晶一眼，还想说什么，想了想又没说，转身走了。

岩本回到自己的办公室以后，猛地关上门，靠在了门上，眼泪禁不住慢慢地流了下来。

3

傍晚，在市郊古镇一个开在船上的酒家里，"樱花三人组"的老三铃木亚奈美已经先到了。她坐在包间里等了一会儿，就见门帘一挑，"樱花三人组"的老二久保亚子也打扮齐整地走了进来。两个人一见面，禁不住都愣了——

铃木惊奇："二姐？是你？你怎么来了？"

久保亚子也问："三妹，是你呀，你怎么在这儿呢？"

铃木说："我是跟人约好的呀，你呢？"

久保亚子说："我也是呀？"

铃木转着眼珠："奇怪，这是怎么回事儿呢？"

两个人正说着话，就见老大北泽晶也已经朝着船上的酒家走来了。久保亚子从窗口向外望去不禁一惊——

久保亚子大叫："不好，一定有埋伏，我们走！"

久保亚子说完，便拽着铃木飞快地向外跑去。就在这时，北泽晶距离船只已经很近了，见久保亚子和铃木也从画舫里出来，三个人不禁都是一愣。

北泽晶问："哎，你们怎么在这儿？！"

铃木说："大姐，不好，有埋伏！"

铃木话音未落，在她们的附近就响起了激烈的枪声和爆炸声。久保亚子和铃木见状，飞身跳入水里，而北泽晶此时却被炸弹给炸飞了。

"快，干掉她们！"陈一鸣一边大喊着，一边提着冲锋枪从隐蔽处跳了出来。

队员们闻声，也从潜伏的四处冲了出来！大家对着水里游动的目标一通狂射，不一会儿，久保亚子和铃木的尸体就从水里漂了上来。燕子六见了怕不把握，又对着漂上水面的尸体一顿狂扫，直到她们已经彻底死了，这才住了手。

陈一鸣说道："快，大家分头找一找，看北泽晶的尸体在不在？"

陈一鸣话音未落，书生就在不远处大喊起来："北泽晶的尸体在这儿呢，已经报销了！"

陈一鸣闻声又跑过去看了看，这才向大家猛地一挥手："快撤！"

队员们闻声，赶紧上了早已经隐蔽在一边的卡车。卡车一声轰响，开走了。

夜晚，当岩本带着手下的特工们赶来的时候，北泽晶等三姐妹的尸体已经被最先赶到的警察们并排摆在了堤岸上。北泽晶的眼睛一直大睁着，看样子是死不瞑目。

岩本缓缓地蹲下身来，伸出手慢慢地把北泽晶的眼皮给合上了，一颗大大的泪珠从他的眼里滚落下来。

4

当天夜晚，在中村雄的寓所里，面对着正在向他汇报的岩本，中村雄一脸铁青。

岩本报告道："'樱花三人组'是不慎误入军统的圈套，最后被敢死队围歼致死，敢死队随后撤离了现场，现在下落不明；我已经派人在四处搜索他们的踪迹，到目前……还没有什么结果。"

中村雄听到这儿，抬了抬眼皮："你认为敢死队的人现在会在哪里？"

岩本想了想回答："这……卑职现在还难以推测。或许，他们已经离开了南京；或许，他们目前还在城里，或者是在城外的某个秘密地点等候重庆的命令。"

中村雄此时闭上了眼睛，似乎在思考着什么事情，没有再说话。岩本在一边不敢询问，只好默默地站着。

过了一会儿，中村雄终于说话了："'樱花三人组'是我最好的学生之一，她们的死是我们帝国谍报机关的重大损失，这个仇我是不会不报的。"

中村雄说到这儿，左边的眉毛抖了抖。岩本看着他，忽然感到一阵寒冷。

中村雄这时候又突然说话了："岩本君，你不想对我说点儿什么吗？"

岩本道："这……中村父亲，请您节哀，保重身体。"

中村雄听了，脸上突然浮上了一丝柔情："一郎去世快一年了，幸亏有你陪伴着我，岩本君，谢谢了！"

岩本突然觉得自己的心狂跳了一下，令他感到很是难过。就在这个时候，中村雄又说话了："岩本君，今天早晨北泽晶和你见面的时候都说了什么？"

岩本听了，不由得一阵紧张，他迟疑了一下说："早晨我路过她的办公室门口，顺便进去看了她一眼，我们只是说了一些闲话，互相问候了一下，没有再说别的。"

中村雄问："她有没有跟你说她要去画舫的事？"

岩本说："没有，中村长官，您知道，我们机关每个人都在做什么是不准随便乱说也不准互相打听的，所以——"

中村雄说："哦，我只是随便问问。我知道你和北泽晶从小就在一起，所以就多问了一句，你别多心。好了，我没什么事了，你可以走了。"

岩本道："是，中村长官，我走了，你也早点儿休息吧！"

岩本说完，便向门外走去，走了几步，他又停住了，他慢慢地转回身来。此时老中村坐在沙发上正闭着眼睛，不知道是在睡了，还是在思考事情。

岩本犹豫了一下问："中村长官。'樱花三人组'的下葬仪式什么时候举行？"

中村雄闭着眼道："明天下午，怎么？"

岩本说："等遗体下葬时，我想请您允许我亲自捧着北泽晶的骨灰盒去墓地。我们从小就在一起，我……我想送送她。"

中村雄紧闭的双眼终于睁开了，他轻轻地叹了口气："果真是有情有义之人哪！好吧，我同意了。"

"谢谢您，中村父亲。"岩本说完，慢慢地转身走了。

门关上了，中村雄再一次睁开了眼睛，眼里突然闪现出复杂的光，在心里大喊："敢死队，我是不会放过你们的！"

中村雄想到这儿站起身来，向着自己的书房走去。

书房里此刻点着香，清香缭绕。在书房内的一个显著的位置，挂着"樱花三人组"中三姐妹的照片。

照片上的人风华依旧，飒爽英姿，仿佛像先前活着的样子。中村雄用颤抖的手为三个人又焚了一炷香，一行清泪忍不住流了下来。

5

此刻，在南京郊外的一个秘密的藏身处所里，陈一鸣和他的队员们正面临着一次重大的抉择——

燕子六激动地说："不，我们不能和你分开！我们是兄弟，要死——我燕子六也得和你死在一起！"

小K也同样情绪激动："对，你要不去那边，我也不去！我们是发过誓的——'生死与共，同生共死'！到了关键时刻，树还没倒猢狲就散了，我们跟着共党走，让你一个人回去等死，那不行！要死，咱们死在一块！"

冷锋大声道："是呀队长，我们不能分开！"

蝴蝶说："要死，我们也死在一块儿！"

藤原刚也说："队长，我……我不是中国人，我不明白，军统和共党都在打日本，你为什么一定要回去等死，而不是趁机离开军统？"

陈一鸣郑重道："藤原刚，中国的事情你弄不明白，但是做人，就要堂堂正正、有情有义——在哪国都是一样的！军统的那帮坏蛋在党国里毕竟是少数，不能代表党国。委员长对我有恩，我还没有报答，所以我这次回去即便是死，也得先回去，然后才能决定到底该怎么办！"

队员们听了，都被陈一鸣的话所感动。燕子六又是第一个发了言。

燕子六说："行，那还说什么呀？干脆，都回去，就是死，也能有个伴儿！"

燕子六的一番话，立刻说到了大家的心里，于是大家异口同声地回答。

队员们齐声喊："行，就这么定了——要死，死在一块儿！"

陈一鸣看着自己的弟兄们，忍不住热泪盈眶。就在这个时候，慈心师太在一个小尼姑的陪伴下急匆匆地赶了过来！

"慈心师太，什么事，这么急着过来？"陈一鸣见状，赶紧迎了上来。

慈心师太扫了大伙一眼，对陈一鸣轻声说："陈队长，请借一步说话。"

陈一鸣听罢，赶紧跟着慈心师太出了门。

慈心道："陈队长，刚才接到上峰的指令，你们这支队伍眼下还不能走。"

陈一鸣一惊："怎么，又有新任务？""是的。"慈心师太应了一声，说话的声音渐渐地小了下来。

6

两天以后，一个姓李的大汉奸的公馆门前，保镖林立，戒备森严。公馆门前，此时停着一辆轿车，院内的屋顶上飘着日本国的太阳旗和汪精卫伪政府的旗帜。

此刻，在公馆客厅里，大汉奸李先生拿着一个放大镜，正在饶有兴趣地端详着一只花瓶："不错，不错，果然是货真价实的真品！你从哪儿搞来的？"

此时，一身古董商打扮的小 K 正坐在一旁的椅子上，听李先生问他，便赶紧起身赔笑道："李先生，这是鄙人从重庆带回来的。"

"重庆？"李先生听罢，就像被针扎了屁股似的一下子站了起来，惊恐地看着小 K。

小 K 见状赶紧回答："听说先生喜欢，鄙人是好不容易才从军统的戴老板手里搞来的。"

"哦？哈……"李先生听罢，恍然大笑了，"那戴老板肯定是舍不得了！"

小 K 笑着说："那是，那是！这花瓶是戴老板的爱物，当然是舍不得给人了！"

李先生道："那……戴老板肯定不知道，你是要送给我的吧？"

小 K 伸手在花瓶里面摸了摸："知道。戴老板知道鄙人是要送给李先生做见面礼的。"

李先生问："那他怎么会卖给你？！"

小 K 说："我也没说是买的啊？"

李先生笑了："那他怎么会送给你？！"

小 K 一边说话，一边用手继续在花瓶里摸着："我跟戴老板说，我要用一件东西来换这个花瓶！"

李先生问："什么东西？！"

小 K 望着李先生神秘地笑了笑："是李先生的项上人头！"

小 K 说着，从里面摸出一把匕首。李先生见状，立刻大惊！

李先生大喊："不好！有刺客——"

李先生喊罢，便抱着脑袋向客厅外面跑去："不好了，有刺客！救命啊——"

小 K 见状不敢怠慢，赶紧追向李先生。就在这个时候，守在门里和门外的保镖们闻声，立刻向客厅冲来！

停在门口不远处的轿车突然发动，燕子六从车里探出身来，端着冲锋枪向着正在跑动的保镖们一阵狂扫，正在往门里跑的保镖们立刻被放倒了几个。其他的保镖见状，有的往里冲，有的往外冲，公馆里立刻乱了套！

就在这时，只听到一声剧烈的爆炸，公馆的铁门瞬间摇摇欲坠。正在开轿车的藤原刚猛地加了一脚油，轿车怒吼着撞进了铁门！燕子六和书生从轿车里探出身子，对着院子里正在顽抗的保镖们又是一阵猛扫！

此刻，在公馆的不远处，闻声赶来的日本宪兵正乘着卡车向公馆奔来。潜伏在对面楼顶上的冷锋赶紧用狙击步枪向开过来的卡车不停地射击着。

陈一鸣和蝴蝶此时也隐蔽在公馆附近，向着前来支援的卡车进行着猛烈的射击。

此刻，在公馆的客厅里，小 K 已经被门口的保镖压在了沙发后面，他手里攥着一把尖刀，眼下是只有招架之功，没有还手之力！

小 K 叨念着："妈的，早知道这样，还不如想法儿多带一把枪进来，这不是耗子进风箱——紧跟着受气嘛！"

小 K 正叨咕着，门口的几个保镖见他一直没有还手，就猜出了其中的奥妙。

一个保镖叫道："弟兄们，这小子肯定没子弹了，赶紧进去抓活的！"

小 K 一听就急了："我靠，老子和你们拼了！"

小 K 说着就飞身出来，趁这几个保镖还在愣眼的机会便立刻撂倒了两个，他随手抄起了一个正在倒下的保镖手里的手枪，甩手就是几枪！

保镖们惊呼："啊——"

一个保镖措手不及，立刻就被撂倒了！

就在这时，燕子六飞身冲了进来，他一边向着保镖疯狂射击，一边冲着小 K 大喊："傻瓜，不赶紧跑，等死呢？"

小 K 听到燕子六的声音立刻来了神儿："还是亲哥们儿，正盼着你们呢，你们就来了！"

小 K 说着，朝着躲在门后的保镖打完了枪里的最后几颗子弹，便飞身上了停在燕子六身后的轿车！

从车里冲出来的燕子六和书生又向客厅里扫了几枪，这才跟着小 K 身后上了车，轿车立刻冲出了大门。

守在大门口的陈一鸣见轿车出来了，立刻向蝴蝶大喊："撤——"

正在阻击敌人卡车的蝴蝶听见后，立刻一个翻身跃上了停在不远处的卡车。陈一鸣一边回头射击着，一边追着卡车准备跳上去。

就在这个时候，陈一鸣忽然一个趔趄，便一头栽倒在地下！

蝴蝶惊叫："陈教官！陈教官——快停车，快停车！"

蝴蝶一边叫着，一边瞧着驾驶楼的顶棚，陈一鸣赶紧制止了她。

陈一鸣喊："不准停！你们赶紧走，我掩护，不然就都来不及了！"

陈一鸣说着，索性俯下身来转身射击着正在追来的伪军和日本兵。而此刻在楼顶上，冷锋正在用狙击步枪射击着追到陈一鸣附近的日本兵和伪军。

然而，坐在卡车和轿车上的书生和蝴蝶等人还是停下车来，大家一边射击着，一边向陈一鸣奔来，掩护他们撤退的陈一鸣见状立刻就急了。

陈一鸣大喊："回去！谁让你们回来了？赶紧走！不然，我宰了你们——"

陈一鸣说着，向正在奔来的书生等人身前扫了一梭子。书生等人立刻都站住了！

陈一鸣大喊："我说过，再不走都得死。你们赶紧走，我腿受伤了，我掩护，你们赶紧走！否则，你们就不是我兄弟！"

书生等人都站住了，大家的眼里都不禁含了泪。

陈一鸣的眼里突然浮现了温情："快走吧，别让我急了，让我留点子弹多杀日本人——你们快走！"

书生等人不再犹豫了，大家流着泪上了汽车。看见汽车渐渐开远了，陈一鸣脸上的表情终于缓了下来。

陈一鸣愤怒地喊道："来吧，小鬼子，看爷爷怎么招待你们吧！"

陈一鸣说着，便向着冲来的日本兵和伪军开始了准确射击。冲上来的敌人在他的准确射击下一个一个地倒下了。

此时，在不远处的楼顶上，潜伏在狙击位置的冷锋也开始对敌人进行着精准的射击。一个又一个的日本兵和伪军在他的枪口下倒下了！

陈一鸣终于打完了枪里的子弹，当他举起枪来将最后一颗子弹对准自己的太阳穴的时候，一个令他没有想到的事情发生了——这个子弹是个臭子，冲上来的日本兵趁势逮捕了他。

陈一鸣见状急了，他猛地闪出身来，向着远处的楼顶大声喊："兄弟，快开枪——帮帮我！"

楼顶上，看着眼前这一切的冷锋的眼泪都急出来了，他闻声扣紧了扳机。然而，就在扳机将被扣动的一瞬间，他松开了手。陈一鸣被陆续冲上来的敌人一下子按倒在地下。

7

不知过了多长时间，被日本宪兵严刑拷打过后的陈一鸣从昏迷中醒了过来。他慢慢地睁开眼睛望去，发现自己已经被关在一个单人牢房里。牢房里很黑，只有从牢门外射进的一束灯光还能让人勉强地看清牢房里的一切。

"咳，咳……"陈一鸣咳了两声坐了起来，耳边还不时响起被审讯室日本人的叫喊声。

日本人在嚷："陈一鸣，你说不说？你说不说——"

他努力地甩甩头，以便自己能摆脱那个声音。就在这个时候，牢房的门开了，一个佩戴着将星的日本军人走了进来，他缓缓地走到陈一鸣面前，不禁笑了——

中村雄淡淡地说："陈一鸣，我们终于见面了。"

陈一鸣抬起头来看着眼前的这个人，不由得冷笑了："中村雄，如果你再晚一步，你就会像你儿子一样死在我的手下。"

中村雄说："你……你很自信，可惜呀，你现在却做了阶下囚！"

陈一鸣说："是的，眼下，我是输在了你手里；可将来，你们一定会输在中国人手里！"

"是吗？"中村雄望着陈一鸣冷笑了，"你说的也许是对的，我承认，我们帝国军人的日子眼下很不好过。只可惜的是，现在，你却在我的手里，我会随时让你死——就像你杀了我儿子那样。不，我要你死得比我儿子还要惨！"

陈一鸣笑了："是吗？可是我已经先杀了你儿子，一命换一命，我值了！"

中村雄阴冷地说："哦？哈……陈中校果然是中国的英雄！陈中校，生命对于人来说只有一次，你……真的就不怕死？"

"哼！少废话，要杀要剐，你随便，少在这儿跟我耽误时间！"陈一鸣说罢转过头去，不再理睬中村雄。

中村雄的脸上突然现出一种得意："你想死，可没那么容易，我会看着你慢慢死———定要死得猪狗不如！一定要死得比我儿子惨十倍、惨一百倍！否则，你不会解我心头之恨！当然，你也可以不死，那就是乖乖地认输、乖乖地跟我合作！怎么样？"

"呸！做梦吧你！"陈一鸣骂完又转过头去，不再理他。

中村雄望着陈一鸣，突然又笑了："好，有血性，我佩服你这样的人！好了，你刚受过刑，需要休息，我就不再打扰了。我的老师曾经告诉我一句话'时间，可以打磨人的意志，陈先生，但愿你是个例外。好好想想吧，等你想好了，我们再谈。"

中村雄说完，带着令人难以捉摸的表情走了。随着一声重重的关门声，牢房里的一切又陷入了寂静。

陈一鸣望着从窗口射进来的一束微光，不禁轻轻地叹了口气。

8

金陵大酒店里，黄云晴听到林经理传来陈一鸣被捕的消息，不禁眼睛都瞪大了！

黄云晴忙问："这是什么时候的事？"

林经理道："刚刚接到的消息。"

黄云晴努力镇定了一下自己，对林经理说："你马上通知布谷鸟了解更多的情报，我这就去报告泰山！"

林经理答："是！"

林经理答应了一声走了，黄云晴赶快进了洗手间。

"金鱼报告泰山。陈一鸣在暗杀汉奸行动中不慎被日寇抓获，现关押在中村特务机关地下看守所。是否展开营救，请电告。"

十几分钟以后，黄云晴收到了泰山的回电："此情况已报告长江，长江指示——陈一鸣系著名抗日爱国人士，应尽力组织营救。见电请按此精神行动，务求成功！泰山。"

收到泰山的回复，黄云晴激动得在屋子里不断地来回走动。

黄云晴对林经理道："老林，发出红色警报，立刻组织营救陈一鸣的行动！"

林经理听了，也顿感兴奋："上级批准了？"

黄云晴点头："是。"

林经理说："太好了！你还有什么要求没有？"

黄云晴说："没有。就是一个字——快！"

林经理说："知道了，我这就去通知！"

林经理说完，赶紧走了。

大约过了两小时以后，在江边码头的一片黑压压的库房前，开来了一辆载重货物的带棚卡车。卡车开到货场大门前停下了，接应者闻声打开了大门。

卡车开进院子里停下，从车上立刻跳下了十几个精干的游击队员。

带队的队长下车后，快步跑到黄云晴的面前："金鱼同志，人都带来了，都是队里最好的神枪手！"

黄云晴听罢兴奋地点点头，指着一个货门已经打开的库房说："武器和弹药都在这里，你们抓紧准备吧！"

队长答道："是！"

队长应了一声领着队员们进了库房，撬开箱子，从里面露出了崭新的冲锋枪、手雷、机枪和各种弹药。

游击队员们迅速地分配好了，在一旁检查着武器弹药。

队长着急地问黄云晴："发了红色警报？是什么任务？"

黄云晴道："救人。"

队长说："哦，救什么人？"

黄云晴说："陈一鸣。"

队长说："军统的那个抗日英雄？"

黄云晴说："对。"

队长疑惑："我们怎么会？"

黄云晴说："一句话两句话说不清楚。总之，这是一次非常行动，我们要到中村特务机关的地下室去救人。你们怕了吗？"

队长道："怕什么怕，我们的脑袋早就拴在裤腰带上了！什么时候行动？"

黄云晴说："你们先在这里待命，到时候我通知你们。"

黄云晴说完，匆匆地走了。

长江码头上，黄云晴站在岸边，看着浩瀚的江水，脸上充满了焦急之色。就在这时，林经理轻轻地走了过来。

黄云晴说："见到布谷鸟没？他怎么说？"

林经理道："见到了，他说，他马上准备。"

黄云晴说："好，等布谷鸟帮我们搞到了地下看守所的地形图，我们就动手！"

林经理看着黄云晴突然说："金鱼同志，我发现你对陈一鸣……有一种很不寻常的情感？"

黄云晴凝视夜空，想了想回答："他是一员虎将——一员令日寇闻风丧胆也恨之入骨的虎将！如果通过这次行动能够教育他、争取他，使他能够到我们的队伍中来，那对我们的事业是大有益处的！当然，还有一点对我和我哥哥都是最重要的——他救过我们的命！"

黄云晴说完不再说话，眼神里充满了向往。

9

再说此时，重庆敢死队的队部里，毛人凤站在刚刚归来的敢死队队员面前，脸上充满了阴郁——

毛人凤道："这就是说，你们是看着陈中校被捕的，而你们却没有救他？"

冷锋道："毛先生，我们曾经要去救他，可是陈队长死活不让我们救。他的命令，我们不敢违抗！"

毛人凤道："那你们就舍得把你们的长官丢给敌人吗？"

书生道："毛先生，我们——"

毛人凤道："不要说了！临战时刻，你们丢下自己的长官，却自己活着回来了。你们知道，你们的行为是什么吗？——是临阵脱逃，当以重罪论处！来人！"

毛人凤一声令下，队部四周的玻璃窗立刻被无数支枪管给插开了，随之部队的大门被冲开，一下子拥进了二十几个全副武装的宪兵！

众宪兵喊道："不许动，你们被捕了！"

宪兵们说着便冲过来夺下了冷锋等人的枪，并且以三对一将冷锋等人绑了起来！

冷锋问："毛先生，为什么绑我们？我们到底犯了什么罪？"

燕子六道："是呀毛先生，你们这不是借机杀人吗？"

队员们这才反应过来，可是已经晚了。听了冷锋和燕子六等人的话，毛人凤畅声大笑起来——

毛人凤冷笑道："我说过，你们早晚有撞墙的那一天！没想到，你们竟然撞得这么早？临阵脱逃，弃长官于不顾——这个罪名，难道还不够抓你们吗？就是枪毙了你们也不为过！带走！"

毛人凤一声令下，冷锋等人立刻被武装宪兵押走了。

小K见状，忍不住大声喊起来："你们这是借刀杀人，你们不得好死——"

宪兵们喊道："喊什么？"

小K喊声没完，就被一个宪兵一枪托砸在头上．小K一下子倒在了地上。

毛人凤命令："把他抬走！"

毛人凤又一声命令，宪兵们抬起昏迷的小K大步向外走去。冷锋和书生等人看了，谁都不敢再说话。

队部门前停着一辆囚车，冷锋等人被依次押上了囚车，很快便开走了。

10

当天晚上，军统局局长戴笠的办公室里破例传出了用留声机放出的音乐的声音。戴笠的神情今天显得特别好。

戴笠举杯："来，齐五，为了我们命运中的喜事干杯！"

"干杯！"毛人凤轻轻地跟他的老板碰了碰杯，兴奋地将杯子里的酒一口喝了下去！

戴笠喝光了杯子里的酒，将酒杯放在了桌子上，脸上充满了感慨："哎呀，这就叫'时也、运也、命也'，我们终于除去了一个大麻烦！陈一鸣他们一伙人一直是我们的心腹大患，没想到却被我们的对手日本人给解决了，你说，这不就是命吗？校长说，攘外必先安内——这句话说得真是没错！这内部老是有人闹心，确实是没办法攘外呀！"

毛人凤听罢，宽心地笑了笑："老板，现在没有人再揪着我们的小辫子，我们可以放心地去干一场了！"

戴笠笑道："是呀，陈一鸣这个人可真是太清高了，居然连你我都不放在眼里，这不是白讨苦吃吗？这回好了，就让中村雄来收拾他的清高吧！他的那些敢死队队员都关在哪儿了？那可是些亡命之徒，千万不能掉以轻心！"

毛人凤道："老板放心，我已经将他们控制起来，关在了一个秘密的集中营。"

戴老板听罢冷笑了一下，用手指敲着桌子想了想："让军法处出面，给他们定个罪名，一起收拾了——斩草除根，不留后患！"

毛人凤道："是，老板放心！该手硬的时候绝不手软——这是你一贯的教诲，我一定会把这件事做得干净利索！"

戴笠听罢，满意地笑了。

11

单说此时，在南京市内的一间咖啡厅里，坐在靠边桌前的岩本一边喝着咖啡，一边把一个信封悄悄地放在桌上。

岩本道："里面是中村机关大厦的建筑设计图，陈一鸣被关在最底层。你真的打算带人进去抢人？"

黄云晴向左右瞅了瞅，轻声回答："是的，目前还想不出更好的办法。"

岩本担心地说："中村特务机关大厦，在战前是南京的中央银行新街口总部大楼，是德国人设计并且监工的。地下看守所本来是金库，是按照柏林金库的标准设计，用最好的花岗岩建造的，你就是调来155重炮都无法炸开，也就是说想爆破进入是不可能的。"

黄云晴道："这就是说，我们的人想进去是不可能的。"

岩本说："是的，只有一个办法。"

黄云晴忙问："什么办法？"

岩本道："被抓进去。"

"什么，被抓进去？"黄云晴看着岩本，禁不住苦笑了，"你这个玩笑听起来可不怎么好笑。"

岩本严肃道："我不是在开玩笑，而是在说真话！这件事，我这两天仔细琢磨过了。中村特务机关大厦建筑坚固，要想救出陈一鸣必须里应外合，而且要速战速决。"

黄云晴想了想，突然问："那就是说，你必须亲自出马了？"

岩本点头："对。我已经受到中村雄最严密的监视，留在这里也再没有什么用了。我想，这次是我最后一次在这里发挥作用的机会，任务完成后我就真的只有去延安做翻译了。"

黄云晴听罢，不觉笑了："你这个决定，跟你同意参加这次营救行动一样令我高兴，你终于同意撤出了。"

岩本说："中村雄虽然怀疑我，但他对我不信任的消息还没有扩散，我在中村机关还有一定的权力。他不会预料到你们敢进入中村机关营救陈一鸣，所以在这方面不会做更多的防范，我还是有机会把你们带进去的。但是进楼以后如何进地下看守所，就要看你们自己的计划了。"

黄云晴听罢终于松了一口气："我明白，我们会仔细研究，拿出可行方案的。"

当天晚上，在库房里，特意从上海赶到南京参加营救行动的黄天明，也参加了研究营救方案的会议。

库房的地上横七竖八地摆了好几张中村机关大厦的建筑设计图，黄天明一边看着，一边指着图纸说："从图纸上来看，这座大厦的建筑果然是固若金汤，咱们就是能从看守手里抢到人，也无法顺利地撤出来。"

黄天明说着话，却看见游击队的赵队长一直闷着头看图纸，还不时地用手指不停地在图纸上量着、比画着，便禁不住问了一声。

黄云晴问："老赵，你比画什么呢？"

赵队长犹豫了一下，点着放在地上的图纸突然问："这里是下水管道？"

黄云晴答："对，是下水管道。怎么，你有办法了？"

赵队长说："我刚才估算了一下，污水管道的直径，足够我们携带武器装备爬过去。"

黄云晴听了，眼睛立刻就亮了："哦，你的意思是说——从这里可以进入地下看守所？"

赵队长点头："是的，完事儿之后，我们还可以从这里出去，因为这些排水的出口处是长江岸边。我们只要事先准备好接应的船只，就可以很快离开敌人的控制区。"

黄云晴又说："可是这管道的出口应该是经过加固的，不会那么容易就进去，估计只有炸开才行。"

黄天明这时在一旁听了，不禁插了一句："如果要炸，也只能从外面炸。如果在管道里面搞爆炸，里面的人受不了的。"

赵队长听了，点点头："对，这就是难度的所在了。接应者要把炸弹事先安在这里，而且要及时引爆。这样，这个接应者在行动开始之后，就必须一直在这儿守着！"

"哎哟，这个难度可真就大了。"林经理在一边听了，不禁皱起了眉头。

黄天明想了想说："这是我们唯一能采取的方案，大家再想想办法！"

这时，蹲在黄天明身边黄云晴突然叫了一声："有了！现在只有一个人最合适——"

黄天明、黄云晴齐声喊出："布谷鸟！"

黄天明和黄云晴对望了一眼，两个人竟不约而同地说出了这个名字！

12

第二天晚上，中村雄特务机关的特工们早已经下班，只有少数几个人还在机关大厦里忙着，这其中便有岩本。

楼下传来了轿车鸣笛声。岩本快步走到窗前，微微地掀开窗帘的一角，只见老中村在保镖的护卫下正在上车，车门很快关上，轿车随即开走了。岩本见状放下窗帘，飞快地打开自己的柜子，从里面取出一个公文箱。他将公文箱放在自己的办公桌下面，而后焦急地看看表。

与此同时，在市内一条僻静的胡同路口，一辆卡车缓缓地停下了，车门打开，黄云晴和赵队长带着游击队员们跳下车来。

胡同的入口处，一个乞丐打扮的人见状向他们挥挥手，游击队员们赶紧奔了过来。

乞丐道："胡同里没人，下水井盖就在前边五十多米的地方，你们赶紧去吧，我在这儿望风！"

乞丐向黄云晴和赵队长说了一句。黄云晴一挥手，队员们赶紧跟着黄云晴向胡同里奔去。

队员们很快便进了下水道，林经理走过去关上井盖，赶紧开车走了。下水道里很黑，队员们借着手电筒的光柱，摸索着向前走去。

此刻，在地下看守所门前，两个正在站岗的日本宪兵有些困了，正在打着哈欠，就在这个时候，岩本轻声地走了过来。

岩本说："哦，今天是你们俩的班，我有个情况，要跟犯人核实一下。"

"是！"宪兵答应了一声伸出手来。

岩本问："什么？"

宪兵道："提审单。"

岩本故意摸了摸身上，突然拍了拍自己的脑袋："哎哟，你看我这记性！我放在办公室上忘了，回头我拿给你们。"

宪兵听罢，却有些为难了："岩本君，这……这不符合规定啊！"

岩本说："哎呀，拜托拜托！现在电梯已经停了，我要去取一张提审单得再爬回到十一楼。算了算了，你们明天交班前我一定送来给你。"

宪兵听罢想了想，不好驳岩本的面子，只好给岩本开了门。

看守陪着岩本走向了关押陈一鸣的牢房。岩本探头望去，陈一鸣此时正躺在草堆上，看样子是睡着了。看守很快给岩本打开了牢房的门，正要回头来跟岩本说什么，突然后脑部挨了一下重击，他还没等叫出声就瘫在了地上。就在这时，躺在草堆上的陈一鸣飞快地坐了起来。

岩本小声说："陈队长，我来救你，外面有人接应，你赶紧跟我走！"

岩本说着，为陈一鸣打开了镣铐，并从腰里掏出备用的手枪递给了陈一鸣。

岩本道："我假装押你出去，不到万不得已的时候不要开枪。"

岩本说着拎起进门时带的公文箱，押着陈一鸣向外走去。两个人来到门口，却被看门的两个宪兵给拦住了。

宪兵说："岩本君，这个犯人是不能提审的。"

岩本听了赶紧回答："是中村长官交代要我提审的。"

宪兵疑惑了："也是中村长官交代，不许带出去提审……"

岩本听了正要说什么，陈一鸣已经挥手将自己跟前的宪兵劈倒了！

岩本见状不敢迟疑，也赶紧照着站在自己跟前的宪兵劈了一掌！那个人跟前一个宪兵一样，一声没吭地就倒了下去。

"快走！"岩本对陈一鸣轻声喊了一句，带着陈一鸣就向一楼走廊跑去。谁知他们刚刚跑上一楼，就被正在巡逻的宪兵发现了。

一个宪兵喊道："站住！什么人？"

岩本不敢怠慢，拉起陈一鸣就向旁边的厕所冲去。巡逻的宪兵看见了，立刻吹起了哨。随着急促的哨音，警报声立刻大作，负责保卫的宪兵听见了，纷纷从警卫室里冲出来，提着枪便向厕所的方向奔来。

岩本和陈一鸣见了，只好一边向厕所跑去，一边开枪射击！

岩本一边开枪，一边把手里的公文箱递给陈一鸣："你赶紧进去！这是炸药，炸开下水道入口，我掩护！"

陈一鸣听了，没敢犹豫，赶紧接过公文箱，跑进了厕所。岩本此时连忙凭借着墙壁的遮挡，向着奔来的宪兵开枪射击！

岩本问："陈一鸣，好了没有？"

陈一鸣说："快了，就好！"

岩本催促道："抓紧，不然来不及了！"

陈一鸣说："知道！"

过了三五秒钟，陈一鸣一个箭步从里面冲了出来，猛地按倒了岩本，随后就听到一声剧烈的爆炸声，屋内被加固的下水道口被炸开了！

又过了十几秒之后，早已隐蔽在下水道里的游击队员们便冲了出来！

赵队长急道："布谷鸟、陈一鸣，赶紧进下水道，我们掩护！"

岩本和陈一鸣听了，赶紧一面射击，一面向下水道口奔去。谁知就在这时，一颗子弹飞来，正打在岩本的大腿上，岩本一个跟头就栽倒了！

陈一鸣大喊："岩本！"

陈一鸣大叫着冲上去，伸手就要背岩本，被岩本一把给推开了。

岩本忍住疼痛说："别管我了！下水道太窄，这样下去我们谁也逃不脱的，你们快走，我掩护！"

岩本说着，便抓过身边一个游击队员手里的冲锋枪，对着冲上来的宪兵们就是一阵狂扫。扑过来的宪兵们立刻被密集的火力压住了！

就在这时，从下水道里冲出的黄云晴也奔了过来，见岩本负伤了，便赶紧过来背他，岩本同样一把推开了黄云晴。

岩本急了："我说过，我这个样子是逃不脱的！你们别再浪费时间了，否则，我们一个都不能活！"

黄云晴道："岩本，我们不能把你扔下，要死——我们一起死！"

"你说的什么昏话！我们是来救人，不是来自杀！"岩本说着，抓起刚才扔在地上的手枪，毫不犹豫地便对准了自己的太阳穴，"你们走不走？否则，我现在就死在你们面前！"

黄云晴无奈，只好含泪向陈一鸣等人挥挥手："撤！"

岩本见状转过头来，又开始向敌人射击。他的脸色因为失血过多而变得惨白，渐渐的，他的眼前模糊了，手里的枪也在胡乱地扫射着。突然，他眼前一黑，便一头栽在了地上。

宪兵们趁机冲了过来！最先冲过来的几个宪兵，立刻围上去按住了岩本，后面冲上来的宪兵向厕所里面冲去。

一声轰响，游击队员们临走时安放的地雷爆炸了。冲上去的宪兵们立刻被炸得四分五裂！与此同时，在下水道里也响起了黄云晴撕心裂肺般的叫声——

"岩本——"

而后，一切都沉寂了。

第二十章

1

江边上，一个下水道出口处腐朽的铁栅栏被踢开了，赵队长带头钻了出来。负责接应的高老板赶紧迎了过来道："船已经准备好了，快，赶紧上船！"

此时，赵队长的身后，走出了和游击队员一起扶着陈一鸣的黄云晴。

黄云晴问："急救的药带来没有？"

高老板道："带来了！"

黄云晴说："快，赶紧给陈一鸣包扎，他身上还带着伤！"

黄云晴说着，和众人一起上了船。马达一声轰响，机帆船启动了，快速地向远处开去。

船上，因为刚才的剧烈运动而失血过多的陈一鸣，此时已经变得脸色苍白，他望着身边的黄云晴，禁不住激动地伸出手来颤抖着说："谢谢……谢谢你……救了我……"

"一鸣，你别动，我们很快就要到地方了。"看着遍体鳞伤的陈一鸣，黄云晴的眼里不禁涌上了泪。

陈一鸣的气息，此时显得很微弱："我……我以为……我就死在这儿了……再也……回不了家了……"

黄云晴流下了泪："不，陈一鸣，你不会死的！我们这就送你回家……这就送你回家！我哥哥还在家里等着你呢！你要挺住，你千万要挺住……"

黄云晴说着，泪水禁不住打湿了眼睛。

陈一鸣此时，目光有些呆滞，嘴角上却挂着淡淡的笑。

2

再说此时，地下室看守所里已经一片狼藉。老中村看着这里的一切，不禁气得半边脸在剧烈地抖动。

中村雄怒问："岩本呢？岩本在哪里？"

参谋答："岩本已经被我们带到了审讯室！"中村雄听罢二话没说，转身走了。

审讯室里，岩本被五花大绑在椅子上，医生此时正忙着给他治疗。在他的周围，站满了表情愤怒的特工和宪兵。

就在这时，门开了，中村雄带着人走了进来。

岩本无力地抬起头来，看着一脸怒气的中村雄，嘴角便不禁浮出一丝冷笑。

中村雄向周围的人挥挥手："都出去。"

医生听罢愣了一下："将军，他还在流血。"

"出去。"中村雄的声音不容置疑。

医生无奈，只好和其他人一起出去了。屋子里只剩下两个人，一时间显出可怕的寂静。

过了一会儿，中村雄终于说话了："图穷而匕首见——你，终于跳出来了！"

岩本看着中村雄，没有说话。

中村雄看着他，眼里露出复杂的光："我没有料到，我儿子的儿时伙伴、一个我视为儿子的人，竟然是掩藏在我们内部的鼹鼠！你难道不知道你是个日本人吗？啊？"

"我知道。"

"那你为什么还要替敌人做事？"

"因为我要尽快结束这场战争！"

"战争是天皇和帝国政府领导我们进行的关乎日本生存的圣战，难道你不忠诚于天皇？"

"天皇？"岩本望着中村雄冷笑了，"天皇给我们带来了什么？给日本的老百姓带来了什么？是妻离子散，还是卖儿卖女？我忠于日本，但是我不忠于天皇，我也不拥戴现在的政府！"

"你……"中村雄看着也不禁哆嗦起来，"你到底是什么人？"

岩本说："我是日本共产党员、共产国际的情报员。"

中村雄怒问："你是不是参与了杀害我儿子——中村少校的行动？"

岩本愣了一下，眼里立刻闪出愧意，中村雄望着岩本颤抖了，他猛地冲过去，一把抓住了岩本的脖领子："一郎一直把你当成知已、当作自己一生的朋友——你说，你为什么要杀他？为什么？你说！你说？！"

岩本猛地瞪起眼睛，望着中村雄："因为他杀害了很多的中国老百姓，他是个刽子手！"

中村雄的手突然颤抖了，他猛地抡起胳膊向着岩本的脸扇去！

岩本没有闭眼睛，也没有动，巴掌落在脸上，显出五个清晰可辨的指印。中村雄落下去的手又颤抖了，他惊愕地看着岩本，一股鲜血从岩本的嘴角流了出来。岩本望着中村雄却突然笑了。

岩本说："谢谢你，谢谢你中村父亲。一郎死后，我一直心存不安，尽管他命该如此，但是我心里还是存着深深的愧意！现在，我平衡了，我不再欠他的了。中村雄，你可以立刻枪毙我，但是，你休想从我嘴里得到任何东西！"

岩本说完转过头去，不再看中村雄。

中村雄看着岩本，气得浑身都在抖。他快步地走到身后的战刀架前，凶狠地拔出刀架上的战刀，大步地走到岩本跟前："我杀了你！"

岩本没有说话，闭上了眼睛，中村雄猛地把战刀举了起来！

中村雄吐气："唉——"

然而，战刀却没有落下，中村雄把战刀又放回了刀鞘。

中村雄吼："我不会叫你这样死。那样，太便宜你了！来人！"

"在！"几个打手应声走了进来。

中村雄命令："打到他说出来为止！"

中村雄说完，走了出去。几个打手奔上来，举起了鞭子。

岩本不住呻吟："啊——啊——"

3

金陵大酒店总经理办公室里，林经理急匆匆地走了进来。

林经理道："泰山，岩本被俘了。"

"哦？"站在窗口的黄天明听罢，惊愕地转回了身，"知道他现在的情况吗？"

林经理说："只知道他现在被关押在中村雄特务机关的看守所里，其他的还不清楚。"

黄天明听罢，眉头拧紧了："中村雄刚刚吃过亏，现在用老办法去营救岩本已经没有可能，我现在就回根据地去！哦，陈一鸣他们安全抵达根据地了吗？"

林经理答："还没有，但他们已经进入了游击区。"

黄天明问："是金鱼同志陪着一起去的吗？"

林经理说："是的，路上还有我们的游击队员，您就放心吧！"

黄天明思忖了片刻说："金鱼回来之前，这里的工作暂时由你负责。必要时，你们也出去躲一躲，以防万一。"

林经理看着黄天明点点头："我明白。"

4

单说第二天在重庆军统的办公室里，毛人凤望着田伯涛却一脸的阴郁。

毛人凤问："消息可靠吗？"

田伯涛答："非常可靠，南京站已经进行过核实。陈一鸣目前是被共党游击队救出，去的方向是华东新四军根据地。"

毛人凤听罢，不由得愣了："共党……怎么会去救他呢？"

田伯涛道："这……属下还不清楚。据说，共党因此损失了代号布谷鸟的功勋特工，这个布谷鸟打入日本中村特务机关已经很多年了。"

毛人凤听了，突然有所醒悟："我明白了，怪不得共党会搞到日本人绝密的'天字号计划'，原来是因为有这个布谷鸟，这回他们的损失可就大了。唉，你说，共党为什么要救陈一鸣？"

田伯涛说："这……属下还分析不出来。但是据南京站传来的消息，陈一鸣在执行前两次任务时就得到过共党的帮助，或许是国共联合抗战的缘故？"

毛人凤听了点点头，却还是有些不相信："这么说，陈一鸣真的跟共党没有关系？"

田伯涛听罢愣了愣，回答："从陈一鸣一贯的思想表现来看，他……不可能支持共党。"

毛人凤听了叹口气，不免踱起步来："是呀，我也不太相信连他会投靠中共。陈一鸣不过是志向当岳飞的傻瓜，他是不会轻易被共党收买的。可是，他怎么会跟共党有联系呢？再说，共党救他又有什么用，难道……共党也打算要他搞行动？可是他的羽翼已经被我们剪除，都关押在集中营里，仅仅靠他一个就是有天大的本事也做不成什么大事呀？"

田伯涛想起什么似的："哦，毛先生，戴老板昨天还打电话来，询问我们对冷锋等人将怎么处置？"

毛人凤听了，不禁叹了口气："我也在考虑这个问题呀！哦，伯涛，你怎么看？"

"我……"田伯涛愣了一下回答，"老师，这种大事，学生不便插嘴。"

毛人凤听了不免显得有些不高兴："唉，伯涛，你这个人说话办事就是太缺乏自信！你我虽为师生之谊，我却一直把你当成自己的兄弟，你有什么看法尽管说，不必顾虑这顾虑那，说！"

田伯涛说："啊，老师，学生以为，对冷锋等人还是先让他们活着为宜！"

毛人凤听了，脸上不禁露出笑容，赶紧说："你接着说——说下去！"

田伯涛便道："学生以为，陈一鸣无论从哪方面看都是一员虎将！如果被共党争取便是大害；如果被我们争取，则可以为我所用，至于用到合适和怎么用，那就是我们说了算了。陈一鸣将他的队员们都视为兄弟，现在陈一鸣在共党那里，如果我们干掉他的队员，那就真的会把陈一鸣推到共党那边去了，所以学生认为，对冷锋那些人还是暂时先关着吧，等看看陈一鸣那边到底有什么动向再决定也不迟；而且陈一鸣一旦回来，还会感谢我们对他弟兄们的不杀之恩。"

田伯涛说完，毛人凤兴奋得简直要鼓起掌来："好，好，伯涛高论，不愧是我的学生！看来，你在我的身边真的是有长进了，好，好，孺子可教也，堪当大任了！"

田伯涛听了，不觉谦虚地笑了笑："先生，都是先生的教诲，先生英明，学生今生恐难以追赶！"

毛人凤说："唉，你这就客气了。我想的和你想的也不过是一样，在这个问题上的看法，我们可以比肩了。好了，你去忙你的去吧，我这就给老板打电话。"

田伯涛应声走了，毛人凤立刻拿起了电话。

5

　　清晨，在新四军根据地羊场村的野战医院里，昏迷了一宿的陈一鸣终于慢慢地睁开了眼睛。他躺在病床上四下看去，一切都感到陌生。

　　守在一旁的女护士见了，惊喜地叫起来："哎呀，你醒了！医生，陈队长醒过来了！"

　　"哦！"一男医生闻声，赶紧冲进屋来，看着陈一鸣，不禁露出了笑容，"太好了陈队长，你终于醒过来了。哦，你别动，也别说话！你的伤很重，要安心静养些日子才行。"

　　陈一鸣疑惑地问："我……我这是在哪儿？"

　　女护士听了，赶紧回答："在羊场村，在我们的医院里！"

　　"羊场村？"对这个名字，陈一鸣既感到有些熟悉又感到陌生。

　　医生见了，立刻解释："啊，这是新四军的军部，你已经安全了。"

　　"新四军？"陈一鸣听了，惊愕得要坐起来。

　　护士赶紧按住了他："你别动！你中了子弹，伤口已经缝合了，你再动就容易开线了！"

　　陈一鸣不知道自己什么时候中的子弹，也没有印象自己中过子弹，也许是当时太紧张了："子弹伤在哪里？"

　　"啊，伤在左臂上，没有伤到骨头，放心吧！"医生看着陈一鸣轻声地说了句。

　　陈一鸣放心了："没有伤到骨头就好。"

　　医生说："好，你安心养伤吧！伤虽然很重，但都是皮肉伤，你很快就会好的。"

　　医生说完，转身走了，陈一鸣看着医生的背影，脸上不免露出了苦笑。

　　两天以后，陈一鸣可以挂着拐杖出来走路了。他四处看看，没有看到哨兵，也不见有人跟着他，不觉有些纳闷儿。

　　就在这时，护士从身后追了过来："哎，你怎么起来了？不是说了要你卧床休息吗？"

　　陈一鸣转回头来，望着护士笑了笑："我没伤到骨头，不碍事的，走一走，反倒好得快，我在牢里的时候憋坏了，总想出来透透空气。"

　　护士见状，只好同意了："那好，你就在附近转转，可别往远了走啊！"

　　护士说完，就进去忙自己的去了。陈一鸣在院子里转了转，感到一切都很新鲜。院子的墙壁上贴着标语，写着"抗日到底，中华万岁"等口号。

　　陈一鸣伫立在标语前看了一会儿，便转身走向了门口。大门口处站着两个哨兵，正对着来往军人们敬礼。陈一鸣很有兴趣地看了看，便向门口走去。他停在门前看着哨兵而哨兵却目不斜视。

　　陈一鸣往前走了一步，又看了看哨兵。

　　哨兵这才转过头来："同志，你有事吗？"

　　"同志？"陈一鸣不由得愣了一下。

　　哨兵向他笑了笑，敬了个礼，便又转过头去，继续目不斜视。陈一鸣左右看了看，走出门去，哨兵并没有拦他，陈一鸣走出了门去。

羊场村的气氛很热烈。村中的土路上，有过往的新四军队伍，也有忙忙碌碌的老百姓，每个人看见他，似乎脸上都露出了笑意。可陈一鸣还是感到不习惯，他站在一边紧张地看着他心目中的这些"共军"。

一个带队的军官看见陈一鸣穿着新四军的军装，以为是首长，便向他敬了个礼。陈一鸣见了赶紧还礼，却不知怎么，竟还得很不标准。他感到有些奇怪，不禁泄气地摇摇头。

不远处，有两个新四军正在跟老乡争什么，陈一鸣见了，赶紧拄着拐杖走了过去。

只见一个青年说："同志，你就收下我吧，我都跟你们说过好多次了，你们就答应我参军吧！"

那位新四军干部说："同志，我也跟你解释过好多次了，你不符合条件，我们说不收就是不能收。"

陈一鸣在国军见过很多抓壮丁的事情，没想到这个青年急着要参军，而新四军却不收，便不免纳闷儿地问了一句："哎，这位兄弟，他们要当兵，你们却不收，这是咋回事儿？"

那位年轻的新四军干部见陈一鸣说话的口气和打扮有些像首长，便赶紧对陈一鸣耐心解释："首长，是这么回事，他是家里的独苗，家里还有两位老人要照料。按规定我们不能收独苗，万一牺牲了，他家就没有男丁了，家里的生活怎么办？"

谁知，那个要参军的青年听了，立刻反驳："首长，打日本鬼子，我们不怕死！再说我娘也说了，我走以后，我们村里会帮我们种地的，他们饿不着！"

另一位青年也说："是呀，我娘也说了，我们家里的地也有村儿里的人帮着种！"

旁边的又一位青年说："我们家也是！首长，您帮着说说话，就让我们参加新四军吧！"

旁边的又一青年说："是呀首长，你就帮着说说话吧！"

这样的场面，陈一鸣还是第一次看到——看着青年们踊跃参军的情景，他不免感到震惊！

青年们跟那个年轻的新四军军官继续争执着，陈一鸣默默地走了。

6

不知不觉间，他来到了山坡上，回头再去看羊场村，只见到处都是歌声和笑声，许多新四军的官兵正在帮着老百姓打扫着院子、收拾着屋子……他不免一阵感慨心想："这是一支什么样的军队？都是一些什么样的人啊？"

"站住！口令！"就在这时，身后突然传来了孩子的叫喊声。

陈一鸣转过身去，只见一男一女两个戴着草帽的儿童团员正手持红缨枪，警惕性十足地看着他。

陈一鸣看着两个孩子笑了："娃娃，你们在干什么？"

年龄稍大一点儿的女孩不但没有回答他的问话，反而十分警惕地问他："你到底是什么人，你站在这儿干什么？！"

陈一鸣也没有回答孩子的问话，继续笑着问："你们得先回答我，你们是干什么的？"

两个小孩互相看了看，又小声商量了一下，女孩说："我们是儿童团，你呢？"

"儿童团？"陈一鸣听了，感到有些新鲜。

他正在犹豫着，那个女孩子又说话了："你说，口令是什么？！"

陈一鸣不懂了："口令？什么口令？我……我不知道什么口令啊！"

女孩听罢，脸色立刻就变了："那……那你是特务！"两个孩子于是便不约而同地举起红缨枪，恶狠狠地对着他。

女孩叫："狗特务，跟我们走！"

陈一鸣无奈，只好苦笑了笑，跟着两个儿童团员向村子里走去。

7

"哈……"刚刚开完会、正准备去医院看望陈一鸣的黄天明一边端着喝水的缸子，一边看着边区保卫处长，险些要笑喷了，"哈……堂堂的国军中校、堂堂的抗战英雄陈一鸣竟然做了两个孩子的俘虏——这不是天大的笑话吗？哈……"

保卫处长看着陈一鸣也笑了："这个陈一鸣，不仅做了两个孩子的俘虏，而且表现得还挺老实——等我们跟他、还有两个孩子解释清楚以后，他还一个劲儿地向两个孩子道歉呢！"

"哈……"保卫处长说罢，两个人又不禁大笑起来。

笑过之后，黄天明问保卫处长："他现在人在哪儿呢？"

保卫处长说："已经送回医院了。"

黄天明道："那好，我去看看他。一晃，我们已经有五年没见面了！"

黄天明说完，头也不回地走了。

黄天明来到病房的时候，陈一鸣正在病床上躺着。看见黄天明进来，他禁不住惊喜地坐了起来。

陈一鸣不敢相信地说："天明！是你？"

黄天明见了，也赶紧快走两步，握住了陈一鸣的手："一鸣，我们终于又见面了！怎么样，伤口现在怎么样？"

"好多了，再过几天，就会彻底好利索了。天明，没想到，我们在这种情况下见了面。"陈一鸣说着，脸上现出一丝苦笑。

黄天明拍拍陈一鸣的胳膊："这里见面怎么样，不是很好嘛！一鸣，我们一别五年，我真是好想你呀，一直担心你，怕你出什么事情。一鸣，你还是老样子，什么也没变，只是比过去更成熟了！哦，还别说，你穿咱新四军的军装，看着还真比你穿国军的军装顺眼。"

陈一鸣看看自己身上的军装，不禁说了一句："新四军也是国军，你看，你的帽子上也是青天白日。"

黄天明听罢，不觉笑了："对对对，你说得也对。只是，如果顾祝同也这么看，那皖南事变就不会发生了。"

说起"皖南事变"，陈一鸣的脸上现出了尴尬："顾长官怎么看我不知道，也无权过问。可是作为个人，我从来就没有把新四军和八路军看作异端——因为，你们现在也是校长领导下的军队，我们一起在打日本！"

黄天明听了，不禁情绪复杂地笑了一下："听说你刚才出去转了转，对共产党和新四军你怎么看？"

陈一鸣想了想回答："新四军是好队伍，对老百姓跟一家人似的。对共党，我没有深入了解，我不能评价。但是你们帮我和我的部下很多次，这一次又把我从日本特务机关里救出来，我很感激！"

黄天明问："没了？"

陈一鸣说："没了。"

黄天明望着陈一鸣笑了："我听云晴说，你希望我们接收你的小队，可你却不肯来，到底是为什么？"

陈一鸣说："我的弟兄们本来就不是党国的人，参加军统是被迫的，但是他们都是英雄，是抗日的战士！可是军统却早就有意加害我们，我想让他们活下来，他们如果跟了你们，他们的一身本事和报国的心我想不至于被埋没。"

黄天明静静地听着陈一鸣的话，想了一下，又轻轻地问："下一步有什么打算？还准备回重庆？"

陈一鸣道："是的，我是国民革命军的中校军官，我宣誓过效忠校长和国民政府，宣誓效忠三民主义。"

黄天明听了，看着陈一鸣，不觉深深地叹了口气："一鸣，我知道你爱我们中国，但是我们走的路不同。很多已经发生的事情你都看到了，你走的是一条黑道，你难道真的要跟你的委员长走到底吗？"

陈一鸣想了想，认真地回答："或许，这是一条黑道儿，但眼下我还不能下这样的结论！一臣不侍二主，所以，我眼下只能作这种选择。"

黄天明听罢叹了口气，好半天没有说话。过了一会儿，他抬起头来，真诚地望着陈一鸣："好吧一鸣，我们尊重你的选择，等你的伤彻底好了，我们送你回去！"

陈一鸣听了，感激地望着黄天明："谢谢！"

黄天明握握陈一鸣的手转身要走，陈一鸣叫住了他。

陈一鸣问："那个救我的日本人，他……他现在是不是……"

陈一鸣说到这儿，没有再说下去。黄天明明白了，他望着陈一鸣叹口气说："他被俘了。不过现在还活着。"

陈一鸣望着黄天明，喉头动了一下："他……他是你们的同志吧，他是个英雄！"

"好，记住他的名字吧——他叫岩本。"

"岩本，我要去救他！"

"现在不行！中村雄吸取了教训，我们又没有内应，要救出他很难。估计中村雄现在还不会把他怎么样，等你养好伤我们再商量吧！哦，对了，云晴有任务，把你送回来的当天她就赶回去了。她给你留了一封信，你自己看吧！"

黄天明说着，把一封信交给陈一鸣，自己转身走了。

陈一鸣默默地坐下来，打开了黄云晴留给他的信。

黄云晴在信中写道："一鸣，我有任务，原谅我的不辞而别，能把你救出来，看到你还能平安地活着，我就放心了。我哥哥说过，自从你舍命救了我们，你的命运就和我们的命运紧紧地连在一起了！作为抗日英雄，你的所作所为令我和哥哥感到高兴，可是作为一种命运的选择，你的决定令我们感到担忧！我时常在想，如果哪一天，你真的成了我们的同志，我们能肩并肩地战斗在一起，那我该是怎样的幸福啊！我盼望着那一天……爱你的云晴。"

看了黄云晴的信，陈一鸣不禁感慨万千。他把手里的信仔细地看了一遍又一遍，直到太阳偏西，屋子里渐渐地暗下来，他才收起信来倒在床上，久久地看着窗外……

8

十几天以后，在重庆军统局大门口，赫然走来一个身穿长衫、个子高高的人。他站在大楼门前，感慨万千地看着楼顶上悬挂的国旗。

站岗的哨兵见了，忍不住过来问："哎，你是干什么的？"

陈一鸣扫了一眼哨兵，闷声回答："我找戴老板。"

哨兵一听愣住了："你找戴老板？你是谁？"

"我是陈一鸣。"

"陈一鸣？你就是报纸上报道过的那个陈一鸣？"

"对，我就是陈一鸣。"

"你……你不是死了吗？"

"谁说我死了？！"

"你不是被日本人抓去——"

"少啰唆，你倒是放不放我进去？！"

"好好好，您稍等，我这就报告。"值班的哨兵听了，赶紧抓起电话。

几分钟以后，被一块黑布罩住脑袋的陈一鸣在几个宪兵的押解下进了一间屋子。他刚坐下，就被蜂拥而来的打手一下子按在椅子上，并且给戴上了手铐。随后，他头上蒙的黑布被摘了下来。

陈一鸣半睁着眼睛，努力适应这里的光线，这才发现，他居然被押进了审讯室。陈一鸣正要说话，一个打手便冲过来，一拳打在陈一鸣的胸口上，陈一鸣一下子便仰倒在地上！

那个打手说："说！共匪到底给了你什么任务？！"

陈一鸣呸地吐出嘴里的血，大声地回了一句："我没有任务！"

那个打手又说："你敢嘴硬？"

打手说完，另外几个打手便冲过来又是一顿拳打脚踢。随后，陈一鸣的头就被按进了水池子里！

陈一鸣努力地憋着气，以免池子的水呛进自己的鼻子里。然而就在这个时候，他身后的一个打手猛地飞起一脚，准确地踢在陈一鸣的裆部。

陈一鸣在水里立刻张大了嘴，随后便被池子里的水呛得喷出血来。打手们过了一会儿，又把陈一鸣的头从水里拽了出来！

那打手狠狠地说："说？！你是怎么跟共匪勾结的？！"

谁知没等陈一鸣回答，打手们便立刻围上来，对陈一鸣又是一顿拳打脚踢，陈一鸣勉强地挺起来晃了晃，便一头扎在地上昏了过去！

过了十几分钟，那个负责刑讯的打手兴高采烈地敲开了毛人凤办公室的门——

打手道："报告，毛先生。"

毛人凤说："怎么，有结果了？"

打手听罢，高高兴兴地拿出了审讯笔录："毛先生，陈一鸣已经在笔录上签字了？"

"什么，签字了？像陈一鸣这样的人也会屈服？"毛人凤听了，很不相信地看着对方。

打手见状，讨好地笑了笑："嘿嘿，毛先生，陈一鸣已经被我们打晕了。我们是在他昏迷的时候，抓住他的手在审讯笔录上按的手印儿！"

毛人凤听罢，望着打手不由得笑了："我谅你们也不会有这样的本事。"

毛人凤说着，伸手拿过来看了看，不觉笑了笑："行了，有这个就行了。凭着这一张纸，也足够判他死罪了。审讯笔录留下，你可以走了！"

"是，毛先生。"打手应了一声，点头哈腰地走了。

打手走了以后，毛人凤拿着审讯笔录很快便去了戴笠的办公室。

毛人凤高兴地说："老板，已经全部搞定了。"

戴笠听罢，脸上立刻现出了笑容："是吗，这么痛快？齐五，马上去军法处开死刑判决书，我来签字。"

毛人凤道："是。"

毛人凤应声要走，戴笠又叫住了他。

戴笠道："干掉陈一鸣那伙人，算是了却了我的一块心病啊！齐五，此事要越快越好，一定要注意保密！"

毛人凤答："是！"

毛人凤说完，很快就走了。回到办公室以后，他立刻叫来了田伯涛。

毛人凤说："伯涛，口袋里是有关陈一鸣等人的材料，你马上回去整理一下送到军法处，顺便起草一份判决书，陈一鸣等七人一律死刑！"

田伯涛看了一眼毛人凤说："哦……是。"

田伯涛愣了一下，便赶紧拿起资料走了。

9

第二天早晨，戴笠刚刚走进办公室就接到了何应钦的电话。

何应钦在电话里说："戴老板，听说陈一鸣已经回来了？"

戴笠说："啊……啊是，何总司令的消息真是灵通啊！"

何应钦笑道："呵呵，我不仅知道陈一鸣回来了，我还听说戴老板打算除掉他。"

戴笠问："这……何司令，您这是什么意思？陈一鸣投靠共党，事实已经确凿，我们正要讨论对他的处理。"

何应钦道："戴老板，关于对陈一鸣的处理意见，你们就不要讨论了。"

戴笠道："为什么？"

何应钦道："因为委座已经知道了陈一鸣的事情。"

戴笠道："委座？委座怎么这么快就知道了？是不是你——"

何应钦大笑："哈……委座的消息渠道当然是很多的，我就是不报告，他也会知道的。好了，我向你口头传达委座的指示——陈一鸣乃党国英雄，陈一鸣之事非经他首肯，任何人不得擅自决定！好了，委座的指令我传达完了，你好自为之吧！"

何应钦说完，没等戴笠再说什么，就撂了电话。戴笠愣了好一阵，才放下电话。就在这时，毛人凤匆匆地走了进来。

毛人凤道："老板，军法处的判决书已经打印好，请您签字。"

戴笠向毛人凤无力地挥挥手，一屁股跌坐在椅子上。毛人凤见了不觉一愣。

毛人凤忙问："老板，怎么了？"

戴笠摇摇头："何老狗来电话了，传达了委座的指令，陈一鸣的事非经他首肯，任何人不得办理。"

"什么？"毛人凤听了戴笠的话，也不禁惊讶得张大了嘴，"这……他们怎么这么快就得到了消息？是谁走漏了风声呢？"

戴笠听了，立刻变得脸色铁青："齐五，你给我好好查一查，在咱们的内部，一定出了吃里爬外的人！你给我好好查一下，这个人到底是谁？"

毛人凤说："那，老板，陈一鸣的事到底该怎么办？"

戴笠听了，重重地叹了口气："怎么办？不办！委员长的指令，谁敢不办？敢跟委员长拗着，还想不想活了？"

毛人凤答："是。"

毛人凤答应了一声要走，戴笠又叫住了他。

戴笠说："你马上订一桌酒席，我要亲自款待陈一鸣。"

毛人凤说："老板，这……这还有用吗？"

戴笠说："下雨补漏，为时不晚，我总不能等房子塌了再补漏吧？齐五，你还看不出来吗？校长之所以不惜伤了军统的脸面力保陈一鸣，肯定是听信了何老狗等人的话，要重用他了！我们眼下是树敌容易交友难，陈一鸣虽然不能成为我们团体的朋友，但也不要成为我们的敌人，酒席宴上我要亲口告诉他——与团体为敌是不明智的！"

毛人凤想了想，点点头："老板，你这样做是对的。好，我这就去办！"

毛人凤说完快步走了，戴笠一屁股坐下来，顿时觉得浑身无力。

10

集中营的院子里，被关在铁笼子里的敢死队队员们此时已经被暴热的太阳晒得奄奄一息。就在这个时候，集中营的围墙外响起了汽车声，随后，大门打开，两辆吉普车开了进来。

队员们看着开进来的吉普车，不免感到惊愕。

"妈的！这帮家伙，看来真要对我们下手了！"小K望着停下来的吉普车，最先说了一句。

"他妈的，老子就是下了阴曹地府也饶不了这帮家伙！"燕子六紧跟着骂了一句。

就在这个时候，穿着笔挺军装的陈一鸣突然打开车门下了车。

冷锋从远处一看就笑了："大……大家看，这……这是谁？！"

队员们闻声，都不禁转过头去。渐渐的，一个个都笑了起来——

蝴蝶挣扎着喊起来："队……队长，是你呀？"

"你……你什么时候……逃出来的？"书生也挣扎着喊了一句。

藤原刚见了，也挣扎着喊起来："队长，你……你怎么出来的？我们……我们都想你呀！"

陈一鸣快步地奔过来，向着他的队员们兴奋地招着手，而后大声命令站在不远处的看守："把铁笼打开！"

看守看着他，有些为难了："这……长官，我还没有得到上峰的命令。"

"浑蛋！"没等看守说完，陈一鸣便一脚把他踢倒在地上，"你知道他们是谁吗？他们是抗日功臣！是英雄！你们为什么这样对待他们？"

陈一鸣说着掏出枪来，连开几枪打坏了门锁，猛地拉开了铁门："弟兄们，出来，都出来！"

陈一鸣一边喊着，一边将虚弱得瘫倒在地上的队员们扶了起来。队员们望着他们的队长，一个个艰难地挪着步子聚拢起来，自觉地站成了一列横队。

冷锋咬着牙，像往常一样举手敬礼："报……报告！黑猫敢死队……集合完毕！"

望着他的弟兄们，陈一鸣流泪了："兄弟们，我对不起你们！"

队员们望着陈一鸣，一个个忍不住流出了委屈的泪水。

望着痛哭流涕的弟兄们，陈一鸣的嘴唇颤抖了："我……我……弟兄们，别哭，跟我走！"

冷锋望着陈一鸣，忍不住问了一句："队长，我们去哪儿？"

陈一鸣道："离开军统！"

冷锋惊奇："什么，离开军统？"

队员们望着，一个个不禁面面相觑。

陈一鸣道："对，从现在开始，我们跟军统一刀两断，再也不回来了！"

蝴蝶说："真的？我们真的能离开军统？"

陈一鸣说："对，我们离开军统，和他们———一刀两断！"

队员们欢呼："噢——噢"

队员们听罢，忍不住激动地拥抱在一起。陈一鸣望着他们笑了，第一次笑出了幸福的眼泪。

11

黄昏，何应钦的官邸内外，岗哨林立。

在官邸花园内的甬道上，何应钦和陈一鸣一前一后慢慢地走着。

何应钦说："陈中校，你受苦了。这次共匪救了你，你又从匪区回来，军统当然要对你进行例行审查。委员长知道你受了委屈，所以特别命令军统放了你，委员长委托我转告你，希望你以党国大业为重，不要记恨他们。"

陈一鸣听了，赶紧表态："一鸣岂敢！校长的教诲，学生自当铭记在心！"

何应钦听罢，满意地点点头："你对党国的忠诚，对黄埔精神的忠诚，还有作战的勇敢，校长都是知道的。校长说，你历尽磨难却痴心不改，革命意志不曾消磨，是黄埔军校的好学生！所以校长准备委你以重任，不知道你有没有这个胆量？"

陈一鸣道："总司令，学生身为党国军人，一切以党国的利益为重！只要校长一声令下，学生赴汤蹈火，在所不辞！"

"好！"何应钦说罢，兴奋地点点头，"陈一鸣，你不愧是校长信任的人！目前，国军新组建的伞兵团，正缺少一名合适的团长，校长准备派你去。"

"派我？！"陈一鸣听罢，兴奋地看着何应钦。

何应钦肯定地点点头："校长说，你是留学德国学习伞兵战术的。这次国军组建的伞兵团，虽然是美国盟友援助的，与你在德国学习的有所不同，但兵同此理，大同小异，你只要熟悉熟悉就会明白的——这个伞兵团长，非你莫属！"

陈一鸣道："是！学生一定竭尽全力，死而后已！"

何应钦说："不过，你去伞兵团以后，要注意跟美国盟友教官搞好关系，人家是来帮助我们的，一定要事事、处处敬着他们，明白了吗？"

陈一鸣道："是，卑职明白！"

何应钦听罢笑了笑："还有一件好事我要告诉你！由委员长提议，军委会任命，从今天起你就晋升为上校了！希望你再接再厉，不要辜负了校长的希望！"

陈一鸣是："是，学生感谢校长栽培，一定不辜负校长的厚望！"

两个人正说着，何应钦的秘书快步走了过来，轻声道："总司令，十五分钟以后您要参加一次重要会议，车已经在门口等着了。"

何应钦道："陈上校，我们今天就谈到这儿吧，希望你能记住我今天的话。"

陈一鸣道："是，学生一定刻骨铭记！"

陈一鸣说完，和何应钦一起匆匆地走了。

12

重庆市郊的一座军营里，嘹亮的军号声在军营里响起。随着嘹亮的军号声，伞兵团的营区内沸腾了。

十几秒钟之后，伞兵团的队伍在训练场上的观礼台前集合了，全套美式装备和美式训练的伞兵团步伐整齐，口号震天，倍添了几分杀气。

陈一鸣此时已经换了伞兵的军装，佩戴着上校军衔，一脸严肃地站在观礼台上。在他的身后，六名全副武装的队员一字形地站成一排，显得十分威武。

一声立正的口令之后，副团长跑步来到陈一鸣跟前，举手敬礼："报告团座！国民革命军陆军伞兵第一团集合完毕，请团座训示！"

"稍息！"

"是！稍息！"

副团长转身喊了一声，便跑回了队列。

陈一鸣站在观礼台上，目光炯炯地看着他的战士们："弟兄们！"

队伍里立刻发出了整齐的立正声。

陈一鸣一脸严肃地扫视着他的队伍，郑重地还了一个军礼："稍息。弟兄们，我今天很高兴，能够与各位一起共事，痛歼日寇！鸿翔部队自组建以来，我就很关注。弟兄们的训练很刻苦，但是一直没有杀敌报国的机会！如今我已经向国防部请战，希望能够派遣我们前往前线杀敌。弟兄们，有没有信心?！"

"有！"

"有没有信心?！"

"有！"

"有没有信心?！"

"有！"

回答声越来越响，气吞河山。

陈一鸣说："好，那就让我们的血为民族而流，为国家而流！中国万岁！"

伞兵们齐呼："中国万岁！中国万岁！中国万岁！"

训练场里，伞兵们正在进行着各种各样的训练。陈一鸣带着冷锋等人一边走着，一边说着话。

陈一鸣说："我带你们去侦察连，那是团部的直属队。冷锋，你任连长！"

冷锋道："是！"

陈一鸣喊："书生！"

书生答："到！"

陈一鸣说："你任副连长。"

书生说："团长，我……我没带过兵。"

冷锋笑着说："没事，还有我呢！"

冷锋在一旁笑着给书生打气，书生不再说话了。

在一旁的小K听了，忍不住问陈一鸣："团座，那我们是不是都混个排座什么的当当？"

燕子六听见了，又跟小K斗起了嘴皮子："小K，就你那样的还能当排座？我看有个位置最适合你！"

小K问："哪儿啊？"

"就在那儿！"燕子六说着用手指了指。

小K顺着燕子六的手指看去，突然愣住了："那不是厕所吗？"

燕子六笑了："对呀，你到那里边去当蹲座！"

"哈……"队员们听了，都不禁大笑起来。

笑声过后，蝴蝶认真地问陈一鸣："团座，那我呢？我总不能也跟着他们去侦察连吧？那里可都是一群爷们儿呀！"

小K听了，立刻瞪大了眼睛："怎么，原来你不是爷们儿呀？！"

"哈……"队员们听了，又忍不住大笑起来。

蝴蝶气得脸都红了，举起胳膊就去追小K："死小K，看我怎么收拾你！站住！你给我站住！"

"噢——噢——"队员们见状一阵哄笑，还有人竟打起了口哨。

陈一鸣说："好了，别闹了，都别闹了。你们现在都是带兵的军官了，注意点儿影响。蝴蝶，你去通信连当排长，那里都是女兵，参军前都是青年学生，派你去是有用意的！"

蝴蝶听了，立刻脸上高兴得放出了光："是！不过团座，我马上得请人做个牌子挂在门口，上面写上——'小K与狗不得入内！'"

小K说："啊？怎么又是我？！"

"哈……"队员们听罢，又都畅声地笑起来。

就在这时，一辆吉普车飞快地开来。陈一鸣见了，脸上立刻显出了不高兴。

陈一鸣喊："值日！"

"到！"一个负责值日的军官闻声快步地跑过来，"团座，有何指示？"

陈一鸣用手指着那辆车，生气地问："那是怎么回事？我不是规定过，训练场内不许机动车辆进入吗？"

值日听了，不禁皱起了眉头："报告团座！那是……那是新来的政战处主任。我，我不敢拦——"

陈一鸣说："屁话！谁都不行！"

陈一鸣说完，大步地向前走去。吉普车在不远处停下了，田伯涛打开车门走了下来。

田伯涛说："陈团座，我们又见面了！"

田伯涛的脸色不阴不阳，说话声不卑不亢，陈一鸣等人听了，都不觉一愣。

田伯涛平静地望着陈一鸣接着说："此次兄弟到伞兵团来，是奉上峰的命令做伞兵团的政战处主任。团座，以后咱们就在一起共事了。"

田伯涛说着伸出手来。陈一鸣看着他，却没有去握手。

陈一鸣严厉道："伞兵团里有规定，训练场内不准行驶任何车辆。"

田伯涛听了，脸上现出了尴尬，忍不住回头看了看车："团座，兄弟乍到，还不知晓，请团座见谅。兄弟见过团座，就把车开走。"

陈一鸣望着田伯涛，仍然没有伸手。

田伯涛很不好意思地把手收了回去："团座如果没有别的吩咐，兄弟先安顿下来？"

"好了，你可以先去忙了。"陈一鸣回了一句，仍旧面无表情。

"弟兄们先忙着，兄弟先走一步了。"田伯涛说罢尴尬地笑了笑，转身走了。

"妈的，属卖狗皮膏药的，甩都甩不掉！"田伯涛刚上车，燕子六就忍不住骂了一句。

队员们看着远去的吉普车，脸上也不免显出了阴影儿。冷锋看着表情严肃的陈一鸣，禁不住说了一句——

"看来，军统是不想放过我们呐，派他来是来搞我们的情报的。"

蝴蝶对着远去的吉普车，不屑地说了一句："只要我们没有把柄落在军统手里，谅军统也不敢把我们怎么样！"

书生听了，却心情有些沉重地说："我们还是得多加小心，搞我们的情报倒不怕，就怕他在伞兵团制造出来事端，反过来栽赃到我们的头上。"

"那我们还躲不过军统的黑罩子啦？不行，我这就去教训他一顿，看他还敢不敢祸害咱们爷们儿？"

燕子六说着就要去，陈一鸣一把抓住了他："不行！我们不能轻举妄动，再被军统抓住把柄。"

藤原刚在一旁听了，不解地问了一句："我就不明白了，我们怎么就躲不过他们呢？他们已经把我们折腾得够呛了，还要我们怎么样？"

"忍。"陈一鸣轻声说了一句。

"可这口气我忍不下去！"小K听罢，立刻就急了！

陈一鸣见状也急了："忍不下去也要忍！国军的任何部队里面都有军统，这是规矩。我们改变不了这个现实，只能适应！如果你们不想跟我干了，就脱了军装离开伞兵团，我不会阻拦；可是，只要我们还穿着军装，就只有一个字——忍！"

"那……那得忍到什么时候？"蝴蝶很不服气地回问了一句。

陈一鸣愣了一下，脸上的表情显得更加冷峻："事情不会永远这样，总会改变的。弟兄们，我们经历了那么多磨难，长了那么多见识，我们得沉住气，我们不能再意气用事了。"

陈一鸣的话令大家都沉默下来。书生专注地看着陈一鸣，眼里显出了佩服的光芒。

第二十一章

1

单说此时，上海的一家咖啡厅里，黄天明和赶到上海的黄云晴一边喝着咖啡，一边低声地交谈着。

黄天明说道："陈一鸣能当上伞兵团的团长，看来是遂了他的心愿，这蒋委员长看来还真是知人善任。陈一鸣当年的雄心，看来这次又要燃烧起来了。"

黄云晴看着哥哥，不免忧心忡忡："我们前一段的工作，看来是白做了。"

黄天明听了，不觉笑了笑："该做的工作，当然还是要做，至于陈一鸣能走到哪一步，那就得看他自己了。"

"这么说，陈一鸣会一心地给这蒋介石干到底了？"黄云晴说到这儿，脸上现出了更深的忧伤。

黄天明想了想回答："凭我对陈一鸣的了解，我也不完全这么看。陈一鸣和其他的国民党军官不一样，他牟的不是私利，着眼的还是民族大业，他目前还是被他的校长所蒙蔽，还没有真正看清事情的本质。不过依我看，这个陈一鸣是个聪明人，他现在只是暂时把自己当成鸵鸟，埋头在沙子里面，装作什么都看不见而已。"

黄云晴道："你是说，他有一天会看见吗？"

黄天明听了，不觉意味深长地笑了："我从根据地临回上海的时候，跟他做过一次长谈。他在根据地的所见所闻，对他很有触动，对我们所从事的事业他也有了新的认识。只是，他眼下对蒋介石还存在幻想，还不肯承认这个现实，等到他不得不承认的那一天，我想，他一定会主动来找我们的。"

听了哥哥的话，黄云晴的眼里也不禁现出了宽松的神情："哥哥，我相信你的话，我也相信陈一鸣！他是个有良知的中国人，我盼望有一天他会承认我们的主张，真正地走到我们的队伍中来，真正地为了中国的前途而战斗！我等着那一天！"

黄天明看着自己的妹妹，也开心地笑了。

2

这一天是星期天，是伞兵团休息的日子。侦察连一排排长小 K 打扮得利利索索，准备和二排排长藤原刚上街去。

谁知，他刚刚走出门，就被连部的通信员给叫住了。

通信员喊道："一排长，一排长。"

小 K 回头："啊？什么事儿？"

通信员说："一排长，门口有人找你。"

小 K 说："找我……什么人？"

通信员说："她说是您老婆。"

小 K 一听："我老婆？我什么时候有老婆了？"

通信员一听，不禁挠起了脑袋："可……可她说是你老婆呀！"

小 K 说："走，我跟你看看，谁这么胆大，竟敢冒充我的老婆！"

两个人很快来到了伞兵团的大门口，只见大门口处站着一个扎着头巾、抱着娃娃的女人。由于女人是背对着大门站着，从大门里出来的小 K 并没有看清她的面孔，小 K 毫不在意地大大咧咧地走过来。

"谁是我老婆？我倒想看看，谁敢冒充我老婆？"

站在门口的女人闻声转过头来，一看见小 K，立刻就哭了，连哭边喊："小 K!"

小 K 一看，立刻就愣住了："你……你是阿莲?！"

"对！我是阿莲！"

"你，你还活着？"

"是，我是活着，我为什么要死呢？"

"那，那这小孩……"

阿莲的脸上突然现出了羞涩，也现出了怨恨："还能是谁？你的种，你自己都不记得了？你这个王八蛋！"

阿莲说着，悲喜交加，便举手要打，小 K 推开了阿莲："别打别打，让我好好看看这个孩子！"

小 K 说着便抱起了孩子，止不住亲了起来。阿莲在一旁一边抹着泪，一边笑着，突然感到了从未有过的幸福。

3

小 K 把阿莲和孩子带到了部队的招待所，当陈一鸣等人知道以后，都兴冲冲地赶了过来。

冷锋一进门，就伸手抱起了孩子："来来来，这就是小小K呀！让伯伯看看，哎呀，这分量还不轻啊！"

冷锋说着，便把孩子举起来！孩子还不到两岁，哪见过这阵势，立刻就哭了起来。蝴蝶看见了，赶紧伸出手来说："连长，哪有你这么抱孩子的，看把孩子给吓的。来来来，把孩子给我！"

蝴蝶说着，便从冷锋手里接过了孩子。说起来也奇怪，这孩子一到蝴蝶手里，很快就不哭了。

陈一鸣指着冷锋笑了："你呀，一个大老爷们儿的手，哪能抱孩子！"

陈一鸣说着，便转过头来高高兴兴地看着阿莲："哎呀，真是没想到，我们还能见面。阿莲，李院长怎么样，怎么没和你一块来？"

陈一鸣说到这儿，阿莲的眼圈儿就红了。

"我父亲……被日本人给杀了，就我一个人逃了出来，我是远远地看着医院起火的。后来我偷偷地回去看过，父亲办公室的小楼被推成了平地，我连父亲的人影儿都没有见到。"

阿莲说着，许多人都不说话了。正在这时，一个人的声音传了过来——

"听说，一排长的夫人来了啊？"

随着话音，田伯涛笑眯眯地走进门。陈一鸣等人看着田伯涛，都没有说话；阿莲不知情，赶紧给田伯涛行了个礼。

"哦，长官好！"

对陈一鸣等人的态度，田伯涛就当作没看见，脸上仍然是一片热情。

"哟，这就是一排长的夫人吧？还真是个美人儿呢！这位一定是少爷吧？"

田伯涛说着，就伸过手来要抱小K的儿子。小K见状，抢先一步把孩子抱了起来："田主任，你来干什么？"

田伯涛不介意地笑了笑："同僚的夫人来了，我作为政战处主任，还能不过来看看。我不但要看看，还给你的夫人和孩子带来了见面礼，请笑纳。"

田伯涛说着，把手里的红包递向了阿莲。阿莲刚要伸手接，被小K伸手给拦住了："田主任，我只是一个小排长，不敢劳您主任的大驾，您还是回去吧！"

田伯涛听了，还是没有生气："一排长别客气，照顾好本团军官的家属是兄弟分内之事，兄弟已经安排了酒宴，款待远道而来的夫人，还请……"

田伯涛话没说完，冷锋的话就插了进来：

"田主任，我们兄弟之间的事儿，自然有我们兄弟管，就不用你费心了，你该忙什么就忙什么去吧！"

燕子六说："是呀大主任，我们兄弟之间还有话要说，你就别在这儿碍眼了，该干吗干吗去吧！"

冷锋话音刚落，燕子六就毫不客气地给了一句，田伯涛的脸此时便有些挂不住了："兄弟，我这也是一片好意。"

燕子六说："田主任，你真是不嫌累呀？我们兄弟都烦你了，你自己不烦哪？赶紧滚，别把老子我给惹毛了！"

燕子六说着，就要举拳头，陈一鸣在一旁赶紧拦住了他："二排长，你要干什么？田主任过来看看，那也是好心，你不能动粗。哦，老田，小K这边有冷连长安排，你就别操心了，去忙你的吧！"

有陈一鸣出来打圆场，田伯涛终于有了台阶下，于是便赶紧赔笑道：

"那，你们聊，你们聊，兄弟就先告辞了。"

田伯涛说完，赶紧走了。

田伯涛走了以后，陈一鸣告诫小K和燕子六："胜负不在嘴上，该避免锋芒的时候还是要避免锋芒。田伯涛的背景你们清楚，何必要平白无故地得罪他。"

"田伯涛，还不是军统派来的一条狗，我就看不上军统的这帮狗人！"燕子六不服地回了一句。

小K没有反驳，却显然对陈一鸣的话也没听进去。陈一鸣望着他们笑了笑道："好了，不说这些了，阿莲他们母子来了，今晚我请客！"

众人欢呼："噢———"

陈一鸣一句话，令冷锋、书生和燕子六等都大声地欢呼起来！

4

伞兵团的营区里，熄灯号吹过之后，小K悄悄地从营房里走出来，贴着墙根向营区外的招待所走去。

此时在招待所里，阿莲已经把孩子给哄着了，她伸手擦擦额头上渗出的汗水，正要脱衣躺下，门口处突然响起了敲门声。

小K轻声说："阿莲，阿莲是我——小K！"

阿莲听了，赶紧起身开门。小K赶紧进了门，顺手便把门给关上了！他反身站在阿莲面前，眼睛里不禁含情脉脉："阿莲，你受苦了！"

阿莲听了，眼里不禁闪出泪来："见面都快大半天了，你咋才知道说这句话呀？"

"我……那不是有我那些兄弟吗？当着他们的面，我怎么说呀？"

小K说着就凑了过来，阿莲一把推开了他："去一边去，我要睡觉了！"

阿莲说着边往外推他，小K一下子就急了："哎，你怎么往外推我呢？我不是你老爷们儿呀？"

阿莲一听就急了："现在你想起你是我老爷们儿了！前三年你都干什么去了？你怎么就没有想起过我？怎么就没去找我？！"

"我……我不是以为你死了吗！"

"你才死了呢！你就不知道去打听打听我？！"

"我上哪儿去打听你呀？这兵荒马乱的，我连自己是死是活都不知道呢！要不是陈教官能活着回来，你再见到的就是我的尸首了！"

听小K这样说，阿莲不再埋怨了，她禁不住抓住了小K的手道："小K，你别生我的气，我是想你想的！我就怕我再也见不到你了，你要是死了，我那可怜的孩子可就真没爹了。"

阿莲说着，便趴在小K的肩头上痛哭了起来。小K见状，赶紧捧起了阿莲的脸说："阿莲，你别哭哇，我这不还没死吗？瞧你给说的，怪瘆得慌的。"

小K说着，便给阿莲擦眼泪："阿莲，你到底是怎么活过来的呀？"

阿莲看了看窗外，低声说："是共产党把我给救了。"

"共党？"小K一听不禁张大了嘴！他走到门口看了看，又忍不住反回身来问，"那你给我说说，他们是怎么救的你？"

阿莲叹口气说："唉，你们走了没多久，日本人就过来抓我和我爹了。我爹他为了救我，就掩护我先从地道里跑了。我刚从地道里逃出去，就看见医院的方向起了大火，我当时就晕了，我就大叫着想往回跑！可没承想我还没跑呢，就被几个蒙面人给劫走了，我当时又惊又怕就晕了过去。等我醒过来的时候，我发现我已经到了安全的地方，我一问才知道，敢情救我出去的是共产党！唉，他们都是些好人哪，如果没有他们，我跟我肚子里的孩子，那早就跟着我爹去了！"

阿莲说到这儿，已经是泪流满面。小K听了，也不免一阵唏嘘。

小K问："那……这三年，你都在哪儿过的？"

阿莲回答说："共产党把我带到了他们的根据地，就把我留在他们医院工作，还在那里生了孩子。三年了，我一直没忘了打听你的消息，我想，我不能让孩子糊里糊涂地就没了爹呀！后来，我在一个偶然的机会看到了重庆的报纸，我知道陈教官参加了伞兵团，我想我只要找到陈教官，就一定能找到你，所以我就带着孩子来了。如今，日本人就要败了，我想跟你好好地过日子，我不想让孩子再也见不到爹了。"

阿莲说着，又忍不住流下泪来。小K听了，不免很感动。

然而，他们谁也没有料到，在隔壁房间里，田伯涛带着监听员正戴着耳机在偷听他们的谈话。

阿莲住的房间里，孩子尿了床，突然哭了起来，阿莲赶紧抱起了孩子哄着："孩子不哭，妈妈在啊，妈妈在。"

孩子哭了一会儿，在母亲的怀里又睡着了，阿莲轻轻地亲了一下孩子，又把孩子轻轻地放下了。

小K擦去眼角的泪水，又嬉皮笑脸地凑了过来。

阿莲拨开他的手，娇嗔地骂了一句："死鬼，别动手动脚的！孩子刚睡，你急什么呀？"

谁知小K一听真急了："你当一把男人试试，三年了——你说急不急？"

小K说着，便猛地把自己的嘴凑了过去。

此时，在隔壁的房间里，监听员听到屋里的一切，禁不住笑出声来。田伯涛摘下耳机，忍不住骂了一句："笑什么笑？关机！"

监听员此时还没有听够，便忍不住回了一句："那……那咱们不监听了？"

田伯涛吼道："监听个屁！人家两口子床上的事儿，你瞎听什么？"

监听员无奈，只好悻悻地关了机。

5

半小时以后，在毛人凤的别墅里，毛人凤听了田伯涛的汇报之后不禁问了一句："伯涛，这件事你怎么看？"

田伯涛知道毛人凤又在考他，便想了想回答："学生以为，阿莲在这个时候莫名其妙地突然出现，很值得怀疑。虽然她父亲是我们军统在临远站的老特工，她本人也为我们工作过，可她必定在匪区生活了三年，我们不能排除她被共党洗过脑，并被共党所利用！她这次来寻找她的丈夫，固然是她来伞兵团的一个合理理由，但也可能是被共党有意派来的。所以，对她继续实行监控是必要的！一来，我们可以考查她究竟是不是共党的特工；二来，我们可以顺藤摸瓜，以便把共党的组织一网打尽！"

毛人凤听罢，不禁满意地点点头："说得好！你真是大有长进了！阿莲虽说是我们成员的后代，但是共党洗脑的本事十分厉害，不能排除她已经被共党洗脑的可能！共匪惯作釜底抽薪的勾当——八年抗战，我们从强变弱，共匪却从弱变强，从丧家之犬，成为如今国民政府的座上宾，靠的就是蛊惑人心！所以对这个阿莲，我们不得不防！"

田伯涛说："那下一步先生的意思是——"

毛人凤听了，不由得叹了口气："陈一鸣和他的那伙人，一直是戴老板和我的心头之患！可是如今陈一鸣和他的伞兵团是委座的心头肉，现在碰他们如果打草惊蛇、再引起兵变，那我和戴老板可就要吃不了兜着走了。"

田伯涛道："那先生最后的意思是……"

毛人凤说："按你刚才说的，先监视他们的动向。然后，再伺机而动！"

田伯涛答："是！"

毛人凤强调道："记住，如果没有抓到他们确实通共的证据，千万不可轻举妄动！有什么情况，要随时汇报我。听见没有？"

田伯涛道："是，学生牢记在心！"

毛人凤见状，满意地拍拍田伯涛，笑了："伯涛，好好干，你将来会大有作为的！"

田伯涛听罢，立刻立正回答："多谢先生栽培！"

田伯涛说完敬了个礼，转身走了。

6

几天以后，在何应钦的办公室里，何应钦看着陈一鸣交给他的请战书，不禁愣住了："请战书？请什么战？"

陈一鸣道："报告何总司令！伞兵第一团如今兵强马壮、士气高昂，如今已是全民抗战的第八年，伞兵团却还没有打过一仗！为此，我部官兵报国志坚、求战心切，希望能接受长官的作战命令！"

何应钦听完，望着陈一鸣不置可否地笑了："一鸣，你可知道养精蓄锐和枕戈待旦的道理吗？"

何应钦的一番话，把陈一鸣一下子给说糊涂了："何总教官，学生不明白总教官的意思，还请明示！"

何应钦望着他，高深莫测地笑了："一鸣，如今的日本已经是强弩之末，伞兵团是我国军精锐中之精锐，用伞兵团打日本人，那不是杀鸡用牛刀？"

陈一鸣道："这……学生不解。伞兵作为国军的快速反应部队，理应投放到最危险的地方。而现如今伞兵团受如此之优待，却不能上战场？这……到底是为什么？"

何应钦笑着说："问得好！可是，我现在还不能回答你。回去好好训练你的部队，仗还是有你打的。"

陈一鸣急了："可是小日本眼看着就要完蛋了，我们再不上去，还能打什么仗啊？"

何应钦道："打什么仗——打大仗！委员长雄才大略，比你我这种干才要看得远得很！回去好好带你的兵，别到时候真要用你们了，反倒拉不上去，那就够你我好瞧的了。"

陈一鸣听罢，还是深感迷惑不解，何应钦看着他，不得不把有些话说得更明白些："陈上校，对日本投降后的时局你怎么看？"

陈一鸣道："这……学生把全部心思都用在打日本上。对打跑了日寇之后的事情学生还没有想过！"

何应钦看着陈一鸣，遗憾地摇摇头："陈上校，作为优秀的党国军官，如果对政治毫无所知，那就不是一个称职的军官，或者说还不是一个文武双全的军官！你陈一鸣作为党国军中的新锐——伞兵第一团的团长，一定要对政治有所把握，这样才能出色地完成委座交给我们的任务！确切地说，日本人虽然是我们的敌人，但是已经不是我们第一号敌人。"

"第一号敌人？"陈一鸣听罢，不由得愣住了，"那我们的第一号敌人是谁？"

何应钦望着陈一鸣高深莫测地笑了："我们未来的第一号敌人，就是我们现在的友军。"

陈一鸣一惊："您是说，是八路军和新四军？"

何应钦点头："对，确切地说，是共产党——这是一群幽灵，是将来必然会与我们作殊死一搏的幽灵！"

陈一鸣听了，不免感到自己的汗毛都竖了起来："可是现在……我们还在和他们握手言欢，并且并肩战斗哇？"

何应钦听罢，不觉畅快地笑了："哈……这就是政治，这就是非大智慧者和雄才大略之人不能赢的政治！一鸣，你还年轻，回去慢慢想吧！"

何应钦说完，便举手送客了。一路上，陈一鸣坐在车里，总是觉得自己有些晕晕乎乎的，脑中闪过何应钦的声音："我们未来的第一号敌人，就是我们现在的友军，确切地说，是共产党!"

陈一鸣想到这儿,只觉得自己的头疼得要命,他的眼前不时地闪现出黄云晴和黄天明的身影。

陈一鸣心想:"难道,赶走小日本以后,我们又要打内战了?我和黄云晴、黄天明真的要在战场上刀兵相见?不能,绝对不能!"

回到军营以后,陈一鸣把自己一个人关在公寓里,昏昏沉沉地睡了一天,直到第二天下午,他才把冷锋等人叫到了自己的公寓。

7

冷锋嚷着:"不干了,老子不干了!什么他妈的攘外安内,说白了就是中国人杀中国人!八年抗战,眼看中国就要和平了,还他妈的打仗!不干了,老子的这个连长实在是当不了!"

冷锋说着,猛地撕掉了自己肩上的军衔,又气急地把自己头上的钢盔扔到了桌子上!

小 K 见状,也跟着撕下了自己的肩章:"行,我也不干了!老子早就想带着老婆孩子自己讨生活去!"燕子六、藤原刚和蝴蝶听了,也都把自己的肩章拽了下来。

燕子六说:"行,不干了,中国人不能打中国人!"

藤原刚道:"我跟着,日本战败了,我就回国去。"

蝴蝶说:"我回乡下找我儿子去!"

书生此时望着大家却并没有那么激动,陈一鸣看着书生不禁问了一句:"书生,你怎么那么平静?"

书生看着陈一鸣,不禁意味深长地笑了:"这是早在意料之中的事情,我为什么要激动?"

书生的话把陈一鸣,甚至在场的人都给说愣了。

陈一鸣看着书生,禁不住问道:"书生,如果真到了那一天,你怎么办?"

书生看着陈一鸣又笑了笑:"如果真到了那一天,我得看团座怎么办。"

书生把球踢给了陈一鸣,那意思却很明显,可陈一鸣还是禁不住问:"如果我陈一鸣要是跟着何司令打共产党呢?"

"那我肯定是找我舅舅做买卖去!"书生不假思索地回答。

谁知燕子六听罢赶紧说:"书生,你真的去找你舅舅?"

书生说:"当然是真的,这有什么可含糊的!"

燕子六说:"行,你舅舅是好人,我跟你走!"

小 K 和冷锋等人听了,也都跟着嚷嚷起来。

小 K 说:"书生,你舅舅的买卖肯定错不了。我也跟你干了!"

冷锋说:"还有我,我也算一个!"

小 K 问:"蝴蝶,你呢?"

蝴蝶说："反正我也没处去。既然你们大家都去，那我也去！"

小 K 说："那好，也算你一个！藤原刚到时候得回日本，就不算他了。现在，我们都有去处了！"

等小 K 说完话再转头去看陈一鸣，突然有些傻了。原来小 K 刚才把所有人都说到了，就是忘了陈一鸣！冷锋等人此时望着陈一鸣，也感到很尴尬。

冷锋道："团长，那……那你呢？"

陈一鸣看着冷锋和书生等人却苦笑了："我跟你们不一样，我外面还有一千多弟兄呢，那是我的兵，也是我的兄弟，我怎么能扔下他们说走就走呢？"

陈一鸣说到这儿，书生和冷锋等人都不说话了。

陈一鸣望着大家苦笑了笑，拿起了自己的钢盔："说归说，叫归叫，眼下还没到散伙的时候，或许事情到时候还会有变。我们该出去训练了。车到山前必有路，到时候再说到时候的话。"

陈一鸣说完戴上钢盔，转身走了。

冷锋等人互相看了看，都发现陈一鸣临出去时眼里显露出来的伤感，都不由得叹了口气。

冷锋说："小 K，就怨你！书生去找他舅舅那是应该的，你跟着瞎凑什么热闹？你看惹得陈教官不高兴了吧？"

小 K 忙说："哎，连长，你刚才不也说要投奔书生的舅舅吗，你干吗怨我呀？"

冷锋说："我？我那是让你刚才瞎张罗张罗晕了，才跟着大家说的。"

燕子六在一旁听了可不高兴了，第一次给小 K 撑起了口袋："连长，你这么说可就不对了，往后到哪儿去那可是一件大事，嘴长在你脑袋上，我们要去投奔舅舅，你就跟着投奔舅舅哇！"

冷锋咧嘴说："嘿，话也不能这么说，人不都得奔个光亮的地方去嘛，我冷锋当然也不例外……"

小 K 嘟囔着："还是的，这不就是你自己的事儿了嘛，怎么还能怨我呢？"

书生见大家说着说着又把话绕了回来，便赶紧说道："我看大家也别互相埋怨了。陈教官不是糊涂人，真要是到了那一天，他是不会撇下我们和全团一千多个弟兄不管的。"

小 K 说："哎，书生说的是正道理！陈教官不是糊涂人，还能把我们往瞎道儿上领啊！咱们现在操这些心干啥，走走走，训练去！"

于是大家伙跟着连长冷锋、副连长书生又热热闹闹地走了。

此刻，在训练场上，陈一鸣站在观礼台上，正在聚精会神地观看着部队的训练，方才那令他不愉快的一幕仿佛并没有发生。

就在这时候，他的六名兄弟部下又一字排开，威武雄壮地站在他背后。陈一鸣回过头来，看着他们笑了。

他习惯地举起右拳，对着他的六名部下轻声说了一句："同生共死！"

他的六名部下也领会地举起右拳："同生共死！"

看着脸上充满庄严的六位兄弟，陈一鸣的眼睛湿润了。

陈一鸣心里想道："那一瞬间，我们都仿佛都明白了一个道理——我们，不仅是一个不可分割的整体，其实，我们就是一个人。"

8

1945年8月，美军在日本广岛和长崎两地分别投下了一颗原子弹；同年8月，苏联红军对中国东北的日本关东军精锐部队实施毁灭性打击；同年8月15日，日本天皇只好无条件宣布投降。

此时，在南京市侵华日军大本营里，中村雄听着大楼外面欢庆的锣鼓和喧闹声，不禁感到人孤影单。在他的身后，站着垂头而立的特工们，中村雄深深地叹了口气，只好慢慢地转过身来："日本战败了！"

随着中村雄的话音，会议室里不由得响起特工们低沉的呜咽声。

中村雄又重重地叹口气："虽然这一天早晚得来，可是，听到天皇亲自宣布投降，作为他的臣子和武士，我们还是感到无比的悲痛！"

中村雄说着，忍不住垂下头来。大厅里一时间，响起了更大的哭声。

面对着他的手下，中村雄又慢慢地抬起头来："我们失败了，日本帝国百年崛起的梦想，第一次受到重挫。明治维新以来，多少日本人励精图治，为的就是日本可以崛起在东方，屹立在世界，成为亚洲文明的楷模！多少日本男儿牺牲在东亚、南洋，我们的人民在国内含辛茹苦，支撑大东亚圣战。可是，谁能想到，日本帝国的辉煌和梦想，就好像绽放后的樱花一样，竟这样快就凋谢了。"

一个站在他面前的特工突然振臂高呼："天皇万岁！大日本帝国万岁！"

而后拔出匕首对准自己的腹部深刺进去，而后便颓然倒地了。在他身边的几个特工见了，也纷纷拔出自己的匕首准备效法。

"住手！"中村雄大声制止着他们，"勇士们，日本的武士们，你们为什么要自杀？"

一名特工道："中村先生，不是您教导我们，宁为玉碎不为瓦全吗？"

中村雄听了，神色坚定地摇摇头："不，日本虽然战败，但是没有灭亡！此时此刻，正是日本最需要你们的时候，你们为什么要丢下日本而去？难道，你们愿意看着日本再衰败下去、连精壮的男人都没有了吗？不，不是你们需要日本，而是日本需要你们！放弃你们愚蠢的自杀，日本还没有亡！好好等待上峰的命令，好好回去，再去创造一个新的日本！"

大厅内的特工们听了中村雄的话，都禁不住重新抬起头来。他们感到惊讶，在这个看似瘦弱的老头子身上怎么会有如此旺盛的生命力！

中村雄对大家说："你们都回去吧，回到自己的办公室，安安静静地等待着上峰的命令！"

听了中村雄的话，特工们安静地走了。在会议厅的大门被关上的一刹那，中村雄忽然感到一阵无力，他眼前一黑，便摔倒了。

"中村将军，中村将军？！"

一个正在开门进来的参谋见状，赶紧大叫着奔了过来。几分钟以后，日本侵华大本营特务机关最高长官中村雄，被急速开来的救护车拉向了医院。

9

南京的街头人山人海，到处飘扬着青天白日旗。伞兵团的车队在市民的夹道欢迎下，正缓慢地向日本侵华大本营开来。

天上，偶尔有美式的战斗机在高空盘旋。陈一鸣此刻坐在美式吉普车上，开车的人是佩戴着上尉军衔的冷锋。

一名男学生高呼："庆祝南京解放！"

众人跟着高呼："庆祝南京解放——"

一名女学生高呼："欢迎国军部队进城！"

众人跟着高呼："欢迎国军部队进城——"

在一片喜庆的锣鼓声和口号声中，陈一鸣率领的全部美式装备的伞兵团开进了日本侵华大本营。

一个挂着值班袖章的日军军官见状赶紧跑了过来："本人是大本营今日值星官，特来欢迎贵军进城！"

陈一鸣冷蔑地看了值星官一眼，一脸严肃地跳下车来："你们的最高长官呢？"

"那尼？"日军值星官没有听明白，只好把头转向站在他身后的翻译。

翻译见状赶紧说："国军长官要见我们这里的最高长官。"

日军值星官这回听明白了，赶紧说："我的，这就去报告！"

陈一鸣喊："站住！你告诉他，从今天开始，这里由我们接管了！"

日军值星官转头看向翻译正要询问，正在陈一鸣身后的藤原刚用日语说话了："我们长官要你转告这里的最高长官，从今天起，这里由我们接管了！"

值星官说："是！"

日军值星官听罢，赶紧答应了一声，随后摘下自己的指挥刀，双手举起来递给陈一鸣。

陈一鸣呆了一下，接过了指挥刀，日军值星官赶紧跑去了。

几分钟以后，日军官兵们排成两列，分立在大楼两旁，躬身迎候奉命前来接管的陈一鸣等人。

小K看着立在两侧的日军官兵们，不禁有了气，他走到一个带队的军官跟前，挥起胳膊，不由分说地就给了那军官一记耳光！

那个军官一下子倒在地上，又赶紧站起来，笔直地站在小K面前："是！"

小K举起手来，又要抽其余的日本军官的耳光，被书生一把给拉住了。

小K问："你拉我干什么？！"

书生赶紧小声地劝小K："他们已经投降了，按照《日内瓦公约》，我们要保证他们的人身安全，不能虐待俘虏。否则，他们会到我们的上峰那里告我们！"

小K说："什么，他们还敢告我们？谁他妈给了他们这个权利？老子今天要给姐姐报仇，非要干掉他几个小日本试试！"

小K说着恶狠狠地端起冲锋枪，猛地拉开枪栓，便对准了他身边的日军官兵们。

陈一鸣喊："小K！不准胡来！"

陈一鸣一声断喝，小K端枪的手立刻就软了。他身边的日本军官见状，立刻吓得四下逃窜了。小K无奈，只好对天开起了枪。

一长串子弹过后，小K突然扔下手里的冲锋枪，蹲到一边放声大哭："呜……呜……"

10

日军侵华总司令冈村宁次的办公室。陈一鸣推门，大步地走了进来。穿着日军将军服的冈村宁次和坐在冈村宁次身边的刚刚出院的中村雄见了，都禁不住站起身来，垂手恭立。

看着站在眼前的中村雄，陈一鸣不禁怒火中烧，他立刻拔出手枪并且打开了保险，恶狠狠地盯着中村雄。跟在他身后的冷锋等人见了，也都端起枪来对准了中村雄。

中村雄脸上的肌肉跳了一下，而后便很快恢复了平静："陈一鸣上校，我们又见面了。只不过，这次你是胜利者，而我是战俘。"

听了中村雄的话，陈一鸣不由得勃然大怒："不，你不是战俘，你只不过是间谍！"

中村雄说："陈上校，鄙人的军衔是大日本帝国皇军中将，是《日内瓦公约》承认的交战国军队的军官。"

陈一鸣听罢，立刻冲了上来，一把揪住了中村雄的脖领子："不！中村雄，你不是战俘，你妄想逃过这一死！"

中村雄的脸因为被陈一鸣揪着而变得扭曲，可他的神情却仍旧很坦然："陈上校，你要杀了我——这很好。国际社会马上就会知道，中国军队践踏《日内瓦公约》，公然虐杀放弃抵抗的战俘将领，是一支最野蛮的军队。"

"你……"陈一鸣的呼吸变得急促了，他举起拳头要砸向中村雄，可是拳头落到一半的时候却突然停住了。

冈村宁次见状，赶紧跨上了一步："阁下，我是日本驻华大本营总司令官冈村宁次。中村雄先生是日本军人，他的名字确实在战俘的名册上，感谢阁下遵守《日内瓦公约》。"

陈一鸣听了叹口气，只好缓缓地放下了拳头："弟兄们，都把枪放下。他们是畜生，我们不是。"

冷锋和小K等人听了，只好慢慢地放下了枪口。

陈一鸣此时平静了一下自己，一脸严肃地转向冈村宁次："你们先回到自己的寓所去，等待国民政府的安置。"

冈村宁次若有所思地望着陈一鸣，却没有动。

陈一鸣立刻提高了声音："根据中华民国国民革命军总司令命令，我部从即日起接管南京日本驻华方面军大本营本部！"

冈村宁次听了，只好和中村雄交换了一下眼色，而后立正回答："上校阁下，我们遵循贵军的命令！"

冈村宁次说完，便和中村雄一起离开了办公室。

11

十几分钟以后，日军监狱的铁门被打开了，陈一鸣带领着他的部下们大踏步地走了进来。

陈一鸣说："同胞们！弟兄们！我们是中国国民革命军！日本已经无条件投降了，从今天开始，你们被释放了！"

"万岁！万岁——"被关在监狱里的囚犯们顿时声泪俱下，爆发出喜悦的欢呼声。

此时，关在单人牢房的的岩本听到庆祝的欢呼声，不禁如释重负："结束了，终于结束了。"

就在这个时候，在囚犯中努力寻找他的陈一鸣突然来到了他跟前，激动得紧紧握住了他的手："岩本兄弟，真高兴，你真的还活着！我还真怕万一你……走，岩本兄弟，你自由了！你身上还有伤，我马上让军医给你治疗！"

陈一鸣说着，拉起岩本就向外走，岩本却推辞了他。

岩本说："陈队长，谢谢你们来救我！你的心意我领了，可是我不能跟你走。"

听岩本这样说，陈一鸣愣住了："为什么？"

岩本望着陈一鸣笑了："你知道的，我是有组织。我的组织会照顾我的，希望我们还有机会见面！"

陈一鸣犹豫了一下，明白了："好，岩本先生，我派车送你！"

岩本说："不用了，我们的人会在门口等我的。"

陈一鸣说："那好，我送你去门口，等看见你们的人我再走！"

陈一鸣说着，亲自把岩本送到大门口。他们刚一出门，就看见林经理正带着几个商人打扮的人在门口等着岩本。

岩本说："好，接我的人来了，你可以放心地回去了。"

岩本说完，微笑着和陈一鸣招招手，而后转身走了。陈一鸣目送着岩本上了林经理带来的车，这才放心地回去了。

12

单说此时，中村雄回到自己的寓所之后，刚刚推开门，就被从门后伸出来的手枪顶住了脑袋。中村雄身上一抖，正要转头看去，便听见坐在大门正对面沙发上的一个背影说话了。

毛人凤说："中村雄先生，你回来了？"

中村雄愣了一下，连忙问："阁下是什么人？"

背影转过身来，面带微笑地看着中村雄："是我，鄙人姓毛。"

中村雄愣了一下，马上明白了对方是什么人：

"毛先生，没想到你这么快就到了南京。"

毛人凤望着中村雄笑了笑："中国有句成语，叫'惺惺相惜'。我对中村先生的谍报才华一直是十分钦佩的。好在盟军胜利了，不然，今天在这里忐忑不安的倒会是我了。"

中村雄听罢，会心地笑了笑："谢谢毛先生点拨。"

毛人凤："谢我什么？"

中村雄说："毛先生的话，无外乎有两层意思——第一，肯定了我作为间谍的才能；第二，告诉我用不着再忐忑不安了，是吗？"

毛人凤听了，不免佩服地点点头："中村雄不愧是老牌特务，果然是一点就透，那么，给我们准的材料都准备了吗？"

中村雄躬身回答："是的，我想到过贵军接收了南京之后，最需要的我所能提供的有关共党的档案。所以，我已经让手下作了整理，并且翻译成中文，以便先生来接收。"

"哦？哈……"毛人凤听罢，不禁得意地笑了，"中村先生不愧是谍战前辈，做的活儿果然是地道！还有呢？"

中村雄继续躬身回答："我的谍报网都在待命状态，随时可以为毛先生和贵局服务。"

毛人凤听了，这才满意地点点头："中村先生，你知道，这才是我最想要的！现在，我们要对共党展开全面攻势了，你和你的机关必须为我所用！但是，限于现在的情况，你和你的人已经不能再公开活动了，所以，送给你一个头衔——日本战俘遣散委员会委员！而你的机关，就算遣散委员会的联络机构，明白吗？"

中村雄听了简直是喜出望外，赶紧立正回答："多谢毛先生！我一定全力以赴配合毛先生，集中对付共产党！"

毛人凤听到这儿，禁不住满意地点点头："很好，对中村先生的合作，我深感满意！不过，我今天和你的谈话内容，你要绝对保密，一定不能泄露出去！否则，中村先生，我也是保不了你的。"

中村雄听了，立刻表示："我从事谍报工作一生，已经习惯了隐没于黑暗中。"

毛人凤望着他笑了："中村先生晓得事理就好。如果你的联络机构卓有成效，那么当剿共成功之后，你可以安全返回日本。"

中村雄说："是，中村遵命！"

毛人凤见状，站起身来，临走时嘱咐一句："让你的部下都低调一些，千万不要被报社知道。"

中村雄答道："中村明白。"

毛人凤随后起身走了。中村雄目送毛先生离开，关上门，脸上不觉现出得意的笑。

13

南京城内的一家米店里，一群穿着散乱军装的军人正在匆忙地搬运着大米。米店的老板和老板娘此时正跪在一边苦苦地哀求着："老总，老总，行行好，行行好吧！"

陈一鸣坐在吉普车里，此时正在此处路过，他看见后，不禁问了一句："那边怎么回事？"

同车的人没有吱声，开车的冷锋把车停了下来；跟在吉普车后面的几辆车也停了下来，伞兵们纷纷下了车，陈一鸣大步地向米店里走去。

米店内，指挥搬运大米的是一个穿着不合身的美式军装，留着分头的军官："搬走，搬走，都搬走！他妈的，老子抗战八年，你做汉奸八年！搬你几袋大米怎么了？"

老板在一旁听了，赶紧哀求："老总，老总，我不是汉奸啊！我只是个本分的生意人。"

分头："本分的生意人？你在日本人的地盘做生意，就是汉奸！还说是本分的生意人！"

老板道："老总啊，我们不是汉奸，哪朝哪代，这老百姓总是要活命的啊！"

老板说着，就要上去阻拦，留着分头的军官一脚踢开了他："滚开，滚开！你再敢阻拦，老子连你也一起抓了去！"

陈一鸣在一旁看不过眼了，不禁上前问了一句："你们干什么？"

分头转回头，见陈一鸣扛着上校军衔，便赶紧客气起来："兄弟，你们是哪个部分的？"

陈一鸣没有回答，却一脸严肃地回问了一句："你是哪部分的？"

分头答道："兄弟是国民革命军淞沪行动总队的！"

"淞沪行动总队？"陈一鸣听罢转过头来，询问冷锋等人，"你们谁知道这个部队？"

冷锋望着陈一鸣摇摇头："不知道，没听说过。"

分头见了赶紧说："我们是刚归顺中央的，以前是……"

老板娘在一旁听见了赶紧插了一句："我认识他！他以前是76号的！他才是汉奸，他是特务！"

谁知分头没等老板娘说完，回手就是一巴掌："他妈的！老子已经反正了！老子现在是军统局的！"

陈一鸣一听就急了，一把揪住了分头的脖领子："说，为什么抢人家东西？"

分头见状，不免有些慌了："我我我……我们没有抢啊？"

陈一鸣："没有抢——你这是在干么？"

听陈一鸣这样说，分头反倒变得仗义起来："兄弟，你是刚来南京吧？这叫接收！我说，你们也赶紧去吧，城里的部队都在抢着接收呢！只要你看着有钱的，就只管去！去晚了可就没油水了！"

分头说着，便推开陈一鸣的手，对着手下人又大声地吆喝起来："快快快，大伙赶紧搬！"

陈一鸣在旁看着更急了："光天化日之下，你们抢夺民财，难道想找死吗？！"

陈一鸣说完，冷锋等随行官兵立即举起枪来。分头见了，腿不免有些哆嗦。

分头说："哎，兄弟们，兄弟们……你们这是什么意思？不要误会，千万不要误会。"

冷锋在一旁大声骂了一句："没有误会，我们团座刚才说了，你们马上滚蛋！"

分头听了赶紧解释："哎哎，我们可都是自己人，都是中央军——"

"滚！"陈一鸣大声骂了一句。

分头看着陈一鸣，不免有些糊涂了："哎，这可有点儿稀奇了？我们爷们儿都是南京的地头蛇，这俗话说得好，强龙不压——"

燕子六骂道："去你妈的！"

分头话没说完，燕子六上去就是一巴掌，给分头一下子便打倒在地上，其他正在搬运粮食的杂牌兵见了，立刻都傻眼了。

分头紧捂着脸，在地上挣扎着："你你你……你敢打我？！我可是军统局戴老板的人！"

小K一听更急了，举着枪骂道："妈的，不提戴笠还给你一条活命；提了戴笠，老子今天就毙了你！"

分头求道："别别别……别开枪，小的现在就走，小的现在就走！"

分头说完向手下人一挥手，这些杂牌军便立刻慌慌张张地跑远了。

第二十二章

————————★————————

1

站在一旁的老板和老板娘见了，赶紧跪在地上给陈一鸣磕头："老总，谢谢老总，谢谢老总啊！"

陈一鸣上前将老板和老板娘扶了起来："老人家，快起来，冷锋。"

冷锋答道："到！"

陈一鸣："你领几个人，帮他们收拾收拾，我带人先走。"

"是！"冷锋说罢收回武器，赶忙带着几个兵过去帮忙了。

陈一鸣眉头紧锁地回到吉普车上，书生顶替冷锋坐在了驾驶座上，吉普车立刻开走了。

书生说："团座，你管得了一时，管得了一世吗？现在到处都在'劫收'。军警宪特，甚至连伪军伪警察都号称反正归顺中央，发了横财。我们只是伞兵团，你也只是上校团长，我们能起多大作用？"

陈一鸣听了，心里很不舒服，却没有说话。

书生一边开车一边说："听说汤恩伯的三方面军和上海警备司令部打起来了，死了不少兄弟。"

"为什么？"陈一鸣禁不住皱着眉头问。

书生冷笑了一声回答："为了抢一个日本军人俱乐部，都动了家伙。"

陈一鸣："汤恩伯不敢打日本人是有名的，对自己人倒不含糊！"

书生："两边都不是什么好东西，现在在上海的名声极差！"

陈一鸣听了，不由得叹口气："党国的事，坏就坏在这种人的手里！"

书生说："团座，也不能这么说！上梁不正下梁歪，你以为那些大官们就是好东西？抗战的时候，他们拿美国卡车走私，赚了不少钱，现在能闲着？"

陈一鸣听了不禁皱起了眉头："高官的事情，你是怎么知道的？"

书生笑了笑回答："你忘了，我舅舅是做买卖的。"

陈一鸣听罢，摇摇头苦笑了。

书生接着说："水能载舟，亦能覆舟哇，再这么折腾老百姓，只怕党国的日子也要难过呀！"

陈一鸣听着没有吱声，看着沿路之上随处可见的打着各种旗号"劫收"老百姓钱财的队伍，陈一鸣不免叹了口气："唉，这就是党国吗？这就是抗战胜利的结果吗？"

想到这儿，陈一鸣的眉头皱得更紧了。

2

南京军用机场，青天白日旗在随风飘舞。陈一鸣率领着伞兵们等候在机场上，在他身后不远处，是穿着崭新美式军礼服的军乐队。

过了一会儿，由四架 P51 野马战斗机护航，一架 C47 运输机渐渐飞临南京的上空。军乐队高声奏乐，飞机在乐曲声中缓缓降落了。

机舱门打开，何应钦一身戎装，神采奕奕地从飞机里走了出来。

陈一鸣喊道："立正——敬礼！"

陈一鸣一声令下，前来迎接的伞兵官兵，立刻向何应钦及随行人员敬礼。何应钦笑着挥挥手，在参谋们的陪同下走下了飞机。

陈一鸣："何总司令，旅途劳顿。"

何应钦："不累不累，这是重返南京，一路精神抖擞哇！"

何应钦说着，仰头环视着远处，不免一阵感慨："南京，我又回来了！"

陈一鸣："何总，请。"

在陈一鸣等人的陪同下，何应钦一脸笑容地走向了停在一旁的轿车。

何应钦问道："南京现在的形势怎么样？"

陈一鸣答道："日军已经按照规定等待在军营里，但是街面上的治安很不好，主要是投诚后的伪军、伪警察……"

何应钦听到这儿摆了摆手："哎！他们已经全部归顺中央，以后不要叫他们伪军了。"

陈一鸣听罢迟疑了一下，而后继续说："还有军统的各种地下武装，无论真的假的，现在都冒出来了，在京沪一带大肆活动。他们号称接收，但是被老百姓叫作'劫收'，无法无天，胡作非为。"

何应钦听罢，又摆手笑了笑："那是别的部门的事情，跟我们军队无关。"

陈一鸣答道："是。"

何应钦走到轿车跟前，却没有立刻上车，看着陈一鸣语重心长地说："一鸣，你要明白，委座把你这个精锐的伞兵团第一批运到南京来，不是做维持治安的宪兵部队的。你们的任务是加强京沪地区的防御，防止共军趁权力的真空期进城。国民政府要还都南京，这是国际大事！你要清楚自己的职责，不要分不清孰轻孰重！"

陈一鸣愣了一下，随即应了一声："是。"

何应钦拍着陈一鸣的肩膀笑了笑："我在南京的行程，由你亲自带队警卫。"

陈一鸣说："明白！"

陈一鸣说完，为何应钦打开了车门。待何应钦上车以后，他立刻跑回自己的吉普车，带着部下们跟着车队走了。

3

南京的何公馆内，此时显得异常热闹，刚刚进门的何应钦巡视着自己熟悉的房子，不禁又是一阵感叹："啊，还是老样子，不过早已是时过境迁了！"

谁知，他刚刚在沙发上坐下来，就见一个伞兵少尉慌慌张张地跑进来："报告！日……日本人来了！"

陈一鸣听了一惊，下意识地抓起了背在身后的冲锋枪。何应钦见状，摆摆手微笑了。

何应钦笑道："不要紧张，日本人战败了，他们是没有胆子来到我这里撒野的。说，到底是什么人要见我？"

伞兵少尉随后立正回答："日本侵华日军总司令冈村宁次，说要求见何总司令！"

何应钦听了，不禁笑了笑："总司令求见总司令——有意思！请他进来吧！"

"是！"伞兵少尉敬两个礼，赶紧走了。

过了一会儿，冈村宁次躬身走了进来："何总司令！"

何应钦见状，笑着站了起来："冈村总司令官，你好哇！"

两个人随后握起了手，那样子看起来很是亲热。陈一鸣在一旁看了，不禁皱起了眉头。

冈村宁次笑着问何应钦："何总司令先生已经是久仰久仰了，您一向好吗？"

何应钦听了，赶紧笑着点头："托福托福！我初次见到冈村先生，好像是1933年，在北平谈判《塘沽停战协定》的时候。"

冈村听了，不禁笑着回答："是的。在士官学校的时候我比您高好几班，所以没有见过您。在九一八事变的时候，我们首次见的面，当时我是关东军副参谋长，您是中国军队的总司令官，可我们见面的时候，好像并没有互相敌对的感觉。那时候，我时常到北平去见您，到现在也仍然没能忘怀您当时说的一句话：'日本应该就此罢手了，如果仍继续向中国本土挥兵侵略，则必使中国共产党日益壮大，结果，也必使日本大吃苦头。今天，我们在南京聚首，回忆起来真是不幸得很，当年您所讲的这句话到今天真的变成事实了！新四军已经兵临南京城下，凡是日军的占领区，都有共党的武装在活动啊！"

何应钦听罢，微微笑了笑："谢谢冈村宁次将军，我当时说的话你现在还能记得，真是难得。如今的形势倒真是让我忧虑。哦，冈村将军，你接着说。"

冈村应道："哦，其后我们再度见面是在1935年11月我在任职参谋本部第二部长的时候，适值中国国内排日运动最激烈之时，当时的空气十分紧张，我在南京只住了一宿，无法访问中国官厅，只好到领事馆找现在国会议员的须磨弥吉郎君。可就在那时，您来了电话，请我到您所在的使馆去吃饭，并约定不做任何有关政治的谈话，这便令我高兴极了。那时候，我记得您是参谋总长。"

"不，是军政部长。"何应钦注意地纠正了一句。

"哦，是的，是的。"冈村宁次听了，赶紧点头，"总司令阁下，您在重庆的时候，是否经常受到很厉害的轰炸？"

何应钦答道："是的，时常有轰炸，你们飞机的疲劳轰炸很是讨厌。你们管这种轰炸叫什么？"

冈村："我们日本人称作神经轰炸。"

何应钦："一连轰炸一整天，教人无法工作，真是够神经的。"

冈村："总司令阁下，很抱歉，这些都是我的属下干的。"

何应钦："不，没什么，已经过去了。"

冈村："可是，重庆的气候很坏，真让飞机驾驶员吃不消。"

何应钦："是的，重庆的冬天很少能看到太阳，有'蜀犬吠日'之说。"

冈村惊叹道："哦，看不到太阳的日子，让人是很难过的。"

何应钦："就像现在的日本，便是没有太阳的日子。"

何应钦不失时机地回了一句，冈村宁次听罢，赶紧点头。

冈村答道："是的，日本战败了，作为战败国的国民，他的心里是没有阳光的。"

何应钦看着冈村宁次接着说："日本现在已经没有了军队，我们两国可以不受任何阻碍而真正携手合作。不知冈村宁次将军现在愿不愿意和我们合作？"

冈村宁次听了，不禁一愣，而后眼里不禁闪出了狂喜："我和我的部下现在都已经是贵军的俘虏，不知是否还能有这样的荣幸？"

何应钦听罢立刻笑了："是的，日本国是战败了，可作为个人来说，我们还是朋友嘛！既然是朋友，为什么不可以合作？"

陈一鸣在一旁听了，不免感到毛骨悚然（心声）："朋友，他怎么能称呼日本的战犯做朋友？而且还要和战犯合作？这……这是一个国军的总司令——堂堂的国军上将该说的话吗？"

陈一鸣站在何应钦的身后正在走神儿，冈村宁次又说话了："总司令阁下，我还能为阁下做什么，还请明示。"

何应钦为冈村宁次面前的杯子里满了满茶水，接着说："总司令阁下，我已经请示过委座，对你们现在可以不称作俘虏。在华的日军既然已经缴械，那么就叫'徒手官兵'吧！"

冈村宁次听了，简直不相信自己的耳朵："'徒手官兵'？这……这真的是委员长阁下的指示吗？！"

何应钦听罢点点头："当然。我们中国是礼仪之邦，杀人不过头点地嘛。委座和我都是日本士官学校的学生，对日本军队还是有一定感情的。另外，委座还专门给了你一个命令。"

冈村宁次听了，立刻站了起来，那样子就像一个英勇的士兵在接受长官的命令："请何总司令示下！"

何应钦道："委座委任你为'中国战区日本官兵善后联络部长官'。"

冈村疑惑道："什么？"

何应钦看着显然有些受宠若惊的冈村宁次，不觉挥了挥手："冈村阁下，你请坐。冈村先生，你感到突然吗？不，委座是另有深意。中国战区日本官兵善后联络部长官那只是你的正式头衔。现在，抗战已经结束，往事付诸东流，一切都过去了，而致力于今日的中日合作才是当前最重要的事情！从今天起，二百万在华日军和日本侨民的遣返事宜统由阁下负责；但是，这只是你工作的一部分。还有一个重要的部分就是，在军事上要多发挥你的才能，为国军做好参谋。不瞒将军说，剿共的大业就要开始了，阁下熟悉中国国情，也熟悉共党共军，所以，委座希望你能继续为中国的剿共事业效力，这也为加强中日两国的友好关系而效力！阁下，你明白了吗？"

冈村宁次听罢，再一次激动地站起来："是！何总司令，我的部下还有两百万，其中至少有五十万是没有受到过严重打击的精兵强将，我想恳请总司令允许这五十万日军以志愿的名义参加剿共！"

何应钦听罢，不觉笑了："哦？这倒是一个很有意思的建议。"

冈村："总司令阁下，鄙人手下这五十万大军，可以组成强大的机动兵团，对共军实施毁灭性打击！"

何应钦听到这儿，不禁埋头思索起来，而后他抬起了头："冈村阁下，这是个很好的建议。只是，此事关系重大，我眼下还决定不了。你想想看，作为战败的日军，摇身一变成为国军参加剿共，这国内国外会产生什么舆论呢？而这种舆论对于党国的今后大业到底会带来怎样的影响。这些，我要请示委座才能决定！不过，你的一片赤心，我已经知道了。"

冈村："谢谢何总司令！那……我先告退了！"

何应钦听了，赶紧站起身来送："也好，走，我送送你。"

何应钦说着，陪同冈村宁次走了出去。望着两个人亲切交谈的背影，站在沙发后的陈一鸣简直是看傻了。

4

南京市的一家私人诊所里，一位年纪在四十岁左右的医生正在给岩本做身体检查。

黄云晴在一旁关切地问："怎么样？不要紧吧？"

医生答道："不要紧？骨伤恢复得还可以，只是伤口有些感染，需要一些消炎药物的治疗，目前我这里药品比较缺，还不能治疗，需要尽快把他转移到大医院去医治。"

黄云晴想了想说："中村雄现在正到处找他，他不能在医院露面，看来只有转移到根据地了！"

岩本在一旁听见，禁不住插了一句："真没想到，日本都战败了，而日本的特务机关却还能继续活动。"

黄云晴问："有什么想不到的？头号战犯冈村宁次现在已经成为国民政府的座上宾、

国防部的高级军事顾问！国民党统治下的中国，还有什么龌龊事儿做不出来？！"

岩本听罢，不由得苦笑了："看来，还真应了孙中山先生的那句话——革命尚未成功，同志仍须努力呀！"

黄云晴看着想了想："只是，你的伤不能再耽搁了。今天晚上，就由老高送你出城，到根据地去！"

夜晚，在高老板的陪同下，岩本上了停在门口的轿车。就在他上车的一瞬间，站在马路对面的人力车夫突然抬起眼来，拿起照片对照了一下，而后立刻向不远处打了个呼哨。

随着一声哨响，附近的胡同里立即开出一辆轿车，尾随着高老板和岩本坐的轿车跟了上去。轿车里坐的是中村机关的几个特工。

前面的车里，高老板回头看了看，很快就注意到后面有一辆车跟了上来，忍不住气愤地骂了一句："他妈的！刚出门就被盯上了！"

岩本听罢回过头来，仔细看了看，断言道："那是中村雄手下的车。"

高老板听了，不免有些紧张，赶紧转头吩咐司机："开快点，想办法甩掉他们！"

司机听了，赶紧加大油门儿，汽车飞快地向前奔去。可谁知后车见状，也加快了速度，两辆车便在夜间一前一后地追逐起来。后面的追车显然比前一辆车的车况好，很快地后车便追了上来，并且不断地向前车撞来，就在汽车拐弯的时候，前车的司机没有操稳车，汽车一个急转，便撞在墙上停下了。

高老板无奈，只好钻出车来，端起冲锋枪向身后的汽车一阵扫射。两个刚刚下车的特工立刻便被击中了。

高老板趁机拉起了岩本："走！"

谁知岩本听罢，却用力推开了高老板："你别管！我腿不行，你赶紧走！"

岩本说着，就举枪向后车还击。就在这个时候，远远地响起了警报声！

高老板听见，立刻就急了："岩本，别犹豫了，快跟我走！国民党的宪兵队马上就到了！"

岩本听了，却固执地坚持着："我是日本人，他们不会把我怎么样的！顶多把我送到日本侨民聚居点，到时候你们再去接我！我的腿不行，你们赶快走吧，要不然，我们就都逃不脱了！"

就在高老板犹豫的当口，胡同口处宪兵队的车辆出现了。岩本急了，赶紧推了高老板一把说道："你赶紧走！他们在抓共产党！"

高老板无奈一咬牙，赶紧跟着司机转身走了。岩本看着他们离去的背影苦笑了，他靠在墙上静静地等待着。

过了一会儿，宪兵们持枪冲了过来，中村机关的特工们还没等反应过来，就被包围了。

宪兵队带队的是一个叫冯恒刚的少校，他看见后立刻大骂了一句："妈的！是小日本！都投降了还拿着枪？都给我瞄准了，他们要是不投降，你们就给我往死里打！"

谁知他喊声刚落，被包围的日本特工便用日语高喊起来，一边喊着还一边不停地挥手。

冯恒刚不懂日语，只好问身边的一个宪兵："他们说什么？"

他身边的宪兵摇摇头，大声说："听不懂！谁知道说的什么鸟话！"

冯恒刚想了想，一咬牙："拿枪的日本人，就是敌人！给我打！"

宪兵们于是立刻开了火，被包围的特工们纷纷中弹倒下了。躲在墙角里的岩本见状，不由得摇头苦笑。

宪兵们小心翼翼地围拢过来，岩本立刻举起了双手，用汉语高喊："请不要开枪！我是普通的日本国民，我没有武器！"

冯恒刚听见，赶紧走了过来："他们为什么杀你？"

岩本答道："我是日本人，我们是个人恩怨。"

谁知道，宪兵们听到岩本是日本人，又重新举起枪对准了他。

岩本赶紧说："我说了，我没有武器！按照《日内瓦公约》，你们要保证我的生命安全！"

冯恒刚听罢想了想，放下了枪："算了，把他带回去再说。"

宪兵们听了立刻走过来，拉起了岩本。

5

黄云晴叹道："什么？！岩本被国民党宪兵带走了？！"

金陵大酒店里，黄云晴听了高老板汇报的情况，不免有些急了。

高老板望着黄云晴赶紧说：

"宪兵追来的人太多，岩本说，宪兵不会伤害他的性命，等他被送到日本侨民遣散营，我们再去接他。"

黄云晴听了，不禁苦笑着摇摇头："岩本想得太简单了。军统现在跟中村雄有合作，岩本一到宪兵手里，肯定会被交给中村雄的！"

"这……"高老板一听，立刻就傻了，"这是我的错，我当时怎么就没想到这一层？我这就去把他救回来！"

黄云晴："等等！"

高老板闻声，赶紧停住了脚。

黄云晴说："你不能去！国共合作还没有完全破裂，而国民党现在又接管了南京，满城都是国民党军队和伪军，我们贸然去救岩本一旦有闪失，会给我们党的正面工作造成被动的！"

高老板："那……那怎么办？难道，我们就眼睁睁地看着岩本被中村雄给杀了？"

黄云晴："我们当然不能眼瞅着自己的同志被害！我们另想办法，找有这个能力的！"

高老板问："谁？"

黄云晴说："伞兵团！"

高老板听了一愣，而后肯定地点点头。

6

夜深人静，伞兵团团部的灯此时还在亮着，伞兵团长陈一鸣一个人关在办公室里，正在喝着闷酒。

就在这时，书生推门走了进来，看见陈一鸣这个样子，他忍不住说了一句："团长，怎么一个人在喝闷酒？你不是下了禁酒令吗？全团都在禁酒，没想到团座倒先破了这个规矩。"

陈一鸣叹息地看了书生一眼："心里烦！来，过来坐坐。"

书生笑了，轻轻地坐在一边："怎么了团长——目睹党国今日之怪现状？"陈一鸣重重地叹了口气："不说那个了。哎，你找我有事？"

书生说："不是我找你，是有人要找你。"

陈一鸣问："谁？"

书生说："你的老朋友！"

陈一鸣看着书生愣了一下，突然醒悟了："黄云晴？"

书生答道："对。"

中山陵，还是那个两个人都熟悉的地方。陈一鸣下了车，快步地跑了过来。

陈一鸣问道："云晴，你找我？"

"对！"黄云晴望着他，表情很严肃。

陈一鸣忙问："什么事？"

黄云晴："岩本被宪兵抓住了，需要你帮助救他！"

陈一鸣："岩本？我已经把他交给你们的人了？"

黄云晴说："可是，由于我的疏忽，岩本在转移的途中，又被宪兵给抓走了。你知道，中村雄正在到处找他，而军统局又在跟中村雄合作，如果他们把岩本交给中村雄，那岩本就很可能死在中村雄的手上！"

陈一鸣想了想，果断地回答："我知道了，我现在就去想办法。"

陈一鸣说完，赶紧走了。

7

此刻，在南京市警备区司令部里，值班军官冯恒刚正在接着电话——

冯恒刚应道："喂，我知道了，我这就派人过去！"

就在这个时候，陈一鸣急匆匆走了进来："冯营长！"

冯恒刚答道："哦，陈团座？！怎么今天跑到我这儿来了。快请坐！快请坐！"

陈一鸣向冯恒刚挥挥手，笑了笑：“无事不登三宝殿！咱们是熟人，我就不拐弯抹角了，我想向你要个人！”

冯恒刚问：“什么人？”

陈一鸣道：“日本人。”

冯恒刚问：“日本人？”

陈一鸣肯定地说：“对，他叫岩本。”

冯恒刚皱着眉头想了想，回答：“对，确实有这么一号，一群日本人在街上火并，被我们给制止了。现场剩下个活的，就是他，现在关在我们的看守所。他自己供述，以前是中村特务机关的，军衔是少校。”

陈一鸣听了眼睛一亮，立刻说：“对，就是他！”

冯恒刚看着陈一鸣，却有些纳闷儿了：“哎，我说陈团座，你怎么会来捞日本特务呢？难道你也收了黑钱？”

陈一鸣看着冯恒刚，不免蔑视地笑了：“冯营长，你觉得我是那样的人吗？”

冯恒刚听了，不由得叹口气：“现在的南京，还有什么是不可能的。都乱成一锅粥了，整个就是个民国版的官场现形记！每天找我来说情、送钱的多了！钱我可以不要，但是递条子的，哪个我能惹得起？难道你陈团座……也要这样？”

陈一鸣看着冯恒刚，脸上立刻严肃起来：“我跟你说，岩本虽说是日本特务，但是他救过我和我的部下很多次。抗战期间，我们在敌后出生入死，没有岩本，早就完蛋了。现在抗战胜利了，帮助国军抗战的岩本反而被国军宪兵给抓了，你说，我能不救他吗？”

冯恒刚一听，立刻便不犹豫了：“行了，有你这话，我放他！不过，不能就这么放，需要走个程序，否则上峰知道了准得治我。这么着，明早儿一上班，你就带人在门口等着，我把他办出去就是！”

陈一鸣一听，立刻拍拍冯恒刚的肩膀：“老弟，谢谢了！”

第二天早晨，刚到办公的时间，陈一鸣就带着冷锋等人乘坐两辆吉普车等在了南京警备司令部的门口。

此时，在宪兵司令部的屋内，冯恒刚正在为岩本办理释放手续：“好，岩本先生，你的身份已经调查清楚了，你在这儿签个字，就可以走了。”

岩本道：“谢谢。”

岩本接过钢笔正要签字，办公室的门被突然推开了。岩本回头看去，只见中村雄带着人，一脸狞笑地走了进来。

中村雄来到冯恒刚跟前，很不客气地对冯恒刚说：“这个人，你要交给我们！”

冯恒刚看着中村雄，不免有些奇怪：“你是谁？这么大的口气？”

中村雄说：“我是中国战区日本善后官兵联络部的联络员中村雄。”

冯恒刚一听就急了：“怎么又他妈来个日本人？！”

中村雄望着冯恒刚，依旧一脸严肃：“指挥官阁下，按照你们上峰的规定，你应该把这个人交给我。”

冯恒刚看着中村雄，不客气地回了一句："你们日本人的事跟我有什么关系？你们都给我出去！"

岩本在一旁一听就急了："少校，这个人正在威胁我的安全！这一点，你们中国宪兵不会不管吗？！"

冯恒刚看看岩本，又看看中村雄："你们俩有仇，那是你们的事儿。出去自己解决，死一个少一个，都走！"

岩本："少校，我是因为帮助中国军队才被他们追杀的！难道你们的抗战结束了，就不管我的死活了吗？！我帮了你们多少次？你可以去问问国军伞兵团的团长陈一鸣上校，他最了解我！"

冯恒刚一听，立刻犹豫了，他看了看岩本，拿起了电话："你先别叫唤！我马上核实一下，给我接伞兵团！"

中村雄见状，赶紧拦住了冯恒刚："少校阁下，我这里有一份已经生效的死刑判决书。"

冯恒刚接过判决书一愣，随后问了一句："日本的？"

中村雄答道："对。日本虽然战败了，但是按照《日内瓦公约》，我们有权处置自己的官兵。在法律上，这个判决书是有效的。"

冯恒刚："你的意思是——要对他执行死刑？"

中村雄道："对。"

冯恒刚气愤道："这太荒唐了，你们已经投降了。你等等，我要请示一下我的上峰。"

冯恒刚说着，又拿起了电话。中村雄一见，脸上现出了笑意，他掏出一张名片递给了冯恒刚。

中村雄道："如果方便，请你打这个电话。"

冯恒刚接过名片一看，不禁愣住了："你认识何总司令？！"

中村雄的脸上，立刻显出了高傲的神情："是的，何总司令亲口答应过，日本官兵的管理由我们负责，日本军队的一切法律法规和制度，对日本官兵都将继续有效。"

听了中村雄的话，冯恒刚愣住了，他不由得再次抓起了电话。

单说此时，在司令部的大门口，陈一鸣等人迟迟不见岩本出来，不免有些着急。就在这时，从宪兵司令部里面缓缓开出两辆轿车，轿车的后面是一辆囚车，在后面跟着两辆装满宪兵的卡车。车队从陈一鸣等人的眼前开过，而后便向远处开去。

陈一鸣看着远去的车队，不免有些疑惑，他想了想对冷锋说："你们在这儿等着，我进去看看！"

陈一鸣说完，便快步地向大楼里面走去。他很快便来到二楼，进了冯恒刚的办公室。

陈一鸣问："老冯，岩本呢？怎么还没见他出来？"

冯恒刚的脸上呈现出一种倦怠的情绪："陈团座，岩本你见不到了。"

听冯恒刚说完，陈一鸣一下子就愣住了："为什么，为什么见不到了？"

冯恒刚说："他已经被中村雄给押走了。"

听冯恒刚说完，陈一鸣立刻就急了叫道："冯恒刚，咱们是说好了的，你怎么能出尔反尔，把岩本交给中村雄呢？！"

听陈一鸣这么说，冯恒刚也急了："出尔反尔？——出尔反尔的不是我，是总司令！是总司令下令，让我把岩本交给中村雄的！"

陈一鸣一听就蒙了："总司令，他……他为什么……"

冯恒刚答道："他为什么？你得去问他呀！当官儿们办的事儿，咱们当兵的从来就没有搞明白！"

陈一鸣听罢，立刻觉得四肢无力，他瘫软地靠在了门上。

8

刑场上，青天白日旗正在迎风飞舞。一队穿着日军军装的日本兵徒手站在那里，在他们的周围站着国民党的宪兵。

中村雄站在日本兵的身旁，冷笑地看着岩本被从囚车上带了下来。宪兵把岩本交给了两个日本兵，那两个日本兵将岩本推到了中村雄面前。

中村雄说道："岩本，你的末日到了。"

岩本冷笑地看着他，没有回答。此刻，一个国民党宪兵正在给站在中村雄身边的日本兵发着子弹。

日本军官叫道："预备——"

随着一个日军军官的口令声，日本兵们端起了步枪。岩本此时抬起头来看着不远处飘着的青天白日旗，不禁面露苦笑："这就是中国国民革命军吗？啊，你们就是中国国民革命军吗？"

没有人回答，只听到日本兵们将子弹推上膛的声音。

中村雄一脸狞笑地看着岩本："你还有什么想说的吗？"

岩本看着中村雄冷笑了："你希望我说什么？"

中村雄冷笑道："这就是你帮助中国人的下场！这就是你信共产主义的下场！"

岩本："哼，共产主义是我的信仰，你休想改变！"

中村雄骂道："那，你就去死吧！"

中村雄说完，一个日本兵走上来要给岩本眼睛蒙上黑布，被岩本拒绝了。

中村雄望着岩本叹了口气："随他便吧！"

日本兵转身走了。

日本军官喊道："举枪！"

随着日本军官的口令，日本兵们举起枪来。

日本军官叫道："瞄准！"

"等一等！"远处突然传来了陈一鸣的大声疾呼声！

然而，几乎就在同时，日本军官的口令下达了："放！"

随着连续响起的枪声，岩本慢慢地倒下了！

陈一鸣大喊着："岩本！岩本！"

陈一鸣跳下了吉普车，大声呼喊着飞奔过来。他猛地扑到岩本跟前，抱住了正在徐徐倒下的岩本——岩本的脸上带着笑，然而，他却再也不能说话了。

陈一鸣抱住："岩本！岩本！"

陈一鸣就像疯了一样大声地呼喊着，然后回答他的只是呼呼的风声和青天白日旗随风飘舞的声音。岩本像睡着了一样永远地闭上了眼睛。

岩本："我很久没有这样，毫无心理负担地看着天空。原来，中国的天空跟日本的天空一样的蓝！"

陈一鸣抱着身体渐渐变冷的岩本，禁不住失声痛哭。

9

夜晚又一次来到了南京城，被雨幕笼罩的南京市区，显得黑雾蒙蒙。此刻，在金陵大酒店门前，孤独地晃动着一个身影。他在酒店门前站了一会儿，又仰头眺望着酒店的大楼，而后终于迈步进入酒店的台阶。

午夜时分，大堂门口竖立着两个侍者。除此之外，便再没有什么人。

侍者见状迎了过来："长官，请问您有何贵干？"

陈一鸣道："我来找人。"

侍者问："什么人？"

陈一鸣道："你们老板。"

"老板？"侍者听罢愣了一下，随后小心地问，"请问先生是哪一位？现在已经半夜了，总经理怕是已经睡了。"

陈一鸣说："你告诉她，就说陈一鸣要见她。"

侍者听罢想了想，终于拿起了电话。总经理室里，黄云晴拿着电话不由得愣住了！

黄云晴问："陈一鸣？他来找我？你请他上来吧！"

几分钟以后，陈一鸣出现在总经理室里。

黄云晴问道："这么晚，你找我有事吗？"

陈一鸣望着黄云晴，叹了口气："我知道，今晚你肯定没睡。"

黄云晴知道陈一鸣指的是什么，不由得轻轻地叹了口气："你来想跟我说什么？"

陈一鸣叹口气坐了下来："我没能救出来岩本，是我的罪过。"

黄云晴说道："人已经死了，现在说什么都没有用了。"

陈一鸣："我知道，我会厚葬他的。"

黄云晴望着陈一鸣，不由得冷笑了："你是想告诉我你给他准备了一口好棺材？"

陈一鸣："不是。"

黄云晴："那你想跟我说什么？"

陈一鸣："我需要你的帮助。"

"帮助？"黄云晴不由得愣住了，"日本人已经投降了，国共内战一触即发，你想要我帮助你什么？"

陈一鸣道："我要杀了中村雄！"

黄云晴听罢，又禁不住愣了。

陈一鸣说："我需要有关中村雄的情报——他的出行规律、活动地点、随从警卫。"

黄云晴问："怎么？你要擅自行动？"

陈一鸣答道："对。"

黄云晴反问道："不等你的党国的命令了？"

陈一鸣不由得重重地叹了口气："党国不会再有命令了。"

黄云晴又问："你什么意思？"

陈一鸣道："如今，冈村宁次是何总司令的座上宾，中村雄是毛人凤的座上宾。党国，还会再有命令吗？"

黄云晴看着陈一鸣，不禁犹豫了："那你为什么还要这样做？"

陈一鸣道："因为良心！"

黄云晴看着他，没有说话。

陈一鸣说："我知道你们也想杀掉中村雄，但是，这个机会我请你们留给我！"

黄云晴说："为什么要给你？"

陈一鸣说："如果行动成功，如果那之后我还活着，我会回来找你的！"

黄云晴问："找我干什么？"

陈一鸣道："你和你哥哥都一直想得到的——我的信仰。"

黄云晴问："信仰？"

陈一鸣答道："对，信仰。我对党国，已经彻底失望了。你哥哥曾经跟我说过的，一个苹果如果已经烂透了，就没救了。党国现在就是那个烂透了的苹果——没救了！我不懂共产主义，但是我却知道——中国不能永远这样。我曾经请求你们接纳我的部下，现在，我希望你们可以接纳我以及我的部下。"

听了陈一鸣的话，黄云晴感到了惊愕，也感到了惊喜："一鸣，说实话，我觉得太突然了！"

陈一鸣望着黄云晴，眼睛里充满了真诚，也充满了渴望："云晴，我没有更高的理想，我就希望我的祖国能够走向光明、走向富强。我曾经选择了校长，我追寻他、跟随他，可是他让我失望了——彻底地失望了！现在，我选择了你们，我希望你们不会让我失望！"

陈一鸣说到这儿，眼里忽然涌出了泪水。那样子，就像一个需要母亲爱抚的孩子。

黄云晴的心里一阵感动，忍不住伸出手来，攥住了陈一鸣此时还显得冰冷的手："不，一鸣，你不会失望的，一定不会的。你知道一鸣，为了这一天——我等了多久吗？"

屋外响起了雷。闪电，照亮了陈一鸣充满坚毅的脸。

10

　　白天，在黄云晴和陈一鸣经常见面的中山陵，风尘仆仆的黄天明一脸微笑着走了过来。

　　黄天明说："一鸣，对不起，我接到云晴的电话便往南京赶，可还是来晚了。"

　　黄天明说着，向陈一鸣伸出手去。陈一鸣心情复杂地握住他的手。

　　陈一鸣道："不，天明，其实来晚的是我。"

　　黄天明知道陈一鸣指的是什么，不觉笑了："晚了，总比不来好，对吗？"

　　陈一鸣望着黄天明，也不觉苦笑了："是啊，站在总理的墓前，我的感受颇多。刚才等你的时候，我一直在想——我的选择到底是对还是错？"

　　黄天明望着陈一鸣笑了笑："一鸣，这些年你应该看到，中山先生的遗训国民党是否还在贯彻呢？今天的国民党早已经是变了质的国民党，跟争权夺利的北洋军阀还有什么不同？为了他们的私利，他们什么都可以出卖，甚至不惜牺牲自己的部下！现在，日本投降了，他们为了排除所谓的异党，甚至可以与日本战犯结盟，国家的尊严、民族的大义，在他们眼里又算得了什么？一鸣，这样的党国，你早就该把它丢弃了！"

　　听了黄天明的话，陈一鸣的脸上现出了悲痛的神情："是的，我早就该丢弃它了，可是我还是醒悟得太晚了！如果我没有亲眼看见国军的总司令居然跟日本战犯称兄道弟、如果我不是亲眼看见国民党军统和日本军阀同流合污一起谋害了我的救命恩人岩本，我现在恐怕还陷在泥潭里不能自拔！我真的是感到很后悔，如果我早一点觉悟，岩本……岩本就不会死了！"

　　陈一鸣说到这儿，眼里又不禁涌出泪来。

　　黄天明劝道："陈一鸣，别后悔了。你现在能够选择共产党，能够选择光明，不仅对你而且对你手下的三千名弟兄都是好事！"

　　陈一鸣听罢，不禁犹豫地看着黄天明："你的意思是……"

　　黄天明的脸色突然变得严肃起来："为了更长远的目标，我的上级决定你暂时还要继续留在伞兵团。"

　　陈一鸣惊叹道："什么？继续留在伞兵团，不把队伍拉走？"

　　黄天明点了点头："对。我的上级经过研究，认为现在就拉走伞兵团时机还不成熟，所以需要你和你的弟兄们暂时还要继续留在国民党的队伍里。"

　　陈一鸣听罢，不禁沉默了。他犹豫了一会儿，突然问："这个团，对共产党很重要吗？"

　　黄天明听罢，郑重地点点头："对，不仅对共产党重要，对未来的中国也十分重要！这个团是中国的第一支伞兵部队，必须好好保存！"

　　陈一鸣听了，不禁点了点头："抗战的时候，伞兵团就一直没有被派到前线，委员长，不，蒋介石——也许就是出于这样的考虑。"

　　黄天明接着说："所以，你就更应该保护好这个团！"

陈一鸣问道："那……我应该怎么做呢？"

黄天明："我这次急着从上海赶来，就是要当面向你传达上级的指示——你眼下要做的，就是不动声色地慢慢排查伞兵团里的军统分子和顽固分子，等待合适的时机进行起义！"

"起义？"陈一鸣听了，不禁有些沸腾，"行，我听从上级的！共产党让我什么时候起义，我就什么时候起义！"

黄天明听了也不免兴奋起来："一鸣，感谢你深明大义！你既然决定投身共产党，那我们就是同志了。一鸣同志，从现在开始，你的代号是'蒲公英'，到时候会有人和你联系。"

"蒲公英？"陈一鸣听了，不禁愣了一下。

黄天明问道："怎么？你是伞兵，不像蒲公英吗？"

陈一鸣听罢笑了："像，像！我的命运，就像战场上空的蒲公英啊！"

黄天明看着陈一鸣，也笑了。

11

伞兵团团部。

从训练场回来的陈一鸣，兴冲冲地走进门来，他大步来到桌子前，拿起事先倒好的开水大口地喝起来。他正在喝着，就见田伯涛笑眯眯地走了进来。

田伯涛报告道："团座。"

陈一鸣面无表情地看着田伯涛："哦，田主任，有何贵干？"

田伯涛答道："啊，有一份文件需要团座签署，昨天来找团座，却正赶上团座不在。"

陈一鸣伸手接过文件，不禁回了一句："你的消息够灵通的啊？我刚回来，你就来了。"

田伯涛听了，不禁笑道："团座是一团的灵魂，兄弟当然要关注团座了。团座，昨天晚上，您出去了？"

陈一鸣一听，脸色立刻就变了："怎么？你田主任也要查我的岗吗？"

田伯涛答道："哦，不敢不敢，兄弟哪敢查团座的岗。兄弟是担心团座的安危，所以昨晚一宿都没敢闭眼睛。"

陈一鸣听罢，不禁冷笑了："哦，田主任，那我还真得谢谢你了。"

田伯涛："不不，团座言重了，这是分内的事。"

陈一鸣应道："哼，分内的事！田主任，你我就不必绕圈子了！你来我这里干什么我很清楚，我的脾气你也很清楚。你愿意怎么搞，我不过问；但是你敢登鼻子上脸，我可不答应！这里是伞兵团，不是军统局，你别搞错了地方！"

田伯涛赔着笑："这……团座，兄弟记下了。"

陈一鸣说道："那好，既然记下了，我这里也没有什么事了，你可以走了。"

"是。"田伯涛应了一声，赶紧走了。

下午，团部门外警备森严；屋内，陈一鸣领着冷锋、书生等几个关正在开会。

陈一鸣布置道："今天晚上，我们干掉中村雄！"

冷锋等人听了脸上都现出了兴奋！

小 K 问："那……我们怎么干掉中村雄？"

陈一鸣道："天黑以前，我会有详细的行动方案给你们。"

冷锋听了，禁不住问了一句："我们这次行动，没有军统提供情报支援，我们上哪儿能搞到中村雄的情报呢？还有，事成以后，又怎么撤出来呢？"

陈一鸣迟疑了一下回答："到时候，一切都会有安排。"

燕子六听了眨巴眨巴眼睛，禁不住问了一声："那谁会给我们安排呀？"

蝴蝶说道："就是啊，团座，中村雄那里的警备非同一般，到时候就是一场恶战！我们就是死，也得死个明白呀？"

陈一鸣看看书生，想说点儿什么，可犹豫了一下，又咽下了要说的话，改口道："弟兄们，我说有安排，就肯定会有安排。我们团里有军统，大家都知道，所以这次的行动要绝对保密，这次的行动方案，现在也绝不能公布！不是不信任大家，这是纪律。大家回去先抓紧准备，但是关于这次行动，任何人都不许向外透露一个字！"

蝴蝶问道："那……如果有人问起来，我们怎么回答？"

陈一鸣说："如果有人问，你们就说团里最近要组织小规模的作战演习，所以事先做点儿准备。"

冷锋想了想，突然又问："田伯涛那条狗可是一直盯着我们，对他我们怎么办？"

陈一鸣突然冷笑了一下回答："对他我自有办法。这次，我一定要让他吃点儿苦头！"

第二十三章

1

军官食堂里气氛热烈，人员拥挤，前来就餐的军官们打了饭，陆续走向了不同的餐桌，三人一堆、五人一伙，一边吃着饭，一边聊着各自的见闻。此时，田伯涛就餐的餐桌上却只有他一个人，孤独地守着一张桌子，闷声地吃着饭。

就在这个时候，小 K 嬉皮笑脸地走了过来："田主任，吃饭呢？"

田伯涛抬起头来，不免有些惊愕："嗯，吃饭。小 K，你有事儿？"

小 K 索性坐下来，拿起了筷子："没事，怎么，没事儿就不能跟你一块儿吃吃饭吗？"

听小 K 这样说，田伯涛似乎有些受宠若惊，他赶紧回答："好好！欢迎，欢迎，请，请！"

小 K 听了，高高兴兴地坐下来，一边大口地吃着，一边说："我真不明白，主任这儿好吃好喝的，怎么就没人坐呢？都在那边挤着，那不是找罪受吗？"

田伯涛说道："一排长，以后你就坐在这儿吃，我让炊事班做你最爱吃的！"

小 K 忙说："好好好，那就有劳主任了！"

小 K 一边说着，一边偷偷拿出一包药来，突然对田伯涛说："哎，主任，那是谁来了？"

"谁呀？"田伯涛说着一回头，小 K 趁机把手里的药下到了田伯涛的汤碗里。

就在这个时候，田伯涛回过头来："没人啊？"

小 K 应道："哦，拐过去了。他不过来吃算了，我陪着你吃饭！"

小 K 说完，又闷着头大口大口吃起来。田伯涛不知道小 K 刚才做的猫腻儿，便一边跟小 K 说着话，一边低头喝着汤。可谁知喝着喝着，他的眉头就皱了起来，又过了一会儿，他突然站了起来，捂着肚子就往厕所跑。

小 K 一见，忍不住捂着嘴得意地笑起来。陈一鸣坐在一边看着小 K，也忍不住笑了。

单说田伯涛喝了小 K 放过药的汤之后，就反复不停地上厕所，到了下午的时候，就终于挺不住被军用救护车给拉走了。

陈一鸣看着已经虚脱的田伯涛坐车远去，禁不住笑着对小 K 等人命令道："抓紧时间准备,晚上行动!"

众人应道:"是!"

2

黄昏,中山陵附近的路边停着一辆轿车。

过了一会儿,陈一鸣急匆匆地走了过来。他机警地四下里瞅了瞅,钻进了停在路边的轿车。

坐在驾驶位子亡的黄云晴看了他一眼,轻声说:"中村雄今天晚上要到军统局本部去开会,在晚上 10 点钟左右会议结束……这是他的行动路线,都标清楚了,你们在这个地方动手,我们的人会接应你们。"

陈一鸣接过黄云晴递过来的图纸,脸上顿时现出了兴奋:"谢谢!还有一件事,我们不在现场的证据怎么搞?"

黄云晴说:"已经作了安排。国防部作战厅郭厅长今晚要宴请你们。"

陈一鸣道:"什么,郭厅长要宴请我们?那……那我们的行动?"

黄云晴说:"当然要照常进行。不仅如此,郭厅长还会提供你们不在现场的证据。"

黄云晴的话令陈一鸣又一次愣住了:"郭厅长为我们做证?共产党真是太厉害了!你说,这国军还能有什么秘密可言?"

陈一鸣说完,忍不住畅快地笑了,黄云晴见状也笑了。

黄云晴问道:"怎么样,这个人证够分量吗?"

陈一鸣答道:"简直是太够分量了,没有人会怀疑作战厅长的证言!"

黄云晴说:"郭厅长的真实身份,除了你,不能让任何人知道!如果你的弟兄们问起来,你就说郭厅长是出于对日本特务的憎恨,所以才愿意帮助你们!"

陈一鸣答道:"我知道。"

黄云晴说:"还有,为了方便郭厅长做证,你们在出发前和完事后都要去跟郭厅长会面。宴请的地点就设在距离现场不太远的酒店里,距离你们行动的现场不超出三公里。"

陈一鸣应道:"好,知道了。"

陈一鸣说完正要下车,黄云晴拉住了他:"一鸣,一定要注意安全!因为,中村身边还是有高手的。"

陈一鸣望着黄云晴,感激地笑了笑:"放心吧,我会注意的。"

陈一鸣说完,转身下了车,黄云晴又补了一句:"一鸣,我等你回来!"

陈一鸣的心不禁一动,他转过脸来看着黄云晴,意味深长地点点头,而后快步地走了。

黄云晴望着陈一鸣的背影,眼里不禁涌上了幸福的泪水:"我们终于是同志了!"

3

夜晚，军统局戴老板办公室里，几个穿着和服的美丽女孩儿正笑吟吟地站在戴笠和中村雄的面前。戴笠看着他们，不禁心花怒放。

中村雄望着戴笠笑了笑："这些，都是在下精心挑选的日本女孩儿，想来应该适合戴老板的口味。"

看着眼前的女孩们，戴笠禁不住问道："她们会说中国话吗？"

谁知戴笠话音未落，女孩儿们便一起向戴笠鞠躬致意："戴老板好！"

戴老板听见了，立刻大笑起来："好！好！发音纯正，而且地道！"

中村雄听了，赶紧在一旁介绍道："戴局长，她们都是从小学中文的。"

戴笠叹道："哦？是你们少年谍报学校的学生吧？"

中村雄应道："戴局长，现在应该说是您的少年谍报学校。"

"哈……"戴笠指着中村雄，不禁大笑起来，"中村先生，你真会说话！"

中村雄："哈……中日亲善嘛，啊？"

戴笠、中村雄："哈……"

中村雄："戴局长，毛先生还在隔壁等着我有事情要谈，我就先不奉陪了。"

中村雄说完，笑着退去了。

隔壁，毛人凤的办公室里，中村雄一进来，毛人凤就笑了："呵呵！老板爽了？"

中村雄笑道："爽了。还要谢谢毛先生提醒我怎么伺候老板。"

毛人凤听了，含意深刻地笑了笑："老板这个人，就好这一口。人有所好就好，就怕没有所好，那就麻烦了。现在，你不用担心你的那些虾兵蟹将们会被追究了，你就静下心来，好好为军统工作吧！"

中村雄应道："是，卑职一定尽其所能。"

毛人凤道："关于共党在南京的活动情况，你能否向我提供最新的情报？"

中村雄想了想，回答："毛先生，我一直怀疑伞兵团里面有共党活动。"

毛人凤问道："嗯？你是说……陈一鸣的伞兵团？你怀疑谁是共党？"

中村雄答道："陈一鸣。"

毛人凤听罢愣了愣，又不以为然地笑了笑："陈一鸣？你有证据吗？"

中村雄说道："如果我找到有力的证据，就不是怀疑了。"

毛人凤笑道："呵呵，中村先生，是不是因为他杀了你的儿子，所以你一直想报复他呀？除掉你儿子的命令是军统下的，难道你也想报复吗？"

中村雄听了，立刻站了起来："岂敢！军统对我来说，过去是敌人，现在是恩人、是上司。两国交战，各有损失，我只恨杀我儿子的人，而不可能去仇恨我的上司。这一点，请毛先生放心！"

毛人凤听罢，冷笑了一下："你就是恨军统，也得有这个能力呀？中村先生，知道我为什么欣赏你吗？识时务！"

中村雄谢道："谢谢毛先生夸奖。"

毛人凤说道："唉，别站着，坐吧！你我之间，谈不上谁是上司谁是下属，中日战争已经结束，我们现在是朋友，正携手走向未来！我们共同的敌人是共产主义，是共产党！我们只有携起手来，才能共同剿灭这股邪恶势力！"

中村雄应道："毛先生所说，正是在下所想！可是陈一鸣……"

毛人凤："陈一鸣是不是共产党，要看你能拿出什么证据。他现在可不是一般人，是委座最看重的国军新锐之一。中村先生如果拿不出有力的证据的话，想搞掉陈一鸣可是很难哪！你懂得我的意思吗？"

中村雄："在下明白了。"

毛人凤："中村先生，请喝茶！"

中村雄谢道："谢谢。"

毛人凤说："中村先生，你是聪明人，陈一鸣也是我们团体的叛徒！只是很遗憾，因为委座看好他，所以我们团体目前还没有办法清理门户。如果中村先生能够搞掉他，也算是帮了我们的团体的一个忙！"

毛人凤说完，望着中村雄意味深长地笑了笑。

中村雄赶紧点头："在下明白！"

4

天上响起了雷，闷热了一天的南京终于下起雨来。雨水很大，距离十米之外的一切都黑蒙蒙的。

中村雄从军统的办公大楼里走出来，在保镖的护卫下匆匆地上了车。轿车鸣了两声喇叭，出发了。中村雄感觉有些累，便坐在车里闭目养神。

车队很快驶入了南京郊区。又走了一会儿，开车的士兵猛然发现车队的前方出现了宪兵的检查站，持枪的宪兵戴着钢盔、穿着雨衣，威武地挺立在大雨里。

车队慢慢地停下来，小 K 把钢盔压得低低的，大步走了过来。

小 K 说道："证件。"

开车的士兵闻声摇下了车窗："我们是中国战区日本善后官兵联络处的。"

"证件！"小 K 黑着脸，仍然在大声询问。

开车的日本士兵无奈，只好掏出证件来递给小 K。小 K 拿过证件，举着手电筒假假式式地查验起来。就在这时，书生和燕子六拿着手电走了过来。

燕子六说："有重犯逃跑，每个人都拿出证件来，逐一检查！"

燕子六说着，敲开了中村雄乘坐的后车座的车窗。中村雄无奈，也只好掏出了本人的证件。

就在他交出证件的一瞬间，燕子六手里的枪响了；与此同时，所有持枪宪兵手里的枪都响了。

坐在车里的中村雄还没有明白过来是怎么回事，身上便连中数枪，立刻便断了气。又过了十几秒钟，枪声渐渐停止了。

陈一鸣问道："都解决了没有？"

冷锋报告说："全部解决！"

陈一鸣说完，快步走到中村雄坐的轿车跟前。看着倒在血泊里中村雄，不觉吐了一口气："撤！"

队员们闻声，立刻撤出了战场。几分钟以后，毛人凤率队赶了过来，看着满地的尸体和破损的车队，毛人凤不免气得面色铁青。毛人凤下令道："全城戒严！搜索凶手！"

部下："是！"

毛人凤说道："给我找到伞兵团的团长陈一鸣，看看他事发的时候到底在哪里！"

部下应道："是！"

5

一家酒店的包间里，气氛热烈。

郭厅长："来来来，大家都满上，我们继续喝酒！"

郭厅长话音刚落，包间的门就被踹开了，一伙宪兵们气势汹汹地闯了进来。

陈一鸣等人见状，都警惕地站起身来！

带着宪兵进来的军官是冯恒刚，他见到陈一鸣时，不禁一愣："陈团座，你怎么在这儿？"

陈一鸣看着冯恒刚笑了笑："我们在跟长官吃饭呢！"

冯恒刚忙问道："长官？哪个长官？"

郭厅长此时一直背对门口坐着，此刻他慢慢站起身，转过脸来。

冯恒刚一见就愣了，急忙立正敬礼："郭厅长好！"

郭厅长点点头，看看冯恒刚，又看看他身后的宪兵。

冯恒刚一见，赶紧对身后的宪兵骂道："还不放下枪！放下枪！都出去！"

宪兵们听罢，赶紧退了出去。

冯恒刚赔笑道："郭厅长，对不起，卑职不知道您在这里。"

郭厅长听罢，摆摆手："没关系，发生了什么事情？"

冯恒刚说："附近发生枪杀案，上峰要我们挨家挨户搜查凶手。"

郭厅长问道："哦，那你找到凶手了？"

冯恒刚答道："这……还没有找到。"

郭厅长笑道："那……我就是凶手，你把我带走吧，你可以立大功了。"

冯恒刚忙笑道："不，长官，我怎么可以怀疑长官呢？小的知错，小的不再打扰，这就告退！"

郭厅长听罢，脸色突然变了："滚。"

冯恒刚应道："是！"

冯恒刚答应了一声，如释重负地跑了。

队员们见状，都忍不住捂着肚子笑了起来。

6

戴笠的办公室里，戴笠听了毛人凤的汇报，不禁一阵疑惑。

戴笠问道："跟国防部的郭厅长在一起喝酒？这是怎么回事？"

毛人凤答道："老板，对郭厅长的真实身份，我一直有所怀疑，只是苦于抓不到他通匪的证据！"

戴笠："这个郭小鬼可是校长的得意门生，没有确凿证据，我们可是轻易不能惹呀！"

毛人凤："老板，案发的地点和他们吃饭的地方不足三公里远，而我们派人搜查的时候，郭厅长又偏偏和陈一鸣等人在一起吃饭。这不早不晚、不远不近，难道能是偶然的吗？我怀疑，陈一鸣已经跟姓郭的共党搞到了一起，这是一个预谋周密的暗杀行动！"

"唉！"戴笠听了叹了口气，双眉紧皱地看着毛人凤，"接着说。"

毛人凤接着说："局长，一个是国防部的作战厅长，掌握国军所有的军事机密和作战计划；一个是国军伞兵团的团长，掌管着三千人的精锐部队，而且就驻扎在首都！这两个人如果都是匪谍的话，那南京可就危在旦夕、党国可就危在旦夕了！"

毛人凤说完，戴笠却迟迟地不回答，毛人凤不禁有些急了："老板，该动手的时候就得动手，哪怕抓错了、杀错了，您还等什么呢？"

戴笠冷笑了一声，这才说："齐五，你刚才说了，一个是国防部作战厅长，一个是伞兵团团长，都是国军最重要的位置。能爬到这样位置的，都是校长信得过的黄埔学生。别说是两个都抓起来，就是抓其中一个，都能惊动校长，惊动整个黄埔系！"

毛人凤听罢，顿时无语了。

戴笠又不由得深叹了一口气："自古道，伴君如伴虎。我们本来就树敌过多，在眼下没有证据的情况下就去拔老虎嘴里的两颗牙，还不得让老虎一张口就把我们两个给咬死呀？"

毛人凤又道："可是局长，我们舍生忘死、鞍前马后，还不是为了委座的江山、党国的大业吗？这一点，校长他——"

戴笠道："齐五，在校长的眼里，是谁给他打的江山呢？是我们这些鹰犬，还是军队？"

毛人凤听了，一时说不出话来。

戴笠走过去，拍拍毛人凤的肩膀，又不由得深深地叹了口气："齐五呀，校长是靠黄埔系起家的。虽说我也是黄埔的学生，但是上阵打仗靠的不是我啊！我们现在要抓国防部的作战厅长、伞兵团的团长———你知道，会惹出多少带兵的黄埔系学生联名上书吗？一旦发生这种局面，你说，校长会怎么办？"

　　毛人凤的口气突然软了下来："委座肯定会丢卒保车呀！"

　　戴笠说道："到那时，你我的脑袋还在吗？"

　　戴笠的话，让毛人凤立刻闭上了嘴。可此时此刻，他还是有些不甘心："老板，难道……我们就不管了吗？！"

　　戴笠应道："谁说我们不管，党国的利益是高于一切的！管，我们当然要管，问题是怎么管——不是什么人都可以随便安上个罪名抓起来再说的。但是我们能找到他们勾结共党的确凿证据，第一个要杀他们脑袋的就是校长！你懂我的意思了吗？！"

　　毛人凤："卑职明白了！卑职一定派人设法找到他们的证据，彻底铲除这两个匪谍！"

　　毛人凤说完却没有走，戴笠见状不禁问道："齐五，还有什么事吗？"

　　毛人凤回答道："老板，中村雄被暗杀事件引起冈村宁次的关注，他刚才打电话来询问我们是否能保证他的安全？"

　　戴笠听罢笑了笑："那你是怎么回答的？"

　　毛人凤回道："我说，我们会全力保护他的安全。我们军统从来不会忘记自己的朋友，前提是只要他能继续全力地和我们合作。"

　　戴笠听罢，赞许地笑了："齐五呀齐五，你不愧是一张铁嘴！让冈村宁次那个老家伙去害怕吧，他越是提心吊胆，就越得死心塌地给我们做事。好了，你去吧。"

　　"是！"毛人凤答应了一声，转身走了。

7

　　单说在医院病房里，被小K下的药折腾了一宿的田伯涛，此时正面色苍白地躺在床上挂着吊瓶。就在这个时候，毛人凤急匆匆地走了进来。守护的护士见状，急忙退了出去。

　　田伯涛："毛，毛先生……"

　　毛人凤："怎么回事？你怎么到医院来了？"

　　田伯涛："不知怎么，误吃了巴豆，就……就……"

　　毛人凤："谁干的？"

　　田伯涛："不……不知道。"

　　毛人凤："吃饭的时候，你和谁在一起了？"

　　田伯涛："没……没有谁，就是我一个人。毛先生，我——"

　　毛人凤："别起来，你别起来！就躺在这儿说吧。中村雄被害的事儿，你知道不？"

　　田伯涛："知道了，医院里的人早上正在议论这件事儿。到底是什么人干的？"

　　毛人凤听了，苦笑着摇摇头："不知道，如果知道了，我就不过来问你了。前些天，你发现他们有什么密谋没有？"

　　田伯涛："没有，他们一切都避开我，我很难接近。"

　　毛人凤骂道："饭桶！给你吃巴豆，有意把你调开，目的就是为了暗杀中村雄！"

"哦？"田伯涛听了一惊，忍不住挣扎着坐起来，"毛先生，搜集到线索没有？"

毛人凤叹口气："唉，还没有！可我敢断定，中村雄的死肯定是陈一鸣那帮人干的！"

田伯涛听了，脸上不禁现出了愧疚之色："毛先生，对不起，我……"

毛人凤安慰道："好了好了，再检讨也没有用了，还是吸取教训吧！我一直是怎么告诫你的，'要想抓住狐狸，自己就得做个好猎手'，你还是过于心慈，手段也有些低，所以才会上当！好了，抓紧养病，然后马上回伞兵团去！"

田伯涛答道："是，打完吊针，我马上回去！"

毛人凤叮嘱道："记住，不管他们有什么可疑迹象，都要第一时间报告我！"

田伯涛答道："是！"

毛人凤说完，转身走了。

田伯涛躺在床上，脸上不免现出苦笑。

8

长江岸边一个荒芜的地界立着一座新坟。陈一鸣庄严肃穆地伫立在坟前。在他身后，依次伫立着冷锋、书生、小 K 等弟兄们。

陈一鸣："岩本兄弟，你不顾生死，多次救过我们兄弟。今天，我带着我的兄弟们一起来祭奠你来了，中村雄——我们把他杀了！你……可以瞑目了。"

陈一鸣说到这儿，眼圈不觉有些红了。在他身后的冷锋等人，眼睛也不免都红了。

陈一鸣："岩本兄弟，你不是中国人，可你却帮着中国人打赢了这场战争！也许以后不会有人知道你的名字，但是我们不会忘记你！黑猫敢死队——永远铭记着你的牺牲！我带着我的队员们，给您敬礼了！"

陈一鸣说完，庄严地举起了右手。

在他身后的队员们，也都庄严地举起了右手！

风吹着新坟上刚刚发芽的小草在轻轻地晃动，仿佛在替岩本点头，感谢着这些永远不会忘他的勇士们。

9

几个月以后，国共双方的和谈终于破裂了，国民党军队趁机向中原解放区发动进攻，内战从此开始了。

这一天，在离伞兵团驻地不远的一家茶馆的包间里，陈一鸣见到了前来接头的黄云晴。

黄云晴喝了一口茶，微笑地看着陈一鸣问道："伞兵团最近的情况怎么样？"

陈一鸣答道："情绪还算稳定，绝大多数军官和士兵中希望在这场内战中找到出路，只有少部分军官摇摆不定，思想顽固的军官是极少数。"

黄云晴问道：“保密局的人在你们团的活动还很活跃吗？”

陈一鸣说：“还很活跃，有时候还很猖狂。有人说，保密局的毛先生也亲自来前线了，不过我没有见到他。”

黄云晴听了，点点头：“我知道，越是天快亮的时候，反动派的活动就会越猖獗，一鸣，你要多加小心！”

听了黄云晴的话，陈一鸣笑了：“放心吧，我会注意的。什么时候率领全团起义，我听从上级的指示。”

黄云晴说道：“我知道了，一旦上级作了伞兵团起义的决定，我会立刻通知你的！我这次来是要告诉你，你现在要注意一个代号叫‘黄鼠狼’的保密局特务，他就潜伏在你们伞兵团的内部。我们的人一直在追查‘黄鼠狼’的下落，但是至今还没有结果。”

陈一鸣说道：“‘黄鼠狼’——不就是田伯涛那个人吗？”

黄云晴看着陈一鸣，笑了笑：“不是田伯涛。‘黄鼠狼’是毛人凤直接掌控的潜伏特务，跟公开身份的田伯涛走的是两条线，双方没有交叉。根据我们获得的情报，黄鼠狼跟你们走得很近，我们怀疑——”

陈一鸣问道：“你是怀疑我的弟兄中间有他们的人？——不，这绝对不可能！”

黄云晴反问道：“为什么？”

陈一鸣说道：“书生早就是共产党，这不用怀疑。我的其余兄弟都跟着我出生入死多年，都是可以把性命托付给对方的人！再说了，如果我的人当中有讨好保密局的，那通共叛变的证据早就该坐实了，那我的人头现在还能在吗？”

陈一鸣说得很激动，黄云晴不好再说什么了。过了一会儿，她轻声说：“田伯涛虽然在保密局，但是他肯定不是‘黄鼠狼’！所以，我提醒你还是格外小心，免得让敌人钻了空子。”

陈一鸣听了，不禁点点头：“这只‘黄鼠狼’，如果真的不是田伯涛，那我们可真的要好好对付了。”

黄云晴听罢，松了一口气：“你能这样考虑问题，我就放心了。好了，天就快亮了，我们在黑暗下生活的日子就要熬到头了，一鸣，我们都多努力，多保重吧！”

黄云晴说着站起身来，伸出了手。

陈一鸣说：“云晴，你也多保重！”

陈一鸣说完，也紧紧握住了黄云晴的手。

10

单说陈一鸣回到伞兵团以后，立刻把冷锋等人叫到了团部，准备商量对策。可谁知他还没说上几句话，团政治部主任田伯涛就笑呵呵地走了进来。看见冷锋等人都在，田伯涛不禁愣了一下。

田伯涛笑道：“团座，你们这是……”

陈一鸣说道："啊，如今战事紧张，我把侦察连的军官叫来商量一下如何进一步侦察敌情的事宜。田主任到这里来，有什么事呀？"

田伯涛说："哦，团座，我是来送达上峰刚刚用电报发来的命令！"

陈一鸣疑惑道："哦？"

陈一鸣听了不禁一愣，赶紧伸手接过了电报。看着看着，他不禁眉头拧紧了。

陈一鸣问道："把我们伞兵团改编成总统特种警备团？这是什么意思？"

田伯涛说："团座，这很简单。这就是说，委座十分关心我们伞兵团的命运，改编成警卫团就是要我们跟随着委座一起去台湾！"

燕子六问道："台湾？"

陈一鸣等人一听，都愣住了。

燕子六说："我们在大陆上待得好好的，到那个孤岛上去干啥呀？"

冷锋说："对，我们不能去台湾，就在徐州，参加徐蚌会战！"

陈一鸣也说："对，田主任，你给杜长官回电，就说我们全团官兵要求不离开徐州，并申请参加徐蚌会战！"

田伯涛道："团座，这可是委座亲自签发的命令。"

陈一鸣："那……我向杜长官去陈情！"

陈一鸣说着，和田伯涛一起走了。

留下的队员们见状，不禁面面相觑。

小 K 望着燕子六，第一个说了话："不会吧？要我们去台湾？"

燕子六听罢，赶紧接过话来："到了台湾，那还起义个屁啊？隔着那么宽的海峡，我们能游过去？"

蝴蝶接道："对呀，如果真去了台湾，那不死心塌地成了国民党了！"

藤原刚也说："是呀，这可怎么办呢？"

藤原刚一边叨念着，一边转向了书生。在书生身边的冷锋见书生一直不说话，禁不住问道："书生，你是我们这里唯一的共产党，你说，到底该怎么办哪？"

书生看了看大伙，终于说了话："这事儿，得看上级怎么定。"

徐州，一个隐蔽的房间里，昏暗的光线下，一只手指在快速地敲击着电台上的按键。

一个男人："加急。金鱼：伞兵团接到命令，改编为总统特种警备团，将离开战场前往上海登船，目的地台湾。如何策动起义，请迅速指示。黑桃 A。"

几小时以后，在伞兵团附近的茶馆里，黄云晴又和陈一鸣进行了紧急约见。

黄云晴说："上级指示你，在伞兵团乘船前往台湾的途中举行全团起义。"

"在海上起义？！"陈一鸣听罢，不由得愣住了。

黄云晴答道："对，在徐州，你们驻地的周围都是杜聿明的部队，一旦起义，便立刻会陷入重兵的包围之中，而乘船就不同了——船一旦到了海上，伞兵团就冲出了敌人的包围，真的自由了！"

陈一鸣说："太好了！我们在海上起义以后，可以直接开船到连云港，那里正好是我们的解放区！"

黄云晴说："对，组织上已经摆好了大批渔船，到时候可以武装开船到海上去接应你们。这个计划，可以说是万无一失！"

陈一鸣听了，这才长长地吐了一口气："好，我们终于盼到这一天了。组织上对我们还有什么要求吗？"

黄云晴想了想说："这个计划要绝对保密，一旦被敌人事先发现，就很可能使计划流产。另外，我们一定要设法挖出保密局隐蔽的间谍'黄鼠狼'，以免他破坏这次起义。"

陈一鸣答道："是，我们一定尽快落实！"

黄云晴说："另外，为了确保起义成功，上级已经给'黑桃A'发了电报，让他协助你们破获'黄鼠狼'。"

陈一鸣问："'黑桃A'？'黑桃A'是谁？"

黄云晴望着陈一鸣笑了："到时候你就知道了。"

11

夜晚，伞兵团的驻地里，准备开拔的伞兵团的官兵们在探照灯的照耀下正里里外外地忙着装东西。而此时在通信排的电台室里，排长蝴蝶坐在桌前正亲自在接收着电报。

就在这时，团长陈一鸣走了进来。蝴蝶听见了，转过头来向他使了个眼色，陈一鸣会意地等在了一边。

蝴蝶翻译完电文，立刻起身交给了他。陈一鸣拿过电文一看，立刻就笑了。

蝴蝶看着陈一鸣，不禁有些不解："团座，怎么了，为什么笑？"

陈一鸣回道："那边，关于我们在军舰上起义的命令下来了！搞这种行动是我们的长项，可以很快便完全控制局面！我们把顽固分子关在船舱里面，只要我们控制了局面，他们根本就没有还手之力，真是太好了！"

蝴蝶见状也笑了："团座，这回我们黑暗的日子总算是过到头了！"

陈一鸣道："是呀，过到头了，我们总算盼到这一天了。明天，我们凌晨空运上海！"

蝴蝶答道："是！"

徐州机场，C47运输机正在一架一架地起飞，还没有起飞的伞兵们正在一个接一个地陆续登机。

在机场的四周，正在值勤的宪兵无不投来羡慕的目光。

一宪兵说："还是当伞兵好哇，脚底下抹油——溜了！"

另一宪兵说："是呀，就留下了我们，在这儿当炮灰。"

又一宪兵说："唉，共军要是真打进来，我们该怎么办？"

一宪兵说："怎么办？没听说吗，共军优待俘虏！像其他部队的兄弟那样，见了共军两手一举枪，保个活命完事儿！"

那宪兵说："对，大哥，听你的，就这么着！"

几个人正说着，陈一鸣带着几个军官走了过来。守卫的宪兵们见了，赶紧闭住了嘴，转身立正敬礼。

陈一鸣随手还了礼，而后注意地看着眼前还在等着登机的伞兵们。

站在他身边的冷锋向他报告："团座，兵员空运今天晚上就能完成，物资装备的运输大约还需要两天的时间。空军说，现在空运紧张，恐怕给不了我们那么多运输机了。"

陈一鸣听罢想了想，叹了口气："人员要全部运走，物资装备能运多少就运多少，不要影响人员的运输。等部队到了上海，联勤部还会补充给我们海上航行使用的物资。等到了目的地，就什么都有了。"

冷锋应道："是！"

冷锋应了一声，转身去安排了。

又一架运输机开始发动了，陈一鸣带着一行人登上了运输机。他回头望去，只见机场上的伞兵人员已经所剩无几，还在陆续登机；再放眼望去，只见徐州城里的一切都淹没在暮霭里。

冷锋问道："团座，我们走吧？"

冷锋在身后催了一下，陈一鸣轻轻地嘘了口气，转身进了机舱，冷锋随即关上舱门。几秒钟之后，运输机开始在跑道上滑行，而后瞬间升上了天空。

12

上海，和徐州几乎一样，也是一片混乱，汽车声、人流声，和远处码头轮船的鸣叫声响成一片。

港口司令部的一间办公室里。此时，海军军官们正往返穿梭，电话声不绝于耳。

陈一鸣和冷锋此时站在一张办公桌前，等待着正在通电话的参谋。

参谋放下电话以后，不好意思地笑了笑："对不起，久等了，我找找你们的运输计划！"

参谋在文件堆里翻了一会儿，终于找了出来："哦，你们明天坐海辽号出发，大概四十八小时可以到达台湾。"

"海辽号？是民船？"陈一鸣听罢，不禁愣住了。

参谋说："对，三千五百吨的美国进口大湖级海轮，足够搭载你们一个团，甚至还能搭载其余的部队。"

陈一鸣听罢皱了皱眉头，断然回绝："我们不坐海辽号！"

参谋问道："为什么？"

陈一鸣回道："海辽号不吉利！"

参谋又说道："不吉利？"

陈一鸣回道："对！这艘船卖给我们中国以后起名为海闽号，海闽号在头一次航行的时候就撞沉了吴淞军港的小火轮，弄死了十六个军校实习生；然后，它开往厦门的时候又撞翻了民船伏波号，于是就改名叫海福号。谁知它改名海福号之后又撞了陆军的运兵驳船，一次就死了一百多人，最后才更名为海辽号——这段历史，你以为我不知道吗？"

参谋听了不免又是惊讶、又是羡慕："团座，没想到您对海军还这么熟悉呀？"

陈一鸣听了，不禁冷笑一声："现在海辽号就剩下空军没有出过事故了。你想害死我们哪？"

参谋听罢，不禁愣住了："怎么，团座你也信这个？"

陈一鸣道："我们伞兵，是从天上跳下来的，当然有自己的规矩！总之，海辽号——我们坚决不坐！"

参谋说："那……我得向上峰请示。"

参谋说着拿起电话，陈一鸣在一旁厉声回了一句："你给你们司令打电话，告诉他，你们不提供别的船，伞兵团就不去台湾！"

参谋一听愣住了，想了想，又把电话放下了。

陈一鸣又抓起电话递给了他："打！让你们司令自己去找国防部、找委座，随便找谁都行！没有别的船，我们绝对不去台湾！"

参谋接过电话，只好苦笑了："那……团座请稍等。"

陈一鸣道："走，我们抽烟去！"

陈一鸣说完，带着还没有摸清楚情况的冷锋出去了。来到走廊里，冷锋禁不住问了一句："团座，为什么不坐海辽号呢？"

陈一鸣一听笑了："你傻呀？3500吨的大海船，装三个团都富余，我们伞兵团才3000多人！上峰能让这轮船空着吗？肯定得装载其他的部队。到时候在海上动了手，我们能控制自己的部队，控制得了别的部队吗？那时候，光靠我们几个人，是压不住局面的！"

冷锋听了，不觉倒吸一口凉气："妈的，是这样啊！那海军要是再给我们派更大的船怎么办？"

陈一鸣听罢，又不禁得意地笑了："我查过吴淞军港的资料，再也没有大船了，只有登陆舰去台湾。我刚来海港的时候，怕的就是他们给我们派海辽号，没想到果然给我们派了这条船！如果他们再派船，只能给我们派登陆舰，登陆舰的吨位小，就能装下我们一个团，不会再有别的部队。"

冷锋听了，不禁佩服地笑了笑："团座，你想得可真够细的。"

陈一鸣随后看看手表，摆摆手："差不多了，我们进去。"

两个人来到办公室以后，负责接待的参谋看见他们进来，赶紧站起身来："陈团座，我已经跟上峰沟通过了。"

陈一鸣问道："他们怎么说？"

参谋回答道："上峰说，如果伞兵团真的不愿意坐海辽号，那就只有小船了。"

陈一鸣问道："小船……什么船？"

参谋说："只有中字102坦克登陆舰了。不过，这船吨位小，是运坦克用的，在海上航行，可实在没有坐海辽号舒服。"

陈一鸣听了，毫不在乎地摆摆手："行，只要不是海辽号，运坦克的也行，我们伞兵团不怕吃苦。"

参谋听罢，赶紧解释："团座，您这是何苦呢？海辽号是大客轮，舒舒服服地到台湾多好。中字 102 在海上航行十分颠簸，你们伞兵团没有海上长途航行的经验，到时候一晕船可就遭罪了。"

陈一鸣回道："没关系！我们伞兵经常跳伞，不怕难受，怕的就是不吉利，明白吗？"

参谋听了，这回便只有苦笑了："团座，这次我是真明白了。"

陈一鸣谢道："谢谢。"

陈一鸣说着伸出了手，参谋也笑着握住了陈一鸣的手：说："不客气。"

陈一鸣随后带着冷锋，心满意足地走了。

第二十四章

1

此时，在作为伞兵团临时驻地的大库房里，并排坐在地铺上的伞兵们正私下里抑制不住地议论着——

伞兵："唉，真没想到，这仗怎么败得这么惨呢？"

伞兵："当官的净忙着发财，现在又忙着逃跑，那还不得败得惨哪！"

伞兵："这回我们再没处逃了，就只得逃到台湾了。"

伞兵："我们家祖宗八代都在大陆，这要是去了台湾，那不等于酒杯刨了根儿了吗？"

伞兵："谁说不是呢？我们家……"

哨兵喊道："团座到——"

就在这时，库房门外传来了哨兵大声的呼喊声，正在议论的伞兵们闻声，都立刻站了起来。大门口处，只见陈一鸣一脸严肃地走了进来，在他身后跟着脸色同样严肃的冷锋。

几个带兵的营长见了，立刻跑了过来。

几个营长一齐喊道："团座！"

陈一鸣看着营长们，严肃地问："士兵们刚才在议论什么？"

其中的一个营长听了，犹豫了一下回答："大家听说要去台湾了，都在惦念大陆上的亲人。"

陈一鸣听了没有追问下去，想了想问："还有什么情况？"

又一个营长回答："我们营里出了三个逃兵。"

"跑了？"陈一鸣惊愕地转向了那位营长。

营长回答："已经抓回来了，想问团座该怎样处置？"

陈一鸣犹豫了一下，命令那位营长："把他们带过来吧！"

营长答道："是。"

那位营长答应了一声，命令身边的士兵把三个逃兵押了过来。陈一鸣转头看去，只见那三个士兵已经被打得遍体鳞伤，被士兵们按着跪在了陈一鸣面前。陈一鸣看着他们叹口气，迟疑了一下，轻声说："让他们站起来吧！"

士兵们闻声，把三个逃兵拉了起来。陈一鸣仔细看去，突然觉得其中的一个逃兵他有些熟悉，不禁叫了一声———

陈一鸣问道："陈国锋？"

那个叫陈国锋的逃兵立刻回答："到！团座！"

陈一鸣说："你你……你怎么会当逃兵呢？我记得，你是放弃学业从军的大学生啊，平时训练也很能吃苦的，怎么——"

"团座！"陈国锋叫了一声，勇敢地抬起头来，"团座，我参军是为了抗战——打日本，不是为了中国人自己打自己的。"

陈一鸣的眉毛挑了一下，又问道："那你为什么现在逃跑？"

陈国锋答道："我不想去台湾。"

陈一鸣又问："为什么？总统特种警备团，这不是一种荣誉吗？"

"荣誉？"陈国锋望着陈一鸣冷笑了，"我们现在还有什么荣誉？军人的荣誉？可军人就是用来打内战的吗？死在我们枪口下的，哪一个不是中国人？去台湾？去台湾干什么？继续打内战？当炮灰？我不想再这样当炮灰了，我想回家！"

那位营长赶忙说："你给我住嘴！"

陈国锋话没说完，陈国锋的营长就把嘴巴抽了过去："你这个共党嫌疑分子，少在这里做蛊惑宣传！看我不毙了你！"

营长说着就要掏枪，陈一鸣一把按住了他："兵不畏死，何必以死威胁？"

那个营长见了，只好低下头来。陈一鸣转向了陈国锋，却见陈国锋此刻仍然坦然抬着头看他。

陈一鸣的心里，不由得动了一下："你当逃兵，是军人的耻辱；但是你敢说真话，是一条好汉！我敬佩你跟我说真话，所以留下你一条命。把他们三个都关起来，带上船一起走。"

等陈国锋被士兵们押下去，陈一鸣转身看着自己的战士们。

陈一鸣问："你们都不想去台湾吗？"

队伍中没有人敢回答。

陈一鸣望着大家苦笑了："弟兄们，我们就是不走，留下来还能干什么呢？再去跟共军打仗？兵败如山倒，五个王牌军都被歼灭了，我们能改变战局吗？"

陈一鸣说着，再次把目光扫向自己的战士们。士兵们脸上露出迷惘，一个个聚精会神地听着。

陈一鸣接着说道："我知道，你们不愿意走，我也不愿意走。但是，我们必须上船，如果你们相信我这个团长的话，就别做逃兵！我一定会给你们找一个好出路的。外面都是宪兵，你们是逃不出去的！大家都沉住气，不要慌，也不要逃。不要在临行前再为自己也为团里增添麻烦，请大家相信我，我是不会把大家往死路上领的。好了，大家都各就各位，一会儿，准备开饭！"

陈一鸣说完，带着冷锋走了，士兵们静静地回到了自己的位置上。

382

2

吴淞军港码头，瞭望塔上的探照灯在频繁地扫射着码头和海面上的一切。码头上，此时停泊着一艘登陆舰，伞兵团的伞兵们此时正在默默地登船。

陈一鸣站在吉普车上一脸严肃，正在默默地注视着正在登船和等待登船的战士们。就在这个时候，一辆军用救护车开来，停在了警戒线外。

随着节奏的汽车鸣叫声，陈一鸣转过脸去，从救护车的驾驶室里探出了化装成军医的黄云晴的脸。陈一鸣的脸上露出隐隐的笑容，带着冷锋等人走了过去。

此时，救护车的车门打开，黄云晴微笑着走下车来："你好，陈团座！"

黄云晴一边说着，一边向陈一鸣敬了个礼。陈一鸣微微一笑，还了个礼。

黄云晴说："陈团座，按照你的吩咐，人我都给你带来了。"

随着黄云晴的话音，救护车的后门打开，只见阿莲抱着孩子，还有藤原刚的母亲，冷锋等人的亲属等，都纷纷走下车来。

小K一见，就乐了："阿莲，是你们哪！"

小K一边说着，一边走过去，抢过了抱在阿莲怀里的孩子。藤原刚、冷锋、燕子六等人也都高高兴兴地迎了过去。

阿莲说："小K，我们这是要去哪儿呀？"

小K说道："别问了，上船吧，到地方你就知道了。"

阿莲笑道："嘿，你这个人！"

陈一鸣此时向大家招招手："大家都别在这儿说话了，赶紧上船，有话到船上说！"

队员们听了，赶紧带着家属向上船的方向走去。一时间，救护车跟前就剩下了黄云晴和陈一鸣两个人。他们互相望着，竟一时间沉默了。

陈一鸣抬手看看表，终于说："我们就要开船了。"

黄云晴："是，开船后，一切就看你的了。"

陈一鸣："我知道。"

陈一鸣、黄云晴："你……"

两个人此时都要说点儿什么，却又都停住了。

陈一鸣："你先说。"

黄云晴："不，还是你先说。"

陈一鸣："你……你要多保重！"

黄云晴："你也多保重，祝你们成功，我在解放区等你！"

陈一鸣："我一定！"

陈一鸣说着伸出手来，黄云晴笑了笑，紧紧地握住了他的手。陈一鸣笑了笑，转身走了，黄云晴突然在他身后补了一句——

"记住我们的约定！"

陈一鸣停住了脚，转过身来，笑了笑："一言为定！"

陈一鸣说完，毅然地走了。黄云晴看着他上了船，而后也上车走了。

吴淞军港，随着登陆舰突然响起的汽笛声，载满伞兵团官兵的登陆舰缓缓地离开了码头。随着登陆舰的离港，登陆舰里骤然响起了官兵和家属们的哭泣声。

这哭声如泣如诉，长久地在海面上回荡……

3

登陆舰禁闭舱的舱门突然打开了，冷锋面色威严地走进舱来。

冷锋说："陈国锋。"

陈国锋答道："在！"

陈国锋应了一声，慌忙站起身来。

冷锋阴沉着脸看着他："团座要见你。"

陈国锋答道："是。"

冷锋随即转身走了，双手被捆绑的陈国锋，跌跌撞撞地跟在了冷锋的身后。

此时，一个单独的小船舱里正亮着灯。台灯下，陈一鸣伏身在海图上，正用心地在观看着。

冷锋："报告！"

陈一鸣："进来。"

随着陈一鸣一声命令，船舱的门开了，冷锋押着陈国锋走了进来。

冷锋说："团座，人带来了。"

陈一鸣说道："松绑。"

陈一鸣一声令下，冷锋为陈国锋解开了绳子。陈国锋活动了一下手腕，脸上充满了疑问。

陈一鸣向冷锋挥挥手："你到外面盯着点儿，我跟他单独谈谈。"

"是！"冷锋应了一声走出去，随手带上了门。

陈一鸣说道："坐吧！"

陈国锋看着陈一鸣，却不敢坐。

陈一鸣说道："坐吧，我要你坐的。"

陈国锋犹豫了一下，这才慢慢地坐下了。

陈一鸣看着陈国锋，脸色变得柔和起来："你当了逃兵，对于军人来说这是耻辱，但是，我并不怪你。其实我们都是逃兵、中华民族的逃兵。"

陈一鸣说到这儿，陈国锋的眼圈儿开始有些红了。

陈一鸣看着他，继续说："你是个有文化的士兵，你该知道我话里的意思。"

陈国锋的脸上再一次浮上了疑问的表情："团座，你说要给我们找出路，可是就是到了台湾，又有什么出路呢？"

陈一鸣沉默了一会儿说："这是我考虑的问题。你现在该考虑的，是你的出路。"

陈国锋听罢，又不说话了。

陈一鸣继续说："到了台湾，宪兵会继续追究你临阵脱逃之罪，你还是免不了一死。"

陈国锋听罢，不禁疑惑了："那……团座在岸上为什么还要饶了我？还不如在岸上处决我，也好让我离家乡近一点儿。"

陈一鸣听到这儿，突然转过头来问道："陈国锋，你就那么想死吗？"

陈国锋愣了一下，低声回答："反正都是死，早死早托生。"

陈一鸣问道："如果有一条路可以不死，你走不走？"

陈国锋听了，眼里突然闪出了希望之光："什么路？"

"为什么不以死相搏？"陈一鸣说着，把手枪丢在了桌子上，"我给你一个机会，你可以拿枪打死我。"

陈国锋听了，脸上立刻变了色："不——不可能！团座在我心里，就是神。"

陈一鸣道："那……我的任何命令，你都会执行吗？"

陈国锋答道："是的！我反正已经是将死之人，团座命令我怎么做，我就怎么做！"

陈一鸣看了陈国锋好一会儿，突然说："我们不会去台湾。"

"什么？"陈国锋看着陈一鸣，一下子愣住了。

陈一鸣道："我们的目的地，是共军占领区——连云港。"

陈国锋睁大眼睛想了一会儿，终于醒悟了："团座的意思是投降共党？"

陈一鸣说："不，不是投降——是起义。"

陈国锋回了回神儿，突然笑了："团座，您的构想真是太妙了！我现在才明白了你为什么不杀我。"

陈一鸣望着他也笑了："怎么样，敢不敢跟我一起干！"

陈国锋说："有什么不敢的，我早就跟老蒋干腻了。早晚是死，不如以死相搏！"

"好！"陈一鸣说着，拿出一支冲锋枪递给他："拿着！从现在开始，你是我的警卫员！"

陈国锋听了，脸上不禁显出了激动："我一定用生命保卫团座的安全！"

陈一鸣说："不是保卫我的安全，而是要保证我们的起义必须绝对成功！"

陈国锋答道："是，团座指哪儿，我就打哪儿！"

陈一鸣说："好了，去找警卫班长换身衣服。我的警卫员，不能这么邋遢！"

"是！"陈国锋应了一声，兴奋地走了。

4

此时，在田伯涛的客舱，一直没有眩晕经验的田伯涛正在船舱里吐得面色惨白。

路过这里的冷锋听到船舱里有呕吐声，不禁开门走了进来——

冷锋问道："田主任，怎么了？"

田伯涛答道："兄弟……不适应海上颠簸……哦！"

田伯涛话没说完，又吐了起来。冷锋见状，不觉笑了。

冷锋笑道："田主任，那你这一路可就辛苦了。"

田伯涛听了，尴尬地笑了笑："没事儿，我挺得住……"

冷锋冷笑一下，转身走了，田伯涛仍然在大声地呕吐着。待冷锋的脚步声远去，田伯涛突然抬起头来——他目光锐利，不再呕吐，仿佛换了一个人。

田伯涛伸手关了舱门，又拿出手枪检查了一番，这才放心地插进了枪套。他打开伞兵背囊，取出杂物，里面装着的竟然是一部电台。

田伯涛戴上耳机，调准频率，开始了发报。

此刻，在家属们住的客舱里，船上的家眷们都已经沉沉睡去。就在这个时候，船舱的门突然被轻轻地推开，一只脑袋探了进来——

小K低声说："阿莲……阿莲？"

阿莲应道："在这儿呢，你怎么来了？"

小K说："我来看看你跟孩子！没晕船吧？等到明天到了连云港，就都好了！"

"连云港？"阿莲突然愣住了，"不是去台湾吗？"

小K知道自己说漏了嘴，赶紧不再说话。就在这个时候，阿莲走过去揪住了他的耳朵。

阿莲厉声道："告诉我，这到底是怎么回事？！"

"别别，你别嚷嚷啊！走走走，咱们到外面去说！"小K说着，拉着阿莲走了出去。

船舱外面的走廊里，阿莲禁不住着急地问小K："到底怎么回事？你跟我说清楚！"

小K压低声音："嘘，你小声点！这事儿如果传出去，是要掉脑袋的！"

阿莲迷糊道："掉脑袋？什么掉脑袋？"

小K说："小点儿声！就是要造反！造反——能不掉脑袋吗？"

阿莲听明白了，不禁感到一阵吃惊："你们中途要不去台湾了，而是要去连云港——去共区，是吗？"

小K答道："对，连云港现在已经在共军手里了！我们这次上船，就是要在船上起义，我们不跟国民党干了，我们要投共产党了！"

"啊？你们要投共？"阿莲听了，不免打了个哆嗦，"你们……你们真的要投共？"

小K回答道："那还有假的？！你以为，我要带着你跟孩子去台湾哪？我们去了能干什么？——再去当老千？那不是走回头路吗？我是死也不会去的。不过你也别担心，这是万无一失的！还有半小时天亮，我们就动手！下午到了连云港，我们就彻底安全了！你跟孩子先待在这儿，千万不要出来，到时候会有人保护你们的，知道吗？"

小K说完要走，想了想又不放心地嘱咐了一句——

"听着，千万不能泄露出去！万一让保密局的人知道了，他们一报告，我们的船就要被飞机给炸沉了！到时候，我们谁也别想活着回去！哎，你可一定要管住你的嘴啊！"

小K说完，转身走了。而阿莲此时却靠在墙上说不出话来，她呆住了。

5

再说此时，在田伯涛的房间，田伯涛正在抄收电文，看着记在纸上的电报密码，田伯涛的眼里射出了兴奋的光芒。此时此刻的他，面容坚毅，目光如炬，简直像是换了一个人！

他摘下耳机，拿起打火机把电报纸点燃了，一直看着放在喝水缸子里的纸化为灰烬，这才收拾起电台，起身出去了。

此刻，在家属舱里，阿莲坐在孩子旁边正在瑟瑟发抖。过了一会儿，她哆嗦着手从自己的行李当中取出一支无声手枪，而后俯下身来，流着眼泪亲了亲已经睡熟的孩子，这才咬咬牙转身走了出去。

她走出船舱，轻轻地带上门，来到了船舱的走廊。此时，正有两个佩戴督察袖章的伞兵走来。阿莲看见他们，勉强地朝他们笑了笑。

两个督察见了，也朝她笑了笑，并打了声招呼："嫂子好！"

阿莲点点头，继续往前走。就在这时，田伯涛也在悄悄地向外走，他猛地看见了阿莲的身影，不觉一惊，闪身躲到了一边。

阿莲没有发现身后的田伯涛，继续往前走，田伯涛在身后远远地跟踪着。

轮机舱内，到处弥漫着蒸汽。阿莲握着无声手枪，悄声地走进来。就在这个时候，一个身影从阿莲的背后闪了出来！他上前一步，一把捂住了阿莲的嘴。

阿莲一惊，握着手枪的手腕也在一瞬间被身后的男人紧紧地抓住了，男人顺势把阿莲狠狠地按倒在地上。被捂住嘴的阿莲此时有些急了，她猛地一抬腿，正踢在男人的裆部上！

陈国锋："啊——"

男人一声惨叫，赶紧闪开，阿莲趁势爬起来扑向了男人，两个人于是便在地上翻滚起来。就在他们争斗期间，田伯涛悄无声息地闪进了轮机舱，偷偷地躲在了蒸汽管道后面。

阿莲显然不是男人的对手，挣扎了一会儿之后，那男人趁势飞起一脚——

"啊——"

阿莲一声尖叫，便被重重地踢倒在墙上！男人随即掏出枪来指向了她。

陈国锋："别动！"

阿莲吓得立刻就不动了。男人打量了阿莲一下，突然说："无边落木萧萧下……"

阿莲听了一惊，不由得抬起头来看向男人。忽明忽暗的灯光下，依稀可见男人那张可怕的脸——这个人不是别人，原来是陈国锋。

阿莲的脸上顿时现出了惊愕，随口说了一句："不尽长江滚滚来。"

陈国锋看着阿莲笑了："你就是'黄鼠狼'？"

阿莲问道："你是……云雀？"

陈国锋："不错，我就是云雀。"

阿莲："天哪，真没想到！"

陈国锋："如果那么容易就能被人想到，我就不是云雀了。黄鼠狼，上峰对你的工作可是很不满意呀！"

阿莲听了，身体不由得一阵哆嗦。

陈国锋："伞兵团要起义这么大的事情，你事先居然一点都不知道？！"

阿莲："他们防备得太严了，我是刚刚知道的，所以就来了这里。你不是也在伞兵团吗？你怎么——"

陈国锋："你别问我，现在是我问你！你知道他们的具体行动计划吗？"

阿莲说："他们是凌晨开始行动，起义后，用武力强迫船员把军舰开向连云港。"

陈国锋说："连云港？——那是共军的占领区呀！他们的想法也太妙了。告诉我，船上有多少共产党？"

阿莲："我……我不清楚。"

陈国锋："连这个你都不知道，那我留你还有什么用？！"

陈国锋说着，把枪口指向了阿莲。阿莲立刻惊叫起来。

阿莲："别，别，别杀我！我这就找我丈夫，想办法打听。"

陈国锋迟疑了一下，放下了枪："听着，你现在的任务是，跟他们的家眷在一起！一旦事发，你一定要控制好他们的家眷，这是我们手里唯一的王牌！只要控制住他们的家眷，就可以威胁他们，你明白吗？"

阿莲："明，明白……"

陈国锋："还有，无论遇到任何情况，都不能泄露我的身份！否则，船上我们团体的其余同志，会让你和你的孩子死无葬身之地！"

阿莲："我明白，我明白……那，任务完成之后，我老公真的会得到特赦吗？你们可不能骗我！"

陈国锋听了，脸立刻冷下来："你以为你现在还有资格跟保密局谈条件吗？！"

阿莲听罢不禁哆嗦了一下，可还是回了一句："这是毛局长亲口答应我的。他说，只要我给你们做事，他就同意特赦小K！"

陈国锋听罢笑了："哦？既然毛局长答应过你，那到时候你找毛局长兑现就是了。"

陈国锋说完不再理睬阿莲，命令道："别在这儿婆婆妈妈了，赶紧去吧！"

"是。"阿莲应了一声，捡起手枪走了。

阿莲走后，陈国锋四下里看了看，戴上钢盔也走了。过了一会儿，田伯涛从暗处走了出来。他左右看了看，也出去了。

6

登陆舰上的电台室里，几个女兵此时正在电台跟前忙碌着。在房间的门口，站着四个全副武装的伞兵督察队员，他们手持冲锋枪，威风凛凛地注视着周围的一切。

通讯排负责人蝴蝶表情紧张地看了看手表，随后转身走了出去。走廊里，寂静无人。就在这时，陈国锋正幽灵般地走过来，蝴蝶看见他，禁不住问了一句。

"陈国锋？你到这里来有事吗？"

陈国锋听了，立刻来了一个立正："长官好！我是过来巡视一下，看看这里是否安全。电台是重要的场所，我怕有问题。"

蝴蝶向他回了个礼，笑了："不错，你想得很周到！别担心了，我这里已经安排了可靠的人手，都是侦察连最好的兵，不会出事的！"

陈国锋听了，脸上闪过一丝复杂的表情。他赶紧掩饰一下回答："那就好，我就回去了！"

陈国锋说完，转身走了，脸色此时显得很难看。蝴蝶没有留意他的表情，掉头向另一个方向走去。

就在此时，田伯涛从旁边的一个过道探出头来，他想了想，跟上了陈国锋。

此刻，在家眷舱里，阿莲已经进来了，她靠在门上，看着熟睡的儿子和家眷们，眼泪禁不住流了下来。

登陆舰在大海中航行，睡在船上的人们谁也没有想到：几分钟以后，这里——一个惊天动地的事变就将在这里发生！

7

单说此刻，在陈一鸣住的舱房里，冷锋、书生、燕子六、小 K、藤原刚和蝴蝶等人正表情严肃地注视着被围在中间的陈一鸣。

陈一鸣此时低着头，表情严肃而庄严："现在对表。"

队员们听罢，都抬起手臂，看着自己手腕上的表。

陈一鸣说道："现在是 5 点 39 分——6 点整，我们统一行动，听明白没有？"

队员们："听明白了！"

陈一鸣："好，赶快分头准备吧！"

队员们："是！"

队员们闻声拿起武器，陆续出去了。

走廊里，陈国锋正在门口站着岗。陈一鸣最后一个从舱里走了出来。

陈一鸣说道："跟我走。"

陈一鸣说完，快步地向前走去；陈国锋愣了一下，赶紧跟上了。此时船舱走廊里前后无人，陈国锋跟在后面，慢慢地拔出刀来。

就在这时，田伯涛从后面快步跟了上来："团座！"

陈一鸣不禁一愣："田主任？这都几点了，你还不睡觉？"

被挡在田伯涛身后的陈国锋见状，急忙把匕首插入了刀鞘。

此时，田伯涛边走边看着陈一鸣高兴地说："终于逃脱共军的魔掌去台湾了，我心里高兴，睡不着哇，出来散散步，团座怎么也没睡呢？"

陈一鸣道："啊，我去电台室看看有没有上峰的电报。田主任，海上风大，你还是早点回去休息吧！"

谁知田伯涛听罢却笑了："这么巧，咱们顺路，我也正要去电台室呢！要害部门，不去转一转不放心哪！"

听田伯涛这样说，陈一鸣有些犹豫了。谁知这时，田伯涛却热情地拉起他的胳膊："走，团座，咱们正好一起过去！现在我们是总统特种警备团了，万一总统亲自来了电报，我们也好尽快回复！"

陈一鸣被田伯涛说得无奈，只好跟着田伯涛一起走了。跟在后面的陈国锋，只好放弃了此时暗杀陈一鸣的打算。

8

再说此时在驾驶舱里，舰长和水手们正在紧张地操纵着登陆舰。就在这时，藤原刚和书生相伴着走了进来。

舰长此时正在注意地看着船上的罗盘，看见藤原刚和书生两个人进来，禁不住回头问了一句："嗯？两位怎么来了？"

书生听了赶紧回答："啊，团座不放心，派我们四处看看，免得有匪谍作乱。"

舰长听罢，不觉笑了："舰上除了你们伞兵团，就是我们海军，就是混进来个把匪谍，还能把我们怎么样？放心吧！"

书生听了，赶紧回了一句："舰长，俗话不是说吗，'小心驶得万年船'，还是处处小心点儿好哇！"

舰长听罢笑了笑，不再说话了。书生笑了笑，站在了舰长的旁边。

此时，藤原刚也一脸微笑地站在操舵水手的身旁，表情平静地看着航行图。登陆舰又行驶了一会儿，书生低头看看手表，表针指向了 5 点 45 分。

9

甲板上，伞兵督察队的队员们此时正在集合。整队之后，冷锋一脸严肃地走到队伍的面前。

冷锋喊道："弟兄们！你们都是我信得过的好兄弟！还有十五分钟，我们就要行动了！我们这是造反，你们怕不怕？！"

伞兵们答道："不怕！"

冷锋："好！一会儿大家各司其职，眼神儿都机灵点，需要动手的时候，下手一定要准、要狠，不能犹豫！但是，大家都给我记住了——尽量往腿上打！不管怎么说，这也是我们朝夕相处的弟兄，给他们留条后路！明白了吗？"

伞兵们："明白！"

冷锋："出发！"

冷锋一声令下，伞兵们立刻分组行动了。冷锋背着冲锋枪，又拿起狙击步枪仔细检查了一下，而后他快速爬上了舷梯，登上了插着旗杆的瞭望台。

登陆舰的底舱里，伞兵们在昏暗的灯光的照射下正拥挤地酣睡着，小 K 和燕子六快速走到了底舱，站在了门口。小 K 左右看了看，又看了看手表，表针指向了 5 点 55 分。

此刻，在船内电台室的舱门口，陈国锋正心神不定地守在门前。船舱内，电台室内的女兵们正全神贯注地忙碌着。

陈一鸣问道："台湾发来电报没有？"

蝴蝶回答道："目前还没收到。"

陈一鸣又说："密切关注，如果有电报，我要第一时间看到。"

蝴蝶回答道："是！"

就在这时，田伯涛突然打了个哈欠："困了困了。团座，您忙吧，我得回去睡觉了。"

陈一鸣看了田伯涛一眼，没有回答。

田伯涛望着陈一鸣笑了笑，小声说："团座，我跟你说句话。"

陈一鸣愣了一下，只好凑过头去。

田伯涛说话的声音更低了："小心，你身边有内鬼！"

陈一鸣听罢不禁一惊，注意地看着田伯涛，而田伯涛此时还是那副含而不露的笑容。田伯涛望着陈一鸣又笑了笑，轻轻地拍拍陈一鸣的肩膀："做大事，要注意细节。"

田伯涛说完，向陈一鸣挤了一下眼睛，而后转身走了。陈一鸣看着田伯涛出去的背影儿，不禁皱起了眉头。

看着陈一鸣有些恍惚的样子，蝴蝶不禁问了一句——"团座，你怎么了？"

陈一鸣回道："哦？啊。"

陈一鸣含糊地应了一声，拔出手枪走出门去。

走廊里，此时已经不见了陈国锋，陈一鸣略一皱眉，不禁有些紧张。就在这个时候，突然有一颗手雷滚了过来，冒着烟在地上打转儿。陈一鸣不禁一惊，立刻抓起手雷，想也没想便丢到了走廊的尽头——

手雷爆炸了。陈国锋从烟雾的那边闪了出来："叛变党国——死！"

陈国锋说着扣动了扳机！陈一鸣一见，赶紧闪身进了电台舱，射过来的子弹全部打在了舱壁上。

陈一鸣气愤得一把抓过桌子上的冲锋枪："他妈的，我瞎眼了！干掉陈国锋！"

陈一鸣说罢冲了出去，舱内的四个督察队员也闻声冲了出去，走廊内顿时展开了激烈的枪战。

军事过硬的陈国锋，趁乱打死了两名督察队员。陈一鸣开始急眼了，他一边端着冲锋枪猛烈地扫射着，一边不顾一切地往前冲，恨不得生擒了陈国锋。

面对陈一鸣的迅猛攻击，陈国锋不得不后退了；而陈一鸣跟在陈国锋的身后，却依旧是紧追不舍。

10

再说此时在底舱门口，燕子六听到枪声不禁惊愕了："怎么还不到六点呢！就提前动手了？！"

站在燕子六身边的小K听了，也不禁皱起了眉头。而此时在底舱内，被枪声惊醒的伞兵们早已经乱成一团。

一个士兵说："共军？船上有共军！"

另一个士兵说："弟兄们，赶紧摸枪，共军打过来了！"

从睡梦中惊醒的伞兵们听了，赶紧伸手去摸枪，却没想到放在枪架上的枪里早已经没有了弹匣。

就在这个时候，守在门口的小K对着天花板扫了一梭子。士兵们听见枪声以后都不禁转过头来，看见站在门口的小K都不禁呆住了。

小K喊道："大家不要慌！局势在控制当中，都坐下来！"

舱里的官兵们听了，慢慢地静了下来。带兵的营长们互相看了看，开口问小K和燕子六。

一营长问道："团座呢？团座在哪里？——快给我们子弹！船上发现共军！"

几个营长说着就向外走，燕子六立刻端起了冲锋枪："都退回去！坐好！否则，我要执行战场纪律！"

燕子六说着，拉动了枪栓！

其中一个营长见了，立刻问道："你们这是干什么？没听见枪声？我们要求给我们子弹，我们要见团长！"

那位营长说着，立刻又往前闯，燕子六立刻对天射击！

燕子六命令道："站住！再往前走，我就开枪了！"

营长们一见，都愣住了！

一位营长见状大声问："你们……你们要造反吗？"

小K听了，立刻大声回答："对，就是造反！我告诉你们，这只船不会去台湾，正在掉头回大陆！都给我老实坐着！"

伞兵们一听都愣住了，底舱内立刻引起了一片喧哗。就在这个时候，从走廊尽头跑来的四个督察队员立刻走进来一起对天射击！密集的枪声立刻使沸腾的伞兵们迅速地安静下来。

小K守在门口大声说："弟兄们，我不想对你们开枪，大家都坐好！只要听从命令，我保证大家不会受到伤害！"

就在这个时候，一个不甘心投诚的营长突然扑上来要夺燕子六手里的枪。燕子六手疾眼快，猛地挥手一枪托，那个营长立刻被击倒在地上！站在燕子六身边的一个督察队员见了，立刻奔上去，用枪顶住了那个营长的脑袋。

燕子六见状，立刻叫了一声："别开枪！只要不反抗，就不会开枪！"

督察队员听了，只好慢慢地放下了手里的枪。小K跨上一步，扫视着眼前已经惊呆的伞兵们大声说道："弟兄们，大家听我说！我们的船，现在是驶回大陆，驶回我们住了几百年的家！难道，大家没有亲人吗？大家不想来、不想回到爹娘的身边吗？你们真的愿意去台湾、继续当中国人打中国人的炮灰吗？！"

伞兵们互相看了看，都低下头来不说话了。

小K见状接着说："弟兄们，我们现在是在回家的路上！我们很快就要见到我们的父母，我们的亲人了！大家只要想回家，就坐下来，不要反抗，也不要动！我们保证大家能顺利地回到大陆，回到你们父母的身边！"

伞兵们听了，都陆续地坐了下来，几个营长互相看了看，也坐了下来。

就在这时，一个伞兵突然哭着喊出声来："娘，我没去台湾，我回家了——"

随着伞兵激动的喊声，舱内所有的伞兵们都禁不住哭出声来。

11

再说此时在驾驶舱里，持枪的书生和藤原刚已经将舰长和水手们缴了械。

书生喊道："大家不要动，只要听从我们的命令，我们保证大家的生命安全！"

藤原刚持枪走到正在操舵的水手跟前："从现在起，我就临时担任舰长职务，请各位严格按照我的命令行事！"

藤原刚说着，拿出了海图："请按照我说的航线航行。"

操舵的水手无奈，只好调整了航线。

陈一鸣命令道："站住！站住！"

而此时，在甲板上，被陈一鸣等督察队员追赶的陈国锋正在一边转身射击，一边向前疯狂地跑着。就在这时，潜伏在瞭望台上的冷锋向疯跑的陈国锋的脚后开了一枪。

陈国锋："哦！"一声惊叫，赶紧打了个滚儿，翻身跑到了栏杆前，低头向船下看去，只见下面是波涛汹涌的大海。陈国锋的双腿不禁有些抖。

就在这时，陈一鸣率领着督察队员们慢慢地围了上来。

陈国锋望着陈一鸣，嘴唇颤抖着："陈一鸣，你这个叛徒——团体的叛徒！"

陈一鸣望着陈国锋冷笑了："你可以这样认为我，但是我忠于的是我的国家、我的民族，而不是某个团体，更不是某个人！"

陈国锋听到这儿，不禁叹了口气："陈一鸣，我曾经一直把你当成我的偶像！虽然我是保密局的人，但是我从来没有怀疑过你对党国的忠诚！在我心里，你是最完美的党国军人！可是……你怎么会叛变呢？你怎么会真的叛变呢？啊？！"

陈一鸣盯着陈国锋，脸上充满了冰冷："那是因为你还年轻，等你成熟了，你就会明白我的选择到底是对还是错！"

陈国锋："陈一鸣，别以为投奔了共产党，你就能加官晋爵了！共产党是不会信任你的，你唯一的出路就是回头是岸！团座，你现在收手还来得及，我不会报告保密局的！"

陈一鸣冷笑道："是吗？谢谢你！可是开弓没有回头箭！不管共产党将来会不会信任我，但是，我绝不能带着这三千多的兄弟背井离乡！他们的父母在大陆，你的父母也在大陆，你真的想一辈子离开他们吗？等到共军登陆台湾，你还能继续当炮灰吗？八百万国军，短短三年，就已经溃不成军！这样的党国和军队，还能有什么前途？我不知道你是不是真的叫陈国锋，但是，我知道你是有文化的人，你应该知道历史已经选择了共产党，而不是国民党！"

陈国锋的眉毛挑了一下，表情立刻变得很丑恶："对！我知道历史可能会选择共产党，但是我不愿背叛党国！"

陈国锋说完，丢掉了冲锋枪，转身跳进了大海。

陈一鸣喊道："陈国锋？！"

陈一鸣大叫了一声扑向了船栏，然而，舰船的周围仍然是翻卷的浪涛，一点儿人影儿都看不见。

陈一鸣呆住了，督察队员们也都惊讶地看着海面，默默无语。

陈一鸣望着黑漆漆的海面，不禁一声叹息："陈国锋，回到大陆我会赡养你的父母。不管怎么说，你曾经是我的兵。"

陈一鸣说完，转身走了。

12

而此时，在家眷舱里，也已经乱成一团。阿莲紧握着手枪，头发散乱，正凶恶地守在舱门口，面对着舱内的家眷们——

阿莲命令道："不许动！谁都不许动！谁动，我就打死谁！"船舱内，藤原刚母亲等人都呆住了。

藤原刚母亲说："阿莲，你怎么了？你为什么要这样做？"

阿莲命令道："坐下！不准说话，否则……我会开枪的！"

就在这时，船舱的门突然打开了，一名国民党军官闪身走了进来。

阿莲看清了来人的模样，立刻高兴起来："田主任，你来得正好！我是保密局的人，我的代号是'黄鼠狼'！你快帮我控制好他们，船上兵变了！"

田伯涛应道："哦，怎么会这样？"

田伯涛说着，拔出枪来。然而，他的枪并没有对准家眷，而是对准了阿莲的脑袋。

阿莲诧异道："田主任，你干什么？！我是保密局的人！"

田伯涛望着阿莲冷笑了："对不起，我不是保密局的人。"

阿莲听罢，一下子愣住了："那，那你是……"

田伯涛答道："我是中共党员，中国共产党社会部情报员，我的代号'黑桃A'。"

阿莲："什么……你就是'黑桃A'？"

田伯涛答道："对。请你把枪放下来，你是被蒙蔽的。保密局是什么东西，我比你更清楚。放下武器，你们都会安全的。"

阿莲的手软了，禁不住放下了手枪，田伯涛缓了口气，也放下了手枪。可谁知就在这个时候，阿莲突然拔出匕首，一刀刺在了田伯涛的胸口上。

"哦！"田伯涛惨叫一声，靠在了墙壁上。

阿莲随即抬起手枪，向田伯涛射击。田伯涛的左胸口下侧中了一枪。他随即抬起手枪，也开了一枪！

阿莲的胳膊中弹了，手枪掉在了地上，仓皇之中，她转身跑了出去。田伯涛捂住自己的伤口，也咬牙追了出去。

阿莲忙喊："救命啊——救命啊——"

阿莲跑到了甲板上，大声疾呼着。田伯涛从船舱口追出来，举枪射击。

阿莲："啊——"

阿莲又中了一弹，惨叫着摔倒在甲板上，拼命地向前爬着。

阿莲，哭叫着："小K，小K，快来救我！我都是为了你……我都是为了你呀！"

正在追赶阿莲的田伯涛闻声停住了脚，握在手里的枪也禁不住放了下来。就在这时，小K带着督察队员们追了上来，在田伯涛身后站成了半圆，持枪对准了田伯涛。

小K此时疯了一样举枪对准了田伯涛："田伯涛，我宰了你——"

陈一鸣喊道："小K，不要开枪！"

陈一鸣大叫着从远处奔了过来。然而此时，小K手里的枪已经响了！随着枪声，田伯涛的右胸又中了一弹！田伯涛眉头紧皱了一下，而后嘴角处露出了隐隐的笑容，他微笑地看着陈一鸣等人，缓缓地倒下了！

陈一鸣叫道："田伯涛！田伯涛！"

陈一鸣一拳打倒了小K，大叫着冲过去抱起了田伯涛……田伯涛此时已经气息微弱，他强睁双眼看着陈一鸣，脸上始终在微笑着。

陈一鸣："伯涛，伯涛，你不能死，你不能死呀！伯涛，我们一直错怪了你！刚才……刚才递给了我电报，我才知道你……你……伯涛，我们已经成功了，我们见到光明了，伯涛，你不能死，你千万不能死呀！"

陈一鸣说着，眼里的泪水禁不住流了出来。田伯涛笑了，却笑得很勉强——

田伯涛断断续续说："团座……欢迎你……投奔……投奔光明……"

陈一鸣："伯涛，你别说话，你什么也不要说了！我们要救你，我们一定要救你！军医——给我找军医来！"

陈一鸣大喊着，抱起田伯涛向船舱里奔去！

此时，在甲板上，小K怀里抱着的阿莲也已经奄奄一息。

阿莲："小 K……小 K……"

小 K："阿莲，这是怎么回事？这都是怎么回事呀？"

阿莲："小 K，我参加保密局了……我是被他们逼的……我都是为了你……为了……为了孩子……否则……否则……"

阿莲终于没有把该说的话说完，便咽气了。

"阿莲——"小 K 抱着阿莲，不禁悲恸欲绝。

船舱里，经过医生包扎的田伯涛，此时也已经奄奄一息。

陈一鸣："伯涛，伯涛同志，你挺住，我们就要到岸了，我们就要到家了。你一定要挺住，一定要挺住哇！"

田伯涛的目光，此时已经有些迷离，可是他的嘴角边仍然带着隐隐的笑："我……我在黑暗中……是为了……守护……光明……"

陈一鸣答道："我知道，我知道！伯涛，我原来不知道，我错怪你了，我们都错怪你了！"

田伯涛："一鸣，我不叫田伯涛……我……我的真实名字……叫……叫……"

田伯涛努力地挣扎着，要说出自己的名字，然而他却最终没有如愿，头一偏，便永远地走了。

陈一鸣大叫道："伯涛？伯涛！田伯涛——"

陈一鸣大叫着一把抱住了田伯涛，不禁失声痛哭。

13

朝阳，染红了大海，也染红了破浪而行的登陆舰。

登陆舰的甲板上，满身血污的陈一鸣站在舷梯上，表情庄严地面对着整齐地站在甲板上的伞兵们说道："弟兄们！我们伞兵团——起义了！"

伞兵们："起义！起义！起义——"

伞兵们望着陈一鸣，禁不住振臂高呼。

陈一鸣说道："弟兄们，我们为什么当兵？为了打鬼子！现在日本鬼子投降了，而我们在干什么？——我们在打内战，中国人在打中国人！这些年来，中国的内战还少吗？国民党的腐败、老百姓的生活，你们都看不到吗？你们是老百姓的孩子，你们谁敢说，自己的爹娘能吃饱饭、穿暖衣？弟兄们我们还能为这样的政府卖命吗？"

伞兵们答道："不能！不能！不能！"

陈一鸣："对，我们不能这样下去，中国不能独立，中国也不能富强！我们都是爱国青年，我们不能允许中国再这样下去！所以，我们选定了共产党！只有共产党，才能给我们老百姓好日子过，使我们家人团圆、国家富强！所以我们要起义，要投入革命阵营！现在，解放区的人民正准备欢迎我们，我们不要辜负人民的希望，让我们挺起胸膛来，向解放区前进！"

随着陈一鸣的话音，登陆舰发起一声长鸣，开足马力向解放区的方向奔去。

瞭望台上，那面青天白日旗被冷锋取了下来，一面鲜艳的红旗升起来，在金色的阳光下迎风招展！陈一鸣等人整队站在旗帜前，向着鲜艳的红旗庄严敬礼！

　　陈一鸣："亲爱的人民，我回来了——我陈一鸣和我的弟兄——回来了！"

14

　　喜庆的锣鼓、欢乐的人声。

　　黄天明："一鸣，欢迎你！"

　　陈一鸣："谢谢，天明！嗯，云晴呢？她怎么没来？我和她说好的，她说在连云港接我！"

　　黄天明的脸上突然显出了难言之色。他迟疑了一下，拿出一封信来交给了陈一鸣："这是她留给你的，你自己看吧。"

　　陈一鸣愣愣地看着黄天明，打开了信——

　　一鸣，当你看到这封信的时候，我已经走了。不要问我去了哪里，这是组织的纪律。只是希望你知道，无论我走到哪里，我的心里都会挂念你。很遗憾，我没有履行我们的约定。但是我向你保证，我们一定会见面的！

爱你的云晴

　　看着黄云晴留给他的信，陈一鸣一下子呆住了，在他的周围，欢迎他们的人和被欢迎的人正在热烈地拥抱着。陈一鸣觉得自己突然多了什么，又同时少了什么——那感觉，是刻骨铭心的！

（全书完）

图书在版编目（CIP）数据

　特战先锋 / 刘猛著 . — 北京：北京联合出版公司，
2015.6（2025.1 重印）
（特种兵系列）
　ISBN 978-7-5502-4925-7

　Ⅰ.①特…　Ⅱ.①刘…　Ⅲ.①长篇小说—中国—当代
Ⅳ.① I247.5

　中国版本图书馆 CIP 数据核字 (2015) 第 069247 号

特战先锋

作　　者：刘　猛
出 品 人：赵红仕
责任编辑：徐秀琴
封面设计：易珂琳

北京联合出版公司出版
（北京市西城区德外大街83号楼9层 100088）
北京新华先锋出版科技有限公司发行
大厂回族自治县德诚印务有限公司印刷　新华书店经销
字数337千字　787毫米×1092毫米　1/16　25印张
2015年6月第1版　2025年1月第6次印刷
ISBN 978-7-5502-4925-7
定价：59.00元